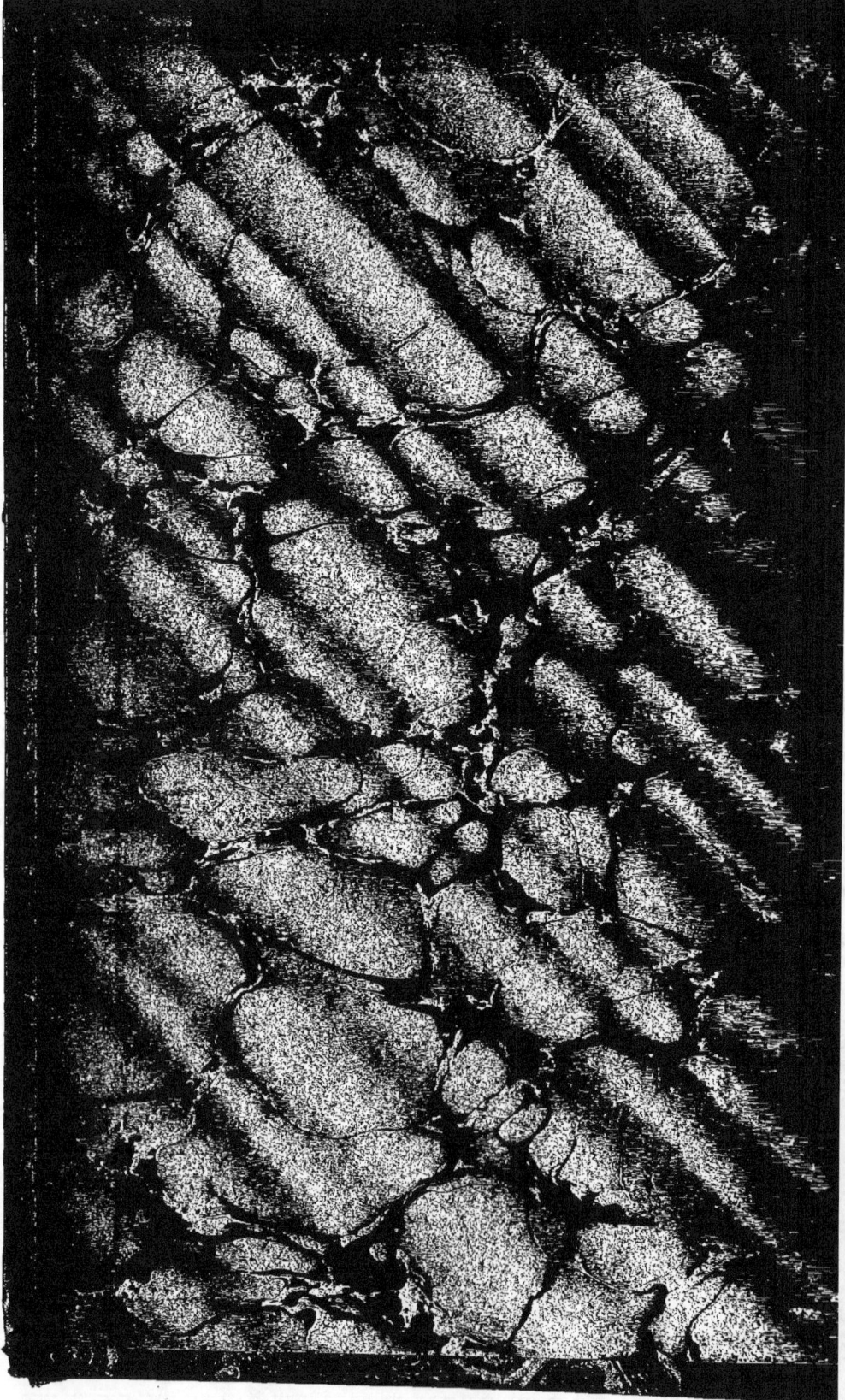

LES GRANDES ET INESTIMABLES

CRONIQUES

DU GRANT ET ENORME GEANT

GARGANTUA

CONTENANT

LA GENEALOGIE, LA GRANDEUR ET FORCE DE SON CORPS

Aussi les merueilleux faictz darmes
quil fist pour le Roy Artus, comme verrez cy apres

Imprime nouuellement — 1532

SUIVIES DE

LA VIE TRES HORRIFICQUE

du Grand Gargantua, pere de Pantagruel

ET DE

Pantagruel, roy des Dipsodes

AVEC LES

Remarques historiques et critiques de Le Duchat et Le Motteux

PUBLIÉES PAR PAUL FAVRE
Membre de la Société des Archives historiques de l'Ouest

TOME PREMIER

NIORT

TYPOGRAPHIE DE L. FAVRE

MDCCCLXXIX

LES GRANDES CRONIQUES

DE GARGANTUA

JUSTIFICATION DU TIRAGE DE CETTE ÉDITION

---

200 exemplaires sur papier carré vergé ;
 20   id.   sur grand-raisin vergé ;
 20   id.   sur carré peau vélin.

240

LES GRANDES ET INESTIMABLES
CRONIQUES
DU GRANT ET ENORME GEANT
GARGANTUA

CONTENANT

LA GENEALOGIE, LA GRANDEUR ET FORCE DE SON CORPS

Aussi les merueilleux faictz darmes
quil fist pour le Roy Artus, comme verrez cy apres

Imprime nouuellement — 1532

SUIVIES DE

LA VIE TRES HORRIFICQUE

du Grand Gargantua, perc de Pantagruel

ET DE

Pantagruel, roy des Dipsodes

AVEC LES

Remarques historiques et critiques de Le Duchat et Le Motteux

PUBLIÉES PAR PAUL FAVRE
Membre de la Société des Archives historiques de l'Ouest

TOME PREMIER

NIORT
TYPOGRAPHIE DE L. FAVRE
MDCCCLXXIX

NOTICE BIBLIOGRAPHIQUE

NE question souvent agitée et qui a donné lieu à beaucoup de controverses, c'est la paternité des *Grandes et inestimables Chroniques du grant......* *Gargantua*. Pendant longtemps on a pensé que Rabelais n'avait point écrit ce petit ouvrage. Aujourd'hui, il est démontré par les preuves les plus évidentes qu'il en est l'auteur. Il est vrai que c'est une ébauche, mais cette facétie grotesque renferme des traits qui n'appartiennent qu'à la main du maître.

Nous ne trouvons pas certes dans ce petit livret le génie rabelaisien dans toute sa verve et sa puissance, mais nous y rencontrons cet esprit inventif, railleur, gaulois, et ce haut comique qui, plus tard, devaient nous donner ces chefs-d'œuvre qui font l'admiration des délicats assez résolus pour casser l'os, afin d'y trouver la moelle.

Deux savants bibliographes, MM. Ch.

Nodier et Ch. Brunet, ont reconnu que seul Rabelais avait pu écrire ces *Chroniques*.

M. Paul Lacroix va plus loin; il attribue à Rabelais une sorte d'amplification de Gargantua, dont le titre semblait annoncer la réunion des Chroniques de Gargantua et celle du premier livre de Pantagruel. Mais Rabelais s'est borné à composer les *Grandes Chroniques*, et l'autre ouvrage n'est qu'une supercherie et une manœuvre de concurrence.

Le savant bibliophile Ch. Brunet, qui a fait une si profonde étude de Rabelais, n'hésite pas à déclarer que les *Grandes Chroniques* sont sorties de la plume de Rabelais; non du Rabelais du bon temps, mais du Rabelais commençant à sentir s'agiter en lui ces types prodigieux qui étonnent par leur bouffonnerie, leur cynisme, alliés à une si haute dose de philosophie et à une si profonde connaissance du cœur humain.

Voici ce qu'écrit Ch. Brunet, au sujet de cette petite facétie, comme il la qualifie :

« Rabelais, que ses biographes font naître vers 1483, sans toutefois avoir pu donner la date bien précise de sa naissance, Rabelais devait avoir près de cinquante ans en 1532, lorsqu'il fit imprimer les *Grandes et inestimables Chronicques du grant…. Gargantua*. Jusque-là, on peut le dire, il s'était plus exercé dans les langues grecque et latine que dans la sienne propre, et il ne s'était pas encore créé un style à lui : aussi celui de son premier Gargantua ne diffère-t-il guère du langage de ses contemporains.

« Cette petite facétie, faible ébauche, ou plutôt germe de la première partie du grand roman qui a immortalisé son nom, était restée, pour ainsi dire, ensevelie dans la *Bibliothèque bleue*, où l'on en avait inséré un texte refait et mutilé, et personne n'avait songé que ce pût être véritablement l'ouvrage de Rabelais, lorsque, dans une notice particulière, publiée en 1834, j'en fis connaître la première édition. Déjà, dans mes *Nouvelles Recherches*, j'avais donné, sur les éditions originales du *facteur* de Gargantua, des notes plus étendues et plus exactes qu'on ne l'avait fait avant moi ; et depuis, en reproduisant ce petit travail dans la dernière édition du Manuel, j'ai pu y ajouter quelques nouvelles notes. »

Plus loin, Brunet ajoute ces réflexions :

« Tandis que les libraires de Lyon débitaient avec rapidité leurs éditions des Chroniques de Gargantua que nous venons de reproduire, et celles du premier livre de Pantagruel, un confrère avide, qui ne s'est point nommé et n'a point indiqué le lieu de sa résidence, cherchant à exploiter à son profit la vogue de ces deux ouvrages, en faisait imprimer un nouveau, dont le titre semblait annoncer la réunion des deux romans en un seul volume in-8, mais qui n'était effectivement qu'une espèce d'amplification de Gargantua publié en 1532. »

Voici le titre de cette brochure :

LES CRONIQUES

admirables du puissant Roy Gargantua / ensemble comme il eut a femme la fille du Roy de Utopie nome Badebec / de laquelle il eut vng filz nomme Pantagruel lequel fut roy des dipsodes ¶ des Amaurottes / Et commët il mist a fin vng grant gean nomme Gallimassue.

Au dessous se trouve une vignette gravée en bois, qui représente des soldats armés et trois autres personnages dont il serait assez difficile de définir l'action. Ce petit volume, imprimé en caractères gothiques, ne porte ni lieu d'impression ni date ; il se compose de 68 feuillets non chiffrés ; le dernier offre, au recto, une vignette représentant Gargantua sur le haut d'une tour, sonnant de la trompette, et, au verso, une autre vignette où se voient Grand-Gosier et sa femme portés par la grande jument. On lit au verso de l'avant-dernier feuillet, après la cinquième ligne :

¶ Cy finent les Cronicques admirables du puissant Roy Gargantua.

Le texte est divisé en quarante-et-un chapitres, non compris le *Prologue capital*. L'impression doit dater de 1533, c'est-à-dire qu'elle est postérieure à la publication in-4° du Pantagruel.

Les *Chroniques admirables* sont une amplification des *Grandes Chroniques*. Il est facile de s'en convaincre, en les comparant l'une à l'autre. Ce sont les mêmes personnages qui sont en scènes, les mêmes faits qui s'accomplissent, les mêmes aventures qui se déroulent; seulement, le plagiaire de Rabelais a donné plus d'étendue au récit primitif. Il a fait plus que le doubler; car, parfois, de deux pages, il trouve moyen d'en faire huit. Par malheur, le texte n'y gagne point; c'est comme une couleur vive étendue d'eau, qui devient pâle et prend une teinte fausse et fanée.

Le contrefacteur a voulu, lui aussi, faire du neuf. Il a introduit dans le récit de nouvelles aventures qui manquent complétement d'originalité.

Ainsi, il raconte que Gargantua tomba amoureux, à Londres, d'une belle dame.

« Lors en passant parmy l'une des grans rues de ladicte ville il advisa ung fort beau logis entre les aultres et de grant apparence auquel logis avoit plusieurs belles jeunes dames et damoyselles estant à soulas parmy les jardins dudict lieu lesquelles luy semblerent estre de belle faconde et de gracieulx maintien, entre lesquelles il y en avoit une fort belle et bien richement acoustrée en laquelle il ficha si bien son amour que quant il dormoyt tousjours luy estoyt advis qu'elle estoyt couchée auprès de luy : et pour ceste cause envoya ung fort beau rondeau par amours ainsi que s'ensuyt :

> Dame d'honneur n'oubliez pas
> Le puissant Gargan par amours
> Pour vous faict piteuses clamours
> Car sans vous veoir est au trespas :
> Jamais ne fera beau repas
> S'il ne vous tient à tous les jours
>   Dame d'honneur.

Et puis que congnoissez mon cas
De venir ne faictes sejours
Vous priant ne faire faux tours
Au grant Gargan tant hault que bas,
    Dame d'honneur.

La dame lui répondit par ce rondeau :

Roy tresredoubté vaillant et saige,
Vostre Rondeau ay leu honnestement
Lequel est faict bien amoureusement :
Mais trop doubte vostre personnaige
Car de par vous auroys deffinement.
Je le vous dis à peu de langaige
    Roy tresredoubté.
Pource donc querez aultre avantaige
De vous aymer ne seroys seurement :
Parquoy donc je vous dis treshumblement :
Adieu le plus grant que vis en mon aage
    Roy tresredoubté.

Gargantua prit très philosophiquement son parti et s'en alla en Utopie, où il avait été informé que le roi du pays avait une fort belle fille, et il voulait l'avoir en mariage. Il disait que les femmes de Londres le craignaient, c'est-à-dire trouvaient, sans doute, ses formes trop colossales. Il part donc pour Utopie, où il épouse Badebec, fille du roi des Amaurottes.

Viennent ensuite plusieurs chapitres empruntés au Pantagruel de Rabelais.

Le nouvel auteur fait retourner Gargantua à la cour du roi Arthus, puis l'envoie en Irlande; il reprend le récit des *Grandes Chroniques* et fait voyager Gargantua à Rome, à Naples, en Sicile, en Syrie, enfin le ramène dans la Gaule, en Auvergne.

Les *Grandes Chroniques* se terminent par

l'histoire de Gallimassue, qui devait être une tradition populaire de l'époque, comme le fut, plus tard, le *compère Guillery*.

Ce Gallimassue était fils de Hizangrine et de Allivergault. A sa naissance, il avait bien trois toises et demie de hauteur. Quant il fut en l'âge de sept ans, il avait bien soixante et quinze toises de hauteur et demie pour le moins : il étoit fort recréatif et plaisant : vinrent nouvelles à Gallimassue qu'il y avait en la tour de Babillone la plus grande et la plus belle géante qui fût au monde : et quand il ouit parler de la grande beaulté de cette geante, il en fut incontinent *si tres amoureulx qu'il n'en povoit ne boire ne menger*. Cette géante s'appeloit Gribouille.

Gallimassue se met en route pour conquester la dite Gribouille, gardée par le géant Frappe Saulce. Il arrive et jette le géant pardessus les murailles.

Cette maniére assez brusque de se présenter cause une vive frayeur à la belle Gribouille, qui veut fuir; mais Gallimassue le saisit par les bras et l'arrête en luy disant : « Belle, n'ayez point paour de moy, car croyez que je seroye bien marry de vous faire nul desplaisir. » Adonc, quant Gribouille l'entendit parler aussi gracieusement, elle se rassura un peu. « Puys le dict Gallimassue la fist seoir auprés de luy et luy commença à parler de plusieurs choses amoureuses, ausquelles elle print si grant plaisir que du tout elle mist son amour en luy. »

Mais arrive Gallaffre, autre amoureux de Gribouille. Gallimasse l'empoigne et le met dans sa gibecière pour son souper.

Après ces exploits, il épouse la belle Gribouille et se rend en Gaule pour combattre le géant Gargantua. Sur sa route, il rencontre Hercule et Jason qui allaient conquester la toison d'or. Il les met en sa besace.

A Naples, il trouve Gargantua, et tous les deux se battent avec des raves. La nuit sépare les combattants, et Gallimassue, qui avait pu apprécier la valeur et la force de son adversaire, en profite pour fuir. Gargantua s'élance à sa poursuite et le rencontre auprès de Château-Landon, à la tête d'une armée de Bedoins, dont il tue 300,000. Puis il saisit Gallimassue par les jambes et lui écrase la tête contre un château.

Ici finit l'histoire de Gargantua et de Gallimassue.

L'auteur termine en s'adressant aux lecteurs :

« Or, mes bons amys, ce seroyt trop longue chose pour vous racompter toute sa vie en ce petit volume, car elle est si tresgrande et tresfructueuse que on n'en sçauroyt trouver la fin. Pour ce, mesdictz Seigneurs, il vous plaira de prendre en gré ce petit que j'ay peu traire en françoys d'avec le grec et latin. Pour ce excusez moy ce le langaige est trop rude ou trop rural, car je l'ay extraict au mieulx que j'ay peu faire et congnoistre de sa vie et legende selon la vraye verité. »

Nous avons lu ce petit livre, où l'on a

cherché à imiter Rabelais, mais ce n'est qu'un récit grossier et obscène, sans esprit, sans verve, et nous ajouterons sans intérêt. C'est un plagiat opéré par une main mal exercée, qui n'a pas su même conserver les principaux traits du maître. L'auteur a vu la popularité des *Grandes Chroniques*, et il a pensé qu'en empruntant les personnages de Rabelais, en les faisant dialoguer comme des gens ivres ou fous, il trouverait des lecteurs. Il paraît n'avoir rencontré que l'indifférence, car le bibliophile Ch. Brunet n'en signale qu'une seule réimpression, portant la date de 1546.

Le public n'avait donc pas été si facile à tromper que le plagiaire l'avait espéré. Ce fait prouve que ce n'était pas les trivialités et les grossièretés que les lecteurs cherchaient dans les récits de Rabelais, mais une franche gaieté et des idées fortes sous des scènes grotesques et facétieuses.

Nous n'avons pas seulement publié les *Grandes Chroniques*, nous avons voulu les faire suivre du *Gargantua* et du premier livre de *Pantagruel*, où les idées qui sont en ébauche dans les *Grandes Chroniques* sont développées avec un talent si original et une verve si prodigieusement gauloise.

PAUL FAVRE.

LES GRANDES ET INESTIMABLES

CRONIQUES

DU GRANT ET ENORME GEANT

GARGANTUA

Contenant la Genealogie, la grandeur et force de son corps

Auffi les merueilleux faictz darmes quil fist pour le
Roy Artus, comme verrez cy apres

———

Imprime nouuellement a Lyon

1532

LES GRANDES CRONIQUES DE GARGANTUA

*Comment au temps du bon roy Artus il estoit ung
très-expert nigromancien que on appelloit Merlin.*

ous bons chevalliers et gentilz hommes
vous debvez sçavoir que au temps du
bon roy Artus, il estoit ung grant
philosophe nommé Merlin, lequel
estoit expert en l'art de nigromance
plus que nul homme du monde.
Lequel jamais ne cessa de secourir l'estat de noblesse,
dont il merita par ces faictz estre appellé prince des
nigromanciens. Ledict Merlin fist de grandes merveilles,
lesquelles sont fortes à croire à ceulx qui ne les ont
veues. Merlin estoit du grant conseil du roi Artus
et toutes les demandes qu'il faisoit en la court dudit
Roy, luy estoyent octroyées, fust pour luy ou pour
aultres. Il guarentit le Roy et plusieurs de ses barons
et gentilz hommes de grans perilz et dangiers. Il
fist plusieurs grans merveilles. Entre lesquelles il fist
une navire de cinq cens tonneaulx qui alloit vagant
sur terre ainsi que vous en voyez sur mer. Et plusieurs
aultres merveilles qui sont trop prolixes à racompter,
comme vous verrez plus à plain.

*Comment Merlin dist au roy Artus que il auroit
beaucoup d'affaires contre ses ennemys.*

APRÈS plusieurs merveilles faictes par
Merlin, à la louenge et au prouffit
du roy Artus, Merlin dist :
« Très-chier et magnanime prince
vueillez sçavoir que vous aurez beaucoup d'affaires contre voz ennemys.
Parquoy s'il vous plaist je y veulx remedier puis que
suis à vostre service, car tousjours n'y pourray estre,
car je seray trompé et detenu par femmes, mais
soyez certain que tant que seray en mon liberal arbitre
je vous garderay de la main de voz ennemys. »

A tant parla le Roy à Merlin et luy dist :
« Dea Merlin n'est-il possible de eviter ce peril pour
tout mon royaulme ?

— Non pas dist Merlin pour tout le monde.

— Adonc dist le Roy que il fist ce qui il luy plairoit,
et qu'il n'espargne riens de son royaulme. »

Alors Merlin mercia le Roy de l'offre qu'il luy
faisoit. Luy qui sçavoit toutes choses : c'est à sçavoir
le temps passé par ses ars, et le temps à venir par le
vouloir de Dieu. Ledit Merlin print congié du bon
Roy et se fist porter à la plus haulte montaigne de
Orient, et porta une ampolle du sang de Lancelot
qu'il avoit recueillie de ses playes après que il avoit
tournoyé ou combatu contre aulcun chevallier. Oultre
plus porta la rongneure des ongles des doibs de la
belle Genievre espouse du roy Artus, qui pesoyent
l'estimation de x livres. Merlin, estant à la montaigne
sur le hault d'icelle fist une enclume d'acier grosse
comme une tour, et les marteaulx convenables jusques
au nombre de troys, lesquelz par ses ars il fist que
ilz frappoyent si impetueusement sur l'enclume que
il sembloit que se fust fouldre qui descendist du ciel,
et tout par compas.

Comment Merlin fist apporter les ossemens de deux balleines pour faire le pere et la mere de Gargantua.

INCONTINENT que Merlin eut entendu ses marteaulx, il fist apporter les ossemens de une balleine masculine, et les arrousa du sang de ladicte ampolle, et les mist sur l'enclume, et en brief furent consommez lesdictz ossemens et mis en pouldre, et adonc, par la challeur du soleil de l'enclume et des marteaulx fut engendré le pere de Gargantua moyennant ladicte pouldre. Après Merlin fist apporter les os de une balleine fumelle et mesla les susdictz ongles de la Royne, puis mist le tout sur l'enclume comme jà avoit faict. Et de icelle pouldre fut faicte la mere dudict Gargantua.

Comment Merlin fist une merveilleuse jument pour porter le pere et la mere de Gargantua.

APRÈS que Merlin eut achevé ceste merveilleuse besongne, il n'eust pas si tost pousé la dernière pouldre pour faire la femme que il veist l'homme qui estoit de la grosseur d'une baleine, et de longueur à l'equipollent comme doibt estre ung droict homme : ce voyant Merlin getta son sort sur luy, et le fist dormir jusques à neuf jours ausquelz neuf jours debvoit estre faicte la femme. Le prince Merlin voyant le geant endormy proposa luy faire une beste pour le porter. Et pour ce regarda çà et là, et veit les relicques de une jument que il print, et mist sus l'enclume et en fist une si grant jument et si puissante, qu'elle povoit bien porter les deux aussi facillement que faict ung cheval de dix escus ung simple homme, et après ce l'envoya paistre aval la montaigne.

Comment Merlin rompit les enchantemens.

QUANT Merlin eut faicte ceste grande et merveilleuse jument il rompit les enchantemens et apperceut que la femme estoit jà faicte de la grandeur de l'homme, et adonc ledict homme va regarder sa femme disant :

« Que faictz-tu là Galemelle ?

— Dist la femme : Je attens Grant-Gosier mon amy. »

Adonc Merlin se print à rire, et leurs dist que les parolles estoyent belles, et que il vouloit que ilz eussent ainsi nom. Adonc adviserent ledict Merlin, et luy firent honneur comme à leur souverain seigneur, puis Merlin leur fist grand chere, et leur dist :

« Allez aval ceste montaigne et me admenez une jument que y trouverez. »

Comment Grant-Gosier et Galemelle allerent querir la jument, et engendrerent Gargantua.

ADONC par le commandement de Merlin Grant-Gosier et Galemelle descendirent au bas de la montaigne pour aller querir la grant jument. Grant-Gosier qui fut le premier au bas de la montaigne regardoit venir Galemelle, et prenoit plaisir à regarder l'entre-deux de ses chausses (car ilz estoyent tous nudz). Adonc que Galemelle fut descendue, il luy demanda quelle chausse elle avoit là. Adonc luy respond en eslargissant ses cuysses qu'elle avoit celle playe de nature. Grant-Gosier regardant la playe large et rouge comme le feu Sainct-Anthoine, le membre luy dressa, lequel il avoit gros comme le ventre d'une cacque de haranc, et long à

l'advenant. Il dist à Galemelle que il estoit barbier,
et que de son membre feroit esprouvette pour savoir
se la playe estoit parfonde : à laquelle playe il ne
trouva nul fons. Toutesfoys si bien leur agrea le jeu
que ilz engendrerent Gargantua : puis menerent la
grant jument à Merlin, et Merlin leur dist :

« Vous avez engendré ung filz qui fera grans faictz
d'armes, et donnera secours au roy Artus à l'encontre
de ses ennemys : et pourtant vous le debvez bien
traicter et nourrir, et le vous commande, et que faciez
provision de vivres pour quant il sera né sur terre.
En oultre je vous ditz que je ne seray plus avecques
vous, et vous commande sous peine de me desobeir
que quant vostre filz sera en l'eage de sept ans, que
vous deux l'admenez à la court du roy Artus en la
Grant-Bretaigne, et que apportez aulcunes choses de
par-deçà pour manifester et monstrer vostre puissance.

— Adonc dist Grant-Gosier très-chier seigneur
comme trouverons-nous le chemin, quant jamais nous
n'y fusmes.

— Dist Merlin : Vous tournerez la teste de vostre
jument vers occident, et la laissez aller, et elle vous
conduyra bien sans faillir. »

Et adonc Merlin print congié d'eulx, dont il demene-
rent si grant dueil que on les eust bien entenduz de
dix lieues, et plouroyent si très-fort que deux moulins
eussent peu mouldre de l'eaue qui leurs sortoit des
yeulx.

Grant-Gosier et Galemelle s'en vont à la chasse
pour oblier l'ennuy qu'ilz avoyent de Merlin, où ilz
trouvèrent une grande trouppe de cerfz. Grant-Gosier
s'en alla après, et en print une douzaine des plus
grans. Adonc regarda derriere luy, et ne veit point
Galemelle, car elle n'avoit point de coustume de
demourer derriere. Adonc chargea les douze bestes à
son col pour veoir où elle estoit demourée. Quant il
fut près d'elle, il advisa que elle estoit accouchée, et
apperceut que c'estoit d'ung filz masle. Adonc le

nomma Gargantua (lequel est ung verbe grec) qui
vault autant à dire : « comme tu as ung beau filz. »
Adonc la mere dist que elle vouloit que il eust ainsi
nom : et le pere fut d'acord.

Lors prindrent l'enfant Gargantua chascun par une
main, et le menerent à la montaigne où ils faisoyent
leurs demourances. Aulcuns acteurs veullent dire que
Gargantua fut totallement nourry de chairs en son
enfance. Je dis que non (ainsi que dit Morgain et
plusieurs aultres) car sa mere povoit bien porter à
chascunes de ses mammelles cinquante pippes de laict.
Le pere et la mere prenoyent plaisir à le nourrir, car
il leur faisoit tout plain de petis passe temps : aulcunesfoys il se esbatoit à getter des pierres du hault en bas
de la montaigne comme font petis enfans : lesquelles
n'estoyent point moindres de la pesanteur de troys
tonneaulx de vin : et par foys s'en alloit esbatre en la
forest comme font petis jouvenceaulx : et quant il
veoit aulcun oyseau, pour son plaisir il leur gettoit
quelque pierres, lesquelles pierres luy sembloyent bien
petites. Elles n'estoyent pas moins grosses que deux
meulles de moulin. Et si luy pesoyent moins en la
main que ne feroit une demye-noix en la main d'ung
homme de maintenant.

*Comment Grant-Gosier et Galemelle penserent de leurs
affaires pour aller chercher Merlin à la court
du roy Artus.*

GRANT-GOSIER aduise que leur filz est
grant et bien nourry et que les sept
ans s'aprochent, et que il fault qu'ilz
le menent à la court du roy Artus
ainsi que leur a dit Merlin à son
departement. Lors s'en va Grant-Gosier
d'ung costé et sa femme de l'autre pourchasser des

vivres. Tant firent que en peu de temps qu'ilz eurent
assez pour faire leur voyage. Et les chargerent lesditz
vivres sur la grant jument : qui estoit bien à l'estimation
de cinq cens charges de pain et chairs fresche et
salée. De vin ne faisoyent point de provision. Puis
tournerent la grant jument la teste vers les parties
d'Occident ; et donnerent à Gargantua une verge pour
la toucher : laquelle estoit comme ung grant mas de
navire. Au regard de Grant-Gosier et Galemelle ilz
prindrent chascun ung grant rochier sur leur teste
pour monstrer leur puissance au roy Artus quand ilz
seroyent en son royaulme (ainsi que leur avoit conseillé
Merlin à son departement) desquelz rochiers vous
orrez parler plus à plain en l'hystoire.

Comment ilz se misdrent à chemin, et des forestz de Champaigne.

TANT a faict Grant-Gosier et sa compaignie qu'ilz sont arrivez à Romme
et de là sont venuz en Allemaigne :
en Souyce : et au pays de Lorraine :
et de la grant Champaigne : où il y
avoit pour ce temps-là de grans boys :
et de celluy temps s'abbatoyent les grans forestz. Car
il failloit passer par dedans. Quant la grant jument
fut dedans les forestz de Champaigne les mouches se
prindrent à la picquer au cul : ladicte jument, qui
avoit la queue de deux cens brasses : et grosse à
l'advenant : se print à esmoucher : et alors vous eussiez
veu tomber ses gros chesnes menu comme gresle : et
tant continua ladicte beste que il n'y demoura arbre
debout que tout ne fust rué par terre : et autant en
fist en la Beaulce : car à present n'y a nul boys : et
sont contrainctz les gens du pays de eulx chauffer de
feurre ou de chaulme. Et Gargantua qui suyvoit
ladicte jument : et ne la povoit arrester se mist ung

2

ecot de boys ou petit orteil qui pesoit plus de deux
cens livres. Gargantua se trouva blecé et se print à
clocher en disant à son pere et mere que il se vouloit
reposer. Alors s'en allerent au rivaige de la mer où à
present est le mont Sainct-Michel. Quant Grant-Gosier
et Galemelle et Gargantua furent au rivaige de la mer
ilz furent bien esbahys de veoir tant d'eaue. Alors
Grant-Gosier demanda le chemin pour aller en la
Grant-Bretaigne où se tenoit le roy Artus : et on luy
dist que il leur convenoit passer la mer s'ilz y
vouloyent aller : Ce pendant Gargantua pensoit son
petit orteil et y mettoit une tante qui n'estoit pas moins
longue de troys toises et estoit ladicte tante le bout
d'ung clochier d'une petite parroisse qui estoit là
auprès : duquel clochier il en avoit osté la croisée où
estoit le coq : car elle luy eust faict mal à sa playe à
cause des croisons : et ne mist guieres la playe à estre
guerie. Et notez que il failloit quatre cens aulnes de
toille pour faire la bande dudit petit orteil sauf demy-
quartier justement car il l'avoit ung peu enflé à cause
du mal qu'il y avoit eu par avant.

Alors que sceurent les gens du pays que ilz estoyent
au rivaige vous eussiez tant veu venir de gens de toutes
pars pour les veoir que c'estoit une chose inestimable,
dont entre toutes nations qui y vindrent, les Bretons
leur firent beaucoup de mal. Et devez sçavoir que ce
qu'ilz portoyent sur leur testes ilz le mirent bas et les
vivres que portoit la grant jument sur soy : puis
l'envoyerent paistre parmy les landes : et comme bons
mesnagiers serrerent bien leur bagaige. Mais ne sceurent
si bien faire ne garder leur vitaille que en peu d'heure
vous n'eussiez veu ces Bretons à l'entour de ces rochiers
cachés de peur que on ne les veist : et avecques grans
cousteaulx l'ung couppoit une grant piece de venaison,
l'autre une grosse piece de beuf : tant y vindrent de
foys que Grant-Gosier les apperceut. Lors jura que se
ilz n'amendoyent ce que ilz luy avoyent desrobé que
ilz mangeroyent toutes les vaches de leur pays. Ce

voyant les Bretons, ilz leur baillerent deux mille vaches
pour recompense, sans les veaulx qui ne furent pas du
conte. Adonc Grant-Gosier et Galemelle dirent que ilz
garderoyent bien que plus ne feussent desrobés par le
moyen de deux rochiers. Et alors ledit Grant-Gosier
et Galemelle prindrent chascun le sien sur la teste
ainsi que les avoyent apportez d'Orient. Et puis se
mirent en la mer disant que quant ilz en auroyent affaire
qui les pourroyent aussi bien aller querir comme il les
avoyent portez. Et quant Grant-Gosier fut assez avant,
il mist le sien sur la rive de la mer lequel rochier à
present est appellé le mont Sainct-Michel. Et mist ledit
Grant-Gosier la poincte contre mont : et le puis prouver
par plusieurs Micheletz. Et est ledict rochier tresbien
gardé de present au noble roy de France comme vrayes
reliques precieuses. Galemelle vouloit mettre le sien
contre mais Grant-Gosier dist qu'elle n'en feroit riens
et que il le failloit porter plus avant, pensant à
luy-mesmes que tel pourroit prendre l'ung qui ne
prendroit pas l'autre. Galemelle fist le commandement,
et le porta plus loing. Et est ledit rochier de present
appellé Tombelaine. Après s'en sont retournés les deux
personnaiges où il ont trouvé Gargantua qui se gardoit
que les Bretons ne besongnissent à sa perte, comme
aultresfoys avoyent faict.

*Comment le pere et la mere de Gargantua moururent d'une
fiebvre, et comment Gargantua emporta les cloches de
Nostre-Dame de Paris.*

PRÈS que Grant-Gosier et Galemelle
furent venuz de porter les deux
rochiers : il leur print une fievre
continue laquelle si tresfort les tour-
menta que en brief ilz moururent par
faulte d'une purgation. Parquoy

Garguantua se cuyda désesperer car il se arracha les
cheveux et se gratoit la teste. Il frappoit du pié contre
terre, il se detordoit les bras : c'estoit merveille du dueil
qu'il demenoit. Puis son dueil passa et luy souvint
qu'il avoit ouy dire que Paris estoit la plus grant ville
du monde : il luy print envie de y aller car il appetoit
à veoir choses nouvelles comme font jeunes gens. Lors
il monta sur sa grant jument et se mist à chemin :
quant il fut près, il se mist à pied et envoya paistre la
jument, puis va entrer en la ville et se alla asseoir sur
une des tours de Nostre-Dame : mais les jambes luy
pendoyent jusques en la rivière de Seine et regardoit
les cloches de l'une et puis de l'autre et se print à
bransler les deux qui sont en la grosse tour lesquelles
sont tenues les plus grosses de France. Adonc vous
eussiez veu venir les Parisiens tous à la foule qui le
regardoyent et se mocquoyent de ce que il estoit si
grant. Lors pensa que il emporteroit ces deux cloches
et que il les pendroit au col de sa jument ainsi que il
avoit veu des sonnettes au col des mules. Adonc s'en
part et les emporte. Qui furent marris, ce furent les
Parisiens, car de force ne falloit point user contre luy.
Lors se mirent en conseil, et fut dit que l'on yroit le
supplier que il les apportast et mist en leurs places où
il les avoit prinses et que il s'en allast sans plus revenir,
et luy donnerent troys cens beufz et deux cens moutons
pour son disner, ce que accorda Gargantua : puis s'en
alla ledit Gargantua sur le rivaige de la mer dont il
estoit venu, et lors recommensa son dueil : quant il
ne veit point son pere et sa mere là où il les avoit
laissez mors, car Merlin qui sçavoit tout estoit venu
pour le reconforter lequel les avoit faict enterrer. Ledit
Merlin vint à Gargantua et luy dist :

« Ne te deconforte plus pour la mort de ton pere et
mere, car je les ay faict enterrer en ce lieu-là. »

— Lors dist Gargantua : Qui estes-vous que ainsi
parlés ?

— Dist Merlin : Je suis celluy qui commanda à ton

pere que il vint par deçà pour te presenter au roy
Artus.

— Dea, dist Gargantua, esse vous qui avez nom
Merlin ?

— Ouy, dist-il, et pourtant dispose-toy pour t'en
venir avec moy en la Grant-Bretaigne servir le Roy.

— Alors dist Gargantua : Sire Merlin, je suis à vous :
ayés pitié du pouvre orphelin.

— Puis dist Merlin : Va querir ta jument et passerons
la mer car il est heure de partir. »

Gargantua fist son commandement et amena ladicte
jument près du rivaige de la mer laquelle eut peur des
ondes en sorte que on l'eust ouye ronfler de dix lieux,
puis se print à saulter ruer et courir. Merlin voyant
que Gargantua vouloit aller après, luy dist que il la
laissast aller et qu'elle alloit en Flandres et que ladicte
jument estoit chaulde et pourroit estre couverte de
beaulx poulains dont les Flamans auroyent de la rasse
et que une aultre foys la pourroit recouvrer. Mais tant
y fut ladite jument qu'elle fist de beaux grans poulains
et poulaines : pourtant saichez que de ycelle est venu
le nom des grans jumens de Flandres.

Comment Merlin mena Gargantua en la Grant-Bretaigne.

APRÈS la perte de la grant jument Merlin
fist venir une nue qui porta luy et
Gargantua sur le bort de la mer près
Londres. Lors dist Merlin à Gargantua :
« Tu m'attendras icy et je iray vers
le bon roy Artus, lequel te fera grant
chere et te delivrera ung don qui moult te plaira. Et
pourtant ne le refuse de rien que il te commande.

— Non, feray-je, dist Gargantua, je feray tout vostre
vouloir. »

Alors s'en va Merlin, qui salua le Roy, puis dist :
« Trespuissant prince j'amaine ung personnaige en

voustre pays lequel est assez puissant pour deffaire et
mettre affin tous voz ennemys s'ilz estoyent assemblez
en ung ost : et plus de cent mille hommes d'armes
davantaige.

— Dea, dist le Roy comment est-il possible, moy
qui ay tant de vaillans gens de guerre j'ay perdu deux
batailles ceste sepmaine passée.

— Sire, dist Merlin à ceste foys leur monstrerez que
il ne vous doibvent pas venir veoir de si près. »

Adonc le Roy et les seigneurs et barons avec Merlin
montent à cheval. Et tantost ont trouvé Gargantua qui
se promenoit dont le Roy et les barons furent fort
esmerveillés de sa grosseur et haulteur. Lors le Roy le
salua et Gargantua luy rendit son salut comme à tel
prince appartenoit : et le Roy luy demanda son nom.

« Sire de son nom ne vous souciés car il est pour
se deffendre en guerre contre son homme. »

Et Gargantua leur respondit que s'il y en avoit
trente mil hommes, que il ne luy feroyent riens :

« Adonc luy dist le Roy que s'il vouloit aller
combatre contre les Gos et Magos lesquelz luy faisoyent
guerre que il l'abilleroit de livrée et luy bailleroit gaiges
et bouche à court. »

Lors le mercia Gargantua et dist que l'on luy fist
une masse de fer de soixante piedz de long : et que par
le bout elle feust grosse comme le ventre de une tine.
Lors commanda le Roy que l'en cherchasse des
fourgerons pour ce faire. Au surplus, le Roy luy dist
que ces Gos et Magos estoyent fors et puissans, et que
ilz estoyent armez de pierre de taille et que il en avoit
ung qui estoit son prisonnier lequel luy faisoyt peur
quant il le regardoit. Lors dist Gargantua :

« Sire, vous plaist-il que je le voye : »

Et le Roy dist que ouy : et envoya querir ledit
prisonnier comme dit est. Et quant Gargantua le veist,
dist :

« Sire, voulez-vous que se prisonnier ne vous face
plus peur. »

Lors dist le Roy : « Faictes ce que vous vouldrés. »

Et souldain Gargantua print ledit prisonnier par le collet et le getta devant tous les barons si treshault que l'on ne le pouvoit veoir puis tomba tout mort aussi froissé que si une tour fust tombée sur luy. Puis dist Gargantua :

« Sire, ne craignés rien plus cestuy icy car il ne vous fera plus de peur. »

La massue fust tantost faicte par la science de Merlin tel que il luy failloit et en brief fust amenée dedans une grant charrette comme on faict une piece d'artillerie : et présentée à Gargantua lequel la print bien legierement et jura devant tous les assistens que jamais ne bevroit ne mengeroit que les Gos et Magos n'eussent tous sentiz que pesoit la masse que il tenoit en sa main. Adonc vint ung poste par le commandement du roy Artus qui le mena au camp des Gos et Magos et les monstra audit Gargantua, disant :

« Voilà les traistres Gos et Magos qui nuyt et jour nous veulent destruire. »

Et tout soudain Gargantua se fourre en la bataille comme ung loup en ung troupeau de brebiz frapant de sa massue sà et là, criant :

« Vive le bon roy Artus, car je vous monstreray l'offence que luy avés faicte. »

Les Gos et Magos voyant que il estoit pire que ung grant dyable pour eulx ne luy sçavoyent que faire, fors tendre le dos : et demandoyent mercy. Mais il n'avoit pitié de nulz quelz qu'ilz feussent. Lors vint l'armée du roy Artus qui fist le pillaige. Et Gargantua retourna à Londres par devers le Roy. Et Merlin leur conta le cas : dont le Roy fut fort joyeulx de ses vertus. Lors commanda le Roy dresser les tables pour Gargantua : et commanda faire les feux de joye en la cité pour la victoire qu'il avoit contre ses ennemys les Gos et Magos. Lors se assist Gargantua à table : et a esté assis presentement. Et pour entrée de table luy fut servy les jambons de quatre cens pourceaulx sallez :

sans les andouilles et boudins : et dedans son potaige
la chair de deux cens lievres : et quatre cens pains :
dont ung chascun pesoit cinquante livres : et la chair
de deux cens beufz gras : dont il avoit mengé les
trippes de l'entrée de table. Et ne doubtez pas que le
tranchouer là où on lui tranchoit sa chair ne feust
merveilleusement bien grant : car il povoit bien tenir
dessus ledit tranchouer la chair de troys ou de quatre
beufz : et y avoit six hommes qui ne cessoyent de
trancher la chair dessus ledict tranchouer et mettre par
quartiers : et chascun quartier de beuf ne luy montoit
que ung morceau : et quatre puissans hommes qui
sans cesser à chascun morceau qu'il mangeoit lui
jectoyent chascun une grande palerée de moustarde en
la gorge : et pour la desserte luy servent quatre
tonnettes de pommes cuyttes : et beut dix tonneaulx
de cidre à cause qu'il ne beuvoit point de vin.

Comment Gargantua fut habillé de la livrée du roy Artus.

APRÉS que les tables furent levées et que
Gargantua eust prins sa refection legierement non pas comme font ung tas
de gallans, mais en escoutant les belles
parolles et honnestes jeulx et devises
du Roy et des princes qui là assistoyent.
A quoy il prenoit plus de plaisir cent mille foys qu'il ne
faisoit à boyre ne à menger. Le Roy voyant que graces
estoyent rendues et achevées de dire , il manda querir
son grant maistre d'hostel, et luy commanda que il fist
faire les habillemens de livrée de Gargantua, et qu'il fust
fourny de chemise et de tous aultres vestemens. Lors
dist le maistre d'hostel que ainsi seroit-il faict, puis qu'il
luy plaisoit le commander. Puis fut levé par le
commandement dudict grant maistre d'hostel, huyt cens
aulnes de toille pour faire une chemise audict Gargan-

tua , et cent pour faire les coussons en sorte de carreaulx, lesquelz sont mis soubz les esselles.

Pour faire son pourpoint fust levé sept cens aulnes de satin, moytié cramoysi et moytié jaulne. Et trente-deux aulnes et demy-quartier de velours vert pour faire la bordeure dudict pourpoint.

Pour faire des chausses audict Gargantua fut achapté deux cens aulnes d'escarlate , et troys quartiers et demy, cheux le drappier.

Pour faire le saye de livrée fut levé neuf cens aulnes et demy-quartier, moytié rouge et jaulne.

Pour faire la bordure fut achapté lxx aulnes de velours cramoysi : moytié rouge et moytié jaulne , ainsi comme est dict par devant.

Pour faire le manteau fut levé quinze cens aulnes ung cartier et demy de drap justement.

Pour faire ses souliers fut achapté chez les corroyeurs cinquante peaulx de vache et demye.

Pour faire les courroyes à les fermer fut achapté deux douzaines de peaulx de veau justement.

Pour carreler lesditz soulliers fut achapté cheux les taneux le cuyr de trente-six beufz.

Pour faire son bonnet à la coquarde fut baillé au bonnetier deux cens quintaux de laine deux livres et demye et ung quart justement.

Son plumart pesoit bien cent troys livres ung quarteron et davantaige.

Gargantua avoit ung signet d'or en ung de ses doys : auquel avoit troys cens mars d'or dix onces et deux deniers et demy, et y avoit ung rubiz enchassé dedans ledict signet qui estoit merveilleusement bien estimé : et pesoit cent trente livres et demye.

Au regard de monteure, quoy qu'on en dye, il reffusa de en prendre à cause que il alloit bien à pied : car en trente pas il faisoit autant de chemin que ung poste eust sceu faire à quatre chevauchées avecques ung bon cheval.

Comment Gargantua remercya Merlin à secret.

APRÈS que les habillemens furent para-chevez et que Gargantua se veit en ce point atourné et vestu de ses sumptueulx habillemens, il ressembloit au paon qui faict la roue, car il mist ses deux mains sur ces deux coustez en la presence du bon roy Artus et de tous les gentilz hommes et nobles barons et assistans de sa court qui là estoyent presens. Adonc ledict Gargantua estant eslevé sur ces deux piedz il se regarda d'ung fier couraige en faisant deux ou troys tours de la teste, puis dist :

« Bon faict croire le conseil d'ung prudent et saige homme tel comme celluy de monseigneur Merlin : car bien me dist ce que je voy maintenant quant il dist que ne refusasse en rien le bon roy Artus, car pour ung simple service que luy ay faict d'avoir destruytz et vaincuz les Gos et Magos : il m'a tant aymé qu'il m'a donné ses sumptueux habitz : dont je suis fort tenu à luy. »

Lors dist le roy Artus à Merlin : « Cher amy nous regardons Gargantua qui est bien aise d'estre né : et dit du bien de vous et de la court. Parquoy il me semble que il seroit bon que vous alliez vous monstrer devant luy veoir s'il fera ce que il dict. »

Puis dist Merlin : « Sire il fera plus fort mille foys. »

Adonc Merlin s'en va devant Gargantua. Et quant Gargantua apperceut Merlin, il vint vers luy et le salua. Puis Merlin demanda quelle chere et comme il se portoit. Et Gargantua qui estoit gay, respond que tres bien se portoit : et sur ce il se print à rire si tresfort et de si grant affection : pour la gentillesse de sa personne et de l'amour que il avoit à Merlin et au roy Artus, que on l'entendoit rire de sept lieues et demye. Après dist Gargantua :

« Seigneur Merlin, jamais homme n'eut autant de

bien au monde comme j'en ay par vostre moyen, parquoy je vous remercye. »

Comment le roy Artus envoya ambassade aux Holendoys et Irlandoys.

Vous debvez sçavoir quant ung grant mal ou maulvaise fortune advient à aulcun prince grant seigneur ou aultre pour une il en advient dix. Ainsi fut-il au roy Artus quant il eut guerre contre les Gos et Magos, car les Holendoys et Irlandoys qui luy estoyent tributaires se revolterent, et quant le roy Artus leur mandoit querir ses deniers ou ayde et confort de gensdarmes, ilz faisoyent du contraire. Parquoy luy voyant son bon conseil et la puissance de Gargantua, conclud leur envoyer ambassade et signifier qu'ilz luy eussent bien tost à rendre le tribut de cinq années, et mettre leurs villes et chasteaulx entre ses mains, et que leur Roy se vint rendre prisonnier à sa court, pour en faire justice telle que de raison : les Irlandoys et Holendoys ouirent l'ambassade, de laquelle ne se firent que mocquer, et dirent que ilz estoyent deux nations, et que ilz se tiendroyent si fors que le roy de la Grant-Bretaigne ne leur feroit riens, et deffendirent aux ambassadeurs de non plus parler du roy Artus, sur peine de tenir prison.

Comment les ambassadeurs firent leur rapport, et de la preparation de guerre.

Les ambassadeurs du roy Artus voyant la folle responce des Irlandoys et Holendoys se sont mis sur mer pour tirer vers Londres où estoit le roy Artus. Ilz ont eu bon vent, et ont fort bien exploicté, tant qu'ilz y arriverent par ung lundy matin, et le Roy en sceut les nouvelles, lequel les manda incontinant venir par devers luy en sa chambre. Quant ilz furent entrez ilz le saluerent comme ilz sçavoyent bien faire. Le Roy leur rendit leur salut en leur demandant quelles nouvelles ilz apportoyent. Lors respondirent les ambassadeurs que les Irlandoys et Holendoys totallement estoyent ses ennemys, et que ilz ne prisoyent riens sa puissance. Le Roy leur demanda :

« Leur avez-vous parlé de la puissance de Gargantua ?» Et ilz respondirent que non, combien que il leur en souvenoit assez, mais à cause de leur oultrecuydance ne les avons vouluz advertir de leur prouffit.

Le Roy leur dist que c'estoit bien faict.

Et ces parolles finées le Roy fist assembler son conseil pour deliberer de la guerre, auquel fut appellé Merlin, et plusieurs aultres : et fut conclud que Gargantua prendroit gensdarmes ce que il luy plairoit soubz son enseigne : et que Merlin les conduyroit et bailleroit conseil à Gargantua ainsi que il avoit de coustume.

Comment Merlin compta à Gargantua que il luy failloit faire la guerre contre les Irlandoys et Holendoys.

MERLIN voyant la conclusion du conseil du bon roy Artus comme celluy qui veult le proffit de son maistre, il s'en est venu à Gargantua, et luy a dit :

« Gargantua, levez la main, et faictes serment au Roy de le servir en certaine guerre mouvée entre luy et les Irlandoys et Holendoys. »

Lors Gargantua qui estoit du costé devers le soleil qui estoit chault et penetrant, va lever la main tout au large, en sorte qu'elle faisoit demye-lieue et demy-quart d'ombre tout à la ronde justement : et estoit le soleil sur le point de midy, et quant Gargantua eut faict le serment, il pria Merlin que il luy donnast conseil : et que de force avoit assez : et que en brief il luy monstreroit l'ouvraige que il sçavoit faire de sa massue : puis luy dist Merlin :

« Gargantua il te fault mener avecques toy deux mille hommes seullement : qui feront le pillaige quant tu auras gaigné la bataille : et saiches que tu prendras leur roy prisonnier, lequel tu admeneras au roy Artus, et les plus apparens de sa court, et les detiens prisonniers jusques à ce qu'on en ait faict present au bon roy Artus.

Lors dist Gargantua : « Comment passerons-nous la mer ? »

Puis dist Merlin : « Je vous passeray en ung tel navire là où nous passasmes à venir de la petite Bretaigne en la grande. »

Et brief fut assemblée l'armée et envoyée sur le port de la mer. Puis Merlin fist venir une grosse nuée noire, et en ung mouvement furent tous passez la haulte mer : et se trouuerent tous ceulx de l'armée, sauf Merlin qui s'en retourna à la court du roy Artus. Adonc quant Gargantua veit ses gens près de luy il ne fut point esbahy : mais leur dist :

« Mes enfans, attendez-moy icy en ce lieu : car je veulx aller veoir si les portes de ceste ville sont bien fermées : et sçavoir comme elle s'appelle : car nous sommes en pays de conqueste. »

Adonc Gargantua print sa massue sur son espaulle. Et s'en va vers la ville où il rencontra ung homme armé, lequel vouloit monter à cheval, et luy dist :

« A qui es-tu ? et qui est ton maistre ? »

Adonc l'homme armé fist le signe de la croix en disant : « Ennemy, je te conjure. »

Lors Gargantua le print et le mist en ung coing de sa gibessiere : et s'en alla vers les portes d'icelle ville où il trouva beaucoup de menu peuple, dont il ne tint conte, et les laissa courir en la ville, et fermerent les portes et sonnerent les cloches pour assembler toute la commune : laquelle fut incontinent sur les murailles pour getter des pierres contre Gargantua : mais riens ne les doubtoit : et devant tous se alla asseoir sur l'ung des boullevers de la ville : et leur demanda comme avoit nom la ville, et à qui elle estoit. Lors luy dirent que elle estoit au roy d'Irlande, et qu'elle s'appelloit Reboursin. Adonc demanda Gargantua si leur Roy estoit en la ville, et ilz dirent que ouy. Et adonc Gargantua leur dist que ilz luy allassent dire que il l'attendoit luy et toute sa puissance pour le combatre et mener prisonnier au roy Artus.

Comment le roy d'Irlande et Holende sortit avec cinq cens hommes d'armes pour combatre Gargantua.

AINSI que Gargantua parloit aux citoyens : le roy d'Irlande sortit par une faulce porte secrette avecques cinq cens hommes bien armez et vindrent pour assaillir Gargantua qui estoit assis sur le boulevart : et quant Gargantua les veit venir à l'encontre de luy, il passa oultre la barrière dedans le boulevart : et se print à ouvrir la gueulle, en se mocquant de si peu de gens que ilz estoyent. Adonc chascun le regardoit, et disoyent que c'estoit ung diable car il avoit la gueulle fendue de quatre braces. Puis chascun se print à tirer arballestes et arcs contre Gargantua : et se voyant Gargantua sort legierement du boulevert : et sans frapper aulcun coup de sa massue les print à belles mains et en emplit tout le fons de ces chausses. Et une partie mist en la fante de ces manches, puis s'en retourna vers ces gens qui l'attendoyent au bort de la mer et leur bailla les prisonniers à garder dont ilz furent moult joyeulx de la belle prinse que avoit faict leur capitaine Gargantua.

Comment Gargantua demanda aux prisonniers si le Roy estoit en leur compaignie.

QUANT Gargantua fust venu de bailler l'escarmouche à la ville de Reboursin, qui estoit la ville capitalle du royaulme et que il eut prins plusieurs prisonniers il les apporta en la fante de ces manches et au fons de ces chausses et les fist compter par ces gensdarmes et s'en trouva au nombre de troys cens et neuf et ung qui estoit mort du vent d'ung pet que avoit faict Gargantua en ces chausses et avoit le pouvre prisonnier la teste toute fendue et la cervelle espandue de ce coup de broudier car il petoit si rudement que du vent qui sortoit de son corps il en faisoit verser troys charretées de foing et d'une vesse en faisoit mouldre quatre molins à vent. Or laissons se pet et l'homme mort et revenons au troys cens et neuf qui furent contés et interrogués en ceste maniere par Gargantua.

« Or sà mes prisonniers, si vous voulez saulver vostre vie dictes moy en general si vostre Roy est en vostre compaignie. »

Adonc dirent tous en general que il n'y estoit point: et qu'il estoit eschappé par une petite rue estroicte et c'estoit mussé en une petite maison basse en tirant vers la grant riviere.

Comment Gargantua se disposa de aller bailler l'alarme en la ville de Reboursin, et des trefves qui furent faictes.

LENDEMAIN au point du jour se disposa Gargantua de bailler l'assault à la ville de Reboursin plus fort que par devant pour sçavoir si le Roy sortiroit comme il avoit jà faict la premiere foys: il commanda à ses gens que ilz gardissent bien les prisonniers et print sa massue à son col et s'en alla acouder sur les murailles de la ville de Reboursin. Quant les assistans le veirent venir, ilz l'allerent dire au Roy : lequel lui envoya ung messaige pour luy dire qu'il luy pleust de luy bailler trefves quinze jours ou troys semaynes : et qu'il luy feroit delivrer de la ville deux ou troys navires chargées de haranc frays : et deux cens cacques de macquereaulx sallez et la moustarde pour les manger : à quoy se accorda Gargantua, par ainsi que le Roy prepareroit son armée dedans les quinze jours et que luy-mesmes assisteroit au combat avec toute sa puissance : lequel appointement fut ainsi conclud et presenté audict Gargantua les deux navires chargées de harenc frays, et les deux cens cacques de macquereaulx sallez et xx barilles plaines de moustarde. Se voyant Gargantua qu'il estoit bien appoissonné il envoya à ses gensdarmes une des navires de haranc frays seullement, avecques deux cacques de moustarde, et cecy luy fut servy à sa table devant la porte de la ville à ung desjeuner par ung lundy matin entre sept et huyt heures. Après que Gargantua eut desjeuné, il eut envye de dormir et s'en alla à ung quart de lieue de la villé en une vallée où il se coucha et se endormit. Aulcuns de la ville l'avoyent veu endormy lesquelz en firent le raport : dont il fut dit par le conseil que ilz le yroyent assaillir la nuyt et qu'ilz le tueroyent endormy. Et quant ilz furent au lieu ilz cuidoyent devaller la vallée et ilz tumboyent dedans la gueulle de Gargantua, qui dormoit la gueulle ouverte : et y tumberent deux cens et cinq justement. Et quant Gargantua fut esveillé, il eut grant soif à cause de ces macquereaulx sallez qu'il avoit mengé : il alla à la riviere pour boire et beut tellement qu'il mist ladicte riviere à sec. Lors les citoyens qui estoyent tombez en sa gueulle furent tous noyés.

Comment le roy d'Irlande et Hollende se prepara et assembla
son ost pour resister contre Gargantua.

OYANT le roy d'Irlande et Hollende
que il n'avoit gueres de trefves il fist
diligence de mander par tout son pays
de Holende et de Irlande que tout
ban et arriere-ban fust prest de venir
à sa bonne ville de Reboursin le
troyzieme jour de may prochainement venant : et
que chascun fust le mieulx en point pour se deffendre
qu'il seroit possible. Tant fist le Roy que en peu de
temps il eut à sa court deux cens mille hommes bien
equippez de ce qui leur estoit necessaire pour le
faict de la guerre. Et quant le Roy se veit si bien
acompaigné et de si bons gensdarmes et bien en point
excepté de artillerie : car en celluy tems il n'en estoit
point, il manda par ung herault à Gargantua qui
estoit avecques ces gens sur le bord de la mer à faire
grant chere que il vint à la champaigne et que le
Roy l'attendoit avec belle compagnie, et que s'il ne
venoit bien tost que il le viendroit veoir. Lors Gargantua fust bien aise et dist au herault que il ne print
pas la peine et que il le verroit plus tost que ne luy
seroit besoing. A tant se part le herault : puis dist
Gargantua à ces gens que quant il hucheroit que ilz
viensissent pour faire le pillaige. Lors s'en va Gargantua
à l'armée sa grosse massue sur son col : et quant il
fut près, il regarda que tout le pays estoit plain, et
avoyent faict des angins pour le faire tomber. Ce
voyant il se approcha près : et ilz luy tireroyent des
fleches tant qu'il ne se veoit pas conduyre. Adonc
print sa massue à deux mains et se esmoucha deçà
et delà aussi fermement que faict ung lyon quant il
prent sa proye, et en peu de temps il en tua cent
mille deux cents et dix justement : et vingt qui
faisoyent les mors soubz les aultres : et au meillieu

4

de l'armée estoit le Roy et cinquante grans seigneurs de sa court qui crioyent misericorde. Lors demanda Gargantua :

« Qui estes-vous ? »

Et ilz respondirent que c'estoit le Roy et les barons du pays.

Adonc leur commanda Gargantua que ilz ne bougeassent et qu'il les livreroit prisonniers au roy Artus avecques les aultres pour en faire à sa voulenté. Lors Gargantua se print à siffler en paulme à ses gens lesquelz estoyent au rivaige de la mer à troys petites lieues de là. Lors incontinent qu'ilz ouyrent leur capitaine Gargantua qui siffloit en paulme ilz s'avancerent de aller vers luy : car ilz sçavoient bien que il les appelleroit pour faire le pillaige des gens qui estoyent mors : et quant ilz furent là, et que ilz eurent bien tout pillé, Gargantua print les cinquante prisonniers, et les mist en une dent creuse qu'il avoit. En ladite dent creuse avoit ung jeu de paulme pour esbatre lesditz prisonniers, et mist le Roy dedans sa gibessiere : puis sont venuz au rivaige de la mer là où ilz ont trouvé le seigneur Merlin qui les attendoit à venir. Lors Merlin fist ses enchantemens comme il avoit de coustume : et incontinant qu'ilz furent faitz, ilz furent tous transmis à la court du roy Artus, là où Gargantua fist present au noble roy Artus des dessus-dictz prisonniers. Et estoyent presens tous les barons de la court dudict roy Artus qui furent moult joyeulx, et luy faisoyent grant honneur et grant reverence et prisoyent beaucoup la force et puissance de Gargantua.

Comment Gargantua mist ung geant en sa gibessiere.

LORS quant Gargantua et Merlin et toute l'armée, furent arrivez à la court du roy Artus et livrez les prisonniers : le bruyt fut par toute la ville que il y avoit ung geant qui avoit douze coudées de hault qui estoit pour soustenir la partie des Gos et Magos. Lequel où il passoit il detruysoit tout le pays, et demandoit nouvelles de Gargantua disant qu'il vouloit combatre contre luy et venger le meurtre qu'il avoit faict ausditz Gos et Magos : et en fut le bruyt si grant qu'il vint jusques aux oreilles de Gargantua : lequel fut bien ayse de ouyr parler de sa puissance : et dist que si ledit geant vouloit servir le roy Artus que il luy bailleroit la moytié de ses gaiges que il avoit du roy Artus. Lors Gargantua print sa massue et s'en va veoir où estoit le geant qui n'estoit que à cinq petites lieues de Londres où il avoit assiegé ung chasteau et avoit jà tout destruyt le villaige. Adonc quant Gargantua le veit, il le salua, et ledict geant le regarda et luy dist :

« C'est toy que je cherche, jamais tu ne retourneras dont tu viens : mais maintenant seront vengés les Gos et Magos. »

Adonc le geant, qui avoit la veue basse, print une grosse massue de boys et cuydoit frapper Gargantua : et il frappa ung gros chesne. Alors Gargantua le va prendre et luy plia les rains en la forme et maniere que l'on plieroit une douzaine d'esguillettes et le mist en sa gibessiere et le porta tout mort à la court du roy Artus.

Et ainsi vesquit Gargantua au service du roy Artus l'espace de deux cens ans troys moys et iiii jours justement. Puis fut porté en faierie par Gain la phée,

et Melusine, avecques plusieurs aultres lesquelz y
sont de present.

Dans l'édition imprimée en 1533, chez François
Juste, à Lyon, Rabelais remplaça le dernier alinéa qui
termine brusquement la chronique de Gargantua, par
un long épilogue où il raconte le mariage de Gargantua. Voici ce morceau qui complète cette chronique : -

Quant le roy Artus sceut la venue il vint au devant
de luy acompaigné de ces barons et chevaliers et luy
firent grant chere. Et le roy Artus luy dist que s'il
vouloit demourer avecques luy, qu'il le feroit homme
de bien. Lors Gargantua luy dist qu'il le remercioit du
bien qu'il luy presentoit : mais qu'il s'en vouloit
retourner en son pays dont il estoit né et que son pere
et sa mere estoyent mors. Lors le roy Artus fut bien
dolant quant il veit qu'il failoit qu'il s'en allast.
Nonobstant il luy donna environ cinq cens mille nobles
d'Angleterre et luy dist qu'il print tout ce qu'il vouldroit. Mais Gargantua ne voulut point de ses gens car
il avoit peur de leur queue et s'en vint tout seul droit
en Normandie et s'en alla droit en Auge pour cause
qu'il avoit ouy parler des citres du dit pays, et vint à
Saincte-Barbe en Auge où il beut la valeur de mille
cinq cens ponsons de citre car il les trouva bien doulx.
Mais il s'en repentit bien après : car le citre le
commença à brouiller et boullir par le ventre en sorte
et maniere qu'il ne sçavoit qu'il debvoit faire sinon se
pourmener en se frotant le ventre. Et quant il fut à
Bayeulx il fut forcé qu'il se destachast ses chausses à la
martingale : et declicqua en sorte et maniere qu'il
couvrit toute la ville de citre qu'il avoit beu en telle
maniere que les rues ne sont pas encore biennettes, et
pour ceste cause on les appelle les foyreux de Bayeulx.
Quant Gargantua eut faict ceste purge, s'en alla droit
à Rouen, ouquel lieu il beut bien cinquante cacques

de biere : et por cause que la biere estoit en grant
quantité dedans son ventre elle commença à faire une
operation ny plus ny moins que avoit faict le cistre :
parquoy son povre petit ventre estoit bien malade. Et
fut contraint Gargantua de destacher la martingalle de
ses chausses et declicqua son povre broudier en telle
maniere et si merveilleuse impetuosité qu'il fist une
petite riviere, laquelle on appelle encores de present
Robec et y voit-on encores de merdya culis. Toutesfois
Gargantua leur fist ung grant service : car à cause qu'il
avoit tant bu de cistre et de biere la riviere estoit bonne
pour faire de biere et y a-l'on faict bonne biere espesse
et moussante et à cause de la source de l'eau de ce
broudier. Quant Gargantua se sentit ainsi mallade il
ne sçavoit que debvoit faire. D'aultrepart ceulx de
Rouen avoyent grant peur qu'il ne les noyast tous en
ceste maniere : et y en eut ung qui s'advisa de luy dire
en ceste maniere :

« Monsieur vous estes en dangier de mort et vous
et nous si vous n'y mettez remede de bonne heure. »

— Et comment ? dist Gargantua.

— Seigneur, dist l'autre pour cause que n'avez pas
accoustumé de boire de vin vous estes ainsi tourmenté.
Il vous fault aller à la Rochelle où vous fault prendre
du pain chault et le mettre tremper dedans du vin et
puis le manger et boire plus de vin que vous pourrez
et vos prometz que vous en trouverez bien.

— Et comment dist Gargantua n'avez-vous point
de vin ?

— Certes non pas pour le present : et puis messieurs
de ceste ville le guardent pour leur faire de rousties
de matin : ilz sont en dangier d'avoir une maladie en
ceste ville à cause de la puanteur de vostre mecine. »

Adonc le povre malade Gargantua s'en alla droit à
la Rochelle et s'en vint droict à la ville. Quant ceulx
de la ville le veirent ilz eurent grant peur et luy
vindrent au devant et luy demanderent qu'il vouloit.
Lors il leur dist :

« Je vous demande que me faciez apporter cinq cens pains tous chaulx pesans chascun vingt et six livres et qu'il soyent bien blancz et me les apportez ici en la place où est le vin ou aultrement je vous rompray à tous la teste et rompray vostre hable et voz murailles. »

Adonc ceulx de la ville luy respondirent :

« Monsieur vostre commandement sera faict incontinent. »

Adonc se mirent tous ceulx de la ville après, les ungs à betuler les aultres à chauffer le four les aultres à paistrir : en sorte et maniere qu'ilz firent bien deux mille et cinq cens pains : car ilz avoyent peur que après que Gargantua avoit mangé ces cinq cens pains qu'il ne fut pas contant. Par ainsi ilz vindrent vers luy et luy presenterent ce qu'il avoit demandé. Adonc Gargantua deffonsa autant de tonneaulx plains de vin et en chascun tonneau mist un pain tout chault : puis commença à ung bout et en print ung et vuyda e t pain et vin dedans sa gorge puis aux aultres ensuyvant : et en telle sorte qu'il en beut cinq cens tonneaulx et avalla cinq cens pains, ny plus ny moins que si vous aviez une miche d'ung denier dedans une tace plaine de vin. Après qu'il eut mangé ceste petite souppe, il s'endormit auprès des aultres tonneaulx. Quant il fut endormy ilz le vindrent veoir à grande procession. Ne sembloit pas à le veoir que ce fust ung homme mais sembloit ung rochier : il avoit la gueulle ouverte et sortoit une fumée de sa gorge ensorte qu'il sembloit d'ung gouffre. Et dormit ainsi quarante et quatre jours. Tandis qu'il estoit ainsi il arriva plusieurs navires qui venoient pour avoir du vin et du bled entre lesquelles y en avoit une de Bretons et l'autre de Gascons et s'en vindrent là pour veoir ce merveilleux homme : et en virant et tournant autour de luy ilz veirent sa gibassiere et vont fouiller autour, et mes Gascons et mes Bretons firent tant qu'ils l'ouvrirent et entrerent dedans. Ilz fouillerent tant qu'ilz trouverent

en ung bourseron bien cinq cens mille nobles
d'Angleterre, lesquelz le roy Artus luy avoit donnez à
son departement : et mes Bretons et mes Gascons
s'accorderent ensemble, en sorte que en une nuit ilz
luy vuiderent se bourseron. Il y eut ung Gascon le
plus habille de tous qui trouva ung bourseron où il y
avoit une sonnette d'or laquelle pesoit cent et troys
vingtz livres à la mode de Bretaigne laquelle Merlin
luy avoit donnée. Et consulterent ensemble comment
ilz l'auroyent, ensorte qu'ilz deliberent de l'avoir le
lendemain au matin. Et se trouverent ensemble mes
Gascons et mes Bretons : mais ilz furent bien trompez :
car Gargantua avoit jà dormy quarante et quatre jours
et deux heures, parquoy il s'esveilla et les trouva en
sa gibessiere. Adonc luy tout endormy les print et les
ploya tous ensemble dedans sa brayette pour sçavoir
pourquoy ilz estoyent là venuz. Et n'estoient pas moins
de cinq cens Bretons et troy cens Gascons. Quant ilz
se sentirent ainsi enserrés ilz dirent l'ung à l'aultre que
ilz estoyent tous mors : car ilz sentoyent l'air de la
biere et du cistre. Et en eut ung entre les aultres qui
estoit de Thoulouse, qui dist :

« Messieurs, recommandons-nous Dieu, lequel a
souffert mort et passion pour tout l'humain lignaige :
et nous nous en trouverons bien. »

Adoncques s'accorderent à luy et firent leur priere à
Dieu qu'il les voulsist saulver de ceste puantise et leur
donner grace de sortir de ceste brayete. Lors Gargantua
reguarda dedans son bourseron et trouva qu'il n'y avoit
que le nic, et que on avoit desrobé ses nobles d'Angleterre dont il fut bien dolant. Adonc il les tira hors de
sa brayette et en trouva deux qui estoyent estoufez
auprès du vesnier et estoyent desjà mors quant les
aultres se recommanderent à Dieu. Lors Gargantua
leur dist :

« Si vous ne m'enseignez mon tresor que vous
m'avez desrobé je vous defferay tous. »

Lors dist ce Tholouzan : « Monsieur, il est vray que

nous sommes icy arrivez deux navires, une de Bretons
et une de Gascons : et cuydions que fussiez mort,
parquoy nous nous sommes songnez à la reste.
Pardonnez-nous comme vous voulez à Dieu vous
pardonne et nous vous rendrons tout. Et voulons estre
à vostre service et aller partout où vous vouldrez, fust-
ce en enfer. »

Adonc Gargantua s'advisa qu'ilz luy seroyent bon
pour porter à son pays et qu'ilz chercheroyent les biens
de son pere. Lors il leur dist :

« Allez-moy querir mes nobles, et viste. »

Adonc s'en allerent à grant joye querir leur butin et
le apporterent à Gargantua. Lors il dist qu'il s'en vouloit
aller en son pays, et qu'il se trouvoit guérit de sa
medecine : et dist à messieurs de la ville qu'il apportas-
sent mille pains pour sa provision, lesquelz luy furent
incontinent donnez : et print mille ponsons de vin et
mist tout en sa gibassiere et les cinq cens Bretons il les
mist en un bourseron de sa gibassiere et les troys cens
Gascons dedans ung aultre. Et ainsi s'en alla delà la
Rochelle : et chemina tant par mer qu'il arriva cinq
lieues par delà toutes les grandes mers et apperceut
une montaigne la plus grande qui fut ne sera jamais
veue. Lors se pensa que c'estoit où son pere avoir esté
faict et où il avoit esté né. Adonc il print terre et veit
le pays beau et fructueux. Adonc il laissa aller ses
prisonniers pour chercher autour des rochiers : et firent
tant qu'ilz trouverent une grosse cité laquelle estoit en
une valée entre deux montaignes. Lors il s'en retournerent à Gargantua lequel se reposoit pour cause qu'il
estoit las d'avoir tant cheminé et d'avoir ainsi chargé
sa gibessiere. Adonc ilz luy dirent les nouvelles, de
quoy il fut bien joyeulx, et leur dist :

« Messieurs je vous feray tous riches : faisons grant
chere de ce que nous avons. »

Adonc ilz se commencerent à refaire de ses bons
vins avecques force jambons que ces Gascons avoyent
apportez et beurent et mangerent si bien qu'il ne leur

resta guieres de leur pain ne de leur vin : puis
Gargantua leur dist :

« Messieurs je m'en voys à la ville pour veoir quelz
gens se sont. Tenez-vous ung peu à l'escart avecques
vos arbalestes, et s'il eschappe quelque ung ne luy
faillez pas.

— Nous le ferons, tenez-vous-en seur. »

Adonc Gargantua s'en alla droit à la ville et va veoir
de loing une grant conmpaignie de geans haulx de
vingt et cinq couldées de grosseur à l'advenant. Et
estoyent là venuz de tout le pays pour faire hommaige
à la fille de leur roy, lequel avoit esté tué et mangé par
les Tartarins et Canibales lesquelz avoyent tout gasté
le pays. Lors Gargantua vint vers eulx ayant ung arbre
sur son col qui avoit bien cinq cens pas de long et leur
va dire :

« Dieu vous guart mes beaulx enfans. A qui estes-
vous ?

— Certes, dist l'ung, nommé Molandin, nous
sommes à Badebec fille du roy Mioland lequel a esté
tué en bataille par les Canibales et Tartarins lesquelz
viennent icy plus de troys cens mille ensemble, et
viennent deux foys l'an.

— Gros paillardz, dist Gargantua, avez-vous laissé
aller ceulx qui ont tué vostre maistre ? Foy que je
doibs à mon Dieu je vous en feray repentir. »

Adonc il leva sa massue et en donna si grant coup à
l'ung d'eux qu'il le mist tout en pieces. Adonc le
capitaine nommé Boutefort s'escria si hault que l'on
l'entendit de toute la ville. Lors ceulx de la ville se
mirent tous en armes et les geans vindrent les premiers
lesquelz estoyent cinq mille troys cens vingt et ung.
Adonc Gargantua fut saige et bien entendu et se retira
ung peu arriere pour les faire courir après luy. Lors
vint Boutefort leur capitaine cuydant que il se deust
venger de Gargantua. Mais il fut bien trompé, car
Gargantua se retourna tout court et de sa grosse masse
donna si grand coup à Boutefort qu'il le fist aussi

5

froissé que si une meulle de moulin tumboit sur ung petit oyseau, puis vint sur les aultres et fist une telle tuerie qu'il n'en resta que cent qui prindrent la fuitte au loing d'une roche et cheminerent par-dessus mes Gascons et ne leur servit riens leurs arbalestes. Quant ceulx de la ville veirent ceste grosse desconfiture ilz eurent grant peur et dirent qu'il valoit mieulx se rendre à luy que de se faire ainsi tuer. Lors ilz vindrent vers luy luy presentant les clefs de la ville. Mais il n'en voulut point et dist qu'il vouloit veoir Badebec fille du roy Mioland. Adonc ils le menerent au chasteau où elle estoit. Quand Badebec le veit, elle eut grant peur et s'en voulut fuyr :

Mais Gargantua luy dist qu'elle n'eust nulle peur et qu'il luy vouloit faire tout service.

« Non obstant que c'estoit icy le pays dont je suis né, je veulx que vous demourez royne : et si est de vostre plaisir, vous serez ma femme : et je delivreray ce pays des Caniballes et des Tartarins. »

Adoncques Badebec et tous ceulx de la ville furent bien joyeulx d'avoir ung tel champion pour les deffendre. Adoncques fut faict feste par la ville en si grant joye que oncques n'en fut veu de pareille. Et faisoit moult beau veoir Gargantua et Badebec ensemble : car elle avoit bien vingt et neuf couldées de haulteur. Elle n'avoit la gorge ouverte que d'une brasse et la faisoit moult beau veoir rire. Gargantua vesquit cinq cens et ung an et eut de grosses gueres desquelles je me tays pour le present. Et eut ung filz de Badebec, son espouse lequel a faict autant de vaillances que Gargantua. Et le pourrez veoir par la vraye Chronicque, laquelle est une petite partie imprimée. Et quelque jour que messieurs de Sainc Victor vouldront, on prendra la coppie de la reste des faictz de Gargantua et de son filz Pantagruel.

FINIS.

S'ensuyt la table de ceste presente hystoire et cronicque de Gargantua.

Comment Gargantua s'en retourna au mont Sainct-Michel et comment Merlin s'apparut à luy et l'emmena à la cour du roy Artus pour servir ledict Roy.

Comment Gargantua deffist les Gos et Magos de sa massue. Et comment ledit Gargantua fist son premier repas à la court du roy Artus, et fut servy de plusieurs metz, et de ses abillemens de livrée.

Comment Gargantua fist guerre aux Hollendoys et Irlandoys, et comment ilz luy baillerent deux navires plaines de haranc frays et troys barricques de macquereaulx sallez pour son desjeuner pour avoir trefves. Et comment il s'endormit la bouche ouverte : et tomba troys cens des citoyens en sa gueulle.

Comment il gaigna la bataille et mist le Roy en sa gibessiere, et un grant nombre de grans seigneurs qu'il mist en prison en sa dent creuse.

Comment Gargantua retourna à la court du roy Artus et luy fist present des prisonniers et du roy de Hollende et de Irlande.

Comment Gargantua alla combatre contre ung geant. Et comment ledict Gargantua luy pleia les rains et le mist en sa gibessiere.

FINIS.

Cy finissent les Cronicques du grant et puis-
sant geant Gargantua contenant sa genealo-
gie, La grandeur et force de son corps.
Aussi les merueilleux faictz darmes
quil fist pour le noble Roy Artus
Tant contre les Gos et Magos
que a lencontre du Roy Dir-
lande et Zelande. Auec-
ques les merueilles de
Merlin Nouuelle-
ment Imprimes
A Lyon.

LA VIE TRES HORRIFICQUE

DU GRAND GARGANTUA

PERE DE PANTAGRUEL

JADIS COMPOSÉE PAR M. ALCOFRIBAS

Abſtracteur de Qinte Eſſence

Livre plein de Pantagruelisme

———

M. D. XLII

On les vend à Lyon, Chez François Juste

Devant Nostre-Dame de Confort.

AUX LECTEURS

Amys lecteurs qui ce livre lisez,
Despouillez vous de toute affection,
Et le lisant ne vous scandalisez :
Il ne contien mal ne infection.
Vray est qu'icy peu de perfection
Vous apprendrez, si non en cas de rire :
Aultre argument ne peut mon cueur elire,
Voyant le dueil qui vous mine et consomme :
Mieulx est de ris que de larmes escripre,
Pource que rire est le propre de l'homme.

PROLOGE DE L'AUTEUR[1]

euveurs tresillustres, et vous Verolez tresprecieux[2] (car à vous, non à aultres, sont dediez mes escriptz)[3] Alcibiades ou dialoge de Platon, intitulé Le Bancquet, louant son precepteur Socrates, sans controverse prince des philosophes, entre aultres parolles le dict estre semblable ès Silenes. Silenes estoient jadis petites boites telles que voyons de present ès bouticques des apothecaires, pinctes au dessus de figures joyeuses et frivoles, comme de Harpies, Satyres, oysons bridez, lievres cornuz, canes bastées, boucqs volans, cerfz limonniers, et aultres telles pinctures contrefaictes à plaisir pour exciter le monde à rire, quel fut Silene, maistre du bon Bacchus : Mais au dedans l'on reservoit les fines drogues, comme Baulme, Ambre gris, Amomon, Musc, Zivette, Pierreries: et aultres choses precieuses. Tel disoit estre Socrates : par ce que le voyans au dehors et l'estimans par l'exteriore apparence, n'en eussiez donné un coupeau d'oignon[4] : tant laid il estoit de corps et ridicule en son maintien, le nez pointu [5], le reguard d'un taureau, le visaige d'un fol : simple en meurs, rustiq

*en vestimens, pauvre de fortune, infortuné en femmes,
inepte à tous offices de la republique, tousjours riant,
tousjours beuvant d'autant[6] à un chascun, tousjours se
guabelant [7], tousjours dissimulant son divin sçavoir. Mais,
ouvrans ceste boyte : eussiez au dedans trouvé une celeste et
impreciable drogue, entendement plus que humain, vertus
merveilleuse, couraige invincible, sobresse non pareille,
contentement certain, asseurance parfaicte, deprisement
incroyable de tout ce pourquoy les humains tant veiglent,
courent, travaillent, navigent et bataillent.*

*A quel propos, en voustre advis, tend ce prelude, et
coup d'essay ? Par autant que vous mes bons disciples et
quelques aultres foulz de sejour[8] lisans les joyeux tiltres
d'aulcuns livres de nostre invention, comme Gargantua,
Pantagruel, Fessepinte [9], La dignité des braguettes, Des
poys au lard cum commento, etc., jugez trop facilement
ne estre au dedans traicté que mocqueries, folateries et
menteries joyeuses : veu que l'ensigne extérìore (c'est le
tiltre), sans plus avant enquerir, est communement receu
à derision et gaudisserie. Mais par telle legiereté ne convient
estimer les œuvres des humains. Car vous mesmes dictes,
que l'habit ne faict poinct le moine[10] : et tel est vestu
d'habit monachal, qui au dedans n'est rien moins que
moyne: et tel est vestu de cappe hespanole qui, en son
couraige nullement affiert à Hespane[11]. C'est pourquoy
fault ouvrir le livre, et soigneusement peser ce que y est
deduict. Lors congnoistrez que la drogue dedans contenue
est bien d'aultre valeur, que ne promettoit la boite. C'est à
dire que les matieres icy traictées ne sont tant folastres,
comme le tiltre au dessus pretendoit.*

*Et posé le cas, qu'au sens literal vous trouvez matieres
assez joyeuses et bien correspondentes au nom, toutesfoys
pas demourer là ne fault, comme au chant des Sirenes :
ains à plus hault sens interpreter ce que par adventure
cuidiez dict en gayeté de cueur.*

*Crochetastes vous oncques bouteilles ? Caisgne[12]. Reduisez
à memoire la contenence qu'aviez. Mais veistes vous onques
chien rencontrant quelque os medulare ? C'est, comme dict*

Platon, lib. ij. de Rep., *la beste du monde plus philo-*
sophe. Si veu l'avez: vous avez peu noter de quelle devotion
il le guette; de quel soing il le guarde: de quel ferveur il
le tient: de quelle prudence il l'entomme: de quelle affection
il le brise, et de quelle diligence il le sugce. Qui le induict
à ce faire? Quel est l'espoir de son estude? Quel bien
pretend il? Rien plus q'un peu de mouelle. Vray est
que ce peu, plus est delicieux que le beaucoup de toutes
aultres[13] *: pource que la mouelle est aliment elabouré à*
perfection de nature, comme dict Galen, iij. facu. natural.,
et xj, de usu parti.

A l'exemple d'icelluy vous convient estre saiges pour
fleurer, sentir, et estimer ces beaulx livres de haulte gresse[14]*,*
legiers au prochaz[15]*, et hardiz à la rencontre. Puis, par*
curieuse leçon et meditation frequente, rompre l'os, et
sugcer la substantificque mouelle. C'est à dire: ce que j'en-
tends par ces symboles Pythagoricques, avecques espoir
certain d'estre faictz escors[16] *et preux à ladicte lecture.*
Car en icelle bien aultre goust trouverez, et doctrine plus
absconce, laquelle vous revelera de treshaultz sacremens et
mysteres horrificques, tant en ce qui concerne nostre religion,
que aussi l'estat politicq et vie œconomicque.

Croiez vous en vostre foy qu'oncques Homere, escrivent
l'Iliade et Odyssée, pensast ès allegories lesquelles de luy
ont calfreté[17] *Plutarche, Heraclides Ponticq, Eustatie,*
Phornute, et ce que d'iceulx Politian a desrobé[18]*? Si le*
croiez: vous n'approchez ne de pieds ne de mains à mon
opinion, qui decrete icelles aussi peu avoir esté songées
d'Homere, que d'Ovide en ses Metamorphoses, les sacremens
de l'Evangile: lesquelz un frere Lubin[19]*, vray croquelar-*
don, s'est efforcé demonstrer, si d'adventure il rencontroit:
gens aussi folz que luy: et (comme dict le proverbe) couvercle
digne du chaudron.

Si ne le croiez: quelle cause est, pourquoy autant n'en
ferez de ces joyeuses et nouvelles chronicques? Combien
que les dictant n'y pensasse en plus que vous, qui par ad-
venture beviez comme moy. Car à la composition de ce
livre seigneurial, je ne perdiz ne emploiay oncques plus

6

ny aultre temps que celluy qui estoit estably à prendre ma refection corporelle : sçavoir est, beuvant et mangeant. Aussi est cela juste heure d'escrire ces haultes matieres et sciences profundes. Comme bien faire sçavoit Homere paragon de tous Philologes[20], et Ennie, père des poëtes latins, ainsi que tesmoigne Horace, quoy qu'un malautru[21] ait dict, que ses carmes sentoyent plus le vin que l'huile.

Autant en dict un Tirelupin[22] de mes livres, mais bren pour luy. L'odeur du vin, ô combien plus est friant, riant, priant[23], plus celeste et delicieux que d'huille ? Et prendray autant à gloire qu'on die de moy, que plus en vin aye despendu que en huyle, que fist Demosthenes, quand de luy on disoit que plus en huyle que en vin despendoit. A moy n'est que honneur et gloire d'estre dict et reputé bon Gaullier[24] et bon compaignon : et en ce nom suis bien venu en toutes bonnes compaignies de Pantagruelistes. A Demosthenes fut reproché par un chagrin que ses oraisons sentoient comme la serpilliere d'un ord et sale huillier. Pourtant interpretez tous mes faictz et mes dictz en la perfectissime partie : ayez en reverence le cerveau caseiforme[25] qui vous paist de ces belles billes vezées[26], et à vostre povoir tenez-moy tousjours joyeux.

Or esbaudissez vous, mes amours, et guayement lisez le reste tout à l'aise du corps, et au profit des reins. Mais escoutez, vietz dazes, que le Maulubec[27] vous trousque : vous soubvienne de boyre à my pour la pareille : et je vous plegeray tout ares metys[28].

LIVRE PREMIER

———

De la genealogie et antiquité de Gargantua [1].

Chapitre I.

E vous remectz à la grande chronicque Pantagrueline recongnoistre la genealogie et antiquité dont nous est venu Gargantua. En icelle vous entendrez plus au long comment les Geands nasquirent en ce monde : et comment d'iceulx par lignes directes yssit Gargantua, père de Pantagruel : et ne vous faschera, si pour le present je m'en deporte. Combien que la chose soit telle que, tant plus seroit remembrée, tant plus elle plairoit à voz seigneuries : comme vous avez l'autorité de Platon *in Philebo et Gorgia*, et de Flacce [2], qui dict estre aulcuns propos telz que ceulx cy sans doubte [3], qui plus sont delectables, quand plus souvent sont redictz.

Pleust à Dieu qu'un chascun sceust aussi certainement sa genealogie, depuis l'arche de Noë jusques à cest eage. Je pense que plusieurs sont aujourd'huy empereurs, Roys, ducz, princes et Papes, en la terre, lesquelz sont descenduz de quelques porteurs de rogatons et de coustretz. Comme au rebours plusieurs sont gueux de l'hostiaire [4], souffreteux et miserables, lesquelz sont descenduz de sang et ligne de grandz roys et empereurs. Attendu l'admirable transport des règnes et empires :

Des Assyriens ès Medes,

Des Medes ès Perses,

Des Perses ès Macedones,

Des Macedones ès Romains,

Des Romains ès Grecz,

Des Grecz ès Francoys.

Et pour vous donner à entendre de moy qui parle, je cuyde que soye descendu de quelque riche roy ou prince au temps jadis. Car oncques ne veistes homme, qui eust plus grande affection d'estre roy et riche que moy : affin de faire grand chere, pas ne travailler, poinct ne me soucier [5], et bien enrichir mes amys et tous gens de bien et de sçavoir. Mais en ce je me reconforte, que en l'aultre monde je le seray : voyre plus grand que de present ne l'auseroye soubhaitter. Vous en telle ou meilleure pensée reconfortez vostre malheur, et beuvez fraiz si faire se peut.

Retournant à noz moutons [6], je vous dictz que par don souverain des cieulx nous a esté reservée l'antiquité et genealogie de Gargantua, plus entiere que nulle autre. Exceptez celle du Messias, dont je ne parle, car il ne me appartient, aussi les diables (ce sont les calumniateurs et caffars[7]) se y opposent. Et fut trouvée par Jean Audeau, en un pré qu'il avoit près l'Arceau Gualeau, au dessoubz de l'Olive, tirant à Narsay. Duquel faisant lever les fossez, toucherent les piocheurs de leurs marres, un grand tombeau de bronze[8] long sans mesure : car oncques n'en trouverent le bout, par ce qu'il entroit trop avant les excluses de Vienne. Icelluy ouvrans en certain lieu, signé au dessus d'un goubelet, à l'entour duquel estoit escript en lettres Ethrusques[9] *Hic bibitur,* trouverent neuf flaccons en tel ordre[10] qu'on assiet les quilles en Guascoigne. Des quelz celluy qui au mylieu estoit couvroit un gros, gras, grand, gris, joly, petit, moisy, livret, plus mais non mieulx sentent que roses[11].

En icelluy fut ladicte genealogie trouvée escripte au long, de lettres cancelleresques[12], non en papier, non en parchemin, non en cere : mais en escorce d'ulmeau, tant toutesfoys usées par vetusté, qu'à poine en povoit on troys recongnoistre de ranc.

Je (combien que indigne) y fuz appellé : et à grand renfort de bezicles practicant l'art dont on peut lire lettres non apparentes, comme enseigne Aristoteles, la translatay, ainsi que veoir pourrez en Pantagruelisant, c'est-à-dire beuvans à gré et lisans les gestes horrificques de Pantagruel. A la fin du livre estoit un petit traicté intitulé : *Les Fanfreluches antidotées*. Les ratz et blattes, ou (affin que je ne mente) aultres malignes bestes, avoient brousté le commencement : le reste j'ay cy dessoubz adjousté, par reverence de l'antiquaille.

Les Fanfreluches[1] antidotées trouvées en un monument antique [2].

CHAPITRE II

◯ i ? enu le grand dompteur des Cimbres,
ℇ sant par l'aer, de peur de la rousée,
' sa venue on a remply les timbres
?' beure fraiz, tombant par une housée [3].
= uquel quand fut la grand mere arrousée [4],
Cria tout hault, Hers, par grace peschez le.
Car sa barbe est presque toute embousée :
Ou pour le moins, tenez luy une eschelle.

Aulcuns disoient que leicher sa pantoufle
Estoit meilleur que guaigner les pardons :
Mais il survint un affecté marroufle,
Sorti du creux où l'on pesche aux gardons,

Qui dict, Messieurs, pour Dieu nous engardons,
L'anguille y est [5], et en cest estau musse.
Là trouverez (si de près regardons)
Une grand tare, au fond de son aumusse.

Quand fut au poinct de lire le chapitre,
On n'y trouva que les cornes d'un veau.
Je (disoit-il) sens le fond de ma mitre
Si froid, qu'autour me morfond le cerveau.
On l'eschaufa d'un parfunct de naveau,
Et fut content de soy tenir ès atres,
Pourveu qu'on feist un limonier noveau
A tant de gens qui sont acariatres.

Leur propos fut du trou de sainct Patrice,
De Gilbathar [6], et de mille aultres trous :
S'on les pourroit reduire à cicatrice,
Par tel moien, que plus n'eussent la tous :
Veu qu'il sembloit impertinent à tous
Les veoir ainsi à chascun vent baisler.
Si d'adventure ilz estoient à poinct clous,
On les pourroit pour houstage bailler [7].

En cest arrest le courbeau fut pelé
Par Herculès : qui venoit de Libye.
Quoy ? dist Minos, que n'y suis-je appellé ?
Excepté moy tout le monde on convie.
Et puis l'on veult que passe mon envie,
A les fournir d'huytres et de grenoilles :
Je donne au diable en quas que de ma vie
Preigne à mercy leur vente de quenoilles.

Pour les matter survint Q. B. qui clope,
Au sauconduict des mistes Sansonnetz.
Le tamiseur, cousin du grand Cyclope,
Les massacra. Chascun mousche son nez [8] :
En ce gueret peu de bougrins sont nez,
Qu'on n'ait berné sus le moulin à tan.

Courrez y tous : et à l'arme sonnez :
Plus y aurez, que n'y eustes antan [9].

Bien peu après, l'oyseau de Jupiter
Delibera pariser pour le pire,
Mais les voyant tant fort se despiter,
Craignit qu'on mist ras, jus, bas, mat, l'empire :
Et mieulx ayma le feu du ciel empire
Au tronc ravir où l'on vend les soretz :
Que aer serain, contre qui l'on conspire,
Assubjectir es dictz des Massoretz

Le tout conclud fut à la poincte affilée,
Maulgré Até [10], la cuisse heronniere,
Que là s'assist, voyant Pentasilée
Sus ses vieux ans prinse pour cressonniere.
Chascun crioit : Vilaine charbonniere,
T'appartient-il toy trouver par chemin ?
Tu la tolluz la romaine banière,
Qu'on avoit faict au traict du parchemin.

Ne fust Juno, que dessoubz l'arc celeste
Avec son duc tendoit à la pipée :
On luy eust faict un tour si tresmoleste.
Que de tous poincts elle eust esté frippée.
L'accord fut tel, que d'icelle lippée,
Elle en auroit deux œufz de Proserpine,
Et si jamais elle y estoit grippée,
On la lieroit au mont de l'Albespine.

Sept moys après, houstez en vingt et deux,
Cil qui jadis anihila Carthage,
Courtoysement se mist en mylieu d'eux,
Les requerent d'avoir son heritage.
Ou bien qu'on feist justement le partage
Selon la loy que l'on tire au rivet,
Distribuent un tatin du potage
A ses facquins qui firent le brevet.

Mais l'an viendra, signé d'un arc turquoys
De v. fuseaulx, et troys culz de marmite,
Onquel le dos d'un roy trop peu courtoys
Poyvré sera soubz un habit d'hermite.
O la pitié. Pour une chattemite
Laisserez-vous engouffrer tant d'arpens ?
Cessez, cessez, ce masque nul n'imite.
Retirez vous au frere des serpens[11].

Cest an pessé, cil qui est regnera
Paisiblement avec ses bons amis.
Ny brusq, ny smach lors ne dominera[12],
Tout bon vouloir aura son compromis.
Et le solas qui jadis fut promis
Es gens du ciel, viendra en son befroy,
Lors les haratz qui estoient estommis[13],
Triumpheront en royal palefroy.

Et durera ce temps de passe passe
Jusques à tant que Mars ayt les empas[14].
Puis en viendra un qui tous aultres passe,
Delitieux, plaisant, beau sans compas[15].
Levez vos cueur: tendez à ce repas,
Tous mes feaulx. Car tel est trespassé
Qui pour tout bien ne retourneroit pas,
Tant sera lors clamé le temps passé.

Finablement celluy qui fut de cire
Sera logé au gond du Jacquemart.
Plus ne sera reclamé, Cyre, Cyre,
Le brimbaleur, qui tient le cocquemart.
Heu, qui pourroit saisir son bracquemart ?
Toust seroient netz les tintouins cabus,
Et pourroit on à fil de poulemart[16]
Tout baffouer le maguazin d'abus.

*Comment Gargantua fut unze moys porté ou ventre
de sa mère.*

CHAPITRE III

RANDGOUSIER estoit bon raillard en son
temps, aymant à boyre net autant que
homme qui pour lors fust au monde,
et mangeoit voluntiers salé. A ceste
fin avoit ordinairement bonne muni-
tion de jambons de Magence et de
Baionne [1], force langues de beuf
fumées, abondance de andouilles en la saison et beuf
sallé à la moustarde. Renfort de boutargues [2], provision
de saulcisses, non de Bouloigne (car il craignoit ly
boucon de Lombard [3]) mais de Bigorre, de Lonquaul-
nay, de la Brene, et de Rouargue. En son eage virile
espousa Gargamelle, fille du roy des Parpaillos [4], belle
gouge et de bonne troigne [5]. Et faisoient eux deux
souvent ensemble la beste à deux doz, joyeusement se
frotans leur lard, tant qu'elle engroissa d'un beau filz
et le porta jusques à l'unziesme moys.

Car autant, voire d'advantage, peuvent les femmes
ventre porter, mesmement quand c'est quelque chef
d'œuvre, et personnage qui doibve en son temps faire
grandes prouesses. Comme dict Homere que l'enfant
duquel Neptune engroissa la nymphe nasquit l'an
après revolu : ce fut le douziesme moys. Car (comme
dict A. Gelle, lib. iiij.) ce long temps convenoit à la
majesté de Neptune, affin qu'en icelluy l'enfant feust
formé à perfection. A pareille raison Jupiter feist durer
xlviij. heures la nuyct qu'il coucha avecques Alcmene.
Car en moins de temps n'eust-il peu forger Herculès [6],
qui nettoia le monde de monstres et tyrans.

Messieurs les anciens Pantagruelistes ont conformé
ce que je dis [7], et ont déclairé non seulement possible,
mais aussi legitime, l'enfant né de femme l'unziesme
moys après la mort de son mary.

7

Hippocrates, lib. *de Alimento.*

Pline, lib. vij. cap. v.

Plaute, *in Cistellaria.*

Marcus Varro en la satyre inscripte *Le Testament,*
allegant l'autorité d'Aristoteles à ce propos.

Censorinus, lib. *de die natali* [8].

Aristoteles, lib. vij. cap. iij. et iiij. *de nat. animalium.*

Gellius, lib. iij. cap. xvj.

Servius *in Egl.* exposant ce metre de Virgile :

> Matri longa decem, etc.

Et mille autres folz : le nombre desquelz a esté par
les legistes acreu. *ff. de suis et legit. l. intestato.* § *fi.*
Et *in Autent. de restitut. et ea que parit in* xj *mense.*

D'abondant en ont chaffourré leur robidilardicque
loy [9], Gallus. *ff. de lib. et post. et l. septimo, ff. de stat.
homin.* et quelques aultres, que pour le present dire
n'ause.

Moiennans lesquelles loys, les femmes vefves peuvent
franchement jouer du serrecropiere[10] à tous enviz[11] et
toutes restes, deux moys après le trespas de leurs mariz.
Je vous prie par grace, vous aultres mes bons averlans[12],
si d'icelles en trouvez que vaillent le desbraguetter,
montez dessus et me les amenez. Car si au troisiesme
moys elles engroissent, leur fruict sera heritier du
deffunct : et la groisse congneue, poussent hardiment
oultre, et vogue la gualée, puis que la panse est pleine.
Comme Julie fille de l'empereur Octavian ne se
abandonnoit à ses taboureurs sinon quand elle se
sentoit grosse, à la forme que la navire ne reçoit son
pilot, que premierement ne soit callafatée et chargée.
Et si personne les blasme de soy faire rataconniculer[13]
ainsi suz leur groisse, veu que les bestes suz leurs
ventrées n'endurent jamais le masle masculant, elles
responderont que ce sont bestes, mais elles sont
femmes : bien entendentes les beaulx et joyeux menuz
droictz de superfetation : comme jadis respondit
Populie, selon le raport de Macrobe lib. ij. *Saturnal.*

Si le diavol ne veult qu'elles engroissent, il fauldra tortre le douzil, et bouche clouse[14].

❦❦❦❦❦❦❦❦❦❦❦❦❦❦❦❦❦❦❦

Comment Gargamelle estant grosse de Gargantua mangea grand planté de tripes.

CHAPITRE IV

'OCCASION et maniere comment Gargamelle enfanta fut telle : et si ne le croyez, le fondement vous escappe. Le fondement luy escappoit une apres disnée le iij^e jour de febvrier, par trop avoir mangé de gaudebillaux. Gaudebillaux : sont grasses tripes de coiraux. Coiraux : sont beufz engressez à la creche et prez guimaulx. Prez guimaulx : sont qui portent herbe deux fois l'an. D'iceulx gras beufz avoient faict tuer troys cens soixante sept mille et quatorze, pour estre à mardy gras sallez : affin qu'en la prime vere ilz eussent beuf de saison à tas, pour au commencement des repastz faire commemoration de saleures, et mieulx entrer en vin.

Les tripes furent copieuses, comme entendez : et tant friandes estoient que chascun en leichoit ses doigtz. Mais la grande diablerie à quatre personnaiges[1] estoit bien en ce que possible n'estoit longuement les reserver. Car elles feussent pourries. Ce que sembloit indecent. Dont fut conclud, qu'ilz les bauffreroient sans rien y perdre. A ce faire convierent tous les citadins de Sainnais, de Suillé, de la Roche Clermaud, de Vaugaudray, sans laisser arriere le Coudray, Montpensier, le Gué de Vede et aultres voisins[2] : tous bons beuveurs, bons compaignons et beaulx joueurs de quille là. Le bon homme Grandgousier y prenoit plaisir bien grand : et commendoit que tout allast par escuelles. Disoit toutesfoys à sa femme qu'elle en mangeast le moins, veu qu'elle aprochoit de son terme, et que ceste tripaille n'estoit viande moult louable. Celluy (disoit-il) a grande envie de mascher merde, qui d'icelle le sac mangeue [3]. Non obstant ces remonstrances, elle en mangea seze muiz, deux bussars, et six tupins [4]. O belle matiere fecale, qui doivoit boursouffler en elle.

Apres disner, tous allèrent (pelle melle) à la Saulsaie : et là sus l'herbe drue[5] dancerent au son des joyeux flageolletz, et doulces cornemuses : tant baudement [6], que c'estoit passetemps celeste les veoir ainsi soy rigouller.

Les propos des bienyvres.

CHAPITRE V

Uis entrerent en propos de resieunier [1] on propre lieu.

Lors flaccons d'aller, jambons de troter, goubeletz de voler, breusses [2] de tinter. Tire, baille, tourne, brouille [3]. Boutte à moy, sans eau, ainsi mon amy : fouette moy ce verre[4] gualentement, produiz moy du clairet, verre pleurant [5]. Treves de soif. Ha faulse fiebvre, ne t'en iras tu pas ? Par ma fy, ma commere, je ne peuz entrer en bette [6]. Vous estez morfondue, m'amie [7]. Voire. Ventre sainct Quenet [8], parlons de boire. Je ne boy que à mes heures, comme la mulle du pape. Je ne boy que en mon breviaire [9], comme un beau pere guardian. Qui feut premier soif ou beuverye[10] ? Soif. Car qui est beu sans soif durant le temps de innocence ? Beuverye. Car *privatio presupponit habitum*. Je suys clerc[11] : *Fœcundi calices quem non fecere disertum ?* Nous aultres innocens ne beuvons que trop sans soif[12]. Non moy, pecheur, sans soif. Et si non presente, pour le

moins future, la prevenent comme entendez. Je boy
pour la soif advenir. Je boy eternellement, ce m'est
eternité de beuverye, et beuverye de eternité. Chantons,
beuvons, ung motet[13]. Entonnons. Où est mon
entonnoir ? Quoy, je ne boy que par procuration[14].

Mouillez-vous pour seicher, ou vous seichez pour
mouiller ? Je n'entèns poinct la theoricque[15] : de la
praticque je me ayde quelque peu. Haste. Je mouille,
je humecte[16], je boy. Et tout de peur de mourir. Beuvez
tousjours vous ne mourrez jamais. Si je ne boy je suys
à sec. Me voylà mort. Mon ame s'en fuyra en quelque
grenoillère. En sec jamais l'ame ne habite[17]. Somelliers,
o createurs de nouvelles formes, rendez-moy de non
beuvant beuvant. Perannité de arrousement par ces
nerveux et secz boyaulz. Pour neant boyt qui ne s'en
sent. Cestuy entre dedans les venes, la pissotiere n'y
aura rien. Je laveroys voluntiers les tripes de ce veau
que j'ay ce matin habillé. J'ay bien saburré mon
stomach[18]. Si le papier de mes schedules beuvoyt aussi
bien que je foys, mes crediteurs auroient bien leur vin
quand on viendroyt à la formule de les exhiber[19]. Ceste
main vous guaste le nez. O quants aultres y entreront,
avant que cestuy-cy en sorte : boyre à si petit gué :
c'est pour rompre son poictral[20]. Cecy s'appelle pipée
à flaccons. Quelle difference est entre bouteille et
flaccon ? Grande, car bouteille est fermée à bouchon,
et flaccon à viz[21]. De belles. Nos pères beurent bien et
vuidèrent les potz. C'est bien chié, chanté, beuvons.
Voulez-vous rien mander à la rivière ? cestuy-ci va
laver les tripes. Je ne boy en plus qu'une esponge. Je
boy comme un templier, et je *tanquam sponsus*, et moy
sicut terra sine aqua. Un synonyme de jambon ? C'est
une compulsoire de beuvettes, c'est un poulain. Par le
poulain, on descend le vin en cave, par le jambon, en
l'estomach. Or çà, à boire, boire çà. Il n'y a poinct
charge. *Respice personam : pone pro duos : bus non est in
usu*. Si je montois aussi bien comme j'avalle, je feusse
pieçà hault en l'aer. Ainsi se feist Jacques Cueur riche.

Ainsi profitent boys en friche. Ainsi conquesta Bacchus l'Inde[22]. Ainsi philosophie Melinde[23]. Petite pluye abat grand vend. Longues beuvettes rompent le tonnoire[24]. Mais si ma couille pissoit telle urine, la vouldriez vous bien sugcer ? Je retiens après. Paige, baille : je t'insinue ma nomination en mon tour[25]. Hume Guillot, encores y en a il un pot. Je me porte pour appellant de soif, comme d'abus. Paige , relieve mon appel en forme. Ceste roigneure. Je souloys jadis boyre tout : maintenant, je n'y laisse rien. Ne nous hastons pas, et amassons bien tout. Voy cy trippes de jeu et guodebillaux d'enuy, de ce fauveau à la raye noire[26]. O pour Dieu, estrillons-le à profict de mesnaige[27]. Beuvez, ou je vous... Non ; non. Beuvez , je vous en prye. Les passereaux ne mangent si non que on leurs tappe les queues. Je ne boy si non qu'on me flatte. Lagona edatera[28]. Il n'y a raboulliere[29] en tout mon corps où cestuy vin ne furette la soif. Cestuy-ci me la fouette bien. Cestuy-cy me la bannira du tout. Cornons icy à son de flaccons et bouteilles[30], que quiconques aura perdu la soif ne ayt à la chercher ceans. Longs clystères de beuverie l'ont faict vuyder hors le logis. Le grand Dieu feist les planettes : et nous faisons les platz netz. J'ay la parole de Dieu en bouche : *Sitio*. La pierre dicte ἄσβεστος n'est plus inextinguible que la soif de ma Paternité. L'appetit vient en mangeant, disoyt Angest on[31] Mans ; la soif s'en va en beuvant. Remède contre la soif ? Il est contraire à celluy qui est contre morsure de chien : courrez tousjours après le chien , jamais ne vous mordera : beuvez tousjours avant la soif, et jamais ne vous adviendra. Je vous y prens , je vous resveille. Sommelier eternel , guarde-nous de somme. Argus avoyt cent yeulx pour veoir, cent mains fault à un sommelier, comme avoyt Briareus, pour infatigablement verser. Mouillons, hay, il faict beau seicher[32]. Du blanc, verse tout, verse de par le Diable, verse deçà, tout plein, la langue me pelle. Lans, tringue[33] : à toy, compaing[34], de hayt, de hayt, Là , là , là , c'est

morfiaillé[35], cela. *O lachryma Christi*[36] : c'est de la
Deviniere, c'est vin pineau[37]. O le gentil vin blanc, et
par mon ame, ce n'est que vin de tafetas[38]. Hen, hen ,
il est à une aureille, bien drappé, et de bonne laine[39].
Mon compaignon, couraige. Pour ce jeu, nous ne
voulerons pas[40], car j'ay faict un levé. *Ex hoc in hoc.* Il
n'y a poinct d'enchantement. Chascun de vous l'a veu.
Je y suis maistre passé. A brum, à brum, je suis
prebstre Macé[41]. O les beuveurs. O les alterez. Paige ,
mon amy, emplis icy et couronne le vin[42], je te pry. A
la cardinale[43]. *Natura abhorret vacuum.* Diriez-vous
q'une mouche y eust beu ? A la mode de Bretaigne[44].
Net, net, à ce pyot. Avallez[45], ce sont herbes.

Comment Gargantua nasquit en façon bien estrange.

CHAPITRE VI

ULX tenens ces menuz propos de beu-
veurie , Gargamelle commença se
porter mal du bas. Dont Grandgousier
se leva dessus l'herbe, et la reconfortoit
honestement, pensant que ce feut mal
d'enfant, et luy disant qu'elle s'estoit
là herbée soubz la saulsaye , et qu'en
brief elle feroit piedz neufz, par ce luy convenoit
prendre couraige nouveau au nouvel advenement de
son poupon, et encore que la douleur luy feust quelque
peu en fascherie, toutesfoys que y celle seroit briefve ,
et la joye qui toust succederoit, luy tolliroit tout cest
ennuy: en sorte que seulement ne luy en resteroit la
soubvenance.

« Couraige de brebis[1] (disoyt-il) depeschez-vous de
cestuy-cy, et bien toust en faisons un aultre.

— Ha (dist-elle), tant vous parlez à vostre aize, vous
aultres hommes. Bien de par Dieu je me parforceray ,

puis qu'il vous plaist. Mais pleust à Dieu que vous
l'eussiez coupé.

— Quoy? dist Grangousier.

— Ha (dist-elle), que vous estes bon homme, vous
l'entendez bien.

— Mon membre (dist-il)? Sang de les cabres [2], si bon
vous semble, faictes apporter un cousteau.

— Ha (dist-elle) jà Dieu ne plaise. Dieu me le
pardoint, je ne le dis de bon cueur : et pour ma parolle
n'en faictes ne plus ne moins. Mais je auray prou
d'affaires aujourd'huy, si Dieu ne me ayde, et tout par
vostre membre, que vous feussiez bien ayse.

— Couraige, couraige (dist-il), ne vous souciez au
reste, et laissez faire au quatre beufz de devant [3]. Je
m'en voys boyre encores quelque veguade [4]. Si ce
pendent vous survenoit quelque mal, je me tiendray
près, huschant en paulme [5] je me rendray à vous. »

Peu de temps après, elle commença à souspirer,
lamenter et crier. Soubdain vindrent à tas saiges femmes
de tous coustez. Et la tastant par le bas, trouverent
quelques pellauderies [6], assez de maulvais goust, et
pensoyent que ce feust l'enfant, mais c'estoit le
fondement qui luy escappoit, à la mollification du droict
intestine, lequel vous appellez le boyau cullier, par
trop avoir mangé des tripes, comme avons declairé
cy dessus.

Dont une horde vieille [7] de la compaignie, laquelle
avoit réputation d'estre grande medicine, et là estoit
venue de Brizepaille [8], d'auprès Sainct-Genou, devant
soixante ans, luy feist un restrinctif si horrible, que
tous ses larrys tant feurent oppilez et reserrez, que à
grande poine, avesques les dentz, vous les eussiez
eslargiz, qui est chose bien horrible à penser. Mesmement que le diable à la messe de sainct Martin,
escripvant le quaquet de deux gualoises, à belles dentz
alongea son parchemin [9].

Par cest inconvenient feurent au dessus relaschez les
cotyledons de la matrice, par lesquelz sursaulta l'enfant,

et entra en la vene creuse, et gravant par le diaphragme[10] jusques au dessus des espaules (où ladicte vene se part en deux) print son chemin à gauche, et sortit par l'aureille senestre.

Soubdain qu'il fut né, ne cria comme les aultres enfans : Mies, mies. Mais à haulte voix s'escrioit: A boire, à boire, à boire, comme invitant tout le monde à boire. Si bien qu'il fut ouy de tout le pays de Beusse et de Bibaroys[11].

Je me doubte que ne croyez asseurement ceste estrange nativité. Si ne le croyez, je ne m'en soucie, mais un homme de bien, un homme de bon sens, croit toujours ce qu'on luy dict, et qu'il trouve par escript[12].

Est-ce contre nostre loy, nostre foy, contre raison, contre la saincte escripture ? De ma part, je ne trouve rien escript ès bibles sainctes qui soit contre cela. Mais si le vouloir de Dieu tel eust esté, diriez-vous qu'il ne l'eust peu faire ? Ha pour grace, ne emburelucocquez[13] jamais vos espritz de ces vaines pensées, car je vous diz, que à Dieu rien n'est impossible. Et s'il vouloit les femmes auroient doresnavant ainsi leurs enfans par l'aureille.

Bacchus ne fut il engendré par la cuisse de Jupiter ?

Rocquetaillade nasquit il pas du talon de sa mère ?

Crocquemouche de la pantofle de sa nourrice ?

Minerve nasquit elle pas du cerveau par l'aureille de Jupiter ?

Adonis par l'escorce d'un arbre de mirrhe ?

Castor et Pollux de la cocque d'un œuf pont et esclous par Leda ?

Mais vous seriez bien dadvantaige esbahys et estonnez si je vous expousoys presentement tout le chapitre de Pline, auquel parle des enfantemens estranges, et contre nature. Et toutesfoys je ne suis poinct menteur tant asseuré comme il a esté. Lisez le septiesme de sa *Naturelle histoire* cap. iij, et ne m'en tabustez[14] plus l'entendement.

8

Comment le nom fut imposé à Gargantua: et comment il humoit le piot.

CHAPITRE VII

E bon homme Grandgousier beuvant, et se rigollant avecques les aultres, entendit le cry horrible que son filz avoit faict entrant en lumiere de ce monde, quand il brasmoit demandant à boyre, à boyre, à boyre, dont il dist :

« Que grand tu as, *supple* le gousier. »

Ce que ouyans les assistans, dirent que vrayement il debvoit avoir par ce le nom Gargantua, puis que telle avoit esté la première parolle de son père à sa naissance, à l'imitation et exemple des anciens Hébreux. A quoy fut condescendu par icelluy, et pleut très bien à sa mère. Et pour l'appaiser, luy donnerent à boyre à tyre larigot, et feut porté sus les fonts, et là baptisé, comme est la coustume des bons christiens.

Et luy feurent ordonnées dix et sept mille neuf cens treze vaches de Pautille et de Brehemond [1], pour l'alaicter ordinairement, car de trouver nourrice suffisante n'estoit possible en tout le pays, considéré la grande quantité de laict requis pour icelluy alimenter. Combien qu'aulcuns docteurs Scotistes ayent affermé que sa mère l'alaicta : et qu'elle pouvoit traire de ses mammelles quatorze cens deux pipes neuf potées de laict pour chascune foys. Ce que n'est vray semblable. Et a esté la proposition declairée mammallement scandaleuse [2], des pitoyables aureilles offensive [3] : et sentent de loing heresie.

En cest estat passa jusques à un an et dix moys : onquel temps par le conseil des Medecins on commença le porter : et fut faicte une belle charette à bœufs par l'invention de Jehan Denyau [4] : dedans icelle on le pourmenoit par cy, par là, joyeusement, et le faisoit

bon veoir, car il portoit bonne troigne et avoit presque
dix et huyt mentons : et ne crioit que bien peu : mais
il se conchioit à toutes heures : car il estoit merveilleusement phlegmaticque des fesses : tant de sa complexion
naturelle, que de la disposition accidentale qui luy
estoit advenue par trop humer de purée Septembrale [5].
Et n'en humoit goutte sans cause.

Car s'il advenoit qu'il feust despit, courroussé, fasché,
ou marry, s'il trepignoyt, s'il pleuroit, s'il crioit, luy
apportant à boyre, l'on le remettoit en nature [6], et
soubdain demouroit coy et joyeulx.

Une de ses gouvernantes m'a dict, jurant sa fy, que
de ce faire il estoit tant coustumier, qu'au seul son des
pinthes et flaccons, il entroit en ecstase, comme s'il
goustoit les joyes du paradis. En sorte qu'elles,
considerans cette complexion divine, pour le resjouir
au matin faisoient davant lui sonner des verres avecques
un cousteau, ou des flaccons avecques leur toupon, ou
des pinthes avecques leur couvercle. Auquel son il
s'esguayoit, il tressailloit, et luy-mesmes se bressoit en
dodelinant de la teste [7], monichordisant[8] des doigtz, et
barytonant[9] du cul.

Comment on vestit Gargantua.

CHAPITRE VIII

Luy estant en cest eage, son père
ordonna qu'on luy feist habillemens à
sa livrée : laquelle estoit blanc et bleu.
De faict, on y besoigna, et furent
faictz, taillez, et cousuz à la mode qui
pour lors couroit.

Par les anciens pantarches[1] qui sont
en la chambre des comptes à Montsoreau [2], je trouve
qu'il feust vestu en la façon que s'ensuyt :

Pour sa chemise, furent levées neuf cens aulnes de

toille de Chasteleraud, et deux cens pour les coussons
en sorte de carreaulx, lesquelz on mist soubz les esselles.
Et n'estoit poinct froncée, car la fronsure des chemises [3]
n'a esté inventée sinon depuis que les lingieres, lorsque
la poincte de leur agueille estoit rompue, ont commencé
besoigner du cul.

Pour son pourpoinct furent levées huyt cens treize
aulnes de satin blanc, et pour les agueillettes quinze
cens neuf peaulx et demye de chiens. Lors commença
le monde attacher les chausses au pourpoinct, et non
le pourpoinct aux chausses, car c'est chose contre
nature [4], comme amplement a déclaré Olkam[5] sus les
exponibles de M. Haultechaussade [6].

Pour ses chausses feurent levez unze cens cinq aulnes,
et ung tiers d'estamet blanc, et feurent deschisquetez en
forme de colomnes striées, et crenelées par le derrière,
affin de n'eschaufer les reins. Et flocquoit par dedans la
deschicqueture de damas bleu, tant que besoing estoit.
Et notez qu'il avoit tres belles griefves, et bien
proportionnez au reste de sa stature.

Pour la braguette: feurent levées seize aulnes ùn
quartier d'icelluy mesme drap, et fut la forme d'icelle
comme d'un arc boutant, bien estachée joyeusement à
deux belles boucles d'or, que prenoient deux crochetz
d'esmail, en un chascun desquelz estoit enchassée une
grosse esmeraugde de la grosseur d'une pomme
d'orange. Car (ainsi que dict Orpheus *libro de lapidibus*,
et Pline *libro ultimo*) elle a vertu erective et confortative
du membre naturel. L'exiture[7] de la braguette estoit à
la longueur d'une canne, deschicquetée comme les
chausses, avecques le damas bleu flottant comme
davant. Mais voyans la belle brodure de canetille, et
les plaisans entrelatz d'orfeverie garniz de fins diamens,
fins rubiz, fines turquoyses, fines esmeraugdes, et
unions Persicques, vous l'eussiez comparée à une belle
corne d'abondance, telle que voyez ès antiquailles, et
telle que donna Rhea ès deux nymphes Adrastea et Ida,
nourrices de Jupiter. Tousjours gualante, succulente,

resudante, tousjours verdoyante, tousjours fleurissante, tousjours fructifiante, plene d'humeurs, plene de fleurs, plene de fruictz, plene de toutes delices. Je advoue Dieu s'il ne la faisoit bon veoir. Mais je vous en expose-ray bien d'advantaige au livre que j'ay faict : *De la dignité des braguettes* [8]. D'un cas vous advertis, que si elle estoit bien longue et bien ample, si estoit elle bien guarnie au dedans et bien avitaillée, en rien ne ressemblant les hypo-criticques braguettes d'un tas de muguetz, qui ne sont plenes que de vent, au grand interest du sexe feminin.

Pour ses souliers furent levées quatre cens six aulnes de velours bleu cramoysi, et furent deschicquettez mignonement par lignes parallelles joinctes en cylindres uniformes. Pour la quarreleure d'iceulx furent employez unze cens peaulx de vache brune, taillée à queues de merluz.

Pour son saie furent levez dix et huyt cens aulnes de velours bleu tainct en grene, brodé à l'entour de belles vignettes[9] et par le mylieu de pinthes d'argent de canetille, enchevestrées de verges d'or[10] avecques force perles, par ce denotant qu'il seroit un bon fessepinthe en son temps.

Sa ceincture feut de troys cens aulnes et demye de cerge de soye, moytié blanche et moytié bleu, ou je suis bien abusé.

Son espée ne feut Valentienne, ny son poignard Sarragossoys[11], car son pere hayssoit tous ces Indalgos Bourrachous[12] marranisez comme diables, mais il eut la belle espée de boys, et le poignart de cuir bouilly, pinctz et dorez comme un chascun soubhaiteroit.

Sa bourse fut faicte de la couille d'un Oriflant[13], que luy donna Her Pracontal[14], proconsul de Libye.

Pour sa robbe furent levées neuf mille six cens aulnes moins deux tiers de velours bleu comme dessus, tout porfilé d'or en figure diagonale, dont par juste perspec-tive yssoit une couleur innommée, telle que voyez ès coulz des tourterelles, qui resjouissoit merveilleusement les yeulx des spectateurs.

Pour son bonnet furent levées troys cens deux aulnes ung quart de velours blanc, et feut la forme d'icelluy large et ronde à la capacité du chief. Car son pere disoit que ces bonnetz à la marrabeise[15] faictz comme une crouste de pasté porteroient quelque jour malencontre à leurs tonduz.

Pour son plumart pourtoit une belle grande plume bleue prinse d'un Onocrotal du pays de Hircanie la saulvaige, bien mignonement pendente sus l'aureille droicte.

Pour son image avoit en une platine d'or, pesant soixante et huyt marcz, une figure d'esmail competent : en laquelle estoit pourtraict un corps humain ayant deux testes, l'une virée vers l'autre, quatre bras, quatre piedz, et deux culz, telz que dict Platon *in Symposio*, avoir esté l'humaine nature à son commencement mystic : et autour estoit escript en lettres Ioniques,

A ΓΑΠΗ ΟΥ ΖΗΤΕΙ ΤΑ ΕΑΥΤΗΣ.

Pour porter au col, eut une chaine d'or pesante vingt et cinq mille soixante et troys marcz d'or, faicte en forme de grosses bacces, entre lesquelles estoient en œuvre gros jaspes verds, engravez et taillez en dracons tous environnez de rayes et estincelles, comme les portoit jadis le roy Necepsos. Et descendoit jusque à la boucque du hault ventre. Dont toute sa vie en eut l'emolument tel que sçavent les medecins Gregoys[16].

Pour ses guands furent mises en œuvre seize peaulx de lutins, et troys de loups guarous pour la brodure d'iceulx. Et de telle matiere lui feurent faictz par l'ordonnance des Cabalistes de Sainlouand[17].

Pour ses ancaulx (lesquelz voulut son pere qu'il portast pour renouveller le signe antique de noblesse) il eut au doigt indice de sa main gauche une escarbou-cle grosse comme un œuf d'austruche enchassée en or de seraph[18] bien mignonement. Au doigt medical d'icelle, eut un aneau faict des quatre metaulx ensemble : en la plus merveilleuse façon, que jamais

feust veue, sans que l'assier froissast l'or, sans que
l'argent foullast le cuyvre. Le tout fut faict par le
capitaine Chappuys[19], et Alcofribas son bon facteur[20].
Au doigt medical de la dextre eut un aneau faict en
forme spirale, auquel estoient enchassez un balay en
perfection[21], un diament en poincte, et une esmeraulde
de Physon, de pris inestimable. Car Hans Carvel[22],
grand lapidaire du roy de Melinde, les estimoit à la
valeur de soixante neuf millions huyt cens nonante et
quatre mille dix et huyt moutons à la grand laine[23] :
autant l'estimerent les Fourques d'Auxbourg[24].

Les couleurs et livrée de Gargantua.

Chapitre IX

ES couleurs de Gargantua feurent blanc
et bleu : comme cy dessus avez peu
lire. Et par icelles vouloit son pere
qu'on entendist que ce luy estoit une
joye celeste. Car le blanc luy signifioit
joye, plaisir, delices, et resjouissance,
et le bleu, choses celestes.

J'entends bien que lisans ces motz, vous mocquez
du vieil beuveur, et reputez l'exposition des couleurs par trop indague et abhorrente[1] : et dictes
que blanc signifie foy : et bleu, fermeté. Mais sans
vous mouvoir, courroucer, eschaufer, ny alterer (car
le temps est dangereux) respondez moy si bon vous
semble. D'aultre contraincte ne useray envers vous,
ny aultres quelz qu'ilz soient. Seulement vous diray un
mot de la bouteille.

Qui vous meut ? qui vous poinct ? qui vous dict que
blanc signifie foy : et bleu fermeté ? Un (dictes-vous)
livre trepelu[2] qui se vend par les bisouars[3] et porteballes,
au tiltre : *le Blason des couleurs*. Qui l'a faict ? Quiconques il soit, en ce a esté prudent qu'il n'y a poinct mis

son nom. Mais au reste, je ne sçay quoy premier en luy je doibve admirer, ou son oultrecuidance, ou sa besterie.

Son oultrecuidance, qui sans raison, sans cause, et sans apparence, a ausé prescripre de son autorité privée quelles choses seroient denotées par les couleurs : ce que est l'usance des tyrans qui voulent leur arbitre tenir lieu de raison : non des saiges et sçavans, qui par raisons manifestes contentent les lecteurs.

Sa besterie : qui a existimé que sans aultres demonstrations et argumens valables le monde reigleroit ses devises par ses impositions badaudes [4].

De faict (comme dict le proverbe, à cul de foyrad tousjours abonde merde), il a trouvé quelque reste de niays du temps des haultz bonnetz [5] : lesquelz ont eu foy à ses escripts. Et selon iceulx ont taillé leurs apophthegmes et dictez : en on enchevestré leurs muletz [6] : vestu leurs pages, escartelé leurs chausses, brodé leurs guandz : frangé leurs lictz : painct leurs enseignes : composé chansons : et (que pis est) faict impostures et lasches tours clandestinement entre les pudicques matrones.

En pareilles tenebres sont comprins ces glorieux de court et transporteurs de noms : lesquelz voulens en leurs divises signifier espoir, font protraire une sphere : des pennes d'oiseaulx pour poines [7] : de l'ancholie, pour melancholie : la Lune bicorne, pour vivre en croissant : un banc rompu, pour bancque roupte : non et un alcret, pour non durhabit : un lict sans ciel, pour un licentié. Que sont homonymies tant ineptes, tant fades, tant rusticques et barbares, que l'on doibvroit atacher une queue de renard au collet [8], et faire un masque d'une bouze de vache à un chascun d'iceulx qui en vouldroit dorenavant user en France après la restitution des bonnes lettres.

Par mesmes raisons (si raisons les doibz nommer, et non resveries), ferois je paindre un penier : denotant qu'on me faict pener. Et un pot à moustarde, que c'est mon cueur à qui moult tarde [9]. Et un pot à pisser[10], c'est un official. Et le fond de mes chausses, c'est un vaisseau de petz. Et ma braguette, c'est le greffe des arrestz[11]. Et un estront de chien, c'est un tronc de ceans, où gist l'amour de m'amye.

Bien aultrement faisoient en temps jadis les saiges de Egypte, quand ilz escripvoient par lettres qu'ilz appeloient hieroglyphiques. Lesquelles nul n'entendoit qui n'entendist[12], et un chascun entendoit qui entendist la vertu, propriété, et nature des choses par icelles figurées. Desquelles Orus Apollon a en Grec composé deux livres, et Polyphile au Songe d'amours[13] en a davantaige exposé. En France vous en avez quelque transon en la devise de monsieur l'Admiral[14]: laquelle premier porta Octavian Auguste.

Mais plus oultre ne fera voile mon equif entre ces gouffres et guez mal plaisans. Je retourne faire scale au port dont suis yssu. Bien ay je espoir d'en escripre quelque jour plus amplement : et monstrer tant par raisons philosophicques, que par auctoritez receues et approuvées de toute ancienneté, quelles et quantes couleurs sont en nature : et quoy par une chascune peut estre designé, si Dieu me saulve le moulle du bonnet[15], c'est le pot au vin, comme disoit ma mere grand.

De ce qu'est signifié par les couleurs blanc et bleu.

CHAPITRE X

L E blanc doncques signifie joye, soulas, et liesse : et non à tort le signifie, mais à bon droict et juste tiltre. Ce que pourrez verifier si arriere mises voz affections, voulez entendre ce que presentement vous exposeray.

Aristoteles dict que supposent deux choses contraires en leur espece : comme bien et mal :

9

vertu et vice : froid et chauld : blanc et noir : volupté
et doleur : joye et dueil, et ainsi de aultres, si vous les
coublez en telle façon, q'un contraire d'une espece
convienne raisonnablement à l'un contraire d'une
aultre, il est consequent que l'autre contraire compete
avecques l'autre residu. Exemple : Vertus et Vice sont
contraires en une espece, aussy sont Bien et Mal. Si
l'un des contraires de la premiere espece convient à l'un
de la seconde comme Vertus et Bien : car il est sceut
que vertus est bonne, ainsi seront les deux residuz, qui
sont mal et vice, car vice est maulvais.

Ceste reigle logicale entendue, prenez ces deux
contraires, joye et tristesse : puis ces deux, blanc et
noir. Car ilz sont contraires physicalement. Si ainsi
doncques est que noir signifie dueil, à bon droict blanc
signifiera joye.

Et n'est cette signifiance par imposition humaine
instituée, mais receue par consentement de tout le
monde, que les philosophes nomment *Jus Gentium*,
droict universel, valable par toutes contrées.

Comme assez sçavez, que tous peuples, toutes
nations (je excepte les antiques Syracusans[1] et quelques
Argives : qui avoient l'âme de travers)[2] toutes langues,
voulens extérieurement demonstrer leur tristesse, portent
habit de noir : et tout dueil est faict par noir. Le quel
consentement universel n'est faict que Nature n'en
donne quelque argument et raison : laquelle un chascun
peut soubdain par soy comprendre sans aultrement
estre instruict de personne, laquelle nous appellons
droict naturel.

Par le blanc, à mesme induction de nature, tout le
monde a entendu joye, liesse, soulas, plaisir et
delectation.

Au temps passé les Thraces et Cretes[3] signoient les
jours bien fortunez et joyeux, de pierres blanches : les
tristes et defortunez, de noires.

La nuyct n'est elle funeste, triste, et melancholieuse ?
Elle est noire et obscure par privation. La clarté

n'esjouit elle toute nature? Elle est blanche plus que
chose que soit. A quoy prouver je vous pourrois
renvoyer au livre de Laurens Valle contre Bartole, mais
le tesmoignage evangelicque vous contentera. Math.
xvij. est dict que à la transfiguration de nostre Seigneur:
vestimenta ejus facta sunt alba sicut lux, ses vestemens
feurent faictz blancs comme la lumiere. Par laquelle
blancheur lumineuse donnoit entendre à ses troys
apostres l'idée et figure des joyes eternelles. Car par la
clarté sont tous humains esjouiz. Comme vous avez le
dict d'une vieille que n'avoit dens en gueulle, encores
disoit elle: *Bona lux* [4]. Et Thobie, cap. v. quand il eut
perdu la veue, lors que Raphael le salua, respondit:
« Quelle joye pourray je avoir, qui poinct ne voit la
lumiere du ciel? » En telle couleur tesmoignerent les
Anges la joye de tout l'univers à la resurrection du
saulveur, Joan. xx. et à son ascension, Act. j. De
semblable parure veit sainct Jean evangeliste Apocal. iiij.
et vij. les fideles vestuz en la celeste et beatifiée
Hierusalem.

Lisez les histoires antiques tant Grecques que
Romaines, vous trouverez que la ville de Albe (premier
patron de Rome) feut et construicte et appelée à
l'invention d'une truye blanche.

Vous trouverez que si à aulcun, après avoir eu des
ennemis victoire, estoit decreté qu'il entrast à Rome en
estat triumphant, il y entroit sur un char tiré par
chevaulx blancs. Autant celluy qui y entroit en ovation.
Car par signe ny couleur ne pouvoyent plus certainement exprimer la joye de leur venue, que par la
blancheur.

Vous trouverez que Pericles duc des Atheniens
voulut celle part de ses gensdarmes esquelz par sort
estoient advenues les febves blanches [5], passer toute la
journée en joye, solas, et repos: ce pendent que ceulx
de l'aultre part batailleroient. Mille aultres exemples et
lieux à ce propos vous pourrois je exposer, mais ce
n'est icy le lieu.

Moyennant laquelle intelligence povez resouldre un probleme, lequel Alexandre Aphrodise a reputé insoluble [6]. Pourquoi le Leon, qui de son seul cry et rugissement espovante tous animaulx, seulement crainct et revere le coq blanc ? Car (ainsi que dict Proclus [7] Lib. *de sacrificio et magia*) c'est par ce que la presence de la vertus du Soleil, qui est l'organe et promptuaire de toute lumiere terrestre et syderale, plus est symbolisante et competente au coq blanc : tant pour icelle couleur que pour sa proprieté et ordre specificque, que au Leon. Plus dict, que en forme leonine ont esté diables souvent veuz, lesquelz à la presence d'un coq blanc soubdainement sont disparuz.

Ce est la cause pourquoy Galli (ce sont les Françoys ainsi appellez par ce que blancs sont naturellement comme laict, que les Grecz nomment γαλα) voluntiers portent plumes blanches sus leurs bonnetz. Car par nature ilz sont joyeux, candides, gratieux et bien amez[8] : et pour leur symbole et enseigne ont la fleur plus que nulle autre blanche, c'est le lys.

Si demandez comment par couleur blanche nature nous induict entendre joye et liesse : je vous responds, que l'analogie et conformité est telle. Car comme le blanc exteriorement disgrege et espart la veue, dissolvent manifestement les espritz visifz, selon l'opinion de Aristoteles en ses problemes, et des perspectifz, et le voyez par experience quand vous passez les montz couvers de neige : en sorte que vous plaignez de ne pouvoir bien reguarder, ainsi que Xenophon escript estre advenu à ses gens : et comme Galen expose amplement lib. x. *de usu partium :* tout ainsi le cueur par joye excellente et interiorement espart, et patist manifeste resolution des esperitz vitaulx. Laquelle tant peut estre acreue, que le cueur demoureroit spolié de son entretien, et par consequent seroit la vie estaincte, par ceste perichairie, comme dict Galen lib. xij. *Metho.* lib. v. *de locis affectis,* et lib. ij. *de symptomaton causis.* Et comme estre au temps passé advenu tesmoignent

Marc Tulle, lib. j. *Questio. Tuscul.*, Verrius [9]. Aristoteles[10], Tite Live[11], après la bataille de Cannes, Pline,
lib. vij. c. xxxij et liij. A. Gellius, lib. iij. xv. et aultres,
à Diagoras Rodien, Chilo, Sophocles, Diony, tyrant de
Sicile, Philippides, Philemon, Polycrata[12], Philistion[13],
M. Juventi[14], et aultres qui moururent de joye. Et
comme dict Avicenne *in ij. Canone,* et Lib. *de Viribus
cordis,* du zaphran, lequel tant esjouist le cueur qu'il
le despouille de vie, si on en prend en dose excessifve,
par resolution et dilatation superflue. Icy voyez Alex.
Aphrodisien, Lib. primo *problematum,* cap xix. Et pour
cause. Mais quoy ? j'entre plus avant en ceste matiere,
que ne establissois au commencement, icy doncques
calleray mes voilles, remettant le reste au livre en ce
consommé du tout. Et diray en un mot que le bleu
signifie certainement le ciel et choses celestes, par
mesmes symboles que le blanc signifioit joye et plaisir.

De l'adolescence de Gargantua.

Chapitre XI

ARGANTUA depuis les troys jusques à
cinq ans feut nourry et institué en
toute discipline convenente par le
commandement de son père, et celluy
temps passa comme les petitz enfans
du pays, c'est assavoir à boyre, manger,
et dormir : à manger, dormir, et boyre :
à dormir, boyre, et manger.

Tousjours se vaultroit par les fanges, se mascaroyt
le nez, se chauffourroit le visaige, aculoyt ses souliers,
baisloit souvent aux mousches, et couroit voulentiers
après les parpaillons, desquelz son père tenoit l'empire.
Il pissoit sur ses souliers, il chyoit en sa chemise, il se
mouschoyt à ses manches, il mourvoit dedans sa soupe.

Et patroilloit par tous lieux, et beuvoit en sa pantoufle, et se frottoit ordinairement le ventre d'un panier. Ses dens aguysoit d'un sabot, ses mains lavoit de potaige, se pignoit d'un goubelet, se asseoyt entre deux selles le cul à terre, se couvroyt d'un sac mouillé, beuvoyt en mangeant sa souppe, mangeoyt sa fouace sans pain, mordoyt en riant, rioyt en mordent, souvent crachoyt on bassin, pettoyt de greysse, pissoyt contre le soleil, se cachoyt en l'eau pour la pluye, battoyt à froid, songeoyt creux, faisoyt le succré, escorchoyt le renard, disoit la patenostre du cinge, retournoit à ses moutons, tournoyt les truies au foin, battoyt le chien devant le lion, mettoyt la charrette devant les beufz, se grattoyt où ne luy demangeoyt poinct, tiroit les vers du nez, trop embrassoyt et peu estraignoyt, mangeoyt son pain blanc le premier, ferroyt les cigalles, se chatouilloyt pour se faire rire, ruoyt très bien en cuisine, faisoyt gerbe de feurre aux dieux, faisoyt chanter *Magnificat* à matines, et le trouvoyt bien à propous, mangeoyt chous et chioyt pourrée [1], cognoissoyt mousches en laict [2], faisoyt perdre les pieds aux mousches, ratissoyt le papier, chauffourroyt le parchemin, guaignoyt au pied, tiroyt au chevrotin, comptoyt sans son houste, battoyt les buissons sans prandre les ozillons, croioyt que nues feussent pailles d'arain, et que vessies feussent lanternes [3], tiroyt d'un sac deux moustures, faisoyt de l'asne pour avoir du bren, de son poing faisoyt un maillet, prenoit les grues du premier sault, vouloyt que maille à maille on feist les haubergeons, de cheval donné tousjours reguardoyt en la gueulle [4], saultoyt du coq à l'asne, mettoyt entre deux verdes une meure, faisoyt de la terre le foussé, gardoyt la lune des loups. Si les nues tomboient esperoyt prandre les alouettes, faisoyt de necessité vertus, faisoyt de tel pain souppe, se soucioyt aussi peu des raitz comme des tonduz. Tous les matins escorchoyt le renard, les petitz chiens de son père mangeoient en son escuelle, luy de mesmes mangeoit avecques eux. Il leurs mordoit les aureilles, ilz luy graphinoient le nez : il leurs souffloit au cul, ilz luy leschoient les badigoinces.

Et sabez quey, hillotz ? Que mau de pipe vous byre [5], ce petit paillard tousjours tastonoit ses gouvernantes cen dessus dessoubs, cen devant derrière [6], harry bourriquet[7] : et desjà commençoyt exercer sa braguette, laquelle un chascun jour ses gouvernantes ornoyent de beaulx boucquets, de beaulx rubans, de belles fleurs, de beaulx flocquars : et passoient leur temps à la faire revenir entre leurs mains, comme un magdaleon d'entraict [8]. Puis s'esclaffoient de rire[9] quand elle levoit les aureilles, comme si le jeu leurs eust pleu.

L'une la nommoit ma petite dille, l'autre ma pine[10], l'aultre ma branche de coural, l'autre mon bondon, mon bouchon, mon vibrequin, mon possouer, ma teriere, ma pendilloche, mon rude esbat roidde et bas, mon dressouoir[11], ma petite andoille vermeille, ma petite couille bredouille.

« Elle est à moy, disoit l'une.

— C'est la mienne, disoit l'aultre.

— Moy, (disoit l'aultre) n'y auray je rien ? par ma foy, je la couperay doncques.

— Ha couper, (disoit l'aultre) vous luy feriez mal, ma dame : coupez vous la chose aux enfans ? Il seroyt monsieur sans queue[12]. »

Et pour s'esbatre comme les petitz enfans du pays, luy feirent un beau virollet des aesles d'un moulin à vent de Myrebalays[13].

Des chevaulx factices[1] de Gargantua.

CHAPITRE XII

UIS affin que toute sa vie feust bon chevaulcheur, l'on luy feist un beau grand cheval de boys, lequel il faisoit penader[2], saulter, voltiger, ruer et dancer tout ensemble, aller le pas, le trot, l'entrepas, le gualot, les ambles, le hobin[3], le traquenard, le camelin[4] et l'onagrier[5]. Et luy faisoit changer de poil, comme font les moines de Courtibaux[6] selon les festes : de bailbrun, d'alezan, de gris pommellé, de poil de rat, de cerf, de rouen, de vache, de zencle[7], de pecile[8], de pye, de leuce[9].

Luy mesmes d'une grosse traine[10] fist un cheval pour la chasse, un aultre d'un fust de pressouer à tous les jours, et d'un grand chaisne une mulle avecques la housse pour la chambre. Encores en eut il dix ou douze à relays, et sept pour la poste. Et tous mettoit coucher auprès de soy.

Un jour le seigneur de Painensac[11] visita son pere en gros train et apparat, auquel jour l'estoient semblablement venuz veoir le duc de Francrepas et le comte de Mouillevent. Par ma foy le logis feust un peu estroict pour tant de gens, et singulierement les estables : donc le maistre d'hostel et fourrier dudict seigneur de Painensac, pour sçavoir si ailleurs en la maison estoient estables vacques, s'adresserent à Gargantua jeune garsonnet, luy demandans secretement où estoient les estables des grands chevaulx[12], pensans que voluntiers les enfans decellent tout.

Lors il les mena par les grands degrez du chasteau, passant par la seconde salle en une grande gualerie, par laquelle entrerent en une grosse tour, et eulx montans par d'aultres degrez, dist le fourrier au maistre d'hostel :

« Cest enfant nous abuse, car les estables ne sont
jamais au hault de la maison.

— C'est (dist le maistre d'hostel) mal entendu à vous.
Car je sçay des lieux à Lyon, à la Basmette[13], à
Chaisnon[14] et ailleurs, où les estables sont au plus hault
du logis, ainsi peut estre que derriere y a yssue au
montouer[15]. Mais je le demanderay plus asseurement. »

Lors demanda à Gargantua :

« Mon petit mignon, où nous menez vous ?

— A l'estable (dist il) de mes grands chevaulx. Nous
y sommes tantost, montons seulement ces eschallons. »

Puis les passant par une aultre grande salle, les mena
en sa chambre, et retirant la porte :

« Voicy (dist il) les estables que demandez, voylà
mon Genet, voylà mon Guildin, mon Lavedan[16], mon
Traquenard, et les chargent d'un gros livier. Je vous
donne (dist il) ce Phryzon[17], je l'ay eu de Francfort,
mais il sera vostre, il est bon petit chevallet, et de
grand peine : avecques un tiercelet d'autour, demye
douzaine d'hespanolz[18] et deux levriers, vous voylà roy
des perdrys et lievres pour tout cest hyver.

— Par sainct Jean (dirent ilz) nous en sommes bien,
à ceste heure avons nous le moine[19].

— Je le vous nye (dist il). Il ne fut troys jours a
ceans. »

Devinez icy duquel des deux ilz avoient plus matière,
ou de soy cacher pour leur honte, ou de ryre pour le
passetemps.

Eulx en ce pas descendens tous confus, il demanda :

« Voulez vous une aubeliere[20] ?

— Qu'est ce ? disent ilz.

— Ce sont (respondit il) cinq estroncz pour vous
faire une museliere.

— Pour cejourd'huy (dist le maistre d'hostel) si nous
sommes roustiz, jà au feu ne bruslerons, car nous
sommes lardez à poinct, en mon advis. O petit mignon,
tu nous as baillé foin en corne : je te voirray quelque
jour pape[21].

— Je l'entendz (dist il) ainsi : mais lors vous serez papillon, et ce gentil papeguay sera un papelard tout faict[22].

— Voyre, voyre, dist le fourrier.

— Mais (dist Gargantua) divinez combien y a de poincts d'agueille en la chemise de ma mere.

— Seize, dist le fourrier.

— Vous (dist Gargantua) ne dictes l'evangile[23]. Car il y en a sens davant et sens derriere[24], et les comptastes trop mal.

— Quand ? (dist le fourrier).

— Alors (dist Gargantua) qu'on feist de votre nez une dille, pour tirer un muy de merde, et de vostre gorge un entonnoir, pour la mettre en aultre vaisseau : car les fondz estoient esventez[25].

— Cor dieu (dist le maistre d'hostel) nous avons trouvé un causeur. Monsieur le jaseur, Dieu vous guard de mal, tant vous avez la bouche fraische[26]. »

Ainsi descendens à grand haste, soubz l'arceau des degrez laisserent tomber le gros livier, qu'il leurs avoit chargé :

Dont dist Gargantua :

« Que diantre vous estes maulvais chevaulcheurs : vostre courtault vous fault au besoing. Se il vous falloit aller d'icy à Cahusac[27], que aymeriez vous mieulx, ou chevaulcher un oyson, ou mener une truye en laisse ?

— J'aymerois mieulx boyre[28], dist le fourrier. »

Et ce disant entrerent en la sale basse, où estoit toute la briguade : et, racontans ceste nouvelle histoire, les feirent rire comme un tas de mousches[29].

◆》§§《◆

Comment Grandgousier congneut l'esperit merveilleux de Gargantua à l'invention d'un torchecul.

Chapitre XIII

US la fin de la quinte année Grand-gousier, retournant de la defaicte des Ganarriens[1] visita son filz Gargantua. Là fut resjouy comme un tel pere pouvoit estre voyant un sien tel enfant. Et le baisant et accollant l'interrogeoyt de petitz propos pueriles en diverses sortes. Et beut d'autant avecques luy et ses gouvernantes : esquelles par grand soing demandoit entre aultres cas, si elles l'avoyent tenu blanc et nect. A ce Gargantua feist response qu'il y avoit donné tel ordre qu'en tout le pays n'estoit guarson plus nect que luy.

« Comment cela ? dist Grandgousier.

— J'ay (respondit Gargantua) par longue et curieuse experience inventé un moyen de me torcher le cul, le plus seigneurial, le plus excellent, le plus expedient que jamais feut veu.

— Quel ? dict Grandgousier.

— Comme vous le raconteray (dist Gargantua) presentement. Je me torchay une foys d'un cachelet[2] de velours de une damoiselle : et le trouvay bon : car la mollice de sa soye me causoit au fondement une volupté bien grande.

Une aultre foys d'un chapron d'ycelles, et feut de mesmes.

Une aultre foys d'un cachecoul, une aultre foys des aureillettes[3] de satin cramoysi : mais la dorure d'un tas de sphères de merde qui y estoient m'escorcherent tout le derriere : que le feu sainct Antoine arde le boyau cullier de l'orfebvre qui les feist et de la damoiselle, que les portoit.

Ce mal passa me torchant d'un bonnet de paige, bien emplumé[4] à la Souice.

Puis fiantant derriere un buisson, trouvay un chat de Mars [5], d'icelluy me torchay, mais ses gryphes me exulcererent tout le perinée.

De ce me gueryz au lendemain me torchant des guands de ma mere bien parfumez de maujoin [6].

Puis me torchay de Saulge, de Fenoil, de Aneth, de Marjolaine, de Roses, de feuilles de Courles [7], de Choulx, de Bettes, de Pampre, de Guymaulves, de Verbasce[8] (qui est escarlatte de cul), de Lactues, et de fueilles de Espinards. Le tout me feist grand bien à ma jambe : de Mercuriale, de Persiguiere [9], de Orties, de Consolde : mais j'en eu la cacquesangue[10] de Lombard. Dont feut gary me torchant de ma braguette.

Puis me torchay aux linceux, à la couverture, aux rideaulx, d'un coissin, d'un tapiz, d'un verd, d'une mappe, d'une serviette, d'un mouschenez, d'un peignouoir. En tout je trouvay de plaisir plus que ne ont les roigneux quand on les estrille.

— Voyre, mais (dist Grandgousier) lequel torchecul trouvas tu meilleur?

— Je y estois (dist Gargantua) et bien toust en sçaurez le *tu autem*. Je me torchay de foin, de paille, de bauduffe[11], de bourre, de laine, de papier : Mais

> Tousjours laisse aux couillons esmorche,
> Qui son hord cul de papier torche.

— Quoy? dist Grandgousier, mon petit couillon, as tu prins au pot? veu que tu rimes desjà[12]?

— Ouy dea (respondit Gargantua) mon roy, je rime tant et plus : et en rimant souvent m'enrime[13]. Escoutez que dict notre retraict aux fianteurs,

> Chiart,
> Foirart,
> Petart,
> Brenous,
> Ton lard,
> Chappart[14],

S'espart
Sus nous.
Hordous[15],
Merdous,
Esgous[16].
Le feu de sainct Antoine te ard,
Sy tous
Tes trous
Esclous[17],
Tu ne torche avant ton depart.

— En voulez-vous d'adventaige?
— Ouy dea, respondist Grandgousier.
— Adoncq dist Gargantua.

RONDEAU.

En chiant l'aultre hyer[18] senty
La guabelle que à mon cul doibs,
L'odeur feut aultre que cuydois :
J'en feuz du tout empuanty.
　O si quelcun eust consenty
M'amener une que attendoys
　　En chiant.

　Car je luy eusse assimenty
Son trou d'urine, à mon lourdoys[19].
Cependant eust avec ses doigtz
Mou trou de merde guarenty,
　　En chiant.

— Or dictes maintenant que je n'y sçay rien. Par la
mer dé[20], je ne les ay faict mie. Mais les oyant reciter à
dame grand que voyez cy, les ay retenu en la gibbesiere
de ma memoire.
— Retournons (dist Grandgousier) à nostre propos.
— Quel? (dist Gargantua) chier?
— Non, dist Grandgousier. Mais torcher le cul.
— Mais (dist Garguantua) voulez vous payer un

bussart[21] de vin breton si je vous foys quinault en ce propos ?

— Ouy vrayement dist Grandgousier.

— Il n'est, dist Garguantua, poinct besoing torcher le cul, sinon qu'il y ayt ordure. Ordure n'y peut estre si on n'a chié : chier doncques nous fault davant que le cul torcher.

— O (dist Grandgousier) que tu as bon sens, petit guarsonnet. Ces premiers jours je te feray passer docteur en gaie science[22], par Dieu, car tu as de raison plus que d'aage.

Or poursuiz ce propos torcheculatif, je t'en prie. Et par ma barbe, pour un bussart tu auras soixante pippes, j'entends de ce bon vin breton, lequel poinct ne croist en Bretaigne, mais en ce bon pays de Verron[23].

— Je me torchay après (dist Gargantua) d'un couvre chief, d'un aureiller, d'ugne pantophle, d'ugne gibbessiere, d'un panier. Mais o le mal plaisant torchecul. Puis d'un chappeau. Et notez que des chappeaulx les uns sont ras, les aultres à poil, les aultres veloutez, les aultres taffetassez[24], les aultres satinizez. Le meilleur de tous est celluy de poil. Car il faict très bonne abstersion de la matiere fecale.

Puis me torchay d'une poulle, d'un coq, d'un poulet, de la peau d'un veau, d'un lievre, d'un pigeon, d'un cormoran, d'un sac d'advocat, d'une barbute, d'une coyphe, d'un leurre.

Mais, concluent, je dys et maintiens, qu'il n'y a tel torchecul que d'un oyzon bien dumeté, pourveu qu'on luy tienne la teste entre les jambes. Et m'en croyez sus mon honneur. Car vous sentez au trou du cul une volupté mirificque, tant par la doulceur d'icelluy dumet, que par la chaleur temperée de l'oizon, laquelle facilement est communicquée au boyau culier et aultres intestines, jusques à venir à la region du cueur et du cerveau. Et ne pensez que la beatitude des heroes et semidieux qui sont par les champs Elysiens

soit en leur Asphodele ou Ambrosie, ou Nectar, comme
disent ces vieilles ycy. Elle est (selon mon opinion) en
ce qu'ilz se torchent le cul d'un oyzon. Et telle est
l'opinion de maistre Jehan d'Escosse[25].

*Comment Gargantua feut institué par un Sophiste en
lettres latines.*

CHAPITRE XIIII

ES propos entenduz, le bon homme
Grandgousier fut ravy en admiration,
considerant le hault sens et mervcilleux
entendement de son filz Gargantua.
Et dist à ses gouvernantes :
« Philippe roy de Macedone congneut le bon sens de son fils Alexandre,
à manier dextrement un cheval. Car ledict cheval estoit
si terrible et efrené que nul ausoit monter dessus. Par
ce que à tous ses chevaucheurs il bailloit la saccade : à
l'un rompant le coul, à l'aultre les jambes, à l'aultre la
cervelle, à l'aultre les mandibules. Ce que considerant
Alexandre en l'hippodrome (qui estoit le lieu où l'on
pourmenoit et voultigeoit les chevaulx), advisa que la
fureur du cheval ne venoit que de frayeur qu'il prenoit
à son umbre. Dont montant dessus le feist courir
encontre le soleil, si que l'umbre tumboit par derrière,
et par ce moien rendit le cheval doulx à son vouloir.
A quoy congneut son pere le divin entendement qui en
luy estoit, et le feist tresbien endoctriner par Aristoteles,
qui pour lors estoit estimé sus tous philosophes de
Grece.
Mais je vous diz, qu'en ce seul propos que j'ay
presentement davant vous tenu à mon filz Gargantua,
je congnois que son entendement participe de quelque
divinité : tant que je le voy agu, subtil, profund, et
serain. Et parviendra à degré souverain de sapience, s'il

est bien institué. Pourtant, je veulx le bailler à quelque homme sçavant pour l'endoctriner selon sa capacité. Et n'y veulx rien espargner.

De faict, l'on luy enseigna un grand docteur sophiste, nommé maistre Thubal Holoferne [1], qui luy aprint sa charte [2] si bien qu'il la disoit par cueur au rebours, et y fut cinq ans et troys mois, puis luy leut Donat [3], le Facet, Theodolet, et Alanus *in parabolis* [4]: et y fut treze ans six moys et deux sepmaines.

Mais notez que ce pendent il luy aprenoit à escripre Gotticquement, et escripvoit tous ses livres. Car l'art d'impression n'estoit encores en usaige.

Et portoit ordinairement un gros escriptoire pesant plus de sept mille quintaulx, duquel le gualimart[5] estoit aussi gros et grand que les gros pilliers de Enay [6], et le cornet y pendoit à grosses chaisnes de fer, à la capacité d'un tonneau de marchandise.

Puis luy leugt: *De modis significandi* [7], avecques les commens de Hurtebize, de Fasquin, de Tropditeulx, de Gualehaul, de Jean le Veau, de Billonio, Brelin-guandus [8], et un tas d'aultres, et y fut plus de dixhuyt ans et unze moys. Et le sceut si bien que au coupelaud [9] il le rendoit par cueur à revers. Et prouvoit sus ses doigtz à sa mere que *de modis significandi non erat scientia.*

Puis luy leugt le *Compost*[10], où il fut bien seize ans et deux moys, lors que son dict precepteur mourut : et fut l'an mil quatre cens et vingt, de la verolle qui luy vint[11].

Après en eut un aultre vieux tousseux, nommé maistre Jobelin Bridé[12], qui luy leugt Hugutio[13], Hebrard Grecisme[14], le Doctrinal[15], les Pars[16], le *Quid est* , le *Supplementum*[17], Marmotret[18] *De moribus in mensa servandis*[19], Seneca *de quator Virtutibus cardina-libus*[20], Passavantus *cum commento*[21]. Et *Dormi secure*[22] pour les festes. Et quelques aultres de semblable farine, à la lecture desquelz il devint aussi saige qu'onques puis ne fourneasmes nous[23].

Comment Gargantua fut mis soubz aultres pedagoges.

CHAPITRE XV

TANT son pere aperceut que vrayement il estudioit tresbien et y mettoit tout son temps, toutesfoys qu'en rien ne prouffitoit. Et que pis est, en devenoit fou, niays, tout resveux et rassoté.

De quoy se complaignant à Don Philippe des Marays, Viceroy de Papeligosse [1], entendit que mieulx luy vauldroit rien n'aprendre, que telz livres soubz telz precepteurs aprendre. Car leur sçavoir n'estoit que besterie, et leur sapience n'estoit que moufles [2], abastardisant les bons et nobles esperitz, et corrompent toute fleur de jeunesse. « Qu'ainsi soit, prenez (dist-il) quelcun de ces jeunes gens du temps present, qui ait seulement estudié deux ans, en cas qu'il ne ait meilleur jugement, meilleures parolles, meilleur propos que vostre filz, et meilleur entretien et honnesteté entre le monde, reputez-moy à jamais ung taillebacon de la Brene [3]. »

Ce que à Grandgousier pleut tresbien, et commanda qu'ainsi feust faict.

Au soir en soupant, ledict des Marays introduict un sien jeune paige de Villegongys [4], nommé Eudemon, tant bien testonné, tant bien tiré [5], tant bien espoussété, tant honneste en son maintien, que trop mieulx resembloit quelque petit angelot qu'un homme. Puis dist à Grandgousier :

« Voyez vous ce jeune enfant? il n'a encor douze ans, voyons, si bon vous semble, quelle difference y a entre le sçavoir de vos resveurs mateologiens du temps jadis et les jeunes gens de maintenant. »

L'essay pleut à Grandgousier, et commanda que le paige propozast.

Alors Eudemon demandant congié de ce faire audict

viceroy son maistre, le bonnet au poing, la face
ouverte, la bouche vermeille, lès yeulx asseurez, et le
reguard assis suz Gargantua, avecques modestie juvenile
se tint sus ses pieds, et commença le louer et magnifier,
premierement de sa vertus et bonnes meurs,
secondement de son sçavoir, tiercement de sa noblesse,
quartement de sa beaulté corporelle. Et pour le quint
doulcement l'exhortoit à reverer son pere en toute
observance, lequel tant s'estudioit à bien le faire
instruire, en fin le prioit qu'il le voulsist retenir pour le
moindre de ses serviteurs. Car aultre don pour le
present ne requeroit des cieulx, sinon qu'il luy feust faict
grace de luy complaire en quelque service agreable.

Le tout feut par icelluy proferé avecques gestes tant
propres, pronunciation tant distincte, voix tant
eloquente, et langaige tant aorné et bien latin, que
mieulx resembloit un Gracchus, un Ciceron ou un
Emilius du temps passé, qu'un jouvenceau de ce siècle.

Mais toute la contenence de Gargantua fut, qu'il se
print à plorer comme une vache, et se cachoit le visaige
de son bonnet, et ne fut possible de tirer de luy une
parolle, non plus qu'un pet d'un asne mort.

Dont son pere fut tant courroussé, qu'il voulut occire
maistre Jobelin. Mais ledict des Marays l'enguarda par
belle remonstrance qu'il luy feist: en maniere que fut
son ire moderée. Puis commanda qu'il feust payé de ses
guaiges, et qu'on le feist bien chopiner sophisticque-
ment [6], ce faict qu'il allast à tous les diables. Au moins
(disoit-il) pour le jourd'huy ne coustera il gueres à son
houste, si d'aventure il mouroit ainsi sou comme un
Angloys [7].

Maistre Jobelin party de la maison, consulta
Grandgousier avecques le viceroy quel precepteur l'on
luy pourroit bailler, et feut avisé entre eulx que à cest
office seroit mis Ponocrates, pedaguoge de Eudemon,
et que tous ensemble iroient à Paris, pour congnoistre
quel estoit l'estude des jouvenceaulx de France pour
icelluy temps.

Comment Gargantua fut envoyé à Paris, et de l'énorme
jument qui le porta, et comment elle deffit les
mousches bovines de la Beauce.

CHAPITRE XVI

N ceste mesmes saison Fayoles [1], quart
roy de Numidie, envoya du pays de
Africque à Grandgousier une jument
la plus enorme et la plus grande que
feut oncques veue, et la plus mons-
treuse, comme assez sçavez que
Africque aporte tousjours quelque
chose de noveau.

Car elle estoit grande comme six Oriflans, et avoit
les pieds fenduz en doigtz, comme le cheval de Jules
Cesar, les aureilles ainsi pendentes comme les chievres
de Languegoth, et une petite corne au cul. Au reste,
avoit poil d'alezan toustade[2] entreillizé de grizes
pommelettes. Mais sus tout avoit la queue horrible. Car
elle estoit poy plus poy[3] moins grosse comme la pile
Sainct Mars auprès de Langès[4] : et ainsi quarrée,
avecques les brancars ny plus ny moins ennicrochez,
que sont les espicz au blé.

Si de ce vous esmerveillez, esmerveillez vous
dadvantaige de la queue des beliers de Scythie : que
pesoit plus de trente livres, et des moutons de Surie,
esquelz fault (si Tenaud[5] dict vray) affuster une
charrette au cul, pour la porter, tant elle est longue et
pesante. Vous ne l'avez pas telle, vous aultres paillards
de plat pays[6]. Et fut amenée par mer en troys
carracques et un brigantin, jusques au port de Olone
en Thalmondoys.

Lorsque Grandgousier la veit :

« Voicy (dist il) bien le cas pour porter mon filz à
Paris. Or ça, de par Dieu, tout yra bien. Il sera grand
clerc on temps advenir. Si n'estoient messieurs les
bestes, nous vivrions comme clercs[7].

Au lendemain après boyre (comme entendez) prindrent chemin, Gargantua son precepteur Ponocrates et ses gens, ensemble eulx Eudemon le jeune paige. Et par ce que c'estoit en temps serain et bien attrempé, son pere luy feist faire des botes fauves : Babin[8] les nomme brodequins.

Ainsi joyeusement passerent leur grand chemin : et tousjours grand chere : jusques au dessus de Orleans [9].

Au quel lieu es oit une ample forest de la longueur de trente et cinq lieues, et de largeur dix et sept, ou environ. Icelle estoit horriblement fertile et copieuse en mousches bovines et freslons[10], de sorte que c'estoit une vraye briguanderye pour les pauvres jumens, asnes, et chevaulx. Mais la jument de Gargantua vengea honnestement tous les oultrages en icelle perpetrées sus les bestes de son espece, par un tour, duquel ne se doubtoient mie.

Car soubdain qu'ilz feurent entrez en la dicte forest : et que les freslons luy eurent livré l'assault, elle desguaina sa queue : et si bien s'escarmouchant les esmoucha[11], qu'elle en abatit tout le boys, à tord, à travers, deçà, delà, par cy, par là, de long, de large, dessus, dessoubz, abatoit boys comme un fauscheur faict d'herbes. En sorte que depuis n'y eut ne boys[12] ne freslons. Mais feut tout le pays reduict en campaigne.

Quoy voyant Gargantua, y print plaisir bien grand, sans aultrement s'en vanter. Et dist à ses gens :

« Je trouve beau ce. »

Dont fut depuis appelé ce pays la Beauce : mais tout leur desjeuner feut par baisler. En memoire de quoy encores de present les gentilz hommes de Beauce desjeunent de baisler[13], et s'en trouvent fort bien et n'en crachent que mieulx.

Finablement arriverent à Paris. Auquel lieu se refraischit deux ou troys jours, faisant chere lye avecques ses gens, et s'enquestant quelz gens sçavans estoient pour lors en la ville : et quel vin on y beuvoit.

Comment Gargantua paya sa bien venue ès Parisiens,
et comment il print les grosses cloches de l'église
nostre Dame.

CHAPITRE XVII

UELQUES jours après qu'ilz se feurent
refraichiz il visita la ville : et fut veu
de tout le monde en grande admiration. Car le peuple de Paris est tant
sot, tant badault, et tant inepte de
nature, q'un basteleur, un porteur
de rogatons, un mulet avecques ses
cymbales, un vielleuz au mylieu d'un carrefour assem-
blera plus de gens, que ne feroit un bon prescheur
evangelicque.

Et tant molestement le poursuyvirent, qu'il feut
contrainct soy reposer suz les tours de l'église nostre
Dame. Auquel lieu estant, et voyant tant de gens, à
l'entour de soy, dist clerement :

« Je croy que ces marroufles[1] voulent que je leurs
paye icy ma bien venue et mon proficiat. C'est raison.
Je leur voys donner le vin. Mais ce ne sera que
par rys. »

Lors en soubriant destacha sa belle braguette, et
tirant sa mentule en l'air les compissa[2] si aigrement,
qu'il en noya deux cens soixante mille quatre cens dix
et huyt. Sans les femmes et petiz enfants.

Quelque nombre d'iceulx evada ce pissefort[3] a
legiereté des pieds. Et quand furent au plus hault de
l'Université, suans, toussans, crachans, et hors
d'halene, commencerent à renier et jurer, les ungs en
cholere, les aultres par rys. Carymary, Carymara[4], par
saincte Mamye, nous son baignez par rys, dont fut
depuis la ville nommée Paris, laquelle au paravant on
appelloit Leucèce, comme dict Strabo, lib. iiij. C'est à
dire, en Grec, Blanchette, pour les blanches cuisses des
dames dudict lieu.

12

Et par autant que à ceste nouvelle imposition du nom tous les assistans jurèrent chascun les saincts de sa paroisse : les Parisiens, qui sont faictz de toutes gens et toutes pieces, sont par nature et bons jureurs et bons juristes, et quelque peu oultrecuydez. Dont estime Joaninus de Barranco, Libro, *de copiositate reverentiarum*, que sont dictz Parrhesiens en Grecisme, c'est à dire fiers en parler [5].

Ce faict, considera les grosses cloches que estoient esdictes tours : et les feist sonner bien harmonieusement. Ce que faisant luy vint en pensée qu'elles serviroient bien de campanes au coul de sa jument, laquelle il vouloit renvoier à son pere toute chargée de froumaiges de Brye et de harans frays. De faict, les emporta en son logis.

Ce pendent vint un commandeur jambonnier de sainct Antoine [6], pour faire sa queste suille [7] : lequel pour se faire entendre de loing, et faire trembler le lard au charnier, les voulut emporter furtivement. Mais par honnesteté les laissa, non parce qu'elles estoient trop chauldes, mais parce qu'elles estoient quelque peu trop pesantes à la portée. Cil ne fut pas celluy de Bourg [8]. Car il est trop de mes amys.

Toute la ville feut esmeue en sedition, comme vous sçavez que à ce ils sont tant faciles [9], que les nations estranges s'esbahissent de la patience des Roys de France, lesquelz aultrement par bonne justice ne les refrenent : veuz les inconveniens qui en sortent de jour en jour. Pleust à Dieu, que je sceusse l'officine en laquelle sont forgez ces chismes et monopoles, pour les mettre en evidence ès confraries de ma paroisse. Croyez que le lieu auquel convint le peuple [10] tout folfré et habaliné [11] feut Nesle où lors estoit, maintenant n'est plus, l'oracle de Lucèce [12]. Là feut proposé le cas, et remonstré l'inconvenient des cloches transportées.

Après avoir bien ergoté *pro et contra*, feut conclud en Baralipton, que l'on envoyroit le plus vieux et suffisant de la Faculté vers Gargantua pour luy remons-

trer l'horrible inconvenient de la perte d'icelles cloches.
Et nonobstant la remonstrance d'aulcuns de l'Université,
qui alleguoient que ceste charge mieulx competoit à
un orateur, que à un Sophiste, feut à cest affaire esleu
nostre maistre Janotus de Bragmardo[13].

❧❧❧❧❧❧❧❧❧❧❧❧❧❧❧❧❧❧❧❧❧❧❧❧❧❧

*Comment Janotus de Bragmardo feut envoyé pour recouvrer
de Gargantua les grosses Cloches.*

CHAPITRE XVIII

 AISTRE Janotus, tondu à la Cesarine,
vestu de son lyripipion à l'antique, et
bien antidoté l'estomac de coudignac
de four, et eau beniste de cave, se
transporta au logis de Gargantua,
touchant davant soy troys vedeaulx à
rouge muzeau, et trainant après cinq
ou six maistres inertes[1] bien crottez à profit de mesnaige.

À l'entrée les rencontra Ponocrates : et eut frayeur
en soy, les voyant ainsi desguisez, et pensoit que
feussent quelques masques hors du sens. Puis s'enquesta
à quelq'un desdictz maistres inertes de la bande, que
queroit ceste mommerie. Il luy feut respondu, qu'ilz
demandoient les cloches leurs estre rendues.

Soubdain ce propos entendu, Ponocrates courut dire
les nouvelles à Gargantua : affin qu'il feust prest de la
responce, et deliberast sur le champ ce que estoit de
faire. Gargantua admonesté du cas appella à part
Ponocrates son precepteur, Philotomie son maistre
d'hostel, Gymnaste son escuyer, et Eudemon, et
sommairement confera avecques eulx sus ce que estoit
tant à faire que à respondre.

Tous feurent d'advis que on les menast au retraict
du goubelet, et là on les feist boyre rustrement, et
affin que ce tousseux n'entrast en vaine gloire pour à

sa requeste avoir rendu les cloches, l'on mandast ce pendent qu'il chopineroit querir le Prevost de la ville, le Recteur de la Faculté, le vicaire de l'eglise : esquelz davant que le Sophiste eust proposé sa commission, l'on delivreroit les cloches. Après ce, iceulx presens, l'on oyroit sa belle harangue. Ce que fut faict, et les susdictz arrivez, le Sophiste feut en plene salle introduict, et commença ainsi que s'ensuit, en toussant.

La harangue de maistre Janotus de Bragmardo, faicte.
à Gargantua pour recouvrer les cloches.

Chapitre XIX

HEN, hen, hen [1], *Mna dies,* Monsieur, *Mna dies.* Et *vobis* Messieurs. Ce ne seroyt que bon que nous rendissiez noz clochés, car elles nous font bien besoing. Hen, hen, hasch. Nous en avions bien aultresfoys refusé de bon argent de ceulx de Londres en Cahors, sy avions nous de ceulx de Bourdeaulx en Brye [2], qui les vouloient achapter pour la substantificque qualité de la complexion elementaire, que est intronificquée en la terresterité de leur nature quidditative pour extraneizer les halotz et les turbines[3] suz noz vignes, vrayement non pas nostres, mais d'icy auprès. Car si nous perdons le piot nous perdons tout, et sens et loy. Si vous nous les rendez à ma requeste, je y guaigneray six pans de saulcices [4], et une bonne paire de chausses, que me feront grand bien à mes jambes, ou ilz ne me tiendront pas promesse. Ho par Dieu, *Domine,* une pair de chausses est bon. *Et vir sapiens non abhorrebit eam.* Ha, ha, il n'a pas pair de chausses qui veult. Je le sçay bien quant est de moy. Advisez, *Domine :* il y a dixhuyt jours que je suis à matagraboliser[5] ceste belle

harangue. *Reddite quæ sunt Cæsaris Cæsari, et quæ sunt Dei Deo. Ibi jacet lepus.*

Par ma foy, *Domine*, si voulez souper avecques moy *in camera*, par le corps Dieu, *charitatis* [6], *nos faciemus bonum cherubin* [7]. *Ego occidi unum porcum, et ego habet bon vino* [8]. Mais de bon vin on ne peult faire maulvais latin [9].

Or sus, *de parte Dei, date nobis clochas nostras.* Tenez, je vous donne de par la Faculté ung *Sermones de Utino*[10], que *utinam* vous nous baillez nos cloches. *Vultis etiam pardonos ? Per diem*[11] *vos habebitis, et nihil poyabitis.*

O Monsieur, *Domine, clochidonnaminor nobis.* Dea, *est bonum urbis.* Tout le monde s'en sert. Si vostre jument s'en trouve bien, aussi faict nostre Faculté *quæ comparata est jumentis insipientibus, et similis facta est eis, Psalmo nescio quo*[12], si l'avoys je bien quotté en mon paperat[13], *et est unum bonum Achilles*[14], hen, hen, ehen, hasch.

Ça je vous prouve que me les doibvez bailler. *Ego sic argumentor.*

Omnis clocha clochabilis in clocherio clochando, clochans clochativo, clochare facit clochabiliter clochantes. Parisius habet clochas. Ergo gluc[15], ha, ha, ha. C'est parlé cela. Il est *in tertio primæ* en *Darii* ou ailleurs. Par mon ame, j'ay veu le temps que je faisois diables de arguer. Mais de present je ne fais plus que resver. Et ne me fault plus dorenavant, que bon vin, bon lict, le dos au feu, le ventre à table et escuelle bien profonde.

Hay, *Domine*[16], je vous pry *in nomine Patris et Filii et Spiritus Sancti, Amen,* que vous rendez nos cloches : et Dieu vous guard de mal, et nostre Dame de santé[17], *qui vivit et regnat per omnia secula seculorum, Amen.* Hen, hasch, ehasch, grenhenhasch.

Verum enim vero quando quidem dubio procul. Edepol quoniam ita certe meus deus fidus, une ville sans cloches est comme un aveugle sans baston, un asne sans cropiere, et une vache sans cymbales. Jusques à ce que nous les ayez rendues nous ne cesserons de crier après vous, comme un aveugle qui a perdu son baston, de braisler, comme un asne sans cropiere, et de bramer, comme une vache sans cymbales.

Un quidam latinisateur demourant près l'hostel Dieu, dist une foys, allegant l'autorité d'ung Taponnus, je faulx, c'estoit Pontanus[18], poete seculier, qu'il desiroit[19] qu'elles feussent de plume, et le batail feust d'une queue de renard[20] : pource qu'elles luy engendroient la chronique aux tripes du cerveau[21], quand il composoit ses vers carminiformes. Mais nac petetin petetac, ticque[22], torche, lorne[23], il feut declairé hereticque. Nous les faisons comme de cire[24]. Et plus n'en dict le deposant. *Valete et plaudite*[25]. *Calepinus recensui*[26].

Comment le Sophiste emporta son drap, et comment il eut procès contre les aultres maistres.

Chapitre XX

E Sophiste n'eut si toust achevé que Ponocrates et Eudemon s'esclafferent de rire[1] tant profondement, que en cuiderent rendre l'ame à Dieu, ne plus ne moins que Crassus voyant un asne couillart qui mangeoit des chardons, et comme Philemon [2], voyant un asne qui mangeoit les figues qu'on avoit apresté pour le disner, mourut de force de rire. Ensemble eulx, commença rire maistre Janotus, à qui mieulx mieulx, tant que les larmes leurs venoient ès yeulx[3], par la vehemente concution de la substance du cerveau : à laquelle furent exprimées ces humiditez lachrymales, et transcoullées jouxte les nerfz optiques. En quoy par eulx estoyt Democrite heraclitizant, et Heraclyte democritizant representé[4].

Ces rys du tout sedez, consulta Gargantua avecques
ses gens sur ce qu'estoit de faire. Là feut Ponocrates
d'advis qu'on feist reboyre ce bel orateur. Et veu qu'il
leurs avoit donné de passetemps, et plus faict rire que
n'eust Songecreux [5], qu'on luy baillast les dix pans de
saulcice[6] mentionnez en la joyeuse harangue, avecques
une paire de chausses, troys cens de gros boys de
moulle, vingt et cinq muitz de vin, un lict à triple
couche de plume anserine, et une escuelle bien capable
et profonde, lesquelles disoit estre à sa vieillesse
necessaires.

Le tout fut faist ainsi que avoit esté deliberé, excepté
que Gargantua, doubtant que on ne trouvast à l'heure
chausses commodes pour ses jambes : doubtant aussy
de quelle façon mieulx duyroient audict orateur, ou à
la martingualle, qui est un pont levis de cul[7] pour plus
aisement fianter, ou à la mariniere [8], pour mieulx
soulaiger les roignons, ou à la Souice, pour tenir
chaulde la bedondaine [9], ou à queue de merluz[10], de
peur d'eschauffer les reins : luy feist livrer sept aulnes
de drap noir, et troys de blanchet pour la doubleure[11].
Le boys feut porté par les guaingnedeniers, les maistres
ez ars porterent les saulcices et escuelles. Maistre Janot
voulut porter le drap.

Un desdictz maistres, nommé maistre Jousse
Bandouille, lui remonstroit que ce n'estoit honeste ny
decent à son estat, et qu'il le baillast à quelq'un d'entre
eulx.

« Hà (dist Janotus) Baudet, Baudet, tu ne concluds
poinct *in modo et figura*. Voylà dequoy servent les
suppositions, et *parva logicalia. Pannus pro quo supponit?*

— *Confuse* (dist Bandouille) *et distributive.*

— Je ne te demande pas (dist Janotus) Baudet,
quomodo supponit, mais *pro quo* : c'est, Baudet, *pro
tibiis meis*. Et pour ce le porteray je *egomet, sicut
suppositum portat adpositum.* »

Ainsi l'emporta en tapinois, comme feist Patelin son
drap[13].

Le bon feut quand le tousseux, glorieusement, en plein acte tenu chez les Mathurins[14], requist ses chausses et saulsices : car peremptoirement luy feurent deniez, par autant qu'il les avoit eu de Gargantua, selon les informations sur ce faictes. Il leurs remonstra que ce avoit esté de *gratis*[15], et de sa liberalité, par laquelle ilz n'estoient mie absoubz de leurs promesses.

Ce nonobstant luy fut respondu qu'il se contentast de raison, et que aultre bribe n'en auroit.

« Raison ? (dist Janotus), nous n'en usons poinct ceans. Traistres malheureux, vous ne valez rien. La terre ne porte gens plus meschans que vous estes, je le sçay bien : ne clochez pas devant les boyteux. J'ay exercé la meschanceté avecques vous. Par la ratte Dieu, je advertiray le Roy des enormes abus qui sont forgez ceans, et par vos mains et menéez[16]. Et que je soye ladre s'il ne vous faict tous vifz brusler comme bougres[17], traistres, hereticques, et seducteurs, ennemys de Dieu et de vertus.

A ces motz, prindrent articles contre luy[18], luy de l'aultre costé les feist adjourner. Somme, le procez fut retenu par la court et y est encores. Les magistres sur ce poinct feirent veu de ne soy descroter, maistre Janot avec ses adherens feist veu de ne se moucher, jusques à ce qu'en feust dict par arrest difinitif.

Par ces veuz sont jusques à present demourez et croteux et morveux[19], car la court n'a encores bien grabelé toutes les pieces. L'arrest sera donné ès prochaines Calendes Grecques. C'est à dire : jamais. Comme vous sçavez qu'ilz font plus que nature, et contre leurs articles propres. Les articles de Paris chantent que Dieu seul peult faire choses infinies. Nature rien ne faict immortel : car elle mect fin et periode à toutes choses par elle produictes. Car *omnia orta cadunt*[20], etc. Mais ces avalleurs de frimars[21] font les procès davant eux pendens, et infiniz, et immortelz. Ce que faisans, ont donné lieu, et verifié ledict de Chilon[22] Lacedemonien, consacré en Delphes, disant

misere estre compaigne de procès, et gens playdoiens
miserables. Car plus tost ont fin de leur vie, que de
leur droict pretendu.

*L'estude de Gargantua, selon la discipline de ses
precepteurs sophistes.*

CHAPITRE XXI

LES premiers jours ainsi passez et les
cloches remises en leur lieu, les
citoyens de Paris, par recongnoissance
de ceste honnesteté, se offrirent d'entretenir et nourrir sa jument tant
qu'il luy plairoit. Ce que Gargantua
print bien à gré. Et l'envoyerent vivre
en la forest de Biere [1]. Je croy qu'elle n'y soit plus
maintenant.

Ce faict, voulut de tout son sens estudier à la
discretion de Ponocrates, mais icelluy, pour le
commencement ordonna, qu'il feroit à sa maniere
accoustumée : affin d'entendre par quel moyen en si
long temps ses antiques precepteurs l'avoient rendu tant
fat, niays, et ignorant.

Il dispensoit doncques son temps en telle façon, que
ordinairement il s'esveilloit entre huyt et neuf heures,
feust jour ou non : ainsi l'avoient ordonné ses regens
antiques [2], alleguans ce que dict David : *Vanum est vobis
ante lucem surgere.*

Puis se guambayoit, penadoit, et paillardoit[3] parmy
le lict quelque temps, pour mieulx esbaudir ses esperitz
animaulx, et se habiloit selon la saison, mais voluntiers
portoit il une grande et longue robbe de grosse frize [4]
fourrée de renards : après se peignoit du peigne de
Almain [5], c'estoit des quatre doigtz et le poulce. Car ses
precepteurs disoient, que soy aultrement pigner, laver,
et nettoyer, estoit perdre temps en ce monde.

13

Puis fiantoit, pissoyt, rendoyt sa gorge, rottoit, pettoyt, baisloyt, crachoyt, toussoyt, sangloutoyt [6], esternoit, et se morvoyt en archidiacre [7], et desjeunoyt pour abatre la rouzée et maulvais aer : belles tripes frites, belles charbonnades, beaulx jambons, belles cabirotades, et force soupes de prime [8].

Ponocrates luy remonstroit, que tant soubdain ne debvoit repaistre au partir du lict, sans avoir premierement faict quelque exercice. Gargantua respondit :

« Quoy ? n'ay je faict suffisant exercice ? Je me suis vaultré six ou sept tours parmy le lict, davant que me lever. Ne est ce assez ? Le pape Alexandre ainsi faisoit [10] par le conseil de son medicin juif : et vesquit jusques à la mort, en despit des envieux : mes premiers maistres me y ont acoustumé, disans que le desjeuner faisoit bonne memoire, pourtant y beuvoient les premiers. Je m'en trouve fort bien, et n'en disne que mieulx.

« Et me disoit maistre Tubal (qui feut premier de sa licence à Paris), que ce n'est tout l'advantaige de courir bien toust, mais bien de partir de bonne heure : aussi n'est ce la santé totale de nostre humanité, boyre à tas, à tas, à tas, comme canes : mais ouy bien de boyre matin ?

UNDE VERSUS :

Lever matin n'est poinct bon heur [11]
Boyre matin est le meilleur. »

Après avoir bien à poinct desjeuné, alloit à l'eglise, et luy pourtoit on dedans un grand penier un gros breviaire empantophlé [12], pesant tant en gresse que en fremoirs et parchemin, poy plus poy moins, unze quintaulx six livres. Là oyoit vingt et six ou trente messes, ce pendent venoit son diseur d'heures en place, empaletocqué comme une duppe [13], et tresbien antidoté son alaine à force syrop vignolat [14]. Avecques icelluy marmonnoit toutes ses kyrielles : et tant curieusement les espluschoit qu'il n'en tomboit un seul grain en terre.

Au partir de l'eglise, on luy amenoit sur une traine à

beufz un faratz de patenostres de sainct Claude[15], aussi
grosses chascune qu'est le moulle d'un bonnet, et se
pourmenant par les cloistres, galeries ou jardin, en disoit
plus que seze hermites.

Puis estudioit quelque meschante demye heure, les
yeulx assis dessus son livre, mais (comme dict le
Comicque) son ame estoit en la cuysine.

Pissant doncq plein urinal[16] se asseoyt à table. Et par
ce qu'il estoit naturellement phlegmaticque, commençoit
son repas par quelques douzeines de jambons, de
langues de beuf fumées, de boutargues, d'andouilles, et
telz aultres avant coureurs de vin.

Ce pendent quatre de ses gens luy gettoient en la
bouche l'un après l'autre continuement moustarde à
pleines palerées, puis beuvoit un horrificque traict de
vin blanc, pour luy soulaiger les roignons. Après,
mangeoit, selon la saison viandes à son appetit, et lors
cessoit de manger quand le ventre luy tiroit.

A boyre n'avoit poinct fin, ny canon[17]. Car il disoit
que les metes et bournes de boyre estoient quand la
personne beuvant, le liége de ses pantoufles enfloit en
hault d'un demy pied[18].

Les jeux de Gargantua.

Chapitre XXII

 uis tout lordement grignotant d'un
transon de graces, se lavoit les
mains de vin frais, s'escuroit les
dens avec un pied de porc, et devi-
soit joyeusement avec ses gens :
puis, le verd estendu l'on desployoit
force chartes, force dez, et renfort
de tabliers. Là jouoyt :

Au flux
A la prime[2]
A la vole
A la pille
A la triumphe
A la Picardie[3]
Au cent
A l'espinay
A la malheureuse[4]
Au fourby[5]
A passe dix
A trente et ung
A pair et sequence
A troys cens
Au malheureux
A la condemnade[6]
A la charte virade
Au maucontent[7]
Au lansquenet
Au cocu[8]
A qui a si parle[9]
A pille, nade, jocque, fore[10]
Au mariaige
Au gay[11]
A l'opinion
A qui faict l'ung faict l'aul-
tre
A la sequence
Aux luettes[12]
Au tarau[13]
A coquinbert qui gaigne
perd[14]
Au beliné[15]
Au torment[16]
A la ronfle
Au glic[17]
Aux honneurs
A la mourre

Aux eschetz
Au renard[18]
Aux marelles
Aux vasches[19]
A la blanche[20]
A la chance
A trois dez
Aux tables
A la nicnocque[21]
Au lourche[22]
A la renette[23]
Au barignin[24]
Au trictrac
A toutes tables
Aux tables rabatues
Au reniguebieu[25]
Au forcé
Aux dames
A la babou[26]
A *primus secundus*[27]
Au pied du cousteau
Aux clefz[28]
Au franc du carreau[29]
A pair ou non
A croix ou pille
Aux martres[30]
Aux pingres[31]
A la bille
Au savatier[32]
Au hybou
Au dorelot du lièvre[33]
A la tirelitantaine[34]
A cochonnet va devant[35]
Au pies
A la corne
Au beuf violé[36]
A la cheveche
A je te pinse sans rire

A picoter
A deferrer l'asne
A la jautru
Au bourry bourry zou[37]
A je m'assis
A la barbe d'oribus[38]
A la bousquine[39]
A tire la broche
A la boutte foyre[40]
A compère prestez moy vostre sac
A la couille de belier[41]
A boute hors
A figues de Marseille
A la mousque[42]
A l'archer tru
A escorcher le renard[43]
A la ramasse[44]
Au croc madame[45]
A vendre l'avoine
A souffler le charbon
Aux responsailles[46]
Au juge vif, et juge mort
A tirer les fers du four
Au fault villain
Aux cailleteaux[47]
Au bossu aulican[48]
A Sainct Trouvé
A pinse Morille
Au poirier
A pimpompet[49]
Au triori[50]
Au cercle
A la truye
A ventre contre ventre
Aux combes
A la vergette
Au palet

Au j'en suis[51]
A foucquet[52]
Aux quilles
Au rapeau[53]
A la boulle plate
Au vireton[54]
Au picquarome[55]
A rouchemerde[56]
A angenart[57]
A la courte boulle
A la griesche[58]
A la recoquillette
Au cassepot[59]
A montalent
A la pyrouète
Aux jonchées[60]
Au court baston
Au pyrevollet
A cline muzete[61]
Au picquet[62]
A la blancque
Au furon
A la seguete
Au chastelet[63]
A la rengée
A la foussette
Au ronflart
A la trompe[64]
Au moyne[65]
Au tenebry[66]
A l'esbahy
A la soulle[67]
A la navette
A fessart
Au ballay
A Sainct Cosme je te viens adorer[68]
A escharbot le brun

14

A je vous prens sans verd

A bien et beau s'en va quaresme[69]

Au chesne forchu[70]

Au chevau fondu[71]

A la queue au loup

A pet en gueulle[72]

A Guillemin baille my ma lance[73]

A la brandelle

Au treseau[74]

Au bouleau

A la mousche

A la migne migne beuf

Au propous[75]

A neuf mains

Au chapifou[76]

Au pontz cheuz

A Colin bridé

A la grolle[77]

Au cocquantin[78]

A Colin Maillard

A myrelimofle

A mouschart

Au crapault

A la crosse[79]

Au piston

Au bille boucquet[80]

Aux roynes

Aux mestiers

A teste à teste bechevel[81]

Au pinot[82]

A male mort

Aux croquinolles[83]

A laver la coiffe madame

Au belusteau[84]

A semer l'avoyne

A briffault

Au molinet[85]

A *defendo*

A la virevouste

A la bacule[86]

Au laboureur

A la cheveche

Aux escoublettes enraigées[87]

A la beste morte

A monte monte l'eschelette

Au pourceau mory[88]

A cul sallé

Au pigonnet

Au tiers[89]

A la bourrée

Au sault du buisson

A croyzer

A la cutte cache[90]

A la maille bourse en cul

Au nid de la bondrée

Au passavant

A la figue

Aux petarrades

A pillemoustarde

A cambos

A la recheute

Au picandeau[91]

A crocqueteste[92]

A la grolle

A la grue

A taillecoup

Aux nazardes

Aux allouettes

Aux chinquenaudes[93].

Après avoir bien joué, sessé, passé et beluté temps[94], convenoit boire quelque peu, c'estoient unze peguadz pour homme[95], et soubdain après bancqueter, c'estoit sus un beau banc, ou en beau plein lict[96] s'estendre et dormir deux ou troys heures sans mal penser, ny mal dire[97].

Luy esveillé secouoit un peu les aureilles : ce pendent estoit apporté vin frais, là beuvoyt mieulx que jamais.

Ponocrates luy remonstroit, que c'estoit mauvaise diete, ainsi boyre après dormir.

« C'est (respondist Gargantua) la vraye vie des peres[98]. Car de ma nature je dors sallé : et le dormir m'a valu autant de jambon. »

Puis commençoit estudier quelque peu, et patenostres en avant, pour lesquelles mieulx en forme expedier, montoit sus une vieille mulle[99], laquelle avoit servy neuf Roys : ainsi marmotant de la bouche et dodelinant de la teste, alloit veoir prendre quelque connil aux filletz.

Au retour se transportoit en la cuysine pour sçavoir quel roust estoit en broche.

Et souppoit tresbien par ma conscience, et voluntiers convioit quelques beuveurs de ses voisins, avec lesquelz beuvant d'autant, comptoient des vieux jusques ès nouveaulx.

Entre aultres avoit pour domesticques les seigneurs du Fou, de Gourville, de Grignault et de Marigny[100].

Après souper venoient en place les beaux Evangiles de boys[101], c'est à dire force tabliers, ou le beau flux, un, deux, troys, ou à toutes restes pour abreger, ou bien alloient veoir les garses d'entour, et petitz banquetz parmy, collations et arrierecollations. Puis dormoit sans desbrider, jusques au lendemain huict heures.

Comment Gargantua feut institué par Ponocrates en telle discipline, qu'il ne perdoit heure du jour.

Chapitre XXIII

QUAND Ponocrates congneut la vitieuse maniere de vivre de Gargantua, delibera aultrement le instituer en lettres, mais pour les premiers jours le tolera : considerant que nature ne endure mutations soubdaines, sans grande violence.

Pour doncques mieulx son œuvre commencer, supplia un sçavant medicin de celluy temps, nommé maistre Theodore[1] : à ce qu'il considerast si possible estoit remettre Gargantua en meilleure voye. Lequel le purgea canonicquement avec Elebore de Anticyre[2], et par ce medicament luy nettoya toute l'alteration et perverse habitude du cerveau. Par ce moyen aussi Ponocrates luy feist oublier tout ce qu'il avoit apris soubz ses antiques precepteurs, comme faisoit Timothé[3] à ses disciples qui avoient esté instruictz soubz aultres musiciens.

Pour mieulx ce faire, l'introduisoit ès compaignies des gens sçavans, que là estoient, à l'emulation desquelz luy creust l'esperit et le desir de estudier aultrement et se faire valoir.

Après en tel train d'estude le mist qu'il ne perdoit heure quelconcques du jour : ains tout son temps consommoit en lettres et honeste sçavoir.

Se esveilloit doncques Gargantua environ quatre heures du matin. Ce pendent qu'on le frotoit, luy estoit leue quelque pagine de la divine Escripture haultement et clerement avec pronunciation competente à la matiere, et à ce estoit commis un jeune paige natif de Basché, nommé Anagnostes. Selon le propos et argument de ceste leçon, souventesfoys se adonnoit à reverer, adorer, prier, et supplier le bon Dieu : duquel la lecture monstroit la majesté et jugemens merveilleux.

Puis alloit ès lieux secretz faire excretion des digestions naturelles. Là son precepteur repetoit ce que avoit esté leu : luy exposant les poinctz plus obscurs et difficiles.

Eulx retornans consideroient l'estat du ciel, si tel estoit comme l'avoient noté au soir precedent : et quelz signes entroit le Soleil, aussi la Lune, pour icelle journée.

Ce faict, estoit habillé, peigné, testonné, accoustré, et parfumé, durant lequel temps on luy repetoit les leçons du jour d'avant. Luy mesmes les disoit par cueur : et y fondoit quelques cas practicques et concernens l'estat humain, lesquelz ilz estendoient[4] aulcunes foys jusques deux ou troys heures, mais ordinairement cessoient lors qu'il estoit du tout habillé.

Puis par troys bonnes heures luy estoit faicte lecture.

Ce faict, yssoient hors, tousjours conferens des propoz de la lecture : et se desportoient en Bracque[5] ou és prez, et jouoient à la balle, à la paulme, à la pile trigone[6], galentement se exercens les corps comme ilz avoient les ames au paravant exercé.

Tout leur jeu n'estoit qu'en liberté : car ilz laissoient la partie quant leur plaisoit, et cessoient ordinairement lors que suoient parmy le corps, ou estoient aultrement las. Adoncq estoient tresbien essuez, et frottez, changeoient de chemise : et doulcement se pourmenans alloient veoir sy le disner estoit prest. Là attendens recitoient clerement et eloquentement quelques sentences retenues de la leçon.

Ce pendent monsieur l'appetit venoit, et par bonne oportunité s'asseoient à table.

Au commencement du repas estoit leue quelque histoire plaisante des anciennes prouesses : jusques à ce qu'il eust prins son vin. Lors (si bon sembloit) on continuoit la lecture : ou commenceoient à diviser joyeusement ensemble, parlans pour les premiers moys

de la vertus, propriété, efficace, et nature, de tout ce
que leur estoit servy à table. Du pain, du vin, de l'eau,
du sel, des viandes, poissons, fruictz, herbes, racines,
et de l'aprest d'icelles. Ce que faisant aprint en peu
de temps tous les passaiges à ce competens en Pline,
Athené, Dioscorides, Jullius Pollux, Galen, Porphyre,
Opian, Polybe, Heliodore, Aristoteles, Ælian et aultres. Iceulx propos tenus, faisoient souvent pour plus
estre asseurez, apporter les livres susdictz à table. Et si
bien et entierement retint en sa memoire les choses
dictes, que pour lors n'estoit medicin, qui en sceust à
la moytié tant comme il faisoit.

Après devisoient des leçons leues au matin, et pa-
rachevant leur repas par quelque confection de cotoniat [7], s'ecouroit les dens avecques un trou de lentisce [8],
se lavoit les mains et les yeulx de belle eaue fraische :
et rendoient graces à Dieu par quelques beaulx cantic-
ques faictz à la louange de la munificence et benignité
divine. Ce faict, on apportoit des chartes, non pour
jouer, mais pour y apprendre mille petites gentillesses,
et inventions nouvelles. Lesquelles toutes yssoient de
Arithmetique.

En ce moyen entra en affection de icelle science
numerale, et tous les jours après disner et souper y
passoit temps aussi plaisantement, qu'il souloit en dez
ou ès chartes. A tant sceut d'icelle et theoricque et
practicque, si bien que Tunstal Angloys [9], qui en avoit
amplement escript, confessa que vrayement en comparaison de luy il n'y entendoit que le hault Alemant[10].

Et non seulement d'icelle, mais des aultres sciences
mathematicques, comme Geometrie, Astronomie et
Musicque. Car attendens la concoction et digestion de
son past, ilz faisoient mille joyeux instrumens et figures
Geometricques, et de mesmes praticquoient les canons
Astronomicques. Après se esbaudissoient à chanter
musicalement à quatre et cinq parties, ou sus un theme
à plaisir de gorge.

Au reguard des instrumens de musicque, il aprint

jouer du luc, de l'espinette, de la harpe, de la flutte de
Alemant et à neuf trouz, de la viole et de la sacque-
boutte.

Ceste heure ainsi employée, la disgestion parachevée, se purgoit des excremens naturelz : puis se remettoit à son estude principal par troys heures ou davantaige : tant à repeter la lecture matutinale, que à
poursuyvre le livre entreprins, que aussi à escripre et
bien traire et former les antiques et Romaines lettres.

Ce faict, yssoient hors leur hostel : avecques eulx un
jeune gentilhomme de Touraine nommé l'escuyer
Gymnaste, lequel luy montroit l'art de chevalerie.

Changeant doncques de vestemens, montoit sus un
coursier, sus un roussin, sus un genet, sus un cheval
barbe[11], cheval legier : et luy donnoit cent quarieres,
le faisoit voltiger en l'air, franchir le fossé, saulter le
palys, court tourner en un cercle, tant à dextre comme
à senestre.

Là rompoit non la lance, car c'est la plus grande
resverye du monde, dire : J'ay rompu dix lances en
tournoy, ou en bataille : un charpentier le feroit bien,
mais louable gloire est d'une lance avoir rompu dix de
ses ennemys.

De sa lance doncq asserée, verde, et roide, rompoit
un huys, enfonçoit un harnoys, acculloyt une arbre[12],
enclavoyt un aneau, enlevoit une selle d'armes, un
aubert, un gantelet.

Le tout faisoit armé de pied en cap. Au reguard de
fanfarer et faire les petitz popismes[13] sus un cheval,
nul ne le feist mieulx que luy. Le voltigeur de Ferrare[14]
n'estoit qu'un singe en comparaison. Singulierement
estoit aprins à saulter hastivement d'un cheval sus
l'aultre sans prendre terre, et nommoit on ces chevaulx
desultoyres, et de chascun cousté, la lance au poing,
monter sans estriviers, et sans bride guider le cheval à
son plaisir. Car telles choses servent à discipline militaire.

Un aultre jour se exerceoit à la hasche. Laquelle tant

bien coulloyt[15], tant verdement de tous pics reserroyt, tant soupplement avalloit en taille ronde[16], qu'il feut passé chevalier d'armes en campaigne, et en tous essays.

Puis bransloit la picque, sacquoit de l'espée à deux mains[17], de l'espée bastarde, de l'espagnole, de la dague, et du poignard, armé, non armé, au boucler, à la cappe[18], à la rondelle.

Couroit le cerf, le chevreuil, l'ours, le dain, le sanglier, le lievre, la perdrys, le faisant, l'otarde. Jouoit à la grosse balle, et la faisoit bondir en l'air, autant du pied, que du poing.

Luctoit: couroit: saultoit: non à troys pas un sault, non à cloche pied, non au sault d'alemant. Car (disoit Gymnaste) telz saulx sont inutiles, et de nul bien en guerre, mais d'un sault persoit un foussé, volloit sus une haye, montoit six pas encontre une muraille, et rampoit en ceste façon à une fenestre de la haulteur d'une lance.

Nageoit en parfonde eau, à l'endroict, à l'envers, de cousté, de tout le corps, des seulz pieds, une main en l'air, en laquelle tenant un livre transpassoit toute la riviere de Seine sans icelluy mouiller, et tyrant par les dens son manteau, comme faisoit Jules Cesar[19]: puis d'une main entroit par grande force en basteau, d'icelluy se gettoit de rechief en l'eaue la teste premiere, sondoit le parfond, creuzoyt les rochiers, plongeoit ès abysmes et goufres. Puis icelluy basteau tournoit, gouvernoit: menoit hastivement, lentement, à fil d'eau, contre cours, le retenoit en pleine escluse, d'une main le guidoit, de l'autre s'escrimoit avec un grand aviron, tendoit le vele, montoit au matz par les traictz, couroit sus les brancquars[20], adjoustoit la boussole, contreventoit les bulines, bendoit le gouvernail.

Issant de l'eau roidement montoit encontre la montaigne, et devalloit aussi franchement, gravoit ès arbres comme un chat, saultoit de l'une en l'aultre comme un escurieux: abastoit les gros rameaulx comme un aultre Milo : avec deux poignards asserez[21] et deux poinsons esprouvez, montoit au hault d'une maison comme un rat, descendoit puis du hault en bas en telle composition des membres, que de la cheute n'estoit aulcunement grevé.

Jectoit le dart, la barre, la pierre, la javeline, l'espieu, la halebarde : enfonceoit l'arc, bandoit ès reins les fortes arbalestes de passe[22], visoit de l'arquebouse à l'œil, affeustoit le canon, tyroit à la butte, au papeguay, du bas en mont, d'amont en val, devant, de cousté, en arriere, comme les Parthes.

On luy atachoit un cable en quelque haulte tour pendent en terre : par icelluy avecques deux mains montoit, puis devaloit sy roidement, et sy asseurement, que plus ne pourriez parmy un pré bien egualle.

On luy mettoit une grosse perche apoyée à deux arbres, à icelle se pendoit par les mains, et d'icelle alloit et venoit sans des pieds à rien toucher, que à grande course on ne l'eust peu aconcepvoir[23].

Et pour se exercer le thorax et pulmon crioit comme tous les diables. Je l'ouy une foys appelant Eudemon depuis la porte Sainct Victor jusques à Mont martre. Stentor n'eut oncques telle voix à la bataille de Troye.

Et pour gualentir[24] les nerfz, on lui avoit faict deux grosses saulmones de plomb, chascune du poys de huyt mille sept cens quintaulx, lesquelles il nommoit alteres[25]. Icelles prenoit de terre en chascune main et les elevoit en l'air au dessus de la teste, et les tenoit ainsi sans soy remuer troys quars d'heure et davantaige, que estoit une force inimitable.

Jouoit aux barres avecques les plus fors. Et quand le poinct advenoit, se tenoit sus ses pieds tant roiddement qu'il se abandonnoit ès plus adventureux en cas qu'ilz le feissent mouvoir de sa place, comme jadis faisoit Milo. A l'imitation duquel aussi tenoit une pomme de grenade en sa main, et la donnoit à qui luy pourroit ouster.

Le temps ainsi employé, luy froté, nettoyé, et

15

refraischy d'habillemens, tout doulcement retournoit,
et passans par quelques prez, ou aultres lieux herbuz,
visitoient les arbres et plantes, les conferens avec les
livres des anciens qui en ont escript, comme Theo-
phraste, Dioscorides, Marinus[26], Pline, Nicander,
Macer, et Galen, et en emportoient leurs plenes mains
au logis; desquelles avoit la charge un jeune page
nommé Rhizotome, ensemble des marrochons, des
pioches, cerfouettes, beches, tranches, et aultres instrumens requis à bien arborizer[27].

Eulx arrivez au logis, ce pendent qu'on aprestoit le
souper, repetoient quelques passaiges de ce qu'avoit
esté leu et s'asseoient à table.

Notez icy que son disner estoit sobre et frugal, car
tant seulement mangeoit pour refrener les aboys de
l'estomach, mais le soupper estoit copieux et large. Car
tant en prenoit que luy estoit de besoing à soy entretenir et nourrir. Ce que est la vraye diete prescripte par
l'art de bonne et seure medicine, quoy qu'un tas de
badaulx medicins herselez en l'officine des Sophistes[28]
conseillent le contraire.

Durant icelluy repas estoit continuée la leçon du
disner, tant que bon sembloit: le reste estoit consommé
en bons propous tous lettrez et utiles.

Après graces rendues se adonnoient à chanter musicalement, à jouer d'instrumens harmonieux: ou de ces
petitz passetemps qu'on faict ès chartes, ès dez, et
guobeletz: et là demouroient faisans grand chère et
s'esbaudissans aulcunesfoys jusques à l'heure de dormir:
quelque foys alloient visiter les compaignies des gens
lettrez, ou de gens qui eussent veu pays estranges.

En pleine nuict, davant que soy retirer, alloient au
lieu de leur logis le plus descouvert veoir la face du
ciel: et là notoient les cometes sy aulcunes estoient, les
figures, situations, aspectz, oppositions, et conjunctions
des astres.

Puis avec son precepteur recapituloit briefvement à

la mode des Pythagoricques tout ce qu'il avoit leu, veu, sceu, faict, et entendu au decours de toute la journée.

Si prioient Dieu le createur en l'adorant, et ratifiant leur foy envers luy, et le glorifiant de sa bonté immense : et luy rendant grace de tout le temps passé, se recommandoient à sa divine clemence pour tout l'advenir. Ce faict, entroient en leur repous.

Comment Gargantua employoit le temps quand l'air estoit pluvieux.

CHAPITRE XXIV

'IL advenoit que l'air feust pluvieux et intemperé, tout le temps davant disner estoit employé comme de coustume, excepté qu'il faisoit allumer un beau et clair feu, pour corriger l'intemperie de l'air. Mais après disner, en lieu des exercitations, ilz demouroient en la maison, et par manière de Apotherapic s'esbatoient à boteler du foin, à fendre et scier du boys, et à batre les gerbes en la grange. Puys[1] estudioient en l'art de paincture, et sculpture : ou revocquoient en usage l'anticque jeu des tables, ainsi qu'en a escript Leonicus[2], et comme y joue nostre bon amy Lascaris.

En y jouant recoloient les passaiges des auteurs anciens ès quelz est faicte mention ou prinse quelque metaphore sus iceluy jeu. Semblablement ou alloient veoir comment on tiroit les metaulx ou comment on fondoit l'artillerye : ou alloient veoir les lapidaires, orfevres et tailleurs de pierreries, ou les alchymistes et monoyeurs, ou les haultelissiers, les tissotiers, les velotiers, les horologiers, miralliers, imprimeurs, organistes, tinturiers[3], et aultres telles sortes d'ouvriers, et par tout donnans le vin, aprenoient, et consideroient l'industrie et invention des mestiers.

Alloient ouir les leçons publicques, les actes solen-
nelz, les repetitions, les declamations, les playdoiez des
gentilz advocatz, les concions des prescheurs evange-
liques.

Passoit par les salles et lieux ordonnez pour l'escrime,
et là contre les maistres essayoit de tous bastons[4], et
leurs monstroit par evidence, que aultant voyre plus en
sçavoit que iceulx.

Et au lieu de arboriser, visitoient les bouticques des
drogueurs, herbiers et apothecaires, et soigneusement
consideroient les fruictz, racines, fueilles, gommes,
semences, axunges peregrines, ensemble aussi comment
on les adulteroit.

Alloit veoir les basteleurs, trejectaires[5] et theriacleurs[6], et consideroit leurs gestes, leurs ruses, leurs
sobressaulx, et beau parler: singulièrement de ceulx de
Chaunys en Picardie, car ilz sont de nature grands
jaseurs et beaulx bailleurs de baillivernes en matière de
cinges verds[7].

Eulx retournez pour soupper, mangeoient plus
sobrement que ès aultres jours, et viandes plus desicca-
tives et extenuantes : affin que l'intemperie humide de
l'air, communicqué au corps par necessaire confinité,
feust par ce moyen corrigée et ne leurs feust incommode par ne soy estre exercitez, comme avoient de
coustume.

Ainsi fut gouverné Gargantua, et continuoit ce
procès de jour en jour, profitant comme entendez que
peut faire un jeune homme scelon son aage[8] de bon
sens, en tel exercice ainsi continué. Lequel combien
que semblast pour le commencement difficile, en la
continuation tant doulx fut, legier, et delectable, que
mieulx ressembloit un passe temps de roy, que l'estude
d'un escholier.

Toutesfoys, Ponocrates pour le sejourner de ceste
vehemente intention des esperitz, advisoit une foys le
moys quelque jour bien clair et serain, auquel bou-
geoient au matin de la ville, et alloient ou à Gentilly, ou

à Boloigne, ou à Montrouge, ou au pont Charanton,
ou à Vanves, ou à Sainct Clou. Et là passoient toute la
journée à faire la plus grande chere dont ilz se pouvoient adviser : raillans, gaudissans, beuvans d'aultant,
jouans, chantans, dansans, se voytrans en quelque beau
pré, deniceans des passereaulx, prenans des cailles,
peschans aux grenoilles, et escrevisses.

Mais encores que icelle journée feust passée sans
livres et lectures, poinct elle n'estoit passée sans proffit.
Car en beau pré ilz recoloient par cueur quelques
plaisans vers : de l'agriculture de Virgile : de Hesiode :
du Rusticque de Politian : descripvoient quelques
plaisans epigrammes en latin : puis les mettoient par
rondeaux et ballades en langue Françoyse.

En banquetant, du vin aisgué separoient l'eau,
comme l'enseigne Cato *De re rust.* Et Pline, avecques
un guobelet de lyerre [9] : lavoient le vin en plain bassin
d'eau, puis le retiroient avec un embut : faisoient aller
l'eau d'un verre en aultre : bastissoient plusieurs
petitz engins automates[10] : c'est à dire : soy mouvens
eulx mesmes.

*Comment feut meu entre les fouaciers de Lerné, et ceulx
du pays de Gargantua le grand debat, dont
furent faictes grosses guerres.*

Chapitre XXV

N cestuy temps qui fut la saison
de vendanges au commencement de
automne, les bergiers de la contrée
estoient à guarder les vignes, et
empescher que les estourneaux ne
mangeassent les raisins.

Onquel temps les fouaciers de
Lerné[1] passoient le grand quarroy menans dix ou douze
charges de fouaces à la ville.

Lesdictz bergiers les requirent courtoisement leurs en bailler pour leur argent, au pris du marché.

Car notez que c'est viande celeste[2], manger à desjeuner raisins avec fouace fraiche[3], mesmement des pineaulx, des fiers, des muscadeaulx, de la bicane, et des foyrars[4] pour ceulx qui sont constipez de ventre. Car ilz les font aller long comme un vouge : et souvent cuidans peter ilz se conchient, dont sont nommez les cuideurs de vendanges[5].

A leur requeste ne feurent aulcunement enclinez les fouaciers, mais (que pis est) les oultragerent grandement, les appellans trop diteulx[6], breschedens[7], plaisans rousseaulx[8], galliers, chienlictz, averlans[9], limessourdes, faictneans, friandeaulx, bustarins[10], talvassiers[11], riennevaulx, rustres, challans, hapelopins, trainneguainnes, gentilz flocquetz, copieux[12], landores, malotruz, dendins, baugears[13], tezez[14], gaubregeux[15], gogueluz[16], claquedens[17], boyers[18] d'etrons, bergiers de merde, et aultres telz epithetes diffamatoires, adjoustans que poinct à eulx n'apartenoit manger de ces belles fouaces : mais qu'ilz se debvoient contenter de gros pain ballé, et de tourte[19].

Auquel oultraige un d'entr'eulx, nommé Frogier, bien honneste homme de sa personne, et notable bacchelier[20], respondit doulcement. Depuis quand avez vous prins cornes, qu'estes tant rogues devenuz[21]? Dea, vous nous en souliez volontiers bailler, et maintenant y refusez? Ce n'est faict de bons voisins, et ainsi ne vous faisons nous, quand venez icy achapter nostre beau frument, duquel vous faictes voz gasteaux et fouaces : encores par le marché, vous eussions nous donné de noz raisins : mais par le mer Dé, vous en pourriez repentir, et aurez quelque jour affaire de nous, lors nous ferons envers vous à la pareille, et vous en soubvienne.

Adoncq Marquet grand bastonnier de la confrairie des fouaciers[22] luy dist. « Vrayement tu es bien acresté à ce matin : tu mengeas hersoir trop de mil[23].

Vien çà, vien çà , je te donneray de ma fouace. » Lors
Forgier en toute simplesse approcha , tirant un unzain
de son baudrier[24], pensant que Marquet luy deust
deposcher de ses fouaces, mais il luy bailla de son fouet
à travers les jambes si rudement que les noudz y appa-
roissoient: puis voulut gaigner à la fuyte: mais Forgier
s'escria au meurtre, et à la force tant qu'il peut,
ensemble luy getta un gros tribard[25] qu'il portoit soubz
son escelle, et le attainct par la joincture coronale de la
teste , sus l'artere crotaphique , du cousté dextre : en
telle sorte que Marquet tomba de sa jument: mieulx
sembloit homme mort que vif[26].

Ce pendent les mestaiers, qui là auprès challoient les
noiz, accoururent avec leurs grandes gaules et frappè-
rent sus ces fouaciers comme sus seigle verd. Les
aultres bergiers et bergieres, ouyans le cry de Forgier,
y vindrent avec leurs fondes et brasssiers, et les suyvirent à grands coups de pierres tant menuz qu'il sembloit
que ce feust gresle. Finablement les aconceurent, et
oustèrent de leurs fouaces environ quatre ou cinq
douzeines, toutesfois ilz les payèrent au pris acoustumé,
et leurs donnerent un cens de quecas[27], et troys pane-
rées de francs aubiers[28]. Puis les fouaciers ayderent à
monter Marquet, qui estoit villainement blessé, et
retournerent à Lerné sans poursuivre le chemin de
Pareillé, menassans fort et ferme les boviers , bergiers
et mestayers de Seuillé et de Synays.

Ce faict, et bergiers et bergieres feirent chere lye
avecques ces fouaces et baulx raisins , et se rigollerent
ensemble au son de la belle bouzine: se mocquans de
ces beaulx fouaciers glorieux, qui avoient trouvé male
encontre, par faulte de s'estre seignez de la bonne
main au matin. Et avec gros raisins chenins estuverent
les jambes de Forgier mignonnement, si bien qu'il feut
tantost guery[29].

Comment les habitans de Lerné par le commandement de
Picrochole leur roy assallirent au despourveu
les bergiers de Gargantua.

Chapitre XXVI

ES fouaciers retournez à Lerné, soub-
dain davant boire ny manger se trans-
porterent au capitoly [1], et là davant
leur roy nommé Picrochole, tiers de
ce nom [2], proposerent leur complainte,
monstrans leurs paniers rompuz, leurs
bonnetz foupiz, leurs robbes dessirées,
leurs fouaces destroussées, et singulierement Marquet
blessé enormement, disans le tout avoir esté faict par
les bergiers et mestaiers de Grandgousier, près le grand
carroy [3] par de là Seuillé.

Lequel incontinent entra en courroux furieux, et,
sans plus oultre se interroguer [4] quoy ne comment, feist
crier par son pays ban et arriere ban, et que un chascun sur peine de la hart convint en armes en la grand
place, devant le chasteau, à heure de midy [5].

Pour mieulx confermer son entreprise, envoya sonner le tabourin à l'entour de la ville : luy mesmes ce
pendent qu'on aprestoit son disner, alla faire affuster
son artillerie, desployer son enseigne et oriflant [6], et
charger force munitions, tant de harnoys d'armes que
de gueulles.

En disnant bailla les commissions et feut par son
edict constitué le seigneur Trepelu sus l'avantguarde,
en laquelle furent contez seize mille quatorze hacque-
butiers, trente cinq mille et unze avanturiers [7].

A l'artillerie fut commis le grand escuyer Toucquedillon, en laquelle feurent contées neuf cens quatorze
grosses pieces de bronze, en canons, doubles canons [8],
baselicz, serpentines, couleuvrines [9], bombardes, faulcons, passevolans, spiroles [10], et aultres pieces. L'arriere-

guarde feut baillée au duc Racquedenare. En la bataille
se tint le roy et les princes de son royaulme.

Ainsi sommairement acoustrez, davant que se mettre
en voye, envoyerent troys cens chevaulx legiers soubz
la conduicte du capitaine Engoulevent[11], pour descouvrir le pays, et sçavoir si embuche aulcune estoyt par
la contrée. Mais après avoir diligemment recherché
trouverent tout le pays à l'environ en paix et silence,
sans assemblée quelconque.

Ce que entendent Picrochole commenda qu'un
chascun marchast soubz son enseigne hastivement.

Adoncques sans ordre et mesure prindrent les champs
les uns parmy les aultres, gastans et dissipans tout par
où ilz passoient, sans espargner ny pauvre ny riche,
ny lieu sacré ny prophane : emmenoient beufz, vaches,
thoreaux, veaulx, genisses, brebis, moutons, chevres
et boucqs : poulles, chappons, poulletz, oysons, jards,
oyes : porcs, truyes, guoretz : abastans les noix, ven-
deangeans les vignes, emportans les seps, croullans tous
les fruictz des arbres. C'estoit un desordre incomparable
de ce qu'ilz faisoient.

Et ne trouverent personne qui leurs resistast, mais
un chascun se mettoit à leur mercy, les suppliant estre
traictez plus humainement, en consideration de ce
qu'ilz avoient de tous temps esté bons et amiables voisins, et que jamais envers eulx ne commirent excès ne
oultraige, pour ainsi soubdainement estre par iceulx
mal vexez, et que Dieu les en puniroit de brief. Es
quelles remonstrances rien plus ne respondoient, si non
qu'ilz leurs vouloient aprendre à manger de la fouace.

16

Comment un moine de Seuillé saulva le cloz de l'abbaye
du sac des ennemys.

Chapitre XXVII

ANT feirent et tracasserent pillant et larronnant, qu'ilz arriverent à Seuillé : et detrousserent hommes et femmes, et prindrent ce qu'ilz peurent, rien ne leurs feut ne trop chault ne trop pesant [1]. Combien que la peste y feust par la plus grande part des maisons, ilz entroient par tout, ravissoient tout ce qu'estoit dedans, et jamais nul n'en print dangier. Qui est cas assez merveilleux, car les curez, vicaires, prescheurs, medicins, chirugiens et apothecaires, qui alloient visiter, penser, guerir, prescher et admonester les malades, estoient tous mors de l'infection, et ces diables pilleurs et meurtriers oncques n'y prindrent mal. Dont vient cela, Messieurs ? Pensez y, je vous pry.

Le bourg ainsi pillé, se transporterent en l'abbaye avecques horrible tumulte : mais la trouverent bien reserrée et fermée : dont l'armée principale marcha oultre vers le gué de Vede : exceptez sept enseignes de gens de pied et deux cens lances qui là resterent et rompirent les murailles du cloz affin de guaster toute la vendange.

Les pauvres diables de moines ne sçavoient auquel de leurs saincts se vouer. A toutes adventures feirent sonner *ad capitulum capitulantes*[2] : là feut decreté qu'ilz feroient une belle procession, renforcée de beaulx preschans[3] et letanies *contra hostium insidias*, et beaulx responds[4] *pro pace*.

En l'abbaye estoit pour lors un moine claustrier nommé frere Jean des Entommeures[5], jeune guallant, frisque, de hayt[6], bien à dextre, hardy, adventureux, deliberé : hault, maigre, bien fendu de gueule, bien advantagé en nez, beau despescheur d'heures[7], beau

desbrideur de messes [8], beau descroteur de vigiles[9] :
pour tout dire sommairement, vray moyne si oncques
en feut depuys que le monde moynant moyna de
moynerie. Au reste, clerc jusques ès dents en matière
de breviaire[10].

Icelluy entendent le bruyt que faisoyent les ennemys
par le cloz de leur vine, sortit hors pour veoir ce
qu'ilz faisoient. Et advisant qu'ilz vendangoient leur
cloz, au quel estoyt leur boyte de tout l'an fondée,
retourne au cueur de l'eglise où estoient les aultres
moynes tous estonnez comme fondeurs de cloches,
lesquelz voyant chanter *ini, nim, pe, ne, ne, ne, ne,
ne, ne, tum, ne, num, num, ini, i, mi, i, mi, co, o, ne,
no, o, o, ne, no, ne, no, no, no, rum, ne, num, num*[11].

« C'est, dis til, bien chien chanté. Vertus Dieu, que ne
chantez vous : A dieu paniers, vendanges sont faictes ?
Je me donne au Diable, s'ilz ne sont en nostre cloz, et
tant bien couppent et seps et raisins qu'il n'y aura, par le
corps Dieu, de quatre années que halleboter[12] dedans.
Ventre Sainct Jacques, que boyrons nous ce pendent,
nous aultres pauvres diables ? Seigneur Dieu, *da mihi
potum.* »

Lors dist le prieur claustral. « Que fera cest hyvrogne
icy ? Qu'on me le mène en prison. Troubler ainsi le
service divin ?

— Mais : (dist le moyne) le service du vin faisons tant
qu'il ne soit troublé, car vous mesmes, Monsieur le
prieur, aymez boyre du meilleur. Sy faict tout homme
de bien, jamais homme noble ne hayst le bon vin :
c'est un apophthegme monachal[13]. Mais ces responds
que chantez ycy ne sont par Dieu poinct de saison.

« Pour quoy sont noz heures en temps de moissons et
vendenges courtes, en l'Advent et tout hyver longues ?

« Feu de bonne memoire frere Macé Pelosse, vray
zelateur (ou je me donne au Diable) de nostre religion,
me dist, il m'en soubvient, que la raison estoyt, affin
qu'en ceste saison nous facions bien serrer et faire le
vin, et qu'en hyver nous le humons.

« Escoutez Messieurs vous aultres, qui aymez le vin,
le corps Dieu, sy me suyvez : car, hardiment que sainct
Antoine me arde sy ceulx tastent du pyot qui n'auront
secouru la vigne. Ventre Dieu, les biens de l'Eglise ?
Ha, non, non. Diable, sainct Thomas l'Anglois[14] voulut
bien pour yceulx mourir, si je y mouroys ne seroys je
sainct de mesmes ? Je n'y mourray jà pourtant, car c'est
moy qui le foys ès aultres. »

Ce disant mist bas son grand habit, et se saisist du
baston de la Croix, qui estoyt de cueur de cormier,
long comme une lance, rond à plain poing, et quelque
peu semé de fleurs de lys toutes presque effacées[15].
Ainsi sortit en beau sayon, mist son froc en escharpe,
et de son baston de la Croix donna sy brusquement sus
les ennemys qui sans ordre ne enseigne, ne trompette,
ne tabourin, parmy le cloz vendangoient. Car les porte-
guydons et portenseignes avoient mys leurs guidons et
enseignes l'orée des murs, les tabourineurs avoient
defoncé leurs tabourins d'un cousté, pour les emplir de
raisins, les trompettes estoient chargez de moussines :
chascun estoyt desrayé. Il chocqua doncques si royde-
ment sus eulx sans dyre guare, qu'il les renversoyt
comme porcs, frapant à tors et à travers à vieille
escrime[16].

Es uns escarbouilloyt[17] la cervelle, ès aultres rompoyt
bras et jambes, ès aultres deslochoyt[18] les spondyles du
coul, ès aultres demoulloyt[19] les reins, avalloyt le nez,
poschoyt les yeulx, fendoyt les mandibules, enfonçoyt
les dens en la gueule, descroulloyt les omoplates,
sphaceloyt les greves, desgondoit[20] les ischies, debezilloit les fauciles[21].

Si quelq'un se vouloyt cascher entre les sepes plus
espès, à icelluy freussoit toute l'areste du douz : et
l'esrenoit comme un chien.

Si aulcun saulver se vouloyt en fuyant, à icelluy
faisoyt voler la teste en pieces par la commissure lamb-
doide.

Sy quelq'un gravoyt en une arbre pensant y estre

en seureté, icelluy de son baston empaloyt par le fondement.

Si quelq'un de sa vieille congnoissance luy crioyt. « Ha, frere Jean, mon amy, frere Jean, je me rend.

— Il t'est (disoyt il) bien force. Mais ensemble tu rendras l'ame à tous les Diables. »

Et soubdain luy donnoit dronos[22]. Et si personne tant feust esprins de temerité qu'il luy voulust resister en face, là monstroyt il la force de ses muscles. Car il leurs transperçoyt la poictrine par le mediastine et par le cueur : à d'aultres, donnant suz la faulte des coustes, leur subvertissoyt l'estomach, et mouroient soubdainement, ès aultres tant fierement frappoyt par le nombril qu'il leurs faisoyt sortir les tripes, ès aultres parmy les couillons persoyt le boyau cullier. Croiez que c'estoit le plus horrible spectacle qu'on veit oncques.

Les uns cryoient saincte Barbe[23],

Les aultres sainct George,

Les aultres saincte Nytouche,

Les aultres nostre Dame de Cunault[24]. De Laurette. De Bonnes Nouvelles[25]. De la Lenou[26]. De Riviere[27].

Les ungs se vouoyent à sainct Jacques, les aultres au sainct Suaire de Chambery, mais il brusla troys moys après si bien qu'on n'en peut saulver un seul brin :

Les aultres à Cadouyn[28].

Les aultres à sainct Jean d'Angely.

Les aultres à sainct Eutrope de Xainctes, à sainct Mesmes[29] de Chinon, à sainct Martin de Candes[30], à sainct Clouaud de Sinays[31] : ès reliques de Laurezay : et mille aultres bons petitz sainctz.

Les ungs mouroient sans parler, les aultres parloient sans mourir : les ungs mouroient en parlant, les aultres parloient en mourant[32].

Les aultres crioient à haulte voix Confession, Confession. *Confiteor. Miserere. In Manus.*

Tant fut grand le cris des navrez que le prieur de l'abbaye avec tous ses moines sortirent. Lesquelz, quand apperceurent ces pauvres gens ainsi ruez parmy la vigne et blessez à mort, en confesserent quelques ungs. Mais ce pendent que les prebstres se amusoient à confesser, les petitz moinetons coururent au lieu où estoit frere Jean, et luy demanderent en quoy il vouloit qu'ilz luy aydassent ?

A quoy respondit, qu'ilz esguorgetassent ceulx qui estoient portez par terre. Adoncques laissans leurs grandes cappes sus une treille au plus près, commencerent esgourgeter, et achever ceulx qu'il avoit desjà meurtriz. Sçavez vous de quelz ferremens? A beaulx gouuetz[33], qui sont petitz demy cousteaux dont les petitz enfans de nostre pays cernent les noix.

Puis à tout son baston de croix guaingna la breche qu'avoient faict les ennemys. Aulcuns des moinetons emporterent les enseignes et guydons en leurs chambres pour en faire des jartiers. Mais quand ceulx qui s'estoient confessez vouleurent sortir par icelle bresche, le moyne les assommoit de coups, disant : «Ceux cy sont confès et repentans et ont guaigné les pardons : ilz s'en vont en Paradis aussy droict comme une faucille, et comme est le chemin de Faye[34]. »

Ainsi, par sa prouesse furent desconfiz tous ceulx de l'armée qui estoient entrez dedans le clous, jusques au nombre de treze mille six cens vingt et deux, sans les femmes et petitz enfanz, cela s'entend tousjours[35].

Jamais Maugis hermite ne se porta sy vaillamment à tout son bourdon contre les Sarrasins, des quelz est escript ès gestes des quatre filz Haymon, comme feist le moine à l'encontre des ennemys avec le baston de la croix.

*Comment Picrochole print d'assault la roche Clermauld,
et le regret et difficulté que feist Grandgousier
de entreprendre guerre.*

CHAPITRE XXVIII

E pendent que le moine s'escarmou-
choit comme avons dict contre ceulx
qui estoient entrez le clous, Picrochole
à grande hastiveté passa le gué de Vede
avec ses gens et assaillit la roche
Clermauld, auquel lieu ne luy feut
faicte resistance quelconques, et par ce
qu'il estoit jà nuict delibera en icelle ville se heberger
soy et ses gens, et refraischir de sa cholere pungitive [1].

Au matin print d'assault les boullevars et chasteau et
le rempara tresbien : et le proveut de munitions requises
pensant là faire sa retraicte si d'ailleurs estoit assailly.
Car le lieu estoit fort et par art et par nature à cause de
la situation, et assiete.

Or laissons les là, et retournons à nostre bon Gargantua qui est à Paris bien instant à l'estude de bonnes
lettres et exercitations athletiques, et le vieux bon
homme Grandgousier son pere, qui après souper se
chauffe les couilles à un beau clair et grand feu, et
attendent graisler des chastaines, escript au foyer avec
un baston bruslé d'un bout, dont on escharbotte le
feu [2] : faisant à sa femme et famille de beaulx contes du
temps jadis.

Un des bergiers qui gardoient les vignes, nommé
Pillot [3], se transporta devers luy en icelle heure, et
raconta entierement les excès et pillaiges que faisoit
Picrochole roy de Lerné en ses terres et dommaines,
et comment il avoit pillé, gasté, saccagé tout le pays,
excepté le clous de Seuillé, que frère Jean des Entommeures avoir saulvé à son honneur, et de present estoit
ledict roy en la roche Clermauld : et là en grande
instance se remparoit, luy et ses gens.

« Holos [4], holos, dist Grandgousier, qu'est cecy, bonnes gens ? Songe je, ou si vray est ce qu'on me dict ? Picrochole, mon amy ancien, de tout temps, de toute race et alliance, me vient il assaillir ? Qui le meut ? qui le poinct ? qui le conduict ? qui l'a ainsi conseillé ? Ho, ho, ho, ho, ho. Mon dieu, mon saulveur, ayde moy, inspire moy, conseille moy à ce qu'est de faire.

« Je proteste, je jure davant toy : ainsi me soys tu favorable, sy jamais à luy desplaisir, ne à ses gens dommaige, ne en ses terres je feis pillerie, mais bien au contraire je l'ay secouru de gens, d'argent, de faveur et de conseil, en tous cas que ay peu congnoistre son adventaige. Qu'il me ayt doncques en ce poinct oultraigé, ce ne peut estre que par l'esprit maling. Bon Dieu, tu congnois mon couraige, car à toy rien ne peut estre celé. Si par cas il estoit devenu furieux, et que pour luy rehabilliter son cerveau tu me l'eusse icy envoyé, donne moy et pouvoir, et sçavoir le rendre au joug de ton sainct vouloir par bonne discipline.

« Ho, ho, ho, mes bonnes gens, mes amys, et mes feaulx serviteurs, faudra il que je vous empesche à me y ayder ? Las, ma vieillesse ne requerroit dorenavant que repous, et toute ma vie n'ay rien tant procuré que paix [5]. Mais il fault, je le voy bien, que maintenant de harnoys je charge mes pauvres espaules lasses et foibles, et en ma main tremblante je preigne la lance et la masse, pour secourir et guarantir mes pauvres subjectz. La raison le veult ainsi, car de leur labeur je suis entretenu, et de leur sueur je suis nourry moy, mes enfans et ma famille.

« Ce non obstant, je n'entreprendray guerre, que je n'aye essayé tous les ars et moyens de paix, là je me resolus. »

Adoncques feist convocquer son conseil et propousa l'affaire tel comme il estoit. Et fut conclud qu'on envoiroit quelque homme prudent devers Picrochole, sçavoir pourquoy ainsi soubdainement estoit party de son repous, et envahy les terres, ès quelles n'avoit

droict quicquonques. D'avantaige, qu'on envoyast querir Gargantua et ses gens, affin de maintenir le pays, et
defendre à ce besoing. Le tout pleut à Grandgousier,
et commenda que ainsi feust faict. Dont sus l'heure
envoya le Basque son laquays querir à toute diligence
Gargantua. Et luy escripvoit comme s'ensuit.

La teneur des lettres que Grandgousier escripvoit
à Gargantua.

Chapitre XXIX

 A ferveur de tes estudes requeroit que
de long temps ne te revocasse de cestuy
philosophicque repous, sy la confiance
de noz amys et anciens confederez
n'eust de present frustré la seureté de
ma vieillesse. Mais puis que telle est
ceste fatale destinée, que par iceulx
soye inquieté, ès quelz plus je me repousoye, force me
est te rappeler au subside des gens et biens qui te sont
par droict naturel affiez [1].

Car ainsi comme debiles sont les armes au dehors,
si le conseil n'est en la maison : aussi vaine est l'estude
et le conseil inutile, qui en temps oportun par vertus
n'est executé et à son effect reduict.

Ma deliberation n'est de provocquer, ains de apaiser :
d'assaillir, mais defendre : de conquester, mais de
guarder mes feaulx subjectz et terres hereditaires. Es
quelles est hostillement entré Picrochole, sans cause
ny occasion, et de jour en jour poursuit sa furieuse
entreprinse avecques excès non tolerables à personnes
libères.

Je me suis en devoir mis pour moderer sa cholere
tyrannicque, luy offrent tout ce que je pensois luy
povoir estre en contentement, et par plusieurs foys ay

17

envoyé amiablement devers luy pour entendre en quoy, par qui, et comment il se sentoit oultragé, mais de luy n'ay eu responce que de voluntaire deffiance, et que en mes terres pretendoit seulement droict de bien seance. Dont j'ay congneu que Dieu eternel l'a laissé au gouvernail de son franc arbitre et propre sens, qui ne peult estre que meschant sy par grace divine n'est continuellement guidé : et pour le contenir en office et reduire à congnoissance me l'a icy envoyé à molestes enseignes.

Pour tant, mon filz bien aymé, le plus tost que faire pouras, ces lettres veues, retourne à diligence secourir, non tant moy (ce que toutesfoys par pitié naturellement tu doibs) que les tiens, lesquelz par raison tu peuz saulver et guarder. L'exploict sera faict à moindre effusion de sang que sera possible. Et, si possible est par engins[2] plus expediens, cauteles, et ruzes de guerre, nous saulverons toutes les ames : et les envoyerons joyeux à leurs domiciles.

Treschier filz, la paix de Christ nostre redempteur soyt avecques toy. Salue Ponocrates, Gymnaste, et Eudemon de par moy. Du vingtiesme de septembre.

Ton pere, GRANDGOUSIER.

❧❧❧❧❧❧❧❧❧❧❧❧❧❧❧❧❧❧❧❧❧

Comment Ulrich Gallet fut envoyé devers Picrochole.

CHAPITRE XXX

 ES lettres dictées et signées, Grandgousier ordonna que Ulrich Gallet[1], maistre de ses requestes, homme saige et discret, duquel en divers et contentieux affaires il avoit esprouvé la vertus et bon advis, allast devers Picrochole, pour luy remonstrer ce que par eux avoit esté decreté.

En celle heure partit le bon homme Gallet, et passé le gué demanda au meusnier, de l'estat de Picrochole : lequel luy feist responce que ses gens ne luy avoient laissé ny coq ny geline, et qu'ilz s'estoient enserrez en la Roche Clermauld [2], et qu'il ne luy conseilloit poinct de proceder oultre de peur du guet, car leur fureur estoit enorme. Ce que facilement il creut, et pour celle nuit herbergea avecques le meusnier.

Au lendemain matin, se transporta avecques la trompette à la porte du chasteau, et requist ès guardes, qu'ilz le feissent parler au roy pour son profit.

Les parolles annoncées au roy, ne consentit aulcunement qu'on luy ouvrist la porte, mais se transporta sus le bolevard et dist à l'embassadeur : « Qu'i a il de nouveau ? que voulez-vous dire ? »

Adoncques l'embassadeur propousa comme s'ensuit :

La Harangue faicte par Gallet à Picrochole.

Chapitre XXXI

LUS juste cause de douleur naistre ne peut entre les humains, que si du lieu dont par droicture esperoient grace et benevolence, ilz recepvent ennuy et dommaige. Et non sans cause (combien que sans raison) plusieurs venuz en tel accident, ont ceste indignité moins estimé tolerable, que leur vie propre, et en cas que par force ny aultre engin ne l'ont peu corriger, se sont eulx mesmes privez de ceste lumiere.

« Doncques merveille n'est si le roy Crandgousier mon maistre est à ta furieuse et hostile venue saisy de grand desplaisir et perturbé en son entendement : merveille seroit si ne l'avoient esmeu les excès incomparables, qui en ses terres, et subjectz ont esté par toy, et tes gens commis, ès quelz n'a esté obmis exemple aulcun d'inhumainité. Ce que luy est tant grief de soy par la cordiale affection de laquelle tousjours a chery ses subjectz, que à mortel homme plus estre ne sçauroit. Toutesfoys sus l'estimation humaine plus grief luy est, en tant que par toy, et les tiens ont esté ces griefz, et tords faictz, qui de toute memoire et ancienneté aviez, toy et tes peres, une amitié avecques luy et tous ses encestres conceu, laquelle jusques à present, comme sacrée, ensemble aviez inviolablement maintenue, guardée et entretenue, si bien que non luy seulement, ny les siens, mais les nations Barbares, Poictevins, Bretons, Manseaux, et ceulx qui habitent oultre les isles de Canarre et Isabella, ont estimé aussi facile demollir le firmament, et les abysmes eriger au dessus des nues, que desemparer vostre alliance : et tant l'ont redoubtée en leurs entreprinses, que n'ont jamais auzé provoquer, irriter, ny endommaiger l'ung, par craincte de l'aultre.

« Plus y a. Ceste sacrée amitié tant a emply ce ciel, que peu de gens sont aujourd'huy habitans par tout le continent et isles de l'Ocean, qui ne ayent ambitieusement aspiré estre receuz en icelle à pactes par vous mesmes conditionnez : autant estimans vostre confederation que leurs propres terres, et dommaines. En sorte que de toute memoire n'a esté prince ny ligue tant efferée [1], ou superbe, qui ait auzé courir sus, je ne dis poinct voz terres, mais celles de voz confederez. Et si par conseil precipité ont encontre eulx attempté quelque cas de nouvelleté, le nom et tiltre de vostre alliance entendu, ont soubdain desisté de leurs entreprinses. Quelle furie doncques te esmeut maintenant, toute alliance brisée, toute amitié conculquée, tout droict trespassé [2], envahir hostilement ses terres, sans en rien avoir esté par luy ny les siens endommaigé, irrité, ny provocqué ? Où est foy ? Où est loy ? Où est raison ? Où est humanité ? Où est craincte de Dieu ? Cuyde tu ces oultraiges estre recellés ès esperitz eternelz, et au Dieu souverain, qui est juste retributeur de noz entreprinses ? Si le cuyde, tu te trompe, car toutes choses viendront à son jugement. Sont ce fatales destinées, ou influences des astres qui voulent mettre fin à tes ayzes et repous ? Ainsi ont toutes choses leur fin et periode. Et quand elles sont venues à leur poinct suppellatif, elles sont en bas ruinées, car elles ne peuvent long temps en tel estat demourer. C'est la fin de ceulx qui leurs fortunes et prosperitez ne peuvent par raison et temperance moderer.

« Mais si ainsi estoit pheé, et deust ores ton heur et repos prendre fin, failloit il que ce feust en incommodant à mon roy celluy par lequel tu estois estably ? Si ta maison debvoit ruiner, failloit il qu'en sa ruine elle tombast suz les atres de celluy qui l'avoit aornée ? La chose est tant hors les metes de raison, tant abhorrente de sens commun, que à peine peut elle estre par humain entendement conceue, et jusques à ce demourera non croiable entre les estrangiers [3], que l'effect asseuré et tesmoigné leur donne à entendre que rien n'est ny sainct, ny sacré à ceulx qui se sont emancipez de Dieu et raison, pour suyvre leurs affections perverses.

« Si quelque tort eust esté par nous faict en tes subjectz, et dommaines, si par nous eust esté porté faveur à tes mal vouluz, si en tes affaires ne te eussions secouru, si par nous ton nom et honneur eust esté blessé : ou pour mieulx dire : si l'esperit calumniateur tentant à mal te tirer eust par fallaces especes, et phantasmes ludificatoyres mis en ton entendement que envers toy eussions faict chose non digne de nostre ancienne amitié : tu debvois premier enquerir de la verité, puis nous en admonester. Et nous eussions tant à ton gré satisfaict, que eusse eu occasion de toy contenter. Mais (ô Dieu eternel) quelle est ton entreprinse ?

« Vouldroys tu, comme tyrant perfide, pillier ainsi, et dissiper le royaulme de mon maistre ? Le as tu esprouvé tant ignave, et stupide qu'il ne voulust : ou tant destitüé de gens, d'argent, de conseil, et d'art militaire, qu'il ne peust resister à tes iniques assaulx ? Depars d'icy presentement, et demain pour tout le jour soye retiré en tes terres, sans par le chemin faire aulcun tumulte ne force. Et paye mille bezans d'or[4] pour les dommaiges que as faict en ces terres. La moytié bailleras demain, l'aultre moytié payeras ès Ides de may prochainement venant : nous delaissant ce pendent pour houltaige les ducs de Tournemoule, de Basdefesses, et de Menuail [5], ensemble le prince de Gratelles, et le vicomte de Morpiaille [6]. »

Comment Grandgousier pour achapter paix feist rendre les fouaces.

Chapitre XXXII

TANT se teut le bon homme Gallet, mais Picrochole à tous ses propos ne respond aultre chose, sinon :

« Venez les querir, venez les querir. Ilz ont belle couille et molle [1]. Ilz vous brayeront de la fouace. »

Adoncques retourne vers Grandgousier, lequel trouva à genous, teste nue, encliné en un petit coing de son cabinet, priant Dieu, qu'il vouzist amollir la cholere de Picrochole, et le mettre au poinct de raison, sans y proceder par force. Quand veit le bon homme de retour, il luy demanda :

« Ha, mon amy, mon amy, quelles nouvelles m'apportez-vous ?

— Il n'y a, dist Gallet, ordre : cest homme est du tout hors du sens et delaissé de Dieu.

— Voyre mais, dist Grandgousier, mon amy, quelle cause pretend il de cest excès ?

— Il ne me a, dist Gallet, cause queconques exposé. Sinon qu'il m'a dict en cholere quelques motz de fouaces. Je ne sçay si l'on auroit poinct faict oultrage à ses fouaciers.

— Je le veulx, dist Grandgousier, bien entendre davant qu'aultre chose deliberer sur ce que seroit de faire. »

Alors manda sçavoir de cest affaire : et trouva pour vray qu'on avoit prins par force quelques fouaces de ses gens, et que Marquet avoit repceu un coup de tribard sus la teste. Toutesfoys que le tout avoit esté bien payé, et que ledict Marquet avoit premier blessé Forgier de son fouet par les jambes. Et sembla à tout son conseil que en toute force il se doibvoit deffendre.

Ce non ostant, dist Grandgousier : « Puis qu'il n'est question que de quelques fouaces, je essayeray le contenter, car il me desplait par trop de lever guerre. »

Adoncques s'enquesta combien on avoit prins de fouaces, et entendent quatre ou cinq douzaines, commenda qu'on en feist cinq charrettées en icelle nuict, et que l'une feust de fouaces faictes à beau beurre, beau moyeux d'eufz, beau saffran, et belles espices, pour estre distribuées à Marquet, et que pour ses interestz, il luy donnoit sept cens mille et troys Philippus[2] pour payer les barbiers qui l'auroient pensé, et d'abondant luy donnoit la mestayrie de la Pomardiere[3] à perpetuité franche pour luy et les siens. Pour le tout conduyre et passer fut envoyé Gallet. Lequel par le chemin feist cuillir près de la sauloye force grands rameaux de cannes et rouzeaux, et en feist armer autour leurs charrettes, et chascun des chartiers : luy mesmes en tint un en sa main : par ce voulant donner à congnoistre qu'ilz ne demandoient que paix et qu'ilz venoient pour l'achapter. Eulx venuz à la porte requirent parler à Picrochole de par Grandgousier. Picrochole ne voulut oncques les laisser entrer, ny aller à eulx parler, et leurs manda qu'il estoit empesché, mais qu'ilz dissent ce qu'ilz vouldroient au capitaine Toucquedillon, lequel affustoit quelque piece sus les murailles.

Adonc luy dict le bon homme :

« Seigneur, pour vous retirer de tout ce debat et
ouster toute excuse que ne retournez en nostre premiere alliance, nous vous rendons presentement les
fouaces, dont est la controverse. Cinq douzaines en
prindrent noz gens : elles feurent très bien payées, nous
aimons tant la paix que nous en rendons cinq charrettes : desquelles ceste icy sera pour Marquet, qui plus
se plainct. D'advantaige, pour le contenter entièrement,
voy là sept cens mil et trois Philippus que je luy livre,
et pour l'interest qu'il pourroit pretendre, je luy cede
la mestayrie de la Pomardiere, à perpetuité pour luy et
les siens possedable en franc alloy[4] : voyez cy le con-
tract de la transaction. Et pour Dieu vivons dorenavant
en paix, et vous retirez en voz terres joyeusement :
cedans cette place icy, en laquelle n'avez droict quelconques, comme bien le confessez. Et amis comme par
avant. »

Toucquedillon raconta le tout à Picrochole, et de
plus en plus envenima son couraige luy disant :

« Ces rustres ont belle paour. Par Dieu, Grandgousier se conchie, le pouvre beuveur, ce n'est son art
aller en guerre, mais ouy bien vuider les flascons. Je
suis d'opinion que retenons ces fouaces[5] et l'argent, et
au reste nous hastons de remparer icy et poursuivre
nostre fortune. Mais pensent ilz bien avoir affaire à
une duppe, de vous paistre de ces fouaces ? Voilà que
c'est, le bon traictement et la grande familiarité que
leurs avez par cy davant tenue, vous ont rendu envers
eulx contemptible. Oignez villain, il vous poindra.
Poignez villain, il vous oindra.

— Çà, çà, çà, dist Picrochole, sainct Jacques, ilz en
auront : faictes ainsi qu'avez dict.

— D'une chose, dist Toucquedillon, vous veux je
advertir. Nous sommes icy assez mal avituaillez, et
pourveuz maigrement des harnoys de gueule. Si
Grandgousier nous mettoit siege, dès à present m'en
irois faire arracher les dents toutes, seulement que troys
me restassent, autant à voz gens comme à moy, avec

icelles nous n'avangerons que trop[6] à manger noz munitions.

— Nous, dist Picrochole, n'aurons que trop mangeailles. Sommes nous icy pour manger ou pour batailler ?

— Pour batailler vrayement, dist Toucquedillon. Mais de la panse vient la dance. Et où faim règne, force exule [7].

— Tant jazer, dist Picrochole. Saisissez ce qu'ilz ont amené. »

Adoncques prindrent argent et fouaces et beufz et charrettes, et les renvoyèrent sans mot dire , si non que plus n'aprochassent de si près pour la cause qu'on leur diroit demain.

Ainsi sans rien faire retournerent devers Grandgousier, et luy conterent le tout : adjoustans qu'il n'estoit aulcun espoir de les tirer à paix, sinon à vive et forte guerre.

Comment certains gouverneurs de Picrochole par conseil precipité le mirent au dernier peril.

Chapitre XXXIII

LES fouaces destroussées, comparurent davant Picrochole les duc de Menuail, comte Spadassin , et capitaine Merdaille [1], et luy dirent:

« Cyre [2], aujourd'huy nous vous rendons le plus heureux, plus chevaleureux prince qui oncques feust depuis la mort de Alexandre Macedo.

— Couvrez, couvrez vous, dist Picrochole.

— Grand mercy (dirent-ilz) Cyre , nous sommes à nostre debvoir. Le moyen est tel : vous laisserez icy quelque capitaine en garnison avec petite bande de gens, pour garder la place, laquelle nous semble assez forte, tant par nature, que par les rampars faictz à vostre invention. Vostre armée partirez en deux, comme trop mieulx l'entendez.

L'une partie ira ruer sur ce Grandgousier, et ses gens. Par icelle sera de prime abordée facilement desconfi. Là recouvrerez argent à tas. Car le vilain en a du content : vilain, disons nous, parce que un noble prince n'a jamais un sou [3]. Thesaurizer, est faict de vilain.

L'aultre partie cependent tirera vers Onys, Sanctonge, Angomoys, et Gascoigne: ensemble Perigot, Medoc et Elanes [4]. Sans resistence prendront villes, chasteaux, et forteresses. A Bayonne, à Sainct-Jean-de-Luc, et Fontarabie saysirez toutes les naufs, et, coustoyant vers Galice, et Portugal, pillerez tous les lieux maritimes, jusques à Ulisbonne, où aurez renfort de tout equipage requis à un conquerent. Par le corbieu Hespaigne se rendra, car ce ne sont que madourrez [5]. Vous passerez par l'estroict de Sibyle [6], et là erigerez deux colomnes plus magnificques que celles de Hercules, à perpetuelle memoire de vostre nom. Et sera nommé cestuy destroict la mer Picrocholine.

Passée la mer Picrocholine, voicy Barberousse qui se rend vostre esclave.

— Je (dist Picrochole) le prendray à mercy.

— Voyre (dirent ilz) pourveu qu'il se face baptiser [7]. Et oppugnerez les royaulmes de Tunic, de Hippes, Argiere, Bone, Corone [8], hardiment toute Barbarie. Passant oultre, retiendrez en vostre main Majorque, Minorque, Sardaine, Corsicque, et aultres isles de la mer Ligusticque et Baleares. Coustoyant à gausche, dominerez toute la gaule Narbonicque, Provence, et Allobroges, Genes, Florence, Lucques, et à Dieu seas Rome [9]. Le pauvre monsieur du pape meurt desjà de peur.

— Par ma foy (dist Picrochole) je ne luy baiseray jà sa pantoufle.

Prinze Italie, voylà Naples, Calabre, Apoulle et
Sicile toutes à sac, et Malthe avec. Je vouldrois bien
que les plaisans chevaliers jadis Rhodiens vous resis-
tassent, pour veoir de leur urine[10].

— Je iroys (dist Picrochole) voluntiers à Laurette.

— Rien, rien, dirent ilz, ce sera au retour.

De là prendrons Candie, Cypre, Rhodes et les
isles Cyclades, et donnerons sus la Morée. Nous la
tenons. Sainct Treignan[11], Dieu gard Hierusalem, car
le soubdan n'est pas comparable à vostre puissance.

— Je (dist il) feray doncques bastir le temple de
Salomon.

— Non, dirent ilz, encores, attendez un peu : ne
soyez jamais tant soubdain à voz entreprinses.
Sçavez vous que disoit Octavian Auguste? *Festina
lente*: Il vous convient premierement avoir l'Asie Minor,
Carie, Lycie, Pamphile, Celicie, Lydie, Phrygie,
Mysie, Betune[12], Charazie[13], Satalie[14], Samagarie, Casta-
mena, Luga, Savasta[15]: jusques à Euphrates.

— Voyrons nous, dist Picrochole, Babylone et le
mont Sinay ?

— Il n'est, dirent ilz, jà besoing pour ceste heure.

— N'est ce pas assez tracassé dea, avoir transfreté la
mer Hircane, chevauché les deux Armenies, et les troys
Arabies ?

— Par ma foy, dist-il, nous sommes affolez[16]. Ha !
pauvres gens.

— Quoy? (dirent-ilz).

— Que boyrons nous par ces desers ? car Julian Auguste et tout son oust y moururent de soif, comme
l'on dict[17].

— Nous (dirent ilz) avons jà donné ordre à tout.
Par la mer Siriace vous avez neufz mille quatorze
grands naufz chargées des meilleurs vins du monde,
elles arriverent à Japhes. Là se sont trouvez vingt et
deux cens mille chameaulx, et seize cens elephans,
lesquelz avez prins à une chasse environ Sigeilmes, lors
que entrastes en Libye : et d'abondant eustes toute la

caravane de la Mecha. Ne vous fournirent-ilz de vin à suffisance ?

— Voyre mais, dist il, nous ne beumes poinct frais.

— Par la vertus, dirent ilz, non pas d'un petit poisson, un preux, un conquerent, un pretendent et aspirant à l'empire univers, ne peut tousjours avoir ses aizes. Dieu soit loué que estes venu vous et voz gens saufz et entiers jusques au fleuve du Tigre.

— Mais, dist il, que faict ce pendent la part de nostre armée qui desconfit ce villain humeux Grandgousier[18] ?

— Ilz ne chomment pas (dirent ilz) nous les rencontrerons tantost. Ilz vous ont pris Bretaigne, Normandie, Flandres, Haynault, Brabant, Hartoys, Hollande, Selande : ilz ont passé le Rhein par sus le ventre des Suices et lansquenetz, et part d'entre eulx ont dompté Luxembourg, Lorraine, la Champaigne, Savoye jusques à Lyon, auquel lieu ont trouvé voz garnisons retournans des conquestes navales de la mer Mediterrannée. Et se sont reassemblez en Boheme, après avoir mis à sac Soueve, Vuitemberg, Bavieres, Austriche, Moravie et Stirie. Puis ont donné fierement ensemble sus Lubek, Norwerge, Sweden, Rich, Dace, Gotthie, Engroneland, les Estrelins[19], jusques à la mer glaciale. Ce faict, conquesterent les isles Orchades, et subjuguerent Escosse, Angleterre, et Irlande. De là navigans par la mer Fabuleuse[20], et par les Sarmates, ont vaincu et dominé Prussie, Polonie, Lituanie, Russie, Valache, la Transsilvane et Hongrie, Bulgarie, Turquie, et sont à Constantinoble.

— Allons nous, dist Picrochole, rendre à eulx le plus toust, car je veulx estre aussi empereur de Thebizonde. Ne tuerons nous pas tous ces chiens Turcs et mahumetistes ?

— Que diable, dirent ilz, ferons nous doncques ? Et donnerez leurs biens et terres à ceulx qui vous auront servy honnestement.

— La raison (dist il) le veult, c'est equité. Je vous donne la Carmaigne, Surie et toute Palestine.

— Ha, dirent ilz, Cyre, c'est du bien de vous : grand mercy. Dieu vous face bien tousjours prosperer. »

Là present estoit un vieux gentilhomme esprouvé en divers hazars, et vray routier de guerre, nommé Echephron, lequel ouyant ces propous dist :

« J'ay grand peur que toute ceste entreprinse sera semblable à la farce du pot au laict, duquel un cordouannier[21] se faisoit riche par resverie : puis, le pot cassé, n'eut de quoy disner. Que pretendez vous par ces belles conquestes ? Quelle sera la fin de tant de travaulx et traverses ?

— Ce sera, dist Picrochole, que nous retournez repouserons à noz aises.

Dont dist Echephron : « Et si par cas jamais n'en retournez ? Car le voyage est long et perilleux. N'est ce mieulx que dès maintenant nous repousons, sans nous mettre en ces hazars.

— O, dist Spadassin, par Dieu, voicy un bon resveux, mais allons nous cacher au coing de la cheminée : et là passons avec les dames nostre vie et nostre temps à enfiller des perles, ou à filler comme Sardanapalus. Qui ne se adventure n'a cheval ny mule, ce dist Salomon.

— Qui trop (dist Echephron) se adventure, perd cheval et mule, respondit Malcon.

— Baste, dist Picrochole, passons oultre. Je ne crains que ces diables de legions de Grandgousier, ce pendent que nous sommes en Mesopotamie, s'ilz nous donnoient sus la queue, quel remede ?

— Très bon, dist Merdaille, une belle petite commission, laquelle vous envoirez ès Moscovites, vous mettra en camp pour un moment quatre cens cinquante mille combatans d'eslite[22]. O, si vous me y faictes vostre lieutenant, je tueroys un pigne pour un mercier. Je mors, je rue, je frappe, je attrape, je tue, je renye[23].

— Sus, sus, dict Picrochole, qu'on despesche tout, et qui me ayme si me suyve ! »

Comment Gargantua laissa la ville de Paris pour
secourir son païs et comment Gymnaste
rencontra les ennemys.

CHAPITRE XXXIV

 N ceste mesmes heure Gargantua qui
estoyt yssu de Paris soubdain les let-
tres de son pere leues, sus sa grand
jument venant, avoit jà passé le pont
de la Nonnain [1], luy, Ponocrates,
Gymnaste et Eudemon, lesquelz pour
le suivre avoient prins chevaulx de
poste: le reste de son train venoit à justes journées,
amenent tous ses livres et instrument philosophicque [2].
Luy arrivé à Parillé, fut adverty par le mestayer de
Gouguet, comment Picrochole s'estoit remparé à la
Roche-Clermauld, et avoit envoyé le capitaine Tripet [3]
avec grosse armée assaillir le boys de Vede, et Vaugaudry, et qu'ilz avoient couru la poulle [4], jusques au
pressouer Billard: et que c'estoit chose estrange et
difficile à croyre des excès qu'ilz faisoient par le pays.
Tant qu'il luy feist paour, et ne sçavoit bien que dire
ny que faire. Mais Ponocrates luy conseilla qu'ilz se
transportassent vers le seigneur de la Vauguyon [5], qui
de tous temps avoit esté leur amy et confederé, et par
luy seroient mieulx advisez de tous affaires, ce qu'ilz
feirent incontinent, et le trouverent en bonne deliberation de leur secourir: et feut de opinion que il
envoyroit quelq'un de ses gens pour descouvrir le pays
et sçavoir en quel estat estoient les ennemys, affin de y
proceder par conseil prins scelon la forme de l'heure
presente. Gymnaste se offrit d'y aller, mais il feut
conclud, que pour le meilleur il menast avecques soy
quelq'un qui congneust les voyes et destorses, et les
rivieres de l'entour.

Adoncques partirent luy et Prelinguand, escuyer de
Vauguyon [6], et sans effroy espierent de tous coustez.

Ce pendent Gargantua se refraischit, et repeut quelque peu avecques ses gens, et feist donner à sa jument un picotin d'avoyne, c'estoient soisante et quatorze muys troys boisseaux[7]. Gymnaste et son compaignon tant chevaucherent qu'ilz rencontrerent les ennemys tous espars et mal en ordre, pillans et desrobans tout ce qu'ilz povoient : et de tant de loing qu'ilz l'aperceurent, accoururent sus luy à la foulle pour le destrousser. Adonc il leurs cria :

« Messieurs, je suys pauvre diable, je vous requiers qu'ayez de moy mercy. J'ay encores quelque escu[8], nous le boyrons, car c'est *aurum potabile*[9], et ce cheval icy sera vendu pour payer ma bien venue : cela faict, retenez moy des vostres, car jamais homme ne sceut mieulx prendre, larder, roustir, et aprester, voyre, par Dieu, demembrer, et gourmander poulle[10] que moy qui suys icy, et pour mon *proficiat* je boy à tous bons compaignons. »

Lors descouvrit sa ferriere[11], et sans mettre le nez dedans, beuvoit assez honnestement. Les maroufles le regardoient, ouvrans la gueule d'un grand pied, et tirans les langues comme levriers en attente de boyre après : mais Tripet le capitaine sus ce poinct accourut veoir que c'estoit. A luy Gymnaste offrit sa bouteille, disant :

« Tenez, capitaine, beuvez en hardiment, j'en ay faict l'essay, c'est vin de la Faye Moniau[12].

— Quoy, dist Tripet, ce Gautier icy se guabele de nous. Qui es tu ?

— Je suis (dist Gymnaste) pauvre diable.

— Ha, dist Tripet, puisque tu es pauvre diable, c'est raison que passes oultre, car tout pauvre diable passe par tout sans peage ny gabelle, mais ce n'est de coustume que pauvres diables soient si bien monstez : pourtant, Monsieur le diable, descendez, que je aye le roussin[13], et si bien il ne me porte, vous maistre diable, me porterez[14]. Car j'aime fort qu'un diable tel m'emporte. »

Comment Gymnaste soupplement tua le capitaine Tripet, et aultres gens de Picrochole.

CHAPITRE XXXV

ES motz entenduz, aulcuns d'entre eulx commencerent avoir frayeur, et se seignoient de toutes mains, pensans que ce feust un diable desguisé, et quelq'un d'eulx, nommé Bon Joan [1], capitaine des Franctopins, tyra ses heures de sa braguette et cria assez hault. « *Agios ho theos* [2]. Si tu es de Dieu sy parle, sy tu es de l'aultre sy t'en va [3]. » Et pas ne s'en alloit, ce que entendirent plusieurs de la bande, et departoient de la compaignie, le tout notant et considerant Gymnaste. Pourtant feist semblant descendre de cheval [4], et quand feut pendent du cousté du montouer, feist soupplement le tour de l'estriviere, son espée bastarde[5] au cousté, et par dessoubz passé, se lança en l'air, et se tint des deux piedz sus la scelle, le cul tourné vers la teste du cheval. Puis dist :

« Mon cas va au rebours. »

Adoncq en tel poinct qu'il estoit feist la guambade sus un pied, et tournant à senestre, ne faillit oncq de rencontrer sa propre assiete sans en rien varier.

— Dont dist Tripet : « Ha, ne feray pas cestuy là pour ceste heure, et pour cause.

— Bren, dist Gymnaste, j'ay failly, je voys defaire cestuy sault [6]. »

Lors par grande force et agilité feist entournant à dextre la gambade comme davant.

Ce faict, mist le poulce de la dextre sus l'arçon de la scelle, et leva tout le corps en l'air, se soustenant tout le corps sus le muscle, et nerf dudict poulce : et ainsi se tourna troys foys, à la quatriesme se renversant tout le corps sans à rien toucher se guinda entre les deux aureilles du cheval, soudant tout le corps en

l'air[7] sus le poulce de la senestre : et en cest estat feist
le tour du moulinet, puis frappant du plat de la main
dextre sus le meillieu de la selle, se donna tel branle
qu'il se assist sus la crope, comme font les damoiselles.
Ce faict, tout à l'aise passe la jambe droicte par sus la
selle, et se mist en estat de chevaucheur, sus la croppe.
« Mais (dist il) mieulx vault que je me mette entre les
arsons : »

Adoncq, se appoyant sus les poulces des deux
mains à la crope davant soy, se renversa cul sus teste
en l'air, et se trouva entre les arsons en bon maintien,
puis d'un sobresault leva tout le corps en l'air, et ainsi
se tint piedz joinctz entre les arsons, et là tournoya
plus de cent tours, les bras estenduz en croix, et crioit
ce faisant à haulte voix :

« J'enrage, diables, j'enrage, j'enrage, tenez moy,
diables, tenez moy, tenez. »

Tandis qu'ainsi voltigeoit, les marroufles en grand
eshabissement disoient l'ung à l'aultre : « Par la mer Dé,
c'est un lutin [8], ou un diable ainsi deguisé. *Ab hoste
maligno libera nos, Domine.* » Et fuyoient à la route,
regardans darriere soy, comme un chien qui emporte
un plumail. Lors Gymnaste voyant son advantaige
descend de cheval : desguaigne son espée, et à grands
coups chargea sus les plus huppés [9], et les ruoit à grands
monceaulx blessez, navrez, et meurtriz, sans que nul
luy resistast, pensans que ce feust un diable affamé,
tant par les merveilleux voltigemens qu'il avoit faict,
que par les propos que luy avoit tenu Tripet, en l'appellant pauvre diable. Si non que Tripet en trahison
luy voulut fendre la cervelle de son espée lansquenette,
mais il estoit bien armé, et de cestuy coup ne sentit
que le chargement, et soubdain se tournant, lancea un
estoc volant[10] audict Tripet, et ce pendent que icelluy
se couvroit en hault, luy tailla d'un coup l'estomac, le
colon, et la moytié du foye, dont tomba par terre, et
tombant rendit plus de quatre potées de souppes, et
l'ame meslée parmy les souppes[11]. Ce faict, Gymnaste

19

se retyre, considerant que les cas de hazart jamais ne
fault poursuyvre jusques à leur periode : et qu'il convient à tous chevaliers reverentement traicter leur
bonne fortune, sans la molester ny gehainer. Et mons-
tant sus son cheval luy donne des esperons, tyrant
droict son chemin vers la Vauguyon, et Prelinguand
avecques luy.

Comment Gargantua demollit le chasteau du Gué de Vede, et comment ilz passerent le Gué.

Chapitre XXXVI

 ENU que fut, raconta l'estat onquel
avoit trouvé les ennemys et du stra-
tageme qu'il avoit faict, luy seul contre toute leur caterve, afferment que
ilz n'estoient que maraulx, pilleurs et
brigans, ignorans de toute discipline
militaire, et que hardiment ilz se mis-
sent en voye, car il leurs seroit trèsfacile de les assom-
mer comme bestes.

Adoncques monta Gargantua sus sa grande jument,
accompaigné comme davant avons dict. Et trouvant
en son chemin un hault et grand arbre, (lequel communement on nommoit l'Arbre de Sainct Martin,
pource qu'ainsi estoit creu un bourdon que jadis Sainct
Martin y planta) dist : « Voicy ce qu'il me failloit. Cest
arbre me servira de bourdon et de lance. » Et l'arrachit [1]
facilement de terre, et en ousta les rameaux, et le para
pour son plaisir [2]. Ce pendent sa jument pissa pour se
lascher le ventre : mais ce fut en telle abondance
qu'elle en feist sept lieues de deluge, et deriva tout le
pissat au gué de Vede, et tant l'enfla devers le fil de
l'eau, que toute ceste bande des ennemys furent en
grand horreur noyez, exceptez aulcuns qui avoient
prins le chemin vers les cousteaux à gauche. Gargan-

tua, venu à l'endroict du boys de Vede feut advisé par
Eudemon que dedans le chasteau estoit quelque reste
des ennemys, pour laquelle chose sçavoir Gargantua
s'escria tant qu'il peut : « Estez vous là, ou n'y estez pas ?
Si vous y estez, ny soyez plus : si n'y estez, je n'ay que
dire. « Mais un ribauld canonnier, qui estoit au machi-
coulys, luy tyra un coup de canon, et le attainct par la
temple dextre furieusement : toutesfoys ne luy feist
pour ce mal en plus que s'il luy eust getté une prune.

« Qu'est ce là ? dit Gargantua. Nous gettez vous icy des
grains de raisins ? La vendange vous coustera cher. »
Pensant de vray que le boulet feust un grain de raisin.
Ceulx qui estoient dedans le chasteau amuzez à la
pille ³, entendant le bruit, coururent aux tours, et forteresses, et luy tirerent plus de neuf mille vingt et cinq
coups de faulconneaux, et arquebouzes, visans tous à
sa teste : et si menu tiroient contre luy qu'il s'escria :

« Ponocrates mon amy, ces mousches icy me aveu-
glent, baillez moy quelque rameau de ces saulles pour
les chasser. »

Pensant des plombées et pierres d'artillerie⁴ que feussent mousches bovines.

Ponocrates l'advisa⁵ que n'estoient aultres mousches
que les coups d'artillerye⁶ que l'on tiroit du chasteau.
Alors chocqua de son grand arbre contre le chasteau,
et à grans coups abastit et tours, et forteresses, et ruyna
tout par terre. Par ce moyen feurent tous rompuz, et
mis en pieces ceulx qui estoient en icelluy. De là partans arriverent au pont du moulin, et trouverent tout
le gué couvert de corps mors, en telle foulle qu'ilz
avoient enguorgé le cours du moulin, et c'estoient
ceulx qui estoient peritz au deluge urinal de la jument.
Là feurent en pensement comment ilz pourroient passer, veu l'empeschement de ces cadavres. Mais Gymnaste dist :

« Si les diables y ont passé, je y passeray fort bien.

— Les diables (dist Eudemon) y ont passé pour en
emporter les ames damnées.

— Sainct Treignan ! (dist Ponocrates) par doncques consequence necessaire il y passera.

— Voyre, voyre, dist Gymnaste, ou je demoureray en chemin. »

Et donnant des esperons à son cheval passa franchement oultre, sans que jamais son cheval eust fraieur des corps mors. Car il l'avoit accoustumé (selon la doctrine de Ælian [7]) à ne craindre les ames ny corps mors. Non en tuant les gens, comme Diomedes tuoyt les Traces, et Ulysses mettoit les corps de ses ennemys ès pieds de ses chevaulx, ainsi que raconte Homere : mais en luy mettant un phantosme parmy son foin, et le faisant ordinairement passer sus icelluy quand il luy bailloit son avoyne. Les troys aultres le suyvirent sans faillir, excepté Eudemon, duquel le cheval enfoncea le pied droict jusques au genoil dedans la pance d'un gros et gras villain qui estoit là noyé à l'envers, et ne le povoit tirer hors : ainsi demouroit empestré, jusques à ce que Gargantua du bout de son baston enfondra le reste des tripes du villain en l'eau, ce pendent que le cheval levoit le pied. Et (qui est chose merveilleuse en hippiatrie) feut ledict cheval guery d'un surot[8] qu'il avoit en celluy pied, par l'atouchement des boyaux de ce gros marroufle [9].

Comment Gargantua soy peignant faisoit tomber de ses cheveulx les boulletz d'artillerye.

CHAPITRE XXXVII

ssuz la rive de Vede, peu de temps après aborderent au chasteau de Grandgousier, qui les attendoit en grand desir. A sa venue ilz le festoyerent à tour de bras : jamais on ne veit gens plus joyeux, car *Supplementum supplementi chronicorum* dict que Gar-

gamelle y mourut de joye : je n'en sçay rien de ma
part, et bien peu me soucie ny d'elle ny d'aultre. La
verité fut que Gargantua se rafraischissant d'habillemens, et se testonnant de son pigne (qui estoit grand
de cent cannes, appoincté de grandes dents de elephans
toutes entieres) faisoit tomber à chascun coup plus de
sept balles de bouletz qui luy estoient demourez entre
ses cheveulx à la demolition du boys de Vede. Ce que
voyant Grandgousier son pere, pensoit que feussent
pous, et luy dist :

« Dea, mon bon filz, nous as tu aporté jusques icy
des esparviers de Montagu[1] ? Je n'entendoys que là tu
feisse residence. »

Adonc Ponocrates respondit : « Seigneur, ne pensez
que je l'aye mis au colliege de pouillerie qu'on nomme
Montagu[2], mieulx le eusse voulu mettre entre les
guenaux de Sainct Innocent, pour l'enorme cruaulté et
villennie que je y ay congneu. Car trop mieulx sont
traictez les forcez[3] entre les Maures et Tartares, les
meurtriers en la prison criminelle, voyre certes les
chiens en vostre maison, que ne sont ces malautruz
audict colliege. Et si j'estoys roy de Paris, le diable
m'emport si je ne metoys le feu dedans et faisoys brusler et principal et regens, qui endurent ceste inhumanité
davant leurs yeulx estre exercée. »

Lors levant un de ces boulletz, dist :

« Ce sont coups de canon que n'a guyeres a repceu
vostre filz Gargantua passant davant le boys de Vede,
par la trahison de vos ennemys. Mais ilz en eurent telle
recompense qu'ilz sont tous periz en la ruine du chasteau : comme les Philistins par l'engin de Sanson, et
ceulx que opprima la tour de Siloé, desquelz est escript,
Luce xiij. Iceulx je suis d'avis que nous poursuyvons
ce pendent que l'heur est pour nous. Car l'occasion a
tous ses cheveulx au front, quand elle est oultre passée,
vous ne la povez plus revocquer, elle est chauve par le
darriere de la teste, et jamais plus ne retourne.

— Vrayement, dist Grandgousier, ce ne sera pas à

ceste heure, car je veulx vous festoyer pour ce soir, et soyez les tresbien venuz. »

Ce dict, on apresta le soupper et de surcroist feurent roustiz seze beufz, troys genisses, trente et deux veaux, soixante et troys chevreaux moissonniers [4], quatre vingt quinze moutons, troys cens gourretz de laict à beau moust, unze vingt perdrys, sept cens becasses, quatre cens chappons de Loudunois et Cornouaille, six mille poulletz et autant de pigeons, six cens gualinottes, quatorze cens levraux, troys cens et troys hostardes, et mille sept cens hutaudeaux[5] : de venaison l'on ne peut tant soubdain recouvrir, fors unze sangliers qu'envoya l'abbé de Turpenay [6], et dix et huict bestes fauves que donna le seigneur de Grandmont : ensemble sept vingt faisans qu'envoya le seigneur des Essars, et quelques douzaines de ramiers, de oiseaux de riviere, de cercelles, buours, courles, pluviers, francolys, cravans, tyransons, vanereaux, tadournes [7], pocheculieres, pouacres [8], hegronneaux, foulqués, aigrettes, ciguoingnes, cannes petieres, oranges, flammans, (qui sont phœnicopteres) terrigoles, poulles de Inde, force coscossons [9], et renfort de potages. Sans poinct de faulte y estoit de vivres abondance, et feurent aprestez honnestement par Fripesaulce, Hoschepot et Pilleverjus, cuisiniers de Grandgousier. Janot, Micquel et Verrenet[10] appresterent fort bien à boyre.

Comment Gargantua mangea en sallade six pelerins.

CHAPITRE XXXVIII

E propos requiert, que racontons ce qu'advint à six pelerins qui venoient de Sainct Sebastien, près de Nantes, et pour soy herberger celle nuict de peur des ennemys s'estoient mussez au jardin dessus les poyzars[1] entre les choulx et lectues. Gargantua se trouva quelque peu alteré et demanda si l'on pourroit trouver de lectues pour faire sallade. Et entendent qu'il y en avoit des plus belles et grandes du pays, car elles estoient grandes comme pruniers ou noyers [2], y voulut aller luy mesmes, et en emporta en sa main ce que bon luy sembla, ensemble emporta les six pelerins, lesquelz avoient si grand paour, qu'ilz ne ausoient ny parler ny tousser.

Les lavant doncques premierement en la fontaine, les pelerins disoient en voix basse l'un à l'aultre. Qu'est il de faire ? Nous noyons icy entre ces lectues. Parlerons nous ? mais si nous parlons il nous tuera comme espies. Et comme ilz deliberoient ainsi, Gargantua les mist avecques ses lectues dedans un plat de la maison, grand comme la tonne de Cisteaulx [3], et avecques huille, et vinaigre et sel, les mangeoit pour soy refraichir davant souper, et avoit jà engoullé cinq des pelerins, le sixiesme estoit dedans le plat, caché soubz une lectue, excepté son bourdon qui apparoissoit au dessus.

Lequel voyant Grandgousier dist à Gargantua :

« Je croy que c'est là une corne de limasson, ne le mangez poinct.

— Pour quoy ? dist Gargantua. Ilz sont bons tout ce moys. »

Et tyrant le bourdon, ensemble enleva le pelerin et le mangeoit trèsbien. Puis beut un horrible traict de vin pineau, et attendirent que l'on apprestast le souper. Les pelerins ainsi devorez se tirerent hors les meulles de ses dents le mieulx que faire peurent, et pensoient qu'on les eust mys en quelque basse fousse des prisons. Et lors que Gargantua beut le grand traict, cuyderent noyer en sa bouche, et le torrent du vin presque les emporta au gouffre de son estomach : toutesfoys, saultans avec leurs bourdons comme font les micquelotz [4], se mirent en franchise l'orée des dentz. Mais par malheur l'un d'eux, tastant avecques son bourdon le pays à sçavoir s'ilz estoient en sceureté, frappa rudement en la faulte d'une dent creuze, et ferut le nerf de la mandibule, dont feist trèsforte douleur à Gargantua, et commença crier de raige qu'il enduroit. Pour doncques se soulaiger du mal, feist aporter son curedentz, et sortant vers le noyer grollier[5] vous denigea messieurs les pelerins.

Car il arrapoit l'un par les jambes, l'aultre par les espaules, l'aultre par la bezacé, l'aultre par la foïlluze [6], l'aultre par l'escharpe, et le pauvre haire qui l'avoit feru du bourdon, le accrochea par la braguette, toutesfoys ce luy fut un grand heur, car il luy percea une bosse chancreuze, qui le martyrisoit depuis le temps qu'ilz eurent passé Ancenys.

Ainsi les pelerins denigez s'en fuyrent à travers la plante[7] à beau trot, et appaisa la douleur. En laquelle heure feut appelé par Eudemon pour soupper, car tout estoist prest. « Je m'en voys doncques, (dist il) pisser mon malheur [8]. » Lors pissa si copieusement, que l'urine trancha le chemin aux pelerins, et furent contrainctz passer la grande boyre [9]. Passans de là par l'orée de la touche[10] en plain chemin, tomberent tous, excepté Fournillier, en une trape qu'on avoit faicte pour prandre les loups à la trainnée[11]. Dont escapperent moyennant l'industrie dudict Fournillier, qui rompit tous les lacz et cordages. De là issus, pour le reste de celle nuyct coucherent en une loge près le Couldray.

Et là feurent reconfortez de leurs malheurs par les bonnes parolles d'un de leur compaignie nommé Lasdaller[12], lequel leur remonstra que ceste adventure avoit esté prédicte par David, Psal....... *Cum exurgerent homines in nos, forte vivos deglutissent nos,* quand nous feusmes mangez en salade au grain du sel. *Cum irasceretur furor eorum in nos, forsitan aqua absorbuisset nos,* quand il beut le grand traict. *Torrentem pertransivit anima nostra,* quand nous passames la grande boyre. *Forsitan pertransisset anima nostra aquam intolerabilem,* de son urine, dont il nous tailla le chemin. *Benedictus Dominus, qui non dedit nos in captionem dentibus eorum.*

Anima nostra, sicut passer, erepta est de laqueo venantium, quand nous tombasmes en la trape. *Laqueus contritus est;* par Fournillier, *et nos liberati sumus. Adjutorium nostrum, etc.*

❧❧❧❧❧❧❧❧❧❧❧❧❧❧❧❧❧❧❧❧❧❧❧❧❧

Comment le moyne feut festoyé par Gargantua, et des beaulx propos qu'il tint en souppant.

CHAPITRE XXXIX

QUAND Gargantua feut à table et la premiere poincte des morceaux feut bauffrée, Grandgousier commença raconter la source et la cause de la guerre meue entre luy et Picrochole, et vint au poinct de narrer comment frere Jean des Entommeures avoit triumphé à la defence du clous de l'Abbaye, et le loua au dessus des prouesses de Camille, Scipion, Pompée, Cesar, et Themistocles. Adoncques requist Gargantua que sus l'heure feust envoyé querir, affin qu'avecques luy on consultast de ce qu'estoit à faire. Par leur vouloir l'alla querir son maistre d'hostel, et l'admena joyeusement avecques son baston de croix sus la mulle de Grandgousier. Quand il feut venu, mille charesses, mille embrassemens, mille bons jours feurent donnez.

« Hés, frere Jean mon amy, frere Jean mon grand cousin, frere Jean de par le diable, l'acolée mon amy. A moy la brassée. Cza, couillon [1], que je te esrene de force de t'acoller. »

Et frere Jean de rigoller. Jamais homme ne feut tant courtoys ny gracieux.

« Cza, cza, dist Gargantua, une escabelle icy auprès de moy, à ce bout.

— Je le veulx bien (dist le moyne) puis qu'ainsi vous plaist. Page, de l'eau : Boute, mon enfant, boute; elle me refraischira le faye. Baille icy que je guargarize.

20

— *Deposita cappa*, dist Gymnaste, oustons ce froc.

— Ho, par Dieu (dist le moyne) mon gentil homme [2], il y a un chapitre *in Statutis Ordinis* : auquel ne plairoit le cas.

— Bren (dist Gymnaste) bren, pour vostre chapitre. Ce froc vous romp les deux espaules. Mettez bas.

— Mon amy (dist le moyne) laisse le moy : car, par Dieu je n'en boy que mieulx. Il me faict le corps tout joyeux. Si je le laisse, messieurs les pages en feront des jarretieres : comme il me feut faict une foys à Coulaines. D'avantaige, je n'auray nul appetit. Mais si en cest habit je m'assys à table, je boiray, par Dieu, et à toy, et à ton cheval. Et de hayt. Dieu guard de mal la compaignie. Je avoys souppé. Mais pour ce ne mangeray je poinct moins. Car j'ay un estomac pavé, creux comme la botte sainct Benoist [3], tousjours ouvert comme la gibbessiere d'un advocat. De tous poissons, fors que la tanche [4], prenez l'aesle de la perdrys ou la cuisse d'une Nonnain : n'est ce falotement mourir[5] quand on meurt le caiche roidde ? Nostre prieur ayme fort le blanc de chappon.

— En cela (dist Gymnaste) il ne semble poinct aux renars : car des chappons, poules, pouletz qu'ilz prenent, jamais ne mangent le blanc.

— Pourquoy (dist le moyne) ?

— Parce (respondit Gymnaste) qu'ilz n'ont poinct de cuisiniers à les cuyre. Et s'ilz ne sont competentement cuitz ilz demeurent rouges et non blancs. La rougeur des viandes est indice qu'elles ne sont assez cuytes. Exceptez les gammares et escrivices que l'on cardinalize à la cuyte.

— Feste Dieu Bayart, dist le moyne, l'enfermier [6] de nostre abbaye n'a doncques la teste bien cuyte, car il a les yeulx rouges comme un jadeau de vergne [7]. Ceste cuisse de levrault est bonne pour les goutteux [8].

« A propos truelle [9], pourquoy est ce que les cuisses d'une damoizelle sont tousjours fraisches ?

— Ce problesme (dist Gargantua) n'est ny en Aristoteles, ny en Alexandre Aphrodisé, ny en Plutarque.

—C'est (dist le moyne) pour trois causes : par lesquelles un lieu est naturellement refraischy. *Primo :* pourcc
que l'eau decourt tout du long. *Secundo :* pource que
c'est un lieu umbrageux, obscur et tenebreux, auquel
jamais le soleil ne luist. Et tiercement, pource qu'il est
continuellement esventé des ventz du trou de bize, de
chemise et d'abondant de la braguette. Et de hayt. Page,
à la humerie[10]. Crac, crac, crac[11]. Que Dieu est bon,
qui nous donne ce bon piot. J'advoue Dieu, si j'eusse
esté au temps de Jesuchrist, j'eusse bien engardé que
les Juifz ne l'eussent prins au jardin de Olivet. Ensemble le diable me faille si j'eusse failly de coupper les
jarretz à messieurs les Apostres qui fuyrent tant lasche-
ment après qu'ilz eurent bien souppé, et laisserent leur
bon maistre au besoing. Je hayz plus que poizon un
homme qui fuyt quand il faut jouer des cousteaux.
Hon, que je ne suis roy de France pour quatre vingtz
ou cent ans[12]. Par Dieu, je vous metroys en chien
courtault les fuyars de Pavie[13]. Leur fiebvre quartaine.
Pourquoy ne mouroient-ilz là plus tost que laisser leur
bon prince en ceste necessité ? N'est-il meilleur et plus
honorable mourir vertueusement bataillant, que vivre
fuyant villainement ? Nous ne mangerons gueres d'oysons ceste année. Ha! mon amy, baille de ce cochon.
Diavol, il n'y a plus de moust[14]. *Germinavit radix Jesse.*
Je renye ma vie, je meurs de soif. Ce vin n'est des
pires. Quel vin beuviez vous à Paris ? Je me donne au
diable, si je n'y tins plus de six moys pour un temps
maison ouverte à tous venens. Congnoissez vous frere
Claude des Haulx Barrois[15] ? O le bon compaignon que
c'est. Mais quelle mousche l'a picqué ? Il ne faict rien
que estudier depuis je ne sçay quand. Je n'estudie
poinct de ma part. En nostre abbaye nous ne estudions
jamais, de peur des auripeaux[16]. Nostre feu abbé disoit
que c'est chose monstrueuse[17] veoir un moyne sçavant.
Par Dieu, Monsieur mon amy, *magis magnos clericos*[18]

non sunt magis magnos sapientes. Vous ne veistes oncques tant de lievres comme il y en a ceste année. Je n'ay peu recouvrir ny aultour, ny tiercelet de lieu du monde. Monsieur de la Bellonniere[19] m'avoit promis un lanier, mais il m'escripvit n'a gueres qu'il estoit devenu patays[20]. Les perdris nous mangeront les aureilles mesouan[21]. Je ne prens poinct de plaisir à la tonnelle. Car je y morfonds. Si je ne cours, si je ne tracasse, je ne suis poinct à mon aize. Vray est que saultant les hayes et buissons, mon froc y laisse du poil[22]. J'ay recouvert un gentil levrier[23]. Je donne au diable si luy eschappe lievre. Un lacquays le menoit à monsieur de Maulevrier: je le destroussay: feis-je mal?

— Nenny, frere Jean (dist Gymnaste) nenny, de par tous les diables, nenny.

— Ainsi, dist le moyne, à ces diables, ce pendent, qu'ilz durent[24]. Vertus Dieu, qu'en eust faict ce boyteux[25]? Le cor Dieu, il prend plus de plaisir quand on luy faict present d'un bon couble de bœufz.

— Comment (dit Ponocrates) vous jurez, frere Jean?

— Ce n'est (dist le moyne) que pour orner mon langaige[26]. Ce sont couleurs de rethorique cicero-niane.

❧❧❧❧❧❧❧❧❧❧❧❧❧❧❧❧❧❧❧❧❧❧❧

Pourquoy les moines sont refuys du monde, et pourquoy les ungs ont le nez plus grand que les aultres.

Chapitre XL

OY de chistian (dist Eudemon) je entre en grande resverie considerant l'honnesteté de ce moyne. Car il nous esbaudist icy tous. Et comment donc-ques est ce qu'on rechasse les moynes de toutes bonnes compaignies: les appellans trouble feste, comme abeilles

chassent les freslons d'entour leurs rousches ? *Ignavum
fucos pecus* (dist Maro) *à presepibus arcent.*

A quoy respondit Gargantua. « Il n'y a rien si vray
que le froc, et la cogule[1] tire à soy les opprobres, inju-
res et maledictions du monde , tout ainsi comme le
vent dict Cecias attire les nues [2]. La raison peremptoire
est : parce qu'ilz mangent la merde du monde , c'est à
dire les pechez, et comme machemerdes l'on les rejecte
en leurs retraictz : ce sont leurs conventz et abbayes ,
separez de conversation politicque comme sont les
retraictz d'une maison. Mais si entendez pour quoy
ung cinge en une famille est tousjours mocqué et her-
selé [3], vous entendrez pourquoy les moynes sont de
tous refuys, et des vieux et des jeunes. Le cinge ne
guarde poinct la maison [4], comme un chien : il ne tire
pas l'aroy [5], comme le beuf : il ne produict ny laict, ny
laine, comme la brebis : il ne porte pas le faiz, comme
le cheval.

Ce qu'il faict est tout conchier et degaster, qui est la
cause pourquoy de tous repceoyt mocqueries et baston-
nades.

Semblablement un moyne (j'entends de ces ocieux
moynes) ne laboure, comme le paisant[6] : ne garde le
pays, comme l'homme de guerre : ne guerist les malades, comme le medicin : ne presche ny endoctrine le
monde , comme le bon docteur evangelicque et peda-
goge : ne porte les commoditez et choses necessaires à
la republicque, comme le marchant. Ce est la cause
pourquoy de tous sont huez et abhorrys [7].

— Voyre mais (dist Grandgousier) ilz prient Dieu
pour nous.

— Rien moins (respondist Gargantua). Vray est
qu'ilz molestent tout leur voisinage à force de trinqueballer[8] leurs cloches.

— Voyre, dist le moyne, une messe, unes matines,
unes vespres bien sonnéez, sont à demy dictes [9].

— Ilz marmonnent grand renfort de legendes et
pseaulmes nullement par eulx entenduz. Ilz content

force patenostres entrelardées de longs *Ave Mariaz*, sans y penser ny entendre. Et ce je appelle mocque-Dieu, non oraison[10]. Mais ainsi leurs ayde Dieu s'ilz prient pour nous, et non par paour de perdre leurs miches et souppes grasses. Tous vrays christians, de tous estatz, en tous lieux, en tous temps prient Dieu, et l'esperit prie et interpelle pour iceulx : et Dieu les prent en grace. Maintenant tel est nostre bon frere Jean. Pourtant chascun le soubhaite en sa compaignie.

Il n'est poinct bigot, il n'est poinct dessiré[11], il est honeste, joyeux, deliberé, bon compaignon.

Il travaille, il labeure, il defent les opprimez, il conforte les affligez, il subvient ès souffreteux, il garde les clous de l'abbaye.

— Je foys (dist le moyne) bien d'advantaige. Car, en despeschant nos matines et anniversaires on cueur, ensemble je fois des chordes d'arbaleste, je polys des matraz et guarrotz, je foys des retz[12] et des poches à prendre les connis. Jamais je ne suis oisif. Mais or çzà, à boyre, à boyre, çzà. Aporte le fruict. Ce sont chastaignes du boys d'Estrocz[13]. Avec bon vin nouveau, voy vous là composeur de petz[14]. Vous n'estez encores ceans amoustillez[15]. Par Dieu, je boy à tous guez, comme un cheval de promoteur[16].

Gymnaste luy dist. « Frere Jean, oustez ceste rouppie qui vous pend au nez.

— Ha, ha (dist le moyne), serois je en dangier de noyer, veu que suis en l'eau jusques au nez ? Non, non. *Quare? Quia* elle en sort bien, mais poinct n'y entre. Car il est bien antidoté de pampre[17].

O mon amy, qui auroit bottes d'hyver de tel cuir, hardiment pourroit il pescher aux huytres[18]. Car jamais ne prendroient eau.

— Pourquoy (dist Gargantua) est ce que frere Jean a si beau nez[19]?

— Parce (respondit Grandgousier) que ainsi Dieu l'a voulu[20], lequel nous faict en telle forme et telle fin,

selon son divin arbitre, que faict un potier ses vais-
seaulx.

— Parce (dist Ponocrates) qu'il feut des premiers à
la foyre des nez. Il print des plus beaulx et plus grands.

— Trut avant (dist le moyne) selon vraye philosophie monasticque, c'est parce que ma nourrice avoit les
tetins moletz[21], en la laictant[22] mon nez y enfondroit
comme en beurre, et là s'eslevoit et croissoit comme là
paste dedans la met.

Les durs tetins de nourrices font les enfans camuz.
Mais guay, guay, *ad formam nasi cognoscitur ad te
levavi*[23]. Je ne mange jamais de confitures. Page, à la
humerie. Item, rousties. »

❧❧❧❧❧❧❧❧❧❧❧❧❧❧❧❧❧❧❧❧❧❧

*Comment le moyne feist dormir Gargantua, et de ses
heures et breviaire.*

Chapitre XLI

LE souper achevé, consulterent sus l'affaire instant, et feut conclud que
environ la minuict ilz sortiroient à l'escarmouche pour sçavoir quel guet et
diligence faisoient leurs ennemys. En
ce pendent, qu'ilz se reposeroient
quelque peu pour estre plus frais. Mais
Gargantua ne povoit dormir en quelque façon qu'il se
mist. Dont luy dist le moyne.

« Je ne dors jamais bien à mon aise, sinon quand je
suis au sermon, ou quand je prie Dieu. Je vous supplye, commençons vous et moy, les sept pseaulmes,
pour veoir si tantost ne serez endormy. »

L'invention pleut tresbien à Gargantua.

Et commenceant le premier pseaulme, sus le poinct
de *Beati quorum*, s'endormirent et l'un et l'aultre. Mais
le moyne ne faillit oncques à s'esveiller avant la
minuict, tant il estoit habitué à l'heure des matines

claustralles [1]. Luy esveillé tous les aultres esveilla,
chantant à pleine voix la chanson. Ho, Regnault, reveille-toy [2], veille, ô Regnault reveille-toy. Quand
tous furent esveillez, il dict.

« Messieurs, l'on dict, que matines commencent par
tousser et souper par boyre. Faisons au rebours, commençons maintenant noz matines, par boyre, et de
soir à l'entrée de soupper nous tousserons à qui mieulx
mieulx. »

Dont dist Gargantua. « Boyre si tost après le dormir ?
Ce n'est vescu en diete de medicine. Il se fault premier
escurer l'estomach des superfluitez et excremens.

— C'est, dist le moyne, bien mediciné.

Cent diables me saultent au corps s'il n'y a plus de
vieulx hyvrognes, qu'il n'y a de vieulx medicins. J'ay
composé avecques mon appetit en telle paction, que
tousjours il se couche avecques moy, et à cela je donne
bon ordre le jour durant : aussy avecques moy il se
lieve [3]. Rendez tant que vouldrez voz cures [4], je m'en
voys après mon tyrouer.

— Quel tyrouer (dist Gargantua) entendez vous ?

— Mon breviaire, dist le moyne. Car tout ainsi que
les faulconniers davant que paistre leurs oyseaux les
font tyrer quelque pied de poulle, pour leurs purger le
cerveau des phlegmes, et pour les mettre en appetit,
ainsi, prenant ce joyeux petit breviaire au matin, je
m'escure tout le poulmon, et voy me là prest à boyre.

— A quel usaige (dist Gargantua) dictez vous ces
belles heures ?

— A l'usaige (dist le moyne) de Fecan [5], à troys
pseaulmes et troys leçons [6], ou rien du tout qui ne
veult [7]. Jamais je ne me assubjectis à heures : les heures
sont faictez pour l'homme, et non l'homme pour les
heures. Pourtant je foys des miennes à guise d'estri-
vieres, je les acourcis ou allonge quand bon me semble.
Brevis oratio penetrat celos, longa potatio evacuat scyphos.

« Où est escript cela [8] ?

— Par ma foy (dist Ponocrates) je ne sçay, mon petit couillaust[9], mais tu vaulx trop.

— En cela (dist le moyne) je vous ressemble. Mais *venite apotemus*[10]. »

L'on apresta carbonnades à force, et belles souppes de primes, et beut le moyne à son plaisir.

Aulcuns lui tindrent compaignie, les aultres s'en deporterent. Après, chascun commença soy armer et accoustrer. Et armerent le moyne contre son vouloir, car il ne vouloit aultres armes que son froc davant son estomach, et le baston de la croix en son poing. Toutesfoys, à leur plaisir feut armé de pied en cap, et monté sus un bon coursier du royaulme[11], et un gros braquemart[12] au cousté. Ensemble Gargantua, Ponocrates, Gymnaste, Eudemon, et vingt et cinq des plus adventureux de la maison de Grandgousier, tous armez à l'advantaige[13], la lance au poing, montez comme sainct George : chascun ayant un harquebouzier en crope.

Comment le moyne donne couraige à ses compaignons, et comment il pendit à une arbre.

Chapitre XLII

OR s'en vont les nobles champions à leur adventure, bien deliberez d'entendre quelle rencontre fauldra poursuyvre, et de quoy se fauldra contregarder, quand viendra la journée de la grande et horrible bataille. Etle moyne leur donne couraige, disant.

« Enfans, n'ayez ny paour, ny doubte. Je vous conduyrai seurement. Dieu et sainct Benoist soient avecques nous, Si j'avoys la force de mesmes le couraige, par la mort bieu je vous les plumeroys comme un canart[1]. Je ne crains rien fors l'artillerie. Toutesfoys

21

je sçay quelque oraison, que m'a baillé le soubsecretain de nostre abbaye, laquelle guarentist la personne de toutes bouches à feu. Mais elle ne me profitera de rien. Car je n'y adjouste poinct de foy. Toutesfoys mon baston de croix fera diables. Par Dieu, qui fera la cane[2] de vous aultres, je me donne au diable si je ne le fays moyne en mon lieu et l'enchevestre de mon froc. Il porte medicine à couhardise de gens. Avez point ouy parler du levrier de monsieur de Meurles[3], qui ne valloit rien pour les champs? Il luy mist un froc au col : par le corps Dieu, il n'eschappoit ny lievre ny regnard devant luy, et, que plus est couvrit toutes les chiennes du pays, qui auparavant estoit esrené, *et frigidis et de maleficiatis*[4].

Le moyne, disant ces parolles[5] en cholere passa soubz un noyer tyrant vers la saullaye, et embrocha la visiere de son heaulme à la roupte d'une grosse branche[6] du noyer. Ce nonobstant donna fierement des esperons à son cheval, lequel estoit chastouilleur à la poincte, en maniere que le cheval bondit en avant, et le moyne, voulant deffaire sa visiere du croc, lasche la bride, et de la main se pend aux branches : ce pendent que le cheval se desrobe dessoubz luy.

Par ce moyen demoura le moyne pendent au noyer, et criant à l'aide et au meurtre, protestant aussi de trahison. Eudemon premier l'aperceut, et appellant Gargantua.

« Sire, venez et voyez Absalon pendu. »

Gargantua venu considera la contenence du moyne : et la forme dont il pendoit, et dist à Eudemon.

« Vous avez mal rencontré le comparant à Absalon. Car Absalon se pendit par les cheveux, mais le moyne ras de teste s'est pendu par les aureilles.

— Aydez moy (dist le moyne) de par le diable. N'est il pas bien le temps de jazer ? Vous me semblez[7] les prescheurs decretalistes, qui disent que quiconque voira son prochain en dangier de mort, il le doibt sus peine d'excommunication trisulce plustoust admonnester de

soy confesser et mettre en estat de grace que de luy
ayder.

Quand doncques je les voiray tombez en la riviere,
et prestz d'estre noyez, en lieu de les aller querir et
bailler la main, je leur feray un beau et long sermon *de
contemptu mundi, et fuga seculi :* et lorsqu'ilz seront
roides mors, je les iray pescher.

— Ne bouge (dist Gymnaste) mon mignon, je te
voys querir, car tu es gentil petit monachus. *Monachus
in claustro non valet ova duo, sed quando est extra, bene
valet triginta.* J'ay veu des pendus plus de cinq cens [8],
mais je n'en veis oncques qui eust meilleure grace en
pendilant, et si je l'avoys aussi bonne, je vouldroys
ainsi pendre toute ma vye.

— Aurez vous (dist le moyne) tantost assez presché?
Aidez moy de par Dieu, puisque de par l'aultre ne
voulez [9]. Par l'habit que je porte, vous en repentirez,
tempore et loco prelibatis[10]. »

Alors descendit Gymnaste de son cheval, et montant
au noyer souleva le moyne par les goussetz d'une main,
et de l'aultre deffist la visiere du croc de l'arbre, et ainsi
le laissa tomber en terre, et soy après. Descendu que
feut, le moyne se deffist de tout son arnoys[11], et getta
l'une piece après l'aultre parmy le champ, et reprenant
son baston de la croix remonta sus son cheval, lequel
Eudemon avoit retenu à la fuite. Ainsi s'en vont joyeusement tenans le chemin de la saullaye.

Comment l'escharmouche de Picrochole fut rencontré par Gargantua. Et comment le moyne tua le capitaine Tyravant, et puis fut prisonnier entre les ennemys.

CHAPITRE XLIII

PICROCHOLE, à la relation de ceulx qui avoient evadé à la roupte lors que Tripet[1] fut estripé, feut esprins de grand courroux, ouyant que les diables avoient couru suz ses gens, et tint son conseil toute la nuict, auquel Hastiveau et Toucquedillon[2] conclurent que sa puissance estoit telle qu'il pourroit defaire tous les diables d'enfer s'ilz y venoient. Ce que Picrochole ne croyoit du tout, aussy ne s'en defioit il.

Pourtant envoya soubz la conduicte du conte Tiravant[3], pour descouvrir le pays, seize cens chevaliers tous montez sus chevaulx legiers, en escarmousche, tous bien aspergez d'eau beniste[4], et chascun ayant pour leur signe une estolle en escharpe, à toutes adventures, s'ilz rencontroient les diables, que par vertus tant de ceste eau gringorienne[5], que des estolles, yceulx feissent disparoir et esvanouyr[6]. Coururent doncques jusques près la Vauguyon et la Maladerye, mais oncques ne trouverent personne à qui parler, dont repasserent par le dessus, et en la loge et tugure pastoral, près le Couldray, trouverent les cinq pelerins. Lesquelz liez et baffouez emmenerent, comme s'ilz feussent espies, nonobstant les exclamations, adjurations, et requestes qu'ilz feissent. Descendus de là vers Seuillé, furent entenduz par Gargantua. Lequel dist à ses gens :

« Compaignons, il y a icy rencontre et sont en nombre trop plus dix foys que nous. Chocquerons nous sus eulx ?

— Que diable (dist le moyne) ferons nous doncq ? Estimez vous les hommes par nombre, et non par vertus et hardiesse ?

Puis s'escria. Chocquons, diables, chocquons. »

Ce que entendens les ennemys pensoient certainement que feussent vrays diables, dont commencerent
fuyr à bride avallée, excepté Tyravant, lequel coucha
sa lance en l'arrest, et en ferut à toute oultrance le
moyne au milieu de la poictrine, mais rencontrant le
froc horrifique, rebouscha par le fer[7] comme si vous
frappiez d'une petite bougie contre une enclume.
Adoncq le moyne avec son baston de croix luy donna
entre col et collet sus l'os acromion si rudement qu'il
l'estonna : et feit perdre tout sens et movement, et
tomba ès piedz du cheval.

Et voyant l'estolle qu'il portoit en escharpe, dist à
Gargantua :

« Ceulx-cy ne sont que prebstres, ce n'est qu'un
commencement de moyne : par sainct Jean, je suis
moyne parfait, je vous en tueray comme de mousches. »

Puis le grand gualot courut après, tant qu'il atrapa
les derniers et les abbastoit comme seille [8], frappant à
tors et à travers. Gymnaste interrogua sus l'heure
Gargantua s'ilz les debvoient poursuyvre. A quoy dist
Gargantua :

« Nullement. Car selon vraye discipline militaire,
jamais ne fault mettre son ennemy en lieu de desespoir.
Parce que telle necessité luy multiplie sa force, et
accroist le couraige, qui jà estoit deject et failly. Et n'y
a meilleur remede de salut à gens estommiz[9] et recreuz
que de ne esperer salut aulcun. Quantes victoires ont
esté tollues des mains des vaincqueurs par les vaincuz,
quand ilz ne se sont contentes de raison : mais ont
attempté du tout mettre à internition et destruire totallement leurs ennemys, sans en vouloir laisser un seul
pour en porter les nouvelles. Ouvrez tousjours à voz
ennemys toutes les portes et chemins, et plustost leurs
faictes un pont d'argent, affin de les renvoyer.

— Voyre mais (dist Gymnaste) ilz ont le moyne.

— Ont ilz (dist Gargantua) le moyne ? Sus mon

honneur, que ce sera à leur dommaige. Mais, affin de survenir à tous azars, ne nous retirons pas encores, attendons icy en silence. Car je pense jà assez congnoistre l'engin[10] de noz ennemys : ilz se guident par sort non par conseil. »

Iceulx ainsi attendens soubz les noiers, ce pendent le moyne poursuyvoit chocquant tous ceulx qu'il rencontroit sans de nully avoir mercy. Jusque à ce qu'il rencontra un chevalier qui portoit en crope un des pauvres pelerins, et là, le voulent mettre à sac, s'escria le pelerin :

« Ha, monsieur le priour[11] mon amy, monsieur le priour, sauvez moy, je vous en prie. »

Laquelle parolle entendue se retournerent arriere les ennemys, et voyans que là n'estoit que le moyne, qui faisoit cest esclandre, le chargerent de coups, comme on faict un asne de boys[12], mais de tout rien ne sentoit, mesmement quand ilz frapoient sus son froc, tant il avoit la peau dure. Puis le baillerent à guarder à deux archiers, et tournans bride ne veirent personne contre eulx, dont exstimerent que Gargantua estoit fuy avecques sa bande. Adoncques coururent vers les Noyrettes[13] tant roiddement qu'ilz peurent pour les rencontrer, et laisserent là le moyne seul avecques deux archiers de guarde. Gargantua entendit le bruit, et hennissement des chevaulx, et dist à ses gens :

« Compaignons, j'entends le trac de noz ennemys, et jà apperçoy aulcuns d'iceulx qui viennent contre nous à la foulle. Serrons nous icy, et tenons le chemin en bon ranc : par ce moyen nous les pourrons recepvoir à leur perte et à nostre honneur. »

*Comment le moyne se desfist de ses guardes, et comment
l'escarmouche de Picrochole feut deffaicte.*

Chapitre XLIV

E moyne, les voyant ainsi departir en
desordre, conjectura qu'ilz alloient
charger sus Gargantua et ses gens, et
se contristoit merveilleusement de ce
qu'il ne les povoit secourir. Puis
advisa la contenence de ses deux archiers de guarde, lesquelz eussent
voluntiers couru après la troupe pour y butiner quelque
chose et tousjours regardoient vers la vallée en laquelle
ilz descendoient. Dadvantaige syllogisoit disant :

« Ces gens icy sont bien mal exercez en faictz d'armes. Car oncques ne me ont demandé ma foy, et ne
me ont ousté mon braquemart. »

Soubdain après tyra son dict braquemart, et en ferut
l'archier qui le tenoit à dextre, luy coupant entierement les venes jugulaires, et arteres spagitides du col,
avecques le guarguareon, jusques ès deux adenes : et
retirant le coup, luy entreouvrit la mouelle spinale
entre la seconde et tierce vertebre. Là tomba l'archier
tout mort. Et le moyne, detournant son cheval à gauche
courut sus l'aultre, lequel voyant son compaignon mort
et le moyne adventaigé sus soy cryoit à la haulte voix :

« Ha, monsieur le priour je me rendz, monsieur le
priour, mon bon amy, monsieur le priour.

Et le moyne cryoit de mesmes. « Monsieur le posteriour, mon amy, monsieur le posteriour, vous aurez
sus voz posteres.

— Ha (disoit l'archier) monsieur le priour, mon
mignon, monsieur le priour, que Dieu vous face abbé.

— Par l'habit (disoit le moyne) que je porte, je vous
feray icy cardinal. Rensonnez vous les gens de religion ? Vous aurez un chapeau rouge à ceste heure de
ma main [1]. »

Et l'archier cryoit. « Monsieur le priour, monsieur le priour, monsieur l'abbé futeur, Monsieur le cardinal, Monsieur le tout. Ha, ha, hes, non, Monsieur le priour, mon bon petit seigneur le priour, je me rends à vous.

— Et je te rends (dist le moyne) à tous les diables. »

Lors d'un coup luy tranchit la teste, luy coupant le test sus les os petrux, et enlevant les deux os bregmatis et la commissure sagittale avecques grande partie de l'os coronal, ce que faisant luy tranchit les deux meninges, et ouvrit profondement les deux posterieurs ventricules du cerveau, et demoura le craine pendent sus les espaules à la peau du pericrane par derriere, en forme d'un bonnet doctoral, noir par dessus, rouge par dedans. Ainsi tomba roidde mort en terre. Ce faict, le moyne donne des esperons à son cheval et poursuyt la voye que tenoient les ennemys, lesquelz avoient rencontré Gargantua et ses compaignons au grand chemin, et tant estoient diminuez au nombre pour l'enorme meurtre que y avoit faict Gargantua avecques son grand arbre, Gymnaste, Ponocrates, Eudemon, et les aultres, qu'ilz commençoient soy retirer à diligence, tous effrayez et perturbez de sens et entendement comme s'ilz veissent la propre espece et forme de mort davant leurs yeulx.

Et comme vous voyez un asne, quand il a au cul un œstre Junonicque, [2] ou une mouche qui le poinct, courir çà et là sans voye ny chemin, gettant sa charge par terre, rompant son frain et renes, sans aulcunement respirer ny prandre repos, et ne sçayt on qui le meut, car l'on ne veoit rien qui le touche. Ainsi fuyoient ces gens de sens desprouveuz, sans sçavoir cause de fuyr : tant seulement les poursuit une terreur panice laquelle avoient conceue en leurs armes. Voyant le moyne que toute leur pensée n'estoit sinon à guaigner au pied, descend de son cheval, et monte sus une grosse roche qui estoit sus le chemin, et avecques son grand braquemart, frappoit sus ces fuyars à grand tour de bras sans

se faindre ny espargner. Tant en tua et mist par terre,
que son braquemart rompit en deux pieces. Adoncques
pensa en soy-mesmes que c'estoit assez massacré et
tué, et que le reste debvoit eschapper pour en porter
les nouvelles. Pourtant saisit en son poing une hasche
de ceulx qui là gisoient mors, et se retourna derechief
sus la roche, passant temps à veoir fouyr les ennemys,
et cullebuter entre les corps mors, excepté que à tous
faisoit laisser leurs picques, espées, lances et hacque-
butes, et ceulx qui portoient les pelerins liez, il les
mettoit à pied et delivroit leurs chevaulx aux dictz pelerins, les retenent avecques soy l'orée de la haye, et
Toucquedillon, lequel il retint prisonnier.

*Comment le moyne amena les pelerins, et les bonnes
parolles que leur dist Grangousier.*

CHAPITRE XLV

ESTE escarmouche parachevée se retyra
Gargantua avecques ses gens excepté
le moyne, et sus la poincte du jour se
rendirent à Grandgousier, lequel en
son lict prioit Dieu pour leur salut et
victoire. Et les voyant tous saultz et
entiers les embrassa de bon amour, et
demanda nouvelles du moyne. Mais Gargantua luy
respondit que sans doubte leurs ennemys avoient le
moyne.

« Ilz auront (dist Grandgousier) doncques male
encontre. Ce que avoit esté bien vray. Pourtant encores est le proverbe en usaige, de bailler le moyne à
quelc'un. »

Adoncques commenda qu'on aprestast trèsbien à
desjeuner, pour les refraischir. Le tout apresté l'on
appella Gargantua, mais tant luy grevoit de ce que le
moyne ne comparoit aulcunement, qu'il ne vouloit

ny boyre ny manger. Tout soubdain le moyne arrive, et dès la porte de la basse court, s'escria :

« Vin frays, vin frays, Gymnaste mon amy. »

Gymnaste sortit et veit que c'estoit frere Jan qui amenoit cinq pelerins, et Toucquedillon prisonnier. Dont Gargantua sortit au davant, et luy feirent le meilleur recueil que peurent, et le menerent davant Grandgousier, lequel l'interrogea de toute son adventure. Le moyne luy disoit tout : et comment on l'avoit prins, et comment il s'estoit deffaict des archiers, et la boucherie qu'il avoit faict par le chemin, et comment il avoit recouvert les pelerins, et amené le capitaine Toucquedillon.

Puis se mirent à bancqueter joyeusement tous ensemble. Ce pendent Grandgousier interrogeoit les pelerins, de quel pays ilz estoient, dont ilz venoient et où ilz alloient. Lasdaller pour tous respondit :

« Seigneur, je suis de Sainct Genou en Berry [1].

Cestuy cy est de Paluau.

Cestuy cy est de Onzay.

Cestuy cy est de Argy.

Et c'estuy cy est de Villebrenin [2].

Nous venons de Sainct Sebastian, près de Nantes [3], et nous en retournons par noz petites journées [4].

— Voyre mais (dist Grandgousier) qu'alliez vous faire à Sainct Sebastian ?

— Nous allions (dist Lasdaller) luy offrir noz votes contre la peste.

— O (dist Grandgousier) pauvres gens, estimez vous que la peste vienne de Sainct Sebastian ?

— Ouy vrayement (respondit Lasdaller), noz prescheurs nous l'afferment.

— Ouy (dist Grandgousier), les faulx prophetes vous annoncent ilz telz abuz [5]? Basphement ilz en ceste façon les justes et sainctz de Dieu, qu'ilz les font semblables aux diables, qui ne font que mal entre les humains? comme Homere escript que la peste fut mise en l'oust des Gregoys par Apolo, et comme les poetes.

faignent un grand tas de Vejoves et dieux malfaisans. Ainsi preschoit à Sinays un caphart, que Sainct Antoine metoit le feu ès jambes.

Sainct Eutrope faisoit les hydropiques [6].

Sainct Gildas les folz.

Sainct Genou les gouttes.

Mais je le puniz en tel exemple quoy qu'il me appellast heretique, que depuis ce temps caphart quiconques n'est auzé entrer en mes terres. Et m'esbahys si vostre roy les laisse prescher par son royaulme telz scandales. Car plus sont à punir que ceulx qui par art magicque ou aultre engin auroient mis la peste par le pays. La peste ne tue que le corps. Mais telz imposteurs empoisonnent les ames [7]. »

Luy disans ces parolles, entra le moyne tout deliberé, et leurs demanda :

« Dont estes vous, vous aultres pauvres hayres ?

— De Sainct Genou, dirent ilz.

— Et comment (dist le moyne) se porte l'abbé Tranchelion [8], le bon beuveur ? Et les moynes, quelle chere font-ilz ? Le cor Dieu, ils biscotent voz femmes [9] ce pendent que estes en romivage[10].

— Hinhen (dist Lasdaller) je n'ay pas peur de la mienne. Car qui la verra de jour ne se rompera jà le col pour l'aller visiter la nuict.

— C'est (dist le moyne) bien rentré de picques. Elle pourroit estre aussi layde que Proserpine, elle aura, par Dieu, la saccade[11], puisqu'il y a moynes autour. Car un bon ouvrier mect indifferentement toutes pieces en œuvre. Que j'aye la verolle, en cas que ne les trouviez engroissées à vostre retour. Car seulement l'ombre du clochier d'une abbaye est feconde.

— C'est (dist Gargantua) comme l'eau du Nile en Egypte, si vous croyez Strabo, et Pline lib. vij. chap. iij. advisez que c'est de la miche[12], des habitz, et des corps. »

Lors dist Grandgousier :

« Allez vous en, pauvres gens, au nom de Dieu le createur, lequel vous soit en guide perpetuelle. Et dorenavant ne soyez faciles à ces otieux et inutilles voyages. Entretenez voz familles, travaillez chascun en sa vacation, instruez voz enfans, et vivez comme vous enseigne le bon apostre Sainct Paoul. Ce faisans vous aurez la garde de Dieu, des anges, et des sainctz avecques vous, et n'y aura peste ny mal qui vous porte nuysance. »

Puis les mena Gargantua prendre leur refection en la salle : mais les pelerins ne faisoient que souspirer, et dirent à Gargantua :

« O que heureux est le pays qui a pour seigneur un tel homme. Nous sommes plus edifiez et instruictz en ces propos qu'il nous a tenu, qu'en tous les sermons que jamais nous feurent preschez en nostre ville.

— C'est (dist Gargantua) ce que dict Platon *Lib.* v *de Repub.* que lors les Republiques seroient heureuses, quand les roys philosopheroient ou les philosophes regneroient. »

Puis leur feist emplir leurs bezaces de vivres, leurs bouteilles de vin, et à chascun donna cheval pour soy̅ soulager au reste du chemin, et quelques carolus[13] pour vivre.

Comment Grandgousier traicta humainement Toucquedillon prisonnier.

CHAPITRE XLVI

OUCQUEDILLON fut presenté à Grand-gousier, et interrogé par icelluy sus l'entreprinze et affaires de Picrochole, quelle fin il pretendoit par ce tumultuaire vacarme. A quoy respondit que sa fin et sa destinée[1] estoit de conquester tout le pays s'il povoit, pour l'injure faicte à ses fouaciers.

« C'est (dist Grandgousier) trop entreprint, qui trop embrasse peu estrainct. Le temps n'est plus d'ainsi cónquester les royaulmes avecques dommaige de son prochain frere christian : ceste imitation des anciens Hercules, Alexandres, Hannibalz, Scipions, Cesars et aultres telz est contraire à la profession de l'Evangile, par lequel nous est commandé, guarder, saulver, regir et administrer chascun ses pays et terres, non hostilement envahir les aultres. Et ce que les Sarazins et Barbares jadis appelloient prouesses, maintenant nous appellons briguanderies, et meschansetez. Mieulz eust il faict soy contenir en sa maison, royallement la gouvernant, que insulter en la mienne, hostillement la pillant, car par bien la gouverner l'eust augmentée, par me piller sera destruict. Allez vous en au nom de Dieu : suyvez bonne entreprinse, remonstrez à vostre roy les erreurs que congnoistrez, et jamais ne le conseillez, ayant esgard à vostre profit particulier, car avecques le commun est aussy le propre perdu. Quand est de vostre ranczon, je vous la donne entierement, et veulx que vous soient rendues armes et cheval : ainsi fault il faire entre voisins et anciens amys, veu que ceste nostre difference [2], n'est poinct guerre proprement.

Comme Platon *Lib.* v. *de Rep.*, vouloit estre non guerre nommée, ains sedition, quand les Grecz meuvoient armes les ungs contre les aultres. Ce que si par male fortune advenoit, il commande qu'on use de toute modestie. Si guerre la nommez, elle n'est que superficiaire : elle n'entre poinct au profond cabinet de noz cueurs. Car nul de nous n'est oultraigé en son honneur : et n'est question en somme totale, que de rabiller quelque faulte commise par nos gens, j'entends et vostres et nostres. Laquelle encores que congneussiez, vous doibviez laisser couler oultre, car les personnages querelans estoient plus à contempner, que à ramentevoir, mesmement leurs satisfaisant selon le grief, comme je me suis offert. Dieu sera juste estima-

teur de nostre different, lequel je supplye plus tost par
mort me tollir de ceste vie, et mes biens deperir davant
mes yeulx, que par moy ny les miens en rien soit
offensé. »

Ces parolles achevées, appella le moyne, et davant
tous luy demanda :

« Frere Jan, mon bon amy, estez vous qui avez
prins le capitaine Toucquedillon icy present ?

— Syre (dist le moyne) il est present, il a eage et
discretion, j'ayme mieulx que le sachez par sa confession, que par ma parolle. »

Adoncques dist Toucquedillon : « Seigneur, c'est luy
véritablement qui m'a prins, et je me rends son prisonnier franchement.

— L'avez vous (dist Grandgousier au moyne) mis à
rançon ?

— Non, dist le moyne. De cela je ne me soucie.

— Combien (dist Grandgousier) vouldriez vous de
sa prinse ?

— Rien, rien (dist le moyne) cela ne me mene
pas. »

Lors commanda Grandgousier, que present Toucquedillon feussent contez au moyne soixante et deux
mille saluz ³, pour celle prinse. Ce que feut faict ce
pendent qu'on feist la collation au dict Toucquedillon,
auquel demanda Grandgousier s'il vouloit demourer
avecques luy, ou si mieulx aymoit retourner à son
roy ? Toucquedillon respondit, qu'il tiendroit le party
lequel il luy conseilleroit.

« Doncques (dist Grandgousier) retournez à vostre
roy, et Dieu soit avecques vous. »

Puis luy donna une belle espée de Vienne ⁴, avecques le fourreau d'or faict à belles vignettes d'orfeverie,
et un collier d'or pesant sept cens deux mille marcz,
garny de fines pierreries, à l'estimation de cent soixante
mille ducatz, et dix mille escuz par present honorable.
Après ces propos monta Toucquedillon sus son cheval.
Gargantua pour sa seureté luy bailla trente hommes

d'armes, et six vingtz archiers[5] soubz la conduite de Gymnaste, pour le mener jusques ès portes de la Roche-Clermaud, si besoing estoit. Icelluy departy le moyne rendit à Grandgousier les soixante et deux mille salutz qu'il avoit repceu, disant :

« Syre, ce n'est ores, que vous doibvez faire telz dons [6]. Attendez la fin de ceste guerre, car l'on ne sçait quelz affaires pourroient survenir. Et guerre faicte sans bonne provision d'argent n'a qu'un souspirail de vigueur.

Les nerfz des batailles sont les pecunes.

— Doncques (dist Grandgousier) à la fin je vous contenteray par honneste recompense, et tous ceulx qui me auront bien servy. »

❧❧❧❧❧❧❧❧❧❧❧❧❧❧❧❧❧❧❧❧

Comment Grandgousier manda querir ses legions, et comment Toucquedillon tua Hastiveau, puis fut tué par le commandement de Picrochole.

CHAPITRE XLVII

N ces mesmes jours, ceulx de Bessé, du Marché Vieux, du bourg Sainct Jacques, du Trainneau, de Parillé, de Riviere, des Roches-Sainct-Paoul [1], du Vaubreton, de Pautillé, du Brehemont, du pont de Clain, de Cravant, de Grandmont, des Bourdes, de la Ville au Mere, de Huymes, de Segré, de Hussé, de Sainct-Louant, de Panzoust, des Coldreaulx, de Verron, de Coulaines, de Chosé, de Varenes, de Bourgueil, de l'Isle-Boucard, du Croulay, de Narsay, de Candé, de Montsoreau [2], et aultres lieux confins, envoierent devers Grandgousier ambassades, pour luy dire qu'ilz estoient advertis des tordz que luy faisoit Picrochole, et, pour leur ancienne confederation, ilz luy offroient tout leur povoir tant de gens, que d'argent, et aultres munitions de guerre. L'argent de tous

montoit, par les pactes qu'ilz luy envoyoient, six vingt quatorze millions deux escuz et demy[3] d'or. Les gens estoient quinze mille hommes d'armes, trente et deux mille chevaux legiers, quatre vingtz neuf mille harquebousiers, cent quarante mille adventuriers, unze mille deux cens canons, doubles canons, basilicz et spiroles. Pionniers quarante-sept mille, le tout souldoyé et avitaillé pour six moys et quatre jours [4]. Lequel offre Gargantua ne refusa, ny accepta du tout.

Mais grandement les remerciant, dist, qu'il composeroit ceste guerre par tel engin que besoing ne seroit tant empescher de gens de bien. Seulement envoya qui ameneroit en ordre les legions lesquelles entretenoit ordinairement en ses places de la Deviniere, de Chaviny, de Gravot, et Quinquenays, montant en nombre deux mille cinq cens hommes d'armes [5], soixante et six mille hommes de pied, vingt et six mille arquebuziers, deux cens grosses pieces d'artillerye, vingt et deux mille pionniers, et six mille chevaulx legiers, tous par bandes, tant bien assorties de leurs thesauriers, de vivandiers, de mareschaulx, de armuriers, et aultres gens necessaires au trac de bataille, tant bien instruictz en art militaire, tant bien armez, tant bien recongnoissans et suivans leurs enseignes [6], tant soubdains à entendre et obeir à leurs capitaines, tant expediez à courir, tant fors à chocquer, tant prudens à l'adventure, que mieulx ressembloient une harmonie d'orgues et concordante d'horologe, q'une armée, ou gensdarmerie. Toucquedillon arrivé se presenta à Picrochole, et luy compta au long ce qu'il avoit et faict et veu. A la fin conseilloit par fortes parolles qu'on feist apoinctement avecques Grandgousier, lequel il avoit esprouvé le plus homme de bien du monde, adjoustant que ce n'estoit ny preu, ny raison[7] molester ainsi ses voisins, desquelz jamais n'avoient eu que tout bien. Et au reguard du principal : que jamais ne sortiroient de ceste entreprinse que à leur grand dommaige et malheur. Car la puissance de Picrochole n'estoit telle, que aisement ne les peust

Grandgousier mettre à sac. Il n'eust achevé ceste parolle que Hastiveau dist tout hault :

« Bien malheureux est le prince qui est de telz gens servy, qui tant facilement sont corrompuz comme je congnoys Toucquedillon. Car je voy son couraige tant changé, que voluntiers se feust adjoinct à noz ennemys, pour contre nous batailler et nous trahir, s'ilz l'eussent voulu retenir : mais comme vertus est de tous tant amys que ennemys louée et estimée, aussi meschanceté est tost congneue et suspecte. Et posé que d'icelle les ennemys se servent à leur profit, si ont ilz tousjours les meschans et traistres en abhomination. »

A ces parolles, Toucquedillon impatient tyra son espée, et en transperça Hastiveau un peu au dessus de la mammelle guauche, dont mourut incontinent. Et, tyrant son coup du corps, dist franchement :

« Ainsi perisse qui feaulx serviteurs blasmera. »

Picrochole soubdain entra en fureur, et voyant l'espée et fourreau tant diapré [8], dist :

« Te avoit on donné ce baston [9], pour en ma presence tuer malignement mon tant bon amy Hastiveau ? »

Lors commenda à ses archiers qu'ilz le meissent en pieces. Ce que feut faict sus l'heure, tant cruellement que la chambre estoit toute pavée de sang. Puis feist honorablement inhumer le corps de Hastiveau et celluy de Toucquedillon getter par sus les murailles en la vallée. Les nouvelles de ces oultraiges feurent sceues par toute l'armée, dont plusieurs commencerent murmurer contre Picrochole, tant que Grippeminault[10] luy dist :

« Seigneur, je ne sçay quelle yssue sera de ceste entreprinse. Je voy voz gens peu confermés en leurs couraiges. Ilz considerent que sommes icy mal pourveuz de vivres, et ja beaucoup diminuez en nombre, par deux ou troys yssues.

Dadvantaige il vient grand renfort de gens à voz

23

ennemys. Si nous sommes assiegez une foys, je ne voy poinct comment ce ne soit à nostre ruyne totale.

— Bren, bren, dist Picrochole, vous semblez les anguillez de Melun, vous criez davant qu'on vous escorche : laissés les seulement venir. »

❧❧❧❧❧❧❧❧❧❧❧❧❧❧❧❧❧❧❧❧❧❧

Comment Gargantua assaillit Picrochole dedans la Roche-Clermaud, et defist l'armée dudict Picrochole.

CHAPITRE XLVIII

ARGANTUA eut la charge totale de l'armée, son pere demoura en son fort [1]. Et leur donnant couraige par bonnes parolles, promist grandz dons à ceulx qui feroient quelques prouesses. Puis gaignerent le gué de Vede, et par basteaulx et pons legierement faictz passerent oultre d'une traicte. Puis considerant l'assiette de la ville, que estoit en lieu hault et adventageux, delibera celle nuyct sus ce qu'estoit de faire.

Mais Gymnaste luy dist:

« Seigneur, telle est la nature et complexion des Françoys, que ilz ne valent que à la premiere poincte. Lors ilz sont pires que diables. Mais s'ilz sejournent, ilz sont moins que femmes. Je suis d'advis que à l'heure presente, après que voz gens auront quelque peu respiré et repeu, faciez donner l'assault. »

L'advis feut trouvé bon. Adoncques produict toute son armée en plain camp, mettant les subsides du cousté de la montée. Le moyne print avecques luy six enseignes de gens de pied, et deux cens hommes d'armes, et en grande diligence traversa les marays, et gaingna au dessus le Puy jusques au grand chemin de Loudun. Ce pendent l'assault continuoit, les gens de Picrochole ne sçavoient si le meilleur estoit sortir hors et les recepvoir, ou bien guarder la ville sans bouger. Mais furieusement sortit avecques quelque bande

d'hommes d'armes de sa maison : et là feut receu et
festoyé à grandz coups de canon qui gresloient devers
les coustaux, dont les Gargantuistes se retirerent au
val, pour mieulx donner lieu à l'artillerye. Ceulx de la
ville defendoient le mieulx que povoient, mais les
traictz passoient oultre par dessus sans nul ferir. Aulcuns de la bande saulvez de l'artillerie donnerent
fierement sus nos gens, mais peu profiterent, car tous
feurent repceuz entre les ordres, et là ruez par terre.
Ce que voyans se vouloient retirer, mais ce pendent le
moyne avoit occupé le passaige. Parquoy se mirent en
fuyte sans ordre ny maintien. Aulcuns vouloient leur
donner la chasse, mais le moyne les retint, craignant
que suyvant les fuyans perdissent leurs rancz, et que
sus ce poinct ceulx de la ville chargeassent sus eulx.
Puis attendant quelque espace, et nul ne comparant à
l'encontre, envoya le duc Phrontiste pour admonester
Gargantua à ce qu'il avanceast pour gaigner le cousteau
à la gauche, pour empescher la retraicte de Picrochole
par celle porte. Ce que feist Gargantua en toute diligence, et y envoya quatre legions de la compaignie
de Sebaste, mais si tost ne peurent gaigner le hault,
qu'ilz ne rencontrassent en barbe Picrochole et ceulx
qui avecques luy s'estoient espars. Lors chargerent sus
roiddement, toutesfoys grandement feurent endommai-
gez par ceulx qui estoient sus les murs, en coupz de
traict et artillerie. Quoy voyant Gargantua en grande
puissance alla les secourir, et commença son artillerie
à hurter sus ce quartier de murailles, tant que toute la
force de la ville y feut revocquée. Le moyne voyant
celluy cousté lequel il tenoit assiegé, denué de gens et
guardes, magnanimement tyra vers le fort, et tant feist
qu'il monta sus luy, et aulcuns de ses gens, pensant
que plus de crainte[2] et de frayeur donnent ceulx qui
surviennent à un conflict, que ceulx qui lors à leur
force combattent. Toutesfoys ne feist oncques effroy[3],
jusques à ce que tous les siens eussent guaigné la
muraille, excepté les deux cens hommes d'armes qu'il

laissa hors pour les hazars. Puis s'escria horriblement
et les siens ensemble, et sans resistence tuerent les
gardes d'icelle porte, et la ouvrirent ès hommes d'armes, et en toute fiereté coururent ensemble vers la
porte de l'orient, où estoit le desarroy. Et par derriere
renverserent toute leur force. Voyans les assiegez de
tous coustez, les Gargantuistes avoir gaigné la ville [4],
se rendirent au moyne à mercy. Le moyne leurs feist
rendre les bastons et armes, et tous retirer et reserrer
par les eglises, saisissant tous les bastons des croix, et
commettant gens ès portes pour les garder de yssir.
Puis ouvrant celle porte orientale sortit au secours de
Gargantua. Mais Picrochole pensoit que le secours luy
venoit de la ville, et par oultrecuidance [5] se hazarda
plus que devant : jusques à ce que Gargantua s'escrya.
Frere Jan, mon amy, frere Jan, en bon heure
soyez venu. Adoncques congnoissant Picrochole et ses
gens que tout estoit desesperé, prindrent la fuyte en
tous endroictz. Gargantua les poursuyvit jusques près
Vaugaudry, tuant et massacrant, puis sonna la retraicte.

*Comment Picrochole fuiant feut surprins de males fortunes
et ce que feit Gargantua après la bataille.*

Chapitre XLIX

ICROCHOLE ainsi desesperé s'en fuyt
vers l'Isle Bouchart, et au chemin de
Riviere son cheval bruncha par terre,
à quoy tant feut indigné que de son
espée le tua en sa chole [1], puis, ne
trouvant personne qui le remontast
voulut prendre un asne du moulin qui
là auprès estoit, mais les meusniers le meurtrirent tout
de coups, et le destrousserent de ses habillemens, et luy
baillerent pour soy couvrir une meschante sequenye.
Ainsi s'en alla le pauvre cholericque, puis passant l'eau

au Port Huaux [2], et racontant ses males fortunes, feut
advisé par une vieille Lourpidon [3], que son royaulme
luy seroit rendu à la venue des Cocquecigrues [4] :
depuis ne sçait-on qu'il est devenu. Toutesfoys l'on
m'a dict qu'il est de present pauvre gaignedenier à
Lyon, cholere comme davant. Et tousjours se guemente[5] à tous estrangiers de la venue des Cocquecigrues,
esperant certainement scelon la prophetie de la vieille,
estre à leur venue reintegré à son royaulme. Après leur
retraicte Gargantua premierement recensa les gens, et
trouva que peu d'iceulx estoient peryz en la bataille,
sçavoir est quelques gens de pied de la bande du capitaine Tolmere [6], et Ponocrates qui avoit un coup de
harquebouze en son pourpoinct [7]. Puis les feist refraischir chascun par sa bande et commanda ès thesauriers
que ce repas leur feust defrayé et payé, et que l'on ne
feist oultrage quelconques en la ville, veu qu'elle estoit
sienne, et après leur repas ilz comparussent en la place
davant le chasteau, et là seroient payez pour six moys.
Ce que feut faict. Puis feist convenir davant soy en
ladicte place tous ceulx qui là restoient de la part de
Picrochole, esquelz, presens tous ses princes et
capitaines, parla commme s'ensuyt :

La contion que feist Gargantua ès vaincus.

CHAPITRE L

OS peres, ayeulx, et ancestres de toute
memoyre, ont esté de ce sens et
ceste nature : que des batailles par
eulx consommées ont pour signe
memorial des triumphes et victoires
plus voluntiers erigé trophées et
monumens ès cueurs des vaincuz par
grace, que ès terres par eulx conquestées par architecture. Car plus estimoient la vive souvenance des

humains acquise par liberalité, que la mute inscription
des arcs, colomnes, et pyramides, subjecte ès calamitez
de l'air, et envie d'un chascun. Souvenir assez vous
peut de la mansuetude, dont ilz userent envers les
Bretons à la journée de Sainct-Aubin du Cormier [1] : et
à la demolition de Parthenay. Vous avez entendu, et
entendent admirez le bon traictement qu'ilz feirent ès
barbares de Spagnola [2], qui avoient pillé, depopulé, et
saccaigé les fins maritimes de Olone et Thalmondoys.

Tout ce ciel a esté remply des louanges et gratula-
tions que vous-mesmes et vos peres feistes lors que
Alpharbal, roy de Canarre [3], non assovy de ses fortunes,
envahyt furieusement le pays de Onys, exercent la
piraticque en toutes les isles armoricques et regions
confines. Il feut en juste bataille navale prins et vaincu [4]
de mon pere, auquel Dieu soit garde et protecteur.
Mais quoy ? au cas que les aultres roys et empereurs,
voyre qui se font nommer catholicques, l'eussent misé-
rablement traicté, durement emprisonné, et rançonné
extrememment : il le traicta courtoisement [5], amiablement le logea avecques soy en son palays, et par
incroyable debonnaireté le renvoya en saufconduyt,
chargé de dons, chargé de graces, chargé de toutes
offices d'amytié [6]. Qu'en est-il advenu ? Luy retourné
en ses terres feist assembler tous les princes et Estatz de
son royaulme, leurs exposa l'humanité qu'il avoit en
nous cogneu et les pria sur ce deliberer en façon que
le monde y eust exemple, comme avoit jà en nous de
gracieuseté honeste, aussi en eulx de honesteté gra-
cieuse. Là feut decreté par consentement unanime, que
l'on offreroit entierement leurs terres, dommaines et
royaulme, à en faire selon nostre arbitre.

Alpharbal en propre personne soubdain retourna
avecques neuf mille trente [7] et huyt grandes naufz
oneraires, menant non seulement les thesors de sa
maison et lignée royalle, mais presque de tout le pays.
Car soy embarquant pour faire voille au vent vesten
nord-est, chascun à la foulle gettoit dedans icelles or,

argent, bagues, joyaulx, espiceries, drogues et odeurs
aromaticques, papegays, pelicans, guenons, civettes,
genettes, porcz-espicz. Poinct n'estoit filz de bonne
mere reputé, qui dedans ne gettast ce que avoit de
singulier. Arrivé que feut vouloit baiser les piedz de
mondict pere : le faict feut estimé indigne [8], et ne feut
toleré : ains fut embrassé socialement : offrit ses presens, ilz ne feurent receupz, par trop estre excessifz, se
donna mancipe et serf voluntaire, soy et sa posterité :
ce ne feut accepté, par ne sembler equitable : ceda par
le decret des Estatz ses terres et royaulme, offrant la
transaction et transport signé, seellé et ratifié de tous
ceulx qui faire le debvoient : ce fut totalement refusé,
et les contractz gettés au feu. La fin feut, que mon
dict pere commença lamenter de pitié et pleurer copieusement, considerant le franc vouloir et simplicité des
Canarriens : et par motz exquis et sentences congrues
diminuoit le bon tour qu'il leur avoit faict, disant ne
leur avoit faict bien qui feut à l'estimation d'un bouton [9], et si rien d'honnesteté leur avoit monstré, il
estoit tenu de ce faire. Mais tant plus l'augmentoit
Alpharbal. Quelle feut l'yssue ? En lieu que pour sa
rançon prinze à toute extremité, eussions peu [10] tyran-
nicquement exiger vingt foys cent mille escutz et retenir
pour houstaigers ses enfans aisnez, ilz se sont faictz
tributaires perpetuelz, et obligez nous bailler par chascun an deux millions d'or affiné à vingt quatre karatz.
Ilz nous feurent l'année premiere icy payez : la seconde
de franc vouloir en paierent vingt trois cens mille
escuz : la tierce vingt six cens mille, la quarte troys
millions, et tant tousjours croissent de leur bon gré, que
serons contrainctz leurs inhiber de rien plus nous
apporter. C'est la nature de gratuité. Car le temps, qui
toutes choses ronge et diminue, augmente, et accroist
les biensfaictz, parce qu'un bon tour liberalement faict
à homme de raison, croist continuement par noble
pensée et remembrance. Ne voulant doncques aulcunement degenerer de la debonnaireté hereditaire de

mes parens, maintenant je vous absoluz, et delivre, et vous rends francs et liberes comme par avant.

D'abondant, serez à l'yssue des portes payez chascun pour troys moys[11], pour vous pouvoir retirer en voz maisons et familles, et vous conduiront en saulveté six cens hommes d'armes et huyct mille hommes de pied soubz la conduicte de mon escuyer Alexandre, affin que par les paisans ne soyez oultragez. Dieu soit avecques vous. Je regrette de tout mon cueur que n'est icy Picrochole. Car je luy eusse donné à entendre que sans mon vouloir, sans espoir de accroistre ny mon bien, ny mon nom, estoit faicte ceste guerre. Mais puis qu'il est esperdu, et ne sçayt on où, ny comment est esvanouy, je veulx que son royaulme demeure entier à son filz. Lequel par ce qu'est par trop bas d'eage, (car il n'a encores cinq ans accomplyz) sera gouverné et instruict par les anciens princes et gens sçavans du royaulme. Et par autant qu'un royaulme ainsi desolé, seroit facilement ruiné, si on ne refrenoit la convoytise et avarice des administrateurs d'icelluy : je ordonne et veux que Ponocrates soit sus tous ses gouverneurs entendant[12], avecques auctorité à ce requise, et assidu avecques l'enfant : jusques à ce qu'il le congnoistra idoine de povoir par soy regir et regner. Je considere que facilité trop enervée et dissolue de pardonner ès malfaisans leur est occasion de plus legierement derechief mal faire par ceste pernicieuse confiance de grace. Je considere que Moyse, le plus doulx homme qui de son temps feust sus la terre, aigrement punissoit les mutins et seditieux on peuple de Israel. Je considere que Jules Cesar, empereur tant debonnaire, que de luy dict Ciceron, que sa fortune[13] rien plus souverain n'avoit, sinon qu'il pouvoit : et sa vertus meilleur n'avoit, sinon qu'il vouloit tousjours sauver, et pardonner à un chascun : icelluy toutesfoys ce non obstant, en certains endroictz punit rigoureusement les aucteurs de rébellion. A ces exemples je veulx que me livrez avant le departir : premierement ce beau Marquet, qui a esté source et

cause premiere de ceste guerre par sa vaine oultrecuidance. Secondement ses compaignons fouaciers, qui
feurent negligens de corriger sa teste folle sus l'instant.
Et finablement tous les conseilliers, capitaines, officiers
et domestiques de Picrochole : lesquelz le auroient
incité, loué, ou conseillé de sortir ses limites[14] pour
ainsi nous inquieter.

---

*Comment les victeurs gargantuistes feurent recompensez
après la bataille.*

Chapitre LI

ESTE concion faicte par Gargantua,
feurent livrez les seditieux par luy
requis : exceptez Spadassin, Merdaille
et Menuail : lesquelz estoient fuyz six
heures davant la bataille, l'un jusques
au col de Laignel, d'une traicte, l'aultre jusques au val de Vyre, l'aultre
jusques à Logroine, sans derriere soy reguarder, ny
prandre alaine par chemin, et deux fouaciers, lesquelz
perirent en la journée. Aultre mal ne leurs feist Gargantua, sinon qu'il les ordonna pour tirer les presses à
son imprimerie[1] : laquelle il avoit nouvellement instituée. Puis ceulx qui là estoient mors il feist honorablement inhumer en la vallée des Noirettes, et au camp de
Bruslevieille. Les navrés il feist panser et traicter en son
grand Nosocome. Après advisa ès dommaiges faictz en
la ville et habitants : et les feist rembourcer de tous leurs
insteretz à leur confession et serment. Et y feist bastir
un fort chasteau : y commettant gens et guet pour à
l'advenir mieulx soy defendre contre les soubdaines
esmeutes.

Au departir, remercia gratieusement tous les soub-
dars de ses legions, qui avoient esté à ceste defaicte, et
les renvoya hyverner en leurs stations et guarnisons.

24

Exceptez aulcuns de la legion decumane [2], lesquelz il avoit veu en la journée faire quelques prouesses : et les capitaines des bandes, lesquelz il amena avecqués soy devers Grandgousier.

A la veue et venue d'iceulx le bon homme feut tant joyeux, que possible ne seroit le descripre. Adonc leurs feist un festin le plus magnificque, le plus abundant et plus delitieux, que feust veu depuis le temps du roy Assuere. A l'issue de table il distribua à chascun d'iceulx tout le parement de son buffet, qui estoit au poys de dis huyt cent mille quatorze bezans d'or [3], en grands vases d'antique, grands potz, grands bassins, grands tasses, couppes, potetz, candelabres, calathes, nacelles, violiers, drageouoirs, et aultre telle vaisselle toute d'or massif, oultre la pierrerie, esmail et ouvraige, qui, par estime de tous excedoit en pris la matiere d'iceulx. Plus, leur feist compter de ses coffres à chascun douze cens mille escutz contens. Et d'abundant à chascun d'iceulx donna à perpetuité (excepté s'ilz mouroient sans hoirs) ses chasteaulx et terres voizines, selon que plus leurs estoient commodes.

A Ponocrates donna la Rocheclermaud, à Gymnaste le Couldray, à Eudemon Montpensier, le Rivau, à Tolmere, à Ithybole, Montsoreau, à Acamas Candé, Varenes, à Chironacte, Gravot, à Sebaste, Quinquenays, à Alexandre, Ligré, à Sophrone, et ainsi de ses aultres places.

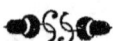

*Comment Gargantua feist bastir pour le moyne l'abbaye
de Theleme.*

CHAPITRE LII

ESTOIT seulement le moyne à pourvoir. Lequel Gargantua vouloit faire abbé de Seuillé : mais il le refusa. Il luy voulut donner l'abbaye de Bourgueil, ou de Sainct Florent, laquelle mieulx luy duiroit, ou toutes deux, s'il les prenoit à gré. Mais le moyne luy fist responce peremptoire, que de moynes il ne vouloit charge ny gouvernement.

« Car comment (disoit-il) pourroy je gouverner aultruy, qui moy mesmes gouverner ne sçaurois [1] ? Si vous semble que je vous aye faict, et que puisse à l'advenir faire service agreable, oultroyez-moi de fonder une abbaye à mon devis. »

La demande pleut à Gargantua, et offrit tout son pays de Theleme jouste la riviere de Loyre, à deux lieues de la grande forest du Port-Huault. Et requist à Gargantua qu'il instituast sa religion au contraire de toutes aultres.

« Premierement doncques (dist Gargantua) il n'y fauldra jà bastir murailles au circuit : car toutes aultres abbayes sont fierement murées.

— Voyre, dist le moyne, et non sans cause : où mur y a et davant et derriere, y a force murmur [2], envie, et conspiration mutue. »

Davantaige veu que en certains convents de ce monde[3] est en usance : que, si femme aulcune y entre (j'entends des preudes et pudicques) on nettoye la place par laquelle elles ont passé, feut ordonné que si religieux ou religieuse y entroit par cas fortuit, on nettoiroit curieusement tous les lieulx par lesquelz auroient passé. Et parce que ès religions de ce monde tout compassé, limité, et reiglé par heures, feut

decreté que là ne seroit horrologe ny quadrant aulcun.
Mais selon les occasions et oportunitez seroient toutes
les œuvres dispensées.

« Car (disoit Gargantua) la plus vraye perte du
temps qu'il sceust, estoit de compter les heures [4]. Quel
bien en vient il ? Et la plus grande resverie du monde
estoit soy gouverner au son d'une cloche , et non au
dicté de bon sens et entendement. »

Item, parce qu'en icelluy temps on ne mettoit en
religion des femmes, sinon celles qui estoient borgnes,
boyteuses, bossues [5], laydes, defaictes , folles , insen-
sées , maleficiées, et tarées : ny les hommes sinon
catarrez, mal nez , niays et empesche de maison [6].

« A propos (dist le moyne) une femme qui n'est
ny belle ny bonne, à quoy vault toille ?

— A mettre en religion, dist Gargantua.

— Voyre, dist le moyne, et à faire des chemises. »

Feut ordonné que là ne seroient repceues sinon les
belles, bien formées, et bien naturées [7] : et les beaulx,
bien formez , et bien naturez. Item , parce que ès
conventz des femmes ne entroient les hommes si non
à l'emblée et clandestinement : feut decreté que jà ne
seroient là les femmes au cas que n'y feussent les
hommes : ny les hommes en cas que n'y feussent les
femmes. Item, parce que tant hommes que femmes
une foys repceuez en religion après l'an de probation
estoient forcez et astrinctz y demeurer perpetuellement
leur vie durante, feust estably que tant hommes que
femmes là repceuz, sortiroient quand bon leurs sem-
bleroit franchement et entierement. Item , parce que
ordinairement les religieux faisoient troys veuz : sçavoir
est de chasteté, pauvreté, et obedience : fut constitué,
que là honorablement on peult estre marié, que chascun
feut riche, et vesquist en liberté.

Au reguard de l'eage legitime, les femmes y estoient
repceues depuis dix jusques à quinze ans : les hommes
depuis douze jusques à dix et huict.

Comment feut bastie et dotée l'abbaye des Thelemites.

Chapitre LIII

OUR le bastiment, et assortiment de l'abbaye Gargantua feist livrer de content vingt et sept cent mille huyt cent trente et un mouton à la grand laine [1], et par chascun an jusques à ce que le tout feust parfaict assigna sus la recepte de la Dive[2] seze cent soixante et neuf mille escuz au soleil et aultant à l'estoille poussiniere [3]. Pour la fondation et entretenement d'icelle donna à perpetuité vingt troys cent soixante-neuf mille cinq cens quatorze nobles à la rose de rente fonciere, indemnez, amortyz et solvables par chascun an à la porte de l'abbaye. Et de ce leur passa belles lettres. Le bastiment feut en figure exagone en telle façon que à chascun angle estoit bastie une grosse tour ronde à la capacité de soixante pas en diametre. Et estoient toutes pareilles en grosseur et protraict. La riviere de Loyre decoulloit sus l'aspect de septentrion. Au pied d'icelle estoit une des tours assise, nommée Artice. Et tirant vers l'orient estoit une aultre nommée Calaer. L'aultre ensuivant Anatole. L'aultre après Mesembrine. L'aultre après Hesperie. La derniere Cryere. Entre chascune tour estoit espace de troys cent douze pas. Le tout basty à six estages, comprenent les caves soubz terre pour un. Le second estoit voulté à la forme d'une anse de panier. Le reste estoit embrunché de guy de Flandres[4] à forme de culz de lampes, le dessus couvert d'ardoize fine : avec l'endousseure de plomb à figures de petitz manequins[5] et animaulx bien assortiz et dorez, avec les goutieres que yssoient hors la muraille entre les croyzées, pinctes en figure diagonale de or et azur, jusques en terre, où finissoient en grands eschenaulx qui tous conduisoient en la riviere par dessoubz le logis.

Ledict bastiment estoit cent foys plus magnificque que n'est Bonivet, ne Chambourg, ne Chantilly [6]. Car en ycelluy estoient neuf mille troys cens trente et deux chambres : chascune guarnie de arriere-chambre, cabinet, guarderobbe, chapelle, et yssue en une grande salle. Entre chascune tour au mylieu dudict corps de logis, estoit une viz brizée dedans icelluy mesmes corps. De laquelle les marches estoient part de porphyre, part de pierre numidicque, part de marbre serpentin : longues de vingt deux piedz : l'espesseur estoit de troys doigtz, l'assiete [7] par nombre de douze entre chascun repous. En chascun repous estoient deux beaulx arceaux d'antique, par lesquelz estoit repceu la clarté : et par iceulx on entroit en un cabinet faict à clerevoys de largeur de ladicte viz : et montoit jusques au dessus la couverture, et là finoit en pavillon [8]. Par icelle viz on entroit de chascun cousté en une grande salle, et des salles ès chambres. Depuis la tour Artice jusques à Cryere estoient les belles grandes librairies en grec, latin, hebrieu, françoys, tuscan, et hespaignol : disparties par les divers estaiges selon iceulx langaiges. Au mylieu estoit une merveilleuse viz, de laquelle l'entrée estoit par le dehors du logis en un arceau large de six toizes. Icelle estoit faicte en telle symmetrie et capacité, que six hommes d'armes la lance sus la cuisse povoient de front ensemble monter jusques au dessus de tout le bastiment. Depuis la tour Anatole jusques à Mesembrine estoient belles grandes galleries toutes pinctes des antiques prouesses histoires et descriptions de la terre. Au milieu estoit une pareille montée et porte comme avons dict du cousté de la riviere. Sus icelle porte estoit escript en grosses lettres antiques ce que s'ensuit.

Inscription mise sus la grande porte de Theleme.

CHAPITRE LIV

Cy n'entrez pas hypocrites, bigotz,
Vieulx matagots [1], marmiteux borsouflez [2],
Torcoulx [3], badaulx plus que n'estoient les Gotz
Ny Ostrogotz, precurseurs des Magotz [4],
Haires [5], cagotz, caffars empantouflez,
Gueux mitouflez, frapars escorniflez [6],
Befflez, enflez, fagoteurs de tabus,
Tirez ailleurs pour vendre voz abus.

    Voz abus meschans
    Rempliroient mes camps
    De meschanceté,
    Et par faulseté
    Troubleroient mes chants
    Vos abus meschans.

Cy n'entrez pas maschefains practiciens [7],
Clers, basauchiens, mangeurs du populaire,
Officiaulx, scribes, et pharisiens,
Juges, anciens, qui les bons parroiciens
Ainsi que chiens mettez au capulaire [8].
Vostre salaire est au patibulaire,
Allez y braire : icy n'est faict excès,
Dont en voz cours on deust mouvoir procès.

    Procès et debatz
    Peu font cy d'ebatz,
    Où l'on vient s'esbatre.
    A vous pour debatre
    Soient en pleins cabatz
    Procès et debatz.

Cy n'entrez pas vous usuriers chichars,
Briffaulx, leschars, qui tousjours amassez [9],
Grippeminaulx, avalleurs de frimars,
Courbez, camars, qui en vos coquemars[10]
De mille marcs[11] jà n'auriez assez.
Poinct esguassez n'estes quand cabassez
Et entassez[12], poiltrons à chicheface[13].
La male mort en ce pas vous deface.

    Face non humaine
    De telz gens qu'on maine
    Raire ailleurs : ceans
    Ne seroit seans
    Vuidez ce dommaine
    Face non humaine.

Cy n'entrez pas, vous, rassotez mastins,
Soirs ny matins, vieux chagrins et jalous :
Ny vous aussi seditieux mutins,
Larves, lutins, de dangier palatins[14],
Grecz ou Latins, plus à craindre que loups ;
Ny vous gualous verollez jusqu'à l'ous :
Portez voz loups ailleurs paistre en bonheur,
Croustelevez remplis de deshonneur[15].

    Honneur, los, deduict,
    Ceans est deduict
    Par joyeux acords.
    Tous sont sains au corps.
    Par ce bien leur duict[16]
    Honneur, los, deduict.

Cy entrez vous, et bien soyez venuz
Et parvenuz, tous nobles chevaliers.
Cy est le lieu où sont les revenuz
Bien advenuz : afin que entretenuz,
Grands et menuz, tous soyez à milliers.
Mes familiers serez et peculiers,
Frisques, gualliers, joyeux, plaisans mignons[17],
En general tous gentilz compaignons.

Compaignons gentilz,
Serains et subtilz,
Hors de vilité,
De civilité
Cy sont les houstilz[18],
Compaignons gentilz.

Cy entrez vous qui le sainct Evangile
En sens agile annoncez, quoy qu'on gronde :
Ceans aurez un refuge et bastille
Contre l'hostile erreur, qui tant postille
Par son faulx stile empoizonner le monde[19] :
Entrez, qu'on fonde icy la foy profonde,
Puis qu'on confonde, et par voix, et par rolle,
Les ennemys de la saincte parolle.

La parolle saincte
Jà ne soit extaincte
En ce lieu tressainct.
Chascun en soit ceinct,
Chascune ay enceincte
La parolle saincte.

Cy entrez vous, dames de hault paraige[20]
En franc couraige. Entrez-y en bon heur,
Fleurs de beaulté, à celeste visaige,
A droit corsaige, à maintien prude et saige,
En ce passaige est le sejour d'honneur.
Le hault seigneur, qui du lieu fut donneur
Et guerdonneur, pour vous l'a ordonné,
Et pour frayer à tout prou or donné[21].

Or donné par don
Ordonne pardon
A cil qui le donne,
Et tresbien guerdonne
Tout mortel preud'hom
Or donné par don.

Comment estoit le manoir des Thelemites.

CHAPITRE LV

 U millieu de la basse court estoit une fontaine magnificque de bel alabastre. Au dessus les troys Graces avecques cornes d'abondance. Et gettoient l'eau par les mammelles, bouche, aureilles, yeulx, et aultres ouvertures du corps. Le dedans du logis sus la dicte basse court estoit sus gros pilliers de cassidoine et porphyre, à beaulx ars d'antique. Au dedans desquelz estoient belles gualeries longues et amples, aornées de pinctures, et cornes de cerfz, licornes, rhinoceros, hippopotames, dens de elephans [1], et aultres choses spectables. Le logis des dames comprenoit depuis la tour Artice, jusques à la porte Mesembrine. Les hommes occupoient le reste. Devant ledict logis des dames, affin qu'elles eussent l'esbatement, entre les deux premieres tours, au dehors, estoient les lices, l'hippodrome, le theatre, et natatoires, avecques les bains mirificques à triple solier [2], bien garniz de tous assortemens et foyzon d'eau de myre. Jouxte la riviere estoit le beau jardin de plaisance. Au millieu d'icelluy le beau labirynte. Entre les deux aultres tours estoient les jeux de paulme et de grosse balle [3]. Du costé de la tour Cryere estoit le vergier plein de tous arbres fructiers, toutes ordonnées en ordre quincunce. Au bout estoit le grand parc, foizonnant en toute beste sauvagine. Entre les tierces tours estoient les butes pour l'arquebuse, l'arc et l'arbaleste ; les offices hors la tour Hesperie, à simple estaige. L'escurye au delà des offices. La faulconnerie au davant d'icelles, gouvernée par asturciers bien expers en l'art. Et estoit annuellement fournie par les Candiens, Venitiens, et Sarmates, de toutes sortes d'oiseaux paragons, aigles, gerfaulx, autours, sacres,

laniers, faulcons, esparviers, esmerillons, et aultres : tant bien faictz et domestiquez que, partans du chasteau pour s'esbatre ès champs prenoient tout ce que rencontroient. La venerie estoit un peu plus loing tyrant vers le parc.

Toutes les salles, chambres, et cabinetz estoient tapissez en diverses sortes selon les saisons de l'année. Tout le pavé estoit couvert de drap verd. Les lictz estoient de broderie. En chascune arriere chambre estoit un miroir de christallin[4] enchassé en or fin, au tour garny de perles, et estoit de telle grandeur, qu'il povoit veritablement representer toute la personne. A l'issue des salles du logis des dames estoient les parfumeurs et testonneurs, par les mains desquelz passoient les hommes quant ilz visitoient les dames. Iceulx fournissoient par chascun matin les chambres des dames, d'eau rose, d'eau de naphe [5], et d'eau d'ange, et à chascune la precieuse cassollette vaporante de toutes drogues aromatiques.

Comment estoient vestuz les religieux et religieuses de Theleme.

Chapitre LVI

ES dames au commencement de la fondation se habilloient à leur plaisir et arbitre. Depuis feurent reforméez par leur franc vouloir en la façon que s'ensuyt. Elles portoient chausses d'escarlatte, ou de migraine [1], et passoient lesdictes chausses le genoul au dessus par troys doigtz, justement. Et ceste liziere estoit de quelques belles broderies et descoupeures. Les jartieres estoient de la couleur de leurs bracelletz, et comprenoient le genoul au dessus et dessoubz.

Les souliers, escarpins, et pantoufles de velours

cramoizi rouge, ou violet, deschicquettées à barbe d'escrevisse.

Au dessus de la chemise vestoient la belle vasquine [2] de quelque beau camelot de soye. Sus icelle vestoient la verdugale de tafetas blanc, rouge, tanné, grys, etc. Au dessus, la cotte de tafetas d'argent faict à broderies de fin or et à l'agueille entortillé, ou selon que bon leur sembloit, et correspondent à la disposition de l'air, de satin, damas, velours, orangé, tanné, verd, cendré, bleu, jaune, clair, rouge, cramoyzi, blanc, drap d'or, toille d'argent, de canetille, de brodure, selon les festes. Les robbes selon la saison, de toile d'or à frizure d'argent, de satin rouge, couvert de canetille d'or, de tafetas blanc, bleu, noir, tanné, sarge de soye, camelot de soye, velours, drap d'argent, toille d'argent, or traict, velours ou satin porfilé d'or en diverses protraictures. En esté quelques jours en lieu de robbes portoient belles marlottes des parures susdictes, ou quelques bernes à la moresque [3], de velours violet à frizure d'or sus canetille d'argent, ou à cordelieres d'or guarnies aux rencontres de petites perles indicques. Et tousjours le beau panache scelon les couleurs des manchons et bien guarny de papillettes d'or [4]. En hyver, robbes de tafetas des couleurs comme dessus : fourrées de loups cerviers, genettes noires, martres de Calabre, zibelines et aultres fourrures precieuses. Les patenostres, anneaulx, jazerans, carcans, estoient de fines pierreries, escarboucles, rubys, balays, diamans, saphiz, esmeraudes, turquoyzes, grenatz, agathes, berilles, perles et unions d'excellence.

L'acoustrement de la teste estoit selon le temps. En hyver à la mode françoyse. Au printemps à l'espagnole. En esté à la tusque. Exceptez les festes et dimanches, esquelz portoient accoustrement françoys, par ce qu'il est plus honorable, et mieulx sent la pudicité matronale. Les hommes estoient habillez à leur mode : chausses pour le bas d'estamet, ou serge drapée d'escarlatte, de migraine, blanc ou noir [5]. Les hault de

velours d'icelles couleurs, ou bien près approchantes :
brodées et deschicquetées selon leur invention. Le
pourpoint de drap d'or, d'argent, de velours, satin,
damas, tafetas, de mesmes couleurs, deschicquettés,
broudez, et acoustrez en paragon. Les aguillettes de
soye de mesmes couleurs, les fers d'or bien esmaillez.
Les sayez et chamarres de drap d'or, toille d'or, drap
d'argent, velours porfilé à plaisir. Les robbes autant
precieuses comme des dames. Les ceinctures de soye
des couleurs du pourpoinct, chascun la belle espée au
cousté, la poignée dorée, le fourreau de velours de la
couleur des chausses, le bout d'or, et de orfevrerie. Le
poignart de mesmes.

Le bonnet de velours noir, garny de force bagues et
boutons d'or [6]. La plume blanche par dessus mignonnement, partie à paillettes d'or : au bout desquelles
pendoient en papillettes, beaulx rubiz, esmerauldes,
etc. Mais telle sympathie estoit entre les hommes et les
femmes, que par chascun jour ilz estoient vestuz de
semblable parure. Et pour à ce ne faillir estoient certains gentilz hommes ordonnez pour dire ès hommes
par chascun matin, quelle livrée les dames vouloient en
icelle journée porter. Car le tout estoit faict selon
l'arbitre des dames. En ces vestemens tant propres et
accoustremens tant riches, ne pensez que eulx ny elles
perdissent temps aulcun, car les maistres des garde-
robbes avoient toute la vesture tant preste par chascun
matin : et les dames de chambre tant bien estoient
aprinses, que en un moment elles estoient prestes et
habillez de pied en cap.

Et pour iceulx acoustremens avoir en meilleur
oportunité, au tour du boys de Theleme estoit un
grand corps de maison long de demye lieue, bien clair
et assorty, en laquelle demouroient les orfevres, lapidaires, brodeurs, tailleurs, tireurs d'or, veloutiers,
tapissiers, et aultelissiers, et là œuvroient chascun de
son mestier, et le tout pour les susdictz religieux et
religieuses.

Iceulx estoient fourniz de matiere et estoffe par les mains du seigneur Nausiclete [7], lequel par chascun an leurs rendoit sept navires des isles de Perlas et Canibabes, chargées de lingotz d'or, de soye crue, de perles et pierreries. Si quelques unions tendoient à vetusté , et changeoient de naïfve blancheur, icelles par leur art renouvelloient[8] en les donnant à manger à quelques beaulx cocqs, comme on baille cure ès faulcons.

Comment estoient reiglez les Thelemites à leur maniere de vivre.

CHAPITRE LVII

OUTE leur vie estoit employée non par loix, statuz ou reigles, mais selon leur vouloir et franc arbitre. Se levoient du lict quand bon leur sembloit : beuvoient, mangeoient, travailloient, dormoient quand le desir leur venoit. Nul ne les esveilloit, nul ne les parforceoit ny à boire, ny à manger, ny à faire chose aultre quelconcques. Ainsi l'avoit estably Gargantua.

En leur reigle n'estoit que ceste clause. FAY CE QUE VOULDRAS.

Parce que gens liberes, bien nez , bien instruictz , conversans en compaignies honnestes, ont par nature un instinct, et aguillon, qui tousjours les poulse à faictz vertueux, et retire de vice, lequel ilz nommoient honneur. Iceulx quand par vile subjection et contraincte sont deprimez et asserviz, detournent la noble affection par laquelle à vertuz franchement tendoient, à deposer et enfraindre ce joug de servitude. Car nous entreprenons tousjours choses deffendues et convoitons ce que nous est denié.

Par ceste liberté entrerent en louable emulation de

faire tous ce que à un seul voyoient plaire. Si quelq'un
ou quelcune disoit « Beuvons, » tous buvoient. Si
disoit « Jouons, » tous jouoient. Si disoit : « Allons à
l'esbat ès champs, » tous y alloient.

Si c'estoit pour voller ou chasser, les dames montées
sus belles hacquenées avecques leurs palefroy gourrier,
sus le poing mignonnement enguantelé portoient [1]
chascune, ou un esparvier, ou un laneret, ou un
esmerillon : les hommes portoient les aultres oyseaulx.

Tant noblement estoient apprins, qu'il n'estoit entre
eux celluy, ne celle qui ne sceust lire, escripre, chanter,
jouer d'instrumens harmonieux, parler de cinq et six
langaiges, et en iceulx composer tant en carme[2] que
en oraison solue.

Jamais ne feurent veuz chevaliers tant preux, tant
gualans, tant dextres à pied, et à cheval, plus vers,
mieulx remuans, mieulx manians tous bastons[3], que
là estoient. Jamais ne feurent veues dames tant propres,
tant mignonnes, moins fascheuses, plus doctes à la
main, à l'agueille, à tout acte muliebre honneste et
libere, que là estoient.

Par ceste raison, quand le temps venu estoit que
aulcun d'icelle abbaye, ou à la requeste de ses parens,
ou pour aultres causes voulust issir hors, avecques soy
il emmenoit une des dames, celle laquelle l'auroit prins
pour son devot[4], et estoient ensemble mariez. Et si
bien avoient vescu à Theleme en devotion et amytié,
encores mieulx la continuoient ilz en mariaige, d'autant
se entreaymoient ilz à la fin de leurs jours, comme le
premier de leurs nopces. Je ne veulx oublier vous
descripre un enigme qui fut trouvé aux fondemens de
l'abbaye en une grande lame de bronze. Tel estoit
comme s'ensuyt.

Enigme en prophetie.

Chapitre LVIII

Pauvres humains qui bon heur attendez,
Levez vos cueurs, et mes dictz entendez.
S'il est permis de croyre fermement
Que par les corps qui sont au firmament,
Humain esprit de soy puisse advenir
A prononcer les choses à venir :
Ou si l'on peut par divine puissance
Du sort futur avoir la congnoissance,
Tant que l'on juge en asseuré discours
Des ans loingtains la destinée et cours,
Je fois sçavoir à qui le veult entendre,
Que cest hyver prochain, sans plus attendre,
Voyre plus tost, en ce lieu où nous sommes
Il sortira une maniere d'hommes,
Las du repoz, et faschez du sejour,
Qui franchement iront, et de plein jour,
Subourner gens de toutes qualitez
A different et partialitez.
Et qui vouldra les croyre et escouter
(Quoy qu'il en doibve advenir et couster)
Ilz feront mettre en debatz apparentz
Amys entre eulx et les proches parents :
Le filz hardy ne craindra l'impropere
De se bender contre son propre pere,
Mesmes les grandz de noble lieu sailliz
De leurs subjectz se verront assailliz,
Et le debvoir d'honneur et reverence
Perdra pour lors tout ordre et difference,
Car ilz diront que chascun à son tour
Doibt aller hault, et puis faire retour,
Et sur ce poinct aura tant de meslées,
Tant de discordz, venues, et allées,

Que nulle histoyre, où sont les grands merveilles
A faict recit d'esmotions pareilles.
Lors se verra maint homme de valeur ,
Par l'esguillon de jeunesse et chaleur
Et croire trop ce fervent appetit,
Mourir en fleur, et vivre bien petit :
Et ne pourra nul laisser cest ouvrage,
Si une fois il y met le couraige,
Qu'il n'ayt emply par noises et debatz
Le ciel de bruit, et la terre de pas.
Alors auront non moindre authorité
Hommes sans foy, que gens de verité :
Car tous suyvront la creance et estude
De l'ignorante et sotte multitude.
Dont le plus lourd sera receu pour juge.
O dommaigeable et penible deluge,
Deluge (dy-je) et à bonne raison,
Car ce travail ne perdra sa saison
Ny n'en sera delivrée la terre :
Jusques à tant qu'il en sorte à grand erre
Soubdaines eaux, dont les plus attrempez
En combatant seront pris et trempez,
Et à bon droict : car leur cueur adonné
A ce combat, n'aura point perdonné
Mesme aux troppeaux des innocentes bestes ,
Que de leurs nerfz, et boyaulx deshonnestes
Il ne soit faict, non aux dieux sacrifice,
Mais aux mortelz ordinaire service.
Or maintenant je vous laisse penser
Comment le tout se pourra dispenser,
Et quel repoz en noise si profonde
Aura le corps de la machine ronde.
Les plus heureux, qui plus d'elle tiendront,
Moins de la perdre et gaster s'abstiendront,
Et tascheront en plus d'une maniere
A l'asservir et rendre prisonniere,
En tel endroict que la pauvre deffaicte
N'aura recours que à celluy qui l'a faicte :

26

Et pour le pis de son triste accident,
Le clair soleil, ains que estre en Occident,
Lairra espandre obscurité sur elle,
Plus que d'eclipse, ou de nuyct naturelle :
Dont en un coup perdra sa liberté,
Et du haut ciel la faveur et clarté,
Ou pour le moins demeurera deserte.
Mais elle, avant ceste ruyne et perte,
Aura longtemps monstré sensiblement
Un violent et si grand tremblement,
Que lors Ethna ne feust tant agitée,
Quand sur un filz de Titan fut jectée,
Et plus soubdain ne doibt estre estimé
Le mouvement que feit Inarimé
Quand Tiphœus si fort se despita,
Que dens la mer les montz precipita.
Ainsi sera en peu d'heure rengée
A triste estat, et si souvent changée,
Que mesme ceulx qui tenue l'auront
Aux survenans occuper la lairront.
Lors sera près le temps bon et propice
De mettre fin à ce long exercice :
Car les grands eaulx dont oyez deviser
Feront chascun la retraicte adviser.
Et toutesfoys devant le partement,
On pourra veoir en l'air apertement
L'aspre chaleur d'une grand flamme esprise,
Pour mettre à fin les eaux et l'entreprise.
Reste en après ces accidens parfaictz
Que les esleuz joyeusement refaictz
Soient de tous biens, et de manne celeste,
Et d'abondant par recompense honneste
Enrichiz soient. Les aultres en la fin
Soient denuez. C'est la raison, affin
Que ce travail en tel poinct terminé,
Un chascun ayt son sort predestiné.
Tel feut l'accord. O qu'est à reverer
Cil qui en fin pourra perseverer.

La lecture de cestuy monument parachevée, Gargantua souspira profondement, et dist ès assistans.

« Ce n'est de maintenant que les gens reduictz à la creance evangelique sont persecutez. Mais bien heureux est celluy qui ne sera scandalizé et qui tousjours tendra au but, au blanc, que Dieu par son cher filz nous a prefix, sans par ses affections charnelles estre distraict ny diverty. »

Le moyne dist. « Que pensez vous en vostre entendement estre par cest enigme designé et signifié ?

— Quoy ? dist Gargantua, le decours et maintien de verité divine.

— Par sainct Goderan[1] (dist le moyne) telle n'est mon exposition. Le stille est de Merlin le prophète[2]. Donnez y allegories et intelligences tant graves que vouldrez : et y ravassez, vous et tout le monde, ainsy que vouldrez. De ma part, je n'y pense aultre sens enclous qu'une description du jeu de paulme soubz obscures parolles. Les suborneurs de gens sont les faiseurs de parties, qui sont ordinairement amys. Et après les deux chasses faictes, sort hors le jeu celluy qui y estoit et l'aultre y entre. On croyt le premier qui dict si l'esteuf est sus ou soubz la chorde. Les eaulx sont les sueurs : les chordes des raquettes sont faictes de boyaux de moutons ou de chevres. La machine ronde est la pelote ou l'esteuf. Après le jeu on se refraischist devant un clair feu et change l'on de chemise. Et voluntiers bancquete l'on, mais plus joyeusement ceulx qui ont guaingné. Et grand chere. »

Fin.

Imprimé à Lyon par Françoys Juste.

REMARQUES

HISTORIQUES ET CRITIQUES

PAR

LE DUCHAT

REMARQUES HISTORIQUES & CRITIQUES

Sur la Vie tres horrificque

DU GRAND GARGANTUA

Père de Pantagruel

PROLOGE

1 *Prologe de l'Auteur*] Toutes les éditions ont *Prologue* en tête des Prologues des III. derniers livres, mais dans celle de 1553. *Prologue* au devant du l. I. eſt orthographié *Prologe*, & de même au devant du l. II. comme déja dans la même édition, & dans celle de Dolet, ceux que les éditions poſtérieures appellent *Philologues* ſont apelez *Philologes*. La raiſon que j'ai pu trouver de cette différence, c'eſt que ſous le nom de *Prologe*, Rabelais aura peut-être entendu proprement une *Préface*, & que de *Prologium*, qui ſe trouve dans Plaute, il aura fait *Prologe*, comme *éloge* a été fait d'*elogium*. Auſſi n'eſt-ce pas dans un ſens abſolu qu'il emploie le mot de *Prologe*, comme on trouve celui de *Prologue* au devant du l. III. où ce mot ſemble venir proprement de *Prologus*, mais il met tout de ſuite *Prologe de l'Auteur*, ce qui donne l'idée d'un *Avant-propos*. Cependant, comme c'eſt de *Philologus* qu'il a fait *Philologe*, il ſemble que chez lui *Prologe* doive pareillement venir de *Prologus*. D'ailleurs, Rabelais qui en tête du l. III. a dit *Prologue*, tout court, a dit en tête du l. IV. *Prologue de l'Auteur*, ce qui ſemble convenir également à une Préface, & à la perſonne qui y parle. De tout cela je conclus, que dans les deux premiers livres Rabelais a affecté d'écrire *Prologe*, à l'antique, mais que dans la ſuite il s'eſt dégoûté de cette orthographe.

2 *Beuveurs tresilluftres, & vous Verolez tresprecieux*] Et au Prol. du l. III. *Beuveurs tres-illuftres, & vous Goutteux tres-precieux.* C'eft-à-dire : *Nobles bûveurs, & vous, chers amis, les Goutteux & les Vêrolez.* C'eft un ufage fondé fur le foible des Patrons, que d'exalter leur *nobleffe* dans une Epître dédicatoire ; & c'en eft un autre, établi fur la tendreffe qu'un Auteur a naturellement pour fon Ouvrage, que de demander grace, & pour lui-même & pour fon livre dans une Préface, en traitant de *cher ami*, un Lecteur à qui elle s'adreffe. Sur ce pié-là Rabelais appelle *Illuftres* les bûveurs, par rapport à la *nobleffe* de leurs inclinations, & tant les Vérolez que les Goutteux font fes chers amis, qu'il cherche à foulager par la lecture de fon livre, en attendant qu'il puiffe les vifiter comme fes meilleures pratiques.

3 *A vous, non à aultres sont dediez mes escriptz*] Au chap. 27. du préfent livre : *jamais homme noble ne haït le bon vin.* Et l. 2. chap. 1. *Grégeois gentils qui furent bûveurs éternels.* Encore au chap. 33. du l. 3. *Le noble Pontife aimoit le bon vin, comme fait tout homme de bien.* Et l. 5. chap. 46. *Penfer moquer un fi noble trinqueur.* Au chap. 38. du même livre 5. *chalcedoine tres-cher* veut dire tres precieux caffidoine. Je fais bien que le Scholiafte de Hollande a expliqué autrement *illuftres & précieux*, mais il eft fûr que ces mots appliquez aux *Goutteux* & aux *Vêrolez* dans les Préfaces de Rabelais, font principalement allufion au ftyle ordinaire des Préfaces & des Epîtres dédicatoires.

4 *N'en euffiez donné un coupeau d'oignon*] *Ecce unum calamum, qui non valet unum oignonum.* Voici une plume qui ne vaut pas un oignon, dit un petit Grimaut du College de Navarre, dans le livre *de corrupti Sermonis emendatione* de Maturin Cordier. Cette expreffion Proverbiale, qui affurément n'eft pas née de la Loire, eft ici rectifiée par Rabelais, qui appelle *coupeau* cette partie qu'on a retranchée d'un oignon, à l'endroit où il tenoit à fa racine, comparant à ce coupeau, chofe tres vile, l'extérieur de Socrate. Ménage, dans fes Or. Fr. in fol. au mot *coupeau*, explique *coupeau d'oignon*, dans Rabelais par *pelure d'oignon*. Mais la pelure fe leve & ne fe coupe point.

5 *Le nez pointu*] *Nez pointu* ne nous donne pas l'idée d'un nez enfoncé, & qui étoit rond par le bout, tel que les pierres gravées nous repréfentent celui de Socrate.

6 *Beuvant d'autant*] Cette expreffion, qui revient fouvent dans Rab. fe rapporte au *brindeggiare* des Italiens, & à l'*ich bring es euch* des Allemands, & elle fignifie proprement *boire & reboire* aux uns et aux autres & les inviter à en faire autant.

7 *Se guabelant*] Ci-deffous encore, l. 1. c. 34. *Ce Gaultier ici fe guabele de nous.* C'eft-à-dire plaifante, & fe moque de nous.

Gaber, dans les chap. 7. & 8. du Roman de Galien reſtauré, ſe prend pour railler & dire des ſornettes. *Gabeler* ici eſt un diminutif de cet ancien mot.

8 *Foulz de ſejour*] Expreſſion du Daufiné & du Languedoc, pour dire, *oiſeux*, ou *de loiſir*, comme ſont les Soldats pendant les ſéjours qu'on leur donne pour ſe refaire des fatigues d'une longue marche. Villon, dans ſon grand Teſtament :

> *Il eſt ung droit ſot de ſejour,*
> *Et eſt plaiſant, ou ne l'eſt point.*

De là *ſejourné* pour *repoſé*. *Frere Thibaut* ſéjourné *gros & gras*, dit Marot.

9 *Feſſepinte*] Ci-deſſous encore, au Prol. du l. 2. *Feſſe-pinte, Orlando furioſo, Robert le Diable*, &c. Je n'ai jamais vû ce livre de *Feſſe-pinte*, mais ce qui donne lieu de croire qu'il exiſte, c'eſt que Du Verdier, pap. 139. de ſa Bibliothéque, & après lui Draudius, Tom. 2. pag. 138. de la ſienne en citent une eſpèce de ſuite ſous le tître de *Bringuenarilles couſin germain de Feſſe-pinte, ou Voyage du Compagnon à la Bouteille*, imprimé in 8º. à Lyon chez Olivier Arnoullet, & à Paris chez Jean Bonſons, & réimprimé in 16. en 1574. à Paris chez Nicolas Bonſons fils de Jean. Du reſte, ce *Bringuenarilles* &c. eſt la même choſe que les *Navigations de Panurge*, imprimées à la ſuite du Rabelais de Dolet 1542. n'y aïant preſque nulle autre différence, ſinon qu'au lieu du nom de Panurge on a mis par tout celui de Bringuenarilles.

10 *L'habit ne faict poinct le moine*] Le Roman de la Roſe, édit. de 1531. fol. 68.

> *Tel a robe religieuſe,*
> *Doncques il eſt religieux :*
> *Cet argument eſt vitieux*
> *Et ne vault une vieille gaine,*
> *Car la robe ne fait le Moyne.*

11 *Nullement affiert à Heſpane*] Froiſſart, vol. 4. chap. 105. *Richard de Bordeaux* (ce ſont les mutins de Londres qui parlent) *veut deshériter le Royaume d'Angleterre des Nobles & vaillans hommes qui bien y affierent*, c'eſt-à-dire, qui *touchent* de près à cette Monarchie, & qui en ſont les principaux membres. *Cela me touche*, dit-on aujourd'hui dans le même ſens, & ce mot vient d'*ad* & de *ferire*.

12 *Caiſgne*] De l'Italien *cagna*, pour éviter l'obſcénité de *cazzo*, par une interjection de ſurpriſe, qui revient à notre *vertu-chou* ou *vertu-bleu*. Voiez Oudin, dans ſon Dictionn. Ital. & Fr. au mot *Cagna*.

27

13 *Le beaucoup de toutes aultres*] J'ai cru longtemps qu'il falloit suppléer ici *viandes* ou *nourritures* ; mais, il n'y a qu'à sous-entendre *riens*, et rapporter ce vieux pluriel à *rien plus*, qui, quelques lignes plus haut, revient à nulle chose. On sait qu'autrefois le mot rien étoit féminin, et signifioit *chose*, comme encore aujourd'hui chez les Langdociens, *quauque ré* veut dire en François *quelque chose*.

14 *Livres de haulte gresse*] Qu'on a tant maniez, que la couverture & les feuillets en font tout gras. Au chap. 7. du l. 2. il est parlé de *Breviaires de haute graisse*, encore dans la même signification.

15 *Legiers au prochaz*] Termes de vénerie, c'est-à-dire légers à pourfuivre & hardis à rencontrer de tels Livres. On a dit *prochas*, & depuis *pourchas*, *protrait*, & depuis *portrait*. Au contraire *pour mener*, & depuis *promener*, *pourfil*, aujourd'hui *profil*, &c.

16 *Efcors*] De l'Italien *fcorto*, prudent. L'ancien Traducteur de Sleidan a dit *vigilant & efcort*, au l. 20. dans la Rép. du Pape à la Proteftation de l'Ambaffadeur Mendoffe.

17 *De luy ont calfreté*] Les éditions de Dolet à Lyon 1542. & de Claude la Ville à Valence 1547. ont *beluté*. Toutes les autres ont *calfreté*, à celle de Hollande près qui a *calefreté*. Ce font deux métaphores différentes qui aboutiffent à un fens équivalent. *Beluter*, ou, comme on écrit aujourd'hui, bluter des allégories, c'eft les démêler & les tirer du corps de la fable, comme on fepare la farine d'avec le fon en la paffant par le bluteau. Calfreter, calefreter, calfater, calfeutrer ces mêmes allégories, c'eft les accommoder de telle forte, que d'embrouillées qu'elles étoient dans l'Auteur original, on vienne en vertu de cette efpèce de radoub, à les débrouiller & à les reconnoître. Ménage propofe diverfes étymologies de *bluter*, dont celle de *volutare* qui eft la fienne me paroît la plus naturelle. Je tire avec Du Cange *Calfreter*, *Calfater* & *Calfeutrer* du bas Grec καλαφτεῖν, d'où Michel V. Empereur fut furnommé *Calaphate*, καλαφύτης, parce qu'il étoit fils d'un Calfateur.

18 *Politian a defrobé*] Il n'a pas tenu à Budé que Politien n'ait paffé pour un plagiaire. Il faut voir ce qu'il en écrit pag. 582. de fes premieres Annotations fur les Pandectes, édition d'Antoine Vincent 1563. *in* 80. Il femble à l'entendre que Politien ait tiré toute fa Préface fur Homere d'un petit livre qui n'étoit pas alors traduit de Grec en Latin, & qui ne l'a été qu'en 1537. mal intitulé Πλȣτάρχȣ βιος Ομήρȣ. Cependant, que l'on examine cette Préface, on y trouvera, je l'avoue, quelques paffages de Plutarque non pas traduits fervilement & de fuite, mais embellis d'une riche expreffion, & diftribuez judicieufement dans le corps de la pièce. Ce n'eft

pas d'ailleurs dans ces fortes de difcours que les Profeffeurs ont
coûtume de citer. Ce font des harangues qui contiennent d'ordinaire l'éloge de l'Auteur dont on entreprend l'explication. Duaren
au refte avoit fort mal retenu ce que Budé lui avoit dit fur cet
article. Politien n'a jamais été accufé d'avoir volé quoi que ce foit
d'Hérodote dans la vie d'Homere. Il n'avoit pas befoin de recou-
rir à ce traité, puifque fon deffein n'étoit d'entretenir fes audi-
teurs que des beautez de l'Iliade & de l'Odyffée, & non pas des
particularitez de la vie du Poëte. C'eft à quoi auroit bien dû
penfer Colomiez, qui croyant déterrer une hiftoriette rare &
curieufe n'a debité qu'une fable. Rabelais de fon côté pouvoit
employer un terme moins odieux que celui de *dérober,* dont il
femble ne s'être fervi que pour faire plaifir à fon ami Budé,
jaloux, comme on fait, auffi bien que fon ami Lafcaris, de la
gloire de Politien.

19 *Frere Lubin*] Les Ecrivains fatiriques font il y a longtemps
en poffeffion de traiter les Moines généralement de Freres Lubin;
nom qui pourtant femble convenir plus proprement aux Cordeliers, moins par rapport à leur habit *couleur de gris de Loup,* qu'à
ce qu'on dit de leur Patriarche qui appelloit fi bonnement fon
frere ce loup des degâts duquel les habitans de Gubio fe plai-
gnoient fi fort. L'hiftoire en eft contée fort naïvement, feuillet
99. tourné des conformitez, édit. de Milan 1513. Dans le Roman
de la Rofe, feuillet 69. tourné de l'édition de 1531. *Faux-semblant*
ou l'Hypocrifie parle en ces termes, fous l'habit d'un Moyne
Quéteur:

> *Je m'em plaindray tant feulement*
> *A mon bon Confeffeur nouvel,*
> *Qui n'a pas nom Frere* Louvel,
> *Car forment fe courrouceroit*
> *Qui par tel nom l'appelleroit.*

Lupus, Lupulus, Lupellus, *Louvel.* Lupinus, *Lubin.* Le caraĉtère
d'un frère Lubin eft peint admirablement dans la troifième Balade
de Marot. Le poiffon de mer nommé *loup* eft auffi appelé *Lubin*
quafi *Lupinus à lupo.* A l'égard de St. Lubin Evêque de Chartres
mort vers le milieu du VI. Siècle, fon nom Latin dans les Marty-
rologes eft *Leobinus.* Le Frère Lubin au refte qu'entend ici Rabelais n'eft pas un Cordelier, mais un Jacobin Anglois qui a expliqué allégoriquement les Métamorphofes d'Ovide. Son livre *in*
4°. de 93. feuillets fut imprimé à Paris l'an 1509. chez Joffe
Badius fous le titre de *Metamorphofis Ovidiana moraliter à Magiftro*
Thoma Walleys Anglico de profeffione Prædicatorum fub fanctiffimo
Patre Dominico explanata. Il avoit paru à Bruges *in fol.* dès l'an
1484. en François par Colard Manfion que la Caille pag. 44. de
fon Hift. de l'Impr. a pris pour l'Imprimeur de l'Ouvrage. Il eft
furprenant que le Jéfuite Theophile Raynaud dans fon livre

contre les Jacobins intitulé *de Cyriacorum immunitate à censura*
n'ait rien dit de ces moralitez ridicules, qu'il n'auroit pas man-
qué de relever s'il les avoit connuës, lui qui s'est tant moqué du
Commentaire sur S. Augustin de la Cité de Dieu par Thomas
Valois autrement Walleys, car Thomas Valois, Walleys, de Walleys, & *Gualensis* ne sont qu'un seul & même Auteur, n'en
déplaise à ceux qui le multiplient, et qui bien qu'il n'ait point
passé le milieu du quatorzième siécle, le mettent au commencement du quinzième, trompez par l'équivoque du nom de Thomas
de Walden Carme qui mourut l'an 1430. Dans les Epîtres *Obs-
curorum Viror.* Epître 28. de la 1. part. on introduit un Conrad
Dollenkopf ou Tête-folle grand admirateur de l'Ovide allégorisé
par Thomas de Walleys. Aléxandre Neckam, qui vivoit un siècle
auparavant, fameux Poëte, Philosophe, & Théologien Anglois
avoit écrit sur les Métamorphoses d'Ovide un livre d'où il est à
présumer que le Jacobin tira une bonne partie du sien, comme
apparemment ce fut de celui du Jacobin que Jean Buonsignore
de Citta di Castello tira l'exposition allégorique Italienne qu'il
donna des Métamorphoses en 1375. citée par Leonard Salviati &
par le Dictionnaire de la Crusca. Un Pierre Lavinius autre Jacobin fit imprimer à Lyon au commencement du XVIᵉ Siècle une
explication tropologique des mêmes Métamorphoses. De plus le
P. Labbe pag. 321. de sa *Nova Bibliotheca MSS.* rapporte un
manuscrit de la Bibliotheque Royale marqué n. 786. dont le titre
est tel. *Ovidii Metamorphosis moralisata per Joannem Bourgauldum.*

20 *Philologes*] Voyez ci-dessus la Remarque sur le mot *Prologe*,
page 199.

21 *Malautru*] Ci-dessous, l. 1. c. 37. Epistémon appelle *malautrus*
les malheureux Ecoliers du College de Montaigu, & au c. 12. du
l. 5. Panurge est traité de *malautru* par Grippeminaud, entre les
griffes de qui il étoit tombé : ce qui pourroit faire croire que ce
mot, comme l'a cru aussi Borel, viendroit de *malè astrosus*, comme
qui diroit *desastreux*, ou né sous une constellation maligne, tel
que devoit être celui qui médisoit des vers du bon bûveur
Ennius ; mais de *malè astrosus* on auroit plutôt fait *malautreux*
que *malautru*, & il y a plus d'apparence de dériver *Malautru* de
malè astructus, mal-bâti. On a dit *Aufrique* pour *Afrique*, & à
Metz, où le Patois prononce à l'antique une infinité de mots
François, au lieu d'*instruire*, *détruire*, *instruit*, *détruit*, on dit
instrure, detrure, instru, detru.

22 *Tirelupin*] Rabelais écrivoit beaucoup de mots suivant l'origine qu'il leur donnoit. Persuadé que les Turlupins de l'an 1372.
avoient été ainsi nommez, parce qu'à la maniere des Cyniques,
auxquels on les comparoit, il sembloit qu'ils vécussent de Lupins
tirez par-ci par-là, il prit droit d'écrire *Tirelupins* pour *Turlupins.*

C'eft donc *Tirelupin* qu'on doit lire ici & par-tout, même dans l'endroit du l. 2. c. 7. où il eft parlé du Viftempenard des Prêcheurs, comme je le prouverai en fon lieu.

23 *Friant, riant, priant*] Allufion au fecond couplet de la troifième Chanfon de Marot, en rime couronnée. Du refte il faut prendre garde que *friant, riant, priant*, ne font pas des épithetes du mot *Odeur* fubftantif féminin, mais que ceci eft dit à la maniere du καλὸν βασιλεὺς des Grecs & du *trifte lupus* des Latins, comme s'il y avoit, *O combien plus eft quelque chofe de friant , riant , priant , de plus celefte, & délicieux que l'huile !*

24 *Bon Gaultier*] Des raifons ridicules nous ont fait attacher à certains noms propres des idées particulières. Ainfi le cocuage & le nom de *Jean* étant deux chofes communes, les Cocus ont été appellez *Jeans*. On a dit *Gautier* pour bon compagnon par allufion à *gaudir*. Nicodème pour fot à caufe de *nice* & de *nigaut*. *Agnès* pour innocente, comme tenant de l'*agneau*.

25 *Cerveau cafeiforme*] Caféiforme de *cafeus* & de *forma* eft un mot de la façon de Rabelais pour exprimer la reffemblance de la cervelle à du fromage mou.

26 *Belles billes vezées*] Bille eft une balle, & vezer s'eft dit pour fouffler, de *véze* dans la fignification de mufette. De là *billevefée* , comme l'explique fort bien Furetiere, pour *balle foufflée, pleine de vent.* De là *gros vezé* dans Monet , pour *gros bourfoufflé. Veze* eft un mot fait par onomatopée.

27 *Le Maulubec vous troufque*] Ci-deffous, l. 3. c. 28. *maulubec* fignifie figurément un mal extraordinaire, une pefte, une plaie envoyée d'enhaut. Ici, de même que dans le Prol. du l. 2. c'eft une imprécation familiere au petit peuple de Languedoc. Laurent Joubert, qui avoit fait un long féjour à Montpellier, écrit *mauloubet,* c'eft-à-dire *mauvais petit loup,* ce qui felon lui fignifie *loup,* forte de chancre ulceré qui vient aux jambes. Pour moi, puisque Rabelais écrit conftamment par-tout *maulubec,* je ne doute pas que ce mot ne doive s'entendre du Chancre qui ronge la bouche & le nez, & qui de là gagnant le cerveau, fait mourir promptement. Marot , Elégie XI. appelle *Maubec* la Médifance, qui dans le Roman de la Rofe eft nommée *Malebouche.* Le Patois Meffin qui dit *mau la bouche* pour *mal à la bouche,* & *mau la tête* pour mal à la tête , fuppofe que nos Peres appelloient *mau-le-bec* un mal qui vient au bec ou à la bouche. J'oubliois à remarquer qu'au lieu que dans toutes les éditions modernes on lit ici le *maulubec vous trouffe ,* dans celles de 1535. de 1542. & de 1547. on lit le *maulubec vous troufque,* à la Gafconne.

28 *Ares metys*] Mot Gafcon , qui fignifie *tout à cette heure.* De *horamet ipfa.* Mén.

CHAPITRE I

1 *François Rabelais*] A la page 141. du Dénombrement des Paroiffes de France &c, Paris, *in* 8. 1643. *Rablay* eft le nom d'une Paroiffe de l'Election d'Angers. Or, comme, dans ce Livre, les noms propres font très-mal orthographiés, & que d'ailleurs *Rabelais* fe prononce *Rablay*, il fe peut fort bien que le Village appellé *Rablay* avoit été la patrie de quelqu'un des ancêtres de François *Rabelais*, qui, en ayant pris le nom, l'auroit laiffé à fes defcendans.

2 *Et de Flace*] Horace, vers 365 de l'Art Poëtique : *Hæc placuit femel, hæc decies repetita placebit.*

3 *Sans doubte*] Manque en deux éditions de 1542. & dans celle de 1535.

4 *Gueux de l'hofiaire*] Ci-deffous encore, liv. 5. c. XI. *Entrans en leur Tapinaudiere, Nous dit un gueux de l'hoftiere.* Gueux qui va fleureter les *huis* des maifons, dit Pâquier, l. 8. c. 42. de fes Recherches. Furetiére au mot *gueux* dit la même chose. Tous deux fe trompent. Un gueux de l'hoftiére c'eft un gueux de l'Hôpital. Voyez Oudin, dans fes Dictionn. Fr. Ital. & Fr. Efpagnol, au mot *Hoftiere.*

5 *Poinct ne me foucier*] Manque aux deux éditions de 1542. & dans celle de 1535.

6 *Retournant à noz moutons*] Ci-deffous encore, au ch. XI. du l. I. *retournoit à fes moutons*, & l. 3. ch. 33. *retournons à nos moutons.* C'eft un Proverbe pris de la Farce de Patelin (*), dans laquelle eft introduit un Marchand Drapier, qui en plaidant contre fon Berger, pour des moutons que ce Berger lui avoit volez, fortoit de fois à autre de fon propos, pour parler d'un drap que l'Avocat de fa Partie lui avoit volé auffi : ce qui obligea le Juge d'ordonner au Drapier de retourner à fes Moutons (†). On pourroit touchant ce Proverbe remonter jufqu'à celui-ci, *Alia Menecles alia Porcellus loquitur*, & voir l'explication qu'en donne Erafme.

Depuis la premiére Edition de ce Livre, M. L. Debruys a donné au Théâtre François l'Avocat Pathelin ; & en 1723. l'ancienne Farce a été imprimée à Paris. On y trouvera la Scène qui a donné lieu à ce proverbe, au fol. 85.

(*) *Voyez H. Etienne, en fes Dial. du nouv. lang. Fr. Ital. Edit. d'Anvers 1579. p. 137.*

(†) *Voyez les Rech. de Pâquier, L. 8. Chap. 59.*

7 *Calumniateurs et Caffars*] Caffard ou *Cafard* que Nicod prétend devoir être écrit *Caphard*, fignifie proprement hypocrite. Le même Nicod & d'autres cherchent l'origine de ce mot dans l'Hébreu *chapha* qui fignifie cacher, couvrir. Sans aller fi loin, j'aimerois mieux le dériver de *capa* dans la fignification de manteau à capuchon, habit de Moine. De *capa* on aura aifément fait par corruption *capha* d'où eft venu *caphardum* employé en cette même fignification de manteau à capuchon tit. 10. §. 7. des ftatuts de la Faculté des Arts de l'Univerfité de Vienne en Autriche. Or *caphardum* étant un habit Monacal, il n'eft pas furprenant que les Moines ayent été nommez *caphards,* & qu'ayant toujours été accufez d'hypocrifie, *caphard* foit devenu le fynonyme d'hypocrite. Capharder, caffarder ou cafarder, c'eft agir ou parler en hypocrite, en cafard.

8 *Un grand tombeau de bronze*] Dans un lieu appellé Civaux, à deux lieues de Chauvigni dans le bas Poitou, on trouve encore, prefque à fleur de terre, quantité de Tombes de pierre, qui occupent un terrain de près de deux lieues de tour , particuliérement vers la Vienne, où même on croit qu'il entre plufieurs de ces Tombes. C'eft à quoi Rabelais fait ici allufion, & la Tradition du païs veut qu'elles aient fervi à renfermer les corps d'un prodigieux nombre de Vifigots Arriens, défaits par Clovis.

9 *Lettres Ethrufques*] Les Auteurs les plus fenfez tiennent que les anciens caractères Etrufques ou Tofcans font abfolument inconnus. Raphaël Volaterran, l. 33. chap. *de literis*, produit un morceau d'infcription prétendue Etrufque, dont Tabourot chap. 1. du l. 1. de fes Bigarrures fe moque , foutenant que les lettres en font toutes femblables à celles de l'ancien alphabet des Goths. On s'eft auffi moqué de Bernardin Balde Abbé de Gunftalle , qui fit imprimer à Aufbourg l'an 1613. fon explication des tables d'airain trouvées à Gubbio ; les infcriptions defquelles, felon lui, foit pour la langue , foit pour le caractère étoient Etrufques. Gruter a rapporté la première de ces tables pag. 142. de fon Recueil. Tacite l. xi. de fes Ann. dit que c'eft du Corinthien Demaratus que les Etrufques tenoient leurs lettres.

10 *En tel ordre* & c.] Non pas toutes fur une ligne, comme en quelques endroits & à certain Jeu : mais fur trois lignes parallèles, trois quilles fur chaque ligne.

> *Prifé, loüé, fort eftimé des filles*
> *Par les bordeaux, & beau* Joüeur de quilles,

dit Marot, du Gafcon fon Valet, qui l'avoit volé.

11 *Plus mais non mieulx fentent que rofes*] Régnier, Sat. X. a adopté cette expreffion Proverbiale dans les Vers fuivans :

Ainſi ce personnage en magnifique arroy
Marchant pedetentim s'en vint jusques à moy
Qui ſentis à ſon neẑ, à ſes lèvres desclofes
Qu'il fleuroit bien plus fort, mais non pas mieux que roſes.

12 *Lettres cancelleresques*] C'eſt l'écriture dont on ſe ſervoit dans les expéditions de la Chancellerie du Pape, ce qui revient aſſez à la lettre que nous appellons Italique. Naudé p. 318. de ſon Addition à l'hiſtoire de Louïs XI. dit qu'Alde Manuce *inventa ſa lettre couchée, appellée dans les privilèges qu'il obtint des Papes pour s'en pouvoir ſervir lui ſeul,* CHARACTER *curſivus ſeu Cancellarius.* Le mot *Cancellaresque* eſt emprunté des Italiens qui diſent *lettera Cancellareſca,* & qui en ont de plus d'une ſorte, dont on peut voir des exemples dans le petit livre *in* 4. de Jean Antoine Taglienté à Veniſe 1548.

CHAPITRE II

1 *Fanfreluches*] Gabriel Chappuys, dans ſa traduction de la 70. des Nouvelles de Giraldi, a mal rendu par *fanfreluches* le mot Italien *farnetichi,* qui ſe dit proprement des rêveries des Frénétiques : & quoi que dans le Dictionnaire Italien et François d'Ant. Oudin, *fanfalucare* ſoit interprété *dire* ou *faire des ſottiſes,* on ne dit pourtant pas en François dire ou faire des fanfreluches pour dire ou faire des ſottiſes. *Fanfreluches,* autrefois *fanfelus* & *fanfeluës,* ſont des flammèches qui s'élèvent en l'air quand on brule des feuilles, du papier, des chenevotes, ou quelque choſe de ſemblable. De là *fanfreluches* pour bagatelles, qui eſt ici le ſens de ce mot.

2 *Monument antique*] Cette piece eſt un paneau tendu par Rabelais à ſes Lecteurs qui ſe piqueront mal à propos de ſubtilité. Il auroit été lui-même fort embarraſſé s'il lui avoit falu défricher ſes Fanfreluches antidotées. On a beau dire qu'il les a qualifiées de la ſorte, à cauſe de l'obſcurité qu'il y a répandue pour leur ſervir d'antidote contre le ſcandale qu'elles auroient cauſé, ſi elles avoient été plus intelligibles. Je réponds qu'il prévoyoit fort bien que ce ſeroit cette obſcurité même qui animeroit davantage les Curieux à vouloir en pénétrer le myſtère. Tel eſt le tour d'eſprit de certains hommes, que plus les difficultez ſont grandes, plus ils s'empreſſent à remporter l'honneur de les avoir ſurmontées. Les Prophéties de Noſtradamus faites vraiſemblablement à l'imitation des Fanfreluches n'ont-elles pas trouvé des Commentaires ? N'a-t-on pas vu diverſes explications de la fameuſe énigme de Boulogne *Ælia Lælia Criſpis ?* Joſeph Scaliger avoit coûtume de dire que Calvin étoit bien ſage de n'avoir point écrit

fur l'Apocalypse. Pour moi, fans comparer en profane les Fanfreluches avec l'ouvrage de S. Jean, je tiendrai toujours pour
fages ceux qui n'entreprendront pas de les éclaircir. Permis d'y
faire des notes grammaticales, mais hüée & dérifion éternelle à
quiconque y en fera d'hiftoriques, & les ayant faites les publiera.

3 *Houfée*] Ci-deffous encore, l. 2. c. 32. *furent faifis d'une groffe
houfée de pluie*. Au lieu duquel mot on lit *horée* dans Nicod, pour
une pluie d'une *heure* ou environ, *pluviofa tempefta ad horam durans,
vel circiter*. On a dit auffi *bouffée* dans la même fignification, &
tous ces mots viennent de *horata*, par corruption & par le changement de la lettre R en S, fi familier au menu peuple de Paris,
d'Orléans & de quelques autres villes du Royaume.

4 *Duquel quand fut la grand mere arroufée*] Il importe peu qu'on
life *grand'mer* comme dans l'édition de Dolet 1542. ou *grand'
mere* comme dans prefque toutes les autres, parce que la premiére
de ces leçons ne rend pas icî le sens plus clair que la feconde, ni la
feconde que la première. *Grand mere* eft une expreffion énigmati-
que pour fignifier *la terre*. *Grand mer*, *mare magnum*, dans le ftile
des anciens Canoniftes, fignifie la vafte mer des difpenfes & des
indulgences.

5 *L'anguille y eft, & en ceft eftau muffe*] N'étoit qu'*eftau muffe* rime
mieux qu'*eftan muffe* avec l'*aumuffe* qui finit le Huitain, je croirois
qu'il faudroit lire *& en cet eftan muffe*, le mot *étang ftagnum*, fe
rapportant mieux à anguille qu'*eftau* ou *étau, ftallum*.

Au fond de fon aumuffe] L'aumuffe étoit anciennement une
efpèce de chaperon.

6 *De Gilbathar, & de mille aultres trous*] Ce trou, c'eft le
Détroit de Gibraltar, appelé l. 1. c. 33. l'Eftroit de Sibylle, à
caufe que ce Détroit est dans le Voifinage de la Ville de *Séville*,
nommée Sibylle dans nos vieux Romans.

7 *On les pourroit pour houftage bailler*] Hoftage ou oftage vient
d'*hoft* ou *oft* qui vient d'*hoftis*. Hoft ou oft fignifie camp, armée.
De là hoftage ou oftage, *hoftagium* dans la fignification de ce qui
fe donne à l'ennemi Vainqueur, pour la fûreté de la foi promife
par le Vaincu. Les éditions de 1542. & 1547. écrivent *oftage*, celle
de 1553. *houftage*.

8 . . . . . *Chafcun moufche fon nez
En ce gueret peu de bougrins font nez*

Ce *guéret*, difent les devineurs, c'eft le Champ de l'Eglife Romaine,
lequel, au jugement de Rabelais, n'étoit pas alors cultivé comme
il auroit dû l'être : & les *bougrins*, ce font les Luthériens François,
qu'il appelle *Bougrins* ou petits *Bougres*, parce qu'ils defcendoient

28

des Vaudois qu'on nomma *Bougres*, de la Bulgarie où ils s'étoient répandus. Rabelais veut dire que jufqu'à fon tems, peu de perfonnes avoient entrepris de réformer l'Eglife d'Occident ou de fe féparer d'elle, fans y laiffer la peau comme on parle.

9 *Plus y aurez, que n'y eufles autan*] Si l'on en croit les Protestans, Rabelais prédit ici aux Hérétiques de fon tems un traitement encore plus rude que celui qu'on avoit fait à leurs devanciers. *Mais, où font les neiges d'antan ?* dit Villon, pour refrain de l'une de fes ballades. *Antan, d'ante annum*, l'an paffé.

10 *La cuiffe heronniere*]

> *Tant affoibly m'a d'eftrange manière,*
> *Et fi m'a faict la* cuiffe Heronniere,

dit Marot (*), en parlant d'une maladie qui l'avoit extrêmement maigri. L'*Até* des Grecs étoit une Déeffe qui excitoit les noifes & les querelles, & Rabelais lui donne une *cuiffe héronnière*, c'eft-à-dire grande & legére, comme celle du Héron, parce qu'Homére (†), pour infinuer que les diffenfions arrivent bien vîte, & fouvent pour le moindre fujet, donne à cette Déeffe des pieds tres légers à la courfe.

11 *Retirez vous au frere des serpens*] Je penfe que c'eft une malédiction burlefque, pour dire, *Allez vous en au Diable*. Le Diable, comme tout le monde fait, eft appelé Serpent, à caufe de celui qui féduifit nos premiers parens. Voyez l'Apocalypfe, c. 12. & 20. *Frere des Serpens* pour *Serpent*, comme *fraterculus gigantis* pour *gigas*, dans Juvenal. S. 4. v. 98.

12 *Ny brufq ny fmach lors ne dominera*] C'eft-à-dire ni brutalité ni paroles injurieufes. *Brufq*, comme l'a fort bien jugé Erythræus dans fon Index fur Virgile, vient de *rufcus* ou *ruscum* forte de myrte fauvage, dont les feuilles font piquantes. Les Italiens l'appellent *brufco* & les François *brufc*, en y préposant un *b* comme à *bruit* que nous avons fait de *rugitus*. *Schmach*, car c'eft comme Rabelais auroit dû écrire, eft un mot Allemand, qui répond au mot Latin *contumelia*.

13 *Lors les haratz qui eftoient eftommis*] Ci-deffous encore, l. 1. c. 43. *& n'y a meilleur remede de falut à gens eftommis & recrus, que de n'efpérer falut aulcun. Eftommis*, c'eft-à-dire, étourdis & las. L'ancien mot étoit *eftormir* de l'Alemand *fturmen* donner l'alarme, d'où vient l'Italien *ftormire*. En Alemand *fturm* c'eft tempête, orage, & auffi alarme, affaut. L'Italien *ftormo*, & notre *Eftour* viennent de là. Du Cange au mot *ftormus*.

(*) *Epit. au Roi, pour avoir été dérobé.*
(†) *Iliad. 9. vers* 501. *etç. L.* 19. *vers* 92.

14 *Jufques à tant que Mars ayt les empas*] Entraves. *Impaftoiare* en Italien, c'eft mettre des entraves.

15 *Delitieux, plaisant, beau fans compas*] Sans mefure. Dans la *Nef des fols du monde*, en vers François, feuillet 14. tourné, *boire fans compas*, c'eft ivrogner.

16 *Et peurroit on à fil de poulemart tout baffouer le maguazin d'abus*] Oudin dans fes Dictionnaires dit que *poulemart* est une forte d'arme. On n'en trouve point d'exemple en ce fens. *Poulemart* ici & c. 7. du l. 2. fignifie de la corde à embaler, à peu près comme celle qu'on pofe fur la canelure d'une poulie, de forte que *poulemart* est proprement une corde à poulie. *Baffoüer*, car c'est ainfi qu'il faut lire, et non pas *baffoüer*, c'eft bâtir, faufiler, coudre à grands points, & ce verbe a été fait apparemment de ces deux mots Efpagnols *bafta* faufilare, & *foga* corde, *baffogar* baffoüer.

CHAPITRE III

1 *Jambons de Magence et de Baionne*] Les jambons de Mayence & ceux de Bayonne (car c'est *Bayonne* qu'il faut lire, & non *Babylone*, comme on lit dans quelques éditions modernes) ont encore aujourd'hui beaucoup de réputation. On appelle ainfi les premiers, non qu'ils fe préparent à Mayence, mais à caufe que ces jambons qui viennent de Westphalie, fe debitoient autrefois à Mayence, à une Foire qui a depuis été transférée à Francfort fur le Mein. A l'égard des jambons de Bayonne, les plus beaux prennent le chemin de Paris, où il s'en fait des pâtés pour les meilleures tables. Voyez l'Heptameron de la R. de Navarre, Nouv. 28.

2 *Renfort de boutargues*] On appelle ainfi en Provence les œufs du Muge, confits dans l'huile & le vinaigre. Le Muge est un poiffon qui fe pêche vers le mois de Décembre. On fale fes œufs pour le Carême, & c'est ce qu'on nomme *boutargues*, efpèce de *boudins* qui n'ont rien de recommandable que d'exciter la foif.

3 *Li boucon de Lombard*] Les fauciffons de Boulogne la graffe en Italie font fort renommés pour leur bonté ; & ce qu'infinue ici Rabelais, que, quelque friand que fût ce manger, Grandgousier n'y touchoit point, parce qu'il craignoit *li bouconi de Lombard*, vient peut-être de ce que les Italiens, qu'on accufe de ne pas faire grand fcrupule d'empoifonner leurs ennemis, haïffoient extrêmement le Roi Louïs XII. depuis que ce Prince avoit porté la guerre

chez eux à deffein de faire valoir fon droit au Duché de Milan, qui lui appartenoit du chef de Valentine de Milan fa grand-mere, & qui eft compofé de l'ancienne Lombardie. *De troys chofes Dieu nous garde : de & cetera de Notaire : de qui proquo d'Apothicaire & de bouchon de Lombart frifcaire*, difoit-on en commun Proverbe dès le tems d'Olivier Maillard (*). Et de ces expreffions Proverbiales qui ont été rapportées par H. Etienne au chap. 6. de l'Apologie d'Hérodote, la derniére pourroit bien être venue de ce que la Ducheffe de Milan, cette même Valentine de laquelle on vient de parler, fut de fon tems violemment foupçonnée d'avoir employé les maléfices envers le Roi Charles VI., & d'avoir enfin voulu l'empoifonner pout faire regner fon mari frere de ce Roi.

4 *Gargamelle, fille du roy des Parpaillos*] C'eft comme on lit dans l'Edition de François Jufte 1535. & dans celle de Dolet 1542. toutes deux de Lyon. Il faut lire *Parpaillons* avec les autres Editions, d'autant plus que toutes généralement au Chap. XI. fuivant ont *Parpaillons*. Le *Parpaillon*, le *Parpaillot* des Gafcons, & le *Parpaillol* de ceux du Languedoc et de l'Auvergne, c'eft le *Papillon*. Dans le Languedoc, *Gargamelle* & *grande gamelle* fe difent d'une femme de mauvais air, & proprement d'une femme qui tend un grand cou : ce qui donne lieu de croire que *garga-melle* dans la fignification de *gorge*, ou de *gofier*, pourroit bien être une corruption de *grande gamelle*. *Gargouille* même fur ce pié-là, en feroit une autre de *grande gueule*. Mais, à dire le vrai, *Garga-melle* pour *gorge*, *gofier*, qui est fa fignification propre, eft un mot burlefque. *Gargante* en Efpagnol fignifie la même chofe, à quoi *Gergantua* & *Gargamelle* font allufion. Les Grecs ont leur γαργαρεών; & tous ces mots, de même que le *gurges* des Latins, le *gorgo* des Italiens, la *gargouille* des François &c. ont été formés par la reffemblance du bruit que fait le gofier quand on gargarife, & la gargouille par où coule l'eau.

5 *Belle gouge et de bonne troigne*] C'eft comme on doit lire, & non pas *gorge*. *Gouge* dans nos anciens Auteurs, fe dit d'une femme & d'une fille, quoique proprement ce foit la garce d'un Soldat, comme *goujat* en eft le Valet. En Languedoc, tout garçon, Valet ou non, s'appelle *goujat*, comme toute fille, Servante ou non, s'appelle *gouge*. Mais *gouge* dans l'ufage le plus commun fe dit d'une fille ou d'une femme de mauvaife vie. *Goujat* autrefois *goujari*, vient de *galearius* qu'on écrivoit auffi *galiarius;* de *goujat* on a fait *gouje*, de *gouje* le diminutif *gouine*, & *goier* l'amant d'une gouge, *gougier, gouier, goier*.

6 *N'euft-il peu forger Herculés*] Ceci eft pris de Diodore Sicilien, au l. 4. de fa Biblioth. p. 151. de l'Edit. de Rhodoman.

(*) *Olivier Maillard, Serm. 35. de l'Avent.*

7 *Ont conformé ce que je dis*] Ont parlé *conformément* à ce que je dis, fe font *conformez* à mon dire, Gratian du Pont Sr. de Drufac, dans fes controverfes des Sexes Mafc. & Féminin, au feuillet 132. tourné du 2. livre de mon édition.

> *D'autres Docteurs ung tel dire conforment.*
> *Par les exemples que comme verrez forment.*

8 *Cenforinus, lib. de die natali*] Aux Chap. 7 et 11. On peut voir fur la même matiére L. Joubert, en fes Erreurs populaires, part. 1. l. 3. c. 2.

9 *En ont chaffourré leur robidilardicque loy*] *Chaffourer* ici, c'eft barbouiller, grifonner. *Robidilardicque* eft un mot forgé à plaifir par allufion à *rober*, c'eft-à-dire dérober, & au grand Chat, que Rabelais, Chapitre dernier du 4. Liv. appelle *Rodilardus*, ronge-lard. Ainfi les Gens de Robe décrits L. 5. fous le nom de *Chats-fourrez*, femblent prendre ici celui de *Robidilards*, parce que dégraiffant les Plaideurs, comme ils font, ils dérobent véritable-ment, & rongent le lard, avec tant d'avidité, qu'il n'y en pas un d'entr'eux après qui on ne pût crier, comme dans la Ballade de Marot : *Prenez-le, il a mangé le lard.*

10 *Jouer du serrecropiere*] Cette façon de parler revient encore L. 2. c. 5. & 17. Il eft naturel aux femmes de ferrer le croupion dans l'action vénérienne pour peu qu'elles y prennent de plaifir. Les femmes du métier furtout n'y manquent jamais ; d'où l'on a dit *jouer du ferre-croupiére* pour exprimer la lubricité de la femme dans l'action. Antoine Oudin a donc employé une expreffion trop générale lorsque dans son Dictionn. Fr. Ital. il a rendu *jouer du ferre-croupiére* par *far l'atto venereo.* Et quand il explique une *Serre-croupiére* par *Puttana*, il auroit mieux fait de ne point ajouter *fecondo alcuni.*

11 *A tous enviz*] Ci-deffous encore, au Chap. 5. fuivant: *Voici tripes de jeu, goudebillaux d'envy.* A tous *enviz*, c'eft-à-dire à qui mieux mieux. De *renvier* ou *envier*, termes de Jeu, qui fignifient *enchérir, furpaffer.*

12 *Mes bons averlans*] Le terme d'*Averlan*, qui ordinairement dénote un débauché, & qui dans le Poitou, où on le prononce *Averlin*, eft une injure : ce terme, dis-je, au Chap. 9 du 4. Liv. de Rabelais, fe prend en deux endroits pour *Lourdaud;* mais il s'entend proprement de certains Païfans Walons, qu'en Lorraine en appelle *Haverlings*, en retenant l'afpiration & la terminaifon Allemande. Et ce font des Roulliers habitans du Village de *Haver*, dans le duché de Limbourg, gens lourds & groffiers encore plus que les autres de leur forte. Ils font en France un grand trafic de Chevaux fous prétexte d'y apporter ou voiturer des marchandifes de leur païs, & c'eft à quoi Rabelais fait ici allufion.

Groiſſe congneue] Et plus bas *ſur leur groiſſe*, c'eſt-à-dire groſſeſſe. Au reſte, *groiſſe* eſt un mot du Languedoc, & Laurent Joubert, qui étoit de ce Païs-là, l'a employé dans le 3. Liv. de ſes Erreurs populaires, en parlant de la groſſeſſe des femmes, de laquelle traite ce Livre.

13 *Rataconniculer*] On appelle *tacon* à Metz le Gras-double, & à Genève c'eſt une pièce de vieux cuir, de l'Italien *taccone*, qu'Ant. Oudin dit ſignifier *un bout à un ſoulier*. Mais ici, dans le verbe *rataconniculer*, qui ſignifie proprement *rapiècer un ſoulier*, il y a une alluſion ou à *cunniculus*, ou à deux monoſyllabes c. & c.

14 *Tortre le douzil, et bouche clouse*] On diſoit autrefois *tortre* pour *tordre*, comme *beniſtre* qu'on lit pour *benir* l. 4. c. 27. & le *douzil*, c'eſt le fauſſet d'un tonneau. Rabelais veut dire que paſſé le troiſième mois de veuvage d'une femme, il ne faudra plus avoir de privautez avec elle, ſi on ne veut bien courir le riſque du ſcandale qui pourra s'en enſuivre; & il appelle cela *tortre le douzil*, par une métaphore priſe de ce qu'après avoir goûté le vin d'un muid, on y met pour boucher le trou un fauſſet qu'on rompt en le tordant.

CHAPITRE IV

Planté vient du Latin *planitas*, abondance, d'ou l'on a fait plantureuſement.

1 *La grande diablerie à quatre perſonnaiges*] Expreſſion Poitevine, pour dire, *le malheur voulut* &c. Elle vient de ce que dans l'Amphithéatre de Doué, & à S. Maixent dans le Poitou, on repréſentoit autrefois, à plus ou à moins de perſonnages des Pièces de Dévotion, dans leſquelles on faiſoit d'ordinaire paroître des Diables qui devoient un jour tourmenter éternellement les Pécheurs endurcis. Ces repréſentations s'appelloient petite ou grande Diablerie. Petite, quand il y avoit moins de quatre Diables: grande, quand il y en avoit quatre; d'où eſt venu le Proverbe faire le Diable à quatre.

2 *Le Gué de Vede et aultres voiſins*] Tous ces lieux ſont du Poitou, ou voiſins de Chinon d'où étoit Rabelais. Sinays, Servillé & la Roche-Clermaud ſont de l'Election de Chinon: & le Coudrai-Mompenſier & le Gué-de-Véde ſont du Poitou.

3 *Qui d'icelle le ſac mangeue*] En Alſace, où ils ſont grands mangeurs de tripailles & de gras-double, il y a un Proverbe qui dit, que l'ordure qui reſte dans les tripes les mieux raclées en fait pour le moins la dixième partie.

4 *Deux buffars, et fix tupins*] Le *buffart*, de *pufa*, fait de φυσάω *inflo*, eft chez les Angevins un gros & court vaiffeau à vin ; & le *tupin* eft un pot de terre, beaucoup plus petit que le *buffart*. *Tupin* vient de *tofinus*, fait de *tofus*, qui eft une efpèce de grais dont on fait des pots à trois pieds, qu'on appelle tupins en Anjou & dans plufieurs autres Provinces de France.

> *De bonne vie bonne foi.*
> *De bonne terre bon tupin,* dit le Proverbe.

5 *Sus l'herbe drue*] Ici *drue* veut dire épaiffe & pointue, comme encore au Chap. 17. du L. 5.

> *Celui qui fiffle et a les dents fi* druës
> *Mordra quelqu'un qui en courra les* ruës ,

dit Marot, de tels Procès , qu'il compare à une dangereufe Couleuvre. Quelquefois *dru* fignifie proprement *dodu* , bien nourri, comme L. 4. C. 17. où il eft parlé de Philippot Placut, lequel étant *fain et dru*, dit Rabelais, mourut fubitement en payant une vieille dette. Et c'eft dans cette dernière fignification que ce mot fe prend encore aujourd'hui le plus ordinairement en Lorraine , où, quand on dit d'une viande, qu'elle eft *drue*, on entend qu'elle eft tendre et fucculente.

6 *Baudement*] S'ébaudir, d'*exbaldire*, c'eft fe réjouïr ; & de l'Italien *baldo*, d'où a été formé le Latin barbare *exbaldire*, vient auffi le vieux mot François *baude*, qui , dans Nicot, répond au Latin *gaudens*, dans la fignification de cette efpèce de Cordeliers qu'on a appellez *Pieds-defchaux*(*), autrement *Freres Bauldes*, en Latin *Fratres Gaudentes*, parce que n'ayant pas admis chez eux la Reforme de l'Ordre , ils avoient des biens en propre dont ils jouïffoient, jufqu'à en faire *Gaudeamus* , comme on parle. *Baudement* fignifie donc ici à la lettre *gayement*. Le Roman de la Rofe, au feuillet 31. de l'Edit. de 1531.

> *Mais ribaulx ont les cueurs fi baulds ,*
> *Portant facs de Charbon en Grève ,*
> *Que la peine point ne les grève.*

Si baulds , car c'eft *baulds* qu'il faut lire , & non pas *baux* avec cette Edition , fi *baulds*, dis-je , c'eft-à-dire fi portés à la joye, qu'ils chantent même fous le faix.

(*) *Il y avoit autrefois à Metz un Couvent de ces Freres* Baulds *que Beze , Tome* III. *p.* 437. *de fon Hift. Eccléf. appelle* Pieds-deschaux, *et qui en furent chaffés pour avoir voulu en* 1555. *introduire dans la Ville une groffe troupe d'Efpagnols, qui devoient fe rendre maîtres de la Place.*

CHAPITRE V

1 *Resieuner*] C'eſt ainſi qu'il faut lire, & non *reſſiner*, comme dans l'Edition de Dolet 1542, Ce mot, qui ſe retrouve encore en deux endroits du 46. Chap. du L. 4. ſignifie proprement faire collation après le dîner. Maturin Cordier, Chap. 24. n. 90. de ſon *De corr. ſerm emend.* Edition de 1539. *Merenda*, le gouſter, lequel à Paris on appelle *réciner*, de *recœnare* fait de *cœna*, qui ſelon Feſtus, ſignifioit le dîner des Anciens.

2 *Breuſſes*] Breuſſe, *vaſo grande o tazza di ſtagno*, dit Ant. Oudin, dans ſon Diction. Fr. Ital. Ci-deſſous, l. 2. c. 27. il eſt parlé d'une *breuſſe*, où Panurge & ſes Compagnons ſauſſoient : & au chap. 1. du 4. l. on lit qu'une *breuſſe* pendoit pour Enſeigne à l'un des Vaiſſeaux de la Flote de Pantagruel.

3 *Tire, baille, tourne, brouille*] Amyot a dit *tourne-brouiller* pour exprimer le mouvement de la toupie. C'eſt dans ſa Verſion du Traité de Plutarque intitulé, *de l'avarice & convoitiſe d'avoir*. Là Plutarque dit que l'Avare ſe tourmente & ſe *tourne-brouille* comme une *toupie*. Ainſi, lorsque, dans cet endroit de Rabelais, un Buveur dit à un Laquais, *tire, baille, tourne-brouille*, ne voudroit-il pas lui ordonner qu'en tirant à boire pour les uns, & préſentant du vin aux autres, il le faſſe ſi vîte, qu'à le voir ſe tourner çà & là, il reſſemble en quelque maniére à une toupie dans le fort du mouvement ?

4 *Fouette moy ce verre gualentement*] Fouetter un verre, c'eſt lui faire montrer le cul comme à un enfant qu'on fouetteroit.

5 *Verre pleurant*] On peut appeler *verre pleurant*, un verre qu'on n'a que plongé dans l'eau ſans le rincer autrement, parce que l'eau en dégoutte encore quelque tems après.

6 *Par ma fi, ma commere, je ne peux entrer en bette*] En deux Editions de Lyon, l'une de François Juſte 1535. l'autre de Dolet 1542. il y a *par ma foy, ma commere*. En deux autres de 1542. Gothiques, l'une du même François Juſte, l'autre ſans nom de lieu ni d'imprimeur, il y a *par ma fi*, qu'on a pris pour une alluſion à l'Italien *fica* ſynonyme de *potta*. En effet, il n'y a que les femmes qui jurent de la ſorte ; & d'ailleurs elles diſent encore dans la même ſignification *ma fie, ma figue*, & *ma fiquette*. Mais il eſt bien plus naturel de croire que comme on a dit *bieu, bleu, di, dienne*, &. pour éviter de prononcer le nom de Dieu en jurant, les femmes de même ont juré leur *fi*, leur *figue*, &. parce qu'elle n'oſoient jurer leur foi : ce qui paroît même par cet endroit, où, au lieu de *fi*, il y avoit originairement *foy*. *Je ne peux entrer en*

bette. C'eft-à-dire je ne faurois me mettre en train de boire le petit coup. *Bette* pour *boiffon* eft une contraction de *buvette*, que la Commére, toujours fcrupuleufe, vouloit éviter.

7 *Vous eftez morfondue, m'amie*] Celle à qui ces paroles s'adref-fent venoit de fe plaindre de la fièvre. Une autre qui voit que celle ci raille, prétend fur le même ton, qu'en tout cas fon amie ne fauroit être devenue fi fubitement malade, que de morfonde-ment, c'eft-à-dire pour avoir été furprife de froid immédiatement après un travail qui l'auroit fait fuer ; ce qui en effet peut caufer la fièvre (*).

8 *Ventre sainct Quenet*] Expreffion ufitée en Bretagne, où ce Saint fe nomme auffi Keut (†). Elle revient encore l. 2. c. 26. & l. 3. c. 8. Il eft bon d'avertir qu'après ces mots, *Ventre S. Quenet parlons de boire*, tout ce qui fuit jufqu'à ceux-ci, *cette main vous guafte le nez*, n'eft point dans l'Edition de Dolet 1542. ni par conféquent dans celle de Valence, quoiqu'il foit dans l'Edition Gothique ci-deffus alléguée.

9 *Je ne boy que en mon breviaire*] Les Religieux mandians avoient autrefois inventé pour leur ufage de certains flacons faits en forme de *Breviaires;* & ci-deffous, au Chap. 46. du l. 5. il eft parlé d'un de ces flacons. *Vin théologal, boire Théologalement* & autres femblables expreffions font apparemment venues delà.

10 *Soif ou beuverye*] *Ovum-ne prius fuerit, an Gallina,* demande-t-on dans Macrobe, au l. 7. chap. 16. des Saturnales ? Laquelle Queftion eft auffi traitée par Plutarque, au l. 2. de fes Propos de table.

11 *Je suys clerc*] Sous ombre que celui-ci venoit d'alléguer un Brocard pris de la glofe fur la Loi *remittit*, &c. au Digefte *de jurejurando*, il fe croyoit *Clerc*, c'eft-à-dire un grand homme de lettres.

12 *Nous aultres innocens ne beuvons que trop fans soif*] Ceux-ci font des Moines, qui appellent *Beguin d'innocence* leur Capu-chon; (†) mais leurs paroles me paroiffent une impertinente allufion, à ce que peuvent dire des innocens, à qui pendant la queftion, on fait boire de l'eau à force, pour tirer d'eux l'aveu d'un crime dont ils font prévenus.

13 *Chantons, beuvons, ung motet*] Ces paroles, qui font appa-remment de quelque ancienne chanfon à boire, femblent avoir

(*) *Laurent Joubert, Err. popul. part. 2. chap. 3.*
(†) *Contes d'Eutrapel, chap. 12. et 29.*
(‡) *Voyez Rab. l. 4. chap. 46.*

été faites pour des Moines ou pour des Chanoines qui font la débauche. Ils appellent le verre du même nom qu'ils donnent à leur Bréviaire, afin que, comme ils ont accoutumé de prendre en main celui-ci pour entonner un *Motet*, il semble qu'ils aillent entonner ce *Motet*, lorsqu'ils fe font verfer à boire.

14 *Je ne boy que par procuration*] On peut dire des vieilles édentées, qui mangent la croûte de leur pain amollie dans du vin, que de cette forte elles ne boivent que *par procuration*, le pain qu'elles avalent ainfi trempé ayant bu pour elles le vin de leur taffe ; mais comme ceux qui parlent ici font toujours ces Moines ou ces Chanoines que le vin avoient rendus *Clercs*, il y a de l'apparence que par cette façon de parler, Rabelais a voulu faire dire à quelqu'un de la table, qu'on ne lui donnoit à boire qu'à regret, comme on prétend que font les Chanoines & les Moines à de certains Officiers, à qui, pendant leur vifite des Eglifes ou des Monaftères, ils font obligez de donner des repas qu'on appelle *repas de procuration*.

15 *Je n'entens poinct la theoricque*] Lisez de la forte, non pas *Rhétorique*, comme ont les nouvelles Editions. Le Roman de la Rofe, fol. 80.

> *N'onc d'amour ne fuz à l'efcolle,*
> *Où l'on me l'euft de theoricque.*
> *Mas je fay tout par la practicque.*

16 *Je humecte*] C'eft ainfi qu'on lit dans les Editions de 1558. 1559. 1571. 1584. 1596. 1600. 1663. 1666. &c. au lieu de *humecte* qui fe lit dans les autres. Je préfére à *humecte* le verbe *humette* diminutif de *humer*; parce qu'il me femble devoir entrer dans la gradation que font vifiblement le précédent & le fuivant.

17 *En fec jamais l'ame ne habite*] Sur ces mots de S. Auguftin, *Anima certè, quia fpiritus eft, in ficco habitare non poteft*, rapportez dans la 2. part. du Decret, cauf. 32. q. 2. c. 9. *Et eft*, dit la Glofe, *argumentum pro Normannis, Anglicis, et Polonis, ut poffint fortiter bibere, ne anima habitet in ficco*. A quoi un Médecin Flamand, homme docte, nommé Pierre Chatelain, a fait cette plaifante addition, *verifimile eft Gloffatorem ignoraffe naturam Belgarum*. C'eft dans fon *Convivium Saturnale*. La Nef des fols traduite en vers François, & imprimé l'an 1497. met ces vers dans la bouche des débauchez, f. 56. recto.

> *Noftre efprit, et c'eft noftre ame.*
> *Et laquelle comme eftant dame*
> *En noftre cœur et fang fe tient.*
> *Et fi jamais ne fe contient,*
> *Ainfi que lifons, en fec lieu.*

18 *J'ay bien faburré mon ftomach*] L. 4. c. 63. on lit *fabourré*.
La *fuburre*, c'eft cette groffe arène, qu'on met au fond du Vaiffeau, pour le tenir ferme, appellée aujourd'hui left, balaft, &
quintelage.

19 *La formule de les exhiber*] Terme de l'ancienne Pratique,
pendant laquelle cette formule tenoit lieu de ce qu'on appelle
aujourd'hui, *produire le titre de fa prétention.*

20 *Pour rompre fon poictral*] Allufion à ce que les Chevaux
fellez qu'on fait boire à une eau trop baffe, courent rifque de
rompre leur poitral à force de fe gêner pour boire. Boire *à petit
gué*, c'eft boire peu de vin dans un grand verre.

21 *Flaccon à viz*] Tabourot a rapporté ceci dans fes Bigarrures,
au Chap. des Equivoques François.

22 *Ainfi conquesta Bacchus l'Inde*] C'eft que toutes les conquêtes
de Bacchus dans les Indes ne font autre chofe que les chimériques projets que font les Buveurs, lorfque les fumées du vin leur
montent à la tête. En cet état, ils regardent les richeffes de
l'Orient comme à eux quand ils voudront. Ceux au refte, qui
voudront favoir l'hiftoire de Jaques Cueur, pourront confulter le
Recueil des Pièces fervant à l'Hiftoire, impr. *in* 4. à Paris 1623.
le 1. l. des Lettr. de Pâquier, les Obfervations fur les Epîtres de
Fr. Rabelais, & les Antiq. Gaul. & Fr. de Borel, au mot *Jaferon.*

23 *Ainfi philofophie Melinde*] Les Sages de Portugal ayant
entrepris de convertir ceux de Mélinde, les gagnérent autant par
le vin que par le raifonnement, ce qui facilita enfuite aux
Portugais la conquête de tout le Païs.

24 *Longues beuvettes rompent le tonnoire*] Les longues pluïes
diffipent le tonnerre, & les longues buvettes font des efpèces de
longues pluïes, puifque boire c'eft faire pleuvoir du vin dans fon
eftomac.

25 *Je t'infinue ma nomination en mon tour*] Termes de Pratique
Bénéficiale, pour dire, je m'infcris à mon tour fur la feuille de
ceux qui demandent à boire. Le 52. des Arrêts d'Amours :
*joinct que de l'heure qu'un homme eft marié, il ne luy eft plus loifible
de faire l'amoureux, ne infinuer fes nominations fur un autre que
fa femme, pour l'incompatibilité, et pource que pluralité de telz
bénéfices eft reprouvée de droict naturel et pofitif d'Amours, quelque
chofe que lefdictz marys veulent dire, et faire leur Achilles de l'Arreft
des ribaultz mariez.* La même expreffion revient encore, l. 2.
c. 12. & l. 4. c. 10.

26 *Fauveau à la raye noire*] Fauveau, nom qu'on donne aux
Bœufs, à caufe de leur couleur. Rabelais au commencement du

4. Chap. de ce Livre a expliqué lui-même ce que c'eſt que *goude-billaux*. Tripes de jeu , ce ſont des tripes ſervies pour entrée de table, comme pour entrer en jeu. Goudebillaux d'*envy* , ce ſont d'autres tripes de renfort.

27 *Estrillons-le à profiſt de mesnaige*] Ce qu'il s'agit d'étriller à profit de ménage , c'eſt le Fauveau dont on vient de parler. *Etriller* &, le reſte, qui eſt une expreſſion Poitevine (*) ſe prend ici pour *décroter*, qui ſe dit figurément de la viande qu'on a mangée juſqu'aux os ; mais ce que les Païſans du Poitou entendent par cette expreſſion priſe à la lettre , c'eſt bien bouchonner un Bœuf, afin que d'un côté l'Animal étant bien net ſe porte mieux, & que de l'autre il lui tombe de deſſus le corps une plus grande quantité de crottes , qui puiſſent ſuppléer au fumier dont on manque ſouvent en ce païs-là pour engraiſſer la terre.

28 *Lagona edatera*] Le Scholiaſte de l'Edition de Hollande a cherché inutilement l'explication de ces prétendus mots Grecs , qui au font ſont du Baſque tout pur, & veulent dire. *Camarade , à boire*, ou *Camarade, donne-moi à boire*.

29 *Raboullière*] La *Rabouillière* eſt un creux à l'écart où la Lapine fait ſes petits, & où le Furet la va déterrer. Selon Nicot & Monet, on appelloit autrefois ce creux *caterolle* & *houlette*.

30 *Cornons icy à ſon de flaccons et bouteilles*] Alluſion à l'ancienne coutume de *corner l'eau* à l'heure des grands repas. Perceforeſt , Vol. 1. Chap. 26. *mais ſitoſt que les deux Roys furent deſcenduz, ils ſe tirérent par devers les tentes , où les tables eſtoient miſes, & les mangers ſi hautement & plantureuſement qu'il appartenoit, dont l'eauë fut cornée à la manière Gregeoiſe*, Et au Chap. 27. du même Vol. *Adonc veiſſiez deſcendre Chevaliers de tous coſtez, & embraſſer Dames & Demoiſelles, & mettre jus de leurs palfroyz, puis s'allerent reveſtir de leurs nobles veſtures, car temps eſtoit de manger : les trompettes cornoient l'eauë en pluſieurs lieux*. La même coutume s'obſerve encore dans les Cours d'Allemagne, & l'on voit dans Froiſſart , Vol. 2. aux feuillets 27 et 111. de l'Edition de Verard; que ſous le régne du Roi Charles V elle avoit auſſi lieu en France & en Flandres.

31 *Diſoyt Angeſt on*] Ce traict regarde apparemment Jérôme le Hangeſte, Doĉteur de Paris, grand Scholaſtique, Ecrivain barbare de ce tems là ; & ſert à faire voir que ce n'eſt pas, comme on l'a cru, Amyot Evêque d'Auxerre, qui le premier avoit mis ce mot en crédit.

(*) *Voyez le Printemps d'Yver , Journ.* 5. *pag.* 435. *de l'Edit. de Lyon,* 1582.

32 *Mouillons, hay, il faict beau feicher*] Ci-deffus déja, dans le même Chap. *mouillez-vous pour feicher* ou *feichez-vous pour mouiller ?* Ce qui revient à la Chanfon.

> *Remplis ton verre vuide,*
> *Vuide ton verre plein.*
> *Je ne puis fouffrir dans ta main*
> *Un verre ni vuide ni plein.*

33 *Lans, tringue*] Mots corrompus de l'Allemand *Landsmann, zu trinken,* c'eft-à-dire, *Païs,* ou *Camarade donne-moi à boire.* C'eft à peu près ainfi qu'un François, qui ne fait que quelques mots d'Allemand, demande à boire à un Valet Allemand.

34 *Compaing*] Ici c'eft un François qui demande à boire à un Valet auffi François, & c'eft comme s'il difoit à ce Valet : *Païs, donne-moi du vin.* Ainfi, c'eft de *compagnus,* plutôt qne de *com* & de *panis,* que je crois avec Caninius (*) qu'il faut dériver *compaing,* vieux mot, auquel a fuccédé celui de *compagnon,* quoique *compaing* fe dife encore en Languedoc & en Picardie. Perceforeft, Vol. 1. Chap. 53. *ma foy,* dit le Bergié, *vous eftes bon* compains, *& je l'iray querir.* Et Froiffart, Vol. 1. chap. 162. f. 144. r°. de l'Edit. de Jean Petit : *Certes* compoingz, *dit le Chevalier, j'ay nom Thomas.*

35 *Morfiaillé*] Bauffré, goulument *fiché,* ou fourré dans la bouche, que l'Argo appelle *Morfe. Morfier, morfiaille* & *marfiailler* font des termes du même langage (†), & ils viennent tous de celui de *morfe.*

36 *O lachryma Chrifti*] C'eft à huit milles de Viterbe, & à deux journées de Rome, fur un Côteau enclavé dans le Territoire de la petite Ville de *Montefiafcone,* que croît l'excellent *Mofcatello,* autrement appellé *Lacryma Chrifti,* d'une Abbaïe voifine, qui fe vante de conferver dans fon Trefor une larme toute femblable à celle de Vendôme. Du refte, quoiqu'aujourd'hui ce vin foit fort rare, même fur les lieux, le Grand-Duc le faifant ordinairement enlever pour fa bouche & pour des prefens, un Gentilhomme Allemand y en but néanmoins en telle quantité, qu'il en mourut, fi l'on en croit une Epitaphe Latine qu'on veut que fon Valet lui ait faite (‡). On lit dans les Lettres *obfcurorum viror.* qu'un Maître és Arts de Cologne allant à Rome, apparemment folliciter contre Reuchlin, but au même endroit carouffe de ce *Lacryma,* & le trouva fi bon, que de l'abondance du cœur il s'écria, *Utinam Chriftus vellet etiam flere in Patria noftra !*

(*) *Dans fes Canons des Dialectes.*
(†) *Voyez, Oudin, lettre M. de fon Diction. Fr. Ital.*
(‡) *Miffon, Voyage d'Italie, Lettr.* 27.

37 *Vin pineau*] S'agiffant ici du *vin pineau*, & non du raifin qui lui a donné le nom, c'eft *vin pineau* qu'il faut lire, fuivant les plus anciennes Editions, favoir celle de 1535. & trois de 1542. & non pas *un pineau*, comme dans l'Edition de 1553. & les fuivantes. Le raifin *pineau* eft ainfi appellé, à caufe que par fa forme & par l'entaffement de fes grains les uns fur les autres, il ne reffemble pas mal à une *pomme de Pin*. En Touraine & en Anjou, c'eft un excellent raifin blanc, qu'à la Gafconne Rabelais appelle *Foirart*, Liv. 1. c. 25. Mais à Metz où le Pineau eft noir, ce raifin n'eft recommandable que par fa groffeur.

38 *Vin de tafetas*] Vin auffi doux à boire que le taffetas eft doux à manier.

39 *A une aureille, bien drappé, & de bonne laine*] Vin *à une oreille*, c'eft de bon vin, qui fait pancher la tête en figne d'approbation. *Vin bien drapé* & *de bonne laine*, fe dit d'un vin qui a tout enfemble du corps & de la délicateffe. Cette métaphore fait allufion à cet endroit de la Farce de Patelin, où ce matois faifant mine de vouloir acheter certain drap qu'il manioit, parle ainfi au Marchand drapier :

> Pat.   *Ceftuy-ci eft-il taint en laine ?*
>   *Il eft fort comme un Cordoüen.*
> Le Drap. *C'eft ung très-bon drap de Roüen,*
>   *Je vous promets, et bien drappé.*

40 *Nous ne voulerons pas*] Il faut fuppofer que de deux hommes qui boivent ici contre deux autres, l'un venant de boire dit à fon affocié à cette efpèce de jeu : *Mon compagnon, courage, nous ne volerons pas*, c'eft-à-dire, *nous ne perdrons pas la vole ; car j'ai fait un levé*, s'entend du coude, *en vuidant mon verre.*

41 *Je fuis prebftre Macé*] *A Brum, à Brum* qui précéde, eft un fon confus d'un Ivrogne qui, comme fi la langue lui avoit fourché, fe reprend mal à propos d'avoir dit *maiftre paffé*, au lieu de *Prebftre Macé*, qui ne fait pas un fens fi jufte.

42 *Couronne le vin*] Verfe fi plein, que le vin femble couronner mon verre. Cette expreffion eft d'Homére, Iliad. Lib. 1. v. 470. & Virgile l'a auffi employée Liv. 1. 3. & 7 de l'Enéide.

43 *A la cardinale*] Un rouge-bord.

44 *A la mode de Bretaigne*] Ci-deffous encore, Liv. 2. c. 27. *beuvons ici à la Bretefque*. C'eft-à-dire, comme les Bretons, qui ne laiffent rien dans le verre, au lieu qu'en d'autres Provinces la coutume étoit de ne le point vuider jufqu'à la derniére goutte.

45 *Avallez, ce font herbes*] En Languedoc & en Dauphiné, quand un malade répugne à prendre une potion trouble : *Avalez,* lui dit-on proverbialement, *ce font herbes*, c'eft-à-dire, *herbes médicinales* qui vous feront du bien. Il fe peut que Rabelais ait ici en vûe ce Proverbe, & qu'il l'employe envers quelqu'un de fes *Buveurs,* qui ne pouvoit fe réfoudre à fe gorger du fond d'un tonneau qu'on avoit vuidé jufqu'à la lie. Peut-être auffi que faifant allufion à la coutume qu'on a dans les repas du Printems, de mettre de la pimprenelle & autres herbes dans le verre, il fuppofe qu'un des ivrognes de ce Chapitre préfentant à fon voifin un verre où il avoit mêlé avec ces herbes du bouillon ou de la fauffe, du beurre, du lait & de la crême (*), lui dit pour l'encourager à boire ; *avalez, ce font herbes.*

CHAPITRE VI

1 *Couraige de brebis*] Ayez du moins autant de courage qu'en a une Brebis prête d'agneler. Au lieu de ces mots, *Couraige de Brebis,* jufqu'à ceux-ci inclufivement, *puis qu'il vous plaift,* on lit dans l'Edition de Dolet, conformément à celles de François Jufte 1534. & 1535. ce qui fuit : *Je le prouve, difoit-il, Noftre Saulveur dift en l'Evangile,* Joannis XVI. *La femme qui eft à l'heure de fon enfantement a triftesse, mais lors qu'elle a enfanté, elle n'a souvenir aucun de fon angoiffe. Ha, dift-elle, vous diâes bien, et ayme beaulcoup mieulx ouyr tels propos de l'Evangile, et beaucoup mieulx m'en trouve, que de ouyr la Vie fainâe Marguerite, ou quelque aultre capharderie.*

2 *Sang de les cabres*] Par le fang des Chévres. Cette expreffion Gafconne eft une des raifons qui font croire à l'Auteur de la Traduction Angloife de Rabelais, que c'eft Jean d'Albret Roi de Navarre, qui eft défigné fous le nom de Grandgoufier.

3 *Laiffez faire au quatre beufz de devant*] Repofez-vous de tout fur la vigueur & fur la foupleffe de la partie fouffrante. On voit fi peu de femmes, pour délicates qu'elles foient, ne fe pas tirer heureufement de l'état où vous êtes. Cette expreffion Proverbiale eft du Poîtou, où, comme il n'y a affez de Chevaux pour en ateler aux Chariots, on y met d'ordinaire trois couples de Bœufs, lorfque la traite eft longue & le fonds mauvais. Les quatre de devant, qui font toujours les plus adroits, fe fuivent de fort près ; mais ils font confidérablement éloignez des deux qui font au timon, afin que quand le Chariot fe trouve engagé dans un

(*) *Voyez Vivès, en fon Dial. intitulé* Ebrietas.

mauvais pas, ces quatre, qui font faits à cela, puiffent tirer du bourbier les deux autres avec le Chariot.

4 *Veguade*] Mot Gafcon, qui vient du Latin *vices* auffi-bien que *voye,* qu'on difoit anciennement au lieu de *fois,* ou de *coup,* & qui dans cette fignification eft encore en ufage dans le Patois Meffin.

5 *Hufchant en paulme*] Sifflant avec la main, dont on forme un fifflet, en difpofant les doigs d'une certaine maniére. *Hucher,* d'où on a fait *huchet* petit Cor de chaffe, eft un mot Picard qu'on dérive de *vocare ;* mais qui pourroit venir de *Huc* adverbe local emportant mouvement. A Metz, *hoïer* quelqu'un, fignifie quelquefois *l'appeller ;* mais le plus fouvent c'eft le *gronder.*

6 *Pellauderies*] Rognûres & raclûres de *peaux.* En Normandie on appelle *Pellautier* un ouvrier en peaux.

7 *Une horde vieille*] C'eft *horde,* & non pas *orde,* qu'on lit dans l'Edition de Dolet 1542. ce qui donne lieu de croire que Rabelais dérivoit *ord* de *horridus.*

8 *Venue de Brizepaille, d'auprès Sainct-Genou*] Villon dans fon grand Teftament :

> *Filles font très belles et gentes,*
> *Demourantes à Sainct Genou,*
> *Près Sainct Julian des voventes.*
> *Marches de Bretagne, ou Poictou.*

En Languedoc & en Dauphiné, dire d'une femme, qu'elle eft *venuë de Brifepaille, d'auprés de Saint Genou, d'avant* ou *dès devant tant d'années,* c'eft défigner une vieille débauchée ; & cela fignifie qu'il y a long-tems qu'on a brifé avec les genoux la paille de fon grabat.

9 *Alongea fon parchemin*] Pierre Grofnet dans fon Recueil des mots dorez de Caton, & autres dictons moraux, rapporte ce Conte en ces termes :

> *Notez, en l'Eglise de Dieu*
> *Femmes enfemble caquetoient.*
> *La Diable y eftoit en ung lieu,*
> *Efcripvant ce qu'elles difoient.*
> *Son rolet plein de point en point*
> *Tire aux dents pour le faire croiftre.*
> *Sa prinfe efchappe et ne tient point :*
> *Au pillier s'eft heurté la tefte.*

A quoi l'on ajoute que S. Martin, dans le tems qu'il fe tournoit vers le Peuple pour dire *Dominus vobifcum,* ayant vu cela, fe mit

à rire : ce qui ayant furpris, donna lieu, après la Meffe, de lui
en demander la raifon ; qu'alors le Saint révéla fa vifion, & que
c'eft de là qu'on a fu l'hiftoire. Les Contes d'Eutrapel la touchent
en paffant, Chap. *de la goute*, & même on l'a vue, au moins
jufqu'en 1678. repréfentée à Breft, dans l'Eglife de la Recou-
vrance, en un Tableau, qui en contenoit auffi le recit en François
& en Bas-Breton.

10 *Gravant par le diaphragme*] C'eft *gravant* qu'il faut lire,
fuivant les meilleures Editions, au lieu de *grimpant* qu'on lit dans
les plus nouvelles. *Gravir,* c'eft proprement, comme au Chap.
23. fuivant, grimper avec des poignars ou des poinçons, qu'on
nommoit *greffes* de γραφεῖον. Au Chap 4 du 5. Vol. de Perceforeft,
il eft dit que Jule Céfar fut tué à coups de *greffes,* c'eft-à-dire,
qu'on le poignarda.

11 *Le pays de Beuffe & de Bibaroys*] Beuffe eft un gros Bourg,
qui donne fon nom à une petite Riviére, que forment diverfes
Fontaines voifines de Loudun (*). Le *Bibaroys* n'eft autre chofe
que le *Vivarets* comme les Gafcons prononcent ce mot. Rabelais
rapproche ici le Païs de *Beuffe* & le *Vivarets,* parce qu'il entend
parler des Païs de Buverie & des Buveurs qui l'habitent.

12 *Et qu'il trouve par efcript*] Après ces mots, on lit dans
l'Edition de François Jufte 1535 & dans celle de Dolet 1542 ce
qui fuit : *Ne dict Salomon* Proverbiorum XIV ? Innocens credit
omni verbo &c. *Et Sainct Paul* primæ Corinthior. XIII. Charitas
omnia credit. *Pourquoy ne le croiriez-vous ? Pour ce, dictes vous,
qu'il n'y a nulle apparence. Je vous dy que pour cefte feulle caufe vous
le debvez croire en foy parfaicte. Car les Sorboniftes difent que Foy
eft argument des chofes de nulle apparence.*

13 *Ne emburelucocquez*] Le Verbe *emburelucocquer* revient encore
Liv. 2. Chap. 13. & Liv. 3. Chap. 22. & il fignifie proprement
s'emplir la tète de chiméres femblables à celles que les Moines
ont accoutumé de loger fous leurs *Capuchons de bure.*

De la pantoufle de sa nourrice] Brufcambeit, p. 457. de fes Oeuv.
Edit. de 1626. donne Pantoufle pour pere aux quatre fils Aymon.

14 *Tabuftez*] Ci-deffous encore, dans le Prol. du L. 3. *boutoit,*
tabuftoit, *cullebutoit.* Et au Chap. 9. du même Livre, *de ces* tabus
je me pafferois bien. C'eft une contraction du verbe *tarabufter,* &
je crois que l'un & l'autre ont été formez par onomatopée, du
bruit incommode que font avec leurs maillets ou avec leurs
marteaux, deux ou trois Tonneliers ou Forgerons, qui frappent
enfemble.

(*) *Voyez Coulon, Tom. 1. pag. 336. de fes Riv. de France.*

30

CHAPITRE VII

1 *Vaches de Pautille et de Brehemond*] La Carte du Chinonois, dans le Rabelais réformé &c. de Bernier, met *Potille* fur la Vienne, à une lieue de Chinon, & Brehemont fur la Loire, à trois lieues de Chinon, d'où dépend ce Village. Là fe font des fromages que Didier Chriftol, Traducteur François du Traité de Platine *De Obfoniis* a fi fort eftimez, que dans fa Traduction imprimée en 1505. quoique Platine ne parle point de ces fromages, il n'a pas laiffé d'en faire mention expreffe & fort honorable ; en quoi il a été fuivi par *Bruyerin* ou de la Bruyére-Champier Lib. 14. *de Re cibaria*, cap. 8.

2. *Mammallement fcandaleufe*] Rabelais fe moque de quelques Affemblées modernes, & de certains Docteurs de fon tems, qui avoient condamné en termes très-forts & pareils à ceux qu'il employe ici, des Propofitions de peu d'importance, pour ne pas dire ridicules. Il pourroit bien même avoir particuliérement eu en vûe l'Anathême prononcé par les Univerfitez de Louvain & de Cologne, & enfuite par le Pape Léon X en 1520, contre les Propofitions de Luther, lefquelles, de l'aveu même de fes Adverfaires, n'étoient pas toutes également hérétiques ni capitales. On peut voir là-deffus le 2. 1. de Sleidan, & le 1. de l'Hiftoire que Fra Paolo a faite du Concile de Trente.

3 *Des pitoyables aureilles offenfive*] Pieufes. Ci-deffous encore, au Prol. du Liv. 5. *comme vous pouvez*... pitoyablement *croire* c'eft-à-dire pieufement. Le fonge du Verger, chap. 68. *il appert que nous devons* pitéablement *croire et de bonne foy :* ce que la Verfion Latine de ce Livre, chap. 69. a rendu par *pie credendum.* Ainfi le Grammairien *Joannes Baptifta Pius* eft appellé par Geoffroi Tory, dans fon Champ fleuri *Jean Baptifte le pitoyable.*

4 *Jehan Denyau*] Ceux de cette famille font depuis parvenus aux Emplois de la Robe. Jaques *Denieau*, ou *Deniau*, Confeiller au Préfidial de la Fléche, eft qualifié en 1634. Procureur-Général du Roi en la Commiffion pour faire le Procès au Curé de Loudun (*) ; & un autre de la même famille étoit Juge de Poitiers dès environ l'année 1580. La Gente Poitevin'rie & réimprimée en 1610. à Poitiers, au Ménologue de Robin :

> E *Tallebot d'in appelly,*
> E *mé le va faire ally*

(*) *Voyez l'Hift. des Diables de Loudun, pag.* 173. *et* 261. *de l'Ed. de* 1693.

A Poeters, devant Douynea :
O quo oufti men chappea,
E li dici, Monfiour, veci
Igl me caffit men bot anfi,
Croc, ce fit igl, de fen palet :
E vainça vain jonty valet,
Fit Douynca *à Talebot.*
Tu luy à donc caffi fen bot ?

Ménage, pag. 202. de fes Remarques fur la vie de Pierre Ayrault
fon ayeul maternel, dit que de la famille des Deniau de la Coche-
tiére (qui étoient originaires de la Fléche) il y a eu cinq Confeil-
lers au Parlement de Bretagne.

5 *Purée feptembrale*] Le vin, qui dans les Païs chauds fe fait
ordinairement en Septembre.

6 *L'on le remettoit en nature*] On lui rendoit fa gayeté naturelle.
Rire eft le propre de l'Homme, dit Rabelais dans le Dixain qui
précéde le premier Livre.

7 *Dodelinant de la tefte*] *Dodeliner* fignifie *remuer*, & vient ou
de l'Italien *dondolare*, ou du mot François enfantin *dodo ;* parce
qu'on remue le berceau des enfans, afin qu'ils faffent *dodo*. Ce
verbe *dodeliner*, qui eft de l'Anjou, revient encore Liv. 1. Chap.
22 & au 36. Chap. du Liv. 3.

8 *Monichordifant*] Remuant les doigts, comme pour jouer de
l'Inftrument appellé par les Anciens *Monochorde ;* parce qu'il
n'avoit qu'une corde. Le *Monochorde* des Modernes a confervé le
même nom, quoiqu'il ait plufieurs cordes ; parce qu'elles font à
l'uniffon.

9 *Barytonant*] L'Art de Rhétorique, cité par Borel, a dit *bary-
tonifer*. Jean le Maire de Belges, en fa Defcription du Temple de
Vénus a écrit *barritonner*.

> *Là maint gofier,* barritonnant *bondit,*
> *Qui, Lay prononce, ou Ballade accentuë,*
> *Vire lay vire, ou Rondel arondit.*

Il faut écrire *barytoner*, c'eft-à-dire donner un ton, un accent
grave Βαρυτονεῖν. Gargantua formoit l'accent aigu avec fes doigts,
& le grave avec fon cul.

CHAPITRE VIII

1 *Pantarches*] Le même fe retrouve encore dans le Prol. de la Pronoftication Pantagruéline , quoiqu'ailleurs, Liv. 2. Chap. 10. & Liv. 3. Chap. 49. Rabelais ait préféré *Pancartes*. *Pantarche* & *Pancharte* fignifient la même chofe, quoique l'origine de ces deux mots foit différente. *Pantarche* ou *Pantarque* venant de πᾶν & d'ἀρχή , & *Pancharte* du bas Latin *pancharta* tiré du Grec Πανχάρτης.

2 *La chambre des comptes à Montforeau*] Rabelais plaçant la Scène de fon Roman dans la Touraine & dans une partie des Provinces circonvoifines , s'eft avifé de mettre une Chambre des Comptes à Montforeau , petite Ville et Comté dans l'Anjou, fur la Riviére de Loire , par allufion apparemment à la qualité de Comtes qu'avoient les Seigneurs de Montforeau : Maifon fi confidérable vers le douzième Siècle, que Gautier de Montforeau est qualifié Prince très-Chrétien dans un titre dé ce tems-là , comme le remarque M. Ménage pag. 153. de fon Hift. de Sablé aprés M. Pavillon dans fon Hift. de Robert d'Arbriffel.

3 *Fronsure des chemifes*] C'eft ce que dit Rabelais , Liv. 1. Ch. 52. qu'une femme qui n'eft plus ni belle ni jeune , eft du moins encore bonne à faire des chemifes, *froncées*, s'entend, ou à la mode nouvelle. Ce qui eft fondé fur ce que du tems de Rabelais on commença à froncer les chemifes. *Nam rugæ hæ , quid aliud funt hoc tempore, quam nidi, aut receptacula pediculorum et pulicum* , dit quelqu'un dans Vivés (*) pour raifon de ce qu'il ne vouloit pas fuivre la nouvelle mode des chemifes froncées. Or, comme pour froncer des chemifes on fe fert du cû de l'aiguille , Rabelais borne à cette *befogne* les vieilles qui commencent à fe rider ou à *fronzir*, comme on parle en Languedoc.

> *Perquè noun té marides, Jane,*
> *Hai ! Quoure té maridaras ?*
> *Caouque jour té repentiras*
> *Kan noun fies maridade.*
> *As acabat de courdura.*
> *Frounziffes are.*

Dit une vieille Chanfon de ce Païs-là , dont il eft bien fûr que Rabelais favoit du Patois, avant que d'y avoir jamais mis le pied.

(*) Au Dial. intitulé *Veftitus & Deambulatio matutina*.

4 *Car c'eſt choſe contre nature*] En effet, il n'eſt ni naturel ni poſſible d'attacher ou d'appendre une choſe à une autre qui ſeroit plus baſſe qu'elle.

5 *Olkam*] La Copie de la main de Rabelais portoit *Olʒam* en vieux caractères, ſuivant leſquels dans les Mſſ. & dans pluſieurs Imprimez de ce tems-là, le k eſt fait comme lʒ ; ce qui eſt cauſe que pas une des Editions que j'ai vues ne porte *Okam*, ou *Ockam*, qui eſt le vrai nom de ce docteur Anglois, mais toutes *Olkam Olcam*, ou *Olʒam*. Ci-deſſous, au Chap. 33. les Imprimeurs ont fait la même faute dans le mot *Lubec*, que dans l'Edition de Nierg 1573. on lit *Lurbelʒ*, au lieu de *Lubek*, comme on lit dans celle de Dolet 1542. Au Chap. 40. du Liv. 3. dans l'Edition de 1553. Il y a *Stolʒom* pour *Stokholm*, & au Prol. du l. 4. *Ollʒegen* pour *Ockeghem*, toujours par la même bevûe : & il n'y a pas juſqu'à ceux qui ont travaillé pour Henri Etienne à la meilleure Edition de ſon Apologie d'Hérodote, qui eſt celle de 1566. en 572. pages, qui pag. 229. et pag. 528. n'ayent bronché contre les mots *Kyrielle* & *Lanſqueneks*, au lieu deſquels ils ont mis *Lʒirielle* & *Lunſquenelʒ*.

6 *Exponibles de M. Haultechauſſade*] Il y a bien de l'apparence que c'eſt ici qu'eſt pris le *Chapitre des Chapeaux* que le Médecin malgré lui de Moliére attribue à Ariſtote. A l'égard d'*Exponibles*, terme du *Parva Logicalia* de *Petrus Hiſpanus* : ce terme, autrefois ſi miſtérieux pendant la barbarie des Ecoles, renfermoit la ſcience d'*expoſer* un même mot en mille maniéres, ſelon qu'on ſe voyoit plus ou moins preſſé dans la Diſpute (*) ; et c'eſt par rapport au ridicule de cette prétendue ſcience, que Rabelais lui attribue un Maître d'un nom extravagant.

7 *Exiture*] Selon du Cange, la *canne*, en fait d'aunage, eſt de huit empans, ou d'une aune & demie. *Exiture*, c'eſt-à-dire, *ſortie*, *ſaillie*, *avance*, ce qui fait ici un meilleur ſens qu'*extiture* que quelques-uns croyent qu'on y devroit lire.

8 *De la dignité des braguettes*] Ci-deſſus, dans le Prologue, l'Auteur avoit déjà parlé de ce prétendu Livre, & au Chap. 8. du Liv. 3. il veut que l'Empereur Juſtinien, dans un Traité *de Cogotis Tollendis* qu'il lui attribue, ait mis dans le 4. l. de ce Traité, *ſummum bonum in braguibus & braguetis*.

9 *Vignettes*] On voit ici qu'autrefois les *vignettes* repréſentoient effectivement & proprement des Vignes ; mais que ce mot ſe diſoit d'autres bordures que de celles des Livres.

(*) *Voyeʒ Agrippa*, de Venitate Scient. *Cap*. 8.

10 *Enchevestrées de verges d'or*] Le mot *verges* eft ici équivoque, & l'Auteur difant tout d'une fuite que ces pintes d'argent enchevêtrées de verges d'or du Saïe du jeune Gargantua dénotoient qu'il feroit un bon *Feſſe-pinte* en fon tems, on pourroit croire qu'il l'employe dans la fignification de *verges à feſſer*, mais on fe méprendroit, & par ces *verges*, autrement *bagues nues*, Rabelais entend différens cercles d'or en relief, qui partageoient extérieurement ces *pintes* en chopines & en demi-fétier; ce qui fe pratique encore fur les mefures d'étain & de plomb.

11 *Son efpée ne feut Valentienne, ny fon poignard Sarragoſſoys*] L'une & l'autre auroient été peu convenables à un enfant, les épées de Valence en Efpagne & les poignards de Sarragoſſe ayant la trempe excellente, & femblant ne pouvoir fe manier que par les braves de ces deux Villes, qui paſſent pour les plus adroits & les plus déterminez de toute l'Efpagne.

12 *Indalgos Bourrachous*] On appelle en Efpagne *Hidalgos* les Efpagnols originaires ou Catadins, qui par leur naiſſance de parens vieux Chrétiens, comme ils parlent, ont entre autres privilèges, celui de porter l'épée et le poignard. Rabelais, qui ne favoit les Langues que fuperficiellement, avoit écrit *Indalgos bourrachons* au lieu de *hildagos borrachos*. L'Edition de 1559. a feule *borrachons*, mot Francifé de *borrachos*: les aultres, en changeant *n* en *u*, *bourrachous*. Or comme les Efpagnols ennemis de l'ivrognerie ont coutume d'appeler *borrachos*, c'eſt-à-dire, *bouteillons* ceux qu'ils veulent injurier, & particuliérement les François, appellez de même *Crapaux Franchos* par les Flamands, à caufe que les *Bots* ou *Crapaux* étoient felon quelques Auteurs anciennement les Armes de la Monarchie, Rabelais à caufe de ce mot fi fréquent dans la bouche des Efpagnols, les appelle *borrachons*, de même qu'au Prologue du Liv. 3. il appelle *Liffreloffres* les Allemands et les Suiſſes, parce qu'il femble, quand ils parlent, qu'ils ne difent autre chofe que *liffre loffre*. Et comme enfin il y a peu de bonnes Maifons en Efpagne qui puiſſent fe vanter de ne s'être point mêlées par alliance avec les *Maures* anciens du Païs, ou avec leur defcendans qui s'y tiennent encore cachez, delà vient que Rabelais ne fait pas de fcrupule d'accufer auſſi de *Marraniſme* la meilleure Nobleſſe Efpagnole.

13 *De la couille d'un Oriflant*] Ci-deſſous encore, Liv. 3. Chap. 17. *Une couille de Bélier pleine de Carolus nouvellement forgez*. Ce qu'ici & plus bas, au Chap. 16. Rabelais nomme *Oriflant*, par une corruption autorifée par nos vieux Livres (*), c'eſt l'*Eléphant*. Des bourfes de ce prodigieufement gros Animal, Rabelais fait

(*) *Voyez Perceforeſt, Vol. 2. Chap. 143. & les Diction. Fr. Ital. et Fr. Efp. d'Oudin,*

une bourſe à mettre l'argent que le jeune Gargantua portoit ordinairement ſur ſoi ; & ce qui le porte à cela, c'eſt que comme anciennement les Particuliers faiſoient leurs bourſes de la peau qui enveloppe les teſticules du bélier (†), il faloit qu'un Géant, & un grand Prince comme Gargantua, eût une bourſe incomparablement plus groſſe, puiſqu'elle devoit être proportionnée aux richeſſes & à la taille de cet homme extraordinaire.

14 *Her Praçontal, proconsul de Libye*] L'ancienne Maiſon de Praçontal eſt originaire de Montelimar en Dauphiné, dont étoit Lieutenant de Roi le Sire Praçontal, ou peut-être de la Provence.

15 *Bonnetʒ à la marrabeiſe, faiɖʒ comme une crouſte de paſté*] Ci-deſſous encore, Liv. 3. Chap. 22. *Je gaige qu'il eſt Marrabais*. Un bonnet *à la Marrabaiſe*, c'eſt-à-dire, à la Juive, & comme en portent les Eſpagnols, dont pluſieurs paſſent pour une eſpèce de Juifs & de Mahométans cachez. Le Tocſain des Maſſacr. pag. 90. *environ le meſme temps il s'eſmeut une ſédition à Paris contre les Italiens, que le Peuple accuſoit d'avoir tué pluſieurs petits enfans, & prins de leur ſang : les uns diſans que c'eſtoit pour baigner le Duc d'Anjou, pour quelque maladie ſecrette, & les aultres pour la Roine mere. En ſomme, ſous cette couleur, pluſieurs Italiens furent pillez & outragez par la populaſſe, accuſez d'eſtre Marrabets, c'eſt-à-dire, Juiſʒ cuchez ;* car on ſait qu'encore aujourd'hui les Juifs ſont ſoupçonnez aſſez communément d'égorger d'année à autre quelque enfant Chrétien, à l'imitation de ces Italiens qu'un ſemblable ſoupçon fit paſſer pour *Marrabais*, vers le milieu du ſeizième Siècle. A conſidérer le mot en ſoi, *Marrabais* dans les Dictionnaires Fr. Eſp. & Fr. Ital. d'Oudin eſt interprété *marrano* qui ſignifie proprement un Chrétien de race Juive ou Mahométane. *Marrabais* paroît un mot compoſé de *Maurus* & d'*Arabs,* parce que les Mores & les Arabes ont long-tems commandé dans une partie de l'Eſpagne ; & comme il y avoit beaucoup de Juifs mêlez parmi eux, delà eſt venu que *Marrabais* ſe prend pour Mahométan & pour Juif. Et parce que les Eſpagnols ſont nommez injurieuſement *Marranes* & *Marrabais,* comme s'ils tenoient du Judaïſme, delà vient que lorsqu'au Chap. 22. du Liv. 3. on lit du Poëte Raminagrobis, *il eſt par Dieu Sophiſte argut, ergoté & naïf, je gaige qu'il eſt Marrabais,* il eſt indubitable que là Rabelais nous donne ce Poëte pour auſſi fin & madré que les *Eſpagnols,* qui étant, comme on ſait, fort attachez à la Scholaſtique, ſont par conſéquent grands & ſubtils Logiciens.

16 *Les Medecins Gregoys*] Tout ceci eſt pris de Galien, Lib. 9 *de Simplic.* au Chap. intitulé *Jaſpis viridis.*

(†) *Mélanges de Politien, Chap.* 62. *où il cite Feſtus et Pedianus.*

17 *Cabalifles de Sainlouand*] Sainlouand eft un Prieuré fitué fur la Vienne, à une petite lieue plus bas que Chinon. Ce nom vient de *Linentius* Moine de S. Mémin d'Orléans, qui mourut-là : & Rabelais traite de *Cabalifles* les Religieux de S. Loüens, par la même raifon que ci-deffous, au Chap. 15. du Liv. 3. il appelle *Cabale Monaftique* toute inftitution qui n'a pour fondement qu'un perpétuel & conftant ufage des Moines.

18 *Or de feraph*] Léunclaw, page 223. des Pandectes de l'Hift. des Turcs, dit que Séraph étoit une monnoye d'or Egyptienne, ainfi nommée du Soudan *Melech.Séraph* qui la fit fraper le premier. Ici *or de Séraph* c'eft comme qui diroit *or de Ducat*, puifque le *Séraph* dont il eft encore parlé Liv. 2. Chap. 14. & Liv. 3. Chap. 2. eft proprement cette monnoye Turque qui répond au Ducat d'Europe. (*).

19 *Le capitaine Chappuys*] Claude Chappuys, Valet de Chambre du Roi François premier, & Garde de fa Bibliothéque, puis Doyen de l'Eglife de Rouen, après qu'il fe fut fait Eccléfiaftique, ce qui a fait croire à la Croix du Maine que Claude Chapuis étoit de Rouen. Mais Gabriel Chapuis, qui en tête de toutes fes Traductions fe qualifioit Tourangeau, affûre que ce Claude & lui étoient parens, & d'ailleurs du Verdier Vauprivas, qui prétend que Cl. Chapuis étoit de Touraine, eft plus croyable que la Croix du Maine, puifque Rabelais, qui en étoit auffi, parle du même Cl. Chapuis comme d'un homme de fa connoiffance particuliére. S'il étoit ici queftion des Ouvrages de Cl. Chapuis on pourroit renvoyer à La Croix du Maine et à du Verdier-Vauprivas, qui en ont publié les Catalogues, mais peut être aimera-t-on mieux favoir que Marot le nomme dans fon Epître de Fripelipes à Sagon, & que Salman *Macrin* (†), comme Cl. Chapuis Valet de Chambre du Roi François premier, pag. 124. de fes Hymnes Liv. 3. adreffe quelques ¶ Phaleuques *ad Claudium Cappufium Decanum Rothomagenfem*, où il le traite de fon ancien compagnon & ami.

20 *Alcofribas fon bon facteur*] *Alcofribas-Nafier,* c'eft l'Anagramme de *François Rabelais*, qui fe nomme encore lui-même *Alcofribas* fur la fin du 32. Chap. du fecond Livre de fon Roman. Il fe qualifie ici le *bon facteur* de Gargantua, c'eft-à-dire le fidèle Hiftorien des *Faits* de ce Prince. Auffi voit-on que dans les

(*) *Voyez R. Cenalis*, de vera menfur. ponderumque rat, *Lib.* 67. *Edit. de* 1547.

(†) *Appellé* Maigret *par Fauchet, Liv.* 4. *Chap.* 14. *de fes Ant. Gaul.*

¶ Efpèce de Vers en ufage chez les Grecs & chez les Latins, qui a cinq pieds, & très-convenable à l'Epigramme.

vieilles Editions de ce Roman, il l'intitule : *Les Faictȝ & Dictȝ*
&c. Et André du Chêne explique ainſi dans ſa Préface ſur Alain
Chartier, le mot *Facteur*, que nos vieux Livres employent ordinairement dans la ſignification d'*Hiſtorien*.

21 *Un balay en perfection*] De figure ronde , comme Rabelais
s'en explique ci-deſſous, Liv. 4. Chap. 32. où il dit que cette
figure eſt la ſeule qui ſoit parfaite.

22 *Hans Carvel, grand lapidaire du roy de Melinde*] C'eſt *Caruel*
& non *Carvel* qu'on lit dans l'Edition de Dolet 1542. dans celle
de 1547. & dans celle de 1553. Il eſt vrai que de ce tems-là la
figure de l'u conſonne étoit la même que celle de l'u voyelle ,
mais *Caruel* ſe trouve écrit *Carüel* avec deux points ſur l'u en
trois endroits de l'Edition de 1559 & même en cinq du Rabelais
de 1626. Liv. 3. Chap. 28. Ainſi *Caruel* pourroit bien être la
bonne leçon : & non *Carvel* , qui eſt celle que la Fontaine a
ſuivie. L'Etat Maritime de Mélinde, que les Portugais découvri-
rent ſous la conduite de Vaſque de Gama au commencement de
l'année 1498. eſt ſitué en Afrique à trois degrez de Latitude
Méridionale, & il eſt riche, particuliérement en *Eſcarboucles* & en
Rubis. C'eſt la raiſon pourquoi Rabelais donne au Roi de Mélinde
un grand Lapidaire, qu'on prend pour eſtimer les Pierreries de
Gargantua. Mais comme il n'y a pas d'apparence qu'on ſoit allé
chercher ſi loin un Lapidaire pour évaluer les Bijoux de notre
Héros, je croirois bien plûtôt que par le Roi de Mélinde, Rabelais
a entendu le Roi de France. A l'égard de Hans *Caruel* , par le
conte que l'Auteur fait de lui Liv. 3. Chap. 28. je ne doute point
que ce ne ſût quelque Picard , gros Financier, qui devint fort
jaloux d'une jeune perſonne qu'il avoit épouſée , ſans faire
réfléxion qu'il étoit trop vieux pour elle.

23 *Moutons à la grand laine*] Ces Moutons, qui reviennent
encore au Chap. 53. ſuivant, & Liv. 3. Chap. 2. étoient une
Monnoye d'or fin, du poids de trois deniers cinq grains trébu-
chans. Elle valoit douze ſols ſix deniers d'argent fin , & elle fut
appellée de la ſorte, parce qu'à un de ſes côtez étoit repréſenté
Jéſus-Chriſt, ſous la figure de l'*Agneau* , avec ces mots autour :
Agnus Dei, qui tollis peccata Mundi, miſerere nobis. Elle commença
ſous le régne de St. Louïs, & dura juſqu'à celui de Charles VII.

24 *Fourques d'Auxbourg*] Marchands riches & très-renommez
dès la fin du quinzième Siècle. Ils étoient d'Augsbourg, & ils y
avoient exercé leur trafic ; mais dès l'an 1510. ils poſſédoient des
Terres conſidérables dans le Diocèſe de Conſtance ; & ce fut
auſſi vers ce tems-là que l'Empereur Maximilien premier les
honora du titre de Barons. Rabelais parle d'eux dans la premiére
de ſes Epîtres Fr. & c'eſt à cette occaſion que Meſſieurs de Sainte

31

Marthe expliquent l'origine de cette Famille dans leurs Obfervations fur ces Epîtres. Leur vrai nom eft *Foucker*, & ils font
aujourd'hui Comtes de l'Empire.

CHAPITRE IX

1 *Indague & abhorrente*] Indague, *dishonefto, torpe, brutto*, dit
le Diction. Fr. Ital. d'Oudin. Le mot *Indague*, dans fa fignification la plus vraifemblable, fe dit proprement d'un homme qui,
dans un Païs comme l'Efpagne, où les Gentilshommes portent
la *dague*, paroîtroit en public *fans dague au côté;* & c'eft de là
qu'en France on le dit d'un homme décontenancé & de mauvaife
grace (*). Mais ici, Rabelais l'employe pour exprimer une chofe
qui fait de la peine au fens commun.

2 *Livre trepelu*] Ci-deffous encore, Liv. 3. Chap. 20. *ce vieux*
& trepelu *Terpfion*. Et au Chap. 18. du même livre, *c. goguelu*,
c. farfelu, c. trepelu. Un Livre *trepelu*, c'eft un Livre mal-bâti.
Dans ce tems-là un *trepelu*, c'étoit un homme mal coiffé, comme
qui diroit *entrepelu*, ainfi qu'en Bourgogne on dit *trevoir* pour
entrevoir. On a dit auffi *trepelu* dans la même fignification, & ce
mot s'eft pareillement dit des chofes & des perfonnes (†); mais
toujours en mauvaife part, foit d'un homme de peu, ou d'une
chofe de néant, ou de *trupet* (**) ou *tripet*, comme on parle en
Lorraine.

3 *Bifouars*] Ci-deffous encore, au Chap. 5. de la Prognoftication Pantagruéline, *Bifouarts... Lacquays, Nacquets, Voyrriers,
Eftradiots*. Ceux qu'on nomme *Bifouarts* font proprement les
habitans des Montagnes du Haut-Dauphiné, & particuliérement
ceux de la Vallée du Bourg-d'Oifans, *Ofanum Burgum*. Comme
le Païs ne leur fournit pas de quoi fubfifter, & qu'au contraire
ils courroient rifque d'y mourir de faim pendant dix mois de
l'année qu'ils y font affiégez par les neiges, ils fortent de leurs
Montagnes avant l'Hyver, & fe répandent en différentes Provinces, où entre autres marchandifes, ils vendent de petits Livres à
feuilles brochées, tels que des Almanacs, des Jeans de Paris, des
Pierres de Provence, *le Blafon des couleurs*, & autres femblables.
I Valdefi, dit Ménage dans fes Origines Italiennes, au mot *Bizoco*,

(*) *Etym. des Prov. Fr. impr. à la Haye en* 1656.
(†) *Voyez la Mappemonde Papiftique, pag.* 52. *& le Réveille-matin
des François, pag.* 166.
(**) *Ant. Oudin, Diction. Fr. Ital. au mot* Trupet.

ritirati nelle Valli del Delfinato, *chiamanfi oggi Biẕi*, *e Biẕordi.*
Voilà tout jufte nos *Bifouarts*, & on leur a donné ce nom, à
caufe qu'ils font communément vêtus d'une groffe bure de couleur *bife*. Au jugement de Rabelais le *Blafon des couleurs* (*) ,
Livre qui par parenthèfe a pour Auteur un *Quidam*, qui fe faifoit
nommer Sicile, Héraut d'Armes du Roi d'Arragon (†), & ne
devoit fe débiter que par les *Bifouarts*, gens à qui d'ailleurs le
debit de leurs chétives Merceries produit fi peu d'argent, que
n'ofant y toucher, parce qu'il n'en vient chez eux que de ce
trafic, ils ne fe nourriffent dans leurs courfes que de pain ou de
potage que les acheteurs veulent bien leur donner par aumône.

4 *Impofitions badaudes*] Rabelais fe trompoit s'il croyoit que
l'Auteur du *Blafon des couleurs* fût Parifien. Il fe difoit de Mons
en Hainaut.

5 *Niays du temps des haultẕ bonnetẕ*] La mode des haults-
bonnets avoit précédé celle des grands Chaperons, du tems de
laquelle eft ce Proverbe, qui, en l'année 1565. qu'on voyoit
encore de ces ridicules Chapérons (**), rappelloit cette ancienne
mode, à comparaifon de laquelle l'autre pouvoit paffer pour
raifonnable (‡).

6 *Enchevestré leurs muletẕ*] Alors on faifoit entrer jufque dans
les harnois de l'Equipage les livrées de fa Maîtreffe. Le 5. des
Arrêts d'Amours, defquels l'Auteur nommé Martial d'Auvergne
mourut vers la fin du quinzième Siècle : *En poffeffion et faifine* ,
qu'il ne doit point aux harnois de fes Chevaulx porter la livrée d'elle.

7 *Des pennes d'oifeaulx pour poines*] Ce Rebus, & celui d'une
Sphére pour exprimer l'efpoir d'un Amant, étoient encore en
vogue entre quelques Courtifans, du vivant de Des-Accords (***).

8 *Une queue de renard au collet*] Façon de parler prife de l'ufage
des Anciens, qui traitoient de la forte ceux qu'ils vouloient faire
paffer pour ridicules. *Veteres*, dit le Scaligerana , *iis quos irridere
volebant, cornua dormientibus capiti imponebant , vel* caudam Vulpis,
vel quid fimile.

9 *Mon cueur à qui moult tarde*] Cette allufion qui pourroit bien
être venue de Rabelais, a depuis été attribuée à certain Prédicateur, duquel on dit qu'ayant un jour fait une gageure, qu'il

(*) *Réimpr. de nos jours à la fuite de la Maison des Jeux.*
(†) *La Croix du Maine, Biblioth. Fr. lettr. S.*
(**) *Voyeẕ l'Apol. d'Hérodote, Chap. 28.*
(‡) *La même, Chap. 27.*
(***) *Voyeẕ fes Bigarrures, Chap. 2.*

oferoit bien, tout en Chaire, crier par trois fois, *moutarde*, il commença fon fermon par ces mots : *moutarde*, *moutarde*, à chacun defquels ayant fait une paufe, il dit tout d'une fuite : *moult tardent les pêcheurs à fe repentir.*

10 *Un pot à piffer, c'eft un official*] Ci-deffous encore, au Chap. 21. fuivant, *piffant donc plein official*, car c'eft *official* qu'on lit dans l'Edition de Dolet 1542. & dans celle de 1547. au lieu d'*urinal* qu'il y a dans les autres. *Official* pour pot de chambre, vient de ce que ce vaiffeau eft *officieux* & rend fervice, à quiconque en a befoin, comme ces *Officiales* ou Appariteurs ainfi nommez, dit Ifidore, *ideo quod præfto fint ad obfequium.*

11 *Le greffe des arreftz*] L'ancien Dictionnaire Latin François intitulé *Vocabularius familiaris ex fumma Januenfis, Huguicione & Papia excerptus*, imprimé en petit *in fol.* lettre Gothique, fans date, & fans nom de lieu. *Graphius phii.* Greffe. 1. *ftilus in quo fcribitur in cera, & dicitur à graphia, phiæ. Et graphium, phii. idem.* Greffe. Item au mot ftilus. *ftilus, li.* 1. *grafium*, greffe, & *dicitur à fto, ftas, quia ftat in cera & quidquid longum eft & erectum dicitur ftilus à ftando.* Greffe ou ftyle eft donc proprement tout ce qui eft long, droit, & élevé en haut. Or, comme d'autre côté on appelloit *arreft* cette pièce du harnois, ou l'homme d'armes affermiffoit fa lance, convenons que Rabelais ne pouvoit guère finir fa tirade plus gaillardement que par ces deux équivoques.

12 *Lefquels nul n'entendoit qui n'entendift*] Il faut lire, comme dans l'Edition de Dolet 1542. *Lefquelles nul n'entendoit qui n'en tendift, et ung chafcun entendoit qui entendift.* C'eft l'Edition de Pierre Eftiart, Lyon, 1571. qui a fait cette omiffion, & de toutes les fuivantes, je ne fache que celle de 1626. où elle ait été réparée, à cela près qu'au lieu d'*un chacun* on y lit *en chacun*. Mais & dans l'Edition de Dolet 1542. & dans celle de 1626. la ponctuation eft vicieufe. Pour la rectifier il faut une virgule après *entendoit*, & une autre après *entendift.*

13 *Polyphile au Songe d'amours*] *Hypnerotomachia Poliphyli, ubi omnia non nifi fomnium effe docet, atque obiter plurima fcitu fanè quam digna commemorat.* C'eft là l'infcription du Livre, qui eft *in fol.* Il fut imprimé pour la première fois à Venife chez Alde Manuce l'an 1499. Voffius le Pere qui dans fes Hifftoriens Latins Lib. 3. a dit fur la foi de Balthafar Boniface que ç'a été à Trevife l'an 1469. s'eft trompé & pour la date & pour le lieu. Il eft vrai qu'au bas du dernier Chap. on lit ces mots qui font la clôture de l'Ouvrage, *Tarvifii cum decoriffimis Poliæ amore, lorulis diftineretur mifellus Poliphilus. M. CCCC. LXVII. Cal. Maii.* Mais outre que cette date n'eft pas conforme à celle que rapporte Voffius, il eft vifible qu'il ne s'agit là que du tems de la

compofition , celui de l'impreffion étant marqué dans le feuillet fuivant. *Venetiis, menfe Decembri M. D. in ædibus Aldi Manutii ,* au bas de l'*Errata.*

Plufieurs connoiffent ce Livre par les Traduĉtions Françoifes qu'en ont faictes, à plufieurs années l'un de l'autre, Jean Martin, & Béroalde de Verville ; mais l'Original Italien eft affez rare. Leonardo Graffo de Vérone l'a fait imprimer , & c'eft un Chef d'œuvre de l'Imprimerie pour la beauté du papier, des caraĉtères & des figures. L'Auteur s'étoit caché , & il avoit eu fes raifons , quoiqu'il paroiffe par les épigrammes & les vers qui font au commencement du Livre, que fon nom n'étoit pas inconnu à fes amis. Il eft même nommé dans une Oĉtave Italienne que Matthieu Vifconti de Breffe a ajoutée à une Préface Latine à la louange de cet Ouvrage. En voici les deux derniers vers, que Rabelais n'avoit très-certainement pas vus, puifque dans fes Notes fur fon Liv. IV. il appelle cet Auteur *Piétre* Colonne.

> *Mirando poi* Francifco *alta Colomna.*
> *Per cui phama immortal devoi riffona* (*).

Je ferois furpris de la vifion des Alchimiftes qui croyent trouver en ce Livre leur Pierre Philofophale, s'ils n'étoient en poffeffion de la trouver par-tout. Cet Ouvrage eft purement Erotique, & les Epifodes dont l'Auteur a voulu l'embellir regardent uniquement l'ancienne Architeĉture , & une Philofophie Platonicienne affez mal entendue. Il y a auffi inféré quelques Infcriptions Hiéroglyphiques, Hébraïques, Grecques, Arabes, & Latines ; mais fi peu heureufement imitées de l'antique , que Rabelais a eu tort de s'exprimer d'une maniére à faire prendre pour une expofition des Hiéroglyphiques plus ample que celle d'Horus, le *Songe de Poliphile,* qui n'en eft tout au plus qu'un Supplément deftitué d'autorité. En général, on ne peut rien voir de plus pédantefque que ce Livre. Sans parler du ftile qui eft un Galimathias confus et prefque impénétrable de Latin, de Grec, & d'Italien , les fauffes penfées & les *concetti* les plus monftrueux y reviennent fi fouvent , avec une infinité de froides allufions à la Fable & à l'Hiftoire ancienne, qu'il y en a pour pouffer à bout la patience du Leĉteur le plus docile.

Tout l'Ouvrage ne contient qu'un Songe d'une longueur prodigieufe , où l'Auteur , fous l'emblème de fa vie, a voulu tracer un modèle des accidens auxquels fouvent les hommes font expofez par leur choix, ou par leur mauvaife conduite. Son nom eft défigné par les lettres initiales des Chapitres du Livre, qui étant raffemblées font ces mots, *Poliam Frater Francifcus Columna peramavit.*

Il paroît par-là que l'Auteur étoit Moine : & l'on connoît par

(*) *Il parle à Polia, la Maîtreffe de l'Auteur.*

plufieurs endroits de l'Ouvrage que fa Maîtreffe étoit une Religieufe appelée *Lucretia Maura*; & qu'elle defcendoit d'un *Calo
Mauro* nommé originairement *Lelio Mauro*, de l'ancienne famille
Lelia de Trevife. *Polia* eft un nom Romanefque, d'où François
Colonne amant de cette belle a pris le nom de *Poliphile*, &
Rabelais, qui a écrit *Polyphile*, pourroit faire douter qu'il eût vu
le Livre, fi d'ailleurs il ne paroiffoit pas clairement qu'il l'a imité
dans fa description du Jeu des Efchecs. La Maîtreffe de Poliphile
lui avoit été cruelle au commencement; mais elle fe radoucit
dans la fuite. Ils étoient l'un & l'autre de Trevife, & quelques
Epigrammes, qui font à la fin & au commencement de l'Ouvrage,
font conjecturer que la prétendue *Polia* étoit morte quand le
Livre fut imprimé. Outre la beauté des Planches, & peut-être,
pour le tems, une connoiffance affez rare de l'Architecture, il n'y
a rien qui doive fort porter les Curieux à rechercher cet Ouvrage,
qui jufqu'à préfent n'a été recommandable que par les chimères
de Jaques Gohori, le premier qui chercha la Pierre Philofophale
dans Poliphile. Quelque 40 ans après, Beroalde de Verville donna
dans les mêmes vifions, defquelles cependant il fe defabufa
depuis, comme il paroit par les railleries qu'il a faites des Alchimiftes dans fon *Moyen de parvenir.*

14 *La devife de monfieur l'Admiral*] Au Chap. 33. fuivant, où
Rabelais parle encore de la Devife de l'Empereur Augufte, il dit
pofitivement que cette Devife étoit *Feftina lentè*; & dans fes
Remarques fur fon 4. Liv. on voit que Mr l'Admiral avoit pris la
même Devife, dont le corps étoit, comme de celle d'Augufte,
*une Ancre, inftrument tres poifant: et un Dauphin poiffon legier fur
tous Animaux du monde.* Cependant il eft bien fûr que l'Ancre
entortillée d'un Dauphin, avec les paroles *Feftina lentè* fut proprement la Devife de l'Empereur Tite, celle d'Augufte ayant été,
comme le remarque (*) H. Etienne (*) *Terminus Fulmini cunjunctus*,
avec les mêmes paroles *Feftina lentè.* Mais, fans nous arrêter à
cette faute, qui avec plufieurs autres fait pourtant voir que très-
fouvent Rabelais écrivoit de mémoire, la queftion eft de favoir
qui eft proprement l'Admiral à qui il donne cette devife. Ménage,
dans les Notes marginales de fon Rabelais, veut que ce foit
M. d'Annebaut; mais, comment cela fe peut-il, puifque ce
Seigneur ne fut fait Admiral de France qu'environ quatorze ans
après le tems auquel Rabelais compofa le premier livre de fon
Roman? Et n'y a-t-il pas toute forte d'apparence que l'Admiral
dont il veut parler, c'eft Monfieur de Brion Philippe Chabot, fait
Admiral en 1526. & mort feulement en 1543. Du refte, M. de

(*) Schediafmatum *L.* 4. Sched. 30. *fur le* Feftina lentè, *des
Adages d'Erafme, d'où Rabelais a pris tout ce qu'il venoit de dire à la
louange des Hiéroglyphes.*

Brion avoit choifi la Devife de l'Ancre et du Dauphin, apparemment pour marquer fon Emploi fur la Mer, & fon attachement particulier à la perfonne de Monfeigneur le Dauphin.

Faire fcalle] L'Efcale en terme de Marine, eft une arrivée ou mouillage dans un Port pour éviter la tempête, ou les ennemis.

15 *Le moulle du bonnet, c'eft le pot au vin*] Le vin monte à la tête, & *tête* vient de *tefta* qui veut dire un pot. Au Chap. 8. du Liv. 3. on lit : *Sauve Tévot le pot au vin, c'eft le crüon.* C'eft-à-dire, la *tête*, que les Poitevins appellent *crujon*, c'eft-à-dire, *petite courge*, ou *petite cruche*, quand ils veulent exprimer une tête malfaite (*).

CHAPITRE X

1 *Je excepte les antiques Syracufans*] Plutarque décrivant la magnificence des funérailles que firent les Syracufains à Timoléon, dit qu'ils y parurent dans leurs habits les plus propres, Πάντων καθαρὰς ἐθῆτας φορούντων. D'où Alexander ab Alexandro, Chap. 7. du 3. Livre de fes Jours Géniaux, a pris occafion d'écrire que la coutume des Syracufains étoit d'affifter aux funérailles en Robe blanche. En quoy il a fait deux fautes copiées ici fidèlement par Rabelais. L'une d'avoir parlé de Robe blanche, Plutarque n'ayant point marqué la couleur, mais feulement la propreté des habits ; l'autre d'avoir pris la pompe funèbre extraordinaire que firent les Syracufains à Timoléon pour une coutume établie parmi eux d'en ufer ainfi dans toutes les funérailles.

2 *Argives qui avoient l'âme de travers*] Un certain Socrate dit dans Plutarque, que quand ceux d'Argos portoient le deuil, c'étoit avec des Robes blanches, lavées de frais dans de l'eau bien nette (†).

3 *Les Thraces et Cretes*] Perfe, Sat. 1. Pline, Liv. 7. Chap. 40. & Alexander ab Alexandro au Chap. 20. du 4. Livre de fes Jours Géniaux.

4 *Bona lux*] Φῶς ἀγαθὸν. Id. eft : *Lumen bonum. Vita lumen eft. Id. autem dictum eft ab anu quapiam moriente, quam etiamnum juvabat vivere*, dit Erafme lui-même fous le nom de Liftrius fur le Φῶς ἀγαθὸν de l'*Encomium Moriæ*, page 64. de l'Edition de Bâle 1676.

(*) *Voyez la 8. des Serées de Bouchet. et le Chap. 3. du 3. L. de Fénefte.*
(†) *Dans la 26. des Demandes des chofes Romaines.*

5 *Les febves blanches*] Plutarque dans la Vie de Périclès.

6 *Infoluble*] Dans la Préface de fes Problêmes, où il eft cependant à remarquer qu'il ne dit pas précifément que ce foit d'un Coq blanc que le Lion ait peur, mais simplement d'un Coq.

7 *Proclus*] Rabelais le cite encore Liv. 2. Chap. 18. Proclus au refte, non plus qu'Aléxandre Aphrodifée ne détermine point la couleur du Coq.

8 *Bien amez*] *Bien aimez* dans la fignification de *gens qu'on aime bien* ne faifoit pas un bon fens. *Bien amez* qu'on lit dans l'Edition de 1553. dans celle de 1596. & dans les derniéres n'en faifoit pas un meilleur, puifqu'en terme de Chancellerie *amé* eft l'équivalent d'*aimé*. De croire que *bien amez* revient au Latin *bene animati,* du verbe *amer* qu'on auroit dit pour *animer,* on auroit de la peine à en trouver un exemple; & quand on en trouveroit, une expreffion fi peu ufitée ne feroit pas intelligible. De prendre auffi *bien aimez* dans le même fens de *bien animez,* fous ombre que dans nos vieux Livres il fe trouve quelques exemples qu'on a dit anciennement *aime* pour *ame,* c'eft une erreur. Rabelais par *bien aimez,* a entendu bien *efmez,* c'eft-à-dire, bien difpofez, bien intentionnez, de bonne volonté, de bon *efme*: mot qui par abbréviation vient d'*eftime,* dans la fignification de jugement, de fentiment. Ce mot eft fréquent dans nos vieux Gaulois, qui écrivent toujours *efme.* Ecrire *aime* en ce fens eft une faute, & c'en eft une à Rabelais d'avoir écrit bien aymez au lieu de *bien efmez.* Les Païfanes de Bourgogne difent d'un homme qui ne leur témoigne nulle bonne volonté, qui ne leur fait nul figne d'amitié, *qu'il n'a point d'efme.* Jean Bouchet finit ainfi fa 34. Epître :

> *Efcript foubdain en brief et lourd propos.*
> *Après fouper qu'on perd fouvent fon efme,* &c.

Où *efme* fignifie netteté de fens, génie, préfence d'efprit. Le même, Epître 84. a dit dans la même fignification, *fi je n'ay perdu l'efme.* Mais dans ces vers de l'Epître 13.

> *Et fi l'efpoufe au Roy Loys unzième*
> *Fille d'Efcoffe eut telle extime et efme*
> *De Charretier, qu'en dormant elle touche*
> *D'un doulx baifer fon éloquente bouche*
> *Pour les bons mots qui en eftoient yssus;*

efme n'eft qu'un fynonyme d'*eftime.* L'ancienne orthographe d'*efmer* étoit *æfmer* d'*adæftimare.* L'Hiftoire de Geoffroy du Villehardouyn L. 8. p. 158. de l'Edit de Vigenére, 1585. Et aefmérent que ils avoient bien quatre cens Chevaliers, & que ils n'en avoient mie plus.

9 *Verrius*] Verrius Flaccus , cité à ce fujet par Pline , Liv. 7. C. 53.

10 *Ariftoteles*] Cité par Aulu-Gelle, Liv. 3. C. 15.

11 *Tite Live*] Les exemples rapportez par Tite-Live regardent la Bataille de Trafimène, & non pas de Cannes, en quoi Pline & Aulu-Gelle ne font pas d'accord avec lui.

12 *Polycrata*] C'eft Polycrite qu'il falloit nommer cette femme avec Parthénius & Plutarque, & non pas Polycrate avec la vieille Edition (*) d'Aulu-Gelle, qui avoit déjà trompé *Textor in Officina*.

13 *Philiftion*] Suidas parle de lui. C'étoit un Poëte Comique, qui mourut pour avoir ri exceffivement.

14 *M. Juventi*] M. Juventius Talva. Pline , Lib. 7. Cap. 53. Valére-Maxime, Lib. 9. C. 12. où Pighius obferve fur la foi des Faftes Capitolins & des Mff. qu'il faut écrire *Thalna*.

CHAPITRE XI

1 *Mangeoyt chous et chioyt pourrée*] La *poirée* , autrefois *pourrée* , eft une herbe potagére notoirement différente du *chou*. Ainfi c'eft pour marquer que le jeune Gargantua faifoit tout de travers, qu'il eft dit qu'il chioit porrée quand il avoit mangé des choux.

2 *Cognoiffoyt moufches en laict*] Ci-deffous encore, Liv. 3. Chap. 22. *Apprenez-moi à congnoiftre moufches en laict*. Connoître mouches en lait, comme on parle , c'eft favoir difcerner le blanc d'avec le noir. Cette expreffion Proverbiale eft du Poëte Villon dans la derniére de fes Ballades.

3 *Croioyt que nues feuffent pailles d'arain , & que veffies feussent lanternes*] Ces deux–ci font du même Poëte, qui raconte en ces termes quelques mauvais tours que lui avoit fait fa Catin :

> *Abufé m'a, et fait entendre*
> *Tousjours de ung, que c'eft ung autre :*
> *De farine, que ce fuft cendre :*
> *D'ung mortier, ung chapeau de feaûtre :*
> *De vieil mafchefer, que fuft peaultre :*
> *D'ambefas, que ce fuffent ternes.*

(*) *Paris. J. Petit*, 1508. *Au texte il y a* Policrate ; *mais à la marge on lit* Polycrate.

Tousjours trompeur autruy engeaultre,
Et rend vefcies pour lanternes.
Du ciel une paefle d'arain.
Des nuës une peau de Veau.

Villon, dans une double Ballade.

4 *Gueulle*] On voit que du tems de Rabelais on ne difoit pas comme aujourd'hui *la* bouche *d'un cheval.* Ce Chapitre au refte, fe trouve enflé de quantité de Proverbes que je n'ai vus que dans l'Edition de 1553. celle de Dolet 1542. n'en contenant que trèspeu ; mais qui repréfentent parfaitement bien l'enfance de Gargantua, au lieu que la plûpart des autres font ici hors d'œuvre.

5 *Mau de pipe vous byre*] Puiffiez-vous tomber morts-ivres. Imprécation ufitée en Languedoc et en Gafcogne, où l'on appelle *mau-de-pipe* l'ivreffe ; parce que c'eft le vin de la *pipe* ou du tonneau qui la produit.

6 *Cen dessus dessoubs, cen devant derrière*] C'eft comme on lit dans l'Edition de Dolet 1542. & dans celle de 1553. & non pas *fens....* Ce qui fait voir que ceux-là pourroient bien avoir raifon, qui par ces termes entendent *ce que deffus deffous , ce que devant derrière.* Autrefois on difoit *cen* pour *ce,* & à Metz où l'on conferve quantité de nos vieux mots, le Peuple dit *voilà* cen *que c'eft* pour *voilà* ce *que c'eft.*

7 *Harry bourriquet*] Termes dont on fe fert en Languedoc pour exciter les Anes à marcher. Merlin Cocaie , dans la 8. de fes Macaronnées :

Non tibi fubftigans afinum pronunciat ari.

8 *Magdaleon d'entraict*] Rouleau *d'entrait* ou *d'entruct* , forte d'onguent. Les Auteurs Latins barbares ont dit *Magdaleones :* d'autres plus corrects *Magdalia* au neutre ; les Grecs μαγδαλίαι & μαγδαλίδες au féminin. Le tout dérivé de μάσσειν paîtrir, parce qu'on paîtrit cet onguent pour lui donner la forme de cylindre. Entract ou entrait eft fait *d'intractum ,* parce qu'on le tire pour l'étendre & pour l'arrondir en long.

9 *S'esclaffoient de rire*] Encore au Chap. 20. fuivant, *Ponocrates et Eudémon* s'efclaffèrent *de rire.* S'efclaffer pour *éclater* eft un mot du Languedoc & du Dauphiné.

10 *Pine*] Le Roman de la Rofe , au feuillet 43. tourné de l'Edition de 1531. employe ce mot dans la fignification de *teflicules*

. . . .
Je voy fouvent que ces nourrices,
Dont maintes font baudes et nices ,
Quand leur enfant tiennent et baignent ,

> *Et les manient et applainent,*
> *Les couilles nomment autrement.*
> *Vous savez bien or, si je ment.*
> *Lors se print Raison à soubzrire.*

Et au feuillet suivant.

> *Femmes ne les nomment en France,*
> *Mais ce vient par accoustumance*
>
> . . . .
>
> *Chascune qui les va nommant,*
> *Les appelle ne say comment,*
> *Bourses, harnois, piches et* pines,
> *Comme si ce fussent espines,*
> *Mais quant ilz les sentent joignants,*
> *Pas ne les tiennent pour poignans.*

Pinne, au Titre 59. de la Loi des Allemands semble être pris pour une sonde. *Pinna, instrumentum Chirurgicum quo vulnera tentantur*, dit Du Cange, en son Glossaire Latin, au mot *Pinna*.

11 *Ma pendilloche, mon rude esbat roidde et bas, mon dressouoir*] Ceci est de l'Edition de 1553.

Ma petite couille bredouille] Autrefois le mot *couille* n'étoit pas obscène. On le lit au feuillet 43. b. du Roman de la Rose, & l'ancien Traducteur de l'Examen des Esprits l'a toujours employé sans scrupule. Les Ennemis d'Erasme trouvoient mauvais, que dans son Colloque *Adolescentis et Scorti*, il eût introduit une fille de joye traitant de *mea Mentula* son Amant ; mais Erasme s'en justifie dans son *De Colloquiorum utilitate*. *Unica vox*, dit-il, *commovit quosdam, quod impudica puella blandiens adolescenti vocat illum suam mentulam, cum hoc apud nos vulgatissimum sit etiam honesti Maronis*. A plus forte raison donc des Nourrices parlant entr'elles, pouvoient-elles dire sans façon : *ma petite couille bredouille*, en apostrophant cette partie de leur Nourrisson. *Bredouille* peut-être de *bis-rotula*, ou de *rotundula*.

12 *Il seroyt monsieur sans queue*] Manque dans l'Edition de 1535. de F. Juste, & dans celle de Dolet 1542. quoiqu'il se trouve dans celle de la même année 1542. de F. Juste.

13 *Un beau virollet des æsles d'un moulin à vent de Myrebalays*] A l'imitation & sur le modèle de ceux que les autres enfans font de deux morceaux de carton, larges d'un doigt & longs comme une carte à jouer. Ils les attachent l'un sur l'autre à angles droits au bout d'un bâton avec une épingle, & courent en cet état contre le vent qui fait tourner ou *virer* cette petite machine comme un Moulin à vent.

CHAPITRE XII

1 *Factices*] Faits à fantaifie.

2 *Penader*] Dans le langage du Languedoc, c'eft donner du pié. Dans le Diction. Fr. Ital. d'Ant. Oudin, c'eft fe mirer dans fes plumes comme le Paon. Ici *penader* doit fe prononcer *panader*, & fe dit d'un Cheval qui marche fiérement comme fait le *Paon* lorfqu'il regarde fa queue.

3 *Le hobin*] Je ne fai fi ces *Hobins*, qu'on veut qui originairement ayent été conduits des Afturies en Irlande (*), feroient les mêmes Chevaux, dont la race fe feroit depuis répandue de-là dans l'Ecoffe; mais il eft fûr qu'autrefois on a appellé *Hobins*, *Haubins* & *Aulbains* certains Chevaux d'Ecoffe, dont l'allûre eft plus douce encore que l'amble des Chevaux Anglois. M. de la Noue dit que le *Haubin* eft proprement un Cheval d'Ecoffe (†); & au 1. Chap. du Roman de Perceforeft, où il eft dit déja que le *Haulbain* vient d'Ecoffe, ce Royaume eft appellé *Albanie*. De forte qu'il y a beaucoup d'apparence que nos vieux Gaulois n'ont appellé ce Cheval *Haubin*, *Haulbain* ou *Hobin*, que parce que nous le tirions d'Ecoffe.

4 *Le camelin*] Le pas du Chameau.

5 *L'onagrier*] Un pas vîte & menu, comme celui de l'Ane fauvage, dont le nom Latin fait du Grec eft *Onager*.

6 *Courtibaux*] Courtibaut, fait de *curtum tibiale*, eft une forte de Tunique ou Dalmatique ancienne, qui s'appelle encore de ce nom en Berri, dans la Saintonge & dans la Touraine. Les Moines en changent felon les Fêtes, & on nomme ainfi cet habit, parce qu'il ne paffe le genou que de quelques doigts.

7 *Zencle*] De ζάγχλη, ou ζάγχλον, *falx*, à caufe des taches en manière de faulx qu'avoit ce Cheval.

8 *Pecile*] du Grec Ποικίλος, *varius*. C'étoit un Cheval de plufieurs couleurs, & dont les poils étoient tellement mêlez, qu'il étoit difficile de diftinguer les blancs d'avec les noirs, & le roux d'avec le bai. De *varius* on a dit Cheval *vair* dans la même fignification.

9 *Leuce*] Blanc. Du Grec λευκός..

(*) *Mén. Dict. Etym. au mot Hobin.*
(†) *Pag.* 165, *du Diction. des rimes, qui lui eft attribué par Sorel, pag.* 6. *de fa Biblioth. Fr.*

10 *Groſſe traine*] *Traine*, ſelon Monet, eſt le ſynonyme de *traineau*, aſſemblage de quelques pièces de bois en quarré ſans roues, qui ſert à *trainer* & à tranſporter des ballots.

11 *Painenſac*] De ce nom, qui d'abord paroît forgé à plaiſir, de *pain-en-ſac*, étoit le Sire de Pennenſac Senéchal de Touloule en 1452. Voyez l'Hiſt de Charles VII. mal attribuée à Alain Chartier.

Vacques] C'eſt-à-dire vuides, vacantes du Latin, *vacuus*.

12 *Eſtables des grands chevaulx*] J'ai dit ailleurs qu'apparemment cette *Etable des grands Chevaux* étoit ce qu'on nomme aujourd'hui chez le Roi la *grande Ecurie*. C'eſt ce que confirme Brantôme dans ſes Hommes Illuſtres François, Tome II. p. 387. où parlant de ce grand Prince qui étoit de la Maiſon de Guiſe, il dit que ce Seigneur avoit d'ordinaire ſa *grande Ecurie* de dix ou douze pièces de *grands Chevaux*. C'eſt apparemment auſſi de la diſtinction qu'on faiſoit autrefois en France entre les *grands Chevaux* & les moindres ou moins forts que vient la diſtinction qui s'y fait entre Gendarme & Chevauleger, entre groſſe & petite Gendarmerie, entre les Gardes du Corps & la Cavalerie legére.

13 *Baſmette*] C'eſt un Couvent à demi quart de lieue au-deſſous d'Angers, dans le creux d'une Montagne. René d'Anjou, Roi de Sicile, Duc d'Anjou & Comte de Provence, le fit bâtir en 1451. pour les Cordeliers, ſur le modèle de la Ste *Baûme* de Provence, appellée de la forte du Latin barbare *balma*; & il le nomma *Baûmette*, comme n'étant qu'un diminutif de la Ste *Baûme*, que les Provençaux croyent bonnement avoir ſervi de retraite à la Magdelaine. Anciennement on nommoit *baſme* cette précieuſe liqueur qu'aujourd'hui on appelle *baûme*, de *balſamum*. Ce qui a donné lieu au changement qui s'eſt fait de la *Baûmette* de l'Anjou en *Baſmette*.

14 *Chaiſnon*] C'eſt *Chinon*, que Rabelais nomme ainſi de *Caino*, qui eſt le nom de cette Ville dans Grégoire de Tours. Voyez Hadrien de Valois, pag. 114. de ſa Notice des Gaules, au mot *Caino*.

15 *Yſſue au montouer*] Comme dans toutes les maiſons ſituées ſur la croupe ou tout au pié d'une Montagne. Là, au-delà des Ecuries, il y a un chemin aiſé qui mene à un endroit, où l'on peut monter à cheval, & pourſuivre de plain pié ſon chemin.

16 *Genet, Guildin, Lavedan*] Le *Genet*, de l'Eſpagnol *ginete*, eſt un Cheval d'Eſpagne. *Guilledin*, eſt un mot Anglois, qui ſignifie un *Cheval Hongré*. On appelloit *Lavedans* une eſpèce d'excellens Chevaux qu'on tiroit autrefois du Comté de *Lavedan* en Gaſco-

gne. Dans M. de Thou, le Païs de Lavedan n'a titre que de Vicomté.

17 *Phryzon*] Le *Frifon*, car c'eft ainfi que Rabelais auroit dû écrire, eft un gros & pefant Cheval du Païs de *Frife*. Cette forte de Chevaux vient en France ordinairement par Francfort, où l'on en voit beaucoup pendant les Foires.

18 *D'hefpanolz*] Epagneuls. On les nomma d'abord *Efpagnols*, parce que la race nous en eft venue d'Efpagne. C'eft ce que nous apprend Maturin Cordier dans fon Livre *de corr. ferm. emendatione*, Chap. 15. n. 23. Edit. de 1539. Il eft encore à remarquer que pour exprimer la Nation même le nom d'*Efpaigneul* eft plus ancien chez nous que celui d'*Efpagnol*. L'Hiftoire du Duc de Bretagne Jean IV. pag. 737. du T. 2. de l'Hiftoire de Bretagne de Dom Gui Alexis Lobineau.

> *Le Roi grand chevauchée envoie*
> *Aux* Efpaigneux, *qu'il leur donna.*

Et plus bas.

> *Les* Efpaigneux *n'oferent pas*
> *Defcendre à Saillé ne à Baaz.*

19 *A cefte heure avons nous le moine*] A cette heure en tenons-nous, ou, nous fommes préfentement bien attrapez. C'eft ce que vouloient dire le Fourrier & le Maître-d'Hôtel par cette façon de parler, qui entre les Pages & les Ecoliers s'entend ordinairement d'une malice qui fe fait à un Dormeur, en lui attachant à l'orteil une fifcelle que celui qui couche avec lui, feignant de dormir auffi, tire par deffus la quenouille du lit : ce qui l'oblige à fe lever bien-tôt. Le jeune Gargantua qui ignoroit ce Proverbe, & qui croyoit qu'on vouloit dire que le Moine frere Jean des Entommeurs étoit actuellement au logis de Grandgoufier, nie qu'il y foit, & foutient qu'il y a trois jours qu'on ne l'y a vu.

20 *Aubeliere*] Ne feroit-ce pas proprement une efpèce de licol, ou de mufelière, compofée de *cinq* pièces d'un *cuir blanc* comme le cuir de cheval ?

21 *Tu nous as baillé foin en corne : je te voirray quelque jour pape*] *Fœnum habet in cornu, longe fuge*, crioit-on dans Rome : contre les railleurs & les médifans ; & cette façon de parler venoit de ce que lorfqu'un Bœuf étoit vicieux, le Maître de cet Animal devoit lui attacher aux cornes une poignée de foin, pour fignal d'éviter fa rencontre. Le Maître d'Hôtel fe fait une pareille idée de Gargantua, & le voyant fi corrompu, tout enfant qu'il eft, lui dit qu'il en fait affez pour devenir un jour Pape. L'opinion commune des bonnes gens étoit que le Pape favoit tout, d'où ils

concluoient que la fcience étoit le grand chemin de la Papauté. La fable de la Papeffe Jeanne, & les exemples de quelques pauvres Prêtres, tant Séculiers que Réguliers, aidoient à cette créance. *Vraiment vous eftes docte*, dit Verville, Ch. 27. de fon *Moyen de parvenir : vous eftes en danger d'être un jour Pape*. Thomas Naogeorgus n'y a pas entendu raillerie lorfqu'il a dit dans une Satire contre Jean de la Cafe, *Quippe hoc fanctorum merita effecere Paparum ut vulgo infigni jam de nebulone feratur :*

> *Tam malus eft, nequam, Chriftique inimicus, & ofor,*
> *Ut fieri poffit Papa.*

22 *Ce gentil papeguay fera un papelard tout faict*] Jeu de mots fur le nom de Pape.

23 *Ne dictes l'evangile*] Vous mentez. Patelin, au Drapier qui fe défendoit de lui accroire fon drap, fur ce que pour en aller recevoir le prix chez Patelin, il faudroit qu'il fe détournaft de fes affaires :

> *Hé ! voftre bouche ne parla*
> *Depuis, par Monfeigneur Saint Gille.*
> *Que ne difoit pas Évangile.*
> *C'eft tres-bien dit, vous vous tordriez.*

24 *Sens davant & fens derriere*] Equivoque de *cent* que Gargantua fembloit dire, à *fens* Impératif du verbe *fentir*.

25 *Les fondz eftoient efventez*] Par cette métaphore Gargantua reproche au Fourrier fa fatuité : & c'eft dans la même fignification que ci-deffous, Liv. 2. Chap. 1. Rabelais dit de lui-même que la réponfe, qu'il prépare à fes Lecteurs, les contentera, ou qu'il a le fens *mal gallefreté*, c'eft-à-dire, le cerveau éventé ou malfoudé.

26 *Tant vous avez la bouche fraifche*] On dit d'un Cheval qui écume, ou qui jette de la bave, qu'il a la bouche *fraiche*. Auquel fens, c'eft comme fi l'on difoit ici au jeune Gargantua : *Quel* bavard *vous êtes !* ou, *Que vous dites de fornettes !* Guillemette, au Drapier, dans la Farce de Patelin,

> *Hé Dieu, que vous avez de bave !*
> *Au fort, c'eft toujours voftre guife.*

Souvent, *frais* fignifie repofé, prêt à travailler, en état de bien faire. *Bouche fraîche* en ce fens eft une bouche prête à en dégoifer. *Gueule fraîche* dans un autre fens fe dit d'un gourmand qui a toujours l'appetit ouvert.

27 *Cahufac*] Terre dans l'Agénois, appartenante pour lors à

Louïs Baron d'Eftiffac (*). Il eft encore parlé de Cahufac Liv. 4. Chap. 52.

28 *J'aymerois mieulx boyre*] Le pauvre homme n'ofoit plus répondre directement, depuis qu'il avoit été fi fouvent attrapé par le jeune Gargantua.

29 *Rire comme un tas de moufches*] Confufément, comme les mouches bourdonnent.

CHAPITRE XIII

1 *Ganarriens*] Ou *Canarriens*, par le changement du *c* en *g*, comme au Chap. 50. fuivant, où dans l'Edit. de Dolet 1542. au lieu de *St Aubin du Cormier*, on lit *Saint Aubin du Gormier*.

2 *Cachelet*] Un mafque. C'eft comme qui diroit *cachelaid* (**) ; & ce mafque a été nommé de la forte, parce que les *laides* s'en fervent volontiers & commodément.

3 *Aureillettes de fatin*] Pierre Grofnet, dans fon Recueil des mots dorez de Caton & autres Dictons moraux.

> *Mais, que vallent ces grands eftats ?*
> *Robes, cottes de taffetas,*
> *Chaines d'or, rubis & aneaulx,*
> *Dyamans & autres joyaulx ?*
> *Vos oreillettes de velours,*
> *Vos grands manches, aultres atours,*
> *Et grands queuës trainant par terre,*
> *En Enfer vous feront grant guerre.*

Ces *oreilletes* étoient une dépendance du Chaperon que les femmes portoient en France dans le feizième Siècle. Nicot : » On » appelle auffi chaperon l'atour & habillement de tefte des femmes » mes de France, que les Damoifelles portent de velours, à » queuë pendant, touret levé & *oreillettes attournées de dorures* & » fans dorures, autrement appellé *coquille*, & les Bourgeoifes de » drap, toute la cornette quarrée, hormis les nourrices des enfans » du Roy, lefquelles le portent de velours, à la dite façon bourgeoife (†). » C'étoit l'or de ces oreilletes, qui avoit écorché le derrière du jeune Gargantua.

(*) *Voyez les Obferv. fur les Epitres de Fr. Rab.*
(**) *Voyez Rab. Liv. 5. Chap. 27.*
(†) *Voyez Nicot, au mot* Chaperon.

4 *Bonnet de paige, bien emplumé à la Souice*] Un bonnet emplumé, c'eſt un bonnet orné de plumes par-deſſus, comme en portent chez les Princes leurs Gardes Suiſſes, dans les jours de cérémonie.

5 *Un chat de Mars*] Une *Martre*. Ci-deſſous encore, Liv. 4. Chap. 32. *S'il grondoit, c'eſloient* chats de Mars.

6 *Maujoin*] Le *Benjoin* appellé en quelques lieux *Maujoin* par antiphraſe.

7 *Feuilles de Courles*] Le Diction. Fr. Ital. d'Oudin : Courle, *ʒucca*. Et plus haut, Courge, *ʒueca*. Une *courle* eſt donc une *Courge*, & ce mot, qui eſt de la Provence & du Dauphiné, vient de *cucurbitula*, comme *courge* de *cucurbitia* fait de *cucurbita*.

8 *Verbaſce*] C'eſt l'herbe appellée tantôt *bouillon-noir*, tantôt *bouillon-blanc*, parce qu'il y en a de noire & de blanche. Sa feuille, qui eſt grande et large, eſt couverte d'un duvet piquant : ce qui fait que, comme dit Rabelais, on la nomme *écarlatte de cul*, parce qu'elle rougit & enflamme l'endroit qu'elle touche.

9 *Perſiguire*] C'eſt le Simple appellé en Latin *Perſicaria*. Lobel, dans ſes *Adverſaria nova*, pag. 134. *Gallis* cul-raige *vocatum eſt* (il parle de la Perſiguiére) *ut cujus folia, quæ quis podici (honor fit auribus) abſtergendi cauſa affricuerit, inurant rabiem clunibus, ſive, ut loquuntur Legulei, culo* (*).

10 *La cacqueſangue de Lombard*] Le flux-de-ſang, que les Lombards, ou peuples du Milanez & les autres Italiens appellent de la ſorte, de *cacare ſanguinem*.

11 *Bauduffe*] De l'Italien *batuffolo*, un bouchon ou torchon à laver les écuelles, une lavette, en Eſpagnol *eſtopajo*, parce que ſouvent ce torchon eſt d'étoupe.

12 *As tu prins au pot ? veu que tu rimes desjà ?*] Cette expreſſion a deux ſens, l'un littéral, l'autre figuré. Au premier, elle eſt du Dauphiné, & du Languedoc, où dire d'un pot de viande qu'il *rime*, c'eſt dire qu'il eſt à ſec, que la viande y eſt attachée, & qu'elle ſent le brûlé. L'autre veut dire que le vin fait *rimer* ceux qui en ont pris avec excès, parce qu'il donne de la joye & de la hardieſſe, & qu'à la raiſon qui diſparoît la rime ſuccéde volontiers. On voit la preuve de cela aux Chap. 46. & 47. du Liv. 5. où ceux qui avoient conſulté l'Oracle de la Bouteille, ſans en excepter Pantagruel, le plus ſage de la compagnie, riment tous à l'envi l'un de l'autre. L'Edition de Dolet 1542. établit elle-même ces deux ſignifications du verbe *rimer*, en ce qu'à la premiére on

(*) *Voyeʒ Mén. Dict. Etym. au mot* Curage.

lit *rimer*, & à la feconde *rithmer*. Dans le Dictionnaire de la Langue Tolofane *ruma*, c'eft rôtir, brouir, cuire exceffivement.

13 *Et en rimant fouvent m'enrime*] Ceci eft de Marot, qui commence ainfi fa petitre Epître au Roi :

> *En m'esbatant je fais Rondaulx en rithme,*
> *Et en rithmant bien fouvent je m'enrime.*

Comme du *ruma* des Toulousains les Dauphinois on fait *rimer*, ici Marot *Adolefcent* a dit s'enrimer pour s'*enrumer*, en quoi il eft fuivi par le jeune Gargantua.

14 *Chappart*] Ou *chapart*, comme qui diroit *échapart*, qui échape. Ces vers font de même mefure que ceux de Marot à la lingére Linote.

15 *Hordous*] Sale, ord, *fuccido, fporco*, difent les Italiens (*). Froiffart, Vol. 2. Chap. 76. au feuillet 99. tourné de l'Edition de Verard : *Et comment, garçon ordoux, as-tu efté fi hardy, que fur la deffenfe que je leur avoye faicte, tu leur as confenty à chevaucher, & as efté en leur compaignie ? Par monfeigneur Saint Jacob, je te feray pendre.* Et la Reine de Navarre, dans fon Heptameron, Nouv. 37. où elle parle d'une Chambriére laide & craffeufe, qui avoit été prife fur le fait par fa Maîtreffe avec le Maître de la maifon : *fi le mary fut honteux & marry, étant trouvé par une fi honnête femme avec une telle* ordoufe, *ce n'eftoit pas fans grande occafion.* De *horridofus*, comme ci-deffus, Chap. 6. *horde* ou *orde* vieille de *horrida*.

16 *Efgous*] D'*ex* & de *gutta*, parce que les eaux s'y égoutent.

17 *Efclous*] *Efclous* eft dit ici pour *clous*, c'eft-à-dire clos, fermez. Ainfi *éclufe* au lieu de *clufe* qui auroit dû être le vrai mot, témoin l'Italien *chiufa*.

18 *L'aultre hyer*] *L'autre jour*, en ftyle de vieux Romans, comme aux Chap. 45. & 47. de Galien reftauré. Marot, dans fa derniére Epître.

> *L'autr' hier le vy auffi fec, auffi palle,*
> *Comme font ceux qu'au fepulchre on devalle.*

19 *A mon lourdoys*] Cette expreffion qui revient encore Liv. 3. Chap. 10. & 64. fignifie *tout lourdement, & fans y chercher de fineffe.* Lourdois, *parlar o proceder goffo* dit le Diction. Fr. Ital. d'Ant. Oudin. Ant. du Pinet, au Liv. 8. Chap. 36. de fa Traduction de Pline, dit en parlant de l'Ours, qu'il n'y a point d'Animal plus fin et plus malicieux *en fon lourdoys* que celui-là,

(*) *Voyez le Diction. Fr. Ital. d'Oudin, au mot* Hordoux.

pour exprimer ces paroles du texte Latin : *Nec alteri animalium in maleficio* ſtultitia *ſolertior*. Leſquelles il auroit rendues autrement s'il avoit ſu que c'eſt *aſtutia* & non pas *ſtultitia* qu'il ſaloit lire. Pâquier, Chap. 8. du Liv. 6. de ſes Recherches rapporte la plaiſanterie que le Moine de Marcouſſi proféra, dit-il, *en ſon lourdois*. Expreſſion mépriſante dont il a été blâmé par le P. Garaſſe dans ſon Anti-Recherche.

20 *Par la mer dé*] Ci-deſſous encore, aux Chap. 25. & 35. ſuivans. C'eſt l'équivalent de *Marmes* & de *Merdigues* qu'a expliqué le Scholiaſte des Editions de Hollande ; à cela près qu'ici *Merdé* fait alluſion à la matiére du Chapitre.

21 *Buſſart de vin breton*] On appelle *Buſſart* en Anjou une demie pipe de vin, & *vin Breton* tout le meilleur vin qui croît dans la preſqu'Iſle que forment aux environs de Chinon la Loire & la Vienne. On lui donne ce nom vraiſemblement à cauſe que les Bretons l'enlèvent ordinairement pour leur boire.

22 *Gaie ſcience*] Le *guay ſaber*, autrement le métier qu'exerçoient les anciens *Conteurs* & *Troubadours* de Provence (*). Le jeune Gargantua venoit de faire paroître devant ſon Pere, dans tout ce Chapitre, un eſprit ſi fertile en nobles imaginations, & une ſi belle diſpoſition à la Poëſie, que le bon homme Grandgouſier mettant dans une eſpèce de parallèle ces gaillardes productions de l'eſprit de ſon fils avec la plûpart de nos anciens Romans & Fabliaux, ſe réſout à faire aggréger ce jeune homme parmy ceux qui a un beſoin auroient pu faire revivre la *guaye ſcience* des anciens Provençaux. (†)

23 *Poinct ne croiſt en Bretaigne, mais &c*] On appelle *Païs de Verron* toute la Preſqu'Iſle depuis le Confluent de la Loire & de la Vienne juſqu'au territoire de Chinon incluſivement. C'eſt-là en effet que croît le bon vin Breton, & nullement en Bretagne, où ſi un conte qu'on attribue au Roi François I. n'eſt pas fait à plaiſir, on peut dire que le meilleur raiſin ne vaut rien, même aux environs de la Ville de Rennes, qui eſt encore moins mal ſituée que les autres de la Bretagne. Ce Prince racontoit un jour, que le chien de M. Ruzé Conſeiller de Rennes, pour avoir mangé une ſeule grappe de raiſin Breton, près de Rennes, abaïa dans le moment le cep de la vigne, *comme proteſtant de ſe vanger de telle aigreur, qui jà commençoit lui brouiller le ventre*. Voyez le dernier Chap. des Contes d'Eutrapel.

24 *Les aultres taffetaſſez*] La 24. Nouvelle de l'Heptameron : *Son chapeau eſtoit de ſoye noire, ſur lequel eſtoit une riche enſeigne, où*

(*) *Voyez M. Huet en ſon Traité de l'origine des Romans.*
(†) *Voyez, Merveſin, pag. 95. de ſon Hiſt. de la Poëſie Françoiſe.*

il y avoit pour divise, un Amour couvert par force., tout enrichi de pierreries. A propos de ces chapeaux de taffetas, qui font encore aujourd'hui fort communs en Efpagne, on ne fera peut être pas fâché de favoir que nos Anciens écrivoient & prononçoient *taffetaf*. Ce qui confirme l'opinion de M. Bochart, qui conformément à Covarruvias, prenoit ce mot pour une onomatopée. La grant Nef des fous, imprimée en 1499. au feuillet 7. tourné : *les bources comme panetiéres, les faintures* de taffetaf.

25 *Maiftre Jehan d'Efcoffe*] On a cru que Jean, furnommé *le Docteur subtil* étoit d'Ecoffe, et que *Duns* étoit fon nom de famille. Lélandus fondé fur de bons titres, et après lui Pitféus, difent que c'eft une erreur. Jean, felon eux, étoit né à *Dynftam*, vulgairement *Dyns*, Village à trois milles d'Angleterre d'Alnwich dans le Norhumberland. Son nom de famille étoit *Scot*, mais fa patrie étoit l'Angleterre.

CHAPITRE XIV

1 *Thubal Holoferne*] Antoine Du Verdier, pag. 1185. de fa Bibliotheque, parle d'une *Prognoftication nouvelle & joïeufe pour trois jours après jamais, compofée par Tubal Holoferne, et imprimée à Paris l'an* 1478. Mais fi le nom de l'Auteur eft faux, la date·de l'impreffion n'eft pas moins fauffe. On peut juger par les deux quatrains que rapporte Du Verdier tirez de cette *Prognoftication* que le ftile n'en eft pas de 1478. Pour le nom de Tubal Holoferne, je le crois inventé par Rabelais, & enfuite emprunté par l'Auteur de la *Prognoftication*, quel qu'il foit; mais qui n'eft affurément ni Geoffroi Vallée, brûlé à Paris l'an 1574. ni Bonaventure des Périers, cru peut-être Auteur de cette Piéce à caufe d'une *Prognoftication pour tout tems à jamais*, mentionnée dans le Catalogue de fes Œuvres rapporté par Du Verdier. Je l'ai vue ; rien n'eft plus différent de celle de Tubal Holoferne.

2 *Qui luy aprint sa charte*] On appelle *charte* de *charta*, ou conformément à l'Edition de Dolet *chartre*, de *chartula*, l'A. B. C. parce que toutes les lettres, en caractères majuscules, & autres de différentes fortes & grandeurs, y étoient tracées fur une feuille qui fe coloit fur un carton. Ce qui fe pratique encore aujourd'hui en France et ailleurs. Les Efpagnols difent dans le même fens *cartilla*.

3 *Leut Donat*] *Aelii Donati de octo Partibus Orationis libellus.* C'eft de ce Livre qu'au Chap. 1. du Liv. 5. de Rabelais Frere Jean dit qu'il n'y trouve que trois temps, le prétérit, le préfent, &

le futur. *Les enfans*, dit Furetiére au mot *Rudiment*, *l'appellent leur Donet par corruption de* Donat, *qui a écrit les premiers principes de la Grammaire*. Villon, au grand Teſtament, *le Donnait* (*) *eſt pour eulx trop rude*, s'entend pour des enfans, qui n'étant pas deſtinez aux Belles-Lettres, n'ont que faire de ce *Rudiment*.

4 *Le Facet, Theodolet, et Alanus ın parabolıs*] Ces trois traitez font partie des *Auctores octo morales* en vers Latins imprimez avec leur gloſe auſſi à Lyon chez Jean Fabri l'an 1490. Voici comment débute le Commentateur du premier : *Ex Prohemio Faceti, Titulus iſtius Libri eſt. Incipit Ethica moroſi Faceti. Et ſupponitur Philoſophiæ morali. Solet enim ſic communiter deſcribi.* Facetus *eſt quidam Liber metricus à magiſtro* Faceto *editus loquens, de præceptis & moribus, à* Cathone *in ſua Ethica obmiſſis. Et dicitur* Facetus *per etymologiam quaſi favens cœtui, id eſt placens tam in dictis quam in factis populo.* L'Auteur du *Facet* étoit un certain *Reinerus Alemanni* qui a été cité par le Vocabuliſte Hugutio mort vers l'an 1212. Il eſt ſurprenant que tant d'habiles gens ayent cru que ce *Theodolus*, qui vivoit ſur la fin du V. Siècle, & duquel parle Gennade dans ſon Catalogue des Ecrivains Eccléſiaſtiques, ait compoſé l'impertinent Poëme ıntitulé : *Theodolus.* C'eſt une Eglogue, non pas de 2000. vers, comme l'a rêvé Naudé (*); mais ſeulement de 345. Elle eſt à trois Perſonnages, *le Menſonge, la Vérité*, & *la Sageſſe.* Le Menſonge y ſoutient les Fables du Paganiſme; la Vérité y oppoſe les Hiſtoires de l'Ancien Teſtament, & les Myſtères du Nouveau : la Sageſſe, témoin & juge de la diſpute, décide en faveur de la Vérité; le tout en vers Léonins. Cette maniére d'écrire abſolument inconnue dans le V. Siécle n'a été introduite tout au plus que vers le dixième.

Les Paraboles d'Alain ſont un peu plus dignes d'être lues que le Théodolet & le Facet. Elles ont été traduites en François & en Allemand. Outre même les anciens Commentaires, André Senſtleb de Breſlaw y en a fait de nouveaux, imprimez *in* 8º. à Breſlaw, & à Leipſic en 1663. A la tête eſt la Vie d'Alain, où ſont rapportées les différentes opinions touchant cet Auteur, & le tems auquel il a vêcu : les uns le plaçant à la fin du XII. Siècle, les autres le reculant juſqu'à 1320. Ce qu'il y a de ſûr, c'eſt qu'Alain de Liſle, Religieux de Citeaux, Auteur des Paraboles, ainſi que des 7. Livres d'explications de la Prophétie de Merlin, marque nettement au Liv. 3. de ces explications, qu'il les écrivoit ſous Henri II. Roi d'Angleterre qu'on ſait avoir commencé à régner l'an 1154., & qui mourut l'an 1189.

(*) *De* Donait *à l'antique, pour* Donat, *comme* plat, *ſoit ſubstantif ou adjectif, que le Patois Meſſin prononce* plait, *s'eſt formé* Donet *par la prononciation de la diphthongue* ai *comme une eſpéce d'e ouvert.*

(†) *Add. à l'Hiſt. de Louis XI. p.* 146.

5 *Gualimart*] Ce mot eft de l'Anjou. C'eft une corruption de *calemar* fait de *calamarium,* d'où par une autre corruption, on a fait auffi *calmar,* qui eft comme Ant. Oudin a écrit ce mot.

6 *Les gros pilliers de Enay*] L'Abbaïe d'Enay à Lyon, ou, comme on doit écrire, l'Abbaïe d'*Ainai,* bâtie fur les ruïnes de l'ancien *Atheneum* ou Temple d'Augufte, à la pointe & embouchure du Rhône & de la Saone, eft fameufe par plufieurs antiquitez qu'on y voit encore ; mais on n'y trouve rien de plus remarquable que ces Piliers, qui, parce qu'ils font tachetez de rouge & de blanc, paffent chez les Lyonnois pour de la pierre fondue. Il y en a quatre, tous également gros. Ainfi c'eft mal à propos que dans les derniéres Editions de Rabelais on s'eft éloigné de celle de Dolet, Lyon, 1542. qui met ici *les gros pilliers d'Enay,* & non pas *le gros pillier.* Ce qui vraifemblablement a donné lieu à cette faute, c'eft qu'y ayant *le gros pillier* dans l'Edition de 1553. on s'eft dans la fuite uniquement attaché à l'incongruité d'une telle conftruction.

7 *De modis fignificandi*] Un Jean *de Garlandia ,* (quelques-uns écrivent *Garlandria*) Anglois du XI. Siècle, eft Auteur de ce Livre, dont Erafme parle avec mépris dans fon Difcours *De utilitate Colloquiorum,* imprimé à la fuite de fes Colloques. Il faut voir auffi les Opufcules de Babelius.

8 *Hurtebize, Jean le Veau, de Billonio, Brelinguandus*] *Heurtebife* eft le nom d'un petit Château fur le bord de la Riviére qui fépare la France d'avec l'Efpagne, & c'eft-là que fe virent le Roi Louïs XI. & le Roi Henri de Caftille (*). Un certain François *de Billon* fit imprimer en 1555. un Livre ridicule, qu'il intitula *le Fort inexpugnable de l'honneur du Sexe feminin.* Je ne fais s'il n'étoit pas peut-être defcendu de ce fat *de Billonio* dont parle Rabelais : ou fi fous un tel nom ne feroit pas défigné quelqu'un dont le favoir impertinent ne valoit deformais plus rien que pour *du billon ;* ou fi enfin ce ne feroit pas ici *Jean de Builhon,* Aftrologue & Mathématicien du Roi Louïs XI. (†). A l'égard des autres noms qu'on lit ici, il y a bien de l'apparence que l'Auteur les a forgez exprès, ou employez pour repréfenter l'ignorance, le verbiage & la bêtife de ceux qui fe mêloient d'enfeigner avant le rétabliffement des Belles-Lettres. Tel étoit déja plus haut celui de *Hurtebife* pour repréfenter un homme qui perd fon tems à étudier, comme il le perdroit s'il *heurtoit la bife,* s'il batoit le vent, ou l'air. Coquillart, dans fes Droitz nouveaulx :

(*) *Voyez Commines, Liv. 2. Chap. 8.*
(†) *Matthieu, Hift. de Louïs XI. cité par Naudé à la pag. 363. de fon Add. à l'Hift. de Louïs XI.*

> *Et dire franc à son mary,*
> *Que maistre Enguerrant Hurtebise.*
> *Son ayeul, qui mourut transi*
> *L'autre jour au Pays de Frise,*
> *Si luy laissa par bonne guise,*
> *Tous ses biens à son testament.*

Fasquin & Trop-diteux, comme on lit dans les Editions de 1542.
& de 1626. & plus bas au Chap. 25. de ce Livre ; ce sont ces
jaseurs ou *disans trop,* qui ne disent ou n'écrivent que de pures
fadaises, Joann. Kalb, ou Jean le Veau, nom d'un Maître-ez-Arts
Allemand dans les Epîtres *Obscuror. Viror,* est l'un des sobriquets
que les Parisiens donnent à ceux qui *font le veau,* aux Ecoliers
nouvellement débarquez, qui s'amusent à regarder les Enseignes
des Boutiques & des Cabarets.

> *O Deus omnipotens Vituli miserere Joannis,*
> *Quem mors prœveniens non sinit esse Bovem.*

lit-on pour Epitaphe de Maître *Jean le Veau,* dans les Bigarrures
de Tabourot, laquelle Epitaphe, dont le huitain de Marot n'est
qu'une paraphrase, a été un peu changée par l'Historien Méteren,
qui l'a appliquée au comte *Vitelli* tué dans les Guerres civiles des
Païs-Bas. *Gualebault* est le nom barbare du Roi d'Outre-les-
Marches, au Vol. 1. Chap. 65. du Roman de Lancelot du Lac.
Et *Brelingandus,* ou *Prélingant,* est chez les Poitevins un terme
d'injure & de mépris, qui dans la *gente Poitevin'rie* est appliqué
à un Président de Grands Jours, peut-être parce qu'un Président
prend langue des Juges avant que de former l'Arrêt qu'il doit
prononcer.

9 *Au coupelaud*] Au lieu de *copulaud,* comme on lit dans les
Editions de Hollande, après celle de 1553. il faut lire, conformément à l'Edition de Dolet 1542. *au coupelaud,* c'est-à-dire, à
l'essai, à l'examen, *à la coupelle.* S'il y a quelqu'un de ces Exa-
mens d'Ecoliers qu'on appelle *copulaud,* ce doit être quand on les
accouple l'un avec l'autre pour voir qui des deux fera mieux sa
leçon.

10 *Le Compost*] C'est la Traduction Françoise du Traité intitulé,
Liber Aniani, qui Computus nuncupatur, cum commento. On y
apprenoit, tant bien que mal, la connoissance du cours de la
Lune, celle du Cycle Solaire, du Lunaire autrement appellé le
Nombre d'Or, de l'Epacte, de l'Indiction, &c. Ce qui le fit
nommer aussi *Compost Ecclésiastique,* & même *Compost des Bergers,*
par rapport à l'usage que pouvoient faire d'un tel Livre les
personnes des Champs. Et ce Livre qui depuis long-tems est au
rang des *Livres bleus,* étoit particuliérement réservé pour les
Curieux, qui vouloient apprendre l'Astronomie, n'y ayant en ce

tems-là que le feul *Compoft*, où ils puffent prendre quelque teinture de cette Science (*).

11 *De la verolle qui lui vint*] Ces vers font de l'Epitaphe que Marot fit à Frere Jean l'Evêque, Cordelier natif d'Orléans.

12 *Jobelin Bridé*] *Jobelin* eft un diminutif de *Job*, nom qui laiffe l'idée d'une patience extrême, & telle que doit être celle d'un Maître d'école qui a quantité d'enfans à inftruire & à difcipliner. Rabelais donne à celui-ci le furnom de *Bridé*, pour marquer la contrainte dans laquelle vit un Pédagogue qui fe propofe de ne négliger aucun de fes Difciples : & il l'appelle *Jobelin* dans la même fignification qu'au Chap. 9. du Liv. 3. il parle de *tiercelet de Job*. J'oubliois de remarquer qu'*Oifon bridé* fe prend rarement au propre, mais très-fouvent au figuré. Au premier fens, s'il s'agiffoit, comme entre Frere Jean & Panurge, de mener une Truye en leffe, ou de prendre pour monture un Oifon bridé, je veux dire un de ces Oifons dont la figure grotefque n'a pour but que d'amufer ceux qui fe plaifent à confidérer les boîtes d'Apoti-quaires, il faudroit être plus fou que *Bridoies*, pour ne pas pren-dre le même parti que Panurge, qui aima mieux boire. Au fecond, fe repofer de quoi que ce foit fur un *Oifon bridé*, comme on parle, c'eft s'en fier à une perfonne également fimple comme un Oifon, & pécore comme un Cheval de carroffe.

13 *Hugutio*] Ou *Ugutio*, dont j'ai ci-deffus marqué le tems, étoit de Pife, & fut Evêque de Ferrare. Il a fait un Traité de Grammaire, fuivi d'un Dictionnaire tiré de celui de Papias, mais augmenté de plûfieurs mots & étymologies, la plûpart impertinentes, quoique depuis fidèlement copiées par le Jacobin Balbi dans fon Catholicon, & par Reuchlin dans fon *Breviloquus*.

14 *Hebrard, Grecifme*] *Hébrard*, ou plutôt *Ebrard* de Bétune, compofa l'an 1112. en vers le Livre intitulé *Græcifmus*, ainfi nommé parce qu'il y explique une grande quantité de dictions ou Grecques d'étymologie Grecque. On lifoit encore le *Grécifme* dans l'Ecole de Deventer en 1476. Et Erafme, comme les autres Ecoliers de Deventer, avoit fait une partie de fes Claffes dans ce Livre, qui fut réimprimé avec un Commentaire de Vincent *Quillet* ou *Quillot* peut-être (Metulin) de Guienne, à Lyon chez Jean du Pré l'an 1493. & à Angoulême encore en la même année.

15 *Le Doctrinal*] Rudimens de la Langue Latine, compofez environ l'an 1242. en vers Léonins par Aléxandre de Ville-Dieu

(*) *Voyez Agrippa*, de Vanit. Scient. *Chap.* 101. & G. *Naudé, Chap.* 7. *de fon Apol. des Gr. Hommes accufez de Magie.*

Cordelier de Dol en Bretagne. Ceux qui ont cru qu'avant que ce *Doctrinal* fût reçu dans les Ecoles, on y lifoit une maniére de Grammaire du nommé *Maximien* fe font trompez. Lorfque le bon Aléxandre au commencement de fon Ouvrage a dit qu'il l'avoit entrepris pour l'inftruction des enfans, & pour leur ôter des mains les badineries de Maximien, il n'a entendu autre chose finon que la Jeuneffe, au lieu de continuer à fe remplir la mémoire des fottes Elégies de ce Poëte, auroit de quoi fe la remplir plus utilement des Préceptes du Doctrinal. Il eft divifé en quatre Parties, dont il n'y eut que les deux premiéres imprimées l'an 1493. Il a été depuis imprimé entier chez les héritiers de Henri Quentel à Cologne en 1506. C'eft dans la Premiére Partie, Chap. 4. *de Generibus nominum*, qu'on trouve le *Barbara Græca genus retinent quod habere folebant*, appliqué fi fpirituellement par le Roi Louïs *XI*. au Cardinal Beffarion (*).

16 *Les Pars*] On appelle *Pars* en Bourgogne & dans quelques autres Provinces de France les Rudimens des petits enfans, & on les appelle de la forte, parce qu'il y eft traite des huit *Parties* de l'Oraifon. Le *Quid eft?* doit être pareillement quelque Livre d'école, digéré par forme de Demandes & de Réponfes.

17 *Supplementum*] N'eft pas, comme le prétend le Traducteur Allemand du premier Livre de Rabelais (†), ce *Supplément* que firent au Traité des formalitez de Jean Scot, le nommé Langschneider & le Docteur Etienne Brulefer, mais la Chronique de l'Auguftin Jacques Philippes de Bergame, intitulée *Supplementum Chronicorum*, augmentée à fon tour d'un *Supplément* mentionné au commencement du Ch. 37. fuivant.

18 *Marmotret*] Rabelais écrit encore *Marmotretus* Chap. 7. du Liv. 2.; & peut-être a-t-il affecté d'écrire ce nom de la forte pour le rendre plus ridicule. Les Editions que j'ai vues du Livre dont il s'agit ici, ont toutes *Mammotrectus* non point par corruption de *Mammothreptus* du Grec μαμμόθρεπτος, comme la vraifemblance le voudroit, mais par rapport à une autre raifon dont l'Auteur, qui étoit un Cordelier de Reggio dans le Modénois, s'explique en ces termes de fa Préface: Et *quia morem geret talis decurfus Pædagogi qui greffus dirigit parvulorum*, mammotrectus poterit appellari. Ce mot fe trouve diverfement écrit; *Mammotrectus, Mamotrectus, Mamotretus, Mammetretus, Mammetractus*, & ici *Marmotretus*. L'orthographe la plus conforme à l'étymologie rapportée devoit être *Mammotractus*, de l'ancien mot Lombard *mammo*, poupon, enfant, dont refte le diminutif *Mammolo*, & de *tratto tractus*, comme qui diroit *puer tractus, manuductus*, parce qu'à la

(*) *Naudé, Add. à l'Hift. de Louïs XI. p.* 63.
(†) *Chap.* 17. *pag.* 142. *Edit. de* 1594.

faveur de ce Livre les jeunes Freres font introduits à l'intelligence des termes de la Bible , & du Bréviaire, comme des enfans conduits par la main. Luc Wadingue nomme Marchefino le Cordelier Auteur du Mammotreft , & le met en l'an 1300. Sixte de Sienne, peu exaft en Chronologie à fon ordinaire , recule cet Ecrivain jufqu'à l'an 1450; en quoi il fe trompe manifeftement , puifque Barthelemi de Pife qui publia en 1385. fes Conformitez de S. François avec Jéfus-Chrift , y parle de l'Auteur du Mammotreft , comme d'un homme mort il y avoit déja du tems. *Locum de Regio*, dit il , pag. 109. de l'Edition de Milan 1513. *de quo fuit Frater qui fecit Librum qui dicitur Mamotretus.*

19 *De moribus in menfa fervendis*] Bernier dans fan Jugement, *fans jugement*, fur Rabelais , fait ici, comme par-tout, un nombre innombrable de fautes. Il lit tout de fuite *Marmotret de moribus* &c. comme fi ce n'étoit qu'un feul et même Traité. Il le place entre les 8. Auteurs moraux , qui, à ce compte, feroient neuf : & rapporte enfin des vers qn'il a tirez du Chap. 6. des Prolégomènes de René Moreau fur l'Ecole de Salerne , & qu'il a l'impudence d'attribuer aux prétendu Marmotret. Le Traité *de moribus in menfa fervandis* , entendu par Rabelais , n'eft autre chofe que le petit Poëme Elégiaque de Jean Sulpice de Véroli, commenté par Badius.

20 *Seneca de quator Virtutibus cardinalibus*] Le faux Sénèque *de Virtutibus Cardinalibus* eft un Traité en profe de Martin mort Evêque de Brague l'an 583. Abbé premiérement , & depuis Evêque de Mondonedo après l'éreftion de cette Abbaïe en Evêché (*).

21 *Paffavantus cum commento*] Jacques Paffavant, célèbre Jacobin de Florence , vivoit fur la fin du XIV. Siècle. C'eft de lui que nous avons le *Specchio di Penitenza* fi eftimé parmi les Tofcans pour la pureté du ftile. Il n'avoit pas le même talent pour la Latin, témoin les petites notes qu'il ajouta aux Commentaires de deux autres Jacobins, Thomas Valois & Nicolas Trivet , fur St. Auguftin de la Cité de Dieu. On fait comment Vivès les a tous trois turlupinez , & en particulier le bon Jacques Paffavant. *At Thomæ Valois* , dit-il , *& Nicolao Trivet prodiit velut fuccenturiatus Jacobus Paffavantius , quem nomen ipfum indicat fuiffe Scurram aliquem feftivum qui fodalitium totum obleftabat cui , ut credo , per jocum lufumque nomen Paffavant eft à reliquis Fratribus inditum.* Vivès qui favoit fort bien le François , trouvoit je ne fai quoi de Comique dans le nom de *Paffavant*, qui effectivement reffemble à ceux de *Trutavant* & de *Tiravant*. Rabelais par un autre jeu de mots en difant *Paffavantus* au lieu de *Paffavantius* a fait une allu-

(*) *Mariana, Ch. 9. du 5. L. de Rebus Hifp.*

sion à *pas-savant*, & y a burlesquement ajouté *cum commento*, façon de parler dont on avoit coutume de se servir quand on vouloit marquer qu'une chose étoit si bien conditionnée, que rien n'y manquoit.

22 *Dormi secure*] Les Sermons intitulez *Dormi securè*, ou *Sermones de Sanctis par annum satis notabiles & utiles omnibus Sacerdotibus, Pastoribus & Capellanis, qui* Dormi securè, *vel,* Dormi sine cura *sunt nuncupati, eo quod absque magno studio faciliter possint incorporari & Populo prædicari*, furent imprimez l'an 1486. à Nuremberg, chez Ant. Kobergers, à Paris, en 1503. chez Jean Petit, depuis à Lyon chez Jean de Vincle, & enfin à Cologne (*) en 1612. & en 1615. chez Jean Crithius, avec des Notes d'un Rodolphe Clutius Jacobin. Luc Wadingue *de Scriptorib. Ordinis Minor.* nous apprend que Matthieu Hus Cordelier Allemand est l'auteur du *Dormi securè.*

23 *Qu'onques puis ne sourneasmes nous*] Ci-dessous, Liv. 3. Chap. 22. la même façon de parler revient encore dans les Editions de 1559. 1573. & 1626. Au lieu de *n'ensournasmes nous* qu'on lit dans celles de 1553. de 1596. &c. il faut lire *sourneasmes* dans l'un & dans l'autre endroit, conformément à l'Edition de Dolet 1542. & à celle de 1547. où on lit déjà de la sorte. *Fourner*, suivant les termes de la Coûtume d'Anjou & de celle de Poitou, au fait de la Banalité des Fours de certains Fiefs, c'est la même chose qu'*ensourner.* Or, comme *ensourner* se dit figurément pour *commencer*, il y a grande apparence qu'en certaines Provinces, lorsqu'on disoit *nous voilà aussi avancez qu'onques puis ne sourneasmes nous*, cela signifioit *nous voilà aussi avancez qu'au commencement.* C'étoit une expression Proverbiale : & comme ces sortes d'expressions ne doivent point être altérées, Rabelais a conservé soigneusement les termes de celle-ci ; de sorte que quand il a dit que Gargantua devint aussi sage, après soixante & tant d'années le lecture, *qu'onques puis ne sourneasmes nous*, il donne à entendre que Gargantua perdit son tems, & que son pain, pour me servir de la métaphore, ne se trouva pas plus cuit que l'étoit le nôtre quand nous ensournâmes.

❦❦❦❦❦❦❦❦❦❦❦❦❦❦❦❦❦❦

CHAPITRE XV

1 *Papeligosse*] Païs imaginaire, dit *Papeligosse*, parce qu'on suppose qu'on y vit dans une entière liberté, jusqu'à pouvoir impunément s'y *gausser du Pape.*

(*) *Biblioth. de Draud. T.* 1. *p. m.* 593.

2 *Moufles*] *Moufle*, peut-être de *molliculus*. *On appelle* moufle *à Touloufe*, dit Cafeneuve, *une chofe qui pour eftre remplie ou fourrèe de plume ou de laine, eft tellement* molle *, que les doigts y enfoncent fi on la preffe tant foit peu*. En ce fens quand Rabelais dit que la fcience des Maîtres dont il parle n'eft que *moufles*, il entend qu'elle n'eft rien moins que folide.

3 *Taillebacon de la Brene*] Taille-bacon, comme taille-boudin, veut dire un homme de néant, quoique proprement ces termes défignent un Fanfaron, un Batteur de Vache liée, un Brifeur de portes ouvertes, tel que le *Trinc' amellos* (*), Trinquamelle ou Tranche-amende des Touloufains. *Bacon* dans le Lyonnois, dans le Dauphiné, dans le Poitou, & dans la Lorraine fignifie du lard; en Angleterre de même. En Provence, c'eft un Porc falé, ce qui me rappelle *chà d' poché çà don bâcon*, paroles d'une vieille chanfon Meffine qui difent que chair de Pourceau c'eft du bacon. La Brêne eft un petit Païs de la Touraine, où eft Mézières, autrement S. Michel en Brêne.

4 *Villegongys*] Paroiffe du Berri, à deux bonnes lieues de la Riviére d'Indre, entre Buzançais & le bourg de Deolo.

5 *Tant bien tiré*] Tiré à quatre épingles, comme on parle.

6 *Chopiner fophifticquement*] On lit dans l'Edition de Dolet : *choppiner theologalement*. La crapule des anciens Régens de Collége & des Sorboniftes des fiécles paffez avoit donné lieu à cette expreffion Proverbiale, que H. Étienne explique par boire beaucoup, & du meilleur vin.

7 *Sou comme un Angloys*] Le Soldat & le petit peuple Anglois trouvent le vin d'autant meilleur, qu'il n'en croît point en Angleterre. La Nation eft d'ailleurs fort carnaffiére, & elle avoit long-tems ravagé la France. En ce tems-là, où le Bourgeois François ne pouvoit voir fans un extrême créve-cœur les Anglois fe gorger de fes biens, vint déja la coutume d'appeler *Anglois*, tantôt, comme dans l'Epître du Poëte Crétin au Roi François I. un rude Créancier, tantôt, comme dans Marot, un Records (**) impitoyable, vivant à défcrétion chez un débiteur. Et c'eft à ce même tems-là qu'il faut encore rapporter cette expreffion Proverbiale, dont Erafme avoit déjà fait mention dans fes Adages (†), & qui fe trouve auffi dans les Oeuvres de Médecine de Rondelet, au Chap. 18. *de fudoris excretione*.

(*) *Diction. de la Lang. Touloufaine, aux mots* Amello & Triuca.
(**) *Mèn. Diction. Etym. au mot,* Anglois.
(†) *Au mot* Syracufana menfa.

CHAPITRE XVI

1 *Fayoles, quart roy*] Je ne connois point ce Fayoles, à moins qu'il ne fût de la Maison de Melet, dont il y avoit en 1587. un Bertrand de Melet de Fayoles, Sieur de Neuvy (*). La 117. Epître de Jean Bouchet commence ainsi :

> *Va lettre, va pour moi porter parolle*
> *A Monseigneur Monsieur de la Fayolle.*
> *Encore qu'aye un mal où je m'amuse*
> *Ne peut pourtant se contenir ma Muse*
> *De vous écrire, & vous rendre salut,*
> *Noble Seigneur, duquel tant bien valut*
> *Et vault le sens en vostre art militaire,*
> *Que de ce loz je ne me sçaurois taire*
> *De prononcer cler & haut maintenant*
> *Que non à tort vous estes Lieutenant*
> *Sous Monseigneur de S, Pol, de cent hommes*
> *Portans de Mars les belliqueuses sommes.*

Il est qualifié *quart Roy;* ou *Tétrarque* c'est-à-dire ici, Gouverneur de Province.

2 *Toustade*] A l'antique, pour *tostade*, brûlé; de l'Espagnol *tostar* fait de *tostare*, dit par métaplasme pour *torrere*.

3 *Poy plus poy moins*] Peu plus peu moins. De *paucum*, dont on a fait aussi *poay* en la même signification, & quelquefois en celle de *petit*. L'Histoire du Duc de Bretagne Jean IV. écrite sur la fin du XIV. Siècle.

> *Car quand il ot ung poy musé.*

Et plus bas.

> *Mais souventes fois il advient*
> *Qui trop empoigne poay retient.*

Et ailleurs encore,

> *Poay ne grand n'oson l'assaillir.*

Où pourtant *poay ne grand* pourroit bien aussi signifier, *ni peu ni prou*, en nulle maniére.

4 *La pile Sainct Mars auprès de Langès*] C'est comme il faut lire, conformément à l'Edition de 1553. Dans celle de 1559, au lieu de *Langès* il y a *Langres*, & *S. Mars* au lieu de *S. Mas* qu'on

(*) *De Thou L.* 4. *p.* 181.

lit dans celle de Dolet. Mais quoiqu'il y ait près de Langres un Village nommé *S. Mars*, il est pourtant sûr que suivant toutes les autres Editions il faut lire ici *Langès*. Auprès de cette petite Ville de Touraine, est *la pile S. Mars*, Village qu'on a peut-être ainsi appelé à cause du Clocher de l'Eglise fait en pilier quarré & fort élevé. Ce n'est donc pas *S. Mas* qu'on doit lire avec l'Edition de Dolet. C'est *S. Mars*, en latin *Martius*, & quelquefois *Medardus*. Celles de F. Juste 1535. & 1542. ont déja *S. Mars*, comme celle de 1553.

5 *Tenaud*] On dit que l'Abbé Guyet par *Tenaud* entendoit le Geographe Stephanus, en quoi il se feroit trompé. Stephanus n'a rien rapporté de tel. C'est Hérodote Liv. 3. n. 113. parlant des Brebis d'Arabie, & après lui Elien Chap. 4. du Liv. 10. des Animaux. Aristote 8. *Animal*. 28. parle de la queue des Moutons de Syrie, qu'ils ont large d'une coudée ; mais c'est tout ce qu'il en dit. Ainsi ce *Tenaud* pourroit bien être quelque Moderne nommé *Etienne*, soit en son nom de baptême, soit par surnom ; peut-être *Etienne Dolet*, bon ami de Rabelais, comme on sait. Mais en ce cas, ce seroit dans quelqu'un des premiers Ouvrages de *Dolet*, qui n'avoit que 20 ans, lorsque Rabelais écrivoit ceci. La *Surie*, comme parle Rabelais suivant l'usage de son tems, peut-être de l'Italien *Soria*, est l'ancienne Syrie.

6 *Paillards de plat pays*] *Paillard* s'est dit proprement dans le sens d'impudique, d'homme addonné au plaisir de la chair, ensuite de tout méchant homme en général, de coquin, de fripon, quelquefois de gaillard, de drole, de bon compagnon. Mais ici *paillards de plat pais* est l'équivalent de *Rustres*, comme on appelloit en France les Fantassins François. Au Chap. 29. du Liv. 2. le géant Loupgarou appelle aussi *paillars de plat pais* les géans ses Soldats, par la même raison que les Allemands ont nommé leur Infanterie *Lands-knechts*, c'est-à-dire, gens *rustiques* ou levez à la Campagne, où ils couchoient ordinairement sur la *paille*.

7 *Si n'estoient messieurs les bestes, nous vivrions comme clercs*] Froissart, au Chap. 173. du 2. Vol. au feuillet 238. tourné de l'Edition de Vérard, dit bonnement que les Seigneurs temporels *ne sauroient vivre, & seroient comme* bestes, *se le* Clergié *n'estoit.* Mais ici Rabelais, pour faire voir quelle étoit là-dessus son opinion par rapport à la capacité du Clergé de son tems, affecte de se méprendre aux paroles de Froissart, comme pour faire dire à Grandgousier, qui prenoit la résolution de faire étudier son fils, qu'après tout on se passeroit bien d'un tel Clergé, dont l'exemple étoit cause que personne ne songeoit à s'instruire.

8 *Babin les nomme brodequins*] Je ne connois point ce *Babin*, dont le nom, Italien peut-être, pourroit bien être aussi quelque

diminutif comme déjà plus haut celui de Tenaud. Le *Brodequin*, ou la *botte fauve*, comme on parloit plus communément, étoit une ancienne chauſſûre, qui pour être particuliére aux Amoureux du tems jadis, n'en étoit ni plus belle, ni plus galante, quoique Marot, dans ſa note marginale ſur ces vers d'une Ballade de Villon,

> *A cuider eaux d'amours tranſis*
> *Chauſſans (ſans meshaing) fauves bottes* (*),

avertiſſe, que c'étoit la belle chauſſûre d'alors. On appelloit auſſi *houſeaux ſans avant pié* (†) une eſpèce particuliére de ces brode-quins, qui en général, ſelon le même Marot, eſtoient une ſorte de chauſſes ſemelées (**), dont la tige étoit d'une peau qui ſe retournoit auſſi facilement que le cuir d'un gand. A l'égard du mot, de pluſieurs opinions qu'il y a touchant ſon étymologie, Ménage, qui ne ſait à laquelle ſe déterminer, en propoſe une qui pourroit bien être la vraye. C'eſt celle de Caſeneuve, qui prétend que le *brodequin* a été ainſi appellé d'une ſorte de cuir appellé *brodequin* au Chap. 119 du 4. Vol. de Froiſſart. Ce cuir étoit vraiſemblablement le cuir de *rouſſi*, appellé de la ſorte de la *Ruſſie* où on le prépare, & d'où la mode tant du cuir que des *brodequins* a paſſé juſqu'en *Pologne*, où autrefois, & par imitation en France, on en faiſoit de bécus ou à *avant-pié*, que nous appel-lâmes ſouliers à *Poulaine*. Auſſi voyons-nous qu'anciennement on diſoit *broſequin* : la grant Nef des ſous, impr. en 1499, au feuillet 7. tourné, *les grans ſouliers ronds comme boulles, & puis après des aultres quarreʒ broſequins deſcouppeʒ, pantoufles deshachées, & chauſſes biguarrées et nervées de drap d'or de velours*. *Ruſſus, Ruſſicus, Ruſſi-chinus, Roſſechinus, Roſechinus, Broſechinus, Brodechinus*, Brodequin. Je trouve pourtant bien autant de vraiſemblance à croire que *broſe-quin* a été dit par tranſpoſition de lettres, pour *borſequin* : l'Eſpagnol *borʒegui*, & l'Italien *borʒacchino* me le perſuadent; mots qui deſ-cendent de *burſa* βύρσα, du Cuir.

9 *Tousjours grand chere : jusques au deſſus de Orleans*] C'eſt que le Païs eſt très-bon & très-abondant.

10 *Mousches bovines et freslons*] Deux ſortes d'inſectes qui tour-mentent les Bêtes à cornes & celles de ſomme dans les Forêts. La première, qui eſt le Taon, eſt appellée mouche bovine, parce qu'elle incommode les Bœufs & les Vaches; l'autre naît des Chevaux morts et déſole ceux qui ſont en vie.

11 *S'eſcarmouchant les eſmoucha*] Ces deux expreſſions ſont ici un très-bon effet, pour repréſenter le combat de la Jument contre

---

(*) *Villon, dans la dernière Ballade de ſon grand Teſtament.*
(†) *Villon, dans le 17. Huitain de ſon petit Teſtament.*
(**) *Marot, ſur ce dernier endroit de Villon.*

les mouches. *Efmoucher* c'eft proprement *chaffer les moufches ;* &
c'eft dans cette fignification que Rabelais employe fi fouvent ce
mot au Chap. 15. du Liv. 2.

12 *Ne boys ne freflons*] La Forêt d'Orléans fubfifte pourtant
toujours ; mais c'eft que comme elle avoit été coupée tout nouvellement au tems dont Rabelais parle, on ne manque pas encore
de fois à autre d'y faire de grands abatis lorfqu'elle devient trop
épaiffe.

13 *Desjeunent de baifler*] Coquillart, au Monologue des Perru-
ques, parlant de certaines gens qui fe font propres, quoiqu'ils
manquent du néceffaire.

> *Et desjeuner tous les matins*
> *Comme les Efcuiers de Beaulce.*

C'eft-à-dire, *bailler & cracher,* comme c'eft l'ordinaire le matin,
quand on demeure à jeun. Ces paroles au refte, *& n'y crachent*
que mieulx, ne fe trouvent point dans l'Edition de Dolet, mais
bien dans celle de 1553.

CHAPITRE XVII

1 *Marroufles*] *Marrouffle* ou *Maroufle,* eft la même chofe que
maraud, terme injurieux qui pourroit bien venir de *marra,* pour
donner à entendre quand on traite quelqu'un de *maraud* ou de
marrouffle, qu'on veut dire par-là que c'eft un ruftre qui n'eft
propre qu'à manier la *marre,* forte de houe. Quelques-uns dérivent *maraud* de *Marrucinus ;* mais il n'y a entre ces deux mots
qu'une fimple allufion, & Ifaac Voffius fur le *Marrucine Afini* de
Catulle fait voir manifeftement que Jofeph Scaliger fe trompe
quand il donne à *Marrucinus* la fignification de *lourdaut.*

2 *Les compiffa fi aigrement*] Le Roi François 1. fi tant eft que
Rabelais ait prétendu le défigner fous le nom de Gargantua,
avoit tant d'aimables qualitez naturelles, que les François furent
ravis de l'avoir pour Roi. Les Parifiens fur-tout l'admiroient.
Mais peu après fon avénement à la Couronne, ce Prince, à qui
les fonds manquoient pour la Guerre qu'il étoit fur le point de
porter en Italie, ayant créé plufieurs Impôts, & établi la vénalité
de beaucoup d'Offices, tout cela enfemble modéra confidérablement les efpérances que les Parifiens avoient conçues de la
douceur de fon régne : & c'eft apparemment ce que Rabelais
entend, quand il dit que Gargantua les *compiffa fort aigrement* peu
après fon arrivée dans leur Ville ; c'eft-à-dire, qu'il leur fit des
torts & des affronts, qu'ils eurent bien de la peine à digérer.

3 *Piſſefort*] *Piſſefort* eſt proprement un endroit, où par le moyen du *piſſat* qui l'environne, on eſt en ſûreté comme dans une *Fortereſſe*.

4 *Carymary, Carymara*] Si quelque choſe peut contribuer à l'intelligence de ces deux mots, c'eſt, à mon avis, de conſulter le paſſage entier, comme il ſe lit dans les Editions de François Juſte 1534. & 1535. à Lyon *in* 12. & celle de Dolet *in* 16. 1542. auſſi à Lyon, dans leſquelles ces termes de *Carymary, Carymara*, avec pluſieurs ſortes de plaiſans Jurons qui les accompagnent, repréſentent fort naïvement les cris confus & les murmures d'une nombreuſe canaille raſſemblée de divers Païs & de différentes Provinces. Ainſi je m'imagine que le *Carymary, Carymara* qu'ils crioient, comme déja Patelin dans ſes rêveries, & qui ſe prend encore aujourd'hui pour un amas confus de Livres ou d'autres marchandiſes (*), ſignifie proprement ici la confuſion qui régnoit dans cette tumultueuſe aſſemblée du petit peuple de Paris.

5 *Fiers en parler*] Cette opinion, qui eſt réfutée par Hadrien de Valois pag. 399 de ſa Notice des Gaules, eſt l'une de celles que propoſe André Du-Chêne au Chap. 1. de ſes Antiquitez de Paris, où l'on voit que celui que Rabelais déſigne ſous le nom de *Joaninus de Barrauco*, ou *Barranco*, comme on lit dans l'Edition de Dolet, eſt entre autres Guillaume le Breton, qui, au 1. Livre de ſa Philippide parle ainſi des Pariſiens :

> *Finibus egreſſi patriis, per Gallica rura*
> *Sedem quærebant ponendis mœnibus aptam,*
> *Et ſe* Parrhiſios *dixerunt nomine Græco* (**),
> *Quod ſonat expoſitum noſtris audacia verbis*
> *Erroris cauſâ vitandi, nomine ſolo*
> *A quibus exierant Francis diſtare volentes.*

6 *Un commandeur jambonnier de ſainct Antoine*] Religieux Anto-nien qui, étant pourvu d'une Commanderie de l'Ordre, avoit ſous lui des Moines *Jambonniers*, c'eſt-à-dire quêteurs de Jam-bons (†). Noël du Fail, un des Singes de Rabelais a dit Chap. 23. de ſes Contes d'Eutrapel, *qu'il n'y a andouille à la cheminée, ne jambon au charnier, qui ne tremble à la ſimple prononciation et voix d'un petit et harmonieux* Ave Maria.

7 *Suille*] De chair de porc. *Suille*, du Latin *ſus*.

8 *Celluy de Bourg*] Antoine du Saix, ou *Saxanus*, Savoyard, Commandeur de St. Antoine de Bourg en Breſſe, Précepteur de Charles Duc de Savoye, & ſon Aumônier en 1532. Voyez la

(*) *Mén. Diction. Etym. au mot* Carimara.
(**) Παῤῥησία.
(†) *Voyez le Ch. 39. de l'Apol. d'Hérodote.*

lifte de fes Oeuvres dans du Verdier, pag. 78, & 79. de la
Biblioth. & dans Guichenon, pag. 35. de la 1. Part. de fon
Hift. de Breffe.

9 *Que à ce ils font tant faciles*] Jean Bouchet rapporte dans la 4.
Partie de fes Annales d'Aquitaine jufqu'à fix différentes mutineries ou féditions du petit peuple de Paris en moins de foixante
ans, depuis la prifon du Roi Jean, jufqu'en 1418. ce qu'il attribue à ce que cette populace étant un amas de gens de tous Païs
& de toutes les Provinces qui viennent de tems en tems s'établir
dans cette Capitale, il n'eft pas poffible qu'elle ne foit compofée
d'autant d'humeurs diverfes & prefque incompatibles.

10 *Convint le peuple*] Depuis le régne de Charles VI. on l'appelle le *Parloir aux Bourgeois.*

11 *Folfré & habaliné*] Guelfé & Gibeliné peut-être, c'eft-à-dire,
divifé en factions, comme autrefois en plufieurs Villes d'Italie
les *Guelfes* & les *Gibelins.* Rabelais peut avoir eu fes raifons pour
déguifer ainfi ces deux noms, particuliérement le premier, qui
vient de l'adjectif Allemand *Wolffer* & qui y répond.

12 *L'oracle de Lucèce*] La Déeffe Ifis paffe pour avoir été la
Divinité tutelaire des Parifiens, lorfqu'ils étoient encore engagez
dans le Paganifme. L'Idole qu'ils lui avoient confacrée fubfiftoit
encore en fon entier dans l'Edifice Abbatiale de St. Garmain des
Prez, au commencement du XVI Siècle ; mais en 1514. elle fut
abbatue par les foins de Guillaume Briçonnet, Evêque de Meaux
& Abbé de St. Germain, qui fit mettre à la place une Croix
rouge. A l'égard de cette Idole, fa Statue, qui étoit haute &
droite, décharnée & toute enfumée de vieilleffe, étoit placée
contre la muraille, du côté Septentrional, à l'endroit où eft le
Crucifix de l'Eglife ; & elle étoit nuë, à la réferve de quelque
draperie à peu d'endroits (*).

13 *Janotus de Bragmardo*] Vallambert d'Avalon, Médecin &
Poëte, a fait des Epigrammes Latines, parmi lefquelles il y en a
quelques-unes contre un *Janotus* Orateur très-fatigant. Le furnom
de *Bragmardo* fait fouvenir de ce Maître *Jehan le Cornu*, à qui
Villon dans fon petit Teftament légue fon *branc d'acier*, mot que
Marot à la marge de fon Edition explique par celui de *braque-
mard.* Sarrafin, qui favoit bien fon Rabelais, a vifé à cet endroit
dans fon Teftament de Goulu, c'eft-à-dire, du fameux Parafite
Pierre de Montmaur,

> *Pour* Janotus *mon vieil ami*
> *Sera mon gentil* Braquemart :
> *Puis encor* Theca calami
> *Qu'indòctes nomment Calemart.*

(*) *Corrofet, Ant. de Paris, Chap.* 4.

CHAPITRE XVIII

1 *Cinq ou fix maiftres inertes*] Ceux que Rabelais appelle ici Maîtres *inertes* ou ignorans, étoient des Maîtres-ès-Arts de l'ancienne Univerfité de Paris. Il les appelle de la forte par allufion au mot François *iners* fait du Latin *in Artibus*, parce qu'ils étoient fi ignorans de la bonne Latinité, qu'eux-mêmes fe qualifioient en Latin *Magiftri in Artibus* au lieu d'*Artium* (*), *Agnofcis, mi Lector, Atticam eloquentiam*, dit Erafme, à propos de ce qu'entre plufieurs pauvres raifons que certains entêtez alléguoient pour faire défendre aux jeunes gens la lecture de fes Colloques, ils difoient que dans cet Ouvrage, *arduæ difficilefque Theologiæ quæftiones proponebantur, contra Statuta per Magiftros* in Artibus *jurata* (†). Les trois *Vedeaux* à rouge mufeau, que *Janotus de Bragmardo* touchoit devant foi, étoient autant de Bedeaux, *Pedelli*, que Rabelais traite de *vedeaux* à la Gafconne, par allufion de *bedeau* a *vedeau* fait de *vitellus* : & de *vedeaux à rouge mufeau*, parce que tous jeunes qu'étoient ces *vedeaux* que *Janotus* touchoit devant foi, ils avoient déja le vifage enluminé par le vin, comme ces *veaux* que les Bouchers amenent de la Campagne ont tous le mufeau rouge. *Cinq* ou *fix* Maîtres inertes fuivent *Janotus*, c'eft-à-dire, vraifemblablement, autant de Régens de Logique ; & ce nombre ne doit pas furprendre, puifque dans le feul Collége de Navarre il y avoit pour lors jufqu'à dix-huit Régens pour la feule Grammaire (‡).

CHAPITRE XIX

1 *Ehen, hen*] Ce qui faifoit ainfi touffer *Janotus* avant que de commencer fa Harangue, ce n'étoit ni le grand âge de ce Docteur, ni la quantité de pain qu'il avoit mangé tant chez lui qu'à l'Hôtel de Gargantua. C'étoit de fa part une affectation préméditée d'imiter le fameux Prédicateur Olivier Maillard, qui de fon tems en avoit ufé de la forte aux principaux endroits de quelques Sermons. Le Miniftre le Faucheur, pag. 81 du Traité de l'action de l'Orateur, attribué mal à propos par bien des gens à Courart : *Pour ce qui eft de la toux, il s'eft trouvé autrefois des Prédica-*

(*) *Mat. Cordier*, De corr. ferm. emendatione, *Cap.* 49, *n.* 5.
(†) *Erafme*, De Colloquior. utilitate.
(‡) *Mat. Cordier*, De corr. ferm. emendat. Cap. 47. n. 7.

teurs affez extravagans pour l'affecter comme une chofe qui donnoit de la grace ou de la gravité à leurs difcours ; témoin cet Olivier Naillard, qui en un fien fermon fait à Bruges l'an 1500. marquoit les endroits de fon Difcours où il avoit deffein de touffer, y mettant, comme cela fe voit en l'imprimé, Hem, hem, hem. Ce qui a fait dire au prétendu Vigneul-Marville (*), copifte peu exaƈt de cet endroit, que fans cet exemple on ne fe feroit peut-être jamais avifé d'une éloquence touffeufe. Il ne fe peut au refte rien de mieux imaginé que le *mna dies....* par où débute le vieux *Janotus*, puifque cette impertinente prononciation de *bona dies* marque également le bredouillement d'un Ivrogne, & l'élocution vicieufe & corrompue qui régnoit dans les Ecoles avant le rétabliffement des Belles-Lettres. D'ailleurs, ce Pédant pouvoit-il dire rien de plus groffier, que de commencer par un *bona dies* une Harangue qu'il faifoit à fon Prince ? Et enfin, n'y avoit-il pas bien peu de fageffe à cet homme de vouloir faire revivre cette ridicule maniére qu'avoient eu les Menots & les Maillards, de parler tantôt François & tantôt Latin dans un même Difcours ?

2. *Bourdeaulx en Brye*] Trait de raillerie contre ceux qui ofent parler de ce qui les paffe. Ils font autant de fautes qu'ils difent de mots.

3 *Les halotz et les turbines*] Rabelais devoit écrire *halos*, car les Grecs parlant de ce Météore ne déclinent pas ἄλως ἄλωτος, mais ἄλως, ἄλω. Ils appellent ainfi l'aire d'une grange où l'on bat le blé : & parce que ces aires ordinairement étoient rondes, ils en donnérent le nom à ce Cercle lumineux qui paroit quelquefois autour de Soleil ou de la Lune ; lequel, fuivant telle ou telle difpofition marquée par les Phyficiens, annonce un orage plus ou moins fort.

4 *Six pans de faulcices*] Au lieu de *fix*, comme on lit ici & dans toutes les Editions, il faut lire *dix*, comme au Chap. fuivant. Ci-deffous Liv. 2. Chap. 5. *une groffe roche, aiant environ de douze toifes en quarré, & d'épaiffeur quatorze pans.* Pan eft ici la même chofe qu'*empan*, & ce mot qui vient de l'Allemand *fpann*, eft du Languedoc, où en fait d'aunage il fignifie la diftance qu'il y a du pouce au petit doigt, lorfque la main eft étendue en largeur. Ce n'eft pas au refte, de fauciffes communes que parle ici *Janotus ; fix* ou *dix* pans de telles fauciffes, auroient été peu de chofe pour la provifion d'un grand mangeur comme lui ; il entend de gros fauciffons ou cervelats, qu'en Languedoc on appelle auffi fauciffes, & qui fe gardent tout un Hyver.

(*) *Dom Bonaventure d'Argonne, Prieur de la Chartreufe de Gaillon, Auteur de 3. Volumes de* Mêlanges *in-12. publiez fous le nom de* Vigneul-Marville.

5 *Matagrabolifer*] Brufquambille écrit *metagraboulifer*. Oudin
l'écrit de même. C'eſt pourtant, non pas *meta*, mais *matagrabolifer*
qu'ils devoient écrire, conformément à Rabelais qui en forgeant
ce mot a eu en vûe ces trois ci μάταιος *ineptus* γράφω *ſcribo*, &
βάλλω *jacio*, d'où faiſant à ſa mode ματαιογραφοβαλίζειν, *ineptas
ſcriptiones emittere*, il a formé enfuite ſon François *matagrabolifer*.

6 *In camera . . . . . . charitatis*] La Chambre où les Moines
mendians ſont bonne *chère* des bribes qu'on leur donne par
charité (*). *Charitatis* eſt un mot qui ſe répéte en débauche dans
la Chanſon du Pere *la Butte*.

7 *Nos faciemus bonum cherubin*] Nous ferons bonne *chère*, & à
force de boire nous nous rendons la face *Chérubique*. C'eſt ce que
ces mots fignifioient autrefois dans l'Ecole de Paris; & pour
preuve que ce beau Latin étoit encore en vogue entre les Ecoliers
au commencement du régne de François premier, c'eſt que
Maturin Cordier releve & corrige cette locution barbare juſqu'à
trois fois pour le moins dans ſes Dialogues *De corrupti ſermonis
emendatione* imprimez pour la premiére fois l'an 1531.

8 *Ego habet bon vino*] On pourroit croire que Rabelais auroit
ici voulu outrer la raillerie, ou qu'elle ne regarderoit tout au
plus que les Théologiens, par rapport à la Maxime *non debent
verba cæleſtis Oraculi ſubeſſe regulis Donati* (†); mais point du tout,
& il n'eſt rien de plus vrai qu'un grand nombre de Docteurs de
toutes les Facultez ſoutenoient qu'on pouvoit congrûment join-
dre les Pronoms de la première perſonne avec la troifième d'un
verbe. *Incredibile propè dictu eſt*, dit Freigius dans la Vie de
Ramus, *ſed tamen verum, & editis libris proditum, in Pariſienſi
Academia Doctores extitiſſe, qui mordicus tuerentur ac defenderent,
Ego amat, tam commodam orationem eſſe, quam Ego amo, ad
eamque pertinaciam comprimendam conſilio publico opus fuiſſe.* On
auroit, au reſte, bien de la peine à deviner ſur quoi ces Docteurs
fondoient une telle opinion, qui effectivement fut enfin condam-
née ſolemnellement par la Sorbonne & par la Faculté de Theo-
logie d'Oxfort, ſi Agrippa ne donnoit à entendre que c'étoit ſur
le Texte Hébreu de deux paſſages de l'Ancien Teſtament. *Sunt
adhuc*, dit-il, *aliæ Grammaticorum perniciofæ hæreſes, verum tam
occultæ, tamque ſubtiles, ut niſi Oxonienſes acutiſſimi Anglorum
Theologi, atque Parrhiſienſium Sorboniſtæ lynceis oculis has perſpexiſ-
ſent, magniſque ſigillis condemnaſſent, vix aliquis poſſet præcavere.
Ejuſmodi ſunt ſi quis æquè bene dictum ſenſerit*, Chriſtus *prædicas*:
Chriſtus *prædicat*; Ego *credis, tu credit, credens eſt ego. Item,
quod verbum manens verbum poteſt privari omnibus accidentibus.*

(*) *Contes d'Eutrapel. Chap.* 20.
(†) *St. Grégoire, vers la fin de la Préface de ſes Morales.*

*Item, quod nullum nomen eſt tertiæ perſonæ, & his ſimilia. Quæ pro-
fecto ſi hæretica dici debeant, hæretici erunt imprimis Prophetæ Iſaias
et Malachias, quorum uterque inducit Deum de ſe ipſo loquentem ,
prior ad Ezechiam his verbis : Ecce ego addet ſuper dies tuos &c.* (*),
Non enim dicit addam, *ſed* addet. *Alter ſic : Et ſi Domini ego, ubi
eſt timor meus* (†) ? *quo in loco facit Deum plurative ſe appellare*
Dominos ; *ſed multo magis hæretici erunt omnes qui nunc per uni-
verſum Romanum orbem habentur Theologi, quatenus univerſam
orthodoxæ Eccleſiæ doctrinam novitate pronunciationis contra omnem
Grammaticorum artem ac uſum ad confictas voces, monſtroſa vocabula,
et perplexa Sophiſmata protraxerunt, auſſi inſuper docere Theologiam
ipſam incorrupto ſermone tradi non poſſe* (**). Eraſme , qu'Agrippa
n'a fait que paraphraſer, avoit touché ce plaiſant démêlé dans
ſon *Encomium Moriæ*, pag. 153. de l'Edition de Bâle 1676. où il
faut voir le Commentaire.

9 *De bon vin on ne peult faire maulvais latin*] C'eſt qu'à l'incongruité près, par *bonum vino*, ou *bonus vina*, comme on lit
dans l'Edition de Dolet , on comprend auſſi aiſément que par
bonum vinum qu'il eſt queſtion de *bon vin*. Or, ſuivant les Cano-
niſtes, il ſuffit de ſe faire entendre. On demande chez eux ſi ce
ſeroit batiſer que de dire *omine atris et ilii* &c. ? au lieu de *nomine
patris et filii* &c. » On répond que non, & que telle diminution
» empêche le Batême : car, dit-on, le ſens et l'entente des paroles
» eſt mué, car *atris* ne ſignifie pas le pere : ne *ilii* le fils ; pour
» ce, Bapteſme ainſi fait eſt nul. Mais ſi celle diminution eſt en
» la fin de la diction, comme qui ôteroit s de celle diction *patris*,
» en diſant *patri* , & des autres ſemblables , telle diminution
» n'empeſche pas le Baptême : car ung même ſens demeure ès
» paroles, mais que l'intention de bien dire y ſoit. Et en Decret
» eſt rapporté ung exemple, *de conſecr. diſt. 4. cap. retulerunt*,
» d'ung Prêtre ignorant de la Langue Latine baptiſant ung enfant
» en diſant *in nomina patria et filia et ſpiritum ſancta amen*. Auquel
» Decret le Pape dit que l'enfant fut baptiſé. Conſideré que le
» Prêtre étoit bien dévot homme, & avoit intention de bien dire,
» & ne failloit que par ignorance & inſcience (*).

10 *Ung Sermones de Ultino*] Alluſion du mot *utinam* au nom
d'*Utinum* ou Udine, Ville capitale du Frioul & patrie d'un Religieux Dominicain, duquel on a un gros Volume de Sermons ,
ſous le titre de *Sermones aurei de Sanctis Fr. Leonardi de Utino*,

(*) *Eſaie, Chap.* 38. *verſet* 5.
(†) *Malachie, Chap.* 1. *verſet* 6.
(*) *Agrippa*, de Vanitate Scientiar. Cap. 3.
(**) Manipulus Curatorum , *chez la Veuve J. Trepparel* , *au
feuillet* 9.

imprimez pour la première fois l'an 1473. à Venise, réimprimez 1496. encore en 1503. à Lyon par Me. Jean Cleinmann, puis encore l'an 1517. aussi à Lyon. Pour entendre cet endroit du Discours de *Janotus,* il ne faut que supposer que comme ces Sermons étoient fort en vogue, la Faculté, qui croyoit flater le goût du Prince, s'étant persuadée que Gargantua pourroit se laisser fléchir à rendre les Cloches, si dans le même tems qu'on l'en prieroit de sa part, elle lui faisoit présenter un Exemplaire des *Sermones de Utino,* le Pédant *Janotus* crut ne pouvoir faire plus à propos son present, qu'en accompagnant d'un affectueux *Utinam* la très-humble supplication qu'il faisoit à Gargantua de rendre les Cloches de l'Eglise Notre-Dame.

11 *Per diem*] Il jure *per diem* n'osant jurer *per Deum* ; & Béze est encore plus facétieux lorsque jurant *per diem* dans son Passavant, il ajoute *sicut dicit David,* comme pour mieux sauver encore son jurement à la faveur du 6. verset du Pseaume 120. ou 121. *Et nihil Poyabitis.* Les pardons ne se payant communément que dans les Eglises, aux jours qu'il y a Indulgence.

12 *Psalmo nescio quo*] L'étourdi, que ce Maître *Janotus !* ces paroles sont prises du Pseaume 48. ou 49. *& homo, cum in honore esset , non intellexit; comparatus est jumentis insipientibus et similis factus est illis.* Au reste, ce qui fait qu'il applique ce passage à l'Université de Paris, c'est qu'ayant abusé de sa trop grande autorité pour exciter diverses mutineries sous les régnes précédens, elle se trouvoit alors un peu bridée en comparaison de ce tems-là.

13 *Paperas*] *Libro di conti* , dit le Diction. Fr. Ital. d'Ant. Oudin. Ici, c'est proprement le brouillon de la Harangue de *Janotus.*

14 *Et est unum bonum Achilles*] Il veut dire que son argument pris du Pseaume étoit invincible, comme un second *Achille.* Vivès, en son Dialogue intitulé: *Schola. Argumentum hoc est planè Achilles invincibilis : jugulum petit, non poterit propugnator se tueri, statim dabit manus.* Le 52. des *Arrêts d'Amours,* ajouté aux précédens de Martial d'Auvergne par Gilles d'Aurigny dit Pamphile : *quelque chose que lesditz marys veulent dire et faire leur Achilles de l'Arrêt des ribaultz mariez.*

15 *Ergo gluc*] Cette expression qui nous est venue de l'Université, pourroit bien être une contraction d'ergo *Goguelu.* Rabelais, Liv. 5. Chap. 13. *Et toy* Goguelu , *n'y veulx-tu rien dire?* *Goguelu* est un terme de mépris, & selon Ménage ce mot vient de *cucullutus* (*), c'est-à-dire *encoqueluché,* comme les Moines qui

(*) *Diction. étym. au mot* Goguelu.

autrefois prêtoient le collet à tous venans dans les Difputes , & qui le plus fouvent concluoient fort mal. Les Capettes de Mon- taigu, efpèce de pauvres Ecoliers , portoient auffi la *cuculle;* de forte que comme fouvent auffi il arrivoit de difputer , & que rarement ces pauvres jeunes gens raifonnoient jufte, que fait-on fi ce n'aura pas été principalement par rapport à eux qu'on aura dit *ergo gluc,* ou *glu ,* comme on parle aujourd'hui , pour *ergo Goguelu?* Et cela après leurs propres Régens qui les oyant d'or- dinaire mal conclure, avoient coutume de les apoftropher d'un *ergo glu* ou *ergo Goguelu;* c'eft-à-dire , Eh bien, fot ou âne enco- queluché que tu ès , quelles conféquences veux-tu tirer de tes prémiffes ou de ton argument? *Gluc* eft auffi un mot dont ufent les Allemands pour fouhaiter à quelqu'un que Dieu l'aide , que Dieu l'affifte ; & en ce fens il fe peut qu'après eux nous l'aurions appliqué à un Logicien timide, & que le voyant dans les convul- fions de fon *ergo,* nous lui aurions dit *gluck,* c'eft-à-dire, courage, bon, pour l'exciter à pouffer ferme fon argument.

16 Hay, *Domine*] C'eft le *deh* & l'*ahi* des Italiens. Nous écri- vons aujourd'hui plus communément *hé* ou *eh.*

17 *Dieu vous guard de mal, et noftre Dame de fanté*] L'intention de ce vieux rêveur étoit de dire : Dieu et Notre-Dame de Santé vous gardent de mal: mais Rabelais lui a prêté cette expreffion qui eft Dauphinoife, pour en la perfonne d'un ignorant & d'un Pédant tourner en ridicule la vicieufe façon de parler de nos Anciens & du petit peuple d'aujourd'hui, qui fouvent donne lieu à des équivoques effentielles ; car, de la maniere dont s'exprime *Janotus ,* on diroit qu'il prie que Notre-Dame préferve de Santé ceux que Dieu aura gardez de mal.

18 *Pontanus, poete seculier*] C'eft le célèbre Jean Jovien, Pontan. *Janotus,* le traite de *Poëte féculier* par un Sobriquet, fous l'idée duquel les Sorboniftes comprenoient généralement tous les bons Auteurs Grecs & Latins, tant anciens que modernes , mais particuliérement les amis de Reuchlin, & les autres perfonnes qui de ce tems-là avoient renoncé aux vains titres de l'Ecole & à fa barbarie , pour s'adonner à l'étude des Langues, de la Philofo- phie & des Belles-Lettres. Jean de Sarisberi , Liv. 1. *Metalog.* c. 3. où il parle de la barbarie qu'introduifit dans les Lettres la vaine fcience des Scolaftiques : *Sufficiebat ad victoriam verbofus clamor, et qui undecumque aliquid inferebat, ad propofiti perveniebat metam : Poëtæ, Hifloriographi habebantur infames, et fi quis incum- bebat laboribus Antiquorum , notabatur, et non modo Afello Arcadiœ tardior, fed obtufior plumbo omnibus erat in rifum.* La haine de ces gens-là pour ce qu'ils appelloient par mépris *fecularia Scripta* n'eft pas moins férieusement décrite par Budé Part. 1. de fes Annot. fur les Pandectes, pag. 469. & fuiv. de l'Edit. *in*-8°. Lyon 1562.

mais où elle l'eſt dans les termes les plus facétieux, c'eſt en pluſieurs endroits de la Satire que quelques amis de Reuchlin
publièrent ſous le titre d'*Epiſt. obſcur Viror.* contre ſes adver-
ſaires. Sous ombre que Cicéron, Virgile & ſemblables Auteurs
n'avoient pas pris le Bonnet de Docteur à Paris ou à Cologne,
c'étoient ſelon ces Théologiens barbares, tout autant de chétifs
Poëtes Séculiers, dans les Ouvrages deſquels certain Allemand de
Nuremberg déſigné plaiſamment ſous le nom de Docteur *Hafen*
Muſſ, ou Potage de marmite, croyoit qu'il étoit dangereux que
les Ecoliers puiſaſſent les principes de la Langue Latine. *Et ſcri-*
batis mihi, le fait-on écrire à Ortvinus ſon ami & ſon oracle, *an*
eſt neceſſarium ad æternam ſalutem, quod Scholares diſcunt Gramma-
ticam ex Poëtis Secularibus, *ſicut eſt Virgilius, Tullius, Plinius et*
alii ?

19 *Qu'il deſiroit*] Cet *il* eſt équivoque, & on doit le rapporter
non à Pontan, mais au *Quidam Latiniſateur.* En effet, Pontan a
bien fait quelque raillerie des Cloches dans ſon Dialogue intitulé
Charon; mais nullement celle dont il eſt ici queſtion. Il eſt ſûr de
plus qu'il n'a jamais été déclaré hérétique, ni pour avoir plaiſanté
ſur les Cloches, ni pour d'autres raiſons, quoique ſon Dialogue
Charon ait été défendu à cauſe de la liberté avec laquelle il y eſt
parlé des gens d'Egliſe. J'avoue que nonobſtant tout ce que je
viens de dire, Rabelais ſemble uniquement avoir eu en vûe
Pontan, ayant lui-même Chap. 27. du Liv. 5. répété cette plaiſanterie touchant les Cloches, & douté ſi peu qu'elle ſût de
Pontan, qu'il la qualifie *diviſe Pontiale.* Cela eſt embarraſſant, &
pourroit confirmer le ſoupçon qu'on a que ce 5. Livre eſt ſup-
poſé; outre que difficilement Rabelais aura-t-il jamais fait de
Pontanus un adjectif auſſi irrégulier que l'eſt *Pontial.*

20 *D'une queue de renard*] Cette penſée, qui revient encore au
Chap. 27. du Liv. 5. ſe trouve dans le livre intitulé la Nef des
fous, au Chap. qui a pour titre : *De n'avoir cure des détractions et*
vaines parolles d'un chacun. Toutes les calomnies qu'on ſauroit
ſemer contre la réputation d'un honnête homme, dit ce vieux
Livre, ne doivent l'émouvoir non plus que ſi on ébranloit à ſes
oreilles une cloche, dont le batail ſeroit d'une queue de Renard.

21 *La chronique aux tripes du cerveau*] Il entend la migraine,
maladie chronique du cerveau. Les Médecins diſtinguent entre
maladie aigue Πάθος ὀξύ qui ne dure pas, ſoit parce qu'on en
meurt, ſoit parce qu'on en guérit en peu de tems, & maladie
chronique Πάθος Χρόνιον, ainſi dite Χρόνος *tempus*, parce qu'elle
revient de tems à autre, & dure.

22 *Nac petetin petetac, ticque*] Mots qui imitent le bruit que font
pluſieurs Forgerons qui frappent enſemble. Belleau dans ſon
Dictamen metrificum,

> *. . . . patatic patatacque fonantes*
> *Enclumus.*

Janotus fe rappelle le moment que toute la Sorbonne en Corps daubant fur le *Latinifateur*, le déclara hérétique pour avoir parlé irrévéremment des Cloches de Notre-Dame : & à ces mots de fa Harangue il le demeine des bras comme s'il gourmoit encore actuellement ce pauvre homme. Régnier Sat. X.

> *. . . . ainsi ces gens à fe picquer ardents*
> *S'en vinrent du parler à* tic tac, torche lorgne,
> *Qui, caffe le mufeau, qui, fon rival éborgne.*

23 *Torche, lorne*] Encore au Chap. 29. du Liv. 2. *en frappant* torche lorgne *deffus le géant,* c'eft-à-dire, *à tors & à travers. Torche* ici, & dans la fignification de flambeau, *tors* vient de *torquere :* & *lorgne,* d'où *lorgner,* de λορδὸς, d'où *Lordus* qui en bas Latin eft celui qui a le dos & la tête courbez en devant, *Lordicare* dans Du Cange, c'eft marcher la tête ainfi baiffée. *Lordus, lordicus, lordicinus, lordicare, lordicinare,* lorgner, parce qu'on ne peut dans cette fituation regarder que de côté.

24 *Nous les faifons comme de cire*] Nous faifons les hérétiques comme il nous plaît, en perfection, & comme fi nous les jettions en moule. Le Roman de la Rofe, au feuillet 6. tourné de l'Edition retouchée par Marot.

> *De fon nez ne vous fçay que dire,*
> *Fors que mieulx fait ne fuft de cire.*

25 *Valete & plaudite*] Janotus venant de donner la Comédie, il étoit bien jufte qu'il finît de la même manière que Plaute & Térence finiffent la plûpart des leurs.

27 *Calepinus recenfui*] Le Pédant finit fa Harangue à la manière des anciens Grammairiens, qui mettoient leurs noms au bas des Manufcrits qu'ils avoient revus & corrigez, après quoi on les copioit. On voit en cette manière, *Calliopius recenfui; Eutropius recenfui;* parce que Calliopius avoit corrigé le Manufcrit de Térence, Eutropius celui de Végece. De même, *Julius Celfus recenfui, Symmachus recenfui;* parce que le premier de ces deux Auteurs Critiques avoit corrigé le Manufcrit des Commentaires de Céfar, & l'autre Aurelius Victor (*). A cet ancien ufage a auffi vifé Verville, lorfqu'au bas du titre de fon *Moyen de parvenir* il a mis *Recenfuit Sapiens ab A. ad Z.* Rabelais au refte, donne ici à entendre que le Vocabulifte Calepin, qui mourut environ l'an 1510. avoit revu la Harangue de *Janotus,* que cet ignorant avoit fait encore moins Latine que nous ne la voyons.

(*) Scaligerana, *au mot* Explicit.

CHAPITRE XX

1 *S'esclafferent de rire*] Ci-deffus au Chap. XI. *puis* s'efclaffoient *de rire*. On parle de la forte en Languedoc, & (†) en Dauphiné, & même en Bretagne. C'eft une onomatopée qui fe remarque dans l'Allemand *Schlapp*, & dans l'Italien *fchiaffo,* fouflet.

2 *Philemon*] C'eft le même qu'au Liv. 4. Chap. 17. Rabelais appelle *Philomenes* pour montrer qu'il avoit auffi le Valére Maxime *in fol.* Paris, 1517. où il eft nommé de la forte Liv. 9. Chap. 12. Cette hiftoire, au refte, fe trouve encore dans Lucien, Liv. 2. au Chap. de la longue vie de quelques perfonnes.

3 *Tant que les larmes leurs venoient ès yeulx*] Marot dans l'Epitaphe de Jean de Serre excellent Joueur de Farces.

> *Que dis-je ? on ne le pleure point ?*
> *Si fait-on : & voici le poinct.*
> *On on rit fi fort en maints lieux ,*
> *Que les larmes viennent aux yeulx.*

4 *En quoy par eulx eftoyt Democrite heraclitizant , & Heraclyte democritizant reprefenté*] Ceci n'eft pas dans l'Edition de Dolet 1542. non plus que dans celle de Fr. Jufte 1535.

5 *Songecreux*] Pierre Gringore, dit Vaudemont, Hérault d'armes du Duc de Lorraine, a fait un Livre intitulé : *Les Contredits de Songecreux,* partie en profe, partie en vers , efpèce de Satire générale, imprimée *in* 8º. à Paris chez Galiot Du Pré 1530. Ce n'eft pas très-affurément de ce *Songecreux* froid & infipide que Rabelais a voulu parler, c'eft du *Magifter nofter Songecrufius ,* Auteur de l'Almanach facétieux rapporté dans le Catalogue de la Bibliothéque de St. Victor. L'Ouvrage d'impreffion Gothique en 4. feuillets *in* 4, eft en rime Françoife par petits quatrains. Il eft intitulé : *La Prénoftication de Maiftre Albert Songecreux Bifcain,* & au bas du titre de l'Exemplaire que j'ai vu, font ces mots écrits à la main, d'une écriture fort ancienne, *Proclamatum menfe Decembri* 1527. C'eft de cet Almanach que fait mention H. Etienne Chap. 39 de fon Apologie d'Hérodote, pag. 525. de l'Edit. de 1566. en 572. pages.

6 *Les dix pans de faulcice*] Dans la Harangue de *Janotus* toutes les Editions précédentes ne parloient que de *fix pans ;* mais on voit ici qu'au lieu de *fix* il faut lire *dix* dans cette Harangue.

(†) *Contes d'Eutrapel, Chap. XI.*

7 *A la martingualle,* [*qui eſt un pont levis de cul*] Ce qui eſt entre ces marques [ ] a été ajouté ſur l'Edition de 1555. Bèze dans ſa Lettre ſous le nom de *Benedictus Paſſavantius* au Préſident Liſet, nouvel Abbé de St. Victor, témoigne que le Préſident Liſet portoit de cette ſorte de chauſſes. *Quamvis,* lui dit il, *non plus faciat ad propoſitum, quam ſi canendo Miſſam tu faceres totum, (tu bene me intelligis) in caligis tuis ad Martingalam.* Du reſte, cette maniére de Culottes, ainſi nommées à cauſe que les *Marté-gaux* peuples de Provence en portoient de telles, étoit encore à la mode environ l'an 1579. entre les *Mignons* de la Cour (*), qui les faiſoient ſervir à un tout autre uſage que celui pour lequel on les avoit inventées.

8 *A la mariniere*] *Caligæ follicantes.* Ces culottes, différentes de celles que depuis on nomma chauſſes *à la matelote* (†), étoient froncées par haut & par bas & ne paſſoient point le deſſus du genou. Voyez le Nomenclator de Junius, & Nicot au mot *Bra-gues.* D'autres prétendent que ce qu'on appelle Chauſſes à la mariniére, ſont celles qui deſcendent ſur les talons. Voyez les Gymnopodes de Seb. Roulliard, *Paris* 1624. pag. 20.

9 *La bedondaine*] Et Liv. 2. Chap. 7. *La* bedondaine *des Pré-ſidens.* Selon Fauchet & Ménage on a appellé *Dondon* une femme groſſe & courte, de *dondaine* ancienne machine qui jettoit de groſſes boules de pierres rondes : & du même mot on a appellé *bedaine* un grand ventre de la groſſeur des anciennes doubles dondaines (**). Mais, n'en déplaiſe à l'un & à l'autre, *bedon* eſt la racine des mots *bedaine* & *dondaine,* & même de *bedondaine.* On a dit *bedon* par onomatopée pour *tambour,* de bedon *bedaine ;* & par réduplication *bedondaine,* d'où l'on a tiré *dondaine.* Rabelais donne aux Suiſſes pour ventres des *bedondaines,* parce que cette Nation, qui pour l'ordinaire a le ventre fort gros, porte ſes culottes d'une maniére qui le fait paroître encore plus gros.

10 *A queue de merluz*] Culottes, non à la maniére d'un cotillon fort court, mais diviſées par le bas en deux parties propres à y paſſer les jambes & les cuiſſes. On les appelloit chauſſes *à queuë de Merlus,* parce que le *Merlus* eſpèce de Brochet de mer a la queue ainſi partagée.

11 *Sept aulnes de drap* [*noir, et troys de*] *Blanchet pour la dou-bleure*] C'eſt ainſi qu'il faut lire, conformément aux Editions de 1535. & de 1542. C'eſt de celle de 1553. que l'omiſſion de ce qui eſt entre ces marques [ ] a coulé juſques dans les plus nou-

(*) *H. Etienne, Dial.* 1. *du Nouv. Lang. Fr. Ital. p.* 210.
(†) *H. Etienne,* ibid.
(**) *Fauchet, L.* 2. *de la Milic. et des Armes.*

velles. Si on demande pourquoi ceux qui députèrent *Janotus* lui
promirent de l'étoffe pour falaire de fa Harangue, j'oferois bien
affûrer que c'eft parce qu'on le regardoit fur le pié d'un ancien
Régent, à qui de fon tems les Leçons s'étoient payées partie en
drap, partie en argent. C'eft Richard de Bury, Chancelier d'Angleterre, qui nous apprend cet ufage, Chap. 1. de fon *Philobiblium*,
imprimé *in* 8º. à la fin de la Centurie des Epitres Philologiques
publiées par Goldaft l'an 1610. à Francfort. *Hi funt Magiftri*,
dit-il parlant des Livres, *qui nos inftruunt fine virgis et ferula,
fine verbis et cholera, fine pannis et pecunia*. Ce que Rabelais appelle
blanchet étoit proprement une étoffe de laine *blanche*, qui le plus
fouvent fervoit à faire des chemifettes, & que pour cette raifon
on nomma *blanchets*, quoiqu'il fe vît de ces chemifettes dont
l'étoffe étoit brune. Patelin, dans la Farce qui porte fon nom,

> *Et pour un* blanchet, *Guillemette*,
> *Me faut trois quartiers de* brunette.

Or la même étoffe ne fervoit pas feulement auffi à des doublures,
comme ici dans Rabelais : on en faifoit encore des culottes galantes, témoin cette vieille chanfon Meffine, qui dépeint la parure
d'un jeune amoureux,

> *Il è les châffes de* blancha
> *E lo porpoin de taffeta*
> *E lo mantê de Camela*.

Vraifemblablement il s'en faifoit auffi des cotillons pour femmes,
& alors le *blanchet* prenoit le nom de *bureau* ou de *brunette*,
fuivant que l'étoffe en étoit ou teinte ou non teinte, ou fine ou
groffe. Et de là vient le Proverbe du Roman de la Rofe, rapporté
dans la 29. Nouvelle de l'Héptaméron ; qu'

> *Auffi bien font amourettes*
> *Sous* burreau *que fous* brunettes.

Enfin, on voit au Chap. XI. du Liv. 2. de Rabelais, qu'il y avoit
auffi des *blanchets raiez* comme le font une partie des flanelles qui
nous viennent d'Angleterre. Du refte, puifque dans les chauffes
de *Janotus*, il ne devoit entrer que trois aunes de blanchet pour
doubler fept aunes de drap, il faut, ce me femble, de deux chofes
l'une : ou que le blanchet fût plus large de plus du double que
le drap noir qu'on employoit à des culottes, ou que ces extrava-
gantes culottes fuffent de beaucoup plus amples que leur dou-
blûre ; ce qui fuppofe qu'elles étoient bouffantes & enflées par le
dehors, à la manière de celles que les portraits de ce tems-là
donnent aux perfonnes du beau monde & aux gens de cour.

12 *Suppofitions, & parva logicalia*] Agrippa, dans l'énumération
qu'il fait des ridicules & dangereufes fubtilitez de la fcience des
Sophiftes ou Scolaftiques de fon tems, parle ainfi du Livre inti-

tulé *Parva Logicalia*, ou cette pernicieuſe doctrine étoit enſeignée & traitée à fond : *Longe plura prodigia majoraque portenta iis addidit recentior Sophiſtarum Schola, de terminorum paſſionibus , de infinito , de comparativis, de ſuperlativis , de differt aliud ab alio, de incipit & definit, de formalitatibus, hæcceitatibus , inſtantibus, ampliationibus , reſtrictionibus, diſtributionibus, intentionibus, ſuppoſitionibus, appellationibus , obligationibus, conſequentibus, indiſſolubilibus , exponibilibus, reduplicativis, exclusivis, inſtantiis, caſibus, particulariſationibus, ſuppoſitis, mediatis & immediatis , completis & incompletis complexis & incomplexis, & cæteris intolerandis vaniſque vocabulis quæ traduntur in Parvis Logicalibus, quibus omnia quæcunque reipſa falſa ſunt & impoſſibilia , vera eſſe facile convincent : et contra quæcunque vera ſunt, velut ex Equo Trojano erumpentes, iis machinis ſubito verborum incendio ac ruina vaſtabunt* (*). Cette fauſſe Dialectique , qui ne s'étoit établie dans le douzième Siècle , que ſur le décri de la ſolide Dialectique enſeignée par Ariſtote, fut quelque tems après réduite en Art par *Petrus Hiſpanus* de Lisbonne , qui fut depuis Pape ſous le nom de Jean XXII (†). Cet homme eſt l'Auteur du *Parva Logicalia*, compoſé de huit Traitez particuliers, qu'on augmenta de deux autres dans la réimpreſſion qui ſe fit de ce Volume en gros *octavo* , avec un ample Commentaire, à Cologne chez Henri Quentel, l'an 1500. Et c'étoit dans ce bel Ouvrage, dont les vieux Pédans faiſoient un cas merveilleux (**), que le Sophiſte *Janotus* avoit puiſé la ſcience dont il prétendoit ſe faire honneur auprès de Gargantua , & des perſonnes de la ſuite de ce Prince.

13 *Comme feiſt Patelin son drap*] Le Drapier, dans la Farce qui porte le nom de Patelin,

> *Dea, il s'en vint en tapinois*
> *A tout mon drap ſoubz ſon eſſelle.*

Cette Farce, qui ſuivant la remarque de Pâquier (‡) , ſelon ce qu'on y voit, que ſix aunes de drap , achetées par Patelin à 24 ſols Pariſis l'aune, faiſoient ſix écus, paroît avoir été faite à Paris vers l'an 1470. puiſque les écus d'or vieux ou à la Couronne , qui en ce tems là furent mis à 30. ſols Tournois, hauſſèrent de prix en 1473. (***) fut imprimée pour la première fois *in* 8º. auſſi à Paris par Simon Voſtre, ſans date. Elle parut en Latin peu de tems après, traduite par Reuchlin (§) qui prit le faux nom d'*Alexander Connibertus*. Comme cette Édition étoit pleine de ſautes,

(*) De Vanit. Scient. Cap. 8.
(†) *Platine*, dans la *Vie de ce Pape*.
(**) *Epiſt. Obſc. Viror. pag. m.* 464.
(‡) *Recherches de la France, Liv.* 8. *Ch.* 59.
(***) *M. le Blanc, Traité des Monnoyes ſous le Règne de Louïs XII.*
(§) *Biblioth. de Geſner, Zurich.* 1545. *p.* 398.

le neveu du Traducteur en procura une feconde Gothique en petit *in* 12. fur velin chez Guillaume Euftace avec Privilège de Louïs XII. en date du 6. Septembre 1512. Le titre de cette Traduction laquelle, foit dit en paffant, ne vaut rien, eft tel : *Comœdia nova quæ Veterator infcribitur, alias Pathelinus, ex peculiari Lingua in Romanum traductâ eloquium.* Simon de Colines la réimprima *in* 8º. en 1543. *Latinis auribus gratior,* dit le titre de celle-ci, ce qui donne lieu de croire que Gefner pourroit bien s'être trompé d'avoir attribué à Reuchlin la Traduction Latine de la Farce de Patelin.

14 *Chez les Mathurins*] Bèze fur l'an 1533. au Liv. 1. de fon Hift. Eccl. nous apprend qu'en ce tems-là l'Univerfité de Paris avoit coutume de s'affembler dans le Temple des Maturins, pour y ouir haranguer le Recteur.

15 *De gratis*] Mat. Cordier, *De corr. ferm. emendatione,* Chap. 31. n. 30. *Avons-nous quelque* gratis? *Nous a-t-on fait quelque grace?*

Ne Clochez pas devant les boyteux] Expreffion proverbiale empruntée des Grecs. Voyez H. Etienne pag. 178. & 179, de fon Traité de la Précellence &c.

16 *Et par vos mains et menéez*] C'eft ainfi, comme je crois, qu'il faut lire conformément à l'Edition de Dolet de 1542.

17 *Bougres, traiftres, . . .*] Anciennement ces deux mots étoient fynonymes, lorfqu'ils étoient joints immédiatement ; & ordinairement le fecond expliquoit le premier. Froiffart, Vol. 1. Chap. 227. *Et fut* (Don Pédro de Caftille) *en plein Confiftoire en Avignon, et en la Chambre des Excommuniez publiquement déclaré et réputé pour bougre et incrédule.* Et au Chap. 7. du Vol. 4. un certain Bétifach, Treforier du Duc de Berri, eft brûlé vif à Beziers, pour avoir avoué *qu'il étoit hérétique, et qu'il tenoit l'opinion des Bougres,* c'eft-à-dire, dans le langage de ce tems-là *nié la Trinité et l'Incarnation.* Il n'étoit accufé que de concuffion, mais il feignit d'avoir des opinions hérétiques, dans l'efpérance qu'étant d'ailleurs Clerc il feroit renvoyé au Pape ; mais le Bailli de Beziers le fit exécuter fur fa parole. Dans ces deux paffages, *hérétique et bougre* ne font qu'un ; mais ici dans Rabelais ce n'eft point tout-à-fait cela ; & je trouve plus de vraifemblance à croire que *Janotus* accufe fes confreres de Sodomie, de trahifon & d'héréfie. On fait le Proverbe rapporté dans la Confeffion de Sanci, Liv. 1. Chap. 2. *In Francia los Grandes y los Pedantes.* Tous les Docteurs de l'Univerfité de ce tems-là étoient généralement foupçonnés de cette infamie, comme il y en eut depuis qui en furent fortement accufés. Nicolas Maillard fut de ce nombre, fur quoi

l'on peut voir H. Etienne Chap. 13. de fon Apol. d'Hérodote, & la Comédie du *Pape malade*, où après ce vers,

C'eft Magifter nofter Maillard

On lit ces deux-ci :

Qui donc ? noftre maiftre paillard ,
Ce vénérable Sodomite.

La Pièce fut imprimée à Rouen, ou plutôt à Genève, *in* 8°. l'an 1561. mais en 1591, il s'en fit une autre Edition *in* 16. fans nom de lieu, par François Foreft. Et au revers du titre de cette der- niére Edition fe trouve un Sonnet où, parlant du même N. Maillard, le Poëte s'exprime ainfi :

Pourquoy dedans Poiffy n'eft-il à la difpute ?
Il dit qu'à fon regret il en eft eflongné ,
Car Beze il cuft vaincu, tant il eft habile homme.
Pourquoy donc n'y est-il ? Il eft embefongné
Après les fondemens, pour rebaftir Sodome.

J'ai dit que généralement tous les Sorboniftes de ce tems-là , étoient foupçonnés du vice de Pédéraftie ; mais aucun d'eux n'en fut fi hautement accufé que ce Maillard. Une Anatomie de la Meffe, réimprimée en 1562. lui reproche pag. 542. de cette Edi- tion, d'avoir voulu violer un jeune Clerc de Palais, fur quoy on lui fit l'Epitaphe fuivante, où il eft mal nommé *Jean*.

Ici gift Maiftre Jean Maillard ,
Beaucoup plus bougre que paillard :
Soutenant, fi la chair irrite
Un de nos Maiftres de Sorbonne,
Qu'il ne pefche eftant Sodomite :
Trouvant cefte voye fort bonne :
De peur qu'une femme fragile ,
Son fecret ne pouvant celer,
Ne fcandalizaft l'Evangile,
Noftre Maiftre allant deceler,
Qui par fimple & bonne équité
Se feroit à elle prefté.

Et c'eft ce même fait, & plufieurs autres tout femblables, dont le nommé Taurin Gravelle avoit connoiffance, qu'il ofa reprocher en face à Maillard en 1557, à la veille qu'étoit Gravelle d'être brûlé pour la Religion. *Voyez* Bèze, Hift. Eccl. Tom. I. pag. 127.

18 *Prindrent articles contre luy*] *Articuli dicuntur capitula in Judicio probando,* difent nos Dictionnaires de Droit. *Janotus* venoit de s'emporter contre eux ; ils prennent delà occafion de recueillir contre lui quelques chefs d'accufation, fur lefquels ils prétendent

lui faire faire fon procès. De tems immémorial on ne voyoit qu'Articles de la Sorbonne contre de favans Hommes que ce Corps accufoit d'héréfie. Et c'eft à quoi il eft fait allufion dans les Épitres *Obfc. Vir*. Lorfque Vol. II. Epit. 16. Mr. Jean Pilentoris écrivant à notre Maître Ortvinus : *Salutes vobis opto plures*, lui dit-il, *Quam funt* ...... *in Ungaria Pediculi. In Parrhifia Articuli.*

19 *Croteux et morveux*] La craffe, l'ordure, les crottes, & la vermine étoient comme inhérentes à la perfonne de Meffieurs nos Maîtres, particuliérement du tems de Vivès qui, parlant des Robes des Sorboniftes de Paris, témoigne qu'ils les portoient, *craffas, detritas, laceras, lutulentas, immundas, pediculofas*. C'eft dans fon Dialogue des Caufeurs, où, par rapport au portrait qu'il venoit de faire de ces gens-là, il les compare aux anciens Cyniques & à de vrais pouilleux. Du refte, l'Anonyme, qui fit imprimer pour la première fois à Lyon *in* 8º. 1560 une Traduction des Dialogues de Vivès, a rendu le mot *lutulentas* par *croteufes;* mais dans une autre Traduction des mêmes Dialogues l'Auteur, qui eft Benjamin Jamin, frere du Poëte Amadis Jamin, au lieu de *croteufes* a mis *crotées*. D'où j'infère que *croteux*, qui étoit bon encore en 1560. pouvoit avoir vieilli en 1578. lorfque cette Traduction fut imprimée pour la première fois à Paris *in* 16.

20 *Omnia orta cadunt*] *Omniaque orta occidunt*, dit Salluste au commencement de fon *Bellum Jugurth*.

21 *Avalleurs de frimars*] Rabelais appelle ainfi les Gens de robe encore au Chap. 54. fuivant, & dans le Prol. du 3. Liv. foit parce qu'allans de bonne heure au Palais ils font fujets à gober le Brouillard *froid* & épais, qui tombe en abondance dans les matinées du mois de Mars, foit peut-être encore, & particuliérement, parce que, comme au Chap. 16. du Liv. 5. on les accufe de croquer également la *ferme* de la pauvre veuve & les maifons fortes des Gentilshommes. Le Patois Meffin dit *fremer* pour *fermer;* & *ferme* dans la fignification de *métairie* vient de *firma*, comme qui diroit une maifon *fermée,* un lieu *clos*.

22 *Ledict de Chilon*] Pline, Liv. 7. Chap. 32.

CHAPITRE XXI

1 *La Forest de Biere*] On lit *Biere* dans les vieilles Editions, & c'eft comme on parloit autrefois. L'Hift. de Charles VII. attribuée à Alain Chartier, mais qui eft de Jacques le Bouvier Héraut-d'Armes furnommé Berri : *& de là s'en vindrent lefdits*

37

*Anglois et Bourgoingnons devant Meleun du coſté de la foreſt de
Biere* (*). Elle eſt proche du Village de *Bièvre*, où prend ſa ſource
la petite Riviére de *Bièvre*, appellée plus communément le Ruiſ-
ſeau des Gobelins (†).

2 *Regens antiques*] Dans l'Edition de Dolet, au lieu d'*anticques*
on lit *Théologiens*; mais, quoiqu'ici ces deux mots ſoient ſyno-
nymes, les Régens de Collége étant autrefois tous graduez en
Théologie, *Théologiens* convient mieux ici avec le paſſage *Vanum
eſt* &c. que Rabelais met en la bouche de ces Régens, qui eſt pris
du Pſeaume 126 ou 127.

3. *Guambayoit, penadoit, et paillardoit parmy le lict*] Se gam-
bayoit, c'eſt-à-dire, gambilloit. Se penader, c'eſt étendre ſes bras
comme un Oiſeau déploye ſes aîles pour prendre l'eſſor. Se
paillarder, c'eſt proprement ſe rouler ſur la *paille* ou ſur une
paillaſſe; mais ici tout ſe dit figurément d'un pareſſeux qui prend
ſes aiſes en pluſieurs maniéres avant qu'il puiſſe ſe réſoudre à
quitter le lit.

4 *Une grande et longue robbe de groſſe friʒe*] C'étoit cette robe
de Bachelier ou de Maître-ès-Arts qui par ſa longueur faiſoit que
les uns & les autres étoient toujours crotez. Elle étoit d'une étoffe
groſſiére, comme Vivès nous apprend qu'étoient tous les autres
habits des ſupôts de l'Univerſité (**); & ce pourroit bien être le
Quartier de ces gens-là que par rapport à leurs longues &
amples robes de groſſe friſe, les rieurs appellent *le Païs de Friſe*
dans ces vers des Droits nouveaux de Coquillart:

> *Que maiſtre Enguerrant Hurtebiſe,*
> *Son ayeul, qui mourut tranſi*
> *L'autre jour au pays de Friſe.*

5 *Peigne de Almain*] C'eſt comme on lit dans l'Edition Gothique de 1542. au lieu de d'*Alman* que Dolet a mis dans la ſienne
de la même année, en un tems où l'on diſoit *Almaigne* pour *Allemagne*. Si conformément à l'Edition de 1553. on liſoit ici avec les
plus nouvelles *Almain*, on pourroit croire que la malpropreté de
Jacques *Almain* ancien Docteur de Paris auroit donné lieu à cette
façon de parler Proverbiale, qui d'ailleurs paroît une inverſion de
la main dans la ſignification de *dentata manus*. Mais ce Proverbe
regarde proprement les Allemands, non comme mauſſades, rien
n'eſt plus propre que cette Nation, ſoit à peigner à fond ſa cheve-
lure, ſoit à ſe laver ſouvent les mains, & même le viſage tous les
matins; mais c'eſt que comme de tous les Peuples civiliſez de

(*). *Chap.* 7. *ſur l'an* 1420.
(†). *Riv. de Fr. par Coulon, Tom. I. pag.* 117.
(**). *Au Dial. intitulé*, Garrientes.

l'Europe, ils ont peut-être été les derniers à prendre la perruque, le François qu'on voit fi fouvent le peigne à la main , fe moquoit de voir un Allemand fe fervir de fois à autre des deux fiennes pendant la journée , pour rendre aux cheveux de fon front la féparation qu'il y avoit faite le matin avec le peigne. Dans les Diction. Fr. Efp. & Fr. & Ital. d'Oudin le peigne d'Allemand eft expliqué par *los dedos et le dita*, fans doute par cette raifon-là.

6 *Pettoyt, baifloyt, crachoyt , touffoyt , fangloutoyt*] Rien de ceci n'eft dans l'Edition de Dolet. *Sanglouter*, c'eft roter.

7 *Se morvoyt en archidiacre*] Comme un Archidiacre , à qui fa Prébende plus confidérable que les fimples Bénéfices de fon Chapitre, fournit les moyens de faire meilleure chére , & par conféquent d'amaffer plus d'humeurs que ne font de fimples Chanoines.

8 *Soupes de prime*] Cette expreffion, qui revient fouvent, s'entend à mon avis de certaines foupes, telles que les Religieux en mangent à l'heure de *Primes*, c'eft-à-dire, à fix heures du matin.

9 *Six ou sept tours*] C'eft *tours* qu'on doit lire , comme dans l'Edition de Dolet ; & non pas *jours,* comme on lit mal à propos dans les Editions nouvelles & dans prefque toutes les autres.

10 *Le pape Alexandre ainfi faifoit*] Ceci doit regarder le Pape Aléxandre V. homme de grande chére , grand buveur, & de grans vins, dit fon Hiftorien Théodoric de Niem (*). Je ne fai plus où, mais j'ai une idée bien claire d'avoir lu que fur fes vieux jours ce Pontife ne pouvant plus fe tenir debout , tant il étoit devenu lourd & pefant, Marfile de Parme fon Médecin lui ordonna de faire du moins quelques gambades de tems à autre dans le lit, par forme d'exercice , & qu'un jour le faint Perc fut furpris dans cette pofture.

11 *Lever matin n'eft poinct bon heur*]

Lever matin n'eft point bon heur,
Mais venir à point eft meilleur.

C'eft comme on lit ce Proverbe dans le Recueil de Pierre Grofnet ; mais ici Rabelais l'a accommodé à fon but.

12 *Un gros breviaire empantophlé*] Un gros Breviaire Romain , autorifé par le Pape, & pour ainfi dire fcellé de fa *Pantoufle.* Au Ch. 7. du L. 2. *Pantofla Decretorum* ce font les Décrétales, en tant que ces Ordonnances Papales enfeignent à refpecter le Pape jufqu'à lui baifer la *Pantoufle.*

(*) *Liv.* 2. *Chap.* 33.

13 *Son diseur d'heures en place*] Celui qui fait cette fonction auprés du Roi, est son Aumônier, appellé à cet égard *Orator Regis*, comme l'étoit ce Mr. de Rapin, qui, dans le XVIᵉ Siècle, se qualifiot *Aumônier de Catherine de Médicis* & *Orateur du Roi*. Voyez la Vie de Mr. de Rapin, Tome X. p. 2. de son Hist. d'Angleterre.

Empaletocqué comme une duppe] Par le noir, le blanc & le cendré, qui sont les couleurs du plumage de la Huppe, il semble que Rabelais veuille ici dépeindre cet Aumônier de Gargantua comme un Chanoine d'autrefois, vêtu de son Aumusse. Mais d'autre côté, *empaletocqué* veut dire affublé d'une façon de petit manteau, au derriére duquel pendoit un capuchon; car tel étoit l'ancien *paletot*, fait exprès de la sorte pour parer du froid & de la pluye ceux le portoient (*). La *Duppe*, communément appellée *Huppe*, est cet Oiseau niais, presque sans langue, & dont la voix mal articulée (†) ressemble à celle des diseurs d'Heures, qui marmonnent plutôt qu'ils ne parlent.

14 *Syrop vignolat*] Du vin, par allusion à *syrop violet*. Syroter, c'est boire à petits coups.

15 *Un faratz de patenostres de sainct Claude*] Ci-dessous encore, Liv. 4. Chap. 50. *ung gros faratz de clefs*. Ici *faratz* signifie sans doute un amas soit de Patenostres, soit de clefs, de toutes sortes & de toutes grandeurs; mais je ne sai de quelle Province est ce mot. En Languedoc ils disent *fardes* pour *hardes*, peut-être de *fero*, d'où aussi nous pourrions bien avoir fait *fardeau*. Or comme nous disons *transférer* pour *transporter*, il y a de l'apparence qu'on aura dit aussi *ferare* pour *ferre*, & que *farat*, fait de *ferratum* dit pour *feritum* par métaplasme, aura signifié proprement toute sorte de *fardeau*.

16 *Urinal*] On lit dans l'Edition de 1535, & dans celle de Dolet, *official* au lieu d'*urinal* qu'il y a dans les autres: ce qui me fait croire qu'*official*, en la signification d'*urinal* est un mot de Lyon, où ces deux Editions ont été faites. Ci-dessus au Chap. 9. Rabelais se moque de ceux qui appellent *official* un pot de chambre. C'est qu'il y avoit de son tems des gens qui croyoient parler fort poliment, que d'appeller ainsi ce vaisseau, sous ombre qu'il fait l'*office* de Garde-robe.

17 *Fin, ny canon*] Ni borne, ni règle.

18 *Enfloit en hault d'un demy pied*] C'est-à-dire, qu'il falloit que le vin qui sortoit par les pores du Buveur, fît enfler le liège dont étoit en ce tems-là composée la semelle des Pantoufles.

(*) *Baïf*, de Re Vestiaria, *au mot* Palla.
(†) *Belon, Hist. des Oiseaux, Liv.* 6. *Chap.* 10.

CHAPITRE XXII

1 *Grignotant d'un tranfon de graces*] Encore Liv. 2. Chap. 6. *Je grignotte d'ung tranfon de quelcques miſſifique précation. Grignoter* c'eſt ronger, & *trançon* ou *tranfon* c'eſt une petite tranche. Ainſi, il y a ici une double métaphore ; & c'eſt comme ſi Rabelais diſoit que Gargantua, aſſoupi qu'il étoit de ſa débauche du dîner, faiſoit entre ſes dents un petit bout de priére , à peu près comme l'*& beata viſcera* &c. du Baron de Féneſte (*).

2 *Aux flux*] Sorte de Jeu de Cartes. Rabelais le met à la tête de tous les autres, comme étant en vogue, même à la Cour, dès le Régne de Louïs XII. Hubert Thomas, Vie de l'Electeur Palatin Frideric II. Francf. *in* 4°. 1624. pag. 24. ſous l'année 1501. *Rex vero Ludovicus et plerique alii, ſpectantibus militibus, coronatorum chartis ludebant , ludo ea tempeſtate frequentiſſimo , quem etiamnum hodie* FLUERE *appellant.*

A la prime] Il y a la grande & la petite *Prime*, & l'une & l'autre eſt un Jeu de cartes à quatre perſonnes. A la grande, on joue avec les figures (**) , mais à la petite , où on donne à chaque Joueur quatre cartes, une à une, la plus haute des cartes eſt le Sept, qui vaut vingt & un points: celle qui ſuit eſt le Six, qui en vaut dix-huit ; & la ſuivante eſt le Cinq, qui en vaut quinze. L'As vaut ſeize points ; mais les autres cartes, c'eſt-à-dire le Deux, le Trois & le Quatre, ne valent qu'autant de points qu'ils en marquent. A toutes ces cartes on ajoute, ſi l'on veut, un *Quinola* , qui eſt ordinairement le Valet de Carreau, qu'on fait valoir pour telle carte, & en telle couleur qu'on veut. Après quoi chacun des Joueurs ayant étalé ſes quatre cartes, celui dont les cartes ſont des quatre couleurs gagne la *Prime ;* & ſi elles ſont de même couleur , il gagne le *Flus*.

3 *A la Picardie*] Le Traducteur Anglois du Rabelais a rendu le nom de ce jeu par *At the prick and ſpare not*, c'eſt-à-dire, Pique & n'épargne point, ou *pique hardiment*. Ce qui me fait croire qu'à ce Jeu les enfans, ou piquent dans un livre avec une épingle , ou montent les uns ſur les autres comme ſur les Chevaux.

4 *A la malheureuſe*] Ce jeu eſt le même que le Malheureux, le Hére, & le Maucontent qu'on voit ci-deſſous. Auſſi n'en eſt-il point fait mention dans l'Edition de Dolet.

5 *Au fourby*] Au fourbe.

(*) *Féneſte, Liv.* 2. *Chap.* 1.
(**) *Féneſte, Liv.* 4. *Chap.* 10.

6 *A la condemnade*] Jeu de cartes à trois perſonnes. Celle à qui il n'appartient ni de donner ni de couper, nomme une carte, & celui-là gagne, à qui cette carte arrive, & l'on donne des cartes juſqu'à ce qu'elle ſoit tirée. On voit dans les Oeuvres de Marot une Epître qu'il perdit à ce Jeu contre les couleurs d'une Demoi-ſelle ; & des Auteurs Italiens, plus anciens que Marot & Rabelais, ſont mention du même Jeu, qu'ils nomment *Condennata* (†). Jean Marot, pag. 41. de la nouvelle Edition de ſes Oeuvres :

> *C'eſt mal joûé le jeu de Condemnade,*
> *A qui Roi vient quant ung Vallet demande.*

Autre jeu de *Condemnade* qui ſe joue en Languedoc, & qui n'eſt pas un jeu de Cartes. Il s'agit de ſavoir qui payera des Oublies pour toute la Compagnie. L'Oublieur qui les debite s'adreſſant, l'un après l'autre, à quelqu'un de la troupe, lui commande ceci ou cela, puis venant à celui à qui il lui plaît d'endoſſer l'écot, *vous payerez*, lui dit-il, par une maniére d'Arrêt, que ceux du Païs nomment *condemnade*, comme qui diroit condamnation.

7 *Au maucontent*] C'eſt le Hére, appellé *Malheureux* en Lan-guedoc, & ici *Maucontent ;* parce qu'à ce Jeu celui qui eſt mal-content de ſa carte, la change s'il peut ; à faute dequoi il eſt malheureux & devient le Hére.

8 *Au cocu*] C'eſt encore le Hére.

9 *A qui a ſi parle*] Encore le Hére, en tant que celui qui le donne à ſon voiſin doit dire en changeant de carte, *Hére court.*

10 *A pille, nade, jocque, fore*] Encore Liv. 2. Chap. 11. *à tant, pille, nade, jocque, fore*] C'eſt le Jeu du *Toton. Pille*, de l'Italien *pigliar*, c'eſt *accipe : nade* en Eſpagnol veut dire *nihil. Jocque*, de l'Italien *giuoco*, c'eſt *pone*, ou mettez au jeu: & *fore*, de l'Italien *fuora*, ſignifie *totum*, c'eſt-à-dire, que tout est gagné, & qu'ainſi on eſt dehors, & le jeu fini.

11 *Au gay*] Au j'é, ou a *yè flus & ſéquence*, comme on lit à la Gaſconne, Liv. 4. Chap. 14. des Avantures de Féneſte. On appelle *J'ay*, en Normandie le Jeu de brelan, parce que le Joueûr dit *j'ai*, lorſqu'il a deux cartes ſemblables. Dans le Rabelais de Hollande on lit *j'é*, mais dans l'Edition de Dolet, ſuivant l'an-cienne orthographe, au lieu de *j'ay*, ou de *j'é*, on lit *gay* avec un *g*. Le Poëte Guiot de Provins, dans l'un de ſes Fragmens cité par Fauchet, Chap. 6. du 2. L. de ſon Recueil d'anciens Poëtes François.

(†) *Mén. Dict. Etym. au mot* Condannade.

. . . . . . *puis les vi*
Dedans le terme tos morir
De vil mort, car g'ez vi meurdrir.

G'ez, c'eſt-à-dire, Je les : & le Patois Meſſin parle encore de la
ſorte.

12 *Aux luettes*] Encore Liv. 2. Chap. 5. *les Gabarriers de Bour-*
deaux joüans aux luettes *ſus la grave.* Et Liv. 5. Chap. 23. *force*
dez, cartes, tarots, luettes, *eſchets, & tabliers.* On appelle *Luettes*
en Bretagne le Jeu de la Foſſette, & ce Jeu eſt commun à Nantes comme à Bourdeaux ; parce que les enfans y jouent volontiers
ſur le gravier, avec des coquilles que le rivage leur fournit en
abondance. Je ne ſai ſi *luette* à ce Jeu ne ſeroit pas une corruption
de *Louvette,* nom qui aux Luettes déſigneroit certaine coquille qui
domineroit ſur les autres plus petites. A Metz, les enfans jouent
ſur une eſpèce d'Echiquier à certain Jeu qu'ils appellent *Loup,* où
les deux *Loups* ſont deux cailloux aſſez gros en comparaiſon de
bon nombre d'autres qu'ils nomment *Brebis* , & qui à peine
peuvent éviter d'être toutes forcées ou priſes par ces deux *Loups.*

13 *Au tarau*] Les Paradoxes de Charles Etienne, Déclamation
5. *L'Inventeur des chartes Italianes , deſquelles on s'esbat au Jeu*
appellé Tarault, *feit (à mon avis) fort ingénieuſement, quand il meiſt*
les Deniers & les Baſtons en combat à l'encontre de Force & Juſtice ;
mais encore mérita il plus de loüange, d'avoir en ce diĉt Jeu donné le
plus honnorable lieu au Sot, ainſi que nous à l'Az, que nous debvons
appeller Nars, *qui ſignifie Sot en Allemand.* Selon Ménage nous
appellons *tarots* ces cartes, parce qu'afin qu'on ne puiſſe les
reconnoître, comme on fait les blanches, pour peu qu'on en ait
joué, elles ſont tarotées, c'eſt-à-dire , ſurſemées ſans nombre
d'une façon de ces *tarières,* dont les Charpentiers ſe ſervent à
percer le gros bois (*).

14 *A coquinbert qui gaigne perd*] Jeu de Damier, où celui qui
trouve le ſecret de perdre toutes ſes Dames, gagne la partie.

15 *Au beliné*] Encore Liv. 2. Chap. 7. *Le* beliné *de Court.* Et
au Prol. du Liv. 4. *beliné, corbiné, trompé et affiné.* Je crois que
c'eſt une eſpèce de Boutehors, où l'on traite les gens en *béliers ,*
qu'on tire par les cornes pour les faire ſortir de la bergerie.

16 *Au torment*] Sorte de Jeu de cartes.

17 *Au glic*] C'eſt la chance. De l'Allemand *gluck ,* hazard ,
chance. H. Etienne Chap. 7. de ſon Apol. d'Hérodote, rapporte

(*) *Mén. Diĉt. Etym. au mot* Taraut, *où l'on voit qu'il parle*
après Nicot.

un paſſage des Sermons d'Olivier Maillard, où ce Prêcheur reprochoit à de certains Prélats de ſon tems, qu'ils ne faiſoient que paillarder & jouer au glic; *Ad taxillos et aleas*, dit-il ailleurs (†). Et Villon avoit déjà fait mention de ce Jeu, comme auſſi Maître Eloi d'Amenrnal, Auteur du Livre de la *Diablerie*. *Au berlan,* au glic, *aux quilles*, dit Villon. *Aux dex, au glic, aux belles tables,* dit cet autre vieux Poëte. A Metz, où le Patois conſerve beaucoup de mots Allemands, on appelle *glic* au jeu de Dixcroix, le hazard qui arrive lorſqu'un des Joueurs a trois ou quatre Rois, Dames ou Valets : & on l'appelle de la ſorte, comme une *bonne fortune,* parce que *la glique,* comme on parle, vaut pluſieurs points, lorſqu'un des Joueurs n'a pas une *glique* plus forte, auquel cas trois Rois empêchent trois Dames, & trois Dames trois Valets ; comme auſſi quatre Valets, qui rompent trois Rois, ſont infirmez par quatre Dames ou par quatre Rois.

18 *Au renard*] Autrement le Jeu de la Poule & du Renard, quand une *Dame* qu'on appelle le *Renard* attaque & prend douze points qui ſont les Poules. Voyez du Cange au mot *Vulpes,* & Furetiére aux mots *Poule* & *Renard.* Agrippa, grand plagiaire, a parlé de ce Jeu Chap. 14. de ſon *de Vanitate Scientiarum ;* mais ce qu'il en dit-là eſt volé fort fidèlement de Jean de Salisberi, Chap. 5. du Liv. 1. *de nugis Curial.*

19 *Aux vaſches*] C'eſt le Jeu de la *Vache morte :* quand, dit Furetiére, l'on porte quelqu'un ſur ſon dos avec la tête pendante en bas.

20 *A la blanche*] Eſpèce de *Blanque,* que les enfans de Languedoc jouent à tirer dans un Livre avec une épingle.

21 *A la nicnocque*] Encore Liv. 3. Chap. 7. *La Nicquenocque des Queſteurs* &c. A Loudun on appelle niquenoques des chiquenaudes.

22 *Au lourche*] Encore Liv. 3. Chap. 12. *Je penſois au jeu du* Lourche *et triquetrac.* M. De la Noüé, pag. 48. du Dictionnaire de Rimes Françoiſes qui lui eſt attribué, appelle *Ourche* le même Jeu ; & il dit que c'eſt un jeu de Tablier, c'eſt-à-dire, une ſorte de jeu de Trictrac. Nicot dit la même choſe, & le Dictionnaire Anglois & François de Miege rend par *bredoüille,* ou *partie-double* le mot Anglois *lurch* que cette Nation a pris de nous, & qui a paſſé juſque chez les Allemands dans la même ſignification. Ne viendroit-il point d'*orca,* mot qui dans les Satires de Perſe ſignifie une eſpèce de Cornet dont les Romains ſe ſervoient à remuer & à jetter leurs *tales ?* Quoi qu'il en ſoit, le Jeu du Lourche a

(†) *Sermon* 19. *de l'Avent.*

produit *lourché*, mot qui s'eft dit d'un homme qui par la mauvaife conduite de fa femme étoit devenu *Jan* ou *double-Jan*, comme on parle, & il fe lit dans cette fignification dans le 52. des *Arrêts d'Amours*, ajouté aux 51. de Martial d'Auvergne par Gilles d'Aurigni dit le Pamphile, Avocat au Parlement de Paris. Pâquier, Lettre 13. du 19. Liv. a dit *demeurer lourche* pour être fruftré de fon attente, être dupe, être le fot.

23 *A la renette*] Autre jeu de Triɑrac, duquel & du Lourche Nicot fait mention au mot *Triɑrac*. Coquillart dans fes Droits nouveaux,

> *Quand nos mignons chaulx et teftus.*
> *Joüent au glic ou à la roynette,*
> *Ilz emprunteront dix efcus*
> *Deffus la clef de leur bougette.*

Le Traduɑeur Anglois du Rabelais a expliqué la *renette* du Triɑrac par *à Dames doubles*, ou *à doubler les Dames*, ce qui me perfuade que *renette* en ce fens pourroit bien être une corruption de *raïenette* poür dire à *nettoïer les raïes*, à vuider les cafes. Je ne fai au refte, fi ce jeu a confervé fon nom de *rénette* encore long-tems depuis Rabelais, mais fi, autant qu'on en peut juger par *Gaule-bon tems*, mot de Dijon, Defaccords, lui-même Dijonnois, & mort à Dijon l'an 1590. a fait cette Epitaphe qui fe lit dans fes Oeuvres.

> *Cy gift un vray Gaule-bon-temps,*
> *Qui a pris tous les paffetemps*
> *De la gueule et de la brayette,*
> *Des jeux de carte et de* renette.

On peut conclure que le jeu de la *renette* s'eft joué fous ce nom-là, au moins en Bourgogne, jufqu'en l'année 1590.

24 *Au barignin*] Les Italiens appellent *Sbaraglino* une forte de jeu de Triɑrac (*), que l'Abbé Guyet dans les notes marginales de fon Rabelais prend pour le *barignin*.

25 *Au reniguebieu*] A caufe que ce jeu eft piquant, dit Ménage à la marge de cet endroit de fon Rabelais.

26 *A la babou*] Ci-deffous, Liv. 4. Chap. 56. *Panurge lui fit* la babou *en figne de dérifion*. Ce paffage me fait juger que le jeu de *la babou* pourroit bien être un jeu où les enfans s'entrefont la moue.

27 *A primus fecundus*] Encore Liv. 2. Chap. 18. *Ainfi paffa la nuit Panurge à chopiner avec les Paiges, et joüer toutes les aiguillettes de fes chauffes à* primus et fecundus, *et à la vergette*. C'eft un

(*) *Oudin, Diction. Ital. et Fr. au mot* Sbaraglino.

jeu que deux Ecoliers jouent tête à tête en tournant les feuillets d'un Livre dans lequel ils auront caché quelque chofe qu'ils veulent jouer.

28 *Aux clefz*] Jeu qu'on joue fur une table, à qui pouffera une clef plus près du bord. Mat. Cordier, Chap. 38. n. 43. de fon *De corr. ferm. emend.* Edition de 1539. fait mention de ce jeu, & Alex. Morus, pag. 41. & 42. de fon Panég. de Calvin, remarque que Calvin joüoit quelquefois à ce jeu-là pour fe délaffer.

29 *Au franc du carreau*] Jeu où l'on jette une pièce de monnoye en guife de palet fur un *Quarré* qu'on a tracé en terre, & divifé par fes diamétres & diagonales. Celui qui met fur les lignes gagne quelque avantage. Maître René d'Amenrnal, au Livre de la *Diablerie,* cité par Ménage dans fon Diction. Etym. au mot *Tables*,

> *Là joüant en toutes faifons*
> *Aux quilles, au franc du quarreau.*

30 *Aux martres*] Jeu qui ne fe trouve point dans l'Edition de Dolet. On joue aux *martres* avec de petites pierres rondes qu'on jette en l'air comme les offelets (*).

31 *Aux pingres*] Ci-deffous encore Liv. 4. Chap. 14. *les Damoifelles joüoient aux* pingres, c'eft-à-dire felon moi, joüoient aux offelets, aux martres avec leurs *épingliers* qui leur tenoient lieu de ces petites boules rondes avec quoi on y joue, & qu'à Metz on nomme *pinglers,* fans doute d'*épinglier,* parce qu'autrefois, comme encore aujourd'hui, plufieurs de ces *épingliers* font de forme ronde, comme des étuis à Savonnettes. On appelle *pingres* en Anjou, ce qu'on appelle à Paris le jeu des offelets. A Bourges on le nomme *Cobles,* de *cubulus* diminutif de *cubus.* A Caen ce jeu s'appelle *mâtres, martres,* & *martes.*

32 *Au favatier*] A la favatte, Mat. Cordier, Chap. 38. n. 25. de fon *De corr. ferm. emend.* Jouons à la Savate. *Ludamus Solea detrita.*

33 *Au dorelot du lièvre*] Au charme du lièvre, dit le Rabelais Anglois, c'eft-à-dire, à imiter la chaffe du lièvre charmé. On peut voir la defcription de cette chaffe dans les Effais des Merveilles de Nature.

34 *A la tirelitantaine*] Jeu à fe tirailler l'un l'autre. A *tire le un tantinet,* dit le Rabelais Anglois. C'étoit auffi le refrain d'un Vaudeville, dont parle Charles Fontaine en fon Quintil Cenfeur, p. 195. de l'Edit. de 1556.

(*) *Borel, Ant. Gaul. et Fr. au mot* Martres.

35 *A cochonnet va devant*] Jeu de boule, ou de palet, auquel l'endroit où s'arrête la boule ou le palet de celui qui joue le premier, sert de but pour lui-même & pour les autres.

36 *Au beuf violé*] ou *viellé*, comme l'Abbé Guyet a remarqué qu'on parle aujourd'hui, & comme Bouchet, Sérée 19. appelle déja ce jeu. On appelle à Angers *Bœuf violé* ou *viellé*, un Bœuf que les Bouchers y promenent pendant les jours gras. Ce Bœuf qu'ils ont pris soin de parer de rubans & de bouquets, est par eux accompagné pendant ces jours-là au son des *violons* ou des *vielles,* après quoi ils le tuent, & en envoyent des morceaux à leurs principaux chalans, qui par reconnoissance leur font des presens qui servent à les indemniser de ce que valoit le Bœuf & des fraix de la fête. Les enfans s'étant avisez de parer de même & de promener un de leurs camarades, qu'ensuite ils faisoient semblant d'égorger, on a appellé cette Farce, jouer *au Bœuf violé* ou *viellé*.

37 *Au bourry bourry zou*] Jeu ou l'un des Joueurs qui se cache, est cherché par les autres, qui souvent le laissent là & s'en vont. Les mots de ce jeu me paroissent corrompus d'autres qui en Allemand signifient, *le caché soit*, ou *reste caché.*

38 *A la barbe d'oribus*] Jeu où l'on bande les yeux à quelqu'un de la compagnie, puis, sous ombre de vouloir lui faire une barbe *dorée*, on le barbouille avec de l'ordure. On appelle dans le même sens *poudre d'oribus*, la poudre que Liv. 2. Chap. 30. Rabelais nomme *diamerdis :* & au Chap. 22. du même Livre, l'Auteur voulant nous donner une idée desavantageuse de certain Sorboniste de son tems a cru ne pouvoir lui donner un Sobriquet plus convenable, par rapport soit au mérite, soit même au nom du personnage, que celui de *notre Maître Doribus.*

39 *A la bousquine*] A l'ancienne mode, dit le Rabelais Anglois.

40 *A la boutte foyre*] Si comme il y a de l'apparence, *foire* ici vient de *foras*, ce jeu doit être une espèce de *boutehors.*

41 *A la couille de belier*] Jeu de ballon, auquel on joue avec la bourse des testicules d'un Bélier. Les Pages du Roi Henri II. y jouoient entre eux, témoin ce que raconte Brantome (*) d'une des filles de la Reine, à qui, en se levant de terre, où elle étoit assise dans la chambre et en présence de cette Princesse, il arriva de faire bondir de dessous ses jupes, une de ces balles belinières, bien pelue & bien velue, qu'un Gentilhomme y avoit fait couler pour lui faire pièce.

(*) *Dames galantes, Tome 2. p. 457. & 458.*

42 *A la mousque*] L'Abbé Guyet croyoit que ce jeu pouvoit être celui de la mousche, duquel Rabelais parle Liv. 3. Chap. 38. où il en fait dériver le nom par Bridoie *à Musco inventore*. En ce cas là, ce seroit le même jeu qu'Erasme en ses Adages, au mot *Proteo mutabilior*, & Mat. Cordier, Chap. 38. n. 12. de son *De corr. serm. emend.* ont appellé *Empusæ ludus*, parce qu'on y joue à cloche pié.

43 *A escorcher le renard*] Pour retourner un Renard comme on en retourne la peau, il faudroit que la queue lui passast par la gueule. Or, comme les fusées que fait un ivrogne qui vomit ont quelque rapport avec la grosse et longue queue du Renard, de là est venu, à mon avis, qu'on a appelé *renarder* & *écorcher le renard* le vomir des ivrognes. Je ne sai au reste, quel peut être ce jeu; qui, pour le dire en passant, se trouve bien dans l'Edition Gothique *in* 12. 1542. & dans celle de 1553. mais non dans l'Edition de 1535. ni dans celle de Dolet. Peut-être consiste-t-il à contrefaire les grimaces & le hoquet d'un ivrogne qui rend gorge.

44 *A la ramasse*] Jeu qui imite la manœuvre qu'on pratique dans les Alpes, envers ceux qui les traversent dans le fort des neiges. Nicot, qui nous apprend une nouvelle manière de *ramasser* inventée de son tems, dit qu'on y employoit une espèce de civière appellée *ramasse* parce qu'avant cette invention on *ramassoit* les passagers sur de grosses branches d'arbres, tirées avec une corde par celui qui *ramassoit*. Or le jeu de la *ramasse* est en vogue entre les enfans, particuliérement pendant l'Octave de la Fête-Dieu, comme on parle, auquel tems ils employent à se *ramasser* l'un l'autre dans leur rue, les *rameaux* ou branches d'arbres dont on avoit orné le devant des maisons au jour de cette fête.

45 *Au croc madame*] *Au fredon*, ou *accrochez-moi Madame*, dit le Rabelais Anglois; mais je ne vois pas quels rapports peuvent avoir ensemble ces deux explications d'un même jeu.

46 *Aux responsailles*] A se remarier ensemble, à se *répouser*, dit le Rabelais Anglois. De *sponsalia* on aura donc d'abord fait *sponsailles*, comme de *Conventus* & de *Monasterium*, Convent & Monstier, ainsi qu'on écrivoit et prononçoit anciennement ces deux mots.

47 *Aux cailleteaux*] *Aux petits cailloux*, ou *à mettre neuf pierres dans un sac*, dit le Traducteur Anglois: ce qui suppose qu'ici *cailleteau* vient de *calculettellus* diminutif du diminutif *calculettus*.

48 *Au bossu aulican*] Si, conformément à la Traduction Angloise, ce jeu consiste à contrefaire le bossu et le boiteux, il semble que ce soit ici une corruption d'*Au bossu mal-ingambe*. Dans l'Edition Gothique de 1542, sans nom de lieu ni d'imprimeur, il y a *au bossu d'alican*.

49 *A pimpompet*] Al. *Pimpompimpet*, dit l'Abbé Guyet, à la marge de fon Rabelais.

50 *Au triori*] Sorte de pas & de fauts, qui imitent les trioris de Bretagne, ainfi nommez de τριλόριον parce que les airs en font à trois tems fort vîtes (*). Voyez la tablature de ces branles f. 81. tourné de l'Orchéfographie de Thoinot Arbeau, anagramme de Jehan Tabourot.

51 *Au j'en fuis*] Jeu de pelotte ou de balle entre deux perfonnes qu'une troifième vient croifer en difant *J'en fuis*, au moment que de fa raquette elle a attrapé la balle ou la pelotte que l'une des deux premiéres alloit recevoir fur la fienne. Mat. Cordier appelle ce jeu *colludere pila certatim excipienda. Hic enim*, dit-il, *certatur uter, aut quis (fi multi fint) pilam excipiet, meliorque cenfetur ejus conditio qui excipit quam qui mittit. Hic enim eft tanquam minifter, ille quafi dominus. Unde qui pilæ exceptorem detrufit, folet dicere, Ego fum* : j'en fuis, c'eft-à-dire je fuis en jeu : *pro eo quod Latine dici poteft; Sum pilæ exceptor* (†).

52 *A foucquet*] Voici comme j'ai vu pratiquer le jeu de Fouquet à des Païfans. Ils prennent une poignée de filaffe qu'ils tordent en long, & qu'ils fe fourrent par un bout dans l'une des narines, mettant le feu au bout d'en bas de la filaffe. Le feu monte : eux cependant difent toujours *fouquet, fouquet*, & fouflent en même tems par la narine qui eft libre ; en forte que ce double vent empêche que le feu, qui gagne le haut de la filaffe, ne leur brûle ni la bouche ni le nez. On voit par-là d'où a pris fon nom le jeu de *fouquet*; mot qui néanmoins dans la fignification de *feuquet*, c'eft-à-dire de petit feu, vient de *foquetus* diminutif de *focus*. La maniére au refte, dont j'ai dit que fe pratiquoit ce jeu eft différente de celle que décrit Rabelais au Prologue du 4. Liv. mais il n'eft pas extraordinaire qu'un même jeu fe pratique différemment.

53 *Au rapeau*] Jeu de quilles du Dauphiné & de l'Auvergne, à qui en abattra le plus du premier coup. Brantome parle de deux Princeffes, dont de fon tems les Soldats s'entredifoient, que fi l'une jouoit bien aux quilles, l'autre ne *rempelloit* pas moins bien. Voyez fes Dam. gal. Tom. 2. p. 485.

54 *Au vireton*] Ne feroit-ce point cet amufement que prennent les enfans à faire *virer* ou tourner un pefon fur une petite cheville qui le traverfe ?

55 *Au picquarome*] Un Ecolier courbé & appuyé des mains fur les reins de fon camarade, qui fe tient debout devant lui, & qui

(*) *Eutrapel*. Chap. 19.
(†) De corr. Serm. emend. *Cap.* 38. *n.* 52.

lui tourne le dos , reçoit en cet état fur fon dos un autre de fes camarades, à qui il dit de piquer, & qu'ils vont à Rome.

56 *A rouchemerde*⎤   Ces deux Proverbes, non plus que le pré-
57 *A angenart* ⎦ cédent, ne font pas dans l'Edition de Dolet. C'eſt celle de 1553. qui les a introduits.

58 *A la grieſche*] C'eſt comme un volant ſe nomme en Anjou, à cauſe qu'on le fait de plumes de Perdris grifes, qui s'appellent en ces quartiers-là *Grieſches.*

59 *Au cassepot*] Au pot caſſé , dit Mat. Cordier , Chap. 38. n. 26. de ſon *De corr. Serm. emend.* On pend au plancher avec une corde un vieux pot de terre, puis on bande les yeux à tous ceux de la compagnie , leſquels en cet état vont tour à tour, un bâton à la main , tâcher d'atteindre ce pot, au hazard que les éclats en volent ſur eux: ce qui cauſe un tintamarre où il y a toujours du danger. Scarron , Chap. 18. de la I Partie de ſon Roman Comique , parle d'une autre maniére de jouer au pot caſſé.

60 *Aux jonchées*] Jonchets, *Ludus junculorum* , dit. Mat. Cordier, Chap. 38. n. 43. de ſon *De corr. Serm. emend..* Ce jeu a été nommé de la ſorte , parce qu'autrefois on y jouoit d'ordinaire avec de petits brins de joncs: ce qui ſe pratique encore à Saint Lo en Baſſe-Normandie , au lieu qu'ailleurs on n'y joue plus guère qu'avec des brins de paille ou avec des bâtons d'ivoire de même groſſeur (*).

61 *Au pyrevollet*] Les Anglois appellent ce Jeu , *At the Whir-ling gigge,* comme qui diroit : *A la Toupie tournante.* Je crois que c'eſt proprement, ou à faire *voler* ſa Toupie du pavé ou du plancher ſur la paume de la main, ſans qu'elle ceſſe de tourner: ou à faire ſauter cette Toupie du pavé ou du plancher ſur la paume de la main (*volu*) , ſans qu'elle ceſſe de pirouetter. La choſe eſt facile, & il n'y a qu'à prendre bien ſon tems.

A cline muzete] C'eſt comme on parle en Anjou , mais à Paris on prononce & on écrit *cligne muſſette* (†) , des verbes *cligner* & *muſſer ;* parce qu'en ce jeu pendant qu'un des enfans *cligne,* c'eſt-à-dire, ferme les yeux, il donne le tems de ſe *muſſer* ou cacher à ſes compagnons qu'il va enſuite chercher.

62 *Au picquet*] Ce n'eſt point ici ce jeu de cartes, qui nous eſt venu d'Eſpagne depuis cinquante ou ſoixante ans ſeulement; c'en

(*) *Mén. Diction. Etym. au mot* Jonchets.
(†) *Mén. à la marge de ſon Rab.*

eſt un auquel les enſans jouent avec des bâtons ſemblables à des *piquets* (†).

63 *Au chastelet , à la rengée, à la fouffette*] Trois jeux que les enfans jouent avec des noix ou avec des *chiques*, s'il m'eſt permis d'appeler encore aujourd'hui de ce nom de petites boules de marbre ou de terre cuite qui ne ſont d'uſage qu'à des jeux d'enfans. Ils jouent même quelquefois à la *foffette* avec de petites coquilles de limaçons. Au jeu du Châtelet ils font un triangle de trois *chiques* ou d'autant de noix , & en mettent au-deſſus une quatrième qui fait une eſpèce de petit *Château* , que gagne celui qui a l'adreſſe de le démolir avec une *chique* ou une noix qu'il y darde de quelques pas. *A la rengée* les enfans diſpoſent tout autant qu'ils veulent de *chiques* ou de noix ſur une même ligne. Chacun à ſon tour roule ſa *chique* ou ſa noix contre la *rangée*, & emporte toutes celles qui ſuivent la *chique* ou la noix qu'il a déplacée avec la ſienne. *A la foffette* ils jettent avec le creux de la main une poignée de *chiques*, de noix, ou de coquilles dans une petite foſſe qu'ils ont creuſée au pié d'une muraille, & gagnent toutes celles qu'ils y ont fait entrer de plus que leurs compagnons.

64 *A la trompe*] Au Sabot, ſorte de toupie. Ce terme eſt de la Touraine & de l'Anjou.

65 *Au moyne*] Encore le *Sabot*. Ce terme eſt de Dauphiné où jouer au *moine,* c'eſt jouer au ſabot.

66 *Au tenebry*] Au ténébreux, à l'Eſprit, dit le Rabelais Anglois. Maitre Eloi d'Armenrnal , Liv. 2. Chap. 117. de ſa Diablerie , écrit *tonnebri* , & c'eſt auſſi comme Lambert Daneau a appellé certain jeu qu'il prétend illicite à cauſe des indécences qui s'y commettent devant des femmes. Voyez ſa Remontrance ſur les Jeux du Sort ou de Hazard , impr. en 1573. p. 23 & 24. Le Voyage de Me. Guillaume en l'autre Monde , Par. 1612. pag. 71. fait mention du Jeu de *A cache cache mon canebry:* d'un autre Jeu appellé, *A monte, monte l'eſchelette, monte là ;* & d'un troiſième qu'on appelle, *A la maſle, maſle broche en cul.*

67 *A la foulle*] A ſe fouiller , à ſe ſalir, dit la même Traduction.

68 *A Sainct Cosme je te viens adorer*] On bande les yeux à quelqu'un qu'on a fait aſſeoir dans un fauteuil. *St. Côme , je te viens adorer,* lui dit un autre qui dans le moment lui préſente au viſage une chandelle allumée. Celui-ci veut l'empoigner, mais à la place de ce cierge , on coule dans la main du perſonnage un bâton tout enduit d'ordure. De là vient ſans doute le Proverbe *à*

(†) *Mén. ibid.*

Saint breneux chandelle de m... Au même jeu d'autres ajoutent à la cérémonie du Cierge une feconde pièce plus rifible et moins vilaine que la prémiére. Sous ombre de careffer le Saint Côme qui a les yeux bouchez, ils lui noirciffent le vifage avec du charbon ou de la fuïe. De-là vient qu'à la 29. des Sérées de Bouchet il eft parlé d'un More, qui dans Poitiers fut pris pour un ramonneur de cheminées, ou pour quelqu'un qui venoit de jouer *à Saint Côme, je te viens adorer.*

69 *A bien et beau s'en va quarefme*] On joue à ce jeu en Dauphiné, fur la fin du Carême.

70 *Au chefne forchu*] Un petit garçon appuyé fur fes mains fe tient debout fur fa tête & écarte fes jambes. Par derrière en vient un autre qui s'élance au travers de l'autre côté, & il prend exprès cette route, de peur que venant à faire mal fon faut, celui qui contrefait le chêne fourchu ne vienne à recevoir quelque coup de pié dans le ventre ou dans les bourfes.

71 *Au chevau fondu*] Perfonne n'ignore ce jeu, qui pour le dire en paffant, eft de l'ancien tems, où les finguliers, qui aujourd'hui fe terminent en *al* fe terminoient en *au.* Il eft feulement à remarquer qu'ici *fondu* fe prend en la même fignification que lorfque d'un Navire abîmé dans la Mer, on dit qu'il y eft *fondu.* C'eft la raifon pourquoi Mat. Cordier Chap. 38. n. 24. de fon *De corr. Serm. emend.* appelle ce jeu *certare equuleo depreffo.*

72 *A pet en gueulle*] Ce jeu, dans certaines Provinces, eft plus badin que violent lorfqu'on a les reins fouples, & s'il y a quelque chof: à craindre pour les joueurs, c'eft quelque mauvais vent, dont il leur eft difficile de fe garantir. Ailleurs il confifte uniquement à qui fera le plus de bruit lorfqu'enflant les joues on s'en frape l'une avec les cinq doigts en pointe. A Metz, où, avant que de fe fraper ainfi fur la joue enflée, les enfans font couler legérement les extrémitez des doigts fur la lèvre d'en bas, afin que venant à fe refermer elle rende déja fucceffivement quelques petits fons comme de tambour, par onomatopée ce jeu fe nomme en Patois *briftempogné,* c'eft-à-dire, *brife ton poignet,* parce qu'à cette petite manœuvre le *poignet* fe *brife* comme pour battre fur une guittarre.

73 *A Guillemin baille my ma lance*] Autrement, Robin &c. dit l'Abbé Guyet à la marge de fon Rabelais. On bande les yeux à l'un de la troupe, lequel on traite de Chevalier. En cet état il commande à fon Ecuyer, foit *Guillemin* ou *Robin*, de lui bailler fa lance. *Attendez, Monfieur*, répond l'Ecuyer, *je vous l'agence.* L'Ecuyer difant enfuite à fon Maître qu'il lui préfente effectivement une lance : dans le tems que Monfieur le Chevalier ouvre

la main pour empoigner cette lance, fon Ecuyer lui met en main un bâton qu'il a pris le loifir d'enduire de m... à l'endroit que l'autre doit toucher.

74 *Au trefeau*] Autrement, *au trefeau fourni*, dit l'Abbé Guyet à la marge de fon Rabelais. On appelle *trefeau* en Anjou trois hommes qui battent des gerbes enfemble.

75 *Au propous*] Au cocq-à-l'âne, au propos interrompu.

76 *Au chapifou*] Encore Liv. 5. Chap. 27. *Vous euffiez penfé que fuffent gents joüants au chapifou.* C'eft le Colin-maillard. En Normandie on nomme ce jeu *capifolet;* mais *capifol* eft l'ancien mot. Le Blafon des fauffes Amours :

> *Qui pour galler & frigaler*
> *Vient galeux n'eft-il pas bien fol ?*
> *Qui tant veult pour femme foler,*
> *Que femme le faiɛƚ afoler,*
> *Joüent-ils pas au* capifol ?

77 *A la grolle*] Rabelais , Liv. 4. Chap. 52. appelle *grolle* le blanc, le centre d'une fible. Ici jouer à la grolle ne feroit-ce pas tirer au blanc ?

78 *Au cocquantin*] On appelle *coquantin* dans le Maine , ce qu'on nomme à Paris un volant; & on l'appelle de la forte, parce qu'autrefois on fe fervoit de plumes de *Cocq* à faire des volans.

79 *A la croffe*] C'eft ce que Math. Cordier , Chap. 38. n. 40. de fon *De corr. Serm. emend.* appelle *ludere clava. Hic ludus,* dit-il, *clava & pila conflat.* On joue à la croffe avec une boule qu'on pouffe de toute fa force avec un bâton courbé par un bout en forme de croffe.

80 *Au bille boucquet*] On appelle communément *billeboquet* un bâton court , creufé en rond par les deux bouts , & au milieu duquel eft une corde, à laquelle eft attachée une balle de plomb qu'on jette en l'air , & qu'on reçoit alternativement dans les concavitez des deux bouts. C'eft un mot compofé de *bille* en la fignification de petite boule , & de *boquet*, c'eft-à-dire un petit fragment de bois. A Metz , les jeunes garçons prennent un morceau de bois long d'un demi pié, plus ou moins, gros à peu près comme le pouce, & pointu par les deux bouts. Ils pofent ce bois fur le pavé , & frapent d'un bâton fur l'un des bouts : en forte que l'ayant fait fauter , ils lui donnent pendant qu'il vole un autre coup pour le jetter à leurs compagnons, qui doivent le leur renvoyer de la même manière ; & ce jeu , qui est proprement celui du *court-bâton*, eft par eux nommé le jeu du *billeboq.*

39

81 *A tefte à tefte bechevel*] Jeu que les enfans jouent avec deux épingles, que l'un d'eux cache dans fa main : après quoi il donne à deviner à l'autre, fi ces épingles font placées ou tête à tête, ou à *béchevet*, c'eft-à-dire à contrefens ; en forte, que la tête de l'une foit tournée vers la pointe de l'autre. *Befchevet*, dit Monet, que Ménage devoit citer, *c'eft double chevet en un lit, un à la tefte, l'autre aux pieds. Lits à befchevet: coucher à befchevet.* Le même au mot *chevet*, pour donner à entendre ce que c'eft que *lit à double chevet*, renvoye à *béchevet*. D'Aubigné, Liv. 1. Chap. 1. de fa Confeff. Cath. dit *à bechenez ;* mais cet Ouvrage a d'abord été imprimé fi peu correctement, qu'il n'y auroit pas d'apparence d'imputer à l'Auteur tant de fautes groffiéres qui s'y trouvent. Au lieu de *béchevel*, comme on lit dans le Rabelais de Dolet, dans l'Edition de 1553. & dans l'Edition de 1626. faite fur celle de 1552. on dit aujourd'hui *béchevet*, comme il y a dans celles de 1559 & 1573. & on parle de la forte, parce que les anciens diminutifs en *el*, comme ici *chevel* fait de *chef*, font abfolument hors d'ufage. Exemple en *Capel*, dont Villon a autrefois ufé pour *Capet* dans le vers fuivant,

Se feuffe des hoirs Hue-Capel.

82 *Au pinot*] *Au* pivot, ou pibot, dit l'Abbé Guyet à la marge de fon Rabelais.

83 *Aux croquinolles*] Ces deux jeux, ni le précédent ne font ni dans l'Edition de 1535. ni dans celle de Dolet ; mais bien dans celle de 1553.

84 *Au belufteau*] Deux enfans fe placent face à face l'un de l'autre, & s'entrelaçans en cet état les mains de l'un avec celles de l'autre, ils fe pouffent tous les deux tour à tour, en forte qu'ils femblent *bluter*.

85 *Au molinet*] Des enfans fe divertiffent à courir contre le vent avec des petits *moulinets* qu'ils font de deux morceaux de cartes à jouer, ou avec deux petits ais croifez l'un fur l'autre, & attachez avec une épingle au bout d'un bâton. C'eft la même petite machine que ci-deffus Chap. XI. Rabelais nomme *virolet*.

86 *A la bacule*] Deux enfans placez le plus ferme qu'ils peuvent fur les deux bouts d'une planche appuyée fur une poûtre qui la traverfe par le milieu à quelques piés de terre, fe donnent en cet état le branle ; en forte que tour à tour l'un s'éleve & l'autre defcend, au hazard de faire tous les deux la culebute.

87 *Aux efcoublettes enraigées*] A fe heurter de la tête l'un contre l'autre, comme font les Béliers, qui de cette maniére *s'accouplent* par les cornes, d'où vient *efcoublettes ;* ce qu'on appelle autrement combattre *à l'enragée*. Vivès, dans celui de fes Dialogues qui a

pour titre, *Veſtitus, & deambulatio matutina ; vin tu ut mutuo arie-
temus capita ?* Veux tu que nous heurtions comme Moutons , de
la tête l'un contre l'autre ? à quoi l'on répond : *Nolo tecum conten-
dere inſania,* c'eſt-à-dire, ſuivant l'ancienne Traduction de 1560.
je ne veux point combattre contre toi *à l'enragée.*

88 *Au pourceau mory*] A contrefaire le *Pourceau mort,* ou qu'on
va tuer.

89 *Au tiers*] Le 51. des Arrets d'Amours. *De la partie dudict
amoureux fut deffendu au contraire. Et diſoit que les hommes n'eſtoient
point tenus d'endurer des dames, ſe il ne leur plaiſt : car elles ſont
ſubjectes, & ne leur appartient de venir mettre en leur dos aucunes
herbes, ſoit par esbat ou autrement : car ce qui leur plaiſt en une
maniere, il deſplaiſt aux autres. Or eſtoit vray que ceſte dame de ſon
authorité, & ſans dire qui avoit perdu ou gaigné, luy eſtoit venu jetter
dedans le dos en joüant au tiers, une poignée d'horties, & d'ordure, où
il y avoit des fourmis parmy, qui le piquoient, & faiſoient ſi grand
mal qu'il ne pouvoit durer. Et à ceſte cauſe ; comme tout eſmeu par
chaude colle la vint frapper & décoiffer ainſi qu'il ha eſté dict.*

90 *A la cutte cache*] Je crois qu'ici *cutte* vient de *cutis ,* & que
c'eſt le jeu qu'en Lorraine on appelle *cache-mains ,* parce qu'on
eſt obligé de cacher ſes mains, à peine d'y recevoir des coups de
verge.

91 *Au picandeau*] Au volant. *Picandeau* eſt du Lyonnois , où
peut-être le volant eſt fait de plumes de Pie noires & blanches.

92 *A crocqueteſte*] Un jeune garçon ſe tient debout, dans l'attente que ſon compagnon lui ſaute par deſſus la tête; mais ,
comme le plus ſouvent il la tient trop droite , en ſorte que s'il
ne la courboit, celui qui doit ſauter pourroit la heurter du pié ,
on lui crie *coupe-teſte* en Lorraine, ailleurs *crocque-tête,* c'eſt-à-dire,
de s'avaller la tête, de peur qu'elle ne lui ſoit *croquée.*

93 *Aux chinquenaudes*] C'eſt comme on lit dans l'Edition de
Dolet, dans celle de 1553. & en beaucoup d'autres. Ainſi , puisqu'anciennement on parloit de la ſorte, il y a de l'apparence que
par *chiquenaude* on entendoit un coup de l'arrête du poignet ſur
ou contre les *cinq neuds* des doigts d'une autre main. Le jeu des
croquinoles dont il eſt parlé plus haut dans les Editions nouvelles,
après celle de 1553. n'eſt point celui des *chiquenaudes ;* mais
vraiſemblablement cet autre jeu, où deux enfans écarquillent
tour à tour les doigts de la main, la paume en dedans , & les
font toucher du bout au pavé, pendant que l'autre pouſſe certain
nombre de coups une *chique* contre les nœuds des doigts ainſi
placez.

94 *Après avoir bien joué,* [*saffé, paffé*] *& beluté temps*] Ce qui eft
entre ces marques [ ] n'eft point dans l'Edition de 1535. ni dans
celle de Dolet 1542. mais bien dans les Gothiques de la même
année 1542. où il femble que Rabelais ne l'ait ajouté que parce
qu'ici *beluter le temps*, le *paffer* & le *faffer* ne font qu'une même
chofe. En effet, comme *paffer le tems*, c'eft proprement le faire
écouler fans qu'on s'en aperçoive, l'Auteur a cru pouvoir dire
dans le même fens *faffer, beluter le temps,* parce que *faffer*, *bluter*
la farine, c'eft la faire paffer par une infinité de petits pertuis, à
peu près de même que Gargantua avoit forcé fon tems à s'écouler en quantité de toutes fortes de jeux d'enfans. Ci-deffous,
Liv. 5. Chap. 21. lorfqu'il eft dit de la Dame Quinte-effence ;
qu'accompagnée de fes Damoifelles & des Princes de fa Cour, elle
tamifoit, belutoit, & paffoit le temps avec un grand & beau
fas de foye blanche & bleuë, c'eft-à-dire, comme il eft dit plus
bas, qu'elle joüoit avec eux à de certaines danfes antiques comme
la Cordace, l'Emmelie & mille autres femblables.

95 *Unze peguadz pour homme*] Le *pegad* eft une mefure de vin,
ainfi appellée de *picatum*, à caufe de la poix avec laquelle on
enduit intérieurement les pièces de cette forte de vaiffeau, qui
fous le nom de *Kann*, eft connu dans une grande partie de l'Allemagne pour un vaiffeau à bière. On prononce *pega* à Touloufe,
où l'on appelle de la forte la plus grande mefure de vin, c'eft-à-
dire le pot de vin, plus grand d'un quart que le pot de Paris:

96 *Ou en beau plein liû*] C'eft *en* qu'il faut lire, conformément
aux Editions de 1542. & non *un* comme dans les nouvelles, qui
ont fait cette faute fur l'Edition de 1553.

97 *Sans mal penfer, ny mal dire*] C'eft comme on lit encore
Liv. 2. Chap. 12. & il faut lire de la forte conformément à
l'Edition de 1535. & à celles de 1542. Si l'un des deux *mal*
pouvoit fe fupprimer, ce feroit le dernier, non le premier.

98 *La vraye vie des peres*] Cette penfée de Gargantua fait allufion au 42. Chapitre de la Règle de St. Benoît, qui veut que les
Moines de l'Ordre, *mox ut furrexerint à cœna* (du dîner) *fedeant
omnes in unum, & legat unus Collationes, vel* Vitas Patrum : *aut
certè aliquid quod ædificet audientes.* Elle eft fondée fur ce qu'après
cette lecture les Moines alloient boire un coup dans le réfectoire.
Or Gargantua fe croyoit en droit de boire comme eux à l'heure
des Vêpres, parce qu'encore qu'il n'eût fait que dormir pendant
que ces Moines s'étoient altérez à lire la *Vie des Peres* & les
Collations ou Conférences de Caffien, comme fa nature étoit,
difoit-il, de *dormir falé*, il ne fe fentoit pas à cette heure-là moins
altéré qu'eux.

99 *Montoit fus une vieille mulle*] Suivant l'idée qu'on s'eſt faite
juſqu'à préſent de la *Mule* ou *Jument* de Gargantua, on pourroit
croire qu'il dit ici ſon chapelet ſur le pié du *poco di bene, poco di
male* de la Courtiſanne Italienne ; mais ce n'eſt ici qu'une ſimple
alluſion à l'ancienne coutume des Conſeillers du Parlement de
Paris, leſquels, au rapport d'André Du Chêne, montez comme
ils étoient ſur leurs Mules, diſoient leur chapelet, tout en allant
au Palais (*). C'eſt cette maniére de dire ſon chapelet que Rabelais appelle *expédier en forme ſes Patenotres*, c'eſt à-dire les rouler
chemin faiſant, à la mode des Conſeillers & d'une façon auſſi
authentique que l'expédition d'un Arrêt ou d'une Commiſſion en
forme.

100 *Du Fou, de Gourville, de Grignault & de Marigny*] C'eſt
comme on doit lire conformément aux Editions de 1542. Meſſieurs du Fou & de Gourville étoient de bons Gentilshommes du
Poitou : & quoique le Château du Fou, qui, ſoit dit en paſſant,
appartenoit en 1539. au Seigneur, de Mompezat (†), ſoit dans
le Voiſinage de Poitiers, Jean du Fou, qui en étoit Seigneur, fut
fait Sous-Maire de Bourdeaux en 1452. Un Jaques du Fou (‡),
Capitaine d'une grande réputation, plein de vertus, dit l'Anna-
liſte Bouchet, & homme d'une grande religion, étoit Senéchal
du Poitou en 1486. Un Seigneur de Grignaux (**) (Grignault
peut-être) étoit Chevalier d'Honneur de la Reine Anne de Bretagne, femme du Roi Louïs XII (***). Et Gourville eſt mis au
nombre des petites Villes de l'Angoumois, dans un ancien *Guide*
de chemins, imprimé à Paris chez Charles Etienne l'an 1553.

101 *Evangiles de boys*] Les *Dames* en général ſe nomment *bois*
en termes de Trictrac. Cela fait que, comme d'ailleurs le Tablier
du Trictrac reſſemble par ſes bords à un gros & grand Livre, les
profanes ont appellé *Evangiles de bois* ce Tablier, ſur lequel on
joue encore à quatre différens jeux. Quant à ce qu'il eſt dit que
c'étoit après ſouper qu'on apportoit ces beaux *Evangiles*, c'eſt
par rapport à un Statut de la Règle de St. Benoît, qui veut
qu'avant que de ſe coucher les Moines de l'Ordre liſent entre
eux un certain nombre de Chapitres des Evangiles.

(*) *Aut. des Villes, & Chap. 20. de celle de Paris.*
(†) *G. Paradin, Hiſt. de ſon temps, Liv. 4. Chap. 3.*
(‡) *A. Chartier, Edit. de 1617. pag. 229.*
(**) *Annal. d'Aquitaine, Part. 4.*
(***) *Nouv. 29. de l'Héptameron.*

CHAPITRE XXIII

1 *Maiſtre Theodore*] Par le nom Grec de ce Médecin Rabelais donne à entendre que ce fut par un *don de Dieu* que Gargantua fut mis enfin fous d'autres Maîtres que ceux qui juſques-là lui avoient gâté l'eſprit & corrompu les mœurs.

2 *Elebore de Anticyre*] On s'en purgeoit le cerveau pour mieux vaquer à l'étude. Pline, Liv. 25. Chap. 25. & Aulu-Gelle Liv. 17. Chap. 15.

3. *Comme faiſoit Timothé*] Quintilien, Liv. 2. Chap. 3. rapporte que ceux qui vouloient que ce fameux Muſicien leur enſei-. gnât la Muſique, étoient obligez de lui donner un double ſalaire, s'ils avoient déja reçu d'ailleurs quelque teinture de cet Art ; parce que Timothée commençoit par leur faire oublier ce que d'autres Maîtres leur avoient appris. Dans toutes les plus vieilles Editions on lit *Thimote*, ſans doute après quelque méchant vieux Quintilien, comme déja plus haut, au Chap. 10. *Polycrate*, après le vieux Aulu-Gelle in 4°. imprimé à Paris chez Jean Petit 1508. Liſez *Timothée*, conformément à l'Edition de 1626.

4 *Là ſon precepteur repetoit ce que avoit eſté leu : luy expoſant les poinctz plus obſcurs & difficiles*] Gabriel Biel croit qu'à l'exemple du Pape Grégoire 1., qui en uſoit ainſi, on peut ſans ſcrupule chanter les Pſeaumes par-tout, même à la Garderobe. Voyez le *Menagiana*, Par. 1715. Tome 1. p. 365.

Ilʒ eſtendoient] Les Editions modernes, depuis celle de 1553. incſuſivement, diſent *il entendoit*, mais mal. C'eſt *ils eſtendoient* qu'on doit lire, comme dans l'Edition de 1535. & dans celles de 1542.

5 *Bracque*] Jeu de Paume dans le Fauxbourg St. Marceau à Paris. Un Chien braque y pendoit alors pour Enſeigne (*).

6 *A la pile trigone*] N'eſt point dans l'Edition de 1535. ni dans celle de Dolet. C'eſt un jeu ancien de la Paume, à trois perſonnes placées dans les coins d'un triangle, d'où elles ſe renvoyoient réciproquement la balle. Martial, Epigr. 19. du Liv. 4.

Seu lentum ceroma teris, tepidumve trigona.

7 *Confeſtion de cotoniat*] Confitures de *Coins*, autrefois *coudignac, codignac*, & *codignat*, aujourd'hui *cotignac*, les Pédans diſoient *cotoniat* fait de *cotonium* dit pour *cotoneum*.

(*) *Mên. Diſt. Etym. au mot* Braque.

8 *Trou de lentifce*] Dans les plus anciennes Editions, au lieu de *tronc* on lit *trou*, par le changement de l'*n* en *u*, comme en *couvent* & en *trou de chou*. Le Lentifce, Arbre d'où découle le maftic, fervoit aux Romains de cure-dens dont ils s'accommodoient mieux que de ceux de plumes. Martial, Epigr. 22. du Liv. 14.

> *Lentifcum melius : fed fi tibi frondea cufpis*
> *Defuerit, dentes penna levare potes.*

9 *Tunftal Angloys*] Cuthbert Tonftal, Evêque de Durham en Angleterre. Voyez un bel éloge de ce Prélat au Chap. 1. de l'Utopie de Thomas Morus, où il eft dit que le Roi d'Angleterre Henri VIII. l'avoit fait fon premier Secrétaire. On trouve dans la Bibliothèque de Draudius les titres de plufieurs de fes Ouvrages de Théologie ; mais le Traité dont parle ici Rabelais fut imprimé *in* 4º. à Londres l'an 1522 (*) & réimprimé en même Volume à Paris chez Robert Etienne l'an 1529. fous le titre de *Cuthberti Tonftalli de arte fupputandi Libri quatuor*, avec une Epître dédicatoire de l'Auteur à Thomas Morus. L'an 1531. Nicolas Léonic dédia au même Tonftal fes trois Livres *de varia Hiftoria*.

10 *Que le hault Alemant*] Les François ont eu de tout tems beaucoup moins de commerce avec les Peuples de la Haute-Allemagne, qu'avec ceux des Païs-Bas. C'eft delà fans doute qu'eft venue cette façon de parler Proverbiale, d'autant plus jufte que les Peuples de la Germanie Supérieure & ceux de la Baffe-Allemagne eux-mêmes ne s'entendent qu'à demi les uns les autres ; témoin l'aventure de trois Bavarois, au Liv. 3. des Facéties de Bebelius, Chap. *de tribus Bavaris*.

Sacqueboute] Inftrument de Mufique à vent, efpèce de Trompette harmonique différente de la Militaire : on l'allonge & la racourcit felon l'acuité ou la gravité des Sons : elle eft ordinairement de huit pieds lorfqu'elle n'eft point allongée ; mais tirée de toute fa longueur, elle va jufqu'à quinze pieds.

11 *Sus un cheval barbe*] Les mots *Cheval barbe* ne font pas dans l'Edition de Dolet 1542. quoiqu'ils foient dans la Gothique *in* 12. de la même année. Dans l'Edition de 1559. il y a Cheval *bardé*, mais c'eft *barbe* qu'il faut lire.

12 *Acculloyt une arbre*] Le renverfoit, le déracinoit à demi.

13 *Fanfarer & faire les petitz popismes*] *Fanfare*, dit Nicot, *c'eft proprement quand ceux qui veulent joufter, fe monftrent en la lice avec trompettes et clairons ; et fanfarer, c'eft faire de telles fanfares.* Πόππυσμα d'où *popifme*, eft une onomatopée qui exprime le fon

(*) Biblioth. Bodleïana, *pag.* 207.

de *pſo, pſo*, avec lequel on flate les Chevaux qui ne ſont pas accoutumez à être montez (*).

14 *Le voltigeur de Ferrare*] Un autre Italien de Bologne la Graſſe faiſoit les mêmes choſes à la Cour de France en l'année 1582. Voyez le Journal du Régne de Henri III. ſur cette année-là.

15 *Coulloyt*] *An* crouloit? dit l'Abbé Guyet à la marge de cet endroit de ſon Rabelais. Mais je crois qu'ici *couller*, c'eſt proprement *aſſener ſur le coû*, & que ce mot vient de *collare* d'où l'Italien *collata* dont nous avons fait *collée* & *accollée* dans la ſignificatiou de coup d'épée frapé ſur le coû. Il ſe peut auſſi que l'ancienne hache nommée Franciſque étant une eſpèce de halebarde, *couler* s'entend ici naturellement d'un coup leger qu'on *coule* avec cette arme.

16 *Avalloit en taille ronde*] Termes de l'ancien combat de la hache d'armes.

17 *Sacquoit de l'eſpée à deux mains*] En faiſoit le moulinet à droite & à gauche.

18 *A la cappe*] Il s'entortilloit le bras gauche avec le manteau, qui de cette maniére lui ſervoit de bouclier (†).

19 *Jules Ceſar*] Plutarque, dans la Vie de cet Empereur.

20 *Sus les brancquars*] Sur de groſſes branches.

21 *Avec deux poignards aſſerez*] Il n'y a guère de Barbets ni d'autres Montagnards qui n'en ſachent faire autant. Poignard *aſſeré*, comme Rabelais orthographie par-tout, eſt un poignard de fin *acier*. Dans l'Edition de 1669. Il y a *poignans*, mais c'eſt poignards qu'on doit lire, conformément à toutes les plus anciennes.

22 *Arbaleſtes de paſſe*] Il n'y a homme, ſi fort ſoit-il, ny Géant, dit Brantôme, qui pût de ſa main bander l'Arbaleſte de paſſe; mais, continue-t-il, avec une poulie elle ſe bande fort aiſément. Voyez ſes Capit. Etr. Tom. I. pp. 97 & 98. Le Préſident Fauchet parlant de ces Arbalètes, qui étoient en uſage du tems de nos Peres: « Ils avoient *dit-il*, auſſi des Inſtrumens appellez « Ribaudequins & *Arbaleſte de paſſe*: à la façon des anciens Ins- « trumens appellez *Scorpions* parce qu'ils piquoient plus mortel- « lement que les Bêtes venimeuſes: leſquels inſtrumens avoient « l'Arc de douze ou quinze pieds de long, arrêté ſur un arbre

(*) *Mélanges de Politien Chap.* 32.
(†) *Amadis, Vol.* 12. *Chap.* 90.

« (ainfi appelloit-on la longue piece où tenoit l'Arc) long à pro-
« portion convenable, pour le moins large d'un pied , & creufé
« d'un canal , pour y mettre un javelot de cinq ou six pieds de
« long, ferré : & néanmoins empenné aucunes fois de corne (car
« j'en ai vu un ainfi accouftré) tenuë comme celle des lanternes,
» ou de bois leger, pour le faire plus aifément voler, ainfi qu'une
» Sagette avec la plume, lefquels Ribaudequins, pour leur pefan-
» teur, demeuroient fur les murs des Forterefles. Et à l'aide d'un
» tour, manié par un, ou deux, ou quatre hommes , felon fa
» grandeur, on bandoit ce grand Arc, pour lâcher le javelot ,
» qui bien fouvent perçoit trois & quatre hommes d'un feul
» coup. (*). A Cologne fur le Rhin, où l'on conferve encore de
ces prodigieufes Arbalêtes, il s'en voit une entr'autres, qui a fon
Arc de Baleine de douze pieds de long, huit pouces de large , &
quatre d'épaiffeur (†). Monfieur de la Noüë, ou qui que ce foit
qui ait fait l'ancien Dictionnaire de Rimes Françoifes, imprimé à
Genève l'an 1596. dit à la page 112. de ce Livre, que les Arbalêtes de *paffe* s'appellérent de la forte, *à caufe qu'elles faifoient une
grande* paffée, *qu'elles* paffoient *fort avant*. Mais je doute qu'il ait
rencontré ; & il n'avoit affûrément pas confulté Froiffart , qui
nous apprend (**) que ce que de fon tems on nommoit *ung paffe*
étoit une efpèce de Tour de charpente à plufieurs étages, montée
fur des roues. On plaçoit dans chacun de ces étages certain nombre d'Arbalêtriers, après quoi le *paffe* ayant été approché des
murs de la Place affiégée, ces Arbalêtriers tiroient de leurs arcs
à ceux qui étoient placez aux défenfes de la Forterefle. Or,
comme il y a apparence que cette forte de Tours qu'on nommoit
paffes n'étoient jamais dégarnies de quelqu'une de ces groffes
Arbalêtes, je croirois bien plutôt que ce feroit de là qu'on les
auroit appellées *arbalêtes de paffe*. Si on demande pourquoi ces
Engins de bois à plufieurs étages furent nommez *paffes*, je ne fai
fi le nom de *paffe*, qui anciennement fignifioit un *Moineau*, n'auroit pas été donné à ces Tours , au lieu de *Moineaux* qui eft
comme Rabelais les appelle. *Enduifoient courtines , produifoient
moineaux, taluoient parapects*, dit-il au Prol. du Liv. 3. H. Etienne,
p. 287. de fon Traité de la Précellence &c. prend pour une
efpèce de cafemates ces *moineaux* de l'ancienne fortification ; mais
ce que dans le paffage ci-deffus rapporté Rabelais dit qu'on les
produifoit, prouve à mon avis que H. Etienne s'eft trompé, puifqu'il n'y avoit que des *Engins* montez fur roues comme les *paffes*
ou *moineaux* anciens, qu'on pût *produire* ou faire avancer par-tout
où l'on en avoit befoin.

(*) *Fauchet, Liv.* 2. *de la Milice et des armes.*
(†) *Voyage de Miffon, Lettr.* 4.
(**) *Vol.* 2. *Chap.* 169.

40

23 *Aconcepvoir*] Ratteindre, rattraper, rejoindre, d'*adconcipere*. Ce terme, qui revient encore au Chap. 25. de ce Livre, & Liv. 5. Chap. 39. eſt particulier à Rabelais dans cette ſignification.

24 *Gualentir*] Fortifier, de *valentire* ſait de *valens* dans la ſignification de *robuſte*.

25 *Alteres*] Ce que Rabelais nomme *alteres* après les Anciens, c'étoient de groſſes maſſes de plomb, qui leur ſervoient de contrepoids dans les ſauts auxquels ils s'exerçoient. Martial, Epigram. 49. du Liv. 14.

>   *Quid pereunt ſtulto fortes* haltere *lacerti ?*

Plus haut l'Auteur appelle *Saulmones* de plomb ces *alteres* de Gargantua, parce qu'encore qu'il y eût auſſi d'autres *alteres*, comme de ſer, de pierre, celles du Géant Gargantua étoient proprement de ces maſſes de plomb qu'on nomme *Saumons* à cauſe qu'elles ſont à peu près de la forme & de la groſſeur du Saumon.

26 *Marinus*] Galien parle ſouvent de lui. Voyez en l'Index. Naudé, page 41. de ſon Addition à l'Hiſtoire de Louïs XI. rapporte quelques paroles comme priſes de la Vie de Proclus écrite par le Philoſophe *Marin*.

27 *Arborizer*] La grant Nef des fous, au Chap. *des fous et inſavans Medecins*, fol. 36. tourné de l'Edition de 1499. *Les ars de Polidore, de Galien et d'Hypocras ne querent point telz gens, mais ung grant tas de livres d'*arboriſte *en François.* C'eſt cependant *arboriſte* qui eſt l'ancien mot, d'où il eſt viſible qu'*arboliſte* & *herboriſte* ont été faits par corruption. *Herboriſte* qui eſt aujourd'hui & même depuis long-tems le ſeul mot d'uſage ne s'eſt introduit que par la réflexion qu'on a faite que puiſque c'étoient les herbes qu'on cherchoit & non pas les arbres, on devoit écrire *herboriſte* & non pas *arboriſte*. En quoi l'on n'a pas pris garde que les deux derniéres ſyllabes du mot ſont des preuves convaincantes de l'ancienne orthographe.

28 *Herſelez en l'officine des Sophiſtes*] Par ces Sophiſtes, *Arabes*, comme on lit dans l'Edition de Dolet, Rabelais entend Avicenne & ſes Sectateurs, & par ceux de la ſaine opinion Galien & ſes Diſciples (*). Ce qu'il y a de conſtant, c'eſt que ce furent les Goths qui introduiſirent l'uſage de dîner & de ſouper, c'eſt-à-dire, de ſe raſſaſier deux fois le jour. En quoi l'on s'éloigna de l'ancienne coutume qui étoit de dîner fort legérement, mais de

(*) *Voyez Bouchet, dans la Préface du Tom. 1. de ſes Serées.*

souper à fonds (†). *Herſelez* dans l'officine des Sophiſtes, ſignifie inſtruits & verſez dans leur doctrine. *Herſeler* ou *harſeler* qu'on écrit aujourd'hui *harceler,* ſignifie ici agacer, provoquer à la diſpute. Voyez plus bas la Note ſur *herſelé* Ch. 40.

CHAPITRE XXIV

1 *Par manière de Apotherapic s'esbatoient à boteler du foin, à fendre & fcier du boys, & à battre les gerbes en la grange. Puys*] Tout ceci manque dans l'Edition de Dolet, mais on le trouve dans celle de 1553. d'où a coulé auſſi *Apotherapic* qu'on lit dans les nouvelles, au lieu d'*Apothérapie* qu'il faut lire. Du Grec ἀποθεραπεία. Voyez le Scholiaſte de Hollande.

2 *L'anticque jeu des tables, ainſi qu'en a eſcript Leonicus*] Τῶν ἀϛραγάλων. *Ludus talarius.* Car ce n'eſt point *tables* qu'il faut lire ici, comme dans toutes les Editions, mais *tales,* comme ci-deſſous, Liv. 4. Chap. 7. Celui que Rabelais dit avoir écrit de ce jeu étoit Nicolas *Leonic* Vénitien, ſavant Profeſſeur à Padoue, où il mourut non âgé de ſoixante & quinze ans, ni l'an 1533. comme l'a cru Bucholcer (*); mais de deux ans plus jeune, l'an 1531. au Mois de Mars. Le Bembe, Liv. 8. de la 2. Part. de ſes Lettres Ital. dans une lettre à Vettor Soranzo du 28 Mars 1531. *Il noſtro buon Meſſer Leonico l'altro dì finì la ſua vita.* Le Traité qu'il fit du jeu des tales eſt un Dialogue intitulé *Sannutus* (‡) *ſive de ludo talario,* dédié l'an 1524. à Renaud Polus, avec neuf autres imprimez chez Simon de Colines, *in fol.* 1530. & depuis *in* 8º. à Lyon chez Seb Gryphius en 1532. & 1542. Du reſte, le jeu des tales, très-ancien à la vérité, s'il eſt ſûr, comme on le prétend, qu'il étoit en uſage chez les Lydiens, dès avant la Guerre de Troye, ne ceſſa d'être en vogue en Italie, ſous le nom de *parelles,* qu'environ l'année (**) 1484. Depuis lequel tems il eſt croyable que ce furent les guerres d'Italie qui jettérent les Italiens dans des occupations plus ſérieuſes.

(†) *Vivès, en celui de ſes Dialogues qui a pour titre* Cubiculum & lucubratio.

(*) *Ind. Chron ſur cette année-là.*

(‡) *Dans l'Edit. de Gryphius, on lit par-tout* Samnutus, *et dans le titre et dans le texte. Liſez* Sannutus, *de l'Ital.* Sannuto, *miré comme un vieux Sanglier.*

(**) Nic. Leonic. Thom, Dial. *Edit. de* 1532. *p.* 246.

3 *Horologiers, miralliers, imprimeurs, organifles, tinturiers*]
L'Edition de 1553. & après elle les Editions modernes avoient
retranché les mots de *mirailliers* & de *teinturiers* qu'on lit dans
celle de 1535. & dans les trois de 1542. On difoit *mirail* de
l'Italien *miraglio* miroir. Ainfi les *mirailliers* ce font les Miroitiers.

4 *Effayoit de tous baflons*] Furetiére a décidé qu'au propre *bâton*
ne fe difoit que des feules armes montées fur un fuft ou fur une
hampe. Ici & plus bas au Chap. 47. où ce mot fe prend au figuré
il défigne une épée, témoin ce qu'en ce Chap. 47. il eft dit
qu'après que Toucquedillon eut tranfpercé d'une épée le Capitaine
Hâtiveau, Picrochole voyant cette épée que Grandgoufier avoit
donnée au meurtrier, dit à Toucquedillon : *t'avoit-on donné ce*
baflon *pour en ma préfence tuer malignement mon tant bon amy*
Haftiveau ?

Axunges peregrines] Efpèce de graiffe, la plus molle & la plus
humide du corps des Animaux : & la maniére dont on faifoit des
remedes composez de toutes ces drogues.

5 *Trejectaires*] On lit *tragetaires*, à la Gafconne, Liv. 2.
Chap. 6. de Fénefte. L'Italien appelle *tragettatore* un Joueur de
paffe-paffe, de *tragettare* paffer & repaffer (*). Le François vient
de *trajectarius* & l'Italien de *trajectator*, l'un & l'autre formez de
trajectare augmentatif de *trajicere*.

6 *Theriacleurs*] Selon l'analogie il devoit dire *thériaqueurs*, &
non *thériacleurs*, comme portent toutes les Editions, excepté celle
de Dolet ou on lit *thriacleurs*. Ce dernier eft aujourd'hui le mot
d'ufage, cependant *thériacleurs* lui doit être préféré, tant à caufe
du grand nombre d'Editions qui le favorifent, que parce que
Rabelais aime à conferver dans les mots qui viennent du Grec la
trace de leur étymologie. *Thériacleur* de même que *Thriacleur* eft
un terme de mépris.

7 *Beaulx bailleurs de baillivernes en matière de cinges verds*] Ces
mots *en matière de cinges verds* ne font point dans l'Edition de
1535. non plus que dans celle de Dolet. Un bailleur de balivernes, c'eft un conteur de fornettes, un faifeur de contes bleus,
tel que feroit quelqu'un qui raconteroit avoir vu des *Singes verds*
en certain Païs des Indes. Je parle après Rabelais qui ignoroit
qu'il y en eut de tels (†) que Madame de Rohan en avoit un à
Laval vers l'an 1684. Au Liv. 4. Chap. 32. il eft dit de
Quarême-prenant, que s'il *fubloit* c'étoient hottées de *Singes verds*,
c'eft-à-dire, qu'il étoit toujours prêt à *fiffler* quiconque auroit

(*) *Le Franciofin, aux mots ital.* Tragettare & Tragettatore.
(†) *Scalig. contra Cardan. Exercit.* 114. n. 3.

voulu lui donner pour vraye une chofe dont il n'avoit pas encore
ouï parler. Ménage dérive *baliverne* de *bajulus*. Il vient de *bulla
verna*. Ces petites boules qui s'élèvent fur l'eau quand il pleut
fort s'appellent en Latin *bullæ*. Or les rofées font très-fréquentes
au Printems. *Bullatæ nugæ* dans Perfe font des balivernes, comme
qui diroit *bales vernes*. Les balivernes, & ces petites boules qu'une
pluye abondante forme fur l'eau, ont un même nom , parce que
les unes & les autres manquent également de folidité.

8 *Scelon fon aage*] N'eft point dans l'Edition de Dólet. Il paroit
par le 14. Ch. précédent que Gargantua en 1420. avoit employé
à l'étude 53. ans dix mois & 2 femaines. Il avoit tout au moins
cinq ans lorfque Maître Thubal lui donna les premiéres inftruc-
tions; mais ne comptons que 58. ans. On lui fait lire depuis l'an
1420. le *Supplementum Chronicorum*, qui pour la première fois ne
parut que 65 ans après, en 1485. Joignez ces 65. aux 58. précédens & vous trouverez que le jeune homme Gargantua n'avoit
pas moins de 123. ans, même avant qu'il fe mit fous la difcipline
de Ponocrate. Mais c'eft que l'adolefcence de Gargantua devoit
durer à proportion de la vie de ce Prince. Or elle fut fort longue,
puifque Liv. 2. Chap. 2. on voit qu'il avoit 524. ans lorfqu'il
engendra Pantagruel. D'*ætatium* inufité , formé d'*ætas* , *ætatis* ,
Rabelais a fait *eage* trifyllabe, à la mode de fon tems.

Aifgué] Mêlé d'eau. Ce mot eft encore en ufage dans une
partie de la Gafcogne & à Lyon ; où les Bateliers difent , beau
Rouffeau, voulez-vous paffer l'*aigue*, pour dire la Riviére ?

9 *Avecques un guobelet de lyerre*] Pline , Liv. 16. Chap. 35.
après Caton. Chap. 111. *de Re Ruft.*

Un embut] On fe fert encore de ce mot dans le Languedoc
pour dire *un Entonnoir*.

10 *Engins automates*] On peut voir là-deffus Léonic , Liv. 1.
Chap. 7. de fon *de varia Hiftoria*.

CHAPITRE XXV

1 *Les fouaciers de Lerné*] *Lerné*, ou , comme Bernier a écrit ce
nom, *Lernay*, eft une paroiffe du Poitou , dans laquelle on fait
une efpèce de galette ou de tourteau cuit au feu, que ceux du
païs appellent *fouace*. Les Périgourdins et ceux du Languedoc
difent *fougace*, & le petit peuple de Touraine & de la Haute-
Normandie *fouée* dans la même fignification. M. de Busbeq

rapporte que fur fa route de Vienne à Conftantinople, dans toute la Bulgarie, on lui fervit prefque point d'autre pain que certaine efpèce de foûaces, qui même n'éftoient pas levées. *Poft hæc*, dit-il, *pluribus diebus fecimus iter per amœnas et non infrugiferas Bulgarorum convalles; quo fere tempore pane ufi fumus fubcinerico;* fugacias *vocant: eum puellæ mulieref̧que vendunt: neque enim funt in ea regione piftores. Illæ ubi hofpites advenif̧fe fentiunt, unde lucelli quid ̧fperent, calidis cineribus ̧fubjiciunt, atque ita ferventes etiamnum à loco panes parvo pretio venales circumferunt* (*). En France ce font des hommes qui font & qui debitent la foûace, & ce font eux que Rabelais appelle *Foûaciers.*

2 *Viande celefte*] Auffi M. de Busbeq, dit-il, qu'on lui vendoit les foûaces toutes chaudes, & comme elles fortoient du feu.

3 *Avec fouace fraîche*] *Avec foûace, fraîche,* fans l'article *la* eft plus élégant, & c'eft comme on lit dans les Editions Gothiques de 1535. & 1542. fuivies en cela par celle de 1626. Dans celle de Dolet, il y a *avec la foûace fraîche.* Les autres moins correctes encore ont mis *foûaces* au pluriel, fans confidérer qu'ici *foûace* eft un terme générique, comme plus bas Chap. 32. où Picrochole dit: *Venez les querir . . . . ils vous brayeront de la fouace.*

4 *Des pineaulx, des fiers, des mufcadeaulx, de la bicane, et des foyrars*] On a déja pu voir dans la Rem. 37. du Chap. 5. ce que c'eft que le *pineau* des Angevins, qui eft le même raifin qu'en Guienne on appelle *foirar.* Les *fiers* font une autre forte de raifins qu'on nomme auffi *fumez.* En Anjou on prononce *fiez* au lieu de *fiers,* mais on dit *figers* en Poitou, ce qui fait croire à Ménage que le mot de *fiers* ou *figers* a été fait de *ficarii,* & qu'on appelle ainfi ces raifins à caufe de leur douceur qui approche de celle de la *figue;* & ce qui le confirme dans cette penfée, c'eft qu'il a trouvé dans Borel qu'à Montauban on les appelle raifins *gouft-de-figue.* La *bicane* ou *bicarne,* comme on lit ce mot dans le Diction. Fr. Ital. d'Ant. Oudin, eft un raifin duquel pour l'ordinaire on fait du verjus, *Uva da far agrefta,* dit ce Dictionnaire; ce qui me donne quelque penfée que la *bicarne* pourroit bien avoir été appellée de la forte d'*albi-carne,* par aphérèfe, à caufe de la chair blanche de ce gros raifin qu'à Metz on appelle *Boulenois.*

5 *Cuidans peter ilz fe conchient, dont font nommez les cuideurs de vendanges*] Cette plaifanterie eft fondée fur la qualité laxative du raifin nommé par cette raifon *foirard.* Quand on en avoit trop mangé & qu'on croyoit fe foulager en petant, on étoit fujet à faire quelque chofe de plus. Ce qui donnoit lieu de dire dans le

(*) *Lettre 1. de fon ambaffade de Turquie.*

langage du bon vieux tems : *je cuidois feulement peter et je me fuis embrené*. Ainfi, lorfque Rabelais Chap. 9. de la Prognoftication Pantagruel, dit que *les Cuidez feront de faifon*, il entend qu'en Automme, en tems de vendange, on aura fouvent occafion de dire *Je cuidois*, &c.

6 *Trop diteulx*] Ce mot, comme je l'ai expliqué ci-deffus, Chap. 14. fignifie *jafeur, difant trop*. Un vieux Dictionnaire Latin-Picard imprimé en Gothique, fans nom de lieu, & fans date *Dictator, qui dite bien, diteur*.

7 *Brefchedens*] Le Traducteur Anglois explique ce mot par celui de *gloutons*, ou de gens qui avec leurs *dens* font une grande *brêche* aux vivres qu'on leur préfente : au lieu que naturellement il doit s'entendre de gens qui en général ont les dens mal-faines & ébrêchées.

8 *Plaifans rouffeaulx*] Double injure.

9 *Averlans*] Groffiers & brutaux comme ces Roulliers du Païs de Limbourg, qu'on appelle en France *Averlans* & à Metz *Haver-lings*, du Bourg de *Haver* où ils fe tiennent. Ce mot, au refte, qui, foit dit en paffant, n'eft point dans l'Edition de 1535. ni dans celle de Dolet, a une fignification plus étendue dans un article qu'on lui a donné parmi les Remarques Chap. 3. du Liv. 1.

10 *Buftarins*] *Buftarin*, mot qui fe trouve dans Coquillart, au Blafon des Armes & des Dames, où *Bouftarin*, comme on lit dans le Diction. Fr. Ital. d'Oudin, y eft expliqué par *pancione*, ventru, homme à groffe pance. Ailleurs, dans le *monologue du Pays*, autre Poême du même Coquillart, on lit *ruftarins* dans la fignification de jeunes gens qui voyent les Dames ; & ce mot, qui fans doute eft une faute d'impreffion dans l'Edition de Galiot du Pré *in* 16. 1532. a trompé Borel qui l'a rendu par celui des *ruftres*. Mais on y doit lire auffi *buftarins*, & ces *buftarins* c'étoient proprement les jeunes Damerets, qui pour fe mettre à la mode fe faifoient de gros ventres avec de ces pourpoints rembourrez qu'on appelloit *Poulaines*.

11 *Talvaffiers*] En Anjou le menu peuple traite de *talvaffier* un grand hableur (*) un fanfaron : peut-être de *tallevas* forte d'ancien pavois, qui couvrant fon homme depuis la tête jufqu'aux pieds (†), convenoit fort à un faux brave qui à l'exemple du bon Sancho (**) fe trouvoit engagé malgré lui dans quelque combat. J'ai vu de ces longs pavois, compofez de deux ais à angle obtus

(*) *Mén. Diction. Etym. au mot* Tallevas.
(†) *Fauchet, en fon Traité de la Milice et des Armes.*
(**) *Don Quichot, Part 2. Chap. 53.*

en guife de certains chêneaux ; ce qui me fait foupçonner que *talevas* pourroit bien venir par inverfion de *tabellatium* formé de *tabella*.

12 *Copieux*] Railleurs, gens qui aiment à dire le mot pour rire. Le Roman de Perceforeft, Vol. 6. Chap. 37. *adonc refpondit une dame . . . . qui fçavoit très-bien coppier, et dit, pucelles, j'ay plus cher au regard de moy, que mon mary fe gouverne par raifon en armes, que tant face qu'il ne fe puiffe ayder au foir.* Coquillart, dans le monologue du Puys :

> *Quand nous eufmes bien* coppié,
> *Et bien lardé, et devifé.*

On appelle proprement *Copieux* ceux qui contrefont les geftes & les maniéres d'autrui pour les tourner en ridicule : & ce fobriquet s'adreffoit apparemment à quelques-uns qui étoient de la Flefche en Anjou, puifque les *Copieux* de cette Ville entrent plus d'une fois dans les contes de Bonaventure des Périers (†).

13 *Baugears*] De miférables Païfans, dont les cabanes n'ont que des murs de *bauge*, qui eft un mortier de terre farci de paille : la meilleure *bauge* étant celle où il entre quelques cailloux (*).

14 *Teʒeʒ*] *Toifeʒ*. Gens dont on taxe les champs, les vignes, les prez, à tant par *toife*. Voyez Du Cange au mot *Teifia*.

15 *Gaubregeux*] Les Percherons, peut-être comme gens qui aiment à fe *goberger*, à rire pour peu de chofe. Le Diction. Fr. Ital. d'Oudin : Goberge, *fpetie di pefce, perca*.

16 *Goguelus*] Encore Liv. 5. Chap. 13. *Et toi*, goguelu, *n'y veux-tu rien dire ?* Un *goguelu* c'eft un ridicule, foit que ce mot vienne de *gogue*, comme marquant de la joye, par rapport à la première fyllabe de *gaudere*, ou de *cuculluius* pour défigner un gauffeur, qui rit volontiers *fous cape*, comme on parle.

17 *Claquedens*] Claque-dent ici & Liv. 4. Chap. 9. eft un vilain goulu qui en mangeant daube des machoires, comme on dit, & fait claquer fes dents. L'Arétin dans fes *Ragionamenti*, pag. 8 et 9. de l'Edition de 1584. a décrit merveilleufement ce bruit ; & par ceux à qui il l'a fait faire, on voit que le *grand vilain Claquedent* du Liv. 4. Chap. 9. de Rabelais, eft proprement un de ces Moines mendians qui fe fervent de fandales au lieu de fouliers.

18 *Boyers d'etrons*] Les Poitevins appellent *Boë* un Bœuf, & *Boyers* les garçons qui ont foin des Bœufs d'une Métairie.

(†) *Furetiére, au mot* Copieux.
(*) *Nicot et Furetiére, au mot* Bauge.

19 *De gros pain ballé, et de tourte*] Le gros pain, ou *le pain ballé* eſt celui dans lequel entre la *balle*, c'eſt-à-dire, cette eſpèce de gouſſe qui couvre le blé. Ce pain, qui dans le Poitou ne ſe donne qu'aux Domeſtiques de la Campagne, eſt compoſé de pluſieurs eſpèces de grains, comme d'avoine, d'orge, & de gros & de menu plâtre, qui eſt une ſorte de petit blé, dont l'épi eſt fort long, & le grain placé deux à deux dans la gouſſe qui eſt plate & fort dure. Or, comme on n'a pas grand ſoin au Moulin de ſéparer cette gouſſe ni même la *balle* d'avec la farine, c'eſt ce qui rend le *pain ballé* ſi mépriſable. La *Tourte* eſt un pain de ſégle, particulier aux Païſans de certaines Provinces, & ſur-tout aux pauvres habitans des Montagnes du Païs de Forès, du Lyonnois, de la Savoye, de l'Auvergne, & du Bourbonnois. Ce pain, dont les miches ſont à peu près de la groſſeur & de la forme d'un fromage Parmeſan, ſe garde pluſieurs mois; on prétend même que la ſaveur de la *tourte* augmente à proportion de ſa vieilleſſe, qui lui donne une couleur auſſi jaune que celle de la cire, pourvû qu'on ait eu ſoin d'entaſſer ces groſſes miches les nnes ſur les autres au ſortir du four, & de les charger encore de quelque poids bien lourds. Ce pain, au reſte, eſt fort indigeſte, & il n'y a que les gens de peine, comme porte-faix, laboureurs, maçons, & forgerons qui puiſſent s'en accommoder (†).

20 *Notable bacchelier*] Les Picards appellent *bacheliers* les jeunes garçons, ou garçons à marier. C'eſt en ce ſens que Rabelais employe ici les termes de *notable bacchelier*, pour déſigner un jeune homme qui faiſoit quelque figure dans ſon Village.

21 *Depuis quand avez vous prins cornes, qu'eſtes tant rogues devenuz*] Les *cornes* ſont la défenſe du Bélier, qui ne devient *rogue* qu'à meſure qu'il ceſſe d'être Agneau. C'eſt à quoi fait alluſion cette champêtre façon de parler de Forgier, qui à la brutale réponſe des Fouaciers, ne les reconnoiſſoit plus pour ces gens, qui faiſoient auparavant ſi fort les gracieux, lorſqu'ils s'attendoient qu'on leur donneroit du raiſin.

22 *Grand baſtonnier de la confrairie des fouaciers*] Le plus grand garçon de ſa troupe. *Bachelier*, que nos meilleurs Etymologiſtes dérivent de *baculus* eſt un peu moins qu'ici *baſtonnier* Forgier, de *furcarius*, eſt un jet d'arbre qui commence à ſaire fourche, & Marquet un petit *Mars* qui ne reſpire que la guerre.

23 *Tu mengeas herſoir trop de mil*] Les Cocqs, qui la veille ont mangé beaucoup de ce grain qu'on appelle blé de Turquie, en ont le lendemain la crête plus droite, & en ſont plus courageux;

(†) Hieronym. Mercurial. Var. Lect. *Lib.* 2. *Cap.* 5. Bruyerin. de re cibaria, *Lib.* 6. *Cap.* 9.

c'eſt à quoi viſe Marquet, qui paye ici Forgier en même monnoye, c'eſt-à-dire, d'une expreſſion villageoiſe, pour lui reprocher
à ſon tour, qu'il étoit ſans comparaiſon plus fier & plus réſolu
qu'il ne l'avoit jamais vu.

24 *Un unʒain de ſon baudrier*] L'*Onʒain* étoit le grand Blanc à
la Couronne, mis de dix deniers à *onʒe* par l'Ordonnance du 4.
Janvier 1473. comme le grand Blanc au Soleil appellé auſſi
Douʒain fut depuis mis à treize deniers par celle du 24. Avril
1488 (*). Ce qu'autrefois on appelloit *baudrier* étoit proprement
une ceinture de cuir doublée d'un autre cuir, laquelle ſervoit à
mettre de l'argent, & à pendre auſſi une épée, lorſqu'on avoit
droit d'en porter une. De là vient qu'à Metz, en Champagne &
en Lorraine on nomme *baudrillée* une quantité d'eſpéces ou de
jettons qu'on voit couler comme un à un d'une bourſe ou d'une
eſpèce de boyau, tels que les Marchands en portent quelquefois
en guiſe de ceinture, quand ils voyagent.

25 *Tribard*] On appelle *tribard* à Paris un bâton de Croche-
teur (†); mais ce terme eſt auſſi du Limouſin, où les Païſans
appellent de la ſorte un bâton de chêne à trois arêtes & long de
trois pieds, qui ſert également à les ſoutenir quand ils portent
de gros ſardeaux, & à défendre leurs perſonnes au défaut d'autres
armes qu'ils n'oſeroient porter. Ce mot ne veut dire autre choſe
que *trippe de fagot*, c'eſt-à-dire (**), un bâton tortu, mais aſſez
gros, comme l'étoient ceux qui dans les bons fagots du vieux
tems tenoient lieu de la bourrée dont on les a depuis farcis.
C'eſt ce gros bâton de trois pans, ou d'environ trois pieds de
longueur, que ceux de Beziers appelloient *Epouſſette*, & dont en
Mars 1562. ils étrilloient à l'écart ceux d'entre les Catholiques,
leurs Concitoyens, qui les avoient maltraités auparavant. Bèze,
Hiſt. Eccl. Tom. III. p. 140. Au Chap. 31. du Liv. 2. Rabelais
nomme *beaux* tribars *aux ails*, un méchant ragoût de *tripes* que
Panurge fit préparer pour les nôces du Roi Anarche.

26 *Marquet tomba de ſa jument; mieulx ſembloit homme mort que
vif*] C'eſt comme je crois qu'il faut lire, conformément à l'Edition de Dolet. *Tumbit* ici, & comme on lit ailleurs dans les
bonnes Editions de Rabelais, *arrachit*, *deſtrampit*, pour *tomba*,
arracha, *deſtrempa*, ſont de ces métaplaſmes autrefois ſi fréquens,
que le petit peuple n'a pu encore s'en défaire.

27 *Un cens de quecas*] Un cent de noix que les Métayers de
Grandgouſier avoient écalées tout fraîchement pour eux-mêmes.

(*) *M. le Blanc, en ſon Traité des Monnoyes, Chap. de celles de
Louis XI. et de Charles VIII.*
(†) *Rab. Liv. 3. Chap. 96.*
(**) *Rab. Liv. 4. Chap. 9.*

28 *Francs aubiers*] Sorte de raifins blancs d'une chair extrè-mement ferme. D'*albus*. A Metz, où on les appelle *aubins*, le grain eft en ovale, & la grappe médiocre.

29 *Tantoft guery*] Bien-tôt. Ce n'eft plus aujourd'hui que dans le ftile familier qu'on joint l'Adverbe *tantôt*, foit avec l'Aorifte, foit avec le Prétérit.

CHAPITRE XXVI

1 *Capitoly*] On ne lit *capitoly* que dans l'Edition de Dolet. En quelques Provinces de France on a nommé *Capitole* le lieu où fe rendoit la juftice : d'où vient qu'à Touloufe les Echevins fe nomment *Capitouls*. C'eft en ce fens qu'il faut prendre ici le mot Patois *Capitoly*, puifqu'il eft dit que les foüaciers vinrent en ce lieu porter leurs plaintes, & demander juftice à leur Roi, qui fuivant l'ufage ancien la rendoit perfonnellement & immédiatement à fes Sujets.

2 *Tiers de ce nom*] C'eft-à-dire, à mon avis, encore plus emporté que les deux de même nom qui l'avoient précédé. Traiter quelqu'un d'Innocent *troifième*, de Benoît *troifième*, c'eft le traiter d'innocent & de beneft achevé. Et c'eft encore dans le même fens que ci-deffus au Chap. 27. du Liv. 5. l'Auteur parlant du Roi *Bénius* fondateur de l'Ordre des Freres Fredons, dit qu'il étoit le tiers du nom de *Bénius*, pour infinuer qu'il étoit encore plus *beneft* que ses prédéceffeurs qui s'étoient appauvris (*) pour enrichir d'autres Ordres qu'ils avoient auffi fondez.

3 *Carroy*] De *carrus* ou *carrum*. C'eft le fynonyme de *char-rière* ; & ce mot qui, felon Ménage eft un mot de Touraine qui veut dire un *carrefour*, fignifie dans une bonne partie de la France le chemin par où paffent les Chars & les Charrettes. Marot, au premier Chant de fon Poëme de l'Amour fugitif :

> *Par maint* carroy, *par maint canton, & place.*

Et dans le 2. Chant du même Poëme :

> *Quand fut en plain* carroy,
> *Sus ung hault lieu fe mift en bel arroy.*

4 *Sans plus oultre fe interroguer*] Sans s'informer davantage.

(*) *Rab. Liv. 5. Chap. 6.*

5 *A heure de midy*] Colérique, comme l'étoit naturellement Picrochole, Rabelais ne pouvoit choisir à ce Prince, pour délibérer de guerre avec son Conseil, une heure plus propre à lui faire prendre son parti *à la chaude,* comme on parle.

6 *Oriflant*] Mot corrompu d'*Oriflande,* qu'on a dit pour *Oriflamme.* Dans Monstrelet, Vol. 1. Chap. 79. on lit *Oliffande* en la même signification.

7 *Trente cinq mille & unze avanturiers*] C'est ainsi que portent toutes les Editions, excepté celles de 1535. & de Dolet, qui n'ont tout simplement que *seize mille acquebutiers, & trente-cinq mille avanturiers.* A l'égard des Soldats que Rabelais nomme *Avanturiers*, il est bon de voir ce que dit Brantome de cette ancienne Milice. Il remarque que dans les vieux Romans de Louïs XII. & de François I. par les *Avanturiers de guerre* on entendoit les Fantassins, gens habillez *à la pendarde,* comme on disoit, c'est-à-dire mal-proprement, portant des chemises à longues & grandes manches, qui leur duroient plus de deux ou trois mois sans changer, montrans leurs poitrines velues & pelues, & toutes découvertes, les chausses *bigarrées & balafrées,* usans de ces mots, dit-il, que la plûpart montroient la chair de la cuisse, & même des sesses. Que d'autres plus propres avoient du taffetas en si grande quantité, qu'ils doubloient ces chausses & les appelloient chausses *boussantes;* mais qu'il falloit que la plûpart montrassent la jambe nue, une ou deux, & portassent leurs bas déchaussez pendans à la ceinture. *Encore aujourd'hui,* ajoute-t-il, *les Espagnols usent de ce mot,* Avanturiers; *mais ils ne sont pas soldats gagez ni soudoyez, mais qui y vont pour leur plaisir, soit soldats ou gentils-hommes.* Selon cet Auteur, avant que le nom d'*Avanturiers* fût en usage, quelques-uns appelloient les Soldats *Laquais.* Même, dit-il, dans Monstrelet, sous Louïs XI. on les appelloit de la sorte pour *Allaquais,* comme voulant dire les gens de pié allans & marchans près de leurs Capitaines; & c'étoient ces mêmes fantassins ou piétons qu'autrefois on appelloit aussi *rustres* (*). Voilà quels étoient ces Soldats qu'on nommoit *Avanturiers,* gens autant & plus maussades que le Thersite d'Homére. C'est pourquoi aussi, au lieu de *Grippeminaud* qu'on lit dans l'Edition de 1535. & dans celle de Dolet, les autres donnent pour Chef à ces *Avanturiers* un nommé *Trépelu,* c'est-à-dire, un homme qui n'étoit pas mieux en barbe & en cheveux que ce Grec de l'Illiade. Voyez ci-devant la Note sur ce mot, Chap. 9.

8 *Canons, doubles canons*] Le *Canon* porte ordinairement 24. livres de balle. Le *double-canon,* qui n'est plus guères en usage

----

(*) *Brant. Homm. Illustr. Fr. Tom.* 4. *dans le Discours sur les Colonels de l'Infanterie.*

que dans les parties Orientales de l'Europe, portoit ou devoit porter environ 48. livres de balle.

9 *Bafelicz, ferpentines, couleuvrines*] Le *Bafilic* étoit la plus groffe pièce de l'ancienne Artillerie. On prétend qu'il portoit 160. livres de balle : & les Turcs ont eu de ces Pièces d'un calibre deux fois plus gros ; mais ils les fondoient fur le lieu même où ils vouloient s'en fervir. La *Serpentine* eft ce qu'on appelle communément une *Couleuvrine bâtarde*. Son boulet doit être de 24. livres, & elle eft appellée de la forte, tant à caufe que ce boulet, par l'impétuofité dont il part, imite le fiflement de la *Couleuvre*, que parce que cette Pièce, en fa groffeur & en fa longueur, a quelque proportion avec ce reptile.

10 *Bombardes, faulcons, paffevolans, fpiroles*] La *Bombarde* fut nommée de la forte par onomatopée, parce que toute groffe pièce fe fait entendre par un *bom bom* lorfque fon boulet part. La note marginale fur ce vers *Dantque focum Schioppis tuf taf sborrante balotta* de la 2. macaronée de Merlin Cocaïe : *Tuf taf fchioppeti eft*, Bom, bom, *Artelarie groffe, unde verfus Schioppettus tuf, taf,* bom, bom *colubrina sboronat.* C'étoit une groffe & courte Pièce d'Artillerie, qui ne différoit en rien du *Bafilic* ou Canon Royal, & quelques-uns lui ont auffi donné le nom de *Paffe-volant*, c'eft-à-dire, de bâton à feu, qui paffoit en groffeur le commun des bâtons-courts appellez *volans,* parce qu'on les faifoit voler à la tête ou aux jambes de fon ennemi. A l'égard du *Faucon*, c'eft de ce mot qu'on a fait le nom de *Fauconneau*, dont on appelle la plus petite de toutes les Pièces de l'Artillerie moderne. La *Spirolle* étoit une maniére de petite Coulevrine, ainfi appellée de *Spiræ*, nom que les Latins ont donné aux replis des Serpens ; & la *Spirolle* a eu ce nom foit à caufe de la tortuofité du chemin que faifoit fon boulet, foit pour diftinguer ce Canon de plufieurs autres, que le fiflement de leurs boulets femblable à celui des Serpens, avoit déja fait nommer *Bafilics*, *Serpentines*, & *Coulevrines.*

11 *Engoulevent*] Nom convenable à un Capitaine dont la commiffion, qui étoit de découvrir le Païs en pleine paix, l'expofoit à humer bien du vent, au hazard de ne rencontrer perfonne en armes, comme il arriva à celui-ci.

CHAPITRE XXVII

1 *Ne trop chault ne trop pefant*] Froiffart, Vol. 1. Chap. 227. *Courroient* (les gens du Comte de Montfort) *le païs d'environ; & ne laiffoient rien à prendre s'il n'eftoit trop chault, trop froit, ou trop*

pefant. Et au Vol. 4. Chap. 14. *Rien n'estoit qui ne leur veinst à point, s'il n'estoit trop chaud ou trop pesant.* Cette façon de parler, que Rabelais avoit déjà employée au Ch. 17. est, comme on voit, assez ancienne, & à mon avis elle vient de ce que dans les incendies que commettent souvent les Soldats, ils se chargeroient volontiers de tout le métal qu'ils trouvent dans les Edifices embrafez, si le poids et la chaleur ne les avertissoient de ne point mettre la main sur mille choses qui les tentent.

2 *Ad capitulum capitulantes*] Au Chapitre ceux qui y ont voix. Cela se fait au son de certaine petite cloche & ne regarde ni les Novices ni les Convers.

3 *Procession renforcée de beaulx preschans*] Encore Liv. 2. Chap. 2. *Une belle Procession avec force Letanies & beauls pré-chants.* Les *prêchants,* car c'est ainsi qu'il faut lire dans ces deux endroits, encore que Rabelais y ait écrit *preschans,* sont en fait de voix ce que sont les *préludes* en matiére de Symphonie : c'est-à-dire que les uns & les autres sont des pièces de Musique irréguliéres, que l'on chante ou joue d'abord, pour voir si les voix ou les instrumens sont d'accord, & pour se mettre en train (*)

4 *Responds*] Priéres du Graduel. Marot dans son Poëme du Temple de Cupidon :

> *Les Chantres : Linotz & Serins,*
> *Et Rossignolz au gay couraige,*
> *Qui sur buyssons de ver bocaige*
> *Ou branches en lieu de pulpitres,*
> *Chantent le joly chant ramaige*
> *Pour versetz,* Responds, *& Epistres.*

5 *Frere Jean des Entommeures*] Le long de la Loire on dit *entomer* pour *entamer.* A qui que l'on puisse encore appliquer plusieurs choses que Rabelais attribue à Frere Jean des Entommeures, il est sûr qu'ici son but a été de faire aussi le portrait de certain Buinard, alors Religieux simple, & puis Prieur de Sermaife dans l'Anjou. Ménage de qui nous tenons cette découverte, dit l'avoir faite dans les vers suivans, qui sont d'Antoine Couillard Sieur du Pavillon, au commencement de ses Contredits aux Prophéties de Nostradamus, adressez à Monseigneur Buinard Religieux Prieur de Sermaife, & imprimez *in* 8º. à Paris chez Charles l'Angelier 1560.

> *Quand Rabelais t'apelloit Moine,*
> *C'estoit sans queuë & sans doreure :*

(*) *Furetiére, au mot* Prélude.

Tu n'eſtois Prieur ne Chanoine
Mais Frere Jehan de l'Entanmeure (*)
Maintenant es en la bonne heure
Pourveu, & beaucoup mieulx à l'aiſe :
Puis que ſais paiſible demeure
En ton Prieuré de Sermaiſe.

Outre ce Prieuré de Sermaiſe, qui eſt conventuel, & qui eſt ſitué dans l'Anjou, il y en a un autre laïc de même nom , dépendant de l'Abbaye de Grammont, dans le Diocèſe de Saintes (†).

6 *Guallant , friſque , de hayt*] Galant, *Robuſte* de *valens ;* ou *réjouï* de *galle* vieux mot qui ſignifioit réjouïſſance. Friſque, c'eſt à dire, gentil, délibéré. Dehait, c'eſt-à-dire , gaillard & *dévoué* à faire tout ce qu'on *ſouhaite.*

7 *Deſpeſcheur d'heures*] Se *dépêcher,* c'eſt proprement ſe débarraſſer les piés. Ici c'eſt *expédier* à la hâte & ſans dévotion la lecture de certaines priéres au récit deſquelles on voudroit n'être point aſſujetti.

8 *Desbrideur de meſſes*] Moine qui ſe hâte de dire ſa Meſſe , afin d'être plutôt défait de ſes habits qui l'enchevêtrent & qui le brident pendant qu'il officie. Au lieu de *débrideur de Meſſes,* Furetiére au mot *débrider* a dit par reſpeĉt *débrideur de Matines.*

9 *Deſcroteur de vigiles*] Décroter , pour *expédier;* parce que ſouvent aux jours de Vigiles, les Moines ſont occupez à ſe décroter pour la Fête du lendemain.

10 *Clerc juſques ès dents en matière de breviaire*] Ci-deſſous , Liv. 5. Chap. 45. *jadis un antique Prophête de la nation Judaïque mangea un Livre, & fut Clerc juſques aux dents.* Clerc juſques aux dens ſe dit Proverbialement d'un Prêtre ou d'un Moine débauché, qui a mangé ſon Bréviaire (**).

11 *Num, num*] Les ſyllabes qu'on trouve ici dans Rabelais ſont d'une *Antienne,* ou de quelque *Reſpons ;* & elles forment les mots d'*impetum inimicorum,* dont elles repréſentent le plein-chant.

12 *Halleboter*] Encore Liv. 2. Chap. xi. *Si non que Meſſieurs de la Cour fiſſent par Bemol commandement à la verole de ne plus* alleboter *après les maignans.* Et Liv. 5. Chap. 28. *Couillon eſcharbotté, eſchalloté , hallebotté,* (car on lit ainſi de ſuite dans l'Edition de 1553.) Et au Chap. de la Progn. Pantagruel. *Matelots, Chevau-*

(*) *Il y a dans le texte de l'original* , lecitanmeure, *ce qui fait voir que l'Auteur avoit écrit* l'entanmeure.
(†) *Pouillé général des Abb. de Fr. p.* 321 & 606.
(**) *Des-Ainliens, Diĉt. Fr. Angl. au mot* Bréviaire.

cheurs d'efcurie, Alleboteurs, *n'auront cette année guères d'arreſt.*
Halleboter eſt un verbe que les Angevins ont fait de *hallebote*, nom
qu'ils ont donné aux petites grappes que les vendangeurs oublient
en coupant le raiſin ; de ſorte que Frere Jean repréſente, que de
la manière dont les ennemis ſe prennent à vendanger le Clos de
l'Abbaïe, il n'y aura pas ſeulement dequoi grapiller après eux.
Ces mots n'auroient-ils pas été formez *d'arbutum ?* Peut-être
qu'*alleboter* s'eſt d'abord proprement dit des pauvres gens qui
s'amuſoient à recueillir le fruit de l'*Arboiſier.*

13 *C'eſt un apophthegme monachal*] Ces paroles ne ſont point
dans l'Edition de 1535. ni dans celle de Dolet 1542. quoiqu'elles
ſoient dans les Gothiques de la même année.

14 *Sainct Thomas l'Anglois*] Thomas Becquet, Archevêque de
Cantorberi ſous le régne de Henri II. Roi d'Angleterre dans le
12. Siècle. Ce Prince avoit voulu environ l'an 1164. donner
quelque atteinte aux immunitez Eccléſiaſtiques dans ſon Royaume,
& Thomas appuyé de la Cour de Rome avoit fait échouer le
deſſein du Roi. Peu de tems après l'Archevêque ayant été trouvé
mort, comme on ſoupçonnoit Henri de l'avoir fait tuer, c'en fut
aſſez pour porter le Pape à excommunier le Roi d'Angleterre, &
l'excommunication ſubſiſta juſqu'à ce que ce foible Prince eût
conſenti & ſouffert d'être foueté par tout un Chapitre de Moines
qui le frappoient pendant qu'on lui faiſoit faire le tour du Tombeau de Thomas Becquet, qui fut canoniſé comme Martyr des
Libertez de l'Egliſe.

15 *Fleurs de lys toutes preſque effacées*] Bien des gens veulent
que le ſens moral de ces paroles, & de l'action de Frere Jean ſoit,
que les Rois de France ayant jugé à propos de donner dans leur
Royaume une très-grande autorité aux Eccléſiaſtiques, ceux ci s'en
ſont ſouvent prévalus pour opprimer leurs ennemis, ſans preſque
plus reconnoître le pouvoir ni la Souveraineté de leurs Bienfai-
teurs. Mais n'y auroit-il pas encore quelque autre myſtère dans
ce qu'ajoûte Rabelais, que le bâton de Frere Jean étoit de bois de
Cormier le plus dur de tous les bois ?

16 *A la vieille eſcrime*] Bruſquement, & ſans toutes les façons
inventées avec le tems par les Maîtres-d'Armes.

17 *Eſcarbouilloyt*] Eſcarbouiller vient de *garbouil* vieux mot
apparemment de l'Italien *garbuglio :* c'eſt bouleverſer, brouiller
comme on brouille des œufs, écacher.

18 *Deſlochoyt*] Diſloquoit.

19 *Demoulloyt*] Défiguroit, rendoit difformes.

20 *Deſgondoit*] Deboitoit, faiſoit ſauter hors des gonds.

21 *Debezilloit les fauciles*] Débeziloit les fociles. *Débezilloit* fignifie déboitoit , *debecillabat*, de *de* & de *baculus* , les os étant comme des bâtons, dont l'éminence entre dans la cavitez des autres. *Focile* eft un mot Arabe, interprété *couffin* , parce que la cavité de l'os qui reçoit , fert de couffin à l'os reçu. On appelle *Fociles* les deux os qui compofent le bras depuis le coude jufqu'au poignet , & les deux of qui compofent la jambe depuis le genou jufqu'à la cheville. Ainfi , *debezilloit les fociles* veut dire *rompoit bras & jambes.*

22 *Dronos*] Encore Liv. 2. Chap. 14. *mais je luy baillay fi vert* dronos *fur les doigts à tout mon javelot.* Dans le langage Toulou-fain, *dronos* font des coups, des tapes (*) ; & ce mot qui en Anjou , où il eft fort ufité, fignifie à peu près la même chofe , pourroit bien être une onomatopée verniffée de Latin par des Ecoliers qui auront appellé de la forte les coups de férule qu'on leur donnoit dans les Claffes. *Dron* eft en quelque forte le fon que rend une houffine pendant qu'on en frappe l'air ; & comme on a dit au Collége *avoir campos*, il fe peut qu'on y aura appellé *dronos* des coups de baguette , & *vert dronos* de ces mêmes coups affenez *vertement* fur les doigts.

23 *Les uns cryoient saincte Barbe , les aultres nostre Dame de Cunault*] Jean Marot dans fon Voyage de Venife , pag. 121. de la nouvelle Edit. de fes Oeuvres, où il décrit la bataille d'Agna, dit :

   L'ung crie Jefus, l'aultre Sainûe Marie.

Noftre-Dame de Cunault] Gros & bon Prieuré dans l'Anjou.

24 *De Bonnes Nouvelles*] Abbaye Royale près d'Orléans.

25 *De la Lenou*] Comme on lit dans l'Edition de Dolet 1542. & dans la Gothique de François Jufte de la même année. *Lenou* eft une Paroiffe de la Touraine, entre Chinon & Richelieu.

26 *De Riviere*] N. D. de Rivière eft une Paroiffe de la Tou-raine , mentionnée au Procès-verbal de la Coûtume de cette Province.

27 *Cadouyn*] C'eft-à-dire, au St. Suaire de Cadoïn, Abbaye de l'Ordre de Cîteaux au Diocèfe de Sarlat en Périgord. On l'y montre encore annuellement , & la Fefte s'y en fait le Lundi de la feconde femaine après Pâques.

28 *Sainû Mefmes*] Confeffeur à Chinon, où il y a une Eglife Collégiale de fon nom (**), qui vient du Latin *Maximus* (†).

(*) *Diûion. de la Langue Touloufaine.*
(**) *Du Chêne, Antiq. de Chinon.*
(†) *Vocabul. Hagiolog. de M. Châtelain.*

42

29 *Sainct Martin de Candes*] St. Martin Archevêque de Tours, décédé à Cande dans la Touraine.

30 *Sainct Cloüaud de Sinays*] Clodoald, petit-fils du Roi Clovis. On le nomme *Cloüaud* dans le Berri, dans le Poitou, & dans l'Anjou, où il y a de son nom un Bénéfice dépendant de l'Abbaye de Charroux (*). Bouchet parle de ce Saint, & il marque sa fête au 7. de Septembre (§).

31 *Les aultres parloient en mourant*] Tout ceci manque dans l'Edition de Dolet 1542.

32 *A beaulx gouuetz*] C'est comme il faut lire avec l'Edition de Dolet, & non *gouvets* avec l'Edition Gothique de 1542, & toutes les autres. On appelle *gouets* en Poitou & dans les lieux voisins de méchans petits couteaux camus, qui ne ferment point, & que pour cette raison on pend à la ceinture des enfans, qui dans la saison se servent de ces *gouets* à cerner des noix. Le P. Monet au mot *serpe* lui donne *goy* pour synonyme. A Dijon *goy* qu'on pronomce *goui* est une serpette à couper des raisins. Ménage dérive ce mot ridiculement de *culter*. Il y a plus de vraisemblance à croire que par apocope il a été formé de *Pergois*, qu'on auroit dû écrire *Pragois* suivant la Note sur le 41. Chap. du 4. Liv.

33 *Le chemin de Faye*] Faie-la-Vineuse, Bourg situé sur une hauteur si escarpée, que pour s'y rendre il faut faire tout le tour de la Montagne.

34 *Sans les femmes & petitz enfanz, cela s'entend tousjours*] Ces paroles manquent dans l'Edition de Dolet 1542. quoiqu'elles soient dans toutes les autres; &, ce qui est remarquable, dans la Gothique de la même année.

CHAPITRE XXVIII

1 *Cholere pungitive*] Car c'est *pungitive* qu'il faut lire avec les Editions de 1535. & 1542. non pas *pugnative*, comme dans les Editions nouvelles, ni *pugnitive*, comme dans celles de 1553. 1559. 1573. 1584. 1596. 1600. & 1626. La colére *pungitive* de Picrochole, c'est la colére qui le *poignoit*: & le mot *pungitivus* dans la signification de *pungendi vim habens*, est fréquent dans les Médecins du Bas Siècle.

(*) *Pouillé général des Abb. de Fr.*
(§) *Annales d'Aquit. Liv. 2. Chap. 4.*

2 *On escharbotte le feu*] On appelle *charbot* dans le Dauphiné un tas de marons qui cuisent sous la cendre; mais je crois que *charbot* s'est dit pour un *tas* non-seulement de *marons*, mais d'autres choses mêlées confusément. De-là, en Bourgogne, *encharbotter* pour embarasser, & *décharbotter* pour débarrasser. Ici *escharbotter* le feu, c'est l'élargir, pour, en lui donnant de l'air, le mettre en état de mieux flamber.

3 *Pillot*] Qui faisoit *piller* par son Chien ceux qui vouloient entrer dans les vignes. Au Chap. 7. du 2. Liv. il y a un Livre de Droit attribué à une Sang-sue de Palais, du même nom de *Pillot*.

4 *Holos, holos*] Hélas! en Patois Limosin.

5 *Toute ma vie n'ay rien tant procuré que paix*] Portrait du bon Roi Louïs XII. duquel Mézerai rapporte qu'il avoit une telle aversion pour la guerre, à cause que ses Sujets en souffroient, qu'il aima mieux laisser perdre son Duché de Milan, que d'y rentrer à la faveur d'une guerre qu'il n'auroit pu renouveller sans fouler son Peuple par de nouveaux impôts.

CHAPITRE XXIX

1 *Affiez*] Confiez d'*adfidare*.

2 *Engins*] Stratagêmes. D'*ingenium*. C'est dans le même sens qu'au Chap. 27. du Liv. 2. on lit qu'*engin* mieux vaut que force.

CHAPITRE XXX

1 *Ulrich Gallet*] Il n'y a pas encore long-tems, dit Ménage (*), qu'il y avoit à Chinon une famille du nom de Gallet. Gallet le joueur, qui a fait bâtir à Paris l'Hôtel de Lulli, étoit de cette famille; & Ulrich ou Hurly Gallet, Maître des Requêtes de Grandgousier, en étoit aussi, à ce que nous apprend Ménage, qui l'avoit ouï dire à Gallet le joueur.

2 *La Roche Clermauld*] Paroisse de l'Election de Chinon.

(*) *Diction. Etym. au mot* Galet.

CHAPITRE XXXI

1 *Efferée*] Fière, cruelle.

2 *Trefpaffé*] Outrepaffé, tranfgreffé. Encore Liv. 3. Chap. 9. *ce feroit affez pour me faire* trefpaffer *hors les gonds de patience.* Lancelot du Lac, Vol. 1. au feuillet 158. de l'Edition *in* 4°. Gothique : *vous n'y trouverez ja homme, tant foit hardy, qui ofe tres-paffer voftre commandement.* On a dit pareillement *trefcouper* pour couper au travers. Perceforeft, Vol. 1. Ch. 13. *& commanda fabriquer & paver une voye de ciment et de pierres, laquelle* trefcop-peroit *l'Ifle en longueur depuis la Mer de Cornouaille, jufques au Port de Tanafie, et meneroit par droicte ligne aux Citez qui eftoient dedans l'Ifle de Bretagne.*

3 *Jufques à ce demourera noncroiable entre les eftrangiers*] Dans l'Edition de Dolet on lit : *tant demourera non créable entre les eftran-giers, jufques à ce que.*

4 *Paye mille bezans d'or*] Ulrich Gallet foutient la dignité du Roi fon Maître, en impofant cette fomme à Picrochole, tout en lui propofant la paix. Le *Bezant* étoit une ancienne monnoye forgée à Conftantinople. Baldricus Evêque de Dol, Liv. 1. de fon Hift. de Jérufalem, *Direxerunt itaque legationem Conftantino-polim quæ vocabulo antiquiori Byzantium dicta fuit, unde et adhuc moneta civitatis illius Byzanteos vocamus.* Sur quoi il eft bon de remarquer que fous la feconde Race des Rois de France les mon-noyes du Levant avoient grand cours dans le Royaume : que cela a duré encore long-tems depuis ; mais que le *Bezant* a fouvent varié de poids & de valeur.

5 *Tournemoule, Bafdefeffes, Menuail*] *Tournemole*, qui n'a pour tout héritage qu'un Moulin tournant. *Bas-de-feffes* ; qui ne le porte pas fort hault. *Menuail*, qui n'a fous lui que de menues gens.

6 *Le prince de Gratelles, et le vicomte de Morpiaille*] Noms con-venables à l'humeur fâcheufe & inquiéte de ces deux hommes qu'Ulrich Gallet demandoit exprès pour ôtages, afin de les mettre hors d'état de porter leur Maître à troubler le repos de fes voifins.

CHAPITRE XXXII

1 *Il{ ont belle couille et molle*] Ils ont beau mortier & beau pilon, &c. Rab. Liv. 2. Chap. 32. *ha Monfieur, chacun ne peult avoir les couillons auffi gros qu'un mortier*. Ils ont belle couille & moule eft une maniére de parler ufitée dans le Poitou, pour dire, Vous verrez fi ce font des *Coyons*, des *couilles-molles*. *Brai* en Langue Gauloife fignifioit de la boue, comme le prouve Hadrien de Valois, p. 94. de fa Notice des Gaules, où il produit ce paffage tiré d'un vieux Livre des miracles de S. Bernard. *Caftrum Braïum quod lutum interpretatur*. Comme on a écrit tantôt *brai*, tantôt *bré*, de-là les Ecrivains du bas Siècle ont fait *braïum* & *breïare*, employant *braïum* dans la fignification de terre graffe, limon, & le verbe *breïare* dans celle de *breïer*, *braïer*, *broïer*, *paîtrir*, parce qu'en broyant & paîtriffant on fait une efpèce de limon. Voyez du Cange aux mots *Braïum* & *Breïare*. L'Edition de Dolet porte *belle couille et molle*, mais comme il y a ici une allufion de *moul* à *mol*, j'ai cru qu'à *molle* de cette Edition je devois préférer *moulle*, comme on lit à l'antique dans celle de 1553. & dans les autres.

2 *Philippus*] Ménage a remarqué que plufieurs Rois de France du nom de *Philippe* pouvoient avoir fait frapper des *Philippus*, & il a prouvé que cette monnoye étoit d'or; mais peut-être n'a-t-il point fu que les *Philippus* mentionnés dans le paffage qu'il allégue, n'y font appellez *bons* que parce qu'il y en avoit d'autres de bas or. Les Navigations de Panurge, imprimées à la fuite du Rabelais de Dolet, au Ch. des Ifles Fortunées, qui eft le 26. *Ledict fruict ne tumbe jamais de l'arbre, jufques à ce qu'il foit meur : il y en a aulcunes fois de verreux, qui ne font pas de fin or, comme vous voyez les* Philippus, *les* Florins, *et les aultres pièces de bas-or*. Il fe peut que les uns & les autres étoient du Roi Philippe de Valois, puis-que fon Hiftoire nous apprend qu'il fit frapper de bonne et de mauvaife monnoye, felon que fes affaires étoient en bon ou en méchant état.

3 *La meftayrie de la Pomardiere*] Pour le dédommager de la *Pommade* qu'il devoit lui en coûter à fe faire guérir des contu-fions & des écorchûres qu'il avoit à la tête, Grandgoufier lui donne cette Métairie qui apparemment étoit fituée dans la Nor-mandie. Le Diction. Fr. Ital. d'Oudin, Pomardiére, *rendita di Pomi*.

4 *Poffeduble en franc alloy*] Grandgoufier ne vouloit pas que pour une rente en *pommes* un Etranger lui fût redevable d'aucun hommage lige, ni d'aucun fervice perfonnel.

5 *Que retenons ces fouaces*] L'onzième des Arrêts d'Amour : *fi vous prie que prenez en gré cette robe.* Rabelais, felon cette maniére de conjuguer, qui, comme on voit, ne lui étoit point particu-liére, avoit écrit *retenons ;* & c'eft ainfi que porte l'Edition de 1535. d'où Dolet a fait *retenons.* C'eft donc *retenons* qu'il faut lire : *retournons,* que les nouvelles Editions ont pris de celle de 1553. ne faifant nul bon fens.

6 *Nous n'avangerons que trop*] Nous n'avancerons que trop. Le mot d'*avanger,* qui revient encore Liv. 2. Chap. 16. & 26. eft particulier à la Baffe-Normandie, à l'Anjou & au Maine. Ailleurs on dit *avancer.* L'un & l'autre du Latin barbare inufité *abantiare,* à cela près que dans *avanger* l'i voyelle devient confonne.

7 *Où faim règne, force exule*] Ancien Proverbe, dont le fens eft que la force fe bannit d'elle-même & volontairement des lieux où la faim domine.

CHAPITRE XXXIII

1 *Comte Spadaffin, et capitaine Merdaille*] Un Comte qui n'avoit pour toutes richeffes que la cappe & l'épée : & un Chef fans mérite, qui, dans l'emploi où le caprice du Prince l'avoit élevé, confervoit encore une ame proportionnée à la baffeffe de fa naif-fance. Alain Chartier, dans fon Poême des Quatre Dames, parlant de certains poltrons, qui de fon tems avoient abandonné le Roi dans le fort de la mêlée :

> De fièvre quartaine efpoufée
> Soit tel merdaille.

Et Marot, 2. Epitre du Coq à l'âne :

> Le Roy n'entend point que Merdaille
> Tienne le rang des vieux routiers.

On traitoit autrefois de *Merdailles* des gens fans cœur, ou fans défenfe, & tels qu'un véritable homme de guerre fe feroit cru deshonoré, s'il lui étoit arrivé de mettre la main fur eux. Voyez le Roman de Perceforeft, Vol. 2. Chap. 48. où il eft parlé d'un Nain pris par des Chevaliers du lignage de Parnant qui vouloient le pendre au premier arbre. *Par ma foy,* dit l'un de ces Chevaliers, *fe ne feuft reproche à nous, je luy couppaffe la tefte, mais on ne doit avoir honneur, qui efpée met fur tefte merde.* Sur un tel excrément de la terre. Les Colloques de Luther, Tom. 1. au feuillet 229. b. où quelqu'un avoit remarqué que le Latin *Ars* eft équivoque avec le mot qui en Allemand défigne le *derrière. Tunc,* dit M. L.,

vicinissimum vocabulum adest merdum. Si quis artem illam osculatur,
maculatur ab illa. Ainsi le Duc de Menüail, le Comte Spadassin
& le Capitaine Merdaille sont les gens que Rabelais introduit
pour proposer à Picrochole des projets ridicules, des conquêtes
imaginaires, & des exploits chimériques.

2 *Cyre*] C'est ainsi qu'on trouve ce mot écrit en cet endroit
& dans le dernier Huitain du Liv. 1. Chap. 2. suivant l'Edition
de Dolet, & celle de 1153. au lieu de *Sire* qu'il y a dans les
nouvelles ; ce qui vient de ce que Rabelais dérivoit ce mot de
Κύριος *Dominus.* Si, comme d'autres ont fait depuis, il avoit remarqué que *Sire* ne veut dire autre chose que *Seigneur,* il auroit écrit
Sire, de *Seniore.*

3 *N'a jamais un sou*] *Un noble Prince, un gentil Roy, n'a jamais*
ne pile ne croix, dit un vieux Proverbe.

4 *Elanes*] Encore Liv. 2. Chap. 23. *& voilà ce qui faict les*
lieües de Bretagne, des Lanes, *d'Allemaigne et aultres pays plus*
éloignez, si grandes. Quoique *les Lanes & les Landes* soient termes
synonymes, l'usage est cependant que par *les Lanes,* on entend
cette partie des *Landes* qui est sous le Présidial de Dax, appellée
la Sénéchaussée des Lanes. Le nom de *Landes* est plus général. Il
comprend, outre la Sénéchaussée de Dax, celles du Bourdelois,
du Bazadois, de l'Armagnac, du Mont de Marsan, & du Duché
d'Albret. Rabelais a donc ici écrit ou dû écrire *ès Lanes,* & Liv.
2. Chap. 23. *des Lanes.* Cette orthographe, qui avoit commencé
avant lui, comme on le reconnoît en lisant Froissart, s'est maintenue jusqu'à nous.

5 *Madourrez*] Ici, & Liv. 3. Chap. 12. je lis *madourrez* à
l'antique, pour *maudourrez,* d'où les Toulousains ont fait *mou-
dourro,* qu'ils expliquent par *grosse tête d'Ane, idiot* (*). L'origine
de *maudourré* peu connue a faire croire que c'est *maudoulé* qu'il
falloit lire. Gens *maudourrez* ce sont gens mal-bâtis, des marouffles, des malitornes. *Dour* est une sorte de mesure ainsi nommée
du δῶρον des Grecs. Ainsi un *maudourré* est proprement un homme
mal-mesuré, mal-taillé, mal-proportionné. Robert Cenault, Nicot,
Tripault &c. écrivent *dour.* Oudin dans ses Dictionnaires écrit
dor, qu'il explique par l'Espagnol *doro* & par l'Italien *dora.* Le
moudourre de Toulouse que Doujat interpréte *grosse tête d'Ane,*
idiot, revient & pour le nom, & pour la chose au *madourré* de
Rabelais.

6 *Passerez par l'estroict de Sibyle*] Cette leçon qui est celle de
l'Edition de 1535. me paroît meilleure que *vous passerez* &c.
comme on lit dans celles de Dolet & de 1553. *L'Estroict de*

(*) *Diction. de la Langue Toulousaine.*

Sibylle, c'eft le Détroit de Gibraltar, qu'on nommoit auffi Détroit de *Seville, Siville,* & *Sébille.* Froiffart, Vol. 2. Chap. 166. au feuillet 220. de l'Edition de Verard, appelle *Sibille* la Ville de *Séville* que plus haut il avoit nommée *Sébille,* par le changement de l'*i* en *e,* comme en *Virgile* que quelques uns écrivent *Vergile,* & en *Sibille* Maîtreffe du Roi Aléxandre, laquelle eft appellée *Sebille* au Chap. 45. du 1. Vol. de Perceforeft.

7 *Pourveu qu'il fe face baptifer*] Imitation des anciens Preux, que les vieux Romans repréfentent comme ne faifans jamais de quartier à un Sarazin, qu'il ne leur eût promis de fe faire batifer.

8 *Hippes, Argiere, Bone, Corone*] Ces mots *Argiére, Bone, Corone,* manquent dans l'Edition de 1535. & dans celle de Dolet. *Hippes* eft l'*Hippo-Diarrythus* des Anciens. *Bone* eft leur *Hippo-Regius,* qualifiées ici Royaumes l'une & l'autre apparemment parce que Strabon, Liv. 17. parlant d'elles a dit ἄμφω βασίλεια. *Corone* eft l'ancienne *Cyrène,* dont le nom moderne eft *Corène.* Rabelais a préféré *Corone* de même fignification, d'ailleurs confacré parmi nos vieux Romanciers.

9 *Et à Dieu feas Rome*] A Dieu foyez-vous, Ville de Rome. C'eft l'*a Dion fias* des Gafcons & l'*Adiffiats* de ceux du Langue-doc (*). C'eft donc *feas* qu'il faut lire, comme dans les Editions tant de 1535. que de 1542. & non pas *fera,* comme dans les Editions nouvelles, ni *feras,* comme dans celle de 1553.

10 *Pour veoir de leur urine*] Pour voir ce qu'ils ont dans le ventre. Plus bas, Liv. 4. Chap. 42. il eft dit que Carême-prenant paffoit le tems à voir l'urine des Phyfetéres, & au Chap. 31. du Liv. 5. il eft parlé de Pierre Gilles, comme tenant en fa main un urinal, & confidérant en profonde contemplation l'urine des beaux poiffons du païs de Satin. On fait qu'en France, encore aujourd'hui, plufieurs Médecins jugent de l'état de leurs malades par l'infpection de l'urine, comme le plus grand nombre en juge par la difpofition du pouls. C'eft de là que font venues ces façons de parler, *vouloir tâter le pouls à quelqu'un,* ou *voir de fon urine,* pour fouhaiter de pouvoir mettre à l'épreuve les forces & le courage d'un homme qu'on fuppofe n'en avoir pas beaucoup. Or, comme les Capitaines de Picrochole s'étoient mis en tête que les Chevaliers de Malte, fous ombre qu'ils n'avoient pu conferver Rhodes, ne devoient avoir non plus de vigueur qu'il fe trouve d'urine dans le ventre des poiffons dont leur nouvelle Ifle eft environnée, ils ne defiroient rien avec tant d'ardeur, que de voir ces Meffieurs s'oppofer à la conquête que Picrochole prétendoit faire de l'Ifle de Malte, afin qu'en la perfonne de ces

(*) *Diction. de la Lang. Toulouf. lettr. A.*

Chevaliers on fût convaincu de la foibleſſe de tous les Inſulaires,
& des autres gens de Mer.

11 *Sainct Treignant*] Encore Liv. 2. Chap. 9. *Sainct Treignan
ſoutys vous d'Eſcoſſ, ou j'ay failly à entendre.* Et précédemment au
Ch. 26. du préſent Livre *Sainct Treignan, diſt Ponocrates.* Encore
Liv. 4. Chap. 9. *Sainct Treignan, (diſt Gymnaſte)* & au Ch. 6.
de la Progn. Pantagr. *Sainct Treignan d'Eſcoſſe ſera des miracles
tant et plus,* &c. Il eſt appellé *Ninias* par Bède, par les Ecrivains
poſtérieurs *Ninianus,* d'où s'eſt fait par corruption *Trignan* &
Treignan. Il prêcha le premier le Chriſtianiſme en Ecoſſe, où il
fut Évêque de Withhern, en Latin *Candida Caſa,* que pluſieurs
appellent du nom du Saint. Il y mourut le 16. de Septembre
l'an 432.

12 *Betune, Charazie*] La Bithynie appelée *Betune* dans nos vieux
Livres.

Charazie] Autrement *Carraſia.* C'eſt l'ancienne *Sardis,* Capitale
de la Lydie. Voyez la Relation de ce qui ſe voit aujourd'hui dans
les Lieux où étoient les ſept Egliſes d'Aſie, & à Conſtantinople,
Utrecht, 1694. Voyez auſſi le Journal nouveau de Rotterdam,
Art : 1. des mois de Nov. & Décemb. de cette année-là. Rabelais pour rendre les Miniſtres de Picrochole plus ridicules, paroît
avoir affecté de les faire parler en Géographes ignorans, qui prenoient les divers noms d'un même lieu pour autant de lieux
différens. Si en effet *Caraſie* eſt la Lydie, qu'ils viennent de nommer c'eſt une redite. Si c'eſt *Alexandria Troadis,* autrement *Troas
& Troja* c'eſt une autre redite, ayant dit l'Aſie-Mineure.

13 *Satalie*] Autre redite. Santalie eſt dans la Pamphylie.

14 *Savaſta*] Sur la frontiére de Cilicie, ſous l'Archevêché de
Tarſe. C'eſt l'ancienne *Sebaſta.*

15 *Nous ſommes affolez*] Point de remede. Nous y mourrons
tous. La force du verbe *affoler* ſera expliquée dans les Rem. ſur
le 47. Ch. du Liv. 4.

16 *Car Julian Auguſte & tout ſon ouſt y moururent de ſoif, comme
l'on dict*] Ces paroles manquent dans l'Édition de Dolet.

17 *Ce villain humeux Grandgouſier*] Ci-deſſus déjà dans le
même Ch. *recouvrerez argent à tas. Car le* Villain (Grandgouſier)
en ha du content. Villain, diſons-nous, *parce qu'ung noble Prince n'a
jamais un ſoul.* C'eſt encore ici le bon Roi Louïs XII. que
Pâquier dit avoir été eſtimé *taquin* par quelques courtiſans affamez, ſous ombre qu'il étoit plus retenu en ſes dons que ſes
Prédéceſſeurs (*).

(*) *Lettr. de Pâquier, Tom.* 1. *pag.* 815.

18 *Lubek, Norwerge, Sweden, Rich, Dace, Gotthie, Engroneland, les Eſtrelins*] C'eſt *Lubek* qu'il faut lire, conformément à l'Edition de Dolet. *Sweden*, c'eſt la Suède. *Rich*, c'eſt ou *Riga* en Livonie, ou l'iſle de *Rugen*. Dace, c'eſt le Dannemarck appelé *Dacia* par Æneas Sylvius au 33. Ch. de ſa Deſcription de l'Europe, *Dace*, au Chap. 13. du 1. Vol. de Perceforeſt, & *Dacia* par les Italiens (*), qui ont introduit cette corruption du Latin Dania (**). *Engroneland*, c'eſt l'Iſle de *Groënland*, appellée *Engroenland* au 1. Ch. du Roman de Perceforeſt. Les *Eſtrelins, Eſterlings* ou *Oeſter-lingers*, étoient des voiſins du Dannemarck, & la Maiſon publique de ces Peuples, qui firent autrefois alliance avec pluſieurs Villes, ſubſiſte encore à Anvers, où on l'appelle. *l'Hôtel des Oſterlings* (†).

Mer fabuleuſe] C'eſt le *Fabuloſus Pontus* du Traducteur de Pto-lémée, Tabl. 34. de l'Edition de Servet, Lyon, 1542. Joach. Vadien dans ſon *Epitome trium Terræ partium*, &c. pag. 562. de l'Edit. de Zurich, 1534. *Noſtra ætas etiamnum Norwegiam, quaſi Nortwigiam, id eſt Septentrionalem terram æſtibus undarum affuſam, præterea a Gentibus Gotthiam et Suettiam ſeu Suediam vocat, à Ger-manicis Sarmaticiſque littoribus mari multis locis vadoſo et latentium Tæniorum inſidiis periculoſo diſterminatam. Ptolomæus Fabuloſum Pontum nominat hac maxime parte, qua terras penitus ingreditur. Duæ illic Inſulæ,* Selandia & Gotthia, *quarum alteri rurſum à mari quod circumluit nomen eſt.* Germani enim Seu *mare,* Lend oram aut terram vocitant. Alteram Gotthi incolæ ſic appellarunt. Cette Mer que les Allemands appellent *Oſt-Seu*, eſt en effet toute couverte de Bancs de ſable, & c'eſt la raiſon du nom que lui a donné Ptolémée.

19 *cordouannier*] Ce mot auquel a ſuccédé celui de *Cordonnier*, a été fait de *Cordouan*, ſorte de cuir ainſi appelé de la Ville de *Cordoue*, d'où il nous eſt venu. Patelin, dans la Farce qui porte ſon nom :

> Ceſtuy-cy eſt il teinct en laine ?
> Il eſt fort comme un Cordoüen.

Ce cuir, qui eſt de peaux de Chèvre, & dont on fait des deſſus de ſouliers, étoit proprement appellé *Cordouan*, lorſqu'il étoit paſſé en tan ; & *Marroquin*, lorſqu'il l'étoit en galle (‡). Aujour-d'hui les Allemands les confondent, & donnent à l'un & l'autre le nom de *Cordouan*, vraiſemblablement parce que tous les deux venoient autrefois de *Maroc* par *Cordoue*.

(*) *Sleidan Ital. Liv.* 19. *pag.* 652.
(**) Æneas Sylvius, ibid.
(†) *Miſſon Voyage d'Italie, Lett.* 38.
(‡) *Nicot au mot* Cordouan.

20 *Quatre cens cinquante mille combatans d'eslite*] Les mots *Quatre cents* manquent dans l'Edition de 1535. & dans celle de Dolet.

21 *Je renye*] N'y eſt pas non plus.

❧❧❧❧❧❧❧❧❧❧❧❧❧❧❧❧❧❧❧❧❧❧❧❧

CHAPITRE XXXIV

1 *Le pont de la Nonnain*] On appelle ainſi de grands Ponts de pierre qui ſont à Chinon. Ils ont une demi-lieue d'étendue, ſont ſoutenus d'Arcades inégales, & chargés de Croix en pluſieurs endroits (*).

2 *Inſtrument philoſophicque*] *Inſtrument* au ſingulier, comme il faut lire ſuivant les Editions de 1542. veut dire *attirail*.

3 *Le capitaine Tripe*] Ici *Tripe* ſignifie *un gros ventru*, témoin ce qu'au Chap. 36. ſuivant il eſt dit que tous ceux de la bande de ce Capitaine étoient de *gros marouffles;* & au Chap. 43. que le même *Tripe* fut *eſtripé*, lorſque d'un coup d'épée Gymnaſte lui tailla l'eſtomac, le colon, & la moitié du ſoye (†).

4 *Couru la poulle*] Dans l'Edition de Dolet on lit *poulaille*, mais quoique l'autorité de celle de 1535. me faſſe préférer *poulle*, on diſoit pourtant auſſi *poulaille* dans la même ſignification, témoin qu'au dernier Chap. de la Progn. Pantagr. on lit encore dans toutes les Editions *poulaille*, d'où *poulaillier*, qui n'a point vieilli.

5 *Le seigneur de la Vauguyon*] Ne ſeroit-ce point Gautier de la Peruſe d'Eſcars, Seigneur de la Vauguion, duquel parle Mr. le Laboureur, Liv. 7. pag. 816. du 2. T. de ſes Additions aux Mém. de Caſtelnau.

6 *Prelinguand, eſcuyer de Vauguyon*] C'eſt l'office d'un Ecuyer (*præguſtator*) de goûter de tous les mets qu'on a préparez pour la bouche de ſon Maître. Ainſi Rabelais appelle *Prelinguand* celui du Seigneur de la Vauguion de *prælingens*, comme qui diroit un homme qui du bout de ſa langue fait l'eſſai de tout ce qui doit ſe ſervir à une table. *Prelinguants* qu'on lit au Chap. 5. de la Progn. Pantagr. en la ſignification de *croque-lardons*, ou de *fripons*, a encore la même origine, puiſque les *fripons*, que nos Anciens & après eux Rabelais Liv. 1. Chap. 54. & Liv. 3. Chap. 4. appellent *leſchards*, étoient proprement les friands qui s'étant

_____

(*) *Riv. de Fr. par Coulon, Tom.* 1. *p.* 340.
(†) *Liv.* 1. *Chap.* 35.

ruez fur les bons morceaux, ne quittoient point prife qu'ils n'euffent encore *leché* les plats.

7 *Troys boiffeaux*] Manque dans l'Edition de 1535. & dans celle
de Dolet.

8 *J'ay encores quelque efcu, nous le boyrons', car c'eft aurum pota-*
bile] Quand en ce tems-là on parloit d'écus, on entendoit des
écus d'or.

Aurum potabile] Ce qui fe donne par-deffus le marché, fous le
nom *Pot-de-vin*. Voyez les Mém. de l'Etoile, Tom. 2. pp. 279.
& 288.

9 *Gourmander poulle*] Ménage remarque qu'on dit à Paris *un*
Carré gourmandé *de perfi*, pour dire *un haut côté de mouton, lardé*
de grands brins de perfi (*), & au Chap. 6. du 2. Liv. de Rabelais.
belles fpatules vervecines perforaminées de petrofil font un manger
d'Ecoliers, gens communément de haut appétit. Cela me fait
douter fi *gourmander* fignifie ici certaine manière d'apprêter la
viande, ou la bauffrer, la dévorer en vrai *gourmand*.

10 *Lors defcouvrit fa ferriere*] Encore, Liv. 2. Chap. 28. *Une*
ferriere *de cuir bouilly de Tours que Panurge emplit pour foy, car il*
l'appelloit fon Vademecum. Et Liv. 4. Chap. 43. *comme vous*
beuveurs, allans par pays, portez flaccons, ferrieres, et bouteilles. Ant.
Oudin prétend que la *ferrière* étoit un vafe de verre, & peut-être
croyoit-il qu'on eût appelé ce vafe *ferrière* par corruption pour
verrière; mais puifque la *ferrière* de Panurge au Chap. 28. du
2. Liv. étoit de cuir, & que d'ailleurs la *ferrière* étoit un meuble
de poche & de voyageur, il eft bien fûr qu'Antoine Oudin fe
trompe. C'étoit une efpèce de flaccon, fait à peu près comme un
ancien Livre de poche. De la vient qu'au Chap. 28. du 2. Liv.
Panurge donne à fa *ferrière* le nom de *Vademecum*, comme avoit
été appelé certain vieux Sermonnaire, qu'on croyoit fort utile,
& qui fut d'abord imprimé de taille à pouvoir le mettre en
poche. Or, comme les premiers de ces flacons étoient de fer
ordinaire, ou de fer blanc, afin d'y porter le vin plus fûrement
dans les voyages: depuis, par reffemblance, d'autres vaiffeaux,
foit de verre, foit de cuir bouilli furent nommés *ferrières*.

11 *Vin de la Faye Monau*] La *Faye-Moniau*, non pas *Faye-*
monjau, eft une paroiffe de l'Election & Châtellenie de Niort. Il
y croît de fort bons vins que Charles Etienne, pag. 412. de
l'ancienne Edition de fon *Prædium rufticum* appelle *vina Faymon-*
giana; mais cela même prouve qu'il ignoroit l'origine du nom de
ces vins, puifque le Prieuré du lieu eft appellée *Faya-monachalis*

(*) *Dict. Etym. au mot* Perfil.

pag. 103. du Pouillé général des Abbayes de France, impr. l'an 1626. Auffi prononçoit-on anciennement *la Faye-Moniau*, comme les habitans de Parai dans le Charolois difent *Parai-le-Moniau* & non pas *Monjau*. Quelques-uns qui croyent mieux parler difent *Parai-le-Monial;* mais Baudrand écrit *le Moniau*, à l'antique, & c'eft auffi comme il faut parler.

12 *Rouffin*] *Rouffin* fe prend ici pour un Cheval de fervice & de fatigue, comme il en eft dû au Seigneur dominant à chaque mutation de Fief par les articles 96. & 97. de la Coûtume de Touraine. Il n'eft point dû de ces *Rouffins* par celle de Metz, mais dans le pays il y a tel Village, dont les habitans, lorfque le Seigneur y arrive monté fur fon *Rouffin*, font tenus de fe préfenter à lui avec un fagot d'épines & de *ronces* pour fa monture ; ce qui pourroit faire croire que le *Rouffin* ou *Roncin*, comme on parle dans quelques Provinces, auroit eu ce nom des feuilles & des *ronces* que mangent au befoin les *Rouffins*. Mais il y a plus d'apparence que *Rouffin* vient de l'Allemand *rofs* ; & *rofs* pourroit bien venir de *ruffus*, la plûpart des Chevaux étant roux.

13 *Vous maiftre diable, me porterez*] *Is, qualis fit equus, me vehet aut ego illum*, tel qu'eft ce Cheval, il me portera, ou je le porterai, dit Proverbialement dans Vivès (*) un jeune homme qu'on railloit fur le peu de vigueur de fon Cheval.

꒰꒱꒰꒱꒰꒱꒰꒱꒰꒱꒰꒱꒰꒱꒰꒱꒰꒱꒰꒱꒰꒱

CHAPITRE XXXV

1 *Bon Joan, capitaine des Francopins*] Plus bas encore, Liv. 2. Chap. 7. *Frantopinus de re militari, cum figuris Tevoti*. Et Liv. 3. Chap. 8. *Doncques ne faudra dorefnavant dire, qui ne vouldra improprement parler, quand on envoyera le* Franc-Taupin *en guerre : Sauve Tevot le pot au vin, c'eft le crûon*. On appella *Francs-Taupins* une ancienne Milice que les Rois de France *affranchirent* de Tailles & d'impôts, en vûe du fervice qu'elle leur rendoit à creufer des mines & des tranchées : à quoi elle étoit habile comme les *Taupes* à fouïr la terre. Mais il ne faloit auffi demander à ces Francs-Taupins rien au-delà, & lorfqu'on voulut les faire combattre, & les expofer aux coups de Moufquet ou de l'Artillerie, ils firent fi mal en plufieurs occafions, que ne fe parlant plus que de leur poltronnerie, & de certaine rufticité qui les avoit fait négliger petit à petit, on fit fur eux la Chanfon fuivante :

> *Un Franc-Taupin un fi bel homme eftoit,*
> *Borgne & boiteux, pour mieux prendre vifée,*

(*) *Au Dial. intit.* Iter & Equus.

Et si avoit un soureau sans espée.
Mais il avoit les mulles au talon.
Deriron, vignette sur vignon.

Un Franc-Taupin un Arc de fresne avoit
Tout vermoulu, sa corde renoüée,
Sa flesche estoit de papier empennée,
Ferrée au bout d'un argot de Chapon.
Deriron &c.

Un Franc-Taupin son testament faisoit
Honnestement dedans le Presbytere,
Et si laissa sa femme à son Vicaire,
Et lui bailla la clef de la maison.
Deriron &c.

Un Franc-Taupin chez un bon homme estoit,
Pour son disner avoit de la mourüe.
Il luy a dit jarnigoy je te tuë,
Si tu ne fais de la souppe à l'oignon,
Deriron &c.

Un Franc-Taupin de Haynaud revenoit,
Sa chausse estoit au talon deschirée,
Et si disoit qu'il venoit de l'Armée,
Mais onc n'avoit donné un horion.
Deriron &c.

Un Franc-Taupin en son hostel revint,
Et il trouva sa femme l'accouchée,
Adonc, dit-il, j'ay la bille-visée,
Un an a que ne fus en ma maison.
Deriron &c.

Les Chefs particuliers de cette Milice, ainsi que ceux des Avanturiers, étoient communément désignés par quelque Sobriquet, auquel on faisoit précéder leur nom de baptême, & qui ne donnoit pas une grande idée de leur bravoure. C'est suivant cet usage que, dans les Lettres publiées sous le nom du Roi Louïs XII. au Tom. IV. p. 86. le Capitaine des Avanturiers de ce Prince en 1512. étoit connu sous le nom de *Grand Jehan,* & sous le surnom Latin de *Probi,* qui répond au François *Bon.* Les Avanturiers venoient originairement d'Italie, & peut-être ce Capitaine étoit-il quelqu'Italien surnommé *Probi.* Au reste, on traite de *bon Jean* un pauvre niais, un pitaut, tel que devoit être ce Capitaine des Francs-topins, qui se persuadoit tout bonnement que Gymnaste étoit véritablement un *Diable,* à cause qu'il s'étoit dit un pauvre Diable.

2 *Hagios ho theos*] Mots par où commence le Trisagion des Grecs : « Ἅγιος ὁ Θεὸς, ἅγιος ἰσχυρὸς ἅγιος ἀθάνατος, ἐλέησον

ἡμᾶς. *Le Saint Dieu, le Saint fort, le Saint immortel, ayez pitié de nous.* » Mots qu'on chante en Grec & en Latin dans l'Eglife Romaine à la Meffe du grand Vendredi. Or comme les mots qu'on entend le moins font crus les plus efficaces, celui d'*Hagios*, furtout trois fois répété a fait croire qu'il feroit d'une grande vertu dans les invocations. Marot, dans l'Epitre aux Dames de Châteaudun.

> *Fait neuf grands tours, entre les dents barbote*
> *Tout à part lui d'agios une bote.*

Delà vient cette façon de parler, Que d'*agios !* & auffi *agios* pour les menus ornemens des femmes qui n'en ont jamais affez, & autour defquelles ce n'eft jamais fait.

3 *Sy tu es de l'aultre sy t'en va*] *Aidez moi de par Dieu, puis que de par* l'aultre *ne voulez*, dit Frere Jean en colére, ci-deffous, Chap. 42. Mais ce mot *l'aultre*, qui, pour dire le *Démon*, marque naturellement la retenue d'un homme pieux, qui évite de proférer le nom de l'ennemi de Dieu & des hommes, devient dans la bouche du Moine l'expreffion d'un libertin, qui n'ayant pas réuffi auprès d'un homme de bien par une adjuration impie, efpére l'éblouïr par une autre qui n'étant plus fage qu'en apparence, témoigne qu'encore eft-ce malgré lui qu'il femble defavouer la premiére.

4 *Feift femblant defcendre de cheval*] Comme pour le céder à Tripet qui vouloit l'avoir.

5 *Efpée baftarde*] Plus haut déja, au Chap. 23. *Sacquoit de l'efpée à deux mains, de l'efpée* baftarde*, de l'Efpaignole.* Et Liv. 3. Chap. 25. *Panurge lui donna,* (à l'Aleman Herrippa) *une robe de peaux de Loup, une grande efpée* baftarde *bien dorée à fourreau de velours.* On appelloit épée *bâtarde,* celle qui n'avoit point de nom certain, c'eft-à-dire, qui n'étoit ni Françoife, ni Efpagnole, ni proprement Lanfquenette, mais plus grande que pas une de ces fortes d'épées. Les Paradoxes de Charles Etienne (*) imprimez chez l'Auteur l'an 1554. dans la 17. Déclamation, intitulée *Pour le baftard :* & quant aux chofes infenfibles, vous trouverez que le nom de baftard a efté baillé aux baftons de guerre & infiruments d'excellence, comme aux chofes grandes entre les autres, tefmoin l'efpée arbalefte, & coulevrine baftarde, & autres qu'il feroit long à raconter.* Il pouvoit y ajouter la grande voile, qu'on nomme auffi *bâtarde.* L'épée *bâtarde* étoit donc un *bâton de guerre* plus grand & plus fourni que fes autres *bâtons* de fon efpèce.

6 *Je voys defaire ceftuy fault*] Le Roman de Perceforeft, Vol. 2. Chap. 41. *Lors tourna fon frain à feneftre, & le cheval qui eftoit*

(*) *Imitez de l'Italien d'Hortenfio Lando.*

duyct de jeuneſſe de retourner à ung faix, va deffaire *ce que devant avoit fait ſi legierement que le Roy en eut le chief tourné.*

7 *Soudant tout le corps en l'air*] Soûdant, *Solidando,* affermiſſant tout ſon corps en l'air.

8 *C'eſt un lutin*] Lutin, comme on lit dans l'Edition de Dolet eſt vraiſemblablement l'ancienne leçon. *Luiton,* comme porte celle de 1553. eſt la même choſe que *Lutin,* Eſprit folet qu'on croit qui ſe plaît à *Lutter* avec les hommes pour leur faire peur ; & une preuve que ce mot vient de là, c'eſt qu'au lieu de *lutte* on diſoit anciennement *luite,* d'où l'on a fait *luiton* dans le même ſens. *Cum mortuis non niſi larvæ luctantur,* diſoit Plancus, au rapport de Pline dans la Préface de ſon Hiſtoire Naturelle. Marot écrit *Luthon* dans ces vers qui ſont de ſon Epître aux Dames de Paris, &c.

> Si *n'eſt-il Loup, Louve, ne Louveton,*
> *Tigre, n'Aſpic, ne Serpent, ne* Luthon.

9 *Sus les plus huppés*] Sur les plus conſidérables, qui en ce tems-là portoient ſur leurs chapeaux ou ſur leurs bonnets un floc de ſoie, de fil, ou de plumes noué ; d'où, dit Fauchet (*), on les nommoit *houpez,* quand c'étoient des *Clercs,* ou Gens de Lettres, & *huppez,* lorſque c'étoient des gens de guerre portant des plumes. Mais Fauchet ſe trompe, quand il diſtingue entre *houpez* & *huppez.* De *Huppe* en Latin *Upupa,* Oiſeau qui porte une touffe de plumes ſur la tête, on a dit indifféremment *huppe* & *houpe* pour ſignifier cette touffe qu'on portoit plus ou moins haute ſuivant la qualité.

10 *Eſtoc volant*] L'eſtoc volant, que depuis on a tout ſimplement appellé *volant,* étoit un court & gros bâton, qu'on cachoit aiſément ſous ſes habits, dans ſa poche ou ſous le bras, pour, dans l'occaſion, jetter ce bâton à la tête ou aux jambes de ſon ennemi (**). Maître Guillaume, ce bouffon ſi connu à la Cour du Roi Henri IV. avoit toujours ſous ſa robe un de ces bâtons *volans,* qu'il appeloit ſon *Oiſel,* parce qu'il ne manquoit jamais de faire voler cet *Oiſeau* à la tête des Pages & des Laquais qui le perſécutoient ordinairement (†).

11 *Souppes*] Ce mot au pluriel, ne ſignifie pas ici pluſieurs potages, comme il ſignifieroit aujourd'hui ; mais il ſe prend, comme dans nos vieux Romans, pour certaine quantité de tranches de pain détrempées dans tel bouillon qu'on peut ou qu'on

(*) *De la Lang. & Poëſ. Fr. Liv.* 1.
(**) *Conf. de Sanci, Liv.* 1. *Chap.* 5. *& Féneſte, Liv.* 2. *Chap.* 16.
(†) Perroniana, *au mot* Guillaume.

veut avoir. Le Roman de Lancelot du Lac, Vol. 1. au feuil. 116.
de l'Edition Gothique 1520. *& pource que vous ne mangeaſtes huy
deſcendez, ſi mangerons deux ou trois ſouppes. Tant dit l'Eſcuyer
à Hector qu'il deſcend, & luy fait des ſouppes en la fontaine....
Hector a grand faim, & mangeat voulentiers des ſouppes. Et au*
feuillet 126. du 3. Vol. *Lors appelle* (Boort) *ung varlet & luy diſt
qu'il luy apportaſt de l'eauë, & auſſi fiſt-il en ung hanap d'argent, et
luy miſt devant lui, puis Boort fiſt trois ſouppes.*

❧❧❧❧❧❧❧❧❧❧❧❧❧❧❧❧❧❧❧❧❧❧❧❧

CHAPITRE XXXVI

1 *L'arrachit*] Dans les nouvelles Editions on lit *l'arracha*, conformément à celle de Lyon chez Eſtiart 1573. mais ſuivant celle
de Dolet & celle de 1553. il faut lire *l'arrachit*, par métaplaſme,
comme ailleurs *tumbit*, *deſtrampiſt*, *recouvert*, pour *tumba*,
détrampa, *recouvré*.

2 *Et le para pour ſon plaiſir*] Encore, Liv. 2. Chap. 29. *Cependant Loup-garou tiroit de terre ſa maſſe, et l'avoit ja tirée, et la paroit
pour en ſerir Pantagruel.* Dans ces deux endroits *parer* c'eſt *préparer*, comme on *pare* ou *prépare* le pié d'un Cheval. Au premier,
Gargantua *para* l'Arbre de St. Martin en ôtant l'écorce & en
détachant les branches de cet arbre qui devoit lui tenir lieu de
bourdon & de lance. Au ſecond, ce ſut en faiſant tomber la terre
& la fange qui s'étoient attachées à la maſſue de Loup-garou, que
le Géant *para* cette maſſue pour s'en ſervir de nouveau contre
Pantagruel.

3 *A la pille*] *Pille* pour *pillage* revient à chaque page dans le
Tite-Live François de 1515. traduit, comme on ſait, ſous le Roi
Jean, par Franc. Pierre Berthoire (Berquier) Prieur de St. Eloy à
Paris. Froiſſart a intitulé le 76. Chap. du 2. Vol. de ſon Hiſtoire:
*Des grans pilles et proyes que le Chanoyne et ſes compaguons firent ſur
le Roy de Caſtille, et de la diſſenſion qui fut entre eulx.*

4 *Plombées et pierres d'artillerie*] *Plombée*, bale de plomb, *glans
plumbata*, dit Nicot. Autrefois ce qu'on appelloit *plombée* étoit
une maſſue garnie de plomb pour rendre le coup plus peſant. Les
pierres d'Artillerie, auxquelles ont ſuccédé les boulets de fer,
étoient de groſſes pierres arrondies dont on chargeoit certains
gros Canons de fer appellez pour cette raiſon *Perriers*. Les François furent des premiers à abandonner l'uſage des *Perriers* & des
boulets de pierres; & lorſque ſous le Roi Charles VIII. ils portèrent la guerre en Italie, on ſut tout étonné de voir le fracas que

44

faifoit leur nombreufe & bien fervie Artillerie de groffes pièces
de bronze tirées par de bons Chevaux (*).

5 *L'advifa*] L'avertit, lui donna *avis*.

6 *Aultres moufches que les coups d'artillerye*] Coups d'Artillerie
font ici des coups de moufquet. Avant l'invention des moufquets,
certaine arbalefte dont on fe fervoit à la guerre avoit été appellée
Mufchetta par les Italiens, parce, dit Cafeneuve, que fon trait
lâché faifoit un bruit femblable à celui d'une groffe mouche. Les
balles de moufquet faifant à peu près le même effet aux aureilles
de Gargantua, il les prend auffi pour de vrayes mouches.

7 *Selon la doctrine de Ælian*] Homére Liv. 10. de l'Iliade, &
Elien Chap. 25. du 16. Liv. des Animaux difent le contraire de
ce que leur fait dire icy Rabelais, trompé par le verbe ὑπάγει qui
fignifiant tantôt *fubtrahit*, & tantôt *fubjicit* a été mal à propos pris
par lui dans ce dernier fens.

8 *Guery d'un surot*] Si, comme on l'affûre, c'eft le *javard*,
efpèce de clou qui fe forme dans le paturon, qui fe guérit avec
de l'excrément humain, il faut, que du tems de Rabelais on con-
fondît le *furot* avec l'*éparvin*, car ce dernier mot, fait de l'Allemand *über-bein,* fignifie proprement un *fur-os*.

9. *De ce gros marroufle*] C'eft comme il faut lire avec l'Édition
de Dolet non pas *ces gros marroufles*, comme on lit dans les nouvelles après celle de 1553.

CHAPITRE XXXVII

1 *Efparviers de Montagu*] Les Eperviers fe prennent en grande
quantité et fort aifément fur les plus hautes Montagnes (**). C'eft
pour cela que Rabelais appelle *Efparviers de Montagu* les poux des
Ecoliers du Collége de *Montaigu*.

2 *Colliege de pouillerie qu'on nomme Montagu*] Erafme devint
malade, pour y avoir occupé une chambre malfaine, où on ne le
nourriffoit que d'œufs puans & corrompus. Voyez la Vie
d'Erafme, au devant de fes Colloques.

3 *Les forcez*] C'eft ainfi qu'on lit dans toutes les Editions,
jufqu'à celle de 1553. inclufivement. Le mot *forçaire* qu'on lui a

(*) *Guichardin, Hift. des Guerr. d'Ital. Liv.* 1. *Chap.* 18.
(**) *Belon, Liv.* 2. *Chap.* 21. *de fon Ornithologie.*

fubftitué dans les fuivantes a auffi-bien que l'autre fait place à celui de *forçat* qui vient de l'Italien *forzato*, & qui ne veut dire autre chofe que *forçaire* & *forcé* dans la fignification d'homme *forcé* de ramer.

4 *Chevreaux moissonniers*] Chevreaux de lait. On a appellé *moifon*(*) & *moiffon* la traite que rend une Vache; & Nicot croit que *moiffon* s'eft dit en cette fignification pour *moulfon à mulgendo*. Ainfi le Chévreau *moiffonnier* feroit proprement celui qui tette tout le lait de fa mère ou d'une autre Chévre.

5 *Hutaudeaux*] C'eft comme on lit dans l'Edition de 1535. & dans celles de 1542. L'*hétoudeau*, comme on parle aujourd'hui, eft un véritable Chaponneau bien conditionné; mais à Metz, où le Patois a confervé la plûpart de nos anciens mots, ce mot, qu'on prononce *hautondeau* fignifie un grand poulet auquel on a laiffé les lombes, quoiqu'on lui ait coupé la crête, & les ergots pour le faire paroître chapon. Et on y appelle *hautondeau* ce poulet, parce que ne valant pas la peine d'être nourri de bon blé, comme les vrais chapons qu'on veut engraiffer, on ne lui donne que des *botons* ou *hautons*, c'eft-à-dire, de ces petites gouffes qu'on ôte du blé.

6 *L'abbé de Turpenay*] L'Abbaye de Turpenai, autrefois Turpigni(†) (*Turpiniacum*) & la Terre de Grammont font voifines de la Forêt de Chinon. Ainfi il étoit facile à l'Abbé de Turpenai, & au Seigneur de Grammont de recouvrer de la venaifon.

7 *Tadournes*] La *Tadourne* eft une forte d'Oye, plus groffe que le Canard, & qui fe faifant peut-être moins entendre que les autres Oyes, peut avoir été appellée de la forte de *tuciturna*.

8 *Pouacres*] Ce mot eft du Poitou, où l'on appelle *Pouacre* une efpèce de *Héron*, dont il fe voit quantité fur les bords de la Sèvre Niortaife. Il eft de la groffeur d'une Poule & blanc par le corps; mais fes ailes font grandes & fort noires. Je fuis bien trompé fi ce mot ne vient de *podager*, & s'il ne défigne le *Pouacre* par quelque goûte, à quoi cet Oifeau eft fujet comme le Chapon.

9 *Oranges.... cofcoffons*] Tout cela, comme déja plus haut *vanereaulx* manque dans l'Edition de 1535 & dans celle de Dolet. A l'égard des *cofcoffons*, qu'ailleurs Rabelais appelle toujours *cofcotons*, on les retrouve encore Liv. 3. Chap. 17. & Liv. 4. Chap. 59. Et au 23 Chap. du Liv. 5. il parle de *cofcotons à la Morefque*, ce qui ne permet pas de douter que le *courcouffou* des Provençaux, qui eft le manger dont parle ici Rabelais, ne foit le

(*) *Oudin, Dict. Fr. Ital. lettr. M.*
(†) *Seb. Rouillard, Hift. de Melun, p.* 405. *où on lit* Tourpigny.

même manger Africain que Léon d'Afrique a décrit sous le nom
de *Cufcufu* (*), & dont le Sieur Moüette a donné auffi la defcription en ces termes, au Chap. 3. de la Relation de fa captivité
dans les Royaumes de Fez et de Maroc. « On prend, *dit-il*, une
« grande jatte de bois, ou bien une terrine, qu'on met devant
« foi avec une écuelle pleine de farine, & une autre remplie
« d'eau nette, un crible et une cuiller. On prend enfuite deux ou
« trois poignées de cette farine avec les doigts, puis on l'arrofe
« de tems en tems, jufques à ce que l'on voye qu'elle vienne
« toute comme de petits pois: & c'eft ce qui s'appelle le *Couf-*
» *coufou*. A mefure qu'il fe forme on le tire de la jatte pour le
» mettre dans le crible, afin d'en féparer la farine, qui pourroit
» être reftée fans être arrondie: il y a des femmes qui font fi
» adroites à le faire, qu'il ne vient pas plus gros que le menu
» plomb; il en eft beaucoup meilleur. Pendant cela on fait cuire
» quantité de bonne viande, comme poules, bœuf et mouton,
» dans un pot qui n'eft large que d'une palme par l'entrée. On
» a un autre vaiffeau de cuivre fait exprès, fort large par le
» haut, & affez étroit par le bas, pour entrer deux doigts dans
» la bouche du premier, & dont le fond eft percé comme une
» poële à Chataignes. C'eft dans ce dernier vaiffeau que l'on met
» le *Coufcoufou*, fur le pot où bout la viande, quand elle eft
» prefque cuite, on l'y laiffe l'efpace de trois quarts d'heure
» couvert d'une ferviette; & après avoir mis à l'entour de la
» bouche du pot, où eft la viande, un linge mouillé avec un
» peu de farine détrempée, afin qu'il empêche la vapeur ou fumée
» de fortir par cet endroit, & qu'elle pénétre le *Coufcoufou* pour
» le faire cuire. On le tire enfuite pour verfer dans quelque plat,
» où on le remue afin de l'égrener, puis on y met du beurre
» autant qu'il en faut: & par-deffus du bouillon du pot avec
» toute la viande. » De *cofcoton*, dit par corruption pour *coufcou-*
fou, on a fait le verbe *cofcoter*, d'où l'Adjectif *cofcoté*, que Liv. 2.
Chap. 21. Rabelais applique à des grains de Chapelet relevez
d'autres grains de la groffeur de ceux du *coufcoufou*.

10 *Verrencl*] Mot compofé, qui dénote que ce Valet eut grand
foin de tenir les *verres* bien *nets*, fans quoi la débauche n'auroit
pas été fort agréable.

(*) Defcrip. Africæ, *Liv.* 3. *au Chap. intitulé:* Maniére que
ceux de Fez obfervent en leur manger.

CHAPITRE XXXVIII

1 *Les poyzars*] On appelle *poyzars* en Poitou & dans le Païs Meſſin le chaûme ou la tige des pois répandu ſur la terre, après qu'on en a détaché les gouſſes. Ce chaûme ſervoit de paille aux Pélerins, qui avoient choiſi cet endroit pour ne point coucher ſur la dure, & pour être garantis du vent par les choux & par les laitues qui les en ſauvoient des deux côtez.

2 *Comme pruniers ou noyers*] De trois ſortes de laitues dont parle Pline Liv. 19. Chap. 8. la première, à ce qu'il dit, jette ſes tiges ſi larges, qu'au rapport des Naturaliſtes Grecs, anciennement elles ſervoient quelquefois de portes à des Jardins.

3 *Grand comme la tonne de Ciſteaulx*] Robert Cenault, qui, dans ſon Traité *de vera menſurarum ponderumque ratione*, aux feuillets 30. & 31. de l'Edition de 1547. parle de la prétendue Tonne de Citeaux, dit que de ſon tems elle ſubſiſtoit encore en ſon entier, quoique la Tradition du lieu fût que c'étoit St. Bernard qui l'avoit fait conſtruire. Elle tenoit, dit-il, près de 300 muids, & cet autre Navire des Argonautes paſſoit de beaucoup en grandeur la Tonne d'Erpach entre Heidelberg & Francfort, qu'Althamer, Auteur Allemand, avoit voulu faire paſſer dans les vers ſuivans plutôt pour une Mer que pour une Tonne.

> *Quid vetat Erpachium Vas annumerare vetuſtis*
>   *Miraclis ? quo non vaſtius Orbis habet.*
> *Dixeris hoc reſte Pelagus vinique Paludem :*
>   *Neſtare quæ Bacchi noſte dieque fluit.*
> *Fac Bernharde, voces quot habet,* Siſtertia, *fratres :*
>   *Hiſque tui omnigenos Ordinis adde viros.*
> *Annua præbebit cunctis hæc pocula trulla,*
>   *Nondum dimidio deficiente mero.*
> *Securè Erpachii Fratres ſorbete, Lagena*
>   *Huc ſalva, eſt vobis nulla timenda ſitis.*

Mais Rabelais, & tous ceux qui depuis ou avant lui ont parlé de cette prétendue Tonne de Cîteaux, ſe ſont mépris. Ils devoient dire de Clervaux, où l'on montre une fort grande Tonne qu'on dit tenir autant de muids qu'il y a de jours en l'an. Furetiére au mot *Tonne* le rapporte ainſi. Mais des gens qui l'ont vue m'ont aſſûré qu'elle n'en tiendroit pas la moitié. Il n'eſt pas plus vrai que ce ſoit St. Bernard qui l'ait fait conſtruire. A l'égard de celle d'Erpach, il paroît, quoi qu'en diſe Althamer, que ſur les dimenſions propres qu'il a priſes de cette Tonne, elle ne tiendroit pas 80. muids de Paris.

4 *Micquelotz*] On appelle ainfi de petits garçons qui vont en pélerinage à St. Michel fur la Mer, & qui prennent cette occafion pour gueufer. De là vient qu'en France on dit communément que les grands gueux vont à St. Jaques en Galice ; mais que les petits vont à St. Michel.

5 *Noyer grollier*] Encore Liv. 3. Chap. 32. *au deffus du noyer grollier*, & Liv. 4. Chap. 63. *une coquille de noix grollière*. La noix que Rabelais nomme *grollière* eft celle qu'ailleurs on nomme *noigobe*, & à Metz *noix Lombarde*. Elle eft beaucoup plus groffe que la noix commune, & comme fa coquille eft auffi beaucoup plus tendre que celle des autres noix, il fe peut qu'on l'aura nommée *grollière* à caufe que la *Grolle*, efpèce de Corneille qui en eft fort friande, trouve le moyen de l'entamer de fon bec.

6 *Foilluze*] Ci-deffous encore, Liv. 3. Chap. 39. *plas d'aubert n'eftoit en foillouse*, *pour folliciter et pourfuivre*. Ce mot qu'on lit *felouze* dans le Dictionnaire de l'Argo, vient de *fodiculofa* fait de *fodere*, & fignifie une poche, une mallette, dans laquelle on *fouille*. Le Diction. Fr. Ital. d'Oudin, Fouilloufe, *parola di zergo*, *faccocia,* poche, pochette.

7 *A travers la plante*] C'eft *plante* qu'on lit & non *plaine*, dans les Editions de 1542. Et cette *Plante*, mot qui fignifie *lieu planté d'Arbres ou de Vignes*, eft le même endroit que plus bas, Liv. 3. Chap. 32. Rabelais appelle *la Plante du grand Cormier*. Voyez *Plantata* dans Du Cange.

8 *Piffer mon malheur*] Quand on voit aller piffer quelqu'un qui a la chaudepiffe, ou quelque joueur qui perd, on a coutume de leur dire en riant, qu'ils vont piffer leur malheur. Par imitation de cette façon de parler, Gargantua plein encore de la douleur que lui avoient caufée les Pélerins, dit étant prêt à piffer, qu'il va piffer fon malheur. Cette phrafe eft un peu mieux dans fa place Liv. 2. Chap. 32. lorfqu'il eft dit que des Médecins de Pantagruel avec force drogues lénitives & diurétiques lui firent piffer fon malheur.

9 *La grande boyre*] *Bief, biel, bier,* & de là *boire* c'eft le Canal qui fait moudre le Moulin. Comme de deux maux on choifit le moindre, les Pélerins pour éviter l'inondation dont l'urine les menaçoit, aimèrent mieux paffer le Canal d'eau qui faifoit moudre le Moulin. C'eft ce qui eft ici appellé *paffer la grande boire*, à quoi Las d'aller applique le *Torrentem pertranfivit* &c. *Orée de la touche*] Plus bas encore Liv. 2. Chap. 14. *quand je fus fus ung petit tucquet qui eft après*. Et Liv. 4. Chap. 36. *pour defcouvrir hors la touche de bois*. Dans tous ces paffages *touche* & *tucquet* fignifient un petit Bois de haute futaye proche

d'une maifon de Fief, & ces mots qui dénotent plutôt une efpèce de *Bouquet* qu'une véritable Forêt: viennent de l'Allemand *Stock*, un tronc, un bâton. A Metz un *toc* eft un pié d'Arbre, & on y appelle *tocquée* une poignée d'herbes ou de fleurs avec leurs racines.

11 *Prendre les loups à la trainnée*] Avec de la charogne qu'on traîne à un endroit d'où il eft difficile que les Loups ne fe jettent dans la trape qui leur eft tendue.

12 *Las-daller*] Nachor, au Valet Maucourant, *fol.* 139. de la Paffion à perfonnages :

> *Cà hau Saoul d'aller,*
> *Maucourant vien bientoft parler,*
> *A Monfeigneur.*
>
> Maucourant.
>
> *Je suis plus preft*
> *D'aller bien près faire ung exploit,*
> *Que porter au loing lettres claufes.*

CHAPITRE XXXIX

1 *Cza, couillon*] Couillon, mot de careffe, fait ici une équivo-que de *coleus* à *cucullio, onis,* Moine à cucule. St. Amant appelle un de fes amis *fon couillon gauche.* Ce n'étoit pas autrefois un mot fale. Gabriel Chapuis l'a toujours employé dans fa Verfion de l'*Examen des Efprits.*

2 *Mon gentil homme*] Autrefois un Prince ne trouvoit pas mau-vais d'être traité de *mon Gentilhomme* par qui que ce fût. A plus forte raifon Gymnafte auroit-il eu tort de fe formalifer d'un tel compliment, dont il y a plufieurs exemples dans Amadis, parti-culiérement T. IX. Chap. 38. & T. XI. Chap. 37. Depuis la chofe chaṅgea, & Brantôme rapporte que M. de la Chataigne-raye, fon Oncle, trouva un jour avec raifon fort mauvais d'avoir été traité de la forte par Madame la Princeffe de la Roche-fur-Yon, Veuve en premiéres nôces du Maréchal de Montejan. Il lui dit même quelques duretés, encore cette Princeffe fut-elle blâmée par le Roi François I. de fe les être attirées (*).

3 *La botte sainct Benoist*] Plus bas encore, Liv. 4. Chap. 16. *Par la facre* botte *de Sainct-Benoist.* La Botte de St. Benoît qu'on

(*) *Brant. Homm. Illuftr. Fr. Tom.* 1. *p.* 375. *& 376. Edit. de* 1666.

voit encore aujourd'hui chez les Bénédictins de Bologne fur la Mer, eft une Tonne qui n'eft guère moins groffe que celle de Clervaux. Rabelais, Liv. 4. Chap. 43. parle d'une *groffe Botte* de vin de Mirevaux, ce qui fait voir que ce qu'on appelloit *botte* en fait de liqueurs étoit fimplement un vaiffeau à liqueurs, mais d'une mefure plus ou moins grande fuivant que la *botte* eft, ou de bois comme font les tonneaux, ou de verre comme font les *bouteilles*, ou de cuir comme étoient vraifemblablement les fept cens bottes de vin qu'un Marchand Vénitien conduifit par Mer peu avant le fiège (†). Le Gloffaire Grec-Latin βούτις cupa, Ménage au mot *bouteille*.

4 *De tous poiffons, fors que la tanche*] *Prenez le dos, laiffez la penche*. Voilà proprement quel eft ce Proverbe, que H. Etienne prétend être Picard (*), & que Frere Jean a ici accommodé au deffein qu'il avoit de plaifanter.

5 *N'eft ce falotement mourir*] L'adverbe *falotement* eft ici fort énergique. Un *falot* n'eft autre chofe qu'une lanterne au bout d'un bâton. Quand la lumiére eft ou ufée, ou éteinte de quelque maniére que ce foit, le bâton ne laiffe pas de demeurer toujours ferme. Il eft aifé d'en appliquer la comparaifon à ceux qui meurent dans l'état que dit Frere Jean. On tient par une plaifante tradition que l'érection après la mort arrive à ceux qui ont jouï d'une Religieufe, ce qui a donné lieu à ce vers, *Qui monachâ potitur, virga tendente moritur*, rapporté premiérement par Joannes Vincentius Metulinus fur le 18. Ch. du Grécifme d'Ebrard, & depuis par Leonellus Faventius Ch. 75. 2. *Partis practicœ medicinalis*, cité par H. Kornman *c.* 5. *de linea amoris* pag. 123. Le même Metulinus rapporte le vers de cette autre maniére ; *Arrectus moritur Monachâ quicumque potitur*. Il pourroit y avoir encore quelque allufion de *falotement* à φαλλòς fynonyme de l'Italien *cazzo, caiche* en François à l'antique pour *cache*, comme *faige* pour *fage*. C'eft ainfi que Rabelais a voulu rendre *cazzo* en notre Langue, & il n'eft pas befoin de lire *catfe*, comme dans l'Edition de 1608. Dans le fecond *Scaligerana cats* eft interprété *braguette* en prenant le contenant pour le contenu.

6 *L'enfermier*] Celui qui a foin de l'*Infirmerie* dans les Monaftères. La 21. des Cent Nouv. Nouv. *Comment, Madame, dit l'Enfermiére, vous eftes de vous mefmes homicide ?*

7 *Les yeulx rouges comme un jadeau de vergne*] Plus bas, Liv. 4. Chap. 32. *s'il ronfloit, c'eftoient* jadaux *de féves frézes*. Et dans les bonnes Editions, Liv. 5. Chap. 34. *hanaps*, jadaux, *falverne*.

(†) *Voyez Paradin, Hift. de fon tems, Liv.* 1. *Chap.* 7.
(*) *Précell. du Lang Fr. &c. pag.* 139.

Oudin explique *jadeau* par *écorce*. Jadeau, *corteza*, dit-il, dans fon Dictionnaire Fr. Efpagnol. L'écorce de l'Aune, nommé autrement *Verne*, & ici *vergne* eft rouffe en dedans. Mais il eft aifé de voir par les deux citations précédentes du 4. & du 5. Livre que *jadeau*, comme qui diroit *jateau*, eft un diminutif de *jate* forte de grande écuelle de bois. On dit communément rouge comme une febile ou comme une écuelle de preffoir. Rabelais a dit de même, *rouge comme un jadeau de vergne*, parce que le bois de vergne dépouillé de fon écorce étant rouge, une écuelle faite de ce bois ne peut manquer d'être rouge.

Du refte, comme les neuf lignes qu'on lit ici, depuis *ou la cuiffe d'une Nonnain* inclufivement, jufqu'à *comme un jadeau de vergne* inclufivement auffi, manquent dans l'Edition de 1535. & dans celle de Dolet, touchant les différences qui fe trouvent entre le texte de Dolet, & celui des autres Editions, il eft bon de favoir qu'en 1542. un Imprimeur qui n'a voulu marquer ni fon nom, ni le lieu de fa demeure, a mis au devant de fon Edition Gothique *in* 12. de ce premier Livre, une Préface dans laquelle il fe plaint que l'Exemplaire étant encore fous la preffe, lui avoit été fouftrait par un plagiaire qu'à la vérité il ne nomme point, mais qu'il défigne fi clairement, qu'on ne peut douter que ce ne foit Dolet. Il ajoute que s'étant apperçu de la fraude, quoiqu'un peu tard, il avoit fait en forte que les dernières feuilles n'avoient pu être détournées comme les premières. *Toutefois*, dit-il au Lecteur, *pour t'advertir de l'enfeigie & marque donnant à connoiftre le faulx aloy du bon & vrai fages que les dernières feuilles de fon œuvre pla-giaire ne font correfpondantes à celles du vray original que nous avons eu de l'Autheur*. Dolet néanmoins étoit fort innocent d'une telle fupercherie. Son Edition eft entièrement conforme à la Gothique *in* 12. de François Jufte à Lyon 1535. très différente des deux autres Gothiques de Lyon 1542. l'une *in* 16. du même François Jufte, l'autre *in* 12. fans nom ni de lieu ni d'Imprimeur, qui eft celle dont j'ai parlé au commencement de cette note, & que je crois être de Pierre de Tours qui fe nomma en celle qu'il donna *in* 16. l'an 1543. avec la même Préface contre Dolet. On m'a fait voir à Paris un *in douze* fort étroit contenant le premier & le fecond Livre de Rabelais chez François Jufte à Lyon, avec cette différence que le premier eft de 1535. & le fecond de 1534. d'où il eft à préfumer qu'il y a auffi eu une Edition du premier chez le même F. Jufte, foit en 1534. foit auparavant.

8 *Cefte cuiffe de levrault bonne pour les goutteux*] Pline, Liv. 18. Chap. 16. *Podagras quidem mitigari pede leporis viventis abfciffo.* Ce qui a donné lieu à cette opinion, c'eft apparemment la grande vîteffe particulière au Lièvre.

9 *A propos truelle*] A propos de ce que venoit de dire le Moine, que la cuiffe d'un Levraut étoit bonne pour les gouteux.

10 *A la humèrie*] L'Edition de 1669. dit *lumière* dans la signification de *lampée*, peut-être en vûe du *Clerice éclaire ici* du Liv.
4. Chap. 52. Dans celle de 1553. on lit *humière*, mais suivant
celles de 1535. & de 1542. c'eſt *humerie* qu'il faut lire, comme
encore à la fin du Ch. ſuivant, ou dans toutes les Editions il y
a, *Paige* à la humerie, *Item rouſties*.

11 *Crac, crac, crac*] Frere Jean par ce *crac, crac, crac* exprime
la promptitude avec laquelle il venoit d'avaler un verre de vin.

12 *Pour quatre vingtz ou cent ans*] Régnier, Sat. 6. a dit de
même :

> Ha ! que ne ſuis-je Roi pour cent ou ſix vingts ans !

13 *Je vous metroys en chien courtault les fuyars de Pavie*] On
appelle *Chien courtaut* un Chien qui a la queue coûpée. Ainſi,
Rabelais faiſant dire à Frere Jean qu'il eût falu couper la queue
aux fuyars de Pavie, donne à entendre que c'étoient des *couarts*,
qui fuyoient la *coüe*, c'eſt-à-dire, la queue entre les jambes, &
qui par cette raiſon méritoient d'être traitez comme ces Chiens
courtauts, à qui on n'a coupé la queue que parce qu'ils la portoient trop avalée.

14 *Il n'y a plus de mouſt*] Encore, Liv. 4. Chap. 59. *Cochons
au mouſt*. Il s'agiſſoit d'une eſpèce de daube dont on avoit mangé
toute la gelée, qui s'étoit faite avec du vin doux.

15 *Frere Claude des Haulx Barrois*] Les Villageois du Païs
Meſſin & de la Lorraine ont encore une danſe fort gaillarde qu'ils
nomment *les hauts Barrois*, & dont on peut voir la tablature,
feuil. 73. tourné de l'Orchéſographie de Thoineau Arbeau. Il ſe
peut que ce Moine, qui apparemment étoit du Haut-Barrois,
aimoit cette danſe de ſon païs. Et à ce propos il eſt à remarquer
que de tout tems les branles & les autres danſes de ce Païs-là ont
eu la vogue en France. Le Roman de la Roſe, au feuillet 5. de
l'Edition de 1531.

> Lors veiſſiez les dances aller,
> Unig chaſcun à l'envy baller,
> Et faire gambades & ſaultz.
> Sur l'herbe druë & ſoubz les ſaulx.
> Là euſſiez veu pour les balleurs,
> Fleuſleurs, harpeurs & cimballeurs.
> Les ungz ſonnerent Millannoyſes,
> Les aultres notes Lorrainoyſes :
> Pour ce qu'on en fait en Lorraine
> De plus belles qu'en nul dommaine.

16 *De peur des auripeaux*] Mot de l'Anjou, il ſignifie ce mal
d'oreilles qu'on appelle *Orillons* à Paris. C'eſt une douleur aux

ártéres, que Rabelais appelle *parotides* Liv. 3. Chap. 31. où il dit que ces artéres font à côté des aureilles. Or, dans la penfée de Frere Jean, les parotides font grand mal à force d'être bandées pour fournir les efprits qui contribuent au raifonnement. Et c'eft ce que les Moines du Couvent de Frere Jean vouloient éviter en n'étudiant pas. Menot à la fin de fon Sermon fur l'Epître du Samedi d'après les Cendres, parle ainfi des Eccléfiaftiques de fon tems. *Sed nunc quid in cameris Sacerdotum reperies ? An expofitionem Epiftolarum, aut poftillam fuper Evangelia ? Non. Faceret eis malum in capite magifter Nicolaus de Lyra. Quid ergo ? unum arcum, vel baliftam, fpatum, aut aliud genus armorum.*

17 *Chofe monftrueuse*] Gui Patin affûre dans quelqu'une de fes Lettres, qu'autrefois on difoit en commun Proverbe : *Indoctus ut Monachus*, ignorant comme un Moine : & de nos jours on a vu un fameux Abbé foutenir par plufieurs Ecrits publics, qu'il feroit à fouhaiter qu'on pût dire la même chofe encore aujourd'hui.

18 *Magis magnos clericos*] Montagne, Liv. 1. Chap. 24. a cité cet endroit. Régnier Sat. 3. l'a ainfi copié :

> *N'en déplaife aux Docteurs, Cordeliers, Jacopins,*
> *Pardieu, les plus grands Clercs ne font pas les plus fins.*

19 *Monsieur de la Bellonniere*] La Terre de la Bellonniére eft de l'Election d'Angers.

20 *Patays*] Toutes les anciennes Editions ont *patais*, peut être par l'omiffion du tiret que Rabelais avoit mis de cette forte fur la premiére fyllabe, *pâtais*. L'Edition feule de 1608. a *pantais*, & c'eft comme Ménage cite cet endroit au mot *pantois*, qu'il fait venir de *palpitare*, mais qui vient de *pantex*. *Pantex, panticofus*, pantois. On dit qu'un Lanier eft devenu *pantois*, lorfqu'il lui eft furvenu une palpitation qui le rend inhabile à la volerie.

21 *Mefouan*] Cette même année. *De medefima hoc anno*, comme meshui, de *medefimo hoc die.*

22 *Mon froc y laiffe du poil*] Il eft vrai que cette maniére de vivre fi peu convenable à un homme de mon caractère m'attire fouvent d'affez fâcheufes corrections de mes Supérieurs.

23 *J'ay recouvert un gentil levrier*] Encore Liv. 4. Chap. 3. *J'ay recouvert quelques livres joyeux.* Et au Ch. fuivant , *les nouveautez de plantes. . . . que trouver pourray, & recouvrir en toute noftre peregrination.* Mrs. de l'Académie Françoife ont décidé que fi l'on dit encore aujourd'hui *recouvert* dans la fignification de *recouvré*, ce n'eft que dans le Proverbe *Pour un perdu deux recouverts ;* ce qui fuppofe que dans ce Proverbe, on n'a jamais dit *recouvré*. Mais il eft fûr qu'on l'a dit , du moins , en Poëfie, & peut-être

pour la rime. Jean Molinet en fon Siège d'Amours, pag. 127. de
la nouvelle Edit. de la Légende de Pierre le Fraifeu :

Pour ung perdu deux recouvrez.

Enfin, comme pour *recouvrer*, on a dit *recouvrir*, de *recuperire*,
de même pour *defcouvrir*, on a dit *defcouvrer*, de *difcooperire* : &
defcouvrerez pour *defcouvrirez* fe lit dans le Roman du petit
Saintré, pag. 70. de l'Edit. de 1724.

24 *Ainfi, difl le moyne, à ces diables, ce pendent, qu'ilz durent*]
C'eſt comme il en faut uſer avec ces gens-là pendant qu'ils vivent.
Les boiteux ne demandent qu'à courir.

25 *Qu'en euſt faiɛt ce boyteux ?* &c.] Plus bas, au Prol. du Liv. 4.
plus riche que Maulevrier le boiteulx. Il falloit que ce Seigneur fut
bien pécunieux, puiſqu'en 1525. il fut une des Cautions agréées
par le Roi d'Angleterre pour les Sommes que lui devoit la
France. Voyez Rapin, Hiſt. d'Angleterre, Tom. 5. p. 208. Dans
le 22. des Paradoxes de Charles Étienne, imprimiez chez l'Auteur l'an 1554. il eſt parlé du Capitaine Maulevrier fur le pié d'un
homme iſſu de petit lieu ; or, comme Rabelais attribuë ici à
Maulevrier le boiteux une humeur avare, des inclinations baſſes,
& une forte averſion pour la Chaſſe, ce pourroit bien être du
boiteux Maulévrier que ces Paradoxes auroient parlé, d'autant
plus que cet homme que le métier des armes pouvoit avoir enrichi, y avoit peut-être auſſi gagné la diſgrace de ſa jambe ou de
ſa cuiſſe. C'eſt au reſte par une commune façon de parler, que
pour donner une entière idée de l'avarice & des peu nobles inclinations de Maulévrier le boiteux, Frere Jean dit que cet homme
prenoit plus de plaiſir à un bon couple de Bœufs, qu'à Chiens ni
à Oiſeaux qu'on eût pu lui donner. Le 6. des mêmes Paradoxes
parlant de certain riche *Lombard* ou uſurier : *combien que le pauvre
homme fuſt plus preſt à chaſſer aux Bœufs qu'aux Lievres : & n'euſt
onc couru ne près ne loing après Beſtes ny Oiſeaulx.* Et au Livre
intitulé la Compagnie de la Leſine, Avis 47. pour montrer combien le Prince Doria le Pere étoit un digne membre de cet honorable Corps, il eſt dit, qu'après ſa mort on le peignit avec un
gros Chat à ſon côté, comme ayant pendant ſa vie toujours fait
bien plus de cas de cet animal utile dans un ménage, que de
Chiens ni d'Oiſeaux qui ne cauſent que de la dépenſe.

26 *Pour orner mon langaige*] Salvien *Lib. 4. de Providentia Dei*,
cité par Philibert Buſgnyon dans ſon Traité des Loix abregées
Liv. 3. Seɛt. 46. pag. 423. Edit. 1578. *Francus perjurium ipſum
ſermonis genus putat eſſe, non criminis.* Et Ménage a remarqué ſur
cet endroit de ſon Rabelais, qu'en effet Longin dit dans ſon
Traité du Sublime, Seɛt. 14. que jurer aux occaſions convenables, *grandem efficit orationem.*

CHAPITRE XL

1 *La cogule*] C'eſt *cagoule* & non *cogule* qu'on lit dans l'Edition de Dolet. L'un & l'autre de ces vieux mots viennent de *cuculla* qu'on a dit pour *cucullus*.

2 *Le vent dict Cecias attire les nues*] Ceci eſt pris d'Ariſtote. *Eſt etiam ventus nomine* Cecias, *quem Ariſtoteles ita flare dicit, ut nubes non procul propellat ſed ut ad ſeſe vocet,* dit Aulugelle, Liv. 2. Chap. 22.

3 *Herſelé*] Hercelé, *herſelé, arcelé* & *harcelé*, qui eſt comme on écrit aujourd'hui & qu'on prononce, ſont des fréquentatifs de *harer* agacer, verbe fait par onomatopée, à cauſe de *har har* qu'on crie aux Chiens pour les animer. *On lui hare les Chiens aux jambes,* dit Menot dans le Sermon du Lazare, *alliciebantur canes ad tibias ejus.*

4 *Le cinge ne garde poinct la maiſon* &c.] Ceci eſt pris de Plutarque, dans le Traité qui a pour titre, *Comment on pourra diſcerner le flateur d'avec l'ami.*

5 *Il ne tire pas l'aroy*] Signifie Train, Equipage. Voyez *Borel.*

6 *Ne laboure, comme le paiſant*] Cette raiſon de la haine & du mépris qu'on a communément pour les Moines eſt exprimée dans un Quatrain que voici :

> *De plus d'un million de bouches*
> *Nous pouvons fournir aujourd'huy,*
> *Qui ne ſervent, comme les mouches,*
> *Qu'à manger le travail d'autruy.*

Ce ſont, il eſt vrai, les Jéſuites qu'on fait parler de la ſorte dans la Satire des Ratspelez (*), mais le Quatrain répond à *Nos numerus ſumus et fruges conſumere nati,* vers qui s'applique à tous les Moines & à tous les Religieux, quoiqu'il ait été fait nommément pour les Cordeliers (†).

7 *Abhorrys*] Dans les Editions nouvelles on lit *abhorrez,* mais à en juger par l'Edition de Dolet, Rabelais avoit écrit *abhorryz,* & même dans celle de 1553. & de 1573. on lit *abhorris,* toujours par un de ces métaplaſmes dont Rabelais & d'autres Auteurs du tems fourniſſent quantité d'exemples.

(*) *Pag.* 25. *de l'Edit. de* 1678.
(†) *Voyez le Paſſepartout des Jéſ. impr. en* 1607. *p.* 29.

8 *Trinqueballer*] C'eſt ſonner à force, & ce mot vient de *trans quam ballare* (*). Rabelais a dit d'ailleurs, *triballant*, *triballement*, & *triballe* de *transballare*, Liv. 2. Chap. 16. Liv. 3. Chap. 30. & Liv. 5. Chap. 1.

9 *Veſpres bien ſonnées, ſont à demy dictes*] On dit dans le même ſens, qu'une barbe bien lavée eſt à moitié faite.

10 *Mocque-Dieu, non oraiſon*] Il ſe peut que Rabelais qui ſavoit l'Allemand, ait eu en vûe le Proverbe Allemand, *Gotts geſpatt*, *nud nicht Gotts gebett* qui conſtamment a beaucoup de grace à cauſe de l'alluſion de *geſpatt* irriſion, à *gebett* oraiſon.

11 *Deſſiré*] Déchiré, c'eſt à dire, mépriſable, comme ces gueux qui ſe font une gloire de leurs haillons. D'une femme bien faite & apétiſſante, que l'Italien appelle *buona robba*, bonne robbe : on dit dans le même ſens qu'elle n'eſt point *déchirée*. Quant à *deſſiré*, toutes les vieilles Editions ont *deſſiré*. On le trouve ainſi écrit dans le Roman de la Roſe, dans les cent Nouvelles Nouvelles, &c. Ménage dérive fort bien *déchirer* de *dicerare* par ſyncope de *dilacerare :* étymologie que Caſeneuve & lui ont priſe de Jaques Du Bois ou Sylvius pag. 18. de ſon *Iſagogein Ling. Gall. Dicerare*, *décirer*, & ſuivant la prononciation Picarde, qui a prévalu, *déchirer*.

12 *Je ſoys des retʒ*] *Facito aliquid operis : ut ſemper te Diabolus inveniat occupatum. . . vel fiſcellam texe junco : vel caniſtrum lentis plecte viminibus. . . Apum fabrica alvearia. . . Texantur & lina capiendis piſcibus*, dit St. Jérôme au Moine Ruſtic, dans le Canon *Nunquam, De quotidianis operibus Monachorum, de Conſecr. Diſt.* 5. L'abus de ce Canon étoit monté à un tel excès lors du Concordat, que c'étoit proprement à ces bagatelles, & à ſiffler des Linottes que ſe bornoient les occupations des Moines & des Abbez lorſqu'ils avoient quitté la table ou le jeu. Voyez Brantôme dans ſes Homm. Ill. Fr. Tom 1. pag. 254. Frere Jean libertin outré y vaquoit même pendant l'exercice de la priére.

13 *Ce ſont chaſtaignes du boys d'Eſtrocs*] On appelle ainſi certain Canton du Bas-Poitou, abondant en toutes ſortes de bons fruits.

14 *Voy vous là compoſeur de petʒ*] Dans les Editions nouvelles on lit *voy vous le*, ce qui n'a aucun ſens : mais ſuivant les anciennes, il faut lire *voy vous là*, c'eſt-à-dire, ſelon celle de 1573. *Vous voilà*, comme *voy me là preſt à boire*, qu'on lit au Ch. ſuivant dans les mêmes anciennes Editions pour *me voilà preſt à boire*. C'eſt comme on parloit autrefois, & c'eſt comme parle encore le petit peuple de Metz.

(*) *Men. Diction. Etym. au mot* Baller.

15 *Vous n'eslez encores teans amoustillez*] Ayant demandé à boire & n'étant pas servi assez promptement, il dit à Grandgousier & à Gargantua : Messieurs, vous n'êtes pas encore bien pourvûs de *mousses*, c'est-à-dire, de Valets habiles ; vous n'êtes pas bien *amousselillez*, l'équipage du *Vaisseau* n'est pas bien servi. Mousse est le Page d'un Vaisseau, de l'Espagnol *moço*.

16 *Comme un cheval de promoteur*] Le Promoteur, c'est la Partie publique dans les jurisdictions Ecclésiastiques. Or, comme cet Officier, en tant qu'homme de Lettres, ne sait pas le plus souvent fort bien gouverner un cheval, & qu'il est défrayé & ordinairement bien servi par tout où il s'arrête dans les courses qui regardent sa fonction, cette expression Proverbiale est venue apparemment de ce que le Cheval que le Promoteur avoit laissé boire à tous les gués où il avoit passé, étoit encore ni plus ni moins mené à l'abreuvoir dans tous les lieux où cet homme avoit à exercer sa charge.

17 *Elle en sort bien, mais point n'y entre.*
Car il est bien antidoté de pampre]

Ceci a l'air de la fin d'une vieille Chanson. *Entre* & *pampre* font cette espèce de rime que nos Anciens appelloient *boutechouque*, & plus communément *rime goret*. La pensée de Frere Jean revient au *vino suffocatus aquam in nullam corporis partem admittit*, des Facéties de Bebelius Liv. 3. Elle a été mise en chanson sur ces paroles de la *Psyché* de Quinault, *Aimable jeunesse*. On fait parler un gros biberon.

> *Le jus de la treille*
> *Dans une bouteille*
> *Court trop de danger,*
> *On le doit mieux loger.*
> *Mon gras et gros ventre*
> *Doit être son centre.*
> *Il ne fut jamais un vaisseau*
> *Ni plus sûr ni plus beau :*
> *Où quand le vin entre,*
> *Rien n'en sort que l'eau.*

18 *Hardiment pourroit il pescher aux huytres*] C'est qu'il faut être boté, pour commodément pêcher aux huîtres. Villon, parlant des Moines dans son grand Testament :

> *Les autres sont entrez en Cloistres.*
> *De Célestins et de Chartreux,*
> *Bottez, houzez com'pescheurs d'Oystres :*
> *Voilà l'estat divers d'entre eux.*

19 *Si beau nez*] Rabelais faisant proposer cette question sur la fin du repas par Gargantua, vise à une ancienne façon de parler

qui fe trouve au feuillet 31. de la grand Nef des fous, où il eft dit de ceux qui font entiérement defœuvrez, qu'ils s'occupent à regarder *qui d'entre les paffans a le plus beau nez.*

20 *Parce . . . que ainfi Dieu l'a voulu*] Réponfe pareille à celle de Xanthus à fon Jardinier dans la Vie d'Efope.

21 *Les tetins moletz*] Bouchet, en fa Sérée des Nourrices, qui eft la 24. prétend que la réponfe de Frere Jean pourroit être bonne dans le férieux, & il fe fonde fur l'opinon d'Ambroife Paré, qui a foutenu que le fein dur des Nourrices pouvoit rendre camus les enfans.

22 *En la laictant*] Dans les Editions nouvelles on lit *en l'alaictant,* au lieu dequoi l'Abbé Guyet a cru qu'on devoit lire *en m'allaictant ;* mais *en m'allaictant* n'eft pas de ce tems-là, & il faut lire ou *en la laictant* avec l'Edition Gothique *in.* 12. de 1542. avec celle de 1553. & avec celle de 1626. ou *en allaictant* avec celle de Dolet : étant vraifemblable que comme Nicot a remarqué que de fon tems encore, pour exprimer en François le *lactens puer* des Latins, on difoit un enfant *qui allaicte* (*), & non pas *qu'on allaicte,* on avoit dit précédemment & *laicter* & *allaicter* pour *teter,* du verbe *lactere.* Au Vol. 1. Ch. 14. de Perceforeft on lit : *Souviegne toy, mon fils, de ces mammelles que tu as* allaictées *& fuccées.* Et au Chap. 161. du même Volume : *la proueffe d'ung jeune Chevalier qui deuft encore* alaicter. Il fe peut au refte que dans l'Edition Gothique *in.* 12. de 1542. *en la laictant* aura été fait d'*en l'alaictant* que Rabelais auroit écrit. En ce tems-là on ne marquoit point les apoftrophes, fur-tout dans le Gothique.

23 *Ad te levavi*] Brufcambille l'a répété dans fon Prologue fur les gros nez. Et de-là certaine Courtifane y ayant été trompée s'écria, au rapport de Névizan, Liv. 2. de fa Foreft nuptiale : *Nafe, me decepifti.*

CHAPITRE XLI

1 *A l'heure des matines clauftralles*] Le Chevalier Edwin Sandis, dans fa *Relation de l'état de la Religion*, &c. a remarqué que s'il prenoit envie au Pape de faire prendre les armes à tous les Moines de fon Empire, rien ne pourroit réfifter à de tels Soldats, habituez de longue main à obéïr, à vivre de peu, à fe lever matin, & à coucher fur la dure.

(*) *Nicot, au mot* Allaicter.

2 *Ho, Regnault, reveille-toy, veille*] C'eſt comme on lit dans les anciennes Éditions, & non pas *reveille-toy, reveille*, comme il y a dans les nouvelles. Mais ceux qui ſavent bien cette Chanſon, qui eſt encore fort ſouvent dans la bouche de quelques Artiſans, diſent :

> *Ho Regnault réveille veille*,
> *Ho Regnault réveille-toi.*

Cette Chanſon, au reſte, paroît avoir été faite pour *Regnault Belin*, ce Berger pareſſeux, duquel Liv. 4. Ch. 8. il eſt dit que ſes Moutons dormoient quand les autres paiſſoient déjà.

3 *J'ay compoſé. . . . & à cela je donne bon ordre le jour durant : auſſi avecques moy il ſe lieve*] Dans ces paroles, qui ne ſont ni dans les Éditions de 1535. ni dans celle de Dolet, mais bien dans les Gothiques de 1542. & autres, l'Abbé Guyet a cru qu'il falloit lire *venant* au lieu de *durant*. Mais j'eſtime que *durant* eſt bon dans la ponctuation où je l'ai rétabli, c'eſt-à-dire, avec deux points après ce mot, & il me paroît que l'intention de Frere Jean ici eſt de dire, non que lui ſe levant ſon apetit ſe levoit auſſi, mais qu'en prenant beaucoup d'exercice le jour durant, il donnoit bon ordre à ce que l'apetit le ſaiſit tout au ſortir du lit. Qu'ainſi ne ſoit, comment ce Moine auroit-il pu dire que l'apetit ne lui venoit qu'avec le jour, puiſque même actuellement qu'il vouloit déja déjeûner, il n'étoit encore que Minuit ?

4 *Rendez tant que vouldrez voz cures*] Gargantua avoit voulu perſuader à Frere Jean, qu'avant toutes choſes il devoit s'écurer l'eſtomac, &c. Celui-ci répond en des termes empruntez de la Fauconnerie, où le mot *cures* ſe prend pour les excrémens de l'Oiſeau.

5 *A l'uſaige de Fecan*] Abbaye compoſez de Chanoines Réguguliers, & gratifiée de la Haute-Juſtice, par Richard III. duc de Normandie, lequel obtint du Pape Jean XVII. que ces Religieux ſeroient pareillement exempts de la Juridiction de l'Archevêque de Rouen, & pourroient connoître, des Cas de leurs hommes, même en la Spiritualité (*). Ce qui avoit tourné en Proverbe le récit des Heures à Fécan, étoit un extrême relâchement de la Règle & de la Diſcipline parmi les Religieux de cette Abbaye, leſquels étendoient leurs Priviléges juſqu'à ſe diſpenſer de dire leurs Heures, ou du moins de les dire toutes.

6 *A troys Pſeaulmes & troys Leçons*] Cavaliérement. Le Drapier parlant de Patelin :

> *Il eſt Avocat potatif,*
> *A trois Leçons & à trois Pſeaumes.*

(*) *Duchêne, Antiq, des Villes, etc., Liv.* 7. *Chap.* 6.

46

Cette façon de parler eft empruntée du Bréviaire, où les Heures font fixées à plus ou moins de Pfeaumes & de Leçons, fuivant que le jour eft plus ou moins folemnel.

7 *Ou rien du tout qui ne veult*] Ceci regarde les difpenfes, de dire fon Breviaire, que, pour de l'argent, on obtient à Rome. Voyez les Notes fur le Concile de Trente, Col. m. 1. 1706. pag. 26.

8 *Ou eft efcript cela?*] Ces paroles, qu'on a mifes *à linéa* dans les Editions nouvelles, conformément à celle de Dolet, doivent être placées de fuite après le Proverbe Latin qui les précède. C'eft en cet ordre qu'on les lit dans les Editions de 1553. & 1559. dans celles de Lyon & d'Anvers 1573. & dans celle de 1626. où elles finiffent la période.

9 *Mon petit couillauft*] Frere Jean ayant demandé où étoit écrit le Proverbe *Brevis oratio*, &c. Ponocrates répond qu'il ne le fait pas, & il donne au Moine, par careffe, comme au Ch. 39. on l'avoit déjà traité de *couillon*, le nom de *couillaud, mon petit couillaud*, qui eft le même qu'on donne à Angers aux Valets des Chanoines, qui fervent à l'Eglife. Les Contes d'Eutrapel, Ch. 20. *La fucrée n'euft ofé dire* Couillard, *mais bien par périphrafe..... fi elle euft hanté l'Eglife St. Maurice d'Angers, où il y a* 25. *ou* 30. *jeunes Preftres, qui par un nom facré & myftérieux s'appellent* Couillauds, *elle n'euft efté tant fcrupuleufe d'endommager fa précieufe & délicate confcience* (*). Ménage prétend que *Couillaud* vient de *collibertus*, qui a fignifié un *ferf*. *Apud Andegavenfes* collibertus *fervi nomen eft*, dit M. de Launoy, dans un paffage rapporté par Ménage lui-même. Cependant on voit dans ces paroles d'Eutrapel, que les *Couillauds* d'Angers font de jeunes Prêtres, au moins par le *Domino* dont ils ont la tête affublée à l'Eglife. Ainfi je ne fai fi le nom de *couillauft*, comme on lit ce mot dans l'Edition de Dolet & dans celle de 1553. ne feroit pas une corruption, de *couilleau* qu'on auroit fait de *cucullellus*, dans la fignification de jeune homme portant une efpèce de *coule*.

10 *Venite apotemus*] Allufion du Moine au *Venite adoremus* de fon Bréviaire.

11 *Courfier du royaulme*] Rabelais, à la maniére des Italiens, qui par le mot fimple *Regno* entendent communément le Royaume de Naples, par *Courfier du Royaume* a entendu un Courfier de Naples. Ce n'eft pourtant pas *Royaume*, c'eft *Régne* qui eft ufité en ce fens. Le Courfier, que Nicot dit être un Cheval de lance ou d'hommes d'armes, convenoit au Moine, à qui fon bâton de Croix tenoit lieu d'une bonne lance.

(*) *Diction. Etym. au mot* Couillaud.

12 *Braquemart*] Ailleurs dans Rabelais on lit plus d'une fois *bracmart* & *braqmart*, ce qui me fait foupçonner que ce mot, que plufieurs eftiment être Grec d'origine, pourroit bien n'être qu'une production altérée de *branc*, qui anciennement fignifioit cette forte d'épée que depuis on a appellée *braqmart*. De *Jacques*, nom que Froiffart, dans le titre de l'un des Ch. de fon 1. Vol. donne au fameux Artevelle, on a fait pareillement *Jaquemar*, nom le plus ordinaire de ce rebelle. Il fe peut auffi que *braquemar*, *bracmar*, vient de *braccæ*, & que *mar* n'eft qu'une extenfion du mot. On attachoit le *bracmar* aux *brayes*, comme nous y attachons aujourd'hui l'épée.

13 *Armez à l'advantaige*] De pié en cap, comme prêts à *avancer* contre l'ennemi dans une Joûte à outrance. C'eft dans le même fens qu'au Liv. 2. Ch. 25. & Liv. 4. Ch. 11. on lit *monté à l'advantaige*. Froiffart employe très-fouvent cette expreffion, particuliérement au 12. Chap. du 4. Vol. où il appelle auffi *cheval d'advantage* un Courfier de Joûte.

❧❧❧❧❧❧❧❧❧❧❧❧❧❧❧❧❧❧❧❧❧❧❧❧

CHAPITRE XLII

1 *Comme un canart*] A rebours & à contrepoil, comme on plume les Canards.

2 *Qui fera la cane*] Qui fera le *plongeon*, comme font les *Cannes* quand elles ont peur. Rab. Liv. 3. Chap. 6. *Si que, avenant le jour de bataille, pluftoft fe mettroient au plongeon, comme Cannes, avec le bagaige, qu'avec les combatans et vaillans Champions.* A Metz, on dit d'un Ecolier, qu'il a *fait le cainard*, lorfque, comme fuyant la lice, il s'eft abfenté de l'Ecole.

3 *Monfieur de Meurles*] N. de Montlaur, Sieur de Meurles, d'une ancienne famille de Montpellier, où elle fubfifte encore aujourd'hui dans les Emplois de l'épée & de la robe.

4 *Et frigidis et de maleficiatis*] Froid et maléficié fe dit proprement d'un homme impuiffant, foit de nature, ou par l'effet de quelque fortilége, comme quand on lui a noué l'éguillette. Au Chap. 14. du 3. L. il eft parlé de la vénérable République *de frigidis et maleficiatis*, qui eft celle du Titre 15. au 4. Liv. des Décretales.

5 *Le moyne, difant ces parolles etc*] Dans les Editions de 1553. & 1626. au lieu de *parolles* qui fe lit dans les précédentes on lit *paraboles*, & fi Rabelais n'avoit pas été déjà mort dans le tems

de ce changement, je croirois qu'il pourroit avoir en dernier lieu préféré ce dernier terme à l'autre ; car outre que le premier n'eſt qu'une contraction de celui-ci, c'eſt Frere Jean qui parle, & on ſait que *parabole* en la ſignification de *parole* étoit un terme ſi fort uſité parmi les Moines & les gens d'Egliſe, qu'il s'en trouve pluſieurs exemples dans les Auteurs Eccléſiaſtiques du bas Siécle (*). *Je crois que ces choſes ne ſont toutes que* paraboles *, menſonges et abuſions,* dit le Maire au Ch. 7. du 2. Liv. de ſes Illuſtations &c. Une meilleure raiſon encore, pour retenir ici *paraboles,* n'étoit que ce mot n'a paru qu'après la mort de Rabelais, feroit que le Moine parle ici en téméraire, en vrai déterminé, ce que le mot Grec παράβολος exprime parfaitement. On appelloit *parabolani* ceux qui s'expoſoient à voir & à traiter toutes ſortes de malades ſans exception, même les peſtiférés.

6 *A la roupte d'une groſſe branche*] A l'endroit où une groſſe branche s'étoit *rompue.*

7 *Vous me ſemblez*] Ce mot revient à celui-ci de St. Auguſtin, à propos de tel qui plutôt que de s'étudier à ſe défaire de ſes péchez, s'embaraſſe à chercher comment le Péché originel a pu dériver de ſes parens juſqu'à lui. Les *Joco-ſeria* de Melander, Tom. 1. n. 520. *Quomodo aut qua ratione fiat, ut peccatum et mors ab Adamo in omnes homines dimanet atque derivetur, difficile cognitu eſt, neque ad ſalutem neceſſarium. Quamobrem Auguſtini ſententiam ſalutarem eſſe puto, qui ſcribit, quemque noſtrûm potiùs debere ſtudere, qua ratione ab hac labe et noxa originali eximatur, quàm ut velit curioſè inquirere quomodo in eam ceciderit. Et narrans quemdam ſemel in puteum ceciſſe, qui cum ejularet et conquereretur ſupervenienti cuidam et ſollicitè inquirenti, quomodo illuc eſſet præcipitatus, reſpondit : Quomodo huc ceciderim quærere deſinas, illud vero quæſo te ſedulo cures ut me hinc extrahas. D. Mart. 1. Cor. 15. pag. 410.*

8 *J'ay veu des pendus plus de cinq cens*] Gymnaſte parle ici en Grand-Prevôt de Paris, ou de l'Armée.

9 *Puiſque de par l'aultre ne voulez*] Par cet *autre,* Frere Jean entend le Diable, au nom de qui il avoit d'abord crié à l'aide. Au rebours, lorſque dans la Farce de Patelin, Guillemette dit au Drapier :

> *Allez-vous en de par les Diables,*
> *Puis que de par Dieu ne peult eſtre.*

C'eſt proprement le *Flectere ſi nequeo Superos, Acheronta movebo* du Liv. 7. de l'Enéïde.

(*) *Mén. Diction. étym. au mot* Parole.

10 *Tempore & loco prelibatis*] Devife de Rabelais, dit l'Auteur du Jugement fur Rabelais. Nous l'en croirions s'il en apportoit la preuve.

11 *Se deffift de tout fon arnoys*] Comme David, lorfqu'il marcha contre Goliath. Sam. Liv. 1. Chap. 17.

CHAPITRE XLIII

1 *Tripet*] Le Capitaine *Tripet*, duquel plus haut Chap. 35. il eft dit que Gymnafte lui fit rendre l'ame parmi les foupes qui lui fortoient au travers des boyaux.

2 *Hafliveau & Toucquedillon*] *Hâtiveau*, qui eft le nom d'un raifin précoce & plus *hâtif* que les autres, (*) dénote un étourdi, qui fe *hâte* trop pour donner ou pour prendre un confeil. *Toucquedillon* eft un mot du Languedoc, où l'on appelle de la forte un Fanfaron, qui touche de loin, mais qui manque de cœur lorfqu'il doit payer de fa perfonne. L'Artillerie frappe de loin, auffi voit-on au Chap. 26. que Toucquedillon avoit été commis fur celle de Picrochole.

3 *Tiravant*] Un Partifan, deftiné à *tirer avant* pour découvrir le païs.

4 *Tous bien afpergez d'eau benifte*] Il n'y a rien en tout cela qui ne puiffe s'appliquer aux anciens hommes-d'armes Bourguignons. Les Peuples des deux Bourgognes étoient & font encore, ceux de la Haute fur tout, extrêmement fuperftitieux, & la Bandou-liére de ces hommes-d'armes, chargée de Croix de Bourgogne reffembloit affez à une étole.

5 *Eau gringorienne*] Grégoire I. n'a pas été l'introducteur de l'Eau Benite, mais il l'a beaucoup recommandée, jufqu'à ordonner aux maris qui auroient eu la compagnie de leurs femmes, de ne point entrer dans l'Eglife qu'ils ne fe foient auparavant lavez de cette eau. 33. Q. 4. Cap. *vir. Gringoriane* eft une cor-ruption de *Grégoriane*, comme *Brinborion* de *Breviarium*.

6 *Difparoir & efvanouyr*]

> Les Diables fuit et adverfaires,
> Et chaffe fantafmes contraires,

(*) C. Etienne, Liv. 3. pag. 376. de fon Prædium rufticum, Edit. de 1554.

dit dans le Recueil de Pierre Grofnet une ancienne rime qui parle des merveilleux effets de l'Eau-Benite. Les gens de Picrochole prétendoient chaffer par la vertu de cette eau les Gargantuiftes, qu'ils prenoient pour de vrais Diables, depuis les merveilleux tours de foupleffe qu'ils avoient vu faire à Gymnafte, qui les avoit affûrez qu'il étoit pour tout un pauvre Diable.

7 *Reboufcha par le fer*] *Reboucher*, de *rebuccare*, parce que la *bouche* c'eft-à-dire, le *bec*, la pointe du fer de la Lance fe rabatit, fe recourba, *Reboucher* fe dit auffi du taillant, en quelque endroit que ce foit qu'il fe rebouche. Les Grecz à l'imitation des Hébreux, ont appellé σόμα μαχαίρας le tranchant, le taillant de l'épée, les Latins *Os gladii*; & quoique nous n'ayons point dit *bouche* en ce fens, il eft pourtant vifible que *reboucher* a retenu cette idée.

8 *Les abbaftoit comme feille*] Seille, de *fecale*, c'eft le Ségle. On le coupe dez l'entrée de la Moiffon, & fans doute que, comme les Allemands le fauchent, il y a, ou du moins il y avoit en France, des Provinces où on le fauchoit auffi. C'eft ce qui fait dire à Rabelais que Frere Jean abbattoit comme du Ségle, ceux d'entre les ennemis qui fe préfentérent les premiers devant lui. Ici on lit *abatre comme feille* & plus haut, Ch. 25. *fraper comme fus feigle verd*: ce qui fait voir que *feille* & *feigle* étoient également en ufage, mais que chacun de ces deux mots étoit particuliérement affecté à de certaines expreffions proverbiales.

9 *Eftommiz*] Etonnez, troublez. On a dit premiérement *eftorber* d'*exturbare*, puis *eftormer*, *eftormir*, & enfin *eftommir*. Borel cite des exemples d'*eftormir* tirez de Perceval, & il pouvoit en citer un autre du *Moyen de parvenir* (*).

10 *L'engin*] L'Efprit. D'*ingenium*.

11 *Monfieur le priour*] C'eft que Frere Jean n'étoit encore que *Prieur* de Sermaife. Voyez les Rem. fur le Chap. 27.

12 *Comme on faict un afne de boys*] Dos & ventre. La charge d'un Ane qui porte du bois au Marché lui couvre prefque également le dos & le ventre.

13 *Noyrettes*] Plus bas, Chap. 51. *la Vallée des Noirettes*. De *nucetum*. Le menu peuple de Tours de même que celui de Bourges, d'Orléans, de Paris et d'ailleurs, prononce fouvent R pour S, & S pour R. La vérité eft qu'autrefois cela leur étoit plus ordinaire qu'aujourd'hui. Ils difoient *Jerus Maria* pour *Jefus Maria* & par conféquent *Noirettes* pour *Noifettes*. Voyez Geoffroi Tory Liv. 3. de fon *Champ fleuri*, fur l'article de la lettre R. &

(*) *Chap.* 10.

parmi les Epîtres de Marot celle de *Beau fils de Pafi*. Dans le
Diction. Fr. Ital. d'Oudin *Noirettes* fe trouve pour *Noifilliers ;*
mais ici ce font ces jeunes Noyers, fous lefquels Gargantua fit
depuis inhumer ceux de fes gens qui moururent à la reprife de
la Roche-Clermaud.

CHAPITRE XLIV

1 *Un chapeau rouge à cefte heure de ma main*] C'eft-à-dire, je
vous couperai la tête, & vous donnerai par ce moyen un chapeau
rouge. Ainfi *Cardinal en Grève* fe dit proverbialement d'un criminel
qu'on décapite ; & c'eft ce mauvais proverbe qui fait la pointe de
l'Epitaphe de Jaques Spifame. Menot qui prêchoit au commencement du XVI. fiècle a dit fur la fin de fon Sermon du Dimanche
de la Paffion, que quand il y a des Prédicateurs qui ofent mener
avec eux la Vérité dans la Chaire, on les menace de les faire
Cardinaux fans aller à Rome, &c. & les Auteurs du Catholicon
d'Efpagne ont employé long-tems depuis la même expreffion en
deux endroits de cette Satire (*). On nomme *fphagitides* les
artères qui font fous les veines jugulaires. Le *garguareon* c'eft le
gavion. Les deux *adènes* font les glandes. Les os *bregmatis* font
l'antérieure & la poftérieure partie du crane, autrement le *finciput*
& l'*occiput*. Les *méninges,* qu'en termes d'Anatomie on nomme
pia mater, c'eft la pellicule qui couvre & qui enveloppe tout le
cerveau.

2 *Oeftre Junonicque*] Du Latin *Oeftrum*, qui fignifie une groffe
mouche qui defole les Vaches, appellée Taon , telle que Junon
en mit une après la Nymphe Io, changée en Vache par Jupiter.

CHAPITRE XLV

1 *Sainêt Genou en Berry*] A deux lieues de Buzançais, fur la
Riviére d'Indre. *Paluau,* qui porte le titre de Marquifat, eft fur
la même Riviére, à une bonne lieue plus bas que Saint Genou.

2 *Onzay, Argy, Villebrenin*] Il y a un *Oifay* & un *Orfay,* celui-ci
dépendant de l'Election de Loudun, & l'autre de celle de Loches ;

(*) *Dans la Harang. de M. Rofe, et dans les vers fur celle de
M. de Lyon.*

mais je ne fai fi ce ne feroit point ici le Village d'*Onzain* près d'Amboife. *Villebrenin*, ou *Villebernier* eft une Paroiffe de l'Anjou, à quelques cents pas de la Loire, de l'autre côté, & un peu au-deffus de Saumur.

3 *Sainct Sebaftian, près de Nantes*] C'eft à Piligny près de Nantés qu'on prétend que repofe le Corps de Saint Sébaftien ; quoique Rome, Soiffons & Narbone en difputent la poffeffion à ce Bourg (*).

4 *Par noz petites journées*] Comme de vrais *Las-d'aller*.

5 *Telz abuz*] N'en déplaife au bon homme Grandgoufier, il n'y a pas fi grand mal à cela qu'il fe l'imagine. Si quelques Saints, quand on les fâche, envoyent certaines maladies, comme on le croit dans la Communion Romaine, ils les guériffent auffi quand il leur plaît. C'eft dequoi H. Etienne convient de bonne foi, au Chap. 38. de fon Apologie d'Hérodote.

6 *Sainct Eutrope faifoit les hydropiques*] On peut voir dans Agrippa, Ch. 57. *de Vanitate Scientiarum*, & H. Étienne Ch. 38. de l'Apol. d'Hérodote. *Ridendi funt*, dit le premier, *qui à nominis fimilitudine et vocum confufione, et per fimilia futilia inventa Sanctis quædam morborum genera, adfcribunt, ut Germani caducum morbum* Valentino, *qua hoc nomen* (fallen) *cadere fignificat, et Galli* Eutropio *addicunt* hydropicos, *ob confimilem fonum.*

7 *Mais telz impofteurs empoisonnent les ames*] Au lieu de ces paroles, qui ne font point dans l'Edition de Dolet, celle de 1535. porte : *Mais ces predications diabolicques infectionnent les ames des paovres et simples gents.* C'eft celle de 1553. qui a fait le changement.

8 *L'abbé Tranchelion*] Il y avoit deux familles du nom de Tranchelion, l'une dans le voifinage de Chinon ; l'autre proche de Limoges, dont le vrai nom étoit *La Garde*, & de cette derniére étoit Antoine de Tranchelion duquel parle Rabelais. En l'année 1512. ce Prélat étoit Abbé de la Vernuce & de St. Genou, l'une & l'autre de ces Abbayes fituées dans le Diocèfe de Bourges ; & de plus, il était Vicaire-Général de René Cardinal de Prie & Abbé du Bourg-Dieu (**). Un François de Tranchelion de la même famille étoit Page du Roi Charles *IX.* l'an 1568. (†), & un Gentilhomme du même nom fut du nombre de ces braves Volontaires qui en 1552. fe jettérent dans Metz pour aider à défendre cette Ville que l'Empereur Charles V. étoit à la veille

(*) *Calv. Invent. des Reliques.*
(**) *Gall. Chriftiana, Tom. 4. pag. 476.*
(†) *Richeome, Vérité défenduë, etc. Chap. 54.*

d'affiéger (*). Les Armes des Tranchelions font parlantes. Ils portent d'azur au Lion d'argent percé d'une épée de même.

9 *Ils bifcotent voz femmes*] Si *bifcoter* ne fe difoit que des femmes mariées, & des Veuves que les rieurs traitent de viande *réchauffée*, qui a déjà été fervie, ce mot pourroit venir de *bifcotare* augmentatif de *bifcoquere*, d'où l'Italien *bifcottare* cuire deux fois, & *bifcottaia* viande deux fois cuite. Rabelais, Liv. 3. Chap. 6. *en cas que mieulx n'aimaft depuceller cent filles que* bifcoter *une Veuve.* Mais ce mot fe dit généralement foit des veuves, foit des femmes qui ont leurs maris, foit des filles. On a dit *biftoquer* dans la même fignification. Ant. de Arena, dans fon *Guerra Romana.*

> *Tarrabuftabant fillas terribile forte*
> De biftocando *maxima guerra fuit.*

Biftoquer, c'eft fecouer. Et comme *bifcoter* vient apparemment de *bis* & de *cotta*, parce que c'eft *cotte* fur *cotte*, & que *cotte* qui fe difoit autrefois également de l'habit des hommes & des femmes, défigne encore aujourd'hui certain habit des Moines & des Gens d'Eglife, je fuis tenté de croire que *bifcoter* eft le terme fpécifique pour exprimer l'*œuvre pie* attribué à l'Evêque & à l'Abbeffe de Saintes au Liv. 1. Chap. 8, de la Confeffion de Sanci. *Bifcoter* revient encore Liv. 3. Chap. 27. & Liv. 4. Chap. 17. de Rabelais, mais je doute fort qu'il foit vrai, comme on me l'a affûré, que ce mot fe trouve dans le *Dormi-fecuré.*

10 *Romivage*] Mot du Languedoc, où il défigne toutes fortes de Pélerinages. Un tems fut que ces Voyages de dévotion avoient une grande vogue; mais ils n'eurent jamais tant de fuccès, que lorfque le Pélerin les entreprenoit en vûe d'avoir des enfans. *Toleno*, dans cette Epigramme de Bèze *Tollendæ cupidus Toleno prolis*, en eft un grand exemple. Le bon homme étoit riche, mais fans enfans depuis plufieurs années de mariage. Affûré de fe voir bien-tôt pere, s'il pouvoit mettre le Ciel dans fes intérêts, d'un grand courage il entreprend à la fois le Pélerinage de Lorette, celui du St. Sépulcre, & celui du Mont Sinaï. Il eft aifé de s'imaginer combien de fatigue il effuya pendant une courfe fi longue. Mais auffi quelle ne dut point être fa joye lorfqu'à fon retour d'un voyage de trois ans, il trouva fa maifon peuplée de trois beaux petits garçons qu'il n'avoit pas eu la peine de faire? Certainement la piété de nos Anciens étoit d'une grande reffource à cet égard, & lorfqu'infenfiblement on l'a vue fe refroidir, Mademoifelle Sévin avoit bien raifon de dire dans Fénefte, Liv. 3. Chap. 22. *que le monde fe perdoit à faute de pélerinages.*

11 *La saccade*] Quand le Cheval pefe à la main, le Cavalier pour le châtier tire brufquement les rênes de la bride, & lui

(*) *Hist. du Siège de Metz, dans la lifte des Volontaires.*

donne par-là une fecouffe qu'on appelle facade, de l'Efpagnol *facar* tirer. De là ce mot a fervi à exprimer d'autres mouvemens, Fénefte, Liv. 3. Chap. 22. *un yor picqué par un Gentilhomme, qui li difet en donnant la* Sacade *dans les feffes, Bous eftes philofophe: l'autre refpond, Et bous picque-philofophe.*

Advifez que c'eft de la miche] A votre avis, qu'eft-ce, &c.

12 *Carolus*] Monnoye valant dix deniers, marquée d'un grand K. couronné, première lettre de *Karolus* nom Latin du Roi Charles VIII. qui fit faire cette Monnaye.

CHAPITRE XLVI

1 *Sa fin & fa deftinée*] Son but & fa *délibération*. Le Roi Hugues à Charlemagne, au Ch. 9. de Galien reftauré: telle eft ma deftinée, que faciez ce qu'avez dit, ou jamais paix à moy n'aurez, & me deuft-il coufter mon Royaume.

2 *Différence*] Ici *différence* emporte la même fignification que le Latin *difcrimen*, qui fe prend tantôt pour démêler ou *différend*, & tantôt pour *différence*. Commines, Liv. 6. Chap. 2. *& craignoit la rompure dudict mariage, pour la mocquerie qui jà s'en faifoit en Angleterre, & par efpeciale de ceulx qui y defiroient la* noife & différence.

3 *Saluz*] Il me vient deux penfées au fujet de cette Monnoye, laquelle à mon avis Rabelais n'a pas ici employée plutôt qu'une autre, fans quelque raifon. L'une que Frere Jean ayant *fauvé* la vie à Toucquedillon, qu'il s'étoit contenté de faire fon prifonnier, il devoit être récompenfé de cette prife en *Saluz*. L'autre que le *Saluz* n'ayant été appellé de la forte qu'à caufe qu'à l'un de fes côtez la *Salutation Angélique* étoit repréfentée avec le mot *Ave*, Dieu vous gard' (*), par lequel nos Anciens exprimoient l'*Echec* & même l'*Echec & Mat* (†), l'*Ave* des *Saluz* payez à Frere Jean devoit fans ceffe rappeller à ce Moine la mémoire de la belle action qu'il avoit faite en donnant *échec et mat* à un des Chefs de l'Armée de Picrochole.

4 *Efpée de Vienne*] A Vienne, dans le Bas-Dauphiné, il fe fait d'excellentes lames d'épées par le moyen de certains martinets qui fe levent & s'abaiffent en cadence, par le mouvement des

(*) *Rab. Liv. 5. Chap.* 21.
(†) *Rom. de la Rofe, fol.* 41. *tourné, Edit. de* 1531.

roues, comme les marteaux des Forgerons ; & c'eſt l'eau de la petite Riviére de Gere qui fait tourner ces roues (*).

5 *Trente hommes d'armes , et ſix vingt₃ archiers*] La Nobleſſe Françoiſe, devenue pillarde dans les Guerres des Régnes précédens , fut réduite en un Corps de troupes réglées de Cavalerie ſous le Roi Charles VII. qui en compoſa quinze cens Lances d'hommes d'armes & Archers , dont les Compagnies plus ou moins fortes furent diſtribuées à des Princes, & aux plus expérimentez Capitaines du Royaume. L'homme d'armes avoit à ſa ſuite quatre Chevaux, dont deux étoient de ſervice , & les deux autres, l'un ſommier, l'autre pour le Valet appellé *Coutillier,* ſoit parce qu'il cotoyoit ſon Maître, ou plutôt, ſelon moi, parce qu'il étoit armé d'un bon *Coutelas.* Il y avoit deux fois autant d'Archers, obligez d'avoir chacun deux Chevaux, l'un de ſervice , l'autre de bagage : mais les deux Archers n'avoient d'appointement qu'autant qu'un ſeul homme d'armes , ſavoir par jour un demi-Ecu valant treize ſous ſix deniers; cependant & l'homme d'armes & l'Archer devoient être nobles. On peut voir à ce ſujet la Vie du Roi Louïs XII. par Seyſſel , Ch. dernier, & Fauchet Liv. 2. Chap. 1. de ſon Traité de la Milice & des Armes.

6 *Syre, ce n'eſt ores , que vous doibve₃ faire tel₃ dons*] *Donatio per Regem facta tempore guerræ.... non valet.* Jo. Lup. in Rubr. de Donat. inter vir. & uxor. cité par J. Néviſan , Liv. 6. nᵒ 55. de ſa Forêt Nuptiale.

CHAPITRE XLVII

1 *Roches-Sainct-Paoul*] Paroiſſe du Diocèſe de Tours , dans laquelle il y a un Prieuré dépendant de l'Abbaye de Saint Paul de Cormeri Ordre de St. Benoît. Voyez le Pouillé général des Abbayes de France, impr. en 1626. p. 395.

2 *Candé, Montſoreau*] Candé eſt un Bourg de la Touraine , & Montſoreau un autre très-proche de Candé, où la Vienne entre dans la Loire. *Parillé* ou *Parillai* eſt un Village à demi-lieue de Chinon , tout au bout du Pont de la Nonnain (**). Les autres Lieux dont parle ici Rabelais ſont de l'Anjou , de la Touraine & de l'Election de Chinon pour la plûpart. Au Croulai, qui eſt fort près de Chinon, il y a un Couvent de Cordeliers (†).

(*) *Voyage de Fr. par Coulon, p.* 140. *et* 141. *et Riv. de Fr. par le même, Tom.* 1. *pag.* 107.
(**) *Guide des Chemins, etc. impr. en* 1553. *p.* 199.
(†) *Duchêne, Ant. des Villes, etc. Chap. de celles de Chinon.*

3 *Deux efcuz et demy d'or*] N'eft ni dans l'Edition de 1555. ni dans celle de Dolet.

4 *Et quatre jours*] Manque auffi dans ces deux Editions.

5 *Deux mille cinq cens hommes d'armes*] L'Edition de 1535. & celle de Dolet n'en mettent que douze cens, 36000. hommes de pié, 13000. Arquebufiers, & ne parlent point de Chevau-legers. Au refte, ce fut le Roi Louis XII. qui augmenta en France le nombre des hommes d'armes jufqu'à 2500. Lances (*).

6 *Tant bien reconguoiffans & fuivans leurs enfeignes*] Encore Liv. 3. Chap. 1. *Car fi les Utopiens avant ceftui tranfport avoient efté feaulx et bien recongnoiffants.* Ce terme, qui eft de l'ancien Blafon, fignifie *difcernans les couleurs et les devifes de leurs Drapeaux.* Le Roman de Perceforeft, Vol. 1. Chap. 144. *Mais je fçauroye voulentiers quelles armes ce Chevalier, qui eft tout dernier, porte. Sire, refpondit le Chevalier, je porte ung Efcu d'azur à ung Daulfin vermeil. Par ma foy, dit l'Hermin, vous avez belles congnoiffances, et je croy que les faits feroient bien auffi à recongnoiftre, s'il venoit à poinct.* Le Roman de Huon de Bordeaux, Part. II. au Ch. qui a pour titre. Comment Croiffant fit merveilles en la bataille : *Sire, je vous prie que dire me veillez quelles armes portent les deux Rois. Alors le Comte lui devifa de leurs armes et congnoiffances.* C'eft de ce mot que les Anglois ont fait *cognizance*, mot qui chez eux fignifie *Blazon*, marque, enfeigne. Voyez Ménage au mot *Blafon*.

7 *Ny preu, ny raifon*] Ni *profit* ni raifon. Le Roman de Perceforeft, Vol. 2. Chap. 46. *Il euft couru fus au Chevalier; mais il penfa en luy mefme que mauvaife hafte n'eft preux, et que bien à temps y viendroit.* On a dit auffi *prou* dans le même fens ; & de-là le fouhait des vieilles gens *prou, bon prou vous faffe.*

8 *L'efpée et fourreau tant diapré*] La même belle & riche épée que Grandgoufier avoit donné à Toucquedillon.

9 *Te avoit on donné ce bafton*] L'Epée & l'Arquebufe étoient comprifes indifféremment fous le terme de *bâton* que déja plus haut Chap. 24. on voit employé dans la fignification de toutes fortes d'armes d'efcrime. De-là vient que pour diftinguer les Epées d'avec les Arquebufes, les Fufils & les Piftolets, les Ordonnances de France appellent ces derniers des *bâtons à feu.*

10 *Grippeminault*] Par corruption pour *Grippepineau*, nom d'un Chef qui apparemment s'étoit diftingué au fac du Clos de l'Abbaye de Séville.

(*) *Seyffel, Vie de Louis XII. Chap. dernier.*

CHAPITRE XLVIII

1 *En son fort*] Fort, dans nos vieux Livres, se prend tantôt pour un Camp fortifié, comme dans Amadis, Tom. 4. Chap. 17. & tantôt comme ici, pour un Château bâti moins pour y attendre l'ennemi, que pour y joüir avec quelque sûreté des douceurs de la paix. Froiffart, Vol. 4. Chap. 15. faifant parler le Vicomte de Meaux, qui affiégeoit le Château de la Roche-de-Vandais, en Auvergne, sur un Voleur, nommé Aimerigot Marcel, fait dire à ce Seigneur, pour raifon de ce qu'il n'en levoit pas le siège, qu'Aimerigot n'avoit pas fait de ce Château *une maifon de paix ne de foulas, mais un* Fort *& retour de Larrons* pillars.

2 *Plus de crainte*] Ceci est pris prefque mot pour mot de Thucydide, Liv. 5. Chap. 2.

3 *Effroy*] On a appellé *effroi* un bruit imprévu, comme débris de portes en criant *tuë, tuë;* & c'est ce que plus bas il est dit que firent Frere Jean & les siens, qui après s'être tenus cois un affez long-tems, s'écriérent horriblement tous enfemble, & tuérent fans réfiftance les gardes de la porte. La 30. des Cent Nouv. nouv. *Saillirent de leurs chambres fans faire* effroy *ne bruit.* Le même mot, à peu près dans la même fignification, se retrouve encore en deux endroits du 23. Chap. du Liv. 3.

4 *Voyans les affiegez de tous couftez, les Gargantuiftes avoir gaigné la ville*] C'est comme il faut lire, & non pas, comme portent toutes les Editions que j'ai vues: *Voyant les affiegez de touts coftez, et les Gargantuiftes avoir guaigné la Ville.*

5 *Et par oultrecuidance*] Froiffart, Vol. 4. Chap. 16. *mais encores en ce jour il fortit par* oultrecuidance, *car il se alla hors de l'ordonnance de fon neveu; qui luy avoit chargé que pour affault qu'on fift, point n'iffift hors, n'ouvrift les barrieres.* Si l'on prend garde que ce que Rabelais appelle *outrecuidance* dans la Perfonne de Picrochole, c'est que ce Prince crut que des gens qui venoient pour achever de le défaire, s'avançoient à fon fecours, on ne difconviendra point que l'Auteur, dans la fignification qu'il donne à ce mot, ne l'ait dérivé *d'ultra-cogitantia*, pour exprimer la folle erreur d'un homme qui prend témérairement toutes chofes à fon avantage.

CHAPITRE XLIX

1 *En fa chole*] Les derniéres Editions ont *en fa cholére*, mais *en fa chole*, de Χολὴ comme on lit dans celles de Dolet & de 1553. eft plus du ftile de Rabelais, & a plus de rapport au nom *Picrochole.* On trouve *chaude cole* dans le 49. Arreft d'Amour.

2 *Port Huaux*] Village avec un *Pont* fur l'Indre, à fept lieues de Tours, & à trois de Chinon : d'où *Pont-Huaux*, comme lifoit ici Ménage (*), & *Pont-Hunault* comme Charles Etienne, pag. 120. de fon Guide des Chemins, Edit. de 1553. a appellé ce Village, qui à la page 199. du même Livre eft appellé *Port-Hunault. Huaux*, *Huault* & *Hunault* font des corruptions de *Hugues*, d'où *Huët*, *Huaut*, *Hugon*, *Hugonneau*, *Hunault*. En France il y a la Terre de *Port-hoët*, dont le nom entre dans les titres de la Maifon de Rohan.

3 *Lourpidon*] Ce mot, qui n'eft point connu en Bourgogne, quoique M. Ménage affûre que l'on l'y prononce *Orpidon*, & qu'il s'y dit d'une femme malpropre (†), vient apparemment de *horridus*, d'où *ord* que Rabelais afpire (**). *Horridus*, *horripidus*, *horripido*, *onis*, *horripidone*, orpidon, & par l'incorporation de l'article, comme en *laudier*, *lorpidon*, & fuivant l'ancienne pronanciation *lourpidon*. De *lordo*, ord, l'Italien a fait *lordone*, terme d'injure, qui fignifie *fale*, *vilain*.

4 *A la venue des Cocquecigrues*] C'eft-à-dire jamais. Rabelais, Liv. 4. Chap. 32. *s'il reculoit*, *c'eftoient* Cocquecigruës de Mer. On appelle, *Coquecigrues* les coquilles des Hériffons de mer, & fuivant ce dernier paffage M. Ménage a cru que l'expreffion proverbiale dont il s'agit dans le premier venoit de ce que, felon qu'il fait parler Rondelet, les Hériffons de mer, au lieu de marcher, ne font que tourner dans leurs coquilles, qui font toutes hériffées de pointes (‡). Mais il n'a pas bien entendu Rondelet, dont voici les termes, Lib. 18. *de Pifcibus* Cap. 19. *Omnibus* (Echinis) *crufta eft tenuis*, *indique fpinis five aculeis armata quæ pro pedibus funt*, *Ingredi eft his in orbem volvi*. Cela ne veut pas dire que ces Hériffons au lieu de marcher ne faffent que tourner dans leurs coquilles, mais que les pointes de leurs coquilles leur fervent de piés & qu'ils marchent en roulant. Touchant le mot *Coquecigruës*, je

(*) *Diction. Etym. au mot* Coquecigruë.
(†) *Diction. Etym. au mot* Orpidon.
(**) *Liv. 1. Chap. 6. et 13.*
(‡) *Mên. Diction. Etym. au mot* Coquecigruë.

crois que comme les Anciens ont imaginé leurs Sphinx & leurs Chiméres, nous avons de même imaginé nos *Coquecigrues* comme des Animaux compofez du Coq, du Cygne, & de la Grue , *Coccygruës* qu'on a écrit *Coquecigruës* , à quoi l'on a quelquefois ajouté *de mer* pour rendre la chofe plus extraordinaire & en même tems plus ridicule.

5 *Se guemente &c.*] C'eft *guermente* qu'on lit dans l'Edition de Dolet ; mais d'autres aufii anciennes ont *guemente* , qui même fe trouve dans celle de 1535. On a dit premiérement *guéementer* & enfuite *guémenter* de l'Italien *guai à me* & par abbreviation *guai me,* qu'Oudin explique par *hélas,* & qu'il auroit mieux expliqué par *malheur à moi.* De *guementer* par l'infertion d'une *r.* on a dit *guermenter :* & comme fe plaindre , fe lamenter eft une marque d'inquiétude , on a dit aufii fe *guémenter* ou *guermenter* pour fe tourmenter, s'inquiéter, témoigner qu'on eft en peine de quelque chofe ; & c'eft en ce fens que l'a employé Rabelais. Alain Chartier , dans fon difcours intitulé l'Efpérance , ou Confolation des trois Vertus *Entendement..... fe print* à guermenter *difant : Haa !* (*).

6 *Quelques gens de pied de la bande du capitaine Tolmere*] Quelques Avanturiers dont le Chef étoit la témérité même.

7 *En fon pourpoinct*] Ceci fait honneur à Gargantua & à Ponocrates, étant croyable que le Précepteur , qui , comme on voit , étoit bon au poil & à la plume , ne s'expofa de la forte que par un beau zèle de fuivre par-tout le Prince fon Difciple, qu'une noble ardeur avoit précipité dans le fort de la mêlée.

CHAPITRE L

1 *La journée de Sainct-Aubin du Cormier*] Près de Dol en Bretagne, le 28. Juillet 1488.

2 *Ès barbares de Spagnola*] C'eft *Barbares* qu'il faut lire, comme dans l'Edition de 1535. & dans celle de Dolet, au lieu de *Barres* qui dans les autres n'eft qu'une omiffion de l'abbréviation qu'il y avoit à ce mot dans l'Original.

3 *Alpharbal, roy de Canarre*] Au Ch. 13. il a déjà été parlé de cette guerre , & de la défaite des *Canariens :* mais comme dans plufieurs Editions on lit *Ganarriens ,* & que dans le Prol. du Liv. 4. l'Auteur parle des Génois comme de trompeurs (*ganna-*

(*) *Oeuvres d'A. Chartier, Edit. de 1617. Pag. 277. et 278.*

t)ri) & de gens qui en toutes chofes n'ont d'autre vûe que le *gain*, je ne fai fi fous le nom de *Canarre* on ne doit pas entendre la Ville de *Gênes*, y ayant d'ailleurs un merveilleux rapport entre la douceur dont il eft dit ici que Grandgoufier ufa envers les *Gannarriens* qu'il avoit fubjuguez, & la clémence que le bon Roi Louïs XII. fit paroître envers les Génois en 1507. lorfqu'il força ce Peuple à rentrer dans fon obéïffance.

4 *Il feut en jufte bataille navale prins et vaincu*] En bataille rangée, *juftum prælium*, en bataille ainsi nommée à jufte titre. Dans prefque toutes les Editions on lit *navale;* mais c'eft *navré* qu'il faut lire; comme dans celle de Dolet.

5 *Il le traicta courtoifement*] Plufieurs chofes femblent encore ici convenir au Roi Louïs XII., qui devenu Roi de France dédaigna de fe vanger de fes ennemis, dont la brigue l'avoit fait autrefois enfermer dans la grosse Tour de Bourges, après qu'il eut perdu la bataille de St. Aubin du Cormier.

6 *Toutes offices d'amytié*] *Office* autrefois feminin, comme *ouvraige*, Liv. 2. Chap. 16.

7 *Neuf mille trente*] Ces mots ne font ni dans l'Edition de 1535. ni dans celle de Dolet.

8 *Le faict feut eftimé indigne*] C'eft *faict* qu'il faut lire, comme dans l'Edition de 1535. dans celle de Dolet, & dans une autre de 1552. Celle de François Jufte de la même année a *fainct* d'où eft venu *fainct* qui de l'Edition de 1553. s'eft répandu dans les Editions poftérieures.

9 *A l'eftimation d'un bouton*] Encore Liv. 3. Chap. 22. *Je ne m'en foucie d'ung bouton*. Cette expreffion qui eft de l'Anjou revient au *non floccifacio* des Latins.

10 *Euffions preu*] Dans toutes les Editions, hors celle de 1535. au lieu d'*euffions* on lit *euffent*, ce qui corrompt le fens.

11 *Payez chafcun pour troys moys*] A cent cinq fous par mois, fur le pié des Fantaffins François en ce tems-là. Voyez Rob. Cenault *De Menfur. et Pond. Rat.* au feuillet 140. de l'Edition de 1547.

12 *Sus tous fes gouverneurs entendant*] *Intendant* fur tous fes Gouverneurs, ou *Surintendant* de tous fes Gouverneurs.

13 *Que fa fortune*] *Nihil habet nec fortuna tua majus, quàm ut poffis ; nec natura tua melius, quàm ut velis confervare quàm plurimos*, dit Cicéron à Céfar dans l'Oraifon pour Q. Ligarius.

14 *Sortir fes limites*] Ci-deffus déja, Chap. 23. *Quels Signes*

entroit le Soleil. Avec cette différence néanmoins que dans la derniére phrafe *entrer* eft conftruit à la Latine, au lieu que dans la première *fortir* eft conftruit à la Gafconne.

CHAPITRE LI

1 *Pour tirer les preſſes à ſon imprimerie*] *Marquet* & les autres mutins, de *petits Mars* qu'ils étoient, rendus hommes de Lettres par la Paix.

2 *Legion decumane*] A l'exemple de la dixième Légion de l'Armée de Jules Céfar. On peut voir dans Céfar lui-même, Liv. 1. de la Guerre des Gaules, dans Dion, Liv. 38. & dans Frontin, Stratag. XI. que cette Légion faifoit toujours mieux que les autres de la même Armée.

3 *Dis huyt cent mille quatorʒe beʒans d'or*] Le mot *quatorʒe* manque dans l'Édition de Dolet.

CHAPITRE LII

1 *Qui moy meſmes gouverner ne ſçaurois*] Entraîné par la mauvaiſe coutume de fon Siècle, Gargantua étoit fur le point de commettre deux fautes confidérables en offrant deux groffes Abbayes à Frere Jean, qui étoit trop jeune, & même trop peu réglé dans fes mœurs, pour pouvoir en poffeder légitimement une feule : mais pour fe deffendre des offres de fon Prince, le Moine, qui préfère fa liberté à toutes fortes d'avantages, lui repréſente que ne fachant fe gouverner foi même il pourroit encore bien moins gouverner autrui ; ce qui revient au fens de la Loi *Abſurdum quippe eſt, ut alios regat, qui ſe ipſum regere neſcit*, rapportée fur le fujet même dont il s'agit par Jean Evêque de Chiempſée, Suffragant de Saltzbourg. au Ch. 27. n. 7. de fon *Onus Eccleſiæ.*

2 *Force murmur*] Ce jeu fur le mot *murmur*, qui dans les meilleures Editions n'eft que de deux fyllabes, a été copié par Pierre Viret, pag. 435. du Dialogue intitulé II. Part. de la Métamorphoſe, imprimé *in-8o.* à Genève 1545.

3 *Certains convents de ce monde*] Chez les Chartreux. Pierre Viret, de la vraye et fauffe Religion, Liv. 6. Ch. 6.

48

4 *Eſtoit de compter les heures*] Pantagruel établit le même princ cipe, Liv. 4. Ch. 64. où il le prouve par pluſieurs raiſons aſſez plaiſantes.

5 *Borgnes, boyteuſes, boſſues* &c.] C'étoit l'un des abus de ce tems-là, ſi nous en croyons l'Auteur de l'*Onus Eccleſiæ*, qui parle ainſi au Ch. 22. Art. 8. *Item ut plurimum qui defectuoſiores inter filios nobilium apparent, clericali ſtatui adjiciuntur, quaſi mundo inutiles, licet Deo execrabiles : Siquidem contra Dei præceptum Eccleſiis & Monaſteriis offeruntur, aut claudi, aut cœci, aut in aliqua parte deformes & debiles. Hinc contigit legem frangi, quæ prohibet ne cœcus, vel claudus, vel torto naſo, vel fracto pede, ſeu manu, vel gibbus, vel lippus, vel albuginem habens in oculo, vel jugiter ſcabioſus, vel impetiguoſus, vel hernioſus, aut quiſpiam alius maculam habens, accedat offere hoſtias Deo. Quales ſœpenumero nobiles in Monaſteriis aliiſve Eccleſiis apparent.*

6 *Mal nez, niays et empeſche de maiſon*] Rabelais répète la même choſe Liv. 5. Ch. 4. Dans l'Edition de 1608. on lit *empeſche-maiſon;* mais cette correction n'eſt point néceſſaire, ſi l'on prend ici *empeſche* dans le ſens d'*empêchement.* Bèze, Hiſt. Eccl. Tom. 1. pag. 220. *Nonobſtant* les empeſche *à eux donnez.* A Metz le Peuple parle encore de la ſorte.

7 *Bien naturées*] *Bene nati,* d'un beau naturel. C'eſt le contraire de *mal-nez,* que l'Auteur venoit de dire.

CHAPITRE LIII

1 *Moutons à la grand laine*] *Ovium,* dit Pline, Liv. 8. Chap. 47. *ſumma genera duo, tectum et colonicum.* La première eſpèce comprenoit les Moutons à la grand' laine nommez en Latin *tectæ Oves,* parce que pour conſerver la beauté de leur toiſon, l'on prenoit ſoin de les couvrir de peaux. Les autres étoient nommez *Oves colonicæ* qu'on nourriſſoit dans les Pâturages. Cette eſpèce avoit la toiſon plus courte & moins fine de beaucoup; mais la chair incomparablement plus délicate. Ici les *Moutons à la grand' laine* ſont une Monnoye d'or, ainſi appellée à cauſe de l'Agneau qu'on y voyoit gravé avec la Légende, *Agnus Dei qui tollis* &c. On fit enſuite des Demi-Moutons qui n'étant que la moitié des premiers furent par cette raiſon nommez Moutons à la petite laine.

2 *Sus la recepte de la Dive*] On aſſigne de même, en plaiſantant, une rente ſur les brouillars de la Rivière de Loire : effets, ajoute-t-on, fort liquides ; mais qui ne ſont pas bien clairs.

3 *A l'eſtoille pouſſiniere*] Il ſe joue ſur le nom d'Ecus au Soleil, & là-deſſus en fabrique de ſon invention, qu'il appelle Ecus à l'*Etoile pouſſinière*, par rapport aux Religieuſes qui *pulluleroient*, & aux *Pouſſins* qui naîtroient d'elles.

4 *Embrunché de guy de Flandres*] Liv. 2. Chap. 14. *Solier* embrunche *de Sapin*, c'eſt-à-dire, *couvert.* Ce que Rabelais appelle *guy de Flandres* eſt une eſpèce de tres-fin plâtre qu'on met fort proprement en œuvre dans ce Païs-là.

5 *Figures de petitz manequins*] Mane, panier d'oſier, tire ſon nom de *manus*, parce que la *mane* ſe portoit aiſément à la main. *Manequins*, dit Du Cange, *arca penaria quæ manu geſtatur.* Les bas Grecs ont appellé ce *manequin* Μανίσχιον. Le nom de *manequin* s'eſt étendu à toutes ſortes de paniers. De-là *Manequin & Manequinages* en matiére d'Architecture, pour ſignifier, comme en cet endroit, diverſes repréſentations de paniers chargez de fleurs & de fruits, leſquels ſervent d'ornemens aux Edifices. De-là encore *Manequins* dans la ſignification de ces Statues d'oſier à l'uſage des Peintres & des Sculpteurs, qui les tournent, plient, & accommodent comme ils veulent, ſuivant les diverſes attitudes qu'ils ont beſoin de repréſenter, d'où enſuite on a dit, par une façon de parler burleſque *jouer des manequins* pour exprimer la ſoupleſſe de reins des débauchez & des filles de joye dans l'action. Voyez Rab. Liv. 2. Ch. 21.

6 *Bonivet, ne Chambourg, ne Chantilly*] L'Edition de 1535. & celle de Dolet ne parlent que de Bonnivet, Château commencé ſur un plan magnifique à la vûe de Châtelleraut par l'Amiral de Bonnivet, qui n'eut pas le tems de l'achever, ayant été tué à la bataille de Pavie. Voyez Brantome, dans ſes Homm. Ill. Fr. Tom. 1. pag. 203. *Chambourg*, c'eſt *Chambort*, qui n'eſt pas achevé non plus, & qui n'ayant été commencé de bâtir par le Roy François premier qu'après l'année 1536. n'a pu être ici nommé par Rabelais. Voyez Brantome, là même, pag. 275. & 276.

7 *L'aſſiete*] Au lieu de *l'aſſieze*, comme on lit dans l'Edition de 1535. dans les nouvelles il y a *l'aſſiete*, & dans celle de Dolet *aſſiegées*; mais il faut lire *l'aſſieze*, mot qui ſignifie la même choſe qu'*aſſiſe* ou *aſſiegée* & *aſſiéte*; mais qui n'étant pas bien entendu a fait varier les Editions.

8 *Finoit en pavillon*] Finiſſoit. Juſqu'à préſent on a vu dans Rabelais pluſieurs Verbes de la quatrième Conjugaiſon devenus aujourd'hui de la première par métaplaſme. En voici un de la première, qui depuis long-tems eſt devenu de la quatrième par la

même figure. Le même Verbe *finer* a aufli fignifié *financer*. Bèze, Pfeaume 49,

> *Car le rachet de leur ame eſt trop cher*
> *Pour en finer.*

CHAPITRE LIV

1 *Vieulx Matagots*] Dans cette Strophe , où la Satire de l'Auteur tombe particuliérement fur toutes les fortes de Religieux & de gens adonnez à ce qu'on appelle la Vie contemplative, fous le nom de *Matagots*, qui n'eſt qu'une production de *Magots* , & qui défigne une efpèce de fort gros Singes (*), Rabelais entend les plus vieux d'entre les Moines. Ci-deſſus, Chap. 40. par rapport à la Vie oifeufe & fainéante des Moines, il les avoit déja comparez à des Singes, & plus bas, au Chap. 60. du Liv. 4. il les appelle formellement *Matagots*, lorfque comme de vrais *fous* (†) il les renvoye à confidérer, à philofopher, & à contempler la felle percée de *Gaſter*, qu'il fuppofe être l'Idole des Moines & autres ventres pareſſeux.

2 *Borfouflez*] On lit ainfi dans l'Edition de 1535. Celles de 1542. ont *borfouflez. Bourfouflé* fe dit proprement d'un homme dont l'embonpoint eſt plutôt une enflure qu'une bonne & folide graiſſe ; mot qui paroît venir de *bourre* & de *foufler*. D'autres le dérivent de *bourfe* & de *foufler*, parce que *bourfoufler*, difent-ils , c'eſt faire enfler comme quand on foufle dans une bourfe vuide. *Bourfer* pour *enfler* fe trouve dans la 14. des cent Nouvelles nouvelles.

3 *Torcoulx*] *Obſtipo capite figentes lumina terræ* , dit Agrippa Chap. 62. de la Vanité des Sciences, appliquant ce vers corrompu de la Sat. 3. de Perfe aux Moines hypocrites & *torticolis* qui croyent paroître plus humbles en portant la tête de la forte.

4 *Gotz.... Magotz*] Ces deux noms femblent faire allufion au *Gog & Magog* d'Ezéchiel & de l'Apocalypfe.

5 *Haires*] *Haires*, qui feroit mieux écrit *heres*, ne fignifie autre chofe ici que *gens de néant*, des cancres, de l'Allemand *herr* qui fignifie *Maître, Seigneur*, mais dont, comme de beaucoup d'autres termes que nous empruntons des Langues étrangéres, nous ufons dans un fens de mépris. *Here* Chap. 14. du Liv. 2. eſt pris dans une autre fignification.

(*) *Oudin. Diction. Fr. Ital.*
(†) Μάταιος *ineptus*.

6 *Gueux mitouflez, frapars efcorniflez*] Par ces *gueux mitouflés* il faut entendre les Moines mendians, qui au défaut de gans qu'il ne leur eft pas permis de porter en aucune Saifon de l'année, peuvent feulement, pendant l'Hyver, porter des *moufles* ou *mitaines* de drap noir ou enfumé. *Frappart* eft un Sobriquet donné par les Novices à leurs Maîtres toujours trop févères à leur gré. Marot, dans l'Epitaphe de Frere Jean Lévêque Cordelier d'Orléans :

> *Prions Dieu qu'au Frere Frappart*
> *Il donne quelque chambre à part*

Rabelais Liv. 4. Chap. 15. diftingue entre, *Frappins*, *Frappeurs* & *Frapparts*, & femble entendre par les premiers des gens qui ne frapent que legérement, par les feconds, d'autres qui frapent tout de bon, & par les derniers d'autres qui frapent très-fort. *Efcorniflés* dénote particuliérement les Cordeliers, en tant qu'ils portent leur capuchon *écorné*, & plus court que celui des autres Moines ; & ce mot vient d'*excorniculatus*.

7 *Mafchefains practiciens*] Ou *mafchefeins*, comme on lit dans l'Edition de Dolet. Ci-deffous, Liv. 5. Chap. 15. l'Auteur parlant encore des Gens du Palais : *Au tems paffé on les nommoit* mafchefoîns, *mais las ! ils n'en mafchent plus. Nous de prefent les nommons* mafchelevraux, mafcheperdrix. . . . . Et la grant Nef des fous, imprimée en 1499. au feuillet 53. tourné : *Pource vous* mafchefoins, *qui vilipendez povreté, fçachez que vous ferez bannis & exilez du Royaulme des Cieulx*. On donnoit anciennement aux Gens de Palais le nom de *mafchefains*, c'eft-à-dire, de mangeurs affamez & infatiables, de mangeurs des parties ; & comme de ce tems-là on écrivoit & prononçoit *fein* au lieu de *foin*, cela donna lieu à l'équivoque de *machefaim* à *machefein*, qu'on a décrit depuis & prononcé *machefoin*, lorfque le changement de prononciation a fait changer l'orthographe. Il y avoit à Dijon un *Philippe Mâchefoin*, Maire de la Ville en 1448. & 1449. Confeiller & Garde des Joyaux de Philippe *le Bon*, Duc de Bourgogne.

8 *Mettez au capulaire*] Le Latin *capulus*, d'où *capulaire*, ne peut fignifier ici que *cercueil*. Ainfi *mettre au capulaire*, c'eft une phrafe poëtique, pour dire *mettre à mort*.

9 *Briffaulx, lefchars, qui tousjours amaffez*] *Briffaut* nom de Chien de chaffe convient aux Ufuriers avides. Il en eft de même de *léchard, leccardus*, mot qui dans la baffe Latinité fignifie proprement *goulu* ; mais qui ne marque ici qu'une gourmandife métaphorique, favoir une infatiable envie de fe repaître du bien d'autrui.

10 *Coquemars &c.*] De *cucumarium*, comme calemar de *calamarium*.

11 *De mille marcs &c.*] Vous ne feriez jamais contens. Le *Dormi fecurè*, Serm. 34. *Multi funt qui petunt pro mille marcis. Alius pro pulchra uxore.*

12 *Cabaffez et entaffez*] *Cabaffer* ici, c'eſt entaſſer argent ſur argent par de mauvaiſes voyes, comme font certaines Sang-ſues du Palais, à qui chaque Doſſier, qui ſe mettoient anciennement l'un ſur l'autre dans un grand *cabas* ou panier, produit une nouvelle ſomme qui ſouvent n'eſt pas fort bien acquiſe. Patelin, dans la Farce qui porte le nom de cet Avocat trompeur :

> *Sainte Marie ! Guillemette,*
> *Pour quelque peine que je mette*
> *A* cabaſler *n'a ramaſſer,*
> *Nous ne pouvons rien amaſſer.*

13 *Poiltrons à chicheface*] On traite de *chicheface* un homme que l'avarice réduit à ſe laiſſer *ſecher* de faim. Ainſi, on voit ce me ſemble que ce n'eſt qu'après Rabelais que la plûpart de nos Etymologiſtes ont dérivé *poltron* de *pollice truncus :* un avare étant en effet comme privé de ſes pouces, lorſqu'il faut qu'il joue du pouce, & donne de l'argent.

14 *De dangier palatins*] Domeſtique des maris jaloux. Le 3. des Arrêts d'Amours : *mais n'en eſtoit maitreſſe pour la crainte de* Dangier. Sur lequel mot le Commentateur a fait cette Note : Dangier. *Hæc vox* maritum *ſignat : ab Alano Auriga, et cæteris Galliæ vulgaribus antiquis Authoribus accommodata, qua ſemper* maritum *intelligunt, appoſitè quidem* propter periculum *ubi uxorum viri amores præſenſerint.*

15 *Crouſtelevez remplis de deshonneur*] Infectez du mal de Naples, qui eſt une maladie honteuſe. Ci-deſſous, Liv. 5. Chap. 5. *Comment donc . . . ſont-ils ainſi* crouſtelevez, *et touts mangez de groſſe verole ?*

16 *Par ce bien leur duiſt*] L'Abbé Guyet a conjecturé qu'il falloit lire *duiſt*, & c'eſt comme on lit effectivement dans l'Edition de 1535. & dans celle de Dolet, au lieu de *dit* qui ſe lit dans preſque toutes les autres contre la raiſon & la rime.

17 *Plaiſans, mignons*] Il faut une Virgule entre ces deux mots, dont le dernier vient de *mine* qu'on prononce *migne* en quelques Provinces. *Mignon*, qui a la mine jolie. *Mignarder*, faire de petites mines, des minauderies.

18 *Les Houſtilz*] Céans ſont les *hôtes* & les inſéparables compagnons de la courtoiſie. *Ouſtil*, ou *houſtil*, comme on lit dans l'Edition de 1535. & dans celle de Dolet, eſt un vieux mot, qui autrefois déſignoit une perſonne entant qu'elle étoit actuellement

dans fon *hôtel* ou logis. Dans le Patois Meſſin demander ſi un homme eſt *ſti* c'eſt-à-dire, *houſtil*, c'eſt demander s'il eſt chez lui.

19 *Qui tant poſtille par ſon faulx ſtile empoiʒonner le monde*] C'eſt *empoiſonner* qu'il faut lire, comme dans les Editions de 1535. & de 1542. au lieu d'*empoiſonne* qu'on lit dans les ſuivantes. *Poſtille* ſignifie *court en poſte*, & Rabelais veut dire que l'Abbaye de Thélème étoit un ſûr Aſile contre l'erreur qu'on s'empreſſoit d'introduire dans le monde.

20 *Dames de hault paraige*] De noble parentage. A Metz, où le mot *paraige* ſe trouve ſouvent dans les vieux Regiſtres de l'Hôtel de Ville, par les *paraiges* étoient entendues les Familles Patriciennes.

21 *Et pour frayèr à tout prou or donné*] C'eſt comme il faut lire, conformément aux Editions de 1542.

CHAPITRE LV

1 *Licornes, rhinoceros, hippopotames, dens de elephans*] N'eſt point dans l'Edition de Dolet.

2 *Les bains mirificques à triple ſolier*] A trois étages. Dans le Dictionn. Ital. & Fr. d'Oudin *Caſa a tre ſolari*, c'eſt une maiſon à trois étages. De *ſole* dans la ſignification de *ſolive* eſt devenu *ſolier*, c'eſt-à-dire plancher, ou étage ſoit planchéyé, ſoit carrelé. Ainſi bains à *triple ſolier* ou à triple étage, c'eſt un bain chaud, un tiède, & un froid, dans chacun deſquels, par le moyen des canaux, l'eau étoit diſtribuée telle qu'il la falloit.

3 *De groſſe balle*] Le Jeu du ballon.

4 *Miroir de chriſtallin*] De cryſtal. *Cryſtalin* ſuppoſe ici le Subſtantif *verre;* & ce mot, qui revient ſouvent dans la même ſignification, ſe trouve dans Amadis, Tom. 8. Ch. 24. & on le trouve auſſi dans Nicot.

5 *Eau de naphe*] Le Francioſin au mot *Nanfa,* confond l'eau de naphe avec l'eau de fleur d'Orange, mais Bocace, Journ. 8. Nouv. 10. de ſon Décaméron, en fait deux eaux différentes, ſur quoi il faut voir la note du Ruſcelli dans ſon Edition du Décaméron.

CHAPITRE LVI

1 *Chauffes d'efcarlatte, ou de migraine*] Ce que Rabelais appelle ici *migraine* eft une forte d'écarlate dont la couleur eft à peu près femblable à celle des grains de la pomme de Grenade, laquelle pomme on appelloit autrefois *migraine*, foit de *mille graines*, à caufe du grands nombre de pepins que renferme cette pomme, ou comme qui diroit *mi-graine*, à caufe que l'éclat & la beauté de fes pepins n'étoient qu'un petit diminutif de la couleur du *coccus*, autrement cochenille, qu'on appelloit graine (*) par excellence, & dont on fait la véritable écarlate.

2 *La belle vafquine* &c.] Antoine du Verdier pag. 139. de fa Biblioth. fait mention d'une Pièce imprimée à Lyon chez Benoît Rigaud 1563. de laquelle le titre eft *Blafon des Bafquines & Vertugalles. Avec la belle remonftrance qu'ont fait quelques Dames, quand on leur a remonftré qu'il n'en falloit plus porter.* Ces *Vafquines* qu'on mettoit immédiatement deffus la chemife, devoient être une efpèce de Corfet à *bafques*, dont la mode qui venoit de *Bifcaie*, les avoit fait nommer *Vafquines* à la Gafconne.

3 *En efté.... belles marlottes.... ou quelques bernes à la morefque*] Le Diction. Fr. Ital. d'Oudin interprète le mot *Marlotte* d'une forte de mantelet d'Eté. Les Facéties de Bebelius, Liv. 2. au Chap. *de pannofo quodam: Dum quidam dives rigentis hyemis tempore, melota & villofis veftibus indutus frigeret.* Du Cange & Ménage ne douteroient pas qu'il ne foit parlé de *marlotte* dans ce Conte de Bebelius; mais je ne voudrois pas l'affûrer. A l'égard du mot *Berne*, ou comme d'autres écrivent, *Bernie*, Nicot & Ménage appuyez fur de bonnes autoritez l'ont cru dérivé d'*Iberna*, & ont prétendu que la *Berne* ou *Bernie* étoit proprement un manteau de la forme de celui dont les Irlandoifes s'affublent lorfqu'elles veulent paroître en public; mais ils fe font trompez, & dès qu'on aura vu de quelle manière Léon d'Afrique parle de la *Berne* on ne doutera point que le nom n'en foit purement Africain. Voici les termes de cet Ecrivain, Liv. 2. de fon Afrique, au Chap. intitulé *Tefza Tedletis oppidum. Neque hic* (il parle de Tefza Ville du Royaume de Maroc) *defiderabis exterorum copiofam affluentiam, qui inde chlamydes cum cucullis auferunt inconfutas & nigras*, Ilbernus (**) *vulgò nominant: harum non tam in Italia, quàm in Hifpania copiofus eft numerus.* Ces *Bernes* devoient être une efpèce de mantelets à capes, deftinez particuliérement à garantir du hale.

(*) Rab. Liv. 2. Chap. 21.
(**) De l'Arabe bornos, *Sagum cucullatum*, d'où l'Efpagnol Albornoz *manteline. Voyez Golius*, pag 265. Lexic. Arab.

4 *Et toujjours le beau panache selon les couleurs des manchons &*
bien guarny de papillettes d'or] Ceci a été omis dans l'Edition de
1535. & dans celle de Dolet.

5 *Migraine, blanc ou noir*] Puisqu'il eſt conſtant que ce qu'on
appelloit *migraine* en fait d'étoſſe, étoit une eſpèce d'écarlate, il
ne ſaudra plus rire lorſqu'on entendra le Polichinelle des Marion-
nettes vanter ſon bel habit d'*écarlate noire*. Ce qui a fait appeller
écarlate *noire* ou blanche un drap d'un très-beau noir ou d'une
extrême blancheur, c'eſt l'uſage où étoient les Romains de qua-
lifier de couleur pourprée ou d'écarlate, toutes les couleurs auſſi
parfaites en leur genre que l'étoit le pourpre en fait de couleur
rougeâtre (*). Froiſſart Vol. 2. Chap. 182. *Et jut ce jour le Roy de*
Portingal veſtu de blanche eſcarlate, *à une vermeille Croix de Saint*
George, car c'eſt la Deviſe de la Maiſon que on dit d'Avis en Por-
tingal dont il eſtoit Chevalier. Il y en avoit auſſi de *verte*. Marot,
au Dialogue des deux Amoureux :

> *Mancherons d'eſcarlate verte,*
> *Robbe de pers, large & ouverte.*

6 *Garny de force bagues & boutons d'or*] Encore Liv. 5. Chap. 34.
la fin d'icelle eſtoit cloſe de trois anticques lierres, bien verdoyans &
touts chargez de bagues. Ce mot, que Rabelais a écrit *bacces* Chap.
8. du Liv. 1. vient de *bacca* comme *baie;* & il ſignifie tantôt la
graine que produit le Laurier, ou le fruit de l'Olivier & de quelques autres Arbres, & tantôt, comme ici, une groſſe perle de la
figure de ce fruit.

7 *Seigneur Nauſiclete*] Il eſt dit dans les Scholies alphabétiques
de Hollande que Nauſiclète vient de Ναυσίϰλυτος, qui, ajoute-t-on,
ſignifie celui qui eſt renommé par la multitude de ſes Navires.
Mais de Ναυσίϰλυτος on ne peut former en François que *Nauſi-*
clute ou *Nauſiclyte;* Ναυσίϰλυτος d'ailleurs ne ſignifie pas celui qui
eſt renommé par la multitude de ſes Navires, mais celui en
général qui s'eſt acquis de la renommée par les Navires. C'eſt
auſſi ce que ſignifie Ναυσίϰλειτος, d'où vient *Nauſiclète*, comme de
Πολύϰλειτος Polyclète. Le nom de *Seigneur* répond ici à celui de
Sire, ſous lequel on a accoutumé de déſigner un gros Marchand.

8 *Icelles par leur art renouvelloient, &c.*] On voit ici que dès le
tems de Rabelais, on avoit en France le ſecret de reblanchir les
perles ternies. Cependant, ſous le régne de Henri le *Grand*, un
Italien nommé *Tontuchio*, qui en faiſoit auſſi de fauſſes parfaitement belles, paſſa pour Inventeur du ſecret de renouveller les
fines qui commençoient à jaunir. C'eſt ce que nous apprend Bar-

(*) *Turneb. Adverſ. Liv. 28. Chap. 46.*

thelemi Morifot en ces termes du Ch. 46 de fon *Henricus Magnus: suffuscas et liventes margaritas Tontuchius tergere et dealbare reperit: etiam et veras ita fimulare , ut crederes cœlefti rore in mari genitas.* Peut-être le fecret trouvé par l'Italien étoit-il autre que celui dont parle Rabelais ; mais puifque même en ce cas-là le fecret qu'avoit cet homme de reblanchir les perles n'étoit ni l'unique ni le premier qui eût été pratiqué en France dans le feiziéme Siècle, toujours Morifot femble-t-il avoir eu tort de vouloir nous le donner fur ce pié-là au préjudice de cet autre dont il eft ici parlé.

CHAPITRE LVII

1 *Les dames montées fur belles hacquenées avecques leurs palefroy gourrier fus le poing mignonnement enguantelé portoient*, &c.] Il faut lire & ponctuer de la forte, conformément aux Editions de 1542. Rabelais veut dire que lorfque les Dames de l'Abbaye de Thélème alloient à la chaffe ou à la Volerie, montées fur de belles Haquenées , elles faifoient fuivre leurs Chevaux de parade ou fuperbes Palefrois , & que gantées proprement elles portoient chacune un Epervier ou un autre Oifeau fur le poing.

¶ *Tant en carme* &c.] Tant en Vers qu'en Profe.

2 *Tous baftons*] Toutes fortes d'armes offenfives & défenfives.

3 *Pour fon devot*] Celle qui avoit agréé qu'il fe *dévouât* à fon fervice fur le pié d'amant déclaré.

¶ Il y a un Saint Godegranc Evêque de Seez, frere de Sainte Opportune , maffacré par un émiffaire de Chrodebert, qui avoit envahi les biens de l'Evêché.

CHAPITRE LVIII

1 *Le ftille eft de Merlin le prophète*] Merlin de Saint Gelais , mort âgé d'environ foixante-fept ans vers l'an 1555. On écrit ordinairement *Melin* le nom de baptême de ce Poëte; plufieurs ont écrit *Mellin* , à l'imitation de ceux qui en Latin ont dit *Mellinus.* On ne trouve cependant nul Saint *Melin* ni *Mellin.* Longueil eft peut-être le premier qui par allufion à *Merlin* ait appellé St. Gelais *Merlinus Gelafianus;* Marot depuis l'a défigné par *Merlin* dans fon Eglogue au Roi, & l'a nommé de même dans la

traduction qu'il lui adreffe de l'Epigr. 9. du 3. Liv. de Martial. Jean Bouchet l'appelle auffi *Merlin*, dans l'Epitre 100. écrite à l'Abbé Ardillon au mois d'Octobre 1536.

Sous ombre qu'il s'agit ici d'une prétendue Prophétie, on auroit pu croire que Frere Jean auroit attribué celle-ci à l'Anglois *Merlin*, fameux depuis environ l'an 480. par fes *Prophéties* imprimées *in fol. à* Paris l'an 1498. mais cela ne feroit vrai tout au plus que pour le ftyle myftérieux de l'Enigme en queftion; car pour la Pièce en elle-même, dont le Moine pouvoit d'autant mieux donner l'explication, qu'il avoit trouvé l'une & l'autre dans les Oeuvres du Poëte *Melin* de St. Gelais fon contemporain, c'eft ce Poëte qui l'a faite, aux deux premiers vers près & aux dix derniers, qui font de Rabelais ; & c'eft la raifon pourquoi on les lit différemment, felon que l'Auteur a jugé à propos d'y changer dans les diverfes Editions qu'il a vu faire du premier Livre de fon Roman.

TABLE DES CHAPITRES

———

TOME PREMIER

———

LIVRE Ier. — LA VIE TRÉS HORRIFICQUE DU GRAND GARGANTUA.

ACHEVÉ D'IMPRIMER

Le 15 juin mil huit cent soixante-quinze

Par L. FAVRE

Imprimeur à Niort.

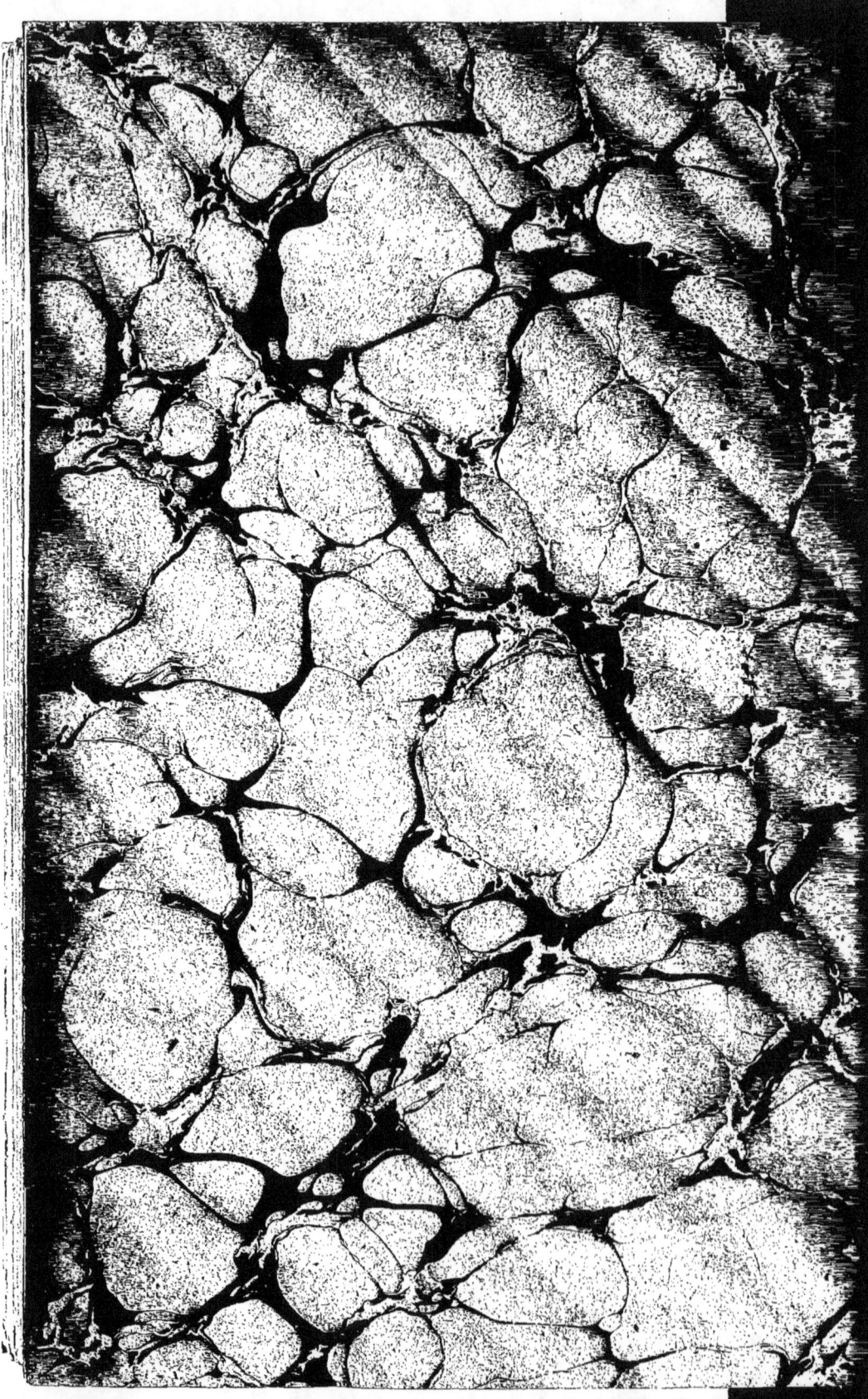

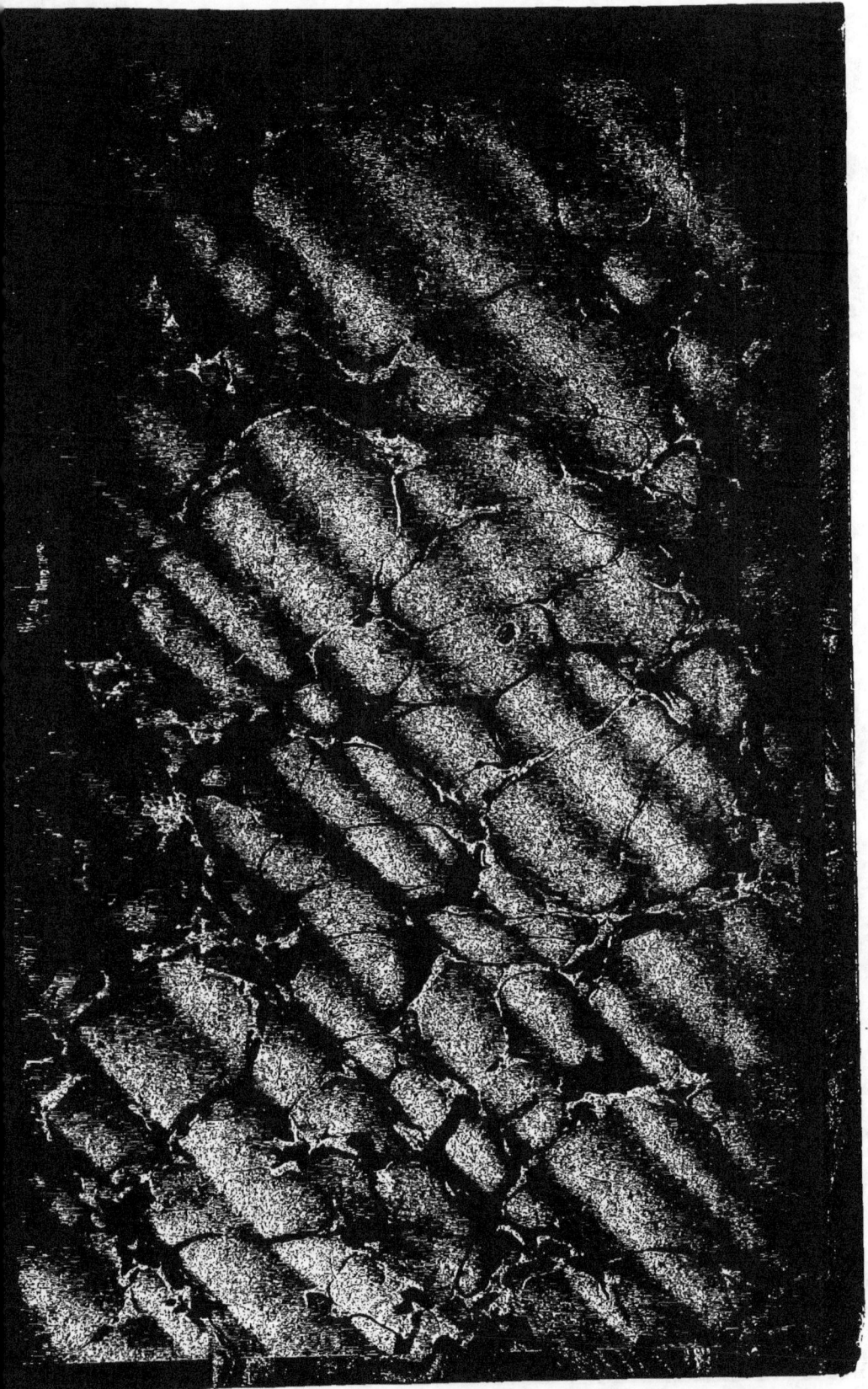